Zu diesem Buch

Gustav Hackendahl, einst Wachtmeister bei den Pasewalker Kürassieren, ist strenger Herr über einen florierenden Droschkenbetrieb, dreißig Pferde, eine Frau und fünf Kinder. Gustav bleibt auch eisern, als sein eigener Lieblingssohn ihn bestiehlt, seine Tochter einem Verbrecher verfällt, die neumodischen Automobile seine Pferde verdrängen, die Schüsse von Sarajewo fallen, eine Gesellschaft zerbirst und auseinanderfällt. Unverwüstlich zuckelt der alte Querkopf schließlich 1928, stürmisch gefeiert, mit seiner Droschke von Berlin nach Paris und zurück.

Hans Fallada wurde am 21. Juli 1893 in der kleinen Universitätsstadt Greifswald als ältester Sohn eines Landrichters und späteren Reichsgerichtsrates geboren. Nach humanistischer Vorbildung übte er lange Jahre hindurch die verschiedensten Berufe aus, war landwirtschaftlicher Beamter und Buchhalter, Kartoffelzüchter und Nachtwächter, Adressenschreiber, Getreidehändler und Anzeigenwerber. Zwischen 1919 und 1920 schrieb er zwei heute vergessene expressionistische Romane. Dann schwieg er ein Jahrzehnt. 1931 erschien sein erster erfolgreicher Roman «Bauern, Bonzen und Bomben» (rororo Nr. 651), eine zeitnahe Darstellung Deutschlands um 1930, angeregt durch seine Teilnahme als Berichterstatter am Landvolkprozeß in Neumünster 1929. Ein Jahr später machte ihn sein Arbeitslosenroman «Kleiner Mann – was nun?» (rororo Nr. 1), der zweimal verfilmt wurde, weltberühmt. Die Kriegswirren führten Fallada, der inzwischen auf einem ländlichen Besitztum in Mecklenburg zurückgezogen gelebt hatte, 1945 wieder nach Berlin zurück, das er in vielen seiner Bücher aufs lebendigste geschildert hatte und wo er am 5. Februar 1947 starb. Über sein Leben und Wirken berichtet er selbst in den beiden Werken «Damals bei uns daheim» (rororo Nr. 136) und «Heute bei uns zu Haus» (rororo Nr. 232). Als rororo-Taschenbücher erschienen «Wer einmal aus dem Blechnapf frißt» (Nr. 54), «Der Trinker» (Nr. 333), «Jeder stirbt für sich allein» (Nr. 671), «Wolf unter Wölfen» (Nr. 1057), «Kleiner Mann – Großer Mann – alles vertauscht» (Nr. 1244), «Ein Mann will nach oben. Die Frauen und der Träumer» (Nr. 1316), «Lieschens Sieg und andere Erzählungen» (Nr. 1584), «Zwei zarte Lämmchen weiß wie Schnee» (Nr. 1648) und «Fridolin der freche Dachs» (Nr. 1786).

In der Reihe «rowohlts monographien» erschien als Band 78 eine Darstellung Hans Falladas in Selbstzeugnissen und Bilddokumenten von Jürgen Manthey, die eine ausführliche Bibliographie enthält.

Gesamtauflage der Werke von Hans Fallada in den rororo-Taschenbüchern: Über 2,1 Millionen Exemplare.

Hans Fallada

Der eiserne Gustav

Roman

Rowohlt

Veröffentlicht im Rowohlt Taschenbuch Verlag GmbH,
Reinbek bei Hamburg, Oktober 1978

Diese Ausgabe folgt der erstmals im
Aufbau-Verlag Berlin und Weimar
1962 von Günter Caspar herausgegebenen
Fassung des Romans
Umschlagentwurf Werner Rebhuhn
(Szenenfoto aus dem gleichnamigen Film mit Heinz Rühmann/
Deutsches Institut für Filmkunde)
Satz Aldus (Linotron 505 C)
Gesamtherstellung Clausen & Bosse, Leck/Schleswig
Printed in Germany
980-ISBN 3 499 14261 9

Alle Gestalten dieses Buches, einschließlich des eisernen Gustav, sind Geschöpfe der freien Phantasie. Nirgend soll auf reale Personen auch nur angespielt werden. Der Verfasser hat lediglich Geschehnisse, wie sie in jeder Tageszeitung aufgezeichnet stehen, als Grundstoff benutzt.

H. F.

Erstes Kapitel

Die gute schöne Friedenszeit

1

Vielleicht war es das Pferd im Stall gewesen, die Schimmelstute, das Lieblingstier des alten Hackendahl: Es ließ pausenlos die Halfterkette durch den Krippenring rasseln und schlug, sein Futter fordernd, unablässig mit dem Huf gegen das Stallpflaster.

Vielleicht aber war es auch die erste fahle Dämmerung gewesen, die mit ihrem grauen Schein das hellere Mondlicht abgelöst hatte – vielleicht hatte der über Berlin grauende Morgen den alten Hackendahl geweckt.

Vielleicht aber hatten weder Lieblingstier noch Morgendämmerung Hackendahl so früh wach gemacht, um drei Uhr zwanzig, am 29. Juni 1914 – sondern etwas sehr, sehr anderes ... Mit der Schlafseligkeit kämpfend, hatte der alte Mann gestöhnt: «Erich, Erich, das wirst du doch nicht tun ...!»

Dann war er hochgefahren und hatte in das Zimmer gestarrt, ohne noch etwas zu sehen. Langsam war Erkennen in sein Auge getreten; über den geschwungenen Muschelaufsatz des Ehebettes fort, flankiert von den beiden Knäufen rechts und links, sieht er gerade auf die Wand, an der sein Pallasch hängt aus der Zeit, da er noch Wachtmeister bei den Pasewalker Kürassieren war, neben dem Helm, unter dem Bild, das ihn an seinem Entlassungstage aus dem Dienst vor nun zwanzig Jahren zeigt.

Er sieht mit wachem Auge im Dämmerlicht den schwachen Schein auf der Klinge und auf dem goldenen Adler des Helms: Diese Erinnerungen machen ihn heute noch stolzer und glücklicher als das große Fuhrgeschäft, das er aufgebaut hat. Das Ansehen, das er beim Regiment genoß, freut ihn mehr als die Achtung, die dem erfolgreichen Geschäftsmann von den Nachbarn in der Frankfurter Allee gezollt wird. Und, unmittelbar an seinen Angsttraum anknüpfend, sagt er, jetzt völlig wach: «Nein, Erich würde so etwas nie tun – nie!»

Mit entschlossenem Ruck stellt er die Beine auf den Bettvorleger, ein Heidschnuckenfell.

2

«Stehst du schon auf, Gustav?» fragt es aus dem Nebenbett, und eine Hand tastet nach ihm. «Es ist doch erst drei.»

«Jawoll, Mutter», antwortet er. «Drei Uhr fünfundzwanzig.»

«Aber warum denn, Vater? Füttern ist doch erst um vier . . .»

Er wird fast verlegen. «Mir ist so, Mutter, als könnte was krank sein im Stall . . .»

Er steckt rasch den Kopf in die Waschschüssel, um weiteren Erklärungen zu entgehen. Aber seine Frau wartet geduldig, bis er sich abgetrocknet hat und nun dabei ist, den aufgewirbelten Schnurrbart mit Pomade, Kamm und Bürste in Form zu bringen. Da sagt sie: «Du hast die ganze Nacht von Erich phantasiert, Vater . . .»

Der Mann hält mit einem Ruck im Kämmen inne, er möchte etwas Rasches sagen, aber er besinnt sich. «So», meint er dann gleichgültig. «Davon weiß ich nichts . . .»

«Was hast du denn mit Erich?» fragt die Frau beharrlich. «Ich merke doch, ihr habt was miteinander.»

«Die Eva hat gestern wieder den ganzen Nachmittag in der Konditorei Köller gesteckt. Das paßt mir nicht – die Leute sagen dafür nur Café Knutsch.»

«Ein junges Ding will auch was haben vom Leben», antwortet die Mutter. «Fräulein Köller hat jetzt ein Grammophon gekauft. Sie geht nur wegen der Musik hin.»

«Es paßt mir nicht!» sagt der alte Wachtmeister nachdrücklich. «Sorg du für Ordnung bei den Mädchen, ich werde die Bengels schon an die Kandare nehmen. Auch den Erich.»

«Aber . . .» fängt die Frau an.

Aber Hackendahl ist schon fort. Er hat gesagt, was er will, und sein Wille gilt in diesem Hause!

Aufseufzend läßt die Frau sich zurücksinken in die Kissen. Ach ja, ach du liebes Gottchen! So ein Mann, starr wie ein Besenstiel, möchte, daß die Kinder ebenso leben wie er! Der hat eine Ahnung – aber ich werde schon dafür sorgen, daß die Kinder zu ihrem bißchen Lebensfreude kommen, auch die Eva, auch der Erich. Grade der Erich . . .!

Schon schläft sie wieder.

3

Der Vater steht einen Augenblick unentschlossen auf dem dämmrigen Flur. Von unten, aus dem Stall, hört er den Schimmel mahnend klopfen und rasseln. Aber er widersteht der Versuchung, dem Liebling ein heimliches Extrafutter zu schütten. Statt dessen klinkt er leise die Tür zum Schlafzimmer der jungen Mädchen auf.

Die beiden schlafen ruhig weiter, sie sind es gewohnt, daß der Vater morgens, abends, nachts seinen Rundgang macht, genau wie in der Kaserne, wo er auch die Schlafsäle revidierte, ob alles in Ordnung war. Als Hackendahl die Uniform auszog, aus einem Militär ein Zivilist wurde, den Droschkenbetrieb des dahingegangenen Schwiegervaters übernahm, gab er doch nichts von seinen militärischen Gewohnheiten auf. Ob es nun die Kutscher, die Pferde oder die Kinder waren – sie hatten zu parieren, als seien sie Soldaten unter Militärrecht. Was die Kinder anging, so durften sie kein Privatleben haben, nichts von Geheimnissen, wie sie Kinder so lieben. In Schränken und Kommoden hatte jedes Ding auf seinem Platz zu liegen, der Vater war erbarmungslos in dem, was er Ordnung und Sauberkeit nannte. Der Vater – das war das Wort, das drohend über der ganzen Familie Hackendahl hing. Der Vater – das hieß Befehl, Urteil, strengstes Gericht.

«Der eiserne Gustav», so nannten sie ihn nur, in der Frankfurter Allee – unnachgiebig, stur, dickköpfig, aber auch aufrecht und untadelig. Spät in eine bürgerliche Welt verschlagen, die ihm zu weich vorkam, versuchte er, seinen Kindern die Grundsätze einzuimpfen, durch die er, wie er meinte, zum Erfolg gekommen war: Fleiß, Pflichtgefühl, unbedingte Rechtlichkeit, Unterordnung unter den Willen eines Höheren – heiße er nun Gott, Kaiser oder Gesetz.

Die beiden Mädchen schlafen ruhig weiter in ihren Betten, der Vater steht im Zimmer und sieht sich prüfend um. Über dem Stuhl von Sophie, der Einundzwanzigjährigen, hängt, achtsam in Falten gelegt, das Schwesternkleid, auf dem Nachtkästchen liegt die steifgestärkte Schwesternhaube mit dem roten Kreuz. Der Vater seufzt, weil die mündig gewordene Tochter es erzwungen hat, Schwester zu werden. Er hielt dafür, daß dies blasse, bleichsüchtige, ein wenig frömmelnde Kind sich besser zur Lehrerin geeignet hätte. Aber Sophie wußte ihren Willen durchzusetzen. «Wenn du eben durchaus nicht willst, Vater», hatte sie in ihrer stillen, immer ein wenig muffigen Art gesagt, «so muß ich es eben ohne deinen Willen tun.»

«Aber ich bin dein Vater!» hatte er gerufen, verblüfft über solchen Ungehorsam. «Was du gegen meinen Willen tust, ist gegen das fünfte Gebot!»

«Pastor Rienäcker hat mir gesagt», hatte sie leise geantwortet, «ich habe den Ruf . . .»

Der Ruf Gottes – wahrhaftig, sie hatte sich nicht geschämt, ihrem Vater so etwas zu sagen. Seit wann sprach man von Gott, dem Allmächtigen, als sei man persönlich mit ihm bekannt . . .?! Für so was war man zu klein. Der alte Hackendahl glaubte an eine Rangordnung auf Erden, als sei sie etwas Räumliches: Ganz oben saß der liebe Gott, sehr weit unten er – und was dazwischen war: ein Oberst, Kammergerichtsrat oder Kaiser hatte jeder seinen bestimmten Platz, aber alle näher an Gott als die Hackendahls.

«Ich will doch nur dein Bestes, Sophie», hatte er gesagt. «Du bist viel zu schwach für den Beruf.»

«Gott wird mir die Kraft geben», hatte sie geantwortet.

Nun gut, nun gut – mechanisch schiebt der Vater die Haubenbänder auf dem Nachtkästchen etwas nach links, so daß sie in einem geraden Winkel zur Haube liegen, trotzdem es vielleicht nötiger wäre, bei den Kleidern der zweiten Tochter, bei Eva, der Achtzehnjährigen, auf Ordnung zu sehen.

Eva liegt auf der Seite, das Gesicht in den Arm geschmiegt, die langen blonden Haare breiten sich um den Kopf aus wie eine Erntekrone. Sophie hat die Haare zur Nacht, wie es sich gehört, in zwei Zöpfchen geflochten – aber Eva: «Nachts wenigstens will ich das Haar frei haben statt den ollen Dutt den ganzen Tag . . .!»

Ganz ungehörig, aber bei ihr hat der Vater nicht nein gesagt. Sie sieht so hübsch aus, mit dem blonden Geringel um die lichten Farben des Gesichtes; es macht sein Herz irgendwie froh, sie so liegen zu sehen, blühendes Leben, ein erwachsenes Mädchen – aber ein Kind noch!

Ein Kind noch, bestimmt, er kennt doch seine Eva . . .

Hackendahl runzelt die Brauen, wieder denkt er an die Konditorei, dieses elende Café Knutsch mit seiner blechernen Musik aus einem riesigen, rosa-gold bemalten Schalltrichter. Gewiß, dahin läuft sie in letzter Zeit, aber nur wegen der Musik, wegen dieses neumodischen Apparates – kein Gedanke an Männer, an Küssen . . .

Er betrachtet sie nachdenklich, und unter seinem Blick wirft sie sich rasch, wie sie alles tut, auf den Rücken. Sie streckt die Arme, sie stößt einen Laut aus, irgend etwas selig Zufriedenes, nur ein Oh! – aber so schön!

Dann sieht sie zu ihm hin. «Bist du das, Vater?»

«Guten Morgen!» sagt er langsam.

«Guten Morgen, Vater!» Und rasch: «Vater, du, hör mal . . .»

«Was ist denn? Du sollst doch noch schlafen!»

«Keine Angst – ich schlaf gleich wieder ein. Du, Vater . . .» Sehr geheimnisvoll: «Weißt du auch, wann Erich nach Haus gekommen ist?»

«Du sollst doch nicht petzen!»

«Um eins, Vater! Denk dir, um eins!»

«Pfui, Evchen, du sollst nicht petzen!» sagt er noch einmal. Aber er sagt es nur schwach, denn das, was er eben gehört hat, erregt ihn sehr.

«Petzen! Wo er mich auch immer verpetzt! Und im Café Köller haben sie erzählt, er hat Geld, Goldstücke, Vater . . .»

«Du sollst doch nicht in das Café gehen!»

«Aber ich esse so gerne Schlagsahne – und hier kriegen wir nie welche!» Sie sieht ihren Vater listig prüfend an, sie merkt sofort, er denkt jetzt nicht an ihre Sünden. «Und jetzt will ich wieder schlafen. Gott, bin ich noch müde . . .»

«Ja, schlaf!» sagt der Vater mahnend. «Und petze nie wieder. Petzen ist sehr häßlich.»

Auf dem Flur hört er wieder deutlicher das Klopfen des Schimmels. Es ist schon bald vier, es wird Futterzeit. Aber er geht doch lieber erst in das Zimmer der Söhne.

4

Drei Betten, drei Schläfer, drei Söhne. Das könnte so etwas wie Reichtum sein – und der Vater hat das auch oft so empfunden. Aber heute nicht – heute nicht. Es ist nicht nur die dunkle Spur des Angsttraums in Hackendahl, es ist nicht nur das angeberische Geschwätz von Eva – Hackendahl steht auf der Schwelle und lauscht.

Lauscht . . .

Hunderte, Tausende von Menschen hat er schlafen hören, laut und leise. Er kennt also dieses rasselnde, schwere, gaumige Atmen, er hat es gehört in den Kasernenstuben, hauptsächlich in den Sonnabend-, in den Sonntagsnächten, nach den Urlaubstagen – aber in dieser Stube, im Zimmer seiner Söhne hat er es noch nicht gehört.

Jetzt hört er es. Er steht und lauscht, durch den Kopf schießen ihm Evas Worte: Erich ist erst um eins nach Haus gekommen. Aber es braucht ihm keiner zu erklären, was ein betrunkener Schlaf ist, er hört das auch ohne Petzen . . .

Er geht hastig auf Erichs Bett zu und bleibt wieder stehen. Jetzt sieht er nur noch den betrunkenen Sohn. Es wäre Anlaß genug, über die Art zu schelten, wie Heinz, der Jüngste, Bubi genannt, seine Kleider weggehängt hat. Oder dem Ältesten, dem vierundzwanzigjährigen Otto, begreiflich zu machen, daß der Vater wohl merkt, der Junge schläft nicht. Er tut nur so, viel zu regungslos liegt er im Bett.

Aber Hackendahl steht hilflos vor Zorn und Trauer an dem Bett seines Erichs, seines heimlichen Lieblings, dieses raschen, frohen, hellen Jungen, klügeres Gegenstück zur Eva ... Zorn und Trauer, ach, der Junge tut nicht gut, er ist betrunken ... Er ist erst siebzehn, er geht in die Unterprima des Gymnasiums, Liebling seiner Eltern, Liebling der Mitschüler, Liebling der Lehrer – aber er ist betrunken ...

Der Vater steht gedankenverloren da, sein Fuß scharrt mit dem Bettvorleger herum, aber vielleicht ist es etwas anderes, gar kein Bettvorleger?! Jetzt hat er keine Zeit, nachzusehen, er muß in das Gesicht des Sohnes schauen, dieses geliebte Gesicht. Und er versucht, darin zu lesen ...

Aber es ist immer nur erst Dämmern in der Stube. So geht er an das Fenster und schlägt eine Ecke des Vorhangs zurück, damit das schon hellere Licht des Tages voll auf den Schläfer fällt ...

Dabei begegnet sein Blick einem anderen Blick, dem Auge seines ältesten Sohnes Otto, das ihn dunkel und ein wenig trübe anschaut. Zorn steigt in Hackendahl auf, als habe Otto ihn bei etwas Verbotenem ertappt. Er gibt ganz diesem plötzlichen Zorn nach, vor Otto kann man sich gehen lassen, Otto ist weicher Brei, weder Zorn noch Liebe scheinen einen merkbaren Eindruck in ihm zu hinterlassen. Der Vater hebt drohend die Faust, als wolle er ihn schlagen, er zischt im Flüsterton: «Stille biste! Willst du gleich wieder schlafen!»

Und sofort schließt der Sohn die Augen.

Einen Augenblick sieht der Vater noch in das blasse, weichliche Gesicht mit dem schütteren Bart. Dann wendet er sich wieder zu dem anderen Sohn zurück. Aber das kleine Zwischenspiel hat ihn verändert, er ist gewissermaßen nicht mehr allein im Zimmer, seit er weiß: Der Älteste ist wach. Mit dem ruhigen Nachdenken ist es vorbei, Zorn, Klage, Trauer sind verweht – es muß etwas geschehen ...

Es muß etwas geschehen!

Zuerst bückt er sich. Jawohl, er hat vorhin nicht darauf geachtet, aber er hat sie doch bemerkt, die betrunken verstreuten Kleidungsstücke. Das war kein Bettvorleger, auf dem er gestanden ... Er fängt an, die Kleider aufzusammeln.

Aus der Tasche der Weste gleitet etwas, leise klappernd fällt es zu Boden ...

Der Vater hängt erst die Weste ordentlich über die Stuhllehne. Dann hebt er den Schlüssel auf. Es ist ein ganz gewöhnlicher Schlüssel, ein kleiner Hohlschlüssel, wie man ihn für Schränke und Schubladen verwendet. Ziemlich neu noch, selbst im matten Licht meint der Vater, die Feilstriche am Bart zu erkennen ... Es ist eben kein Fabrikschlüssel, es ist ein vom Schlosser zurechtgefeilter Schlüssel, nichts Besonderes . . .!

Der Vater steht so still, so still. Er hält dies Schlüsselchen in der Hand, er meint, die Zeit mit Sekunden und Minuten in den Ohren rauschen zu hören, sie fällt wie ein dichter Regen, sie löscht alle Geräusche aus, alle Geräusche des Lebens. Und das Leben selbst wird hinter diesen Schleiern grau und farblos und ferne . . .

Nur ein Schlüsselchen . . .

Nein, er sieht nicht mehr nach dem Bett des Trunkenen hin, es ist ihm auch gleich, ob Otto wach ist und ihn beobachtet. Im tiefsten Schmerz ist jeder unfaßbar allein. Nichts reicht mehr zu ihm . . .

Mit schweren Füßen, wie über den Boden scharrend, mit Augen, die nur mühsam sehen, als seien sie halb blind, geht der Vater zur Tür, den Schlüssel vor sich in der Hand.

Diesen kleinen Schlüssel!

5

Auf dem Flur hörte Hackendahl wieder den Schimmel mahnend klopfen und rasseln. Das Lieblingstier des Herrn war verwöhnt, es forderte sich sein Extrafutter. Nein, es war nicht in Ordnung mit dem Schimmel und mit dem Erich auch nicht: Es war mit dem Herrn des Hauses nicht in Ordnung! Nach außen peinliche Gerechtigkeit und Pflichttreue, aber eine halbe Stunde früher stand er auf und schüttete dem Schimmel eine Extraration, heimlich, ehe der Futtermeister Rabause kam. Alle seine Kinder galten ihm gleich, aber wenn der Erich schmeichelte und nicht abließ, so lachte er schließlich, lachend gewährte er ihm, was er den anderen brummig abschlug.

Er hatte bei sich gemeint, dies sei nicht schlimm, niemand konnte seinem Herzen befehlen, wen es lieber haben sollte. Aber es *war* schlimm, es war keine Ordnung, ja, es war sogar wider die Ordnung. die menschliche und die göttliche, den Beweis dessen trug er in der Hand.

Er trug ihn in der Hand, zwischen zwei spitzen Fingern trug er den Schlüssel, wie einen Zauberschlüssel, dessen Wirkung man noch nicht genau kennt, mit dem man vorsichtig umgehen muß. Es *ist* ein Zauberschlüssel, er schließt dem eisernen Gustav neue Erkenntnisse auf. Kein Vaterherz kann eisern sein, es ist Boden, der immer neu gepflügt wird; manche von den Pflugfurchen vergehen nie wieder.

Hackendahl steht jetzt vor seinem Schreibtisch; er weiß nicht genau, wie er hierhergekommen ist, aber nun ist er hier, und es gibt kein Zurückweichen mehr. Gibt es das überhaupt je? Ein preußischer

Unteroffizier weicht nicht zurück, er sieht dem Feind ins Auge, er greift an! Hackendahl blickt auf den Schreibtisch, es ist ein großes Stück aus heller Eiche, viel geschnitzt, die gelben Messingbeschläge zeigen Löwenmäuler.

In solch ein Löwenmaul stößt er den Schlüssel, er dreht ihn im Schlosse, siehe da, der Schlüssel schließt. Es überrascht ihn nicht, er hat es nie anders erwartet, als daß dieser von einem Schlosser angefertigte Schlüssel seine Schreibtischschublade schließen würde. Und er tut es nun also auch – Hackendahl sieht in die Lade. Plötzlich fällt ihm ein, daß früher, als die Kinder noch kleiner waren, rechts vorn immer ein Block aus braunrot gebranntem Zucker lag. Jeden Sonntag, nach dem Essen, traten die Kinder hier vor der Lade an. Der Vater hielt Gericht über die Woche, mit dem Messer schnitt er Stücke von dem Zuckerblock ab, je nach Artigkeit, kleinere und größere. Er hatte das für gut und gesund gehalten; in seiner Jugend war Zucker etwas Kostbares gewesen, man glaubte damals, daß er große Kräfte verlieh. Hackendahl hatte starke Kinder haben wollen . . .

Später hatte sich herausgestellt, daß dies falsch gewesen war. Der Zahnarzt hatte erklärt, vieles Zuckeressen verderbe den Kindern die Zähne. Hackendahl hatte es gut gemeint, hatte es aber falsch gemacht. Das war oft so im Leben: Man meinte es gut und machte es doch falsch. Vielleicht wußte man nicht genug, hatte zuwenig gelernt. Mit Erich hatte er es auch gut gemeint und hatte es falsch gemacht. Er war nicht streng genug gewesen, und nun hatte er einen Dieb zum Sohne, das Schlimmste, was es gibt: einen Hausdieb, einen Burschen, der Eltern und Geschwister bestiehlt . . .

Der Mann vor der Schreibtischlade stöhnt auf. Sein Stolz ist getroffen, seine Sauberkeit ist schmählich beschmutzt; wenn der Sohn stiehlt, kann der Vater nicht ohne Makel sein! Er hat, während er hier steht, ein sehr genaues Gefühl für die erbarmungslos verrinnende Zeit, er hat es vier Uhr schlagen hören. Er muß hinunter in den Stall, Füttern und Putzen der Pferde beaufsichtigen. In einer halben Stunde kommen schon die ersten Nachtdroschken von ihrer Tour zurück, er muß mit ihnen abrechnen. Er hat keine Zeit, hier tatenlos zu stehen und über einen mißratenen Sohn zu grübeln.

Jawohl, er müßte jetzt das Geld in den Leinwandbeutelchen nachzählen, er müßte den Fehlbetrag feststellen und den Sohn vernehmen. Dann das Füttern beaufsichtigen und das Putzen, anspannen lassen, abrechnen . . . Er tut nichts von alledem, er schüttelt nachdenklich ein Leinwandbeutelchen, Sophie hat mit rotem Faden in Kreuzstich «10 Mark» darauf gestickt, das Beutelchen enthält Goldstücke, Zehnmarkstücke . . .

Aber er zählt den Inhalt nicht nach, er geht weder zum Sohn noch in den Stall, er ist in Erinnerungen versunken. Seine Militärzeit hat ihn zum Mann gemacht, sie hat ihm Grundsätze gegeben, alles, was er später erlebte, im tätigen bürgerlichen Dasein, es gab Beispiele dafür in der Militärzeit, Richtlinien. Er erinnerte sich so manchen Diebes in den Mannschaftsstuben, es gab unverbesserliche Kerle, die ihren Kameraden immer wieder den Tabak oder die von Haus geschickten Würste stahlen. Da gab es erst Stubenkeile, erbarmungslose Prügel mit dem Koppelschloß, in der dunklen Nacht, auf den nackten Hintern, während das Gesicht mit einem Woilach verdeckt wurde. Aber auch ohne das hätte kein Unteroffizier Ohren für solches Geschrei gehabt . . .

Half aber die Keile nicht, war der Dieb wirklich unverbesserlich, ein Feind seiner Kameraden, so gab es die Entehrung vor offener Front, die Versetzung zu einem Strafbataillon – Schande und Schmach. Kameraden, ja, ein Kamerad war etwas Gutes – aber war ein Vater nicht vielleicht doch noch mehr? War es nicht viel gemeiner, einen Vater zu bestehlen als einen Kameraden? Der alte Hackendahl steht zögernd, er sieht seinen Sohn vor sich, in drei Stunden hat der seine Schulsachen zu nehmen und ins Gymnasium zu gehen. Es ist fast unmöglich, sich auszudenken, daß der Sohn nicht ins Gymnasium gehen wird, nie wieder, dieser sein Stolz, sein Ehrgeiz! Und doch – es muß ja sein! Er sieht den Soldaten vor der Front, einen ganz bestimmten Soldaten, mit einer großen, höckrigen, bleichen Nase. Tränen liefen über seine Backen, aber erbarmungslos sprach die Stimme des Offiziers fort, das endgültige, unwiderrufliche, verdammende Urteil über den Mann und Dieb . . .

Es darf kein Weichsein gegen das eigene Herz geben; daß es das eigene Fleisch und Blut ist, das sündigte, ändert nichts: Ein Dieb ist ein Dieb. Sie haben ihn den eisernen Gustav getauft, wohl halb im Spott, weil er so starrköpfig sein kann. Aber man kann aus einem Spottnamen auch einen Ehrennamen machen.

Und schon zählt er, und nur, als er die Höhe der fehlenden Summe festgestellt hat, hält er einen Augenblick bestürzt inne. So viel . . .? Es kann doch nicht sein . . .! Aber es ist so – noch mehr Schande und Schmach! Das kann nicht nur vertrunken sein, siebzehn Jahre, und plötzlich sieht der Vater hinter dem blassen, beweglichen, klugen Gesicht seines Sohnes die Fratzen von Weibern, käuflichen Weibern, jedem sauberen Manne ein Ekel! Siebzehn Jahre . . .!

Mit einem Ruck stößt er die Schreibtischlade zu, schließt ab und geht eilend, eisern entschlossen zurück in das Schlafzimmer der Söhne.

6

Als der Vater so unerwartet zurückkommt, fährt der jetzt schon angekleidete Älteste, der Otto, auf seinem Fensterplatz schreckhaft zusammen. Angstvoll versucht er, Holz und Schnitzmesser zu verbergen, schon zehnmal hat ihm der Vater diese lächerliche Spielerei verboten: Pfeifenköpfe aus Holz schnitzen, oder kleine Tiere – eine Albernheit, die eines Mannes, der einmal einen Stall mit dreißig Pferden leiten soll, unwürdig ist!

Aber der Vater beachtet dieses Mal nicht die Unfolgsamkeit des Ältesten – er geht ohne Zögern auf das Bett von Erich zu, legt ihm die Hand fest auf die Schulter und befiehlt: «Wach auf!»

Der Schläfer bewegt sich, er versucht, seine Schulter dem harten Griff zu entziehen, die Augenlider zittern – aber er wird nicht wach.

«Du sollst wach werden, hörst du!» befiehlt der Vater lauter.

Erich versucht noch immer, sich in den Schlaf zurückzuretten, aber es ist umsonst. Die Hand des Vaters macht Schmerz, die Stimme des Vaters droht.

«Was ist denn los?» fragt Erich und reißt die Augen mühsam auf. «Schon Zeit für die Penne?»

Der Vater sieht dem Sohn wortlos in das erwachende Gesicht. Dann greift er mit einer Hand in das lange, blonde Haar des Schläfers, er zieht den widerstrebenden Kopf so nahe an den seinen, daß Stirn und Stirn sich fast berühren . . . Die Augen sehen das zu nahe Gesicht nicht mehr, sie sehen nur das dunkle, feuchte Auge des anderen, so nahe – und in dem einen Auge ist Angst, in dem anderen aber ein dunkles, finsteres Glühen . . .

«Was ist denn los?» fragt Erich wieder. Aber er fragt es ohne Mut, ohne Überzeugung.

Der Vater antwortet nicht, er hat im Auge des Sohnes schon das Geständnis gelesen, das Herz klopft ihm so schwer . . .

Lange, lange bleibt er wortlos, dann hat er plötzlich, ohne es gewollt zu haben, doch leise gefragt: «Wo hast du das Geld gelassen . . .?»

Die dunkle, nahe Pupille scheint sich eng zusammenzuziehen, hat der Sohn geantwortet? Der Vater weiß es nicht. Er reißt an den Haaren des anderen, er schlägt mit der Stirn des Sohnes gegen die eigene, wieder und wieder.

«Mein Geld!» flüstert er. «Dieb! Schlüsselfälscher!»

Der Kopf wackelt haltlos, er versucht nicht einmal, sich dem grausamen Griff zu entziehen.

«Wie stinkst du?» fragt der Vater wieder. «Nach Schnaps. Nach Huren – gibst du denen mein Geld?»

Wieder keine Antwort, ach, diese schlaffe, feige Nachgiebigkeit steigert den Zorn Hackendahls nur noch!

«Was denkst du, was ich mit dir tue?!» stöhnt er, fast sinnlos vor Zorn. «Zur Polizei . . .! Ins Gefängnis . . .?»

Keine Antwort.

«Was willst du?!» fährt Hackendahl zornig herum zu dem anderen, dem ältesten Sohn. «Misch dich nicht ein, du Tölpel!»

«Ich gehe in den Stall», sagt Otto gleichgültig. «Soll ich für dich Futter ausgeben?»

«Du Futter ausgeben?!» ruft der Vater verächtlich und freut sich doch irgendwie über die Ablenkung, hat sogar den Sohn Erich aus dem Griff entlassen. «Das gäbe was Rechtes! Nein, geh voran, ich komme gleich nach.»

«Jawohl, Vater», sagt Otto gehorsam und geht aus der Stube.

Der Vater sieht der schwerfälligen Gestalt nach, dann wendet er den Blick und sieht wieder auf Erich, der jetzt aufgestanden ist und blaß, mit verzogenem Gesicht, auf der anderen Bettseite steht.

«Und was hast du zu sagen?» fragt er und versucht, sich wieder in Zorn zu bringen. «Mach schnell – du hörst, ich habe zu tun. Ich muß Geld verdienen für meinen Herrn Sohn zum Stehlen, Versaufen, Verhuren . . .»

Der Sohn sieht den Vater von unten her an, seine Lippe zittert, als wollte er weinen. Aber er weint nicht, und jetzt, da er aus dem Griff des Vaters ist, das Bett als Deckung zwischen ihnen steht, spricht er auch. «Ich will auch was vom Leben haben . . .» sagt er.

«Häh? Willst du das?» ruft der Vater zornig. «Und was gibst du dem Leben? Wenn man was haben will, muß man auch was geben!»

Er sieht den Sohn an. Dann sagt er verächtlich: «Aber du bist ja ein Dieb, du stiehlst . . .»

«Ich will so nicht leben», sagt der Sohn mürrisch und streicht die Haare aus der schmerzenden Stirn. «Immer nur Penne und Schularbeiten, und wenn ich eine halbe Stunde fort will, habe ich dich zu fragen, und du lauerst mit der Uhr, daß aus dreißig Minuten auch keine einunddreißig werden.»

«Kannst du so nicht leben? Als ich so alt war wie du, war ich Knecht beim Bauern. Ich habe morgens um drei aus dem Bett gemußt, und wenn ich mich Klock neun zur Nacht hinlegte, fühlte ich keinen Knochen mehr, so tot war ich! Du kannst nicht leben mit fünf Schulstunden, mit heilen Kleidern und gutem Essen – so kannst du nicht leben?!»

«Aber ich bin kein Bauernknecht! Ein Schüler lebt nicht wie ein Knecht! Und die Zeiten sind auch anders geworden, Vater!»

«Ja, die sind freilich anders geworden! Es sind Zeiten geworden ohne Respekt und Ehre! Vor dem Schloß haben die Roten spektakelt und ihr Recht vom Kaiser gefordert. Ihr Recht! Du bist wohl auch so ein Roter geworden und willst mir dein Recht auf Nachschlüssel und gestohlenes Geld beweisen?!»

«Wenn du mir nie einen Groschen in die Hand gibst, Vater!» antwortete der Sohn trotzig. «Jawohl habe ich ein Recht, so zu leben wie die anderen Gymnasiasten. Du hast mich in die Welt gesetzt und willst, daß ich studiere . . . Dann gib mir auch, was dazu gehört! Aber du willst bloß tyrannisieren, du bist nur glücklich, wenn alle vor dir zittern. Du bist genau wie dein Kaiser: Wer nicht pariert, wird über den Haufen geschossen!»

«Erich!» rief der Vater tödlich verletzt. «Wie kannst du das sagen?! Will ich nicht euer Bestes? – Was redest du überhaupt?» fragte er, sich besinnend, ruhiger. «Du hast mir meinen Schlüssel gestohlen und heimlich einen falschen machen lassen, du hast mir mein Geld gestohlen – und das willst du verteidigen?! Da fällst du nicht auf die Knie und bereust und bittest? Ja, bist du denn ganz wahnsinnig geworden: Der Sohn bestiehlt den Vater, und nicht der Sohn, nein, der Vater soll schuld sein . . .?»

Er sah sich hilflos in der Stube um. In seinem Bett der Heinz war nun doch von dem Lärm aus seinem festen Jungenschlaf erwacht, er saß aufrecht und sah den Vater an. Mit seinem altklugen, schnoddrigen Berliner Ton meinte er: «Reg dich bloß nich uff, Vater. Der Erich is ja nich normal, den haben se mit der Muffe gebufft, det weiß die janze Penne. Der is ja rot . . .!»

«Rot!» schrie der Vater. «Mein Sohn rot! Ein Hackendahl Sozialdemokrat! Ja, weißt du denn nicht, daß der Kaiser gesagt hat, alle Sozialdemokraten sind Vaterlandsfeinde, und er zerschmettert sie!»

«Wenn die deinen Wilhelm bloß nicht zerschmettern!» sagte der Sohn böse. «Der kann ja bloß mit seinem Säbel rasseln!»

«Vater! Vater!» rief Heinz. «Laß Erich doch quasseln, der is ja verrückt!»

«Das will ich mal sehen!» schrie der Vater und drang über das Bett vor. «Ob mein eigener Sohn . . .»

Er griff nach ihm, der Sohn wich aus . . .

«Friedlich, immer friedlich!» rief Heinz in seinem Bett . . .

7

«Hört euch bloß diesen Lärm an!» klagte die Mutter und schob sich in das Zimmer der Mädchen. «Und das schon am frühen Morgen! Vater kann doch nie Ruhe halten – er denkt immer, er ist noch in seiner Kaserne . . .»

Eva saß aufrecht in ihrem Bett, mit interessiertem, fast vergnügtem Gesicht lauschte sie auf den Lärm. Sophie aber hatte die Decke hoch über die Schultern gezogen und tat, als höre sie nichts, nicht einmal die klagende Mutter.

«Sophie!» sagte die Mutter flehend zu ihr. «Auf dich hört Vater doch am ehesten. Geh mal hin und beruhige ihn – und horch, was eigentlich los ist. Was hat er bloß mit Erich – er hat sich schon im Schlaf mit ihm gestritten! Sophie! Bitte!»

«Ich will nichts mit eurem Streit und Unfrieden zu tun haben!» rief Schwester Sophie, setzte sich auf und sah mit blassem, zuckendem Gesicht die Mutter an. «Oh, ihr quält mich ja so! Ich halte das nicht mehr aus! Immer Streit und Klatsch – ja, wofür lebt man denn?»

«Fürs Kirchegehen doch!» rief Eva spöttisch. «Für den Herrn Pastor Rienäcker. Gott, was hat der Mann für einen schönen Bart! Da kann es einem ja gar nicht langweilig werden in der Kirche . . .»

«Mit dir rede ich überhaupt nicht!» sagte die Ältere zornig. «Oh, wie gemein bist du! Du denkst, weil du . . . Aber ich will dir nichts Böses nachreden, Gott verzeih mir die Sünde, daß ich es mache wie du . . .»

«Streitet euch doch bloß nicht, Kinder!» bat die Mutter jammernd. «Wir könnten uns doch alle so schön vertragen. Wir könnten unser gemütliches Leben führen, aber nichts, immer nur Streit und Zank . . .»

«Nein, Mutter», sagte Sophie entschlossen. «Das ist es ja gar nicht, das gemütliche Leben, wie du es dir denkst, alle Sonntage nach dem Eierhäuschen oder nach Hundekehle. Ihr denkt, das ist schön. Aber das findet *ihr* bloß schön, wir Jungen, und darin muß ich Evchen und Erich recht geben, wir finden schön anders . . .»

«Danke, Fräulein Tugend», sagte Eva spöttisch. «Ich brauch deine Hilfe nicht. Ich kann allein Mutter sagen, was ich will. Und so wie Erich, erst um ein Uhr nachts betrunken nach Haus kommen und Vater sein Geld klauen . . .

«O Gott, o Gott!» jammerte die Mutter. «Das wird Erich doch nicht getan haben! Wenn Vater das erfährt, schlägt er ihn tot! Er kann ja von mir Geld haben . . .»

«Aber, Mutter», rief Sophie entsetzt, «hinter Vaters Rücken darfst du Erich doch kein Geld geben. Ihr müßt doch zusammenhalten als Eltern, ihr seid doch ein Ehepaar . . .»

«Wenn ich solchen Quatsch bloß höre!» sagte Eva verächtlich. «Das ist auch solches Pfaffengeschwätz! Lieber soll der Erich Geld klauen . . .»

«Wozu braucht er denn Geld?» redete Sophie hitziger dagegen.

«Aber ich will dir sagen, was mit dir ist, Sophie!» fuhr Eva böse fort. «Du hast dich hier von allem gedrückt. Du läufst lieber mit 'nem Unterschieber von Erster-Klasse-Patienten, als daß du Vaters Nachtpott leer machst! Da kommst du dir wer weiß wie fein vor, da bildest du dir ein, der liebe Gott gibt dir 'ne gute Zensur, und du kriegst den ersten Platz im Himmel . . .»

«Mutter!» rief Sophie weinend. «Laß sie nicht so gemein reden, ich halte das nicht aus . . .»

«Ja, die Wahrheit zu hören, dafür bist du zu fein, aber uns die Wahrheit zu sagen, dafür bist du nicht zu fein!»

«Und ich mache es nicht mehr mit!» rief Sophie entschlossen und wischte sich die Tränen mit dem Nachthemdärmel vom Gesicht. «Ich habe es nicht nötig. Heute noch spreche ich mit der Frau Oberin, und heute abend noch ziehe ich mit Sack und Pack in das Mutterhaus!»

«Sophie!» rief die Mutter flehend. «Tu bloß das nicht! Vater erlaubt es nie! Du bist doch unsere Tochter, und wir sind eine Familie und gehören zusammen . . .»

«Jawohl, zum Streiten gehören wir zusammen!» sagte Eva zornig. «Sophie hat ganz recht, sie soll machen, daß sie wegkommt! Und ich gehe auch bald. Jeder muß sehen, wo er bleibt, und das mit Familie und Elternliebe und Geschwistern – das ist alles bloß Unsinn!»

«Aber, Evchen, sage doch das nicht! Wir lieben uns doch untereinander . . .»

«Gar nicht lieben wir uns!» rief Eva trotzig. «Nicht ausstehen können wir uns . . .»

«Sage doch bloß das nicht, Evchen!»

«Ich höre mir das nicht mehr an», sagte Sophie entschlossen. «Daß du so redest, das zeigt, daß du überhaupt keinen Glauben mehr hast, du nicht und der Erich auch nicht. Und wenn du hier weg willst, so tust du es nur, weil du zügellos sein willst. Ich habe es schon lange kommen sehen, und ich brauche dich gar nicht zu treffen mit Kavalieren Arm in Arm, pfui Teufel! Ich habe es schon gewußt, wie du immer auf den Rummelplatz gelaufen bist und hast dich schon mit dreizehn von den Bengels freihalten lassen auf dem Karussell!»

«Neidisch bist du, weil dich nie einer angesehen hat, Sophie!»

«Vertragt euch doch wieder, Kinder!»

«Und nicht geschämt hast du dich, wenn dein Rock vom Wind hochgeflogen ist, daß man sogar die Häkelspitzen von deiner Hose sah!»

«Grade schön!»

«O Gott, Kinder, helft doch!» jammerte die Mutter. «Hört doch nur! Ich glaube, der Vater schlägt den Erich noch tot . . .»

8

«Chef verschlafen?» fragte der alte Futtermeister Rabause, saß auf der Futterkiste und klopfte mit den Pantinen gegen das Holz. «Wird Zeit zum Füttern . . .»

Zwanzig Pferde hatten die Köpfe nach dem eintretenden Otto gedreht und leise, erwartungsvoll gewiehert. Aber sie kannten ihren Herrn, den Bringer der Nahrung, sie wußten, Otto war es nicht. So wandten sie die Köpfe enttäuscht wieder fort, scharrten im Stroh, klirrten mit den Halfterketten – und nur der Schimmel klopfte emsiger mit dem Huf.

«Kommt gleich», antwortete Otto und setzte sich neben Rabause auf die Kiste. «Ist schon lange wach.»

«Warum hat er dann seinem Schimmel noch kein Futter geschüttet?» wunderte sich der Meister. «Er ist sonst doch immer auf dem Kien.» Er lachte. «Der Chef denkt, ich merke es nicht, aber ich merke es doch.»

«Das geht uns nichts an, Rabause», sagte Otto. «Es sind Vaters Pferde und Vaters Futter, damit kann er machen, was er will.»

«Sage ich denn was anderes, Ottochen?» fragte der alte Rabause. «Ich sage bloß, er füttert heimlich, und das ist wahr. Seine Lieblinge hat der Chef eben doch, er mag noch so sehr tun, als ob es nur nach der Gerechtigkeit geht.»

«Davon weiß ich nichts», sagte Otto abweisend. «Ich tu, was Vater will.»

«Genau, was ich sage, Ottochen», grinste der Alte. «Du bist aber auch nicht sein Liebling.»

Eine Weile saßen sie stumm auf ihrer Kiste. Dann räusperte sich Rabause, stieß Otto an und fragte: «Du, Otto, hast du mir den Piepenkopf geschnitzt?»

«Ich bin noch nicht dazu gekommen», sagte Otto. «Sie wissen, ich muß so aufpassen, Vater will es nun mal nicht haben.»

«Mach ihn auch recht schön», bat Rabause. «Es muß mein Ajax werden, wie ich ihn sieben Jahre gefahren habe, du weißt, eine Blesse über das halbe Maul.»

«Ich mach das schon», sagte Otto. «Ich muß nur erst mal Zeit haben.»

«Siehste, Otto – nun hast du doch wieder vergessen, mich daran zu erinnern, daß ich Sie zu dir sage. Du weißt, der Chef hat mir das Du streng verboten.»

«Ich habe es nicht vergessen, ich mag es Ihnen nur nicht immer wieder sagen.»

«Das ist es ja gerade!» rief der Futtermeister eifrig. «Wenn Sie selber es wollten, daß ich Sie zu Ihnen sage, dann würde ich es auch nicht immer vergessen. Aber du willst es eben nicht.»

«Sie haben eben wieder du gesagt, Rabause!»

«Siehste! Dein Vater hat ganz recht, das ist keine Sache, wenn der Futtermeister zum Sohn vom Chef du sagt. Du bist doch keine zehn Jahre mehr, wie damals, als ich zu euch kam, du bist jetzt fünfundzwanzig . . .»

«Vierundzwanzig.»

«Also vierundzwanzig.» Der Futtermeister klopfte nachdenklich mit den Füßen gegen die Kiste. «Vierundzwanzig – da mußt du vielleicht noch mal Soldat spielen . . .»

«Ich Soldat? Nein, damit bin ich durch, einmal ist genug.»

«Aber wenn es jetzt einen Krieg gibt?»

«Es gibt doch keinen Krieg!»

«Hast du denn gestern nicht die Extrablätter gelesen? Die Serben haben doch den österreichischen Kronprinzen totgeschossen – paß auf, es gibt einen Krieg.»

«Was haben wir denn mit den Serben zu tun? Wo wohnen die überhaupt?»

«Weiß ich auch nicht genau, Ottochen, irgendwo da unten . . .» Er wies unbestimmt in den Stall.

«Sehen Sie! Darum kann es doch keinen Krieg geben.»

Wieder schwiegen sie eine Weile. Dann fing der Futtermeister neu an: «Wenn jetzt aber der Chef nicht gleich kommt . . . Ich muß doch füttern. – Die Taxen müssen pünktlich raus. – Willst du nicht mal rübersehen, Ottochen?»

«Der Vater hat gesagt, er kommt gleich.»

«Oder ich rufe ihn selber, wenn du Angst hast, Ottochen.»

«Lassen Sie's man lieber, Rabause, Vater wird schon kommen.»

«Was ist denn? Dicke Luft?»

Otto nickte.

«Schon wieder? Am frühen Morgen? Wegen was denn?»

«Ach nichts . . .»

«Hat wohl wieder mal ein Topf in der Küche nicht richtig gestanden? Der Chef macht es aber auch zu schlimm, sich macht er kaputt und die andern mit! Du hast auch schon gar keinen Mumm mehr in dir Ottochen.»

«Ach, ich halt's schon noch 'ne Weile aus. Aber ganz schön wäre es ja, es gäb einen Krieg, und ich käme raus aus dem Haus. Ich möchte auch mal meine Ruhe haben und nicht immer angeschnauzt werden.»

«Die schnauzen aber auch bei den Preußen, Ottochen.»

«Aber nicht wie Vater . . .»

«Da!» rief Rabause. «Da haben wir schon den Krach! Komm, Ottochen!»

Und er lief zur Stalltür.

«Wollen wir nicht lieber hierbleiben?» fragte Otto unschlüssig. Dann aber ging er doch dem Futtermeister nach aus dem Stall.

9

Über den Hof kam der alte Hackendahl, er stieß den Erich, der nur in Hemd und Hose war, vor sich her. Aus den Fenstern spähten die erschrockenen, die neugierigen Gesichter der Frauen. Der Sohn hatte es mit seinem Trotz geschafft: Er hatte den Vater um alle Besinnung gebracht.

«Ein Student willst du sein?!» schrie der Alte und stieß Erich, daß er taumelte. «Ein Furz bist du in meinen Augen! Ein Garnichts! Ein Dieb!!»

«Ich lasse mir das nicht gefallen!» rief Erich. «Ich will . . .»

«Herr Chef! Herr Chef! Bitte, Sie wecken die Nachbarn!» bat der alte Futtermeister erschrocken.

«Sehen Sie ihn sich an, Rabause!» rief der ehemalige Wachtmeister erbittert. «Der Herr Sohn verludert achtzig Mark in einer Nacht – und sagt noch, er hat ein Recht darauf! Stillgestanden, du, wenn dein Vater mit dir redet! Aber ich will dir zeigen, wer Herr in diesem Hause! Heute noch melde ich dich ab vom Gymnasium . . .»

«Das tust du nicht, Vater!»

«Das tu ich. Ich schwöre dir, daß ich es tu, heute noch!»

«Herr Chef, Herr Chef, beruhigen Sie sich, überlegen Sie doch! – Rede deinem Vater doch auch zu, Ottochen!»

«Vater . . .»

«Vater!»

«Jawohl, Vater! Jetzt kannst du Vater schreien, wo es zu spät ist! Aber es hat sich ausgevatert mit dir, Bürschchen, jetzt bin ich nur dein Herr – und ich werde dafür sorgen, daß du parieren lernst!»

«Herr Chef . . .»

«Jawohl, Herr Chef, jetzt bin ich sein Chef! Marsch mit dir in den Stall, von heute an bist du Stallknecht, und ich schwöre dir, du sollst soviel auszumisten und zu putzen kriegen . . .»

«Das tue ich nie, Vater! Lieber laufe ich fort, ehe ich eine Mistgabel anrühre!»

«Herr Chef, besinnen Sie sich doch, so ein heller Kopf . . .»

«Für was helle? Für Diebstahl! Nichts da, du gehst jetzt in den Stall, Erich!»

«Ich gehe nicht in den Stall!»

«Du gehst in den Stall!»

«Nie!»

Der Vater stand nachdenkend, fast ruhig.

«Ottochen, red du dem Erich zu», bat der alte Rabause. «Er soll vernünftig sein. Es wird ja nicht ein Jahr dauern müssen, dein Vater wird auch mit einem Monat zufrieden sein, mit einer Woche – er muß nur erst den guten Willen sehen.»

«Erich . . .» bat Otto schwerfällig . . .

«Ach, sei du bloß still!» rief Erich böse. «Du Schlappschwanz – weil du immer gekrochen bist, ist Vater bloß so geworden!»

«Komm!» sagte der Alte, der nichts gehört zu haben schien. «Komm!»

Er legte dem Sohn die Hand um den Arm. «Los!»

«Ich gehe nicht in den Stall!» widerstand der Sohn.

«Komm!» sagte der Vater. Er zog den Sohn mit sich. Es ging wieder auf das Haus zu. «Bring mir die Kellerschlüssel, Otto!» rief der Vater.

Otto lief.

«Was . . .?» fragte Erich verwirrt.

«Komm!» sagte der Vater.

Sie kamen zurück in das Haus, aber sie stiegen nicht die Treppe zu dem Obergeschoß empor, es ging in den Keller hinab.

«So», sagte der Vater und stieß eine Kellertür auf. «Hier bleibst du, bis du dich besonnen hast. Ich schwöre, ich lasse dich nicht eher raus, Erich, bis du dich gefügt hast.»

«Hier . . .?» fragte Erich ungläubig und sah in den schwarzen, dunklen, vergitterten Keller. «Du willst mich hier einsperren . . .»

«Hier bleibst du so lange, bis du dich besonnen hast. Ich gebe nicht nach!»

«Das tust du nicht, das darfst du nicht tun, Vater!»

«Das tue ich! Gib den Schlüssel, Otto! Geh rein, Erich. – Oder willst du gehorchen und im Stall arbeiten?»

«Vater!» bat der Sohn und hielt sich am Türrahmen fest. «Vater, höre doch, um Gottes willen, gib einmal nach! Ich bin vielleicht leichtsinnig gewesen, ich verspreche dir, ich will mich ändern . . .»

«Gut, ändere dich, geh in den Stall!»

«Nie!»

«Also rein mit dir!»

Mit einem Ruck schob der Vater den Sohn in den Keller, die Tür schlug zu. Von innen warf sich der Sohn dagegen. «Vater! Vater . . .!»

Der Vater schloß ab.

Fäuste trommelten von innen. Eine beinahe unkenntliche Stimme schrie: «Tyrann! Schinder! Henker!»

«Komm füttern, Otto», sagte der Vater und ging.

«Du bist zu hart, Vater», flüsterte Otto.

«Wie?!» rief der Vater und blieb stehen. (Der im Keller Eingesperrte schrie weiter.) «Wie?! Und ist er etwa nicht hart zu mir!» Er sah den Sohn streng an. «Tut es mir nicht weh? Komm füttern, Otto!»

10

Der Vater stieg vor dem Sohn Otto die Kellertreppe hinauf, wie ein sehr alter Mann.

«Jaja», murmelte er. «Nun helfe uns allen Gott!»

Als er aber auf den Hof trat, wurde seine Haltung straffer. Fast im alten befehlenden Ton rief er zu den Frauen im Fenster hinauf: «Habt ihr nichts zu tun? Macht, daß ihr an eure Arbeit kommt!»

Gleich verschwanden die Gesichter. Hackendahl trat in den Stall. «Alles in Ordnung, Rabause?»

«Im Stall ist alles in Ordnung, Chef», antwortete Rabause. Aber das war auch die einzige Andeutung, die er auf die Geschehnisse eben zu machen wagte.

In der nächsten Stunde gab es viel zu tun: Eilige, stumme Arbeiterei, um halb sieben mußten die Pferde zur Tagestour bereit sein.

Aber doch fand Otto immer wieder einen Augenblick Zeit, unter die Stalltür zu treten, nach dem Keller zu lauschen. Er hörte nichts – aber das sagte noch nicht, daß der Bruder sich gefügt hatte. Die Aussichten auf ein Fügen des Bruders schienen gering – fast so gering wie die Aussicht auf ein Nachgeben des Vaters. Schwer seufzend machte sich Otto wieder an seine Arbeit. Er merkte, auch der Futtermeister Rabause sah öfter als sonst aus der Stalltür – nur der Vater tat, als sei nichts gewesen.

Erst als die Nachtdroschken hereinkamen, ging der alte Hackendahl aus dem Stall. Wie immer sprach er mit jedem Kutscher, sah selbst die Taxuhr nach, berechnete die Gelder, kassierte und trug ein in sein Buch. In der vergangenen Nacht war das Geschäft ungewöhnlich gut gewesen, die Droschken hatten fast gar nicht an den Halteplätzen zu warten gehabt. Hackendahl kassierte viel Geld, er belebte sich etwas, es war nicht alles hoffnungslos, das Geschäft ging.

Er rief Rabause zu, daß die Pferde von den Nachtdroschken eine Extraration Hafer bekommen sollten. Dann fragte er den Kutscher: «Und wo bist du hingefahren, Willem?»

«Es war ja ville los in der Stadt», sagte der Kutscher. «Die Leute sind mächtig uffjeregt wejen die Ermordung von dem Erzherzog. Dreimal habe ich bei Scherl jemußt, wo die Telegramme anjeschlagen sind. Den Mörder haben se ja fest, Herr Hackendahl, es is ein Studente, seinen Namen hab ich aber nich behalten. Er hat gleich Jift geschluckt, aber er hat's wieder rausgekotzt . . .»

«Ein Student, so», sagte der eiserne Gustav. «Und wegen so was schlagen sich die Leute die Nacht um die Ohren. Den Hintern blutig gehauen, das gehört so einem, Hinrichtung geht viel zu schnell, erst muß der mal Schmerzen spüren . . . Aber es ist keine Zucht mehr auf der Welt . . .»

Der alte Kutscher sah von den blauen Tuchkissen hoch, die er gerade für die Tagfahrt ausbürstete. «Meenen Se det, Herr Hackendahl? Ich denk immer, es is zu ville Zucht auf der Welt, alles jeht nach Drill un Kommando, und der Mensch is doch keine Maschine nich, er is gewissermaßen was Lebendiges, mit Jefühlen . . .»

Aber der alte Wilhelm hatte einen schlechten Augenblick gewählt, denn gerade kam sein Kollege Piepgras auf den Hof gefahren, und der hatte bei seiner Droschke trotz des milden Sommermorgens das Verdeck hochgeschlagen, und das Kotleder war auch zugeknüpft, als regne es Pickelsteine. Aber das war nicht an dem, sondern . . .

«Ja, Herr Hackendahl», sagte Piepgras und stieg schnaufend über das hohe Wagenrad vom Bock und schob den Lackzylinder mit der Nummer aus seiner buckligen Stirn. «Willste stehen, Ottilje! Das Aas kann nie sein Futter abwarten! – Ja, Herr Hackendahl, nu sagen Sie bloß, was sollte ich machen? Klock einsen die Nacht sind die beiden beim Alten Kuhstall in meine Droschke gestiegen, und über den Lehrter in den Tiergarten hat er gesagt, und dann immer weiter, bis ich klopfe! Und ich hab gar nicht gemerkt, daß er einen auf der Lampe hat, aber gekloppt hat er nich. Und ich fahre und fahre und manchmal frage ich: ‹Ist es noch nicht genug?› – Aber nichts, keine Antwort, und wie ich nun schließlich anhalte, sehe ich, die beiden pennen, aber wie! Da hilft kein Schütteln und kein Rufen, er quasselt bloß betrunkenes Zeug, und von Wohnung erfahren und so ist keine Rede.»

«Immer stellst du solche Geschichten an», sagt Hackendahl ärgerlich. «Weck sie auf! Rechne schnell mit ihnen ab und sieh, daß sie runterkommen von meinem Hof!»

Und er trat einen Schritt zurück.

«Aber, Herr Hackendahl!» sagte der Kutscher vorwurfsvoll. «Wie Sie bloß so sein können. Das sind doch zwei wie die reinen Kinder, so was muß man doch gesehen haben, das freut Vatern, und Muttern freut es auch . . . Das ist doch noch die wahre Liebe, aus'm Gesangbuch . . .»

Und während er so weiter dröhnte, schlug Piepgras langsam das

Verdeck seiner Droschke zurück und knüpfte das Kotleder los ...

Es waren eine ganze Menge Leute, die da zuschauten. Müde Droschkenkutscher vom Nachtdienst und ausgeschlafene Droschkenkutscher vom Tagdienst. Auch Otto und Rabause ließen sich diesen Spektakel nicht entgehen. (Der alte Piepgras machte wirklich immer solche Witze.) Selbst die Frauen im Hause hatten eine Witterung von der Sache bekommen und sahen wieder aus den Fenstern, den dreizehnjährigen Bubi zwischen sich ...

Es war kein schlechter Anblick, der sich den Beschauern allen bot, nein, die beiden Schläfer sahen gut und erfreulich aus. Wenn sie wirklich berauscht in die Droschke gestiegen waren, jetzt schliefen sie einen wahren Kinderschlaf. Ihr Kopf lag, ganz wie es sich gehörte, an seiner Brust, und an den Händen hielten sie sich auch, als dürfe ihre Gemeinsamkeit selbst nicht in den Wäldern des Schlafs und in den Dickichten des Traums verlorengehen ...

Alle sahen still auf das freundliche Bild, und nach einer Weile sagte der alte Piepgras ganz friedlich: «Na, Herr Hackendahl, habe ich zuviel gesagt? So was freut einen doch, daß es das auch noch in der Kaiserstadt Berlin gibt, wo sich die Nutten auf der Friedrich geradezu auf die Hacken treten. Aber es jibt eben allens in Berlin ...»

Wer kann sagen, was alles dem alten Hackendahl beim Anblick der beiden jungen Liebesleute durch Herz und Hirn zog? Er war ja auch einmal jung gewesen, und sah, daß dies noch Kinderliebe war, etwas Leichtes, Fröhliches ...

Aber da hatte nun Piepgras das Wort gesagt von den Nutten, die sich auf der Friedrich die Hacken abtreten, und in demselben Augenblick war ihm wohl die Tochter eingefallen, die heimlich in ein wirklich recht übel beleumdetes Café schlich, und der Sohn, der heute morgen nach gemeinem Parfüm gerochen hatte. Mit einem Satz sprang er zu der Droschke, riß den Schläfer bei der Schulter und rief zornig: «Wachen Sie auf! Machen Sie, daß Sie von meinem Hof runterkommen, Sie Kerl, Sie!»

Noch eher aber als der junge Mann wurde das junge Mädchen wach. Sie fuhr hoch und sah auf den fremden Hof und in all die fremden Männergesichter, die auf sie gerichtet waren, die alle erschrocken und böse und finster aussahen. Daß diese Finsterkeit nicht ihr, sondern dem Ausbruch des eisernen Gustav galt, das wußte sie ja nicht.

Sie faßte ihren Freund bei der Hand, zog ihn hoch vom Sitz und rief: «O komm bloß, Erich, was ist nur?» Und schon lief sie, ihre langen Röcke raffend, über den Hof dem Tor zu, ihren Erich mit sich ziehend.

Den alten Hackendahl aber hatte der Name Erich ganz rasend

gemacht, er lief neben den beiden her und beschimpfte sie weiter. Auf der anderen Seite aber lief der Droschkenkutscher Piepgras, der ein solches Ende seines Scherzes nie erwartet hatte, und flehte und drohte: «Herr Hackendahl, was machen Sie bloß?! Der Herr hat doch noch nicht bezahlt! Wollen Sie wohl stehenbleiben, Herr, und mir meine Taxe zahlen?!»

Aber das junge Mädchen und der junge Mann liefen immer schneller, sie liefen von den bösen Gesichtern der Welt fort, in den blauen, frischen Junimorgen hinein . . .

Zuerst blieb der alte Hackendahl stehen. Er stand unter dem steinernen Torpfosten mit der goldenen Kugel darauf, trocknete sich das Gesicht ab und sah wie erwachend in all die Gesichter. Die Gesichter wandten sich aber alle verlegen von ihm fort, ein jeder machte sich rasch an seine wirkliche oder an eine Scheinarbeit. Stumm ging der eiserne Gustav über den Hof, rief im Vorbeigehen nur halblaut: «Mach du fertig, Otto!» und verschwand im Haus.

Sofort war der Hof ein Wirbel von Getuschel und Geflüster, und am dicksten standen sie um den jetzt schnaufend zurückgekehrten Piepgras: Er hatte die jungen Leute nicht mehr erwischt, die Liebe war in dieser Nacht taxfrei gefahren.

11

Um sieben Uhr auf den Schlag wurde im Hause Hackendahl Kaffee getrunken, und dem eisernen Gustav mochte zumute sein, wie ihm wollte, er stand Schlag sieben gerade aufgerichtet am Kopfende des Tisches und ließ den Heinz das Morgengebet sprechen. Dann gab es ein allgemeines Stuhl- und Füßegescharre, und nun kellte die Mutter die Mehlsuppe auf.

Schweigend kratzten die Löffel auf den Tellern, schweigend sah bald der, bald jener Erichs leeren Stuhl an. Manchmal nur seufzte die Mutter, des hungrigen Sohnes im Keller gedenkend, sagte: «Ach ja» und «O Gott, o Gott». Aber keiner antwortete, bis sie endlich klagte: «Heute ißt mal wieder kein einziger! Was das nur ist mit euch! Iß du wenigstens was, Bubi, du hast doch keine Ursache zu hungern!»

Der Bengel schoß einen wachsamen Blick auf den Vater und sagte dann abgrundtief mit seiner mutierenden Stimme: «Plenus venter non studet libenter – ein voller Bauch studiert nicht gern. Im Interesse meines lateinischen Exerzitiums geziemt sich Zurückhaltung in der Vertilgung von gekochtem Mehl . . .»

«O Gott!» seufzte die Mutter. «Dafür läßt man nun seine Kinder studieren, daß man kein Wort mehr von ihnen versteht und daß sie . . .»

Sie sprach nicht weiter, ihre Augen hatten sich mit Tränen gefüllt, jeder sah, daß sie an den Sohn im Keller dachte, der ausstudiert hatte.

«Halte den Mund!» knurrte der Vater zu Heinz hinüber.

«Zu Befehl, pater patriae!» Und nicht umzubringen: «Soll ich einen Entschuldigungszettel für Erich in die Penne mitnehmen?»

Der Vater funkelte den Sohn zornig an, die anderen duckten die Köpfe – aber das Gewitter zog ohne Einschlag vorüber: Hackendahl stieß nur seinen Stuhl zurück und ging auf sein Zimmer.

Eine halbe Stunde später war Heinz zur Schule gegangen und Sophie ins Krankenhaus. In der Wohnung räumte Eva mit dem kleinen Dienstmädchen auf, in der Küche putzte Frau Hackendahl Gemüse, und im Stall berieten Otto und der alte Rabause, ob man den Vater an seine Privatfuhren erinnern dürfe oder nicht . . .

An seinem Schreibtisch saß der alte Hackendahl. Er hatte das Kassenbuch vor sich aufgeschlagen, die Morgeneinnahme hingelegt, aber er zählte nicht nach, er trug nicht ein.

Er saß und grübelte. Er grübelte finster und ungelenk, er sagte sich hundertmal, daß die Welt nicht einfällt über einen kleinen Hausdieb, über einen Arbeitgeber, der vor seinen Leuten die Beherrschung verliert.

Nein, die Welt fiel nicht ein, aber seine Welt war ihm eingefallen. Er grübelte, warum seine Kinder nie das wollten, was er wollte, warum sie stets widersetzlich waren. Er hatte jeder Obrigkeit stets freudig gehorcht, aber wenn seine Kinder ihm noch gehorchten, so nur widerstrebend, mit Maulen und Unwillen. Vielleicht war alles, was heute geschehen war, wirklich gar nicht so schlimm, in einem viertel oder halben Jahr konnte man es vergessen und begraben sein lassen, aber es *war* doch schlimm! Weil es nicht nur die Hausdieberei war, sondern weil alles zum Verfall drängte, auseinanderstrebte, das Erworbene mißachtete . . .

Mit gerunzelter Stirne starrte er das Geld auf dem Schreibtisch an. Die gute Nachteinnahme freute ihn nicht, er mochte sie gar nicht eintragen ins Kassenbuch, er hatte vorher noch eine andere Eintragung zu machen.

Jawohl, er muß sie machen, er nimmt die Feder in die Hand, zögert – und legt sie wieder hin. Trostlos starrt er das Kassenbuch an. Es geht ihm wider Ordnung und Anstand, was er tun muß . . .

Dann kommt ihm ein Gedanke. Es ist vielleicht nur ein Aufschub, aber es ist ja auch möglich, daß nicht alles Geld verbraucht wurde. Er geht eilig in das Schlafzimmer der Söhne. Dort macht Eva die Betten. Er möchte sie fortschicken – muß aber ein Vater sich dessen, was er tut, vor den eigenen Kindern schämen? Fast trotzig nimmt er Jacke und Weste von Erich, die noch über dem Stuhl hängen, und fängt an, die Taschen nachzusehen. Aber er findet nichts, nichts als die Spuren eines weiteren Ungehorsams: ein paar Zigaretten. Aber es reicht bei dem Vater nicht mehr zu einem neuen Zorn, er zerdrückt nur die Zigaretten, daß der Tabak auf die Erde rieselt, sagt barsch zur Tochter: «Kehr den Dreck fort!» und geht in die Küche.

Die Küche ist leer. Er schneidet einen Kanten Brot ab, so stark, wie ihn die Arrestanten beim Militär bekamen. Dann sieht er sich suchend um, aber in seiner bürgerlichen Küche gibt es die glasierten Tonkrüge nicht, in denen man den Leuten Wasser hinstellte. Nach einigem Schwanken nimmt er ein emailliertes Litermaß und füllt es mit Wasser. Er läßt die Leitung gut ablaufen, das Wasser soll frisch sein, auch ein Gefangener muß seine Ordnung haben.

Dann steigt er mit Wasser und Brot hinunter in den Keller.

Als er in den dunkeln Kellergang einbiegt, hört er ein Tuscheln. Er lauscht, dann räuspert er sich und geht weiter. Seine Frau schleicht an ihm vorüber, er sagt streng: «Hier hat keiner was zu suchen!» Und schließt den Keller auf.

Der Sohn steht an dem kaum zwei Hände großen Fenster. Er dreht sich nicht um, als der Vater eintritt. Der legt das Brot auf eine Kiste, stellt das Wasser daneben und sagt: «Hier hast du zu essen, Erich!»

Der Sohn rührt sich nicht.

«Du könntest auch danke sagen, Erich», tadelt der Vater milde.

Kein Wort.

Hackendahl wartet noch einen Augenblick, als dann nichts erfolgt, sagt er härter: «Dreh deine Taschen um, Erich. Ich will sehen, ob du noch Geld hast . . .»

Wieder rührt der Sohn sich nicht. In jähem Zorn tritt Hackendahl zu ihm und schreit: «Hörst du nicht?! Du sollst die Taschen umdrehen!!»

Jawohl, das ist der alte, stählerne Kommandoton, mit dem er eine ganze Kompanie zur Ordnung rief, jedem einzelnen Mann fuhr seine Stimme ins Gebein! Auch der Sohn schreckt zusammen, wortlos wendet er die Taschen, aber es ist nichts in ihnen . . .

Der Vater will es nicht glauben. «Das ganze Geld!» ruft er. «Achtzig Mark in einer Nacht verlumpt, das ist doch nicht möglich!» Der Sohn wirft einen raschen Blick auf den Vater, fast hätte er über so viel Lebensfremdheit gelacht. «Es hätten auch achthundert sein können», sagt er dann prahlerisch. «Wozu ist Geld sonst gut?»

Der Vater steht starr – es ist alles noch viel schlimmer, als er dachte, ein genußsüchtiges, weiches Geschlecht ist herangewachsen, das nicht erwerben, nur verschwenden kann. In der weichen Friedensluft aufgeschossen, fährt es ihm durch den Kopf. Siebzig-einundsiebzig ist zu lange her! Er denkt einen Augenblick an den gestern ermordeten Erzherzog. Die Leute reden von Krieg – das wäre nicht schlecht, dann lernen die Bengels wieder, daß Leben Kampf ist . . .

«Also achthundert hättest du auch verlumpt», sagt er verächtlich. «Und hast noch keine Mark in deinem Leben verdient! Im Straßengraben wirst du krepieren, ohne deinen Vater!»

Er sieht den Sohn noch einmal starr an, aber der zuckt nur die Achseln. Da dreht Hackendahl sich um und geht.

Sorgfältig schließt er die Kellertür ab, und als er nach oben kommt, verschließt er auch die Tür zum Gang: Es soll kein Getuschel mehr geben. Widersetzlichkeit muß nicht noch getröstet werden!

Er geht in sein Zimmer, jetzt greift er ohne Zögern zur Feder, er schreibt in das Kassenbuch:

«29. 6. Gestohlen von meinem Sohn Erich . . . 80,– Mark.»

So! Das wäre erledigt! Und mit einem plötzlich Entschluß schiebt er Morgeneinnahme und Kassenbuch in die Schreibtischlade. Das hat Zeit – das Wichtigste ist erledigt!

Er geht rasch in sein Schlafzimmer, zieht den blauen Kutscherrock mit den blanken Knöpfen an und setzt den Zylinder auf. Unten auf dem Hof steht schon die leichte Einspännerdroschke fahrbereit, Otto hält den übermütigen Schimmel am Zügel.

Hackendahl steigt auf den Bock, legt die Staubdecke über die Knie, drückt noch einmal den Zylinder fest und faßt die Peitsche. Zu Otto sagt er: «Um zwölf bin ich wieder hier. – Bring Kastor und Senta zur Schmiede – die Vordereisen sind ganz verbraucht. Das hättest du auch sehen können! – Hü, Schimmel!»

Er schnalzt mit der Zunge, der Schimmel trabt an, und die Droschke rollt vom Hof.

Das ganze Haus atmet auf.

12

Hinter der Gardine des Schlafzimmers hatte Eva gestanden und gebannt auf die Abfahrt des Vaters gewartet. Eigentlich hatte sie gewußt, daß sie fast nichts riskierte, als sie in des Vaters Zimmer geschlichen war, während der für Erich in Küche und Keller wirtschaftete. So töricht war sie nicht gewesen, das Geld auf dem Schreibtisch selbst anzurühren. Die Morgeneinnahme war gezählt, das wußte sie.

Das in der Lade liegende Geld, das in den Säckchen, war freilich auch gezählt. Aber wenn der Vater schließlich merkte, daß da nicht nur achtzig Mark, daß da zweihundertachtzig Mark fehlten, er würde immer nur an Erich als an den Dieb denken. Und Erich hatte schon soviel Butter auf dem Kopf, da kam es auf ein bißchen mehr oder weniger nicht an!

Sie machte eine geringschätzige Bewegung mit der Schulter, in der Schürzentasche fühlt sie mit den Fingerspitzen die zehn Goldfüchse – schlau muß man sein! Seit ihr Entschluß fest geworden ist, nicht mehr lange in diesem freudlosen Hause zu bleiben, sammelt sie Geld. Wo es zu machen war, hat sie kleine Beträge genommen, sie hat Schmugeld bei den Lebensmitteleinkäufen gemacht, heimlich hat sie Sachen aus dem Wäscheschrank der Mutter versetzt. Jawohl, sie befreit sich langsan und sicher aus der Abhängigkeit vom Vater.

Sollte sie sich ein Gewissen daraus machen, daß sie ihn beklaut? Nicht in die Tüte! Der Vater rückt freiwillig nicht einen Groschen heraus, und wenn er auch immer behauptet, er spart alles für seine Kinder – Vater kann hundert Jahre alt werden, und sie ist dann fast siebzig, ehe es was zu erben gibt. Nein, immer ran an die Kasse, solange sie offen ist, und heute früh war sie ja recht hübsch offen!

Eva schiebt schnell die Hängelampe zur Decke, es ist noch solche alte – ein bloß auf elektrisch aufgearbeitetes Petroleumsdings. Je höher sie die Lampe schiebt, um so tiefer sinkt das Gegengewicht: ein blankes Osterei aus Messing, mit stumpfen Messingarabesken verziert. Rasch hakt sie das Gewicht los, schraubt es in der Mitte auseinander – und aus dem hohlen Innern, das früher wohl mit Sand oder Blei gefüllt war, schimmert ihr sanft golden ihr kleiner Schatz entgegen.

Sie starrt ihn an, atemlos vor Glück, ach, diese zwölf oder fünfzehn großen Goldfüchse – sie machen sie ganz selig! Ihr Vater hat ein gutes, solides Vermögen – teils steckt es im Geschäft, in Hofplatz und Haus, teils ist es in soliden Staatspapieren angelegt – hunderttausend Mark schätzt sie, eher darüber als darunter!

Aber mit des Vaters Geld, mit dem Familienvermögen verbindet sie keinen Begriff. Der Vater gehörte zu der Generation, die gerne Geld verdiente, aber ungern Geld ausgab. Er war ein Anhäufer von Geld und meinte, seine Kinder müßten erst Geld verdienen, ehe sie Geld ausgaben. Aber die Zeiten hatten sich geändert, oder die Menschen hatten sich geändert, oder es war auch nur das alte Gesetz von Ebbe und Flut: Nach dem Hochstand kam Niedrigwasser. Die neue Generation interessierte aufgehäuftes Geld gar nicht, es war etwas Totes, Sinnloses, ja, Widersinniges! Geld war dazu da, um es auszugeben; Geld, das bloß dalag, war dumm!

So entzückt die Tochter des wohlhabenden Mannes der kleine Schatz im Gegengewicht der Hängelampe, den sie mit tausend schmählichen Kniffen und Pfiffen gesammelt hat. Langsam läßt sie die neuen zehn Goldfüchse auf die anderen fallen, das gibt einen leisen, sanften Klang, der sie berauscht. Aber nicht Klang noch Geld berauschen sie, es berauscht sie der Gedanke an das, was sie von diesem Gelde kaufen kann: Freiheit und ein seidenes Kleid, Genuß und einen neuen Hut.

Aufatmend bringt sie die Lampe wieder in Ordnung, setzt dann vor dem viel zu kleinen Spiegel (der Vater duldet keinen größeren) ihren Stroh-Florentiner auf und geht in die Küche.

«Gib mir Geld, Mutter, ich will einkaufen.»

Die Mutter sitzt in einem großen Stuhl am Herd, mechanisch rührt sie aus der Ferne mit einem langstieligen Löffel in einem großen Kochtopf. Alles an der Mutter hängt: Bauch, Brust, Backen – selbst die Unterlippe hängt. Am Fenster steht Bruder Otto, er dreht verlegen mit den Fingern an seinem dünnen, flaumigen Bärtchen.

«Was willst du denn einkaufen, Evchen?» fragt die Mutter klagend. «Wir haben doch alles zum Mittag. Aber du willst nur wieder rumlaufen!»

«Gar nicht!» sagt Eva, und ihre eben noch so strahlende Stimmung wird bei den tausendfach gehörten Klagelauten der Mutter sofort wieder gereizt und böse. «Gar nicht! Aber du hast selbst gesagt, Mutter, wir wollen heute abend Matjes mit Pellkartoffeln essen, und wenn ich die Matjes nicht heute früh hole, sind sie alle.»

Beides ist nicht wahr, weder hat die Mutter Matjes fürs Abendessen angesetzt, noch entleert sich der Berliner Markt bis zum Nachmittag gänzlich der Matjesheringe. Aber Eva weiß längst, daß es nicht darauf ankommt, was man der Mutter entgegenhält, sondern daß man ihr überhaupt widerspricht. Dann gibt sie sofort nach.

So auch jetzt. «Ich sage ja gar nichts, Evchen. Meinswegen kannst du gehen! Wieviel brauchst du denn? Is 'ne Mark genug? Du weißt doch, Vater will deine Lauferei nicht haben . . .»

«Dann muß Vater uns eben einen Botenjungen halten!»

«Ach Gott, Evchen, sage doch bloß das nicht! So ein fremder Bengel im Haus, und überall schnüffelt er herum, und nichts kann man offen liegenlassen, alles kommt weg . . .»

Sie bricht ab und wirft einen halb verlegenen, halb hilfeflehenden Blick auf den stummen Sohn am Fenster.

Statt seiner sagt Eva: «Ach, du meinst wegen Erich, Mutter? Hab dich man nur nicht so! – Der ist besorgt, den läßt Vater nicht eher aus dem Keller, bis er ganz kusch ist.»

«Aber er kann doch nicht – Tage und Wochen . . .» sagt die Mutter hilflos. Wieder sieht sie zu dem Sohn hinüber. «Sag du doch ein Wort, Ottchen! Du meinst doch auch . . .»

«Habe ich das Geld genommen?» ruft Eva und dünkt sich sehr klug. «Jeder muß seine eigene Suppe ausfressen, da kann ich ihm nicht helfen.»

«So bist du immer gewesen, Eva!» ruft die Mutter, aber nur kläglich. «Bloß an dich hast du immer gedacht! Du sagst, Erich hat Geld genommen – aber wieviel Schmugeld hast du bei den Einkäufen . . .»

«Ich . . .» fängt Eva an, völlig verblüfft, daß die Mutter klüger gewesen ist, als sie geglaubt hat.

Aber bei der ist der schwache Zorn schon wieder vorüber. «Ich gönne es dir ja, Kind», ruft sie weinend. «Du sollst doch auch etwas von deinem Leben haben! Aber sieh mal, Evchen», fängt sie schmeichelnd an, «wenn ich dich nicht verrate, könntest du auch was für Erich tun . . .»

«Ich habe kein Geld genommen», protestiert Eva für alle Fälle, «ich tu so was nicht.»

«Siehst du, Evchen, du bist doch nun mal Vaters Liebling, bei dir drückt er eher mal ein Auge zu. Wenn du in den Keller gingst und Erich freiließest? Otto sagt, die Schlösser schlägt man leicht mit Meißel und Hammer entzwei . . .»

«Und warum geht dann nicht der große Otto in den Keller und läßt Erich frei, wenn er so klug ist? Und warum gehst du nicht selber, Mutter? Du bist doch die Mutter! Nein, daraus wird nichts. Ich soll eure Dumme sein – aber das bin ich nicht! Von meinswegen kann der Erich da sitzen, bis er so schwarz wird wie die Preßkohlen. Da freue ich mich bloß!»

Damit schoß Eva noch einen triumphierenden Blick auf Mutter und Bruder, rief: «Und ihr laßt auch besser die Finger davon!», fischte sich die Markttasche aus Wachstuch und schlüpfte aus der Küche.

Die beiden Zurückbleibenden sahen einander trostlos an, dann senkte die Mutter den Kopf, und mechanisch fing sie wieder an, im Topfe zu rühren . . .

«Und wenn er raus ist, wo soll er dann hin, Mutter?» fragte Otto schließlich. «Er kann dann doch nicht hier im Haus bleiben.»

«Vielleicht kann er eine Weile bei einem Freund wohnen, bis Vater sich beruhigt.»

«Wenn Erich fortläuft, verzeiht Vater ihm nie. So lange kann er nicht bei einem Freund bleiben.»

«Wenn er nun was arbeitet?»

«Arbeiten hat er nicht gelernt. Und er ist auch zu schwach für Körperarbeit.»

«Dazu hat man nun Kinder gekriegt . . .» fing die Mutter wieder an.

«Vielleicht ließe ich ihn raus», sagte Otto schließlich. «Aber wo man gar nicht weiß, wo er bleiben soll . . . Und Geld haben wir auch nicht.»

«Siehst du!» rief Frau Hackendahl aufgeregt. «Da ist man nun die Frau von einem reichen Mann, und glaubst du, daß ich je eine Mark für mich gehabt habe? Nie! In meiner ganzen Ehe nicht! Aber so ist dein Vater, Ottochen, was war er denn, bloß ein Wachtmeister – und ich habe ihm das ganze Fuhrgeschäft zugebracht . . .»

«Was hat es denn für Sinn, über Vater zu schelten? Vater ist so, wie er ist; und du bist so, wie du bist; und ich bin, wie ich bin . . .»

«Ja, und darum stehst du da und tust nichts und guckst bloß, und am liebsten säßest du wieder auf der Futterkiste bei deinem Rabause und schnitzeltest was aus Holz. Deinetwegen könnte die Welt untergehen und dein Bruder sterben und verderben . . .»

«Keiner kann aus seiner Haut», sagte Otto ungerührt. «Mich hat der Vater, weil ich der Älteste bin, zuerst und am meisten in der Mache gehabt, und so bin ich denn wohl so geworden, wie er mich haben wollte. Ich kann mich nicht mehr ändern.»

«Ich», rief die Mutter und kam wirklich in Bewegung, «ich hab am längsten mit Vatern gelebt, viel länger als du, mit mir hat er am meisten geschrien. Aber wenn ein Kind von mir in Not ist, dann stehe ich doch auf.» (Sie tat es.) «Und wenn keiner meinem Erich helfen will, dann tu ich es. Lauf, Ottchen», sagt sie entschlossen, «bring mir Handwerkszeug, womit ich die Schlösser aufkriegen kann. Dann mach, daß du in den Stall kommst, damit du nicht dabeigewesen bist und nichts wissen mußt. – Ich habe auch Angst vor Vatern – aber nur Angst, nein, dann möchte ich doch nicht mehr leben . . .»

13

Der alte Hackendahl hatte es sich mit seinen sechsundfünfzig Jahren nie nehmen lassen, Tag für Tag, Sommer und Winter, bei Schnee und Sonnenschein, noch selbst auf den Bock seiner Droschke zu steigen. Freilich, jeden Beliebigen fuhr er nicht, das hatte er nicht nötig. Aber die Stammkundschaft fuhr er, die Herren, die sich Tag für Tag nur vom alten Hackendahl auf ihr Büro, in ihre Bank, zum Ordinationszimmer fahren lassen wollten.

«Denn so wie Sie, fährt eben doch keiner, Hackendahl! Immer pünktlich auf die Minute, und dann im schlanken Trabe durch, und dabei kein Gejachter mit Peitschengeknall und Gejohle, und vor allem nie Streit mit diesen neumodischen Automobilen!»

«I wo denn, Herr Kammergerichtsrat! Zu was denn Streit? Mit

solchen Benzinstinkern mache ich mich nicht gemein, Herr Kammergerichtsrat! Das sind doch alles bloß Todeskandidaten, und in zehn Jahren weiß kein Mensch mehr was von ihren Töfftöffs. Da ist die Mode vorbei. Die jagen, Herr Kammergerichtsrat, aber bloß, daß sie schneller in die Grube jagen . . .»

So sprach Hackendahl mit seiner Stammkundschaft, und wie er sprach, so dachte er auch. Wenn er die Autos nicht ausstehen konnte, so nur, weil sie ihm seine guten Pferde nervös machten mit ihrer Huperei und Stinkerei und Raserei . . . Sein braver Schimmel konnte ganz von Sinnen werden über die klapprigen Blechdinger, das Gebiß zwischen die Zähne nehmen und ab – in voller Karriere und Bauch auf die Erde. Und das liebte nun wieder Hackendahls Alte-Herren-Fahrkundschaft nicht.

Als Hackendahl an diesen Vormittag in die Bendlerstraße kam und bei der Villa des Geheimen Sanitätsrats Buchbinder vorfuhr, war er darum auch gar nicht erfreut, daß da solch Automobil vor der Türe stand. Der Schimmel stutzte. Und bockte und wollte gar nicht heran an den Kantstein: Hackendahl mußte wahrhaftig runter vom Bock und den Zossen beim Kopf nehmen.

Der neben seinem Wagen wartende Chauffeur grinste natürlich höhnisch. «Na, wat is'n mit deinem Hafermotor, Jenosse?» fragte er. «Hat wohl Fehlzündung? Soll ick ihm ein bißken mit'm Schraubenschlüssel den Auspuff regulieren?»

Natürlich antwortete Hackendahl auf solche Anpflaumerei kein Wort. Er stieg wieder auf den Bock, nahm die Zügel schulgerecht in die eine, die Peitsche in die andere Hand, wobei er den Peitschenknauf aufs Knie stützte, und sah nun ganz so vornehm hochherrschaftlich aus wie sein Kollege aus dem Kaiserlichen Marstall.

Der Chauffeur beäugte ihn kritisch. «Fein», sagte er dann. «Fein mit Ei. Noch zehn Jahre, Jenosse, und se holen dir mit Bürjermeister und weißer Ehrenjungfrau als letzte Pferdedroschke erster Jüte durchs Brandenburger Tor ein. Und denn stopfen se dir aus und stellen dir ins Märkische Museum, nee, in de Naturjeschichte in der Invalidenstraße – da stellen se dir gleich neben den jroßen Menschenaffen aus'm Urwald . . .»

Der langsam über dieser echt berlinischen Pöbelei blaurot anlaufende Hackendahl hätte nun doch wohl sehr kräftig *seine* Meinung über Menschenaffen gesagt, aber aus der Villa kam der Geheime Sanitätsrat Buchbinder, mit einem jungen Mann. Vorschriftsmäßig, die Augen stramm geradeaus gerichtet, tippte Hackendahl mit der Peitsche zum Gruß gegen seinen Lackzylinder. Der Chauffeur natürlich lümmelte sich nur langsam an seine Wagentür und sagte bloß: «Mojen!»

«Guten Morgen, Hackendahl!» rief der Geheimrat vergnügt. «Hören Sie, Hackendahl, das hier ist mein Sohn, auch schon Mediziner, und der will nun . . .»

«Weiß ich doch, Herr Geheimrat!» sagte Hackendahl vorwurfsvoll. «Habe ich doch gleich gesehen. Ich habe doch den Herrn Sohn Ostern sieben zum Anhalter gefahren, zum Münchner Schnellzug, sechs Uhr elf, wissen Sie nicht noch, junger Herr . . .?»

«Richtig!» rief der Sanitätsrat. «Ja, mein Hackendahl, der hat noch ein Gedächtnis! – Aber, Hackendahl, nun ist mein Sohn ein Mann geworden, nun will er nicht mehr mit Ihnen fahren. Ein Auto hat er sich gekauft (von meinem Gelde, Hackendahl!) . . . und nun will er nur noch Auto fahren . . .»

«Er wird's schon bleibenlassen, Herr Geheimrat», sagte Hackendahl und sah mißgünstig Auto und frech grinsenden Chauffeur an. «Wenn er erst mal gegen einen Baum gefahren ist oder ein paar Menschen unglücklich gemacht hat, dann wird er's schon bleibenlassen!»

«Also, Papa», sagte der junge Mann ungeduldig und ignorierte das subalterne Kutschergeschwätz vollkommen, «steig ein, und in vier Minuten hältst du vor deiner Charité.»

«Ja, mein Junge, das sagst du so. Aber ich muß in einer halben Stunde operieren, und wenn ich dann Herzklopfen von eurer Raserei habe, oder meine Hand zittert . . .»

«Papa! Mein Ehrenwort! Du fährst wie in einer Wiege, du merkst überhaupt nichts von Schnelligkeit. Wenn chirurgisch etwas Neues aufkommt, versuchst du es doch auch . . .»

«Ich weiß nicht», sagte der alte Herr bedenklich. «Was meinen Sie, Hackendahl?»

«Wie der Herr Geheimrat befehlen», sagte Hackendahl förmlich. «Aber wenn ich etwas sagen darf, in acht Minuten sind Sie auch mit mir in der Charité – und bei mir passiert nichts, bei mir ist noch nie was passiert!»

«Ja, Papa, wenn du dich freilich über Autos von deinem Droschkenkutscher beraten lassen willst . . .»

Viel Kummer und Ärger hatte der alte Hackendahl an diesem Morgen schlucken müssen, aber Droschkenkutscher, das war ihm doch fast zuviel. Gottlob sagte auch gleich der Geheimrat: «Du weißt gut, mein lieber Junge, daß Hackendahl kein Droschkenkutscher ist. Und nun will ich dir etwas sagen: Ich werde mit Hackendahl fahren, und du wirst mit deinem Automobil fahren, ganz ruhig nebenher, und ich werde mir vom sicheren Port dein Schifflein anschauen, und ist es mir nicht zu stürmisch, dann darfst du mich von der Charité nach Haus fahren.»

Geheimer Sanitätsrat Buchbinder hatte milde, aber entschlossen gesprochen. Der Sohn antwortete etwas ärgerlich: «Wie du meinst, Papa», und wandte sich zu seinem Auto.

Der alte Herr aber stieg in Hackendahls Droschke, legte die leichte Staubdecke über die Knie, rückte behaglich zurecht und sagte: «Also, dann fahren Sie langsam los, Hackendahl. Er wird uns ja mit seinen zwanzig oder vierzig Pferdekräften doch gleich einholen!»

Es war gut, daß Hackendahl solche Weisung bekam; der Schimmel war schon längst empört gewesen über das Schreckgespenst, das direkt vor ihm hielt. Gerade hatte der Chauffeur angefangen, an der Kurbel zu drehen, aus dem Auspuffrohr unter des Schimmels Nase kamen kleine, dicke, stinkende, blaue Wölkchen . . .

«Sachte, Hackendahl, sachte!» schrie der Geheimrat, den es fast vom Sitz geschleudert hatte. «Fahren Sie langsam! – Sie sollen langsam fahren, Hackendahl, ich will keine Wettfahrt . . .!»

Hackendahl wollte auch keine, es war nur schade, daß man dies dem Schimmel nicht begreiflich machen konnte. Das aufgeregte Tier raste die Bendlerstraße im Galopp hinunter, bog so scharf in die Tiergartenstraße ein, daß die Räder gegen die Bordkante schrammten, und ging nun, ein wenig ruhiger, aber immer noch ins Gebiß schäumend, an den grünen Rasenflächen entlang.

«Ich glaube, Sie sind des Teufels, Hackendahl?» stöhnte der Geheimrat von hinten.

«Das ist der Schimmel!» rief Hackendahl. «Der haßt Automobile.»

«Ich dachte, Sie führen nur sanfte Tiere?»

«Tu ich auch, Herr Geheimrat! Aber wenn solch ein Ding ihm direkt in die Nase stinkt und knallt!»

«Also immer langsam, keinesfalls eine Wettfahrt», befahl der Geheimrat.

Gottlob war keine Aussicht auf Wettfahrten. Hackendahl fuhr schon um den Rolandbrunnen, er sah sich vorsichtig um: Von dem Automobil war keine Spur zu sehen.

Kriegt den Kasten natürlich nicht in Gang! frohlockte Hackendahl bei sich. Der Geheimrat soll schon sehen, was zuverlässiger ist, ein anständiges Pferd oder solche Maschine, die immer gerade dann streikt, wenn sie am nötigsten gebraucht wird! Und er grinste, da er an den kurbelnden Chauffeur dachte.

In gutem Trab fuhren sie die Siegesallee entlang, freundlich standen die weißen Puppen im Grünen, viele sommerlich gekleidete Menschen waren unterwegs.

«Menge Leute unterwegs!» rief der Geheimrat.

«Das macht das gute Wetter», antwortete Hackendahl.

«Und die Aufregung! Haben Sie auch schon von dem Mord in Serajevo gelesen, Hackendahl?»

«Jawohl, Herr Geheimrat. Glauben Sie, daß es Krieg gibt?»

«Krieg – wegen der Serben? Nie, Hackendahl! Sie sollen mal sehen, wie die kuschen! Wegen so was gibt es doch keinen Krieg!»

Noch in weiter Ferne tönte die Autohupe. Hackendahl hörte es, der Schimmel hatte es auch gehört, er spitzte kriegerisch die Ohren.

Hackendahl nahm die Zügel fester. «Ich glaube, da kommt Ihr Herr Sohn, Herr Geheimrat!» rief er nach hinten.

«Hat er also doch noch seinen Kasten in Gang gekriegt. Aber keine Wettfahrerei, wenn ich bitten darf, Hackendahl!»

Näher und näher tönte die Hupe, fast ununterbrochen klang ihr Schrei, Warnung und Alarm für alle Pferdeherzen. Für den Schimmel war es nur Alarm, er trabte straffer, warf den Kopf ungeduldig von rechts nach links, von unten nach oben . . .

Direkt hinter ihm ging der Gummiball: tut, tut, langsam schob sich der grüne Kasten neben die Droschke, erreichte den Kutschersitz, die Hinterhand des Pferdes, den Kopf . . . Der Schimmel machte einen Satz in der Schere, dann schien die Droschke einen Augenblick stillzustehen, und nun raste der Gaul los . . .

«Sie sollen nicht . . .» klang von hinten die Stimme des Geheimrates.

Das Automobil hielt sich genau neben dem Pferde, knatternd, hupend und stinkend. Obwohl Hackendahl immer nur starr geradeaus sah, immer über die Ohren des Pferdes weg, die Zügel fest in der Hand, nach allen Hindernissen ausspähend – trotzdem meinte Hakkendahl das höhnische Gesicht des Chauffeurs zu sehen, dieses Verbrechers, der ihn «Genosse» angeredet hatte und der ihn ausstopfen lassen wollte! Kein Zeichen von Schwäche sollte dieser Bursche sehen – weiter, und dem Schimmel würde es schon leid werden!

Schon war die Siegessäule glücklich umrundet, da zeigte sich eine neue Gefahr in der Gestalt eines pickelhelmigen Schutzmannes. Die wilde Jagd, das galoppierende Pferd hatten seinen Unwillen erregt, in der einen Hand ein dickes Notizbuch, die andere hoch erhoben, trat er auf die Fahrbahn, Einhalt gebietend solch verkehrswidrigem Tun.

Er hatte gut gebieten, Hackendahl gehorchte jeder Obrigkeit, der Schimmel gehorchte nur dem Instinkt der Pferde, er raste weiter.

Der Schutzmann machte einen ganz unmilitärischen Schrecksatz zurück – und alles war vorüber. Weiterrasend wußte Hackendahl, er wurde aufgeschrieben, er bekam eine Strafe – er war vorbestraft!

Mit einem verzweifelten Ruck riß er den Kopf des Pferdes nach rechts in die stille Hindersinstraße, das überlistete Automobil schoß geradeaus weiter, der Schimmel machte noch zehn, fünfzehn Galoppsprünge, fiel in Trab, in Schritt ...

Hackendahl merkte, daß ihn der Geheimrat von hinten am Arm riß. «Sie sollen anhalten, Kerl! Verstehen Sie nicht?!» schrie der Alte, kirschrot vor Wut.

Hackendahl hielt an.

«Verzeihen Sie, Herr Geheimrat», rief er aus. «Der Schimmel ist mir durchgegangen. Das Automobil hat ihn wild gemacht, der Chauffeur hat das mit Absicht getan!»

«Wettraserei!» sagte der alte Herr noch immer zitternd. «Alte Leute und Wettfahrten!» Er stieg aus, mit zitternden Knien. «Wir sind das letzte Mal zusammen gefahren, Hackendahl. Schicken Sie mir Ihre Rechnung. Schämen sollten Sie sich!»

«Aber ich kann nicht dafür! Nicht das frömmste Pferd hielte das aus!»

Ein Hupenschrei erscholl. Von vorn kam das Automobil, das triumphierende Scheusal aus Lack und Eisen, das den Häuserblock umrundet hatte. Der abgekämpfte Schimmel stand mit hängendem Kopf, er rührte sich nicht, selbst als das Auto neben ihm hielt.

«Sie sagen, das Pferd!» rief der Geheimrat. «Aber das Pferd steht doch! Nein, *Sie* haben um die Wette rasen wollen, Hackendahl, nur Sie ...»

Hackendahl sagte nichts mehr, mit trübem Blick, mit gesenktem Kopf sah er den Geheimrat zu dem lächelnden Sohn in das Auto steigen. Schwer war zu tragen, was alles Gott einem rechtlichen Manne auferlegte!

14

Eine halbe Stunde lang hatte Frau Hackendahl mit Stemmeisen, Hammer und Zange an dem Vorlegeschloß zur Kellertür gearbeitet, sie hatte die Krampe krumm geschlagen, den Bügel verbogen, sich die Finger verletzt – aber das Schloß hatte sie nicht aufbekommen.

Nun saß sie erschöpft und verzweifelt auf einer Treppenstufe; in der Ferne, durch zwei Türen hindurch, meinte sie, den gefangenen Sohn rufen zu hören. Aber er rief umsonst, sie konnte nicht zu ihm. Wenn sie sich vorstellte, daß sie um ein nutzlos verdorbenes Schloß den schwersten Sturm bei ihrem Manne heraufbeschworen hatte, so erfaßte sie eine immer stärkere Verzweiflung.

So wie hier war es ihr in ihrem ganzen Leben ergangen: keine schlechten Vorsätze, nicht einmal weniger Mut als jeder andere, aber es gelang ihr nichts. Ihre Ehe war ihr nicht gelungen, ihre Kinder waren nicht so geworden, wie sie erhofft hatte, sie hatte das Schloß nicht aufbekommen.

Sie warf einen Blick auf dieses ekelhafte Eisenschloß. Jawohl, man hätte einen Schlosser holen können, aber man zeigte einem Fremden nicht die Schmach im eigenen Hause. Sie hätte auf den Hof gehen und an der Kellerluke horchen können – aber an allen Fenstern konnten Nachbarn sitzen und lachen, es ging wiederum nicht. Das Leben war so zugebaut, man konnte dem eigenen Mann nicht sagen, was einem zum Überdruß an ihm mißfiel. Und wenn man es ihm sagte, so hörte er nicht, und wenn er hörte, so änderte er sich nicht. Das Leben war so ausweglos, immer dasselbe, es war nicht zu ertragen, keinesfalls, und man ertrug es doch!

Man wurde dick und alt dabei, das Essen schmeckte meistens – und dann war da das Blödeste von allem, diese kleine unsinnige Hoffnung im Herzen, es könnte doch noch einmal anders werden. In diesem alten, verbrauchten, überquellenden Körper saß noch genau dieselbe Hoffnung wie in dem jungen Mädchen. Nie, nicht ein einziges, klimperkleines Mal hatte sie sich erfüllt, aber sie war da, hartnäckiger als je, sie flüsterte: Wenn du das Schloß aufbekommst und Erich frei ist, wird vielleicht doch noch alles anders!

Idiotisch – aber es war so. Es war nur dies alberne Schloß zwischen ihr und einem anderen, besseren Leben, wie es immer nur eine ganze Kleinigkeit gewesen war, die sie nicht zum Genuß ihres Daseins hätte kommen lassen. Das war das Allerschlimmste: Es waren stets nur Kleinigkeiten gewesen, niemals eine große Tragödie.

Auch ihrem Erich war kein anderes Los gefallen, über ein paar Mark sollte er zu einem halben Verbrecher und heimatlos werden, um eine Kleinigkeit. Das Leben war so erschreckend eng, es geschah rein gar nichts, wenn ein Mädel in der Nachbarschaft ein Kind kriegte, so sprach man viele Jahre davon. Kleine Leute, kleine Schicksale – sie hatte einen ungeheuer aufgeschwemmten Leib, aber der Kern in ihr, das, was sie selbst war, das war noch genau so groß wie damals, als sie eine ganz junge Auguste gewesen war, der war nicht mit gewachsen.

Sie sitzt da auf ihrer Kellertreppe, sie sieht das Schloß an, und dann schaut sie in ihren Schoß. Sie weiß, sie bekommt das Schloß nicht auf, und sie weiß, der Erich wird vielleicht darum unglücklich, vielleicht hängt er sich sogar darum auf, aber sie wird doch nicht den Otto rufen oder den Schlosser. Sie kann nicht aus sich heraus.

Sie sitzt da und grübelt. Sie hat die primitive Phantasie einer Siebzehnjährigen. Sie versucht, sich den Keller vorzustellen, ob da Haken sind und Stricke, ob er auch hoch genug ist dafür . . . Aber dann fällt ihr ein, sie hat mal in der «Mottenpost» gelesen, einer hat sich an der Türklinke aufgehängt. Und nun fällt ihr ein, daß Erhängte eine blaurote, geschwollene Zunge aus dem Munde strecken und daß sie in die Hosen machen sollen . . .

Da überwältigt sie der Schrecken, sie springt auf und fängt an zu schreien und schlägt mit dem Hammer gegen die Kellertür, sie trommelt und brüllt: «Tu es nicht, Erich! Tu es nicht, deiner Mutter zuliebe!»

Es ist nichts Bewußtes, was sie tut, sie hört nicht einmal, was sie schreit. Aber das gemarterte Herz in ihr quält sich, und sie tanzt herum, tanzt ihren grotesken Schmerzenstanz . . . Und als Otto und Rabause erschrocken die Kellertreppe hinabstürzen und angstvoll fragen: «Was ist denn los?», da schreit sie nur und deutet: «Er hängt sich auf! Jetzt hängt er sich auf!»

Oh, dieses Leben ist eine komplizierte Sache: Wäre Frau Auguste Hackendahl ein wenig bewußter, wacher, klüger, so würde man sagen, sie hat dieses ganze Theater bloß darum aufgeführt, damit die Männer für sie die Kellertür aufbrechen, damit sie doch ihr Ziel erreicht, nicht an der Kleinigkeit eines Schlosses scheitert. Denn ihr Geschrei, ihr Weinen, ihre Aufregung, ihre panische Angst verhindern alle Fragen, wortlos arbeiten die Männer an Schloß und Tür, und sie steht stöhnend daneben und bettelt: «Macht bloß schnell! Jetzt tut er es!»

Aber Frau Auguste Hackendahl ist nicht so raffiniert, sich so etwas auszudenken und durchzuführen. Sie fühlt wirklichen Schmerz, sie hat wirkliche Angst – und sie selbst ist die Überraschteste, als sie, nach dem Aufbrechen der zweiten Tür, den Sohn Erich ruhig auf seiner Kiste sitzen und an seinem Brotkanten kauen sieht.

«Ich dachte . . .» stammelt sie und verstummt.

Nein, nichts von Erhängen, aber da sie nun, wenn auch ohne es zu wollen, ihr Ziel erreicht hat, überläuft sie ein Glücksgefühl. Sie lehnt in der Tür; mit halb geschlossenen Augen sieht sie den Sohn an und murmelt: «Es ist schon gut, Erich.»

Die drei Befreier sehen auf den Befreiten. Fast schämen sie sich ihrer Aufregung, da sie ihn so ruhig sehen, und sie haben wie vom Tode gehetzt an den Türen gearbeitet!

«Ihr seid ja mächtig mutig, ihr drei!» sagt Erich, steht auf und streckt sich. «Siehe da, Otto, das Mustersöhnchen – das wird dir Vater gewaltig krummnehmen. Und der olle ehrliche Rabause – na, dich setzt Vater gleich auf die Straße! Und Mutter auch . . .? Ja, du, Mutter . . .»

Jetzt schämt sich sogar dieser kalte Mensch ein wenig und schweigt.

Alle schweigen, bis es wieder Erich ist, der zu reden anfängt. (Es ist seltsam, dieser siebzehnjährige Bengel tut so, als sei er ihnen allen an

Lebenserfahrung weit überlegen, als sei er der Älteste und nicht der Jüngste, und sie akzeptieren das.) Erich also fragt: «Und was nun? Was für Pläne habt ihr mit dem verlorenen Sohn? Oder holt Vater schon das Mastkalb zum Versöhnungsschmaus?»

Jetzt wird es zuerst dem Rabause zu dumm. «Es fehlt nicht viel an der Zeit, Erich», sagt er, «und der Chef kommt zurück. Und wem dann sein großes Maul ins Wasser fällt, den kenn ich auch!»

Spricht's und geht.

Erich lacht spöttisch, aber es klingt gezwungen, denn der nahende Vater jagt auch ihm Furcht ein. «Also, Mutter, was soll werden? Ihr werdet doch nicht so dumm gewesen sein, mich hier nur rauszuholen, und habt nichts für mich bereit? Geld? Sachen?»

Die beiden schweigen. Ja, nun stellt es sich heraus, daß sie wirklich so dumm waren. Dem Kaltsinn des Bruders gegenüber haben sie sich recht unüberlegt benommen.

«Mutter hat geglaubt, du tust dir was an . . .» sagt schließlich Otto halblaut.

Erich ist aus allen Wolken gefallen. «Ich mir was antun . . .? Aber wieso denn? Wegen dem Dreck? Wegen ein bißchen Keller und achtzig Mark?! Ihr seid ja komisch!»

«Nicht wegen achtzig Mark», sagt Otto wieder.

«Wegen was denn? Du meinst wegen Ehre und Schande und so? Was geht mich denn Vaters Ehre und Schande an? Gar nichts! Ich habe meine eigene Ehre und Schande, das heißt, ich will sagen, Schande kenne ich nicht, wenn man ein fortgeschrittener Mensch ist, existiert so etwas nicht für einen . . .»

Nun hat er sich doch ein wenig verwirrt trotz seiner jungen, unreifen Selbstsicherheit. Um so zorniger sieht er die beiden an. «Also nichts habt ihr für mich vorbereitet?» fragt er noch einmal. «Dann muß ich selbst für mich sorgen – wie immer.»

Und er geht an den beiden vorbei, er geht ohne ein weiteres Wort an ihnen vorbei, den Kellergang entlang, steigt die Treppe nach oben hinauf.

Mutter und Sohn sehen einander an.

Dann sehen sie fort voneinander, sie gleichen zwei Verschwörern, die sich ihrer Schuld schämen. Die Mutter setzt sich auf die Kiste, sie nimmt das angebissene Stück Brot in die Hand, wie um sich in ihrer Niederlage zu trösten, sagt sie: «Nun braucht er kein trockenes Brot mehr zu essen!»

Aber da sie dieses sagt, kommt schon ein anderer, böser Gedanke, er löscht das bißchen Trost aus, es wird alles noch dunkler. Unsicher fragt sie zu Otto hinüber: «Und was wird er nun tun?»

Otto zuckt verlegen mit der Schulter, vielleicht hat er denselben

Gedanken gehabt wie die Mutter. Er sieht gegen die Decke, als könne er durch sie hindurchsehen, hinauf in die Wohnung.

«Wenn er nun wieder stiehlt?» flüstert die Mutter.

Otto antwortet nicht.

Sie seufzt schwer; seit der Sohn wieder frei ist, ging eine Veränderung mit ihr vor. Jetzt muß er für sich selber sorgen, nun kann sie wieder an den Vater denken. «Das darf er nicht tun», sagt sie wiederum. «Vater hat es auch schwer, Otto . . .»

Otto nickt langsam.

«Bitte, geh rauf, Otto», sagt sie. «Stell dich vor die Türe, laß ihn nicht rein. Sag, ich will ihm zehn Mark geben, nein, neun Mark, eine Mark hat die Eva bekommen für Matjes . . . Mit neun Mark kann er drei Tage leben, sag ihm das, Otto, und bis dahin habe ich wieder Geld vom Vater in der Wirtschaftskasse . . .

«Ich habe auch sieben Mark.»

«Gut, gib die ihm auch. Sag ihm, er soll Nachricht schicken, wo er abbleibt. Ich sende ihm dann immer wieder was mit Bubi. Sag ihm das, Ottchen.»

«Ja, Mutter», sagt Otto und wendet sich zum Gehen.

«Und, Otto», ruft sie ihm nach, «er möchte doch noch mal runterkommen, mir adieu sagen. Ich kann jetzt nicht rauf. Ich habe es von der Aufregung in den Beinen. Vergiß nicht, es ihm zu sagen. Er *muß* mir adieu sagen. Ich bin seine Mutter, ich habe ihn hier rausgeholt.»

Otto nickt wieder und geht gehorsam. Otto ist der stumme Lastesel der Familie, er wird kommandiert und ausgeschimpft, beladen – aber nach dem, was er denkt und fühlt, fragt niemand. Auch jetzt denkt die Mutter nicht mit einem Gedanken an ihren Ältesten, sie hat das Brot in der Hand, sie sieht es an, sie beriecht es, sie befühlt es. Es ist ein gutes Brot, und es ist Brot, von dem Erich gegessen hat. Langsam, mit Genuß beißt sie davon ab. Das Kauen, der nahrhafte Geschmack, das Schlucken, das Eindringen von Nahrung in sie tun ihr gut. Der letzte Rest von Erregung verflüchtigt sich, sie ißt, also lebt sie. Sie denkt nicht mehr an den Streit, den es oben vielleicht zwischen den Brüdern geben wird, sie denkt auch nicht an die kommende Auseinandersetzung mit dem Mann – sie ißt, sie lebt.

Aber sie hat das Stück Brot noch nicht aufgegessen, da kommt Otto schon wieder. Seinem blassen, ausdruckslosen Gesicht ist nicht anzusehen, welche Botschaft er bringt.

«Nun?» fragt die Mutter kauend. «Kommt Erich?»

«Erich ist schon weg.»

«Hast du ihm denn nicht gesagt, er soll mir noch adieu sagen? Ich habe dich doch so gebeten, Otto!»

«Erich war schon weg, als ich nach oben kam.»

«Und ...?» Ungeduldig: «Nun rede doch, Ottchen – was ist in Vaters Zimmer?»

«Alles in Ordnung, Mutter.»

«Gottlob!» sagt sie aufatmend. «Ich sage es immer, Erich kann mal leichtsinnig sein, aber schlecht ist er nicht. Nein, schlecht ist unser Erich nicht.»

Sie wartet auf eine Bestätigung durch Otto, aber das ist zuviel von diesem Sohn erwartet.

Schließlich sagt der: «Aber die Hängelampe im Zimmer von den Schwestern hat er zerbrochen ...»

Sie wundert sich. «Warum soll Erich die denn zerbrochen haben?! Sei bloß nicht dumm, Ottchen! Das hat natürlich Doris beim Reinmachen getan, aber warte, das ziehe ich ihr am Ersten vom Lohn ab!»

«Bubi hat uns mal erzählt, die Eva bewahrt ihr Erspartes im Gewicht von der Hängelampe auf.»

«Die Eva? Bubi? Woher weiß Bubi denn das? Und wieso denn im Gewicht? In einem Gewicht kann man doch nichts aufbewahren.»

«Das Gewicht ist hohl, man kann es aufschrauben.»

«Aber ...» Sie versteht es noch immer nicht. «Aber warum zerbricht er dann die Lampe?»

«Ich muß mit den Pferden noch in die Schmiede», sagt Otto. «Es ist sicher, Erich hat Evas Geld genommen, und dabei ist ihm die Lampe runtergesaust und zerbrochen.»

«Ich gebe es Eva wieder!» ruft die Mutter. «Was kann Eva viel gehabt haben? Ein paar Schmugroschen vom Haushaltsgeld! Sie soll bloß kein Geschrei machen, sag ihr das gleich, Ottchen.»

«Ich muß jetzt mit den Pferden in die Schmiede, Mutter», antwortet Otto. «Und Eva hat über zweihundert Mark gehabt, hat Bubi erzählt ...»

Damit geht Otto und läßt die Mutter in neuer Sorge zurück.

15

Eva hatte es nicht eilig gehabt mit ihrem Matjeskauf, sie war durch den schönen Junivormittag gebummelt, am Schloß vorbei, wo die Leute schon wieder in dicken Klumpen standen, auf den Kaiser wartend ...

«Doof sind die!» entschied Eva. «Es weht ja keine Kaiserstandarte vom Schloß. Seine Majestät ist doch auf Nordlandfahrt – die werden sich schön die Beine in den Bauch stehen!»

Dann war sie über die Linden gegangen, war in die Friedrichstraße eingebogen und, langsam immer weiter bummelnd, war sie bis zum Warenhaus von Wertheim gekommen.

Eva hatte nur ihre eine Mark bei sich, sie hatte nicht die Absicht, etwas bei Wertheim zu kaufen. Aber sie ging und sah, sah und ging. Ihre Augen leuchteten: Dieser Anblick von Seide und Samt, diese Überfülle, dieser quellende Reichtum berauschten sie. Treppauf und treppab lief sie, wie sie ihr Einfall führte. Am Ende war es gleich, ob sie Kleider oder Porzellan, ob Thermosflaschen oder Hüte ansah. Nicht das einzelne berauschte sie, sondern die Fülle, Prunk und Reichtum – siebenhundert Bilder, Hunderte von Servicen . . .!

Schließlich hatte sie sich in stillere Bezirke verloren, weniger Menschen waren um sie, das Licht schien gedämpfter. Sie war in der Schmuckwarenabteilung. In den Vitrinen glänzte es matt und heller, sie beugte sich über die Kästen, sie atmete rascher. Sanfter Schein von Gold, blaues und grünliches Blitzen von Brillanten – sie schossen ihre kleinen Strahlenbündel direkt in sie hinein –, oh, so etwas einmal zu besitzen! Uhren über Uhren, aus Gold, so zierlich, so klein! Ganz schmale Ringe, aber mit einem Stein, größer als eine Erbse! Silbertabletts, mit aufgelegten Ranken, man sah förmlich, wie schwer sie waren – und sie konnte mit all ihrer Schlauheit an den Matjesheringen höchstens zwanzig Pfennig Schmu machen!

Sie seufzte schwer.

«Na, Frollein», sagte eine recht freche Stimme neben ihr. «Janz hübsche Schosen, wat?»

Sie sah hoch, mit all der Abwehrlust, die in jedem Großstadtmädchen bei jeder überraschenden männlichen Anrede wach wird. Aber gleich wurde sie unsicher. Der junge Mann mit dem schwarzen Bärtchen, der da neben ihr an der Vitrine stand, konnte auch ein Verkäufer sein. Er trug weder Kreissäge, noch Panama, und 1914 trugen die Männer alle einen Hut auf dem Kopf, oder doch wenigstens in der Hand.

«Ich kaufe nichts», sagte sie für alle Fälle abweisend.

«Wat macht denn det?» fragte der Jüngling wieder mit seiner frechen Stimme, bei der es sie wie Abwehr und doch nicht unangenehm überlief. «Ansehen kostet nischt und macht Vajniejen. Aber, Frollein», sagte er überredend, «nu stellen Se sich mal vor, ick bin der dicke Wertheim – sicher isser dick! –, un Sie sind mein Frollein Braut. Un ick sare zu Ihnen: ‹Such dir mal aus, mein Schatz, wat dein Herz bejehrt.› Wat würd'ste dir denn da aussuchen, Mädchen?»

«Sie sind ja komisch», sagte Eva. «Was fällt Ihnen denn ein, mich so einfach zu duzen?»

«Aba, Frollein – ick habe Ihnen doch jesacht, ick bin der dicke

Wertheim, un Sie sind meine Braut – zu seine Braut sacht man doch du . . .»

«Sie haben wohl Quasselwasser getrunken, daß Sie auf nüchternen Magen soviel reden?! Wieso sind Sie denn so aufgeregt?»

«Icke aufgeregt? Nich de Bohne! Die Aufrejung kommt noch, aba bei de andern! – Also, Frollein, wie is et mit 'nem kleinen Brillantschmuck, vorne lang mit 'ne Bommel un hinten mit 'ne Schließe aus Brillanten?»

«Das ist doch bloß was für 'ne Olle», sagte Eva amüsiert, obwohl sie fühlte, daß mit dem jungen Mann nicht alles in Ordnung war. «Nein, wenn ich was möchte, dann möcht ich so 'nen Brillantring, dort im Kasten sind sie . . .»

Sie ging weiter, an einem Verkäufer vorbei, der sich gelangweilt seine Finger beschaute, denn daß dies Pärchen keine Kundschaft wurde, war klar. «Sehen Sie, so ein Ring . . .»

«Ganz hübsch, det Dingelchen», sagte der Jüngling gönnerhaft. «Aber, Frollein, wenn Sie meine Braut wären, würd ick Ihnen so 'nen Tinnef nich schenken . . .»

«Das glaube ich!» lachte Eva. «Soviel Goldfüchse, wie der kostet, haben Sie nicht Haare in Ihrem Bart!»

«Hab ick nich? Na, denn will ick Sie mal sagen, Frollein, det Sie mir mit Ihrem Brillantenverstand leid tun können. Det ist nämlich bloß Simili, det ist bloß Tinnef, det is ein Diamant aus Jlas, verstehn Se nu?»

«Reden Sie doch keinen Kohl . . .»

«Die richtigen Sachen will ick Ihnen mal zeigen, Frollein, sehn Se hier, in diesem Kasten, det sind Steine! Kieken Se mal den hier, der so jelblich aussieht, un wenn Se von der Seite kieken, denn blitzt er rot – der hat seine sieben Karat, und lupenrein! Und der hier . . .»

«Reden Sie sich bloß nicht in Brand!» spottete Eva, war aber schon angesteckt von der Begeisterung des jungen Mannes.

«Und dieser hier – Jott, Frollein, wat hier im Kasten liecht, wenn Sie und icke, wenn wir det hätten . . .»

«Wir haben's aber nicht! Und wir kriegen's auch nicht!»

«Det saren Se nich, Frollein! Manchmal kommt es anders, un manchmal, als man denkt. – Ne schöne Markttasche haben Se, da jeht wat rin. Und wenn Se mal loofen müssen, denn loofen Se ooch, was haste, wat kannste . . .?»

«Was quasseln Sie denn so komisch?» fragte Eva argwöhnisch. «Sie haben doch nicht schon einen gehoben?»

«Sehn Se da den Verkäufer, Frollein?» fragte der Mann mit einer vor Aufregung ganz heiseren Stimme. «Der pennt jleich in. Können Se de Uhr über seinem Kopp erkennen? Wat is denn de Uhr? Ick habe nämlich so 'ne schlechten Oojen. Nee, so müssen Se sich stellen, wenn Se de Uhr sehen wollen ...»

Von der Aufregung des Mannes ging etwas Ansteckendes aus. Fast wider Willen stellte sich Eva so, wie er ihr gesagt hatte, die Uhr war wirklich schlecht zu erkennen, sie kniff die Augen ein ...

Neben sich hörte sie ein Prasseln, ein Klirren ... Sie sah den Verkäufer schreckhaft zusammenfahren, auch sie fuhr herum ...

«Loof, Mädchen, loof!» rief die heisere Stimme direkt neben ihr ...

Wie ein Schattenbild, wie etwas ganz Unwirkliches sah sie die zertrümmerte Scheibe der Vitrine, eine Hand, die schmuckgefüllt herauskam ...

«Renne doch, Dumme!» rief er wieder und stieß sie direkt gegen den hinzueilenden Verkäufer. Der Verkäufer griff nach ihr. Ohne zu wissen, was sie tat, schlug sie nach ihm, lief, mehr Menschen kamen, sie huschte um eine Vitrine, stolperte eine Treppe mit fünf, sechs Stufen hoch, warf eine Schwingtür auf ...

Hinter ihr schrien jetzt viele Stimmen: «Haltet den Dieb!»

Eine Glocke schrillte ...

Sie war in der überfüllten Lebensmittelabteilung. Erschreckende Gesichter sahen ihr entgegen. Jemand faßte nach ihr, aber sie wich der Hand aus, sie schob sich hinter eine dicke Frau, kam in einen anderen Gang, ein Stoß Konservenbüchsen verdeckte sie ...

Sie lief, hier war eine Treppe, sie warf die Tür zur Treppe auf, huschte die Treppe hinunter, ein Stockwerk, zwei Stockwerke tiefer ...

Sie stand und lauschte. Kamen sie? Wurde sie verfolgt? Warum war sie geflohen? Sie hatte doch nichts getan! Dieser ekelhafte Kerl – solche Unverschämtheit, ausgerechnet sie als Schutzschirm für seinen Diebstahl zu benutzen! Dieser Verbrecher! Wenn sie ihn je wiedersieht, wird sie schreien, sie wird die Leute zusammenbrüllen, die Schutzmänner sollen ihn an die Kette legen – und dann wird sie ihm in sein freches Gesicht lachen! Sie, die vollkommen Schuldlose, in seine Schmutzereien zu ziehen! Ist so etwas erhört?!

Ein schwerer Schritt kommt langsam die Treppe hinunter – und sie flüchtet wieder. Sie stößt die Schwingtür auf, geht langsam durch die paar Abteilungen und kommt dem Ausgang nahe. Aber plötzlich überfällt sie eine Angst, sie ist ja kenntlich, sicher ist ihre Beschreibung schon allen Portiers telefoniert, sie hat ja die Markttasche aus schwarzem Wachstuch! Warum sieht die Verkäuferin sie dort so an?

Sie bezwingt sich. Ich habe doch nichts getan, beruhigt sie sich. Sie fragt die Verkäuferin: «Frollein, wo ist denn hier die Toilette?»

Die Verkäuferin sagt ihr Bescheid, sie geht schon zur Toilette, aber dann überlegt sie es sich anders. Die Treppe, die gute Treppe von der Lebensmittelabteilung hat sie schon einmal gerettet, lieber geht sie zu ihr zurück!

Die Treppe ist jetzt belebt; Leute gehen aufwärts und abwärts. Aber sie hat Geduld. Sie setzt den Fuß auf eine Stufe und knotet an ihrem Schuhband . . .

Dann ist sie endlich unbeobachtet, sie nimmt die Markttasche. Sie weiß natürlich, daß innen auf das Futter der Name «Hackendahl» geschrieben ist, den muß sie ausreißen!

Aber sie hält inne! Es leuchtet sanft in der Tasche, es blitzt, es strahlt . . .!

Sachte setzt sie die Tasche auf die Treppe hin – oh, dieser Schurke, dieser Lump! Er hat sie völlig zu seiner Mitschuldigen gemacht, er hat einen Teil seiner Beute in die Tasche geworfen – wenn man sie gefaßt hätte! Nie hätte sie sich freischwatzen können! Ach, wenn sie ihn nur hier hätte, ihn mit seinem quasseligen Gerede von Markttasche und Laufen – so ein Schwein!

Jemand kommt eilig die Treppe herunter. Sie späht: Es ist ein Mann in der braunen Uniform des Warenhauses. Sie knüpft an ihrem Schuh, sie hat rasch ihren faltigen Rock über die Tasche gebreitet . . .

Der Uniformierte sieht sie von der Seite an – hat er sie argwöhnisch angesehen? Jedenfalls wird es höchste Zeit, aus dem Haus zu kommen. Es müssen jetzt mindestens zehn Minuten seit dem Diebstahl vergangen sein, wahrscheinlich steht schon Polizei an allen Türen . . . Kaum hat sie die Schwingtür unten klappen gehört, stopft sie den Schmuck in die Tasche ihres weißen Unterrocks. Sie hält sich nicht damit auf, ihn näher anzusehen, und nur als sie den Brillantring mit dem gelblichen Stein faßt, lächelt sie. So ein ausgekochter Lump!

Dann reißt sie den Namen aus und geht ohne Tasche. Geht durch das Erdgeschoß, an den Verkaufstischen, deren Glanz blaß und gewöhnlich geworden ist, vorüber, an dem Portier vorbei, mit dem Strom der Besucher auf die Straße hinaus . . .

Draußen. Gerettet! Frei!

16

Als die Jungen zur Elf-Uhr-Pause auf den Hof des Gymnasiums kamen, sahen sie natürlich die Droschke erster Güte draußen halten. Keiner beachtete sie, Porzig bloß, der bekannte Hämling, konnte sich nicht entbrechen, vernehmlich zu bemerken: «Konkurrenz unseres geliebten Bubi! Hackendahl, nimm die Hacken dahl vor so viel väterlicher Pracht! Hackendahl, dekliniere equus, der Zosse . . .»

«Stänkere nicht, Porzig!» warnte Hoffmann.

«Es ist sogar meines Vaters Wagen!» sprach Heinz Hackendahl. «Denkst du, deswegen schäme ich mich?! Keine Bohne!»

«Siehe da!» rief Porzig und imitierte den Lehrer des Griechischen. «Traun fürwahr, Hackendahl! Und beruht das Gassengerücht auf Wahrheit, daß der Kaiserliche Marstall mit Eurer väterlichen Gestrengen wegen Ankauf jenes schimmernden Rosses in Verhandlung steht?»

Der Schimmel, der Liebling des Vaters, sah wirklich ungewöhnlich kläglich aus. Nach der Jagd am Vormittag war er nur noch die Ruine eines Pferdes. Die Jungen der Obertertia sahen erst auf das Pferd, dann auf die beiden Gegner. Heinz Hackendahl und Hermann Porzig waren geschworene Feinde, ihre ständigen Plänkeleien erfrischten die Klasse.

«Krächze nicht, Hermann, mein Rabe», bemerkte Bubi Hackendahl kühl. «Die Porzen sind stinkende Cojoten – beim Kriegsgeschrei verkriechen sie sich in die Wigwams der Squaws!»

(Dies war eine Reminiszenz aus dem geliebten Karl May.)

«Wir sehen nirgends den glänzenden Lackpott unseres Patris equorum, dieser Zierde der Droschkenfahrer-Gilde!» rief Porzig mit gut gespielter Besorgnis. Der Kreis der zuhörenden Jungen hatte sich wesentlich vergrößert und stachelte die Phantasie des Spötters. «Wo weilt er? Warum schützt er den Zossen nicht vor den Schlingen der Wurstschlächter? Kippt er etwa – traun fürwahr! – in einer Stehbierhalle ein Kümmelchen? Sprich, legitimer Sohn einer Droschke!»

Es war ein unausrottbares Märchen auf der Penne, daß der Alte Fritz seinem Kammergericht einen silbernen Nachttopf übermacht hatte – in Wut über das Urteil seiner Räte: für den Müller, gegen den König. Hermann Porzig war der Sohn eines Kammergerichtsrats, also antwortete Heinz Hackendahl: «Der glänzende Lackpott meines Vaters erblaßt vor dem Silberschein eines königlichen Nachtgeschirrs. – Ist es wahr, daß dein Vater dieses Gnadengeschenk jeden Sonnabend zu scheuern hat – und du darfst auf die Bürste spucken, Edeling?»

Ein Schauer des Schreckens ging durch alle beim Anhören einer so schweren Beleidigung. Wirklich lief Porzig sofort rot an – er teilte Spott leichter aus, als er ihn ertrug.

«Nimm den Nachtpott zurück!» schrie er. «Er ist eine Beleidigung des ganzen Kammergerichtes.»

«Nie!» rief Heinz Hackendahl. «Du hast meinen Vater beleidigt!»

«Du aber das Kammergericht! Revozierst du?»

«Nie!»

«Es ist also Schuß?»

«Schuß!»

«Schiß?»

«Schiß!»

«Verschiß?»

«Großer Verschiß – bis einer um Gnade bittet!» beendete Heinz den traditionellen Herausforderungsgesang der Penne. Er sah sich um. «Hoffmann, du bist mein Sekundant!»

«Ellenberg, du meiner!»

«Laßt es für nachher!» bat der besonnene Hoffmann. «Wir haben nur noch drei Minuten Zeit.»

«In einer Minute winselt er!»

«Sein ungereinigter Pestatem soll uns nicht die Mathese verpesten!»

Sie hatten sich schon ihrer Jacken entledigt, beide brannten auf den Kampf.

«Eins! Zwei! – Drei!» riefen die Sekundanten. Mit winklig gebogenen Armen näherten sich die Streiter einander, tasteten sich ab, faßten sich, lehnten Brust an Brust, Stirn gegen Stirn – und einen Augenblick später rollten sie im Sande des Schulhofs.

«Nehmen Sie eine jugendliche Unbesonnenheit nicht zu schwer, Herr Hackendahl», hatte oben in seinem Studierzimmer der Direktor den besorgten Vater gebeten. «Der Satz: ‹Jugend hat keine Tugend›, gilt heute mehr denn je.»

«Geld stehlen ist nicht unbesonnen, es ist schlecht», hatte Hackendahl widersprochen.

«Der heutigen Jugend ist ein Hang zur Genußsucht eigen, der unserer älteren Generation fremd war», dozierte der Direktor. «Eine lange Friedenszeit hat die jungen Leute schlaff gemacht . . .»

«Wir müßten wieder einmal einen ordentlichen Krieg haben», rief Hackendahl.

«Um Gottes willen! Nein! Ahnen Sie denn, welch schreckliche Ausmaße ein moderner Krieg nehmen könnte?!»

«Wegen solch einem Völkchen auf dem Balkan? Das ist in sechs Wochen ausgestanden – und hat den jungen Leuten doch gutgetan. Wie ein Stahlbad.»

«Die ganze Welt liegt voller Zündstoff», antwortete der Direktor. «Alles schaut mit Neid auf das immer stärker werdende Deutschland und unsern Heldenkaiser. Die ganze Welt würde über uns herfallen.»

«Wegen ein paar Serben, die man kaum auf der Landkarte findet?!»

«Unseres wachsenden Reichtums wegen! Unserer Stärke wegen! Wegen unserer Kolonien! Wegen unserer Flotte! – Nein, Herr Hakkendahl, es ist, verzeihen Sie, fast ein Frevel, sich einen Krieg zu wünschen, bloß weil der Sohn eine Dummheit begangen hat.»

«Er müßte militärische Zucht haben!»

«In knapp einem Jahr hat er sein Abiturium gemacht, dann können Sie ihn sofort dienen lassen», sagte der Direktor überredend. «Nehmen Sie ihn jetzt nicht übereilt aus der Schule, aus einem Bildungsgang, der ihm alle Möglichkeiten erschließt.»

«Ich werde es mir überlegen», sagte Hackendahl widerstrebend.

«Überlegen Sie nicht länger!» rief der Pädagoge dringend. «Sagen Sie gleich ja! Versprechen Sie es mir.»

«Ich muß erst sehen . . .»

«Eben das sollen Sie nicht. Wenn Sie ihn erst sehen, in seinem Eigensinn, in seinem Trotz, werden Sie wieder anderen Sinnes werden. Wie konnten Sie ihn aber auch in einen Kohlenkeller sperren – ist das denn Pädagogik . . .?!»

«Mich hat man in meiner Jugend auch nicht mit Glacéhandschuhen angefaßt, und ich habe nie Geld gestohlen!»

«Sind Sie denn ein Strafrichter, oder sind Sie ein Vater? Sie werden sich auch schon verbotene Wünsche erfüllt haben. Wir Menschen sind alle schwach und ermangeln des Ruhmes – nun, das wissen Sie selbst. Also sagen Sie ja.»

«Wenn er um Verzeihung bittet!»

«Herr Hackendahl! Wird er denn jetzt um Verzeihung bitten, jetzt, wo Sie ihn aus dem Kohlenkeller herauslassen?! Man muß doch das Erreichbare verlangen!»

Der eiserne Gustav stand schwankend. Von dem Schulhofe her drang verworrenes Getöse.

Der Direktor sagte halblaut: «Es ist möglich, daß Erich als Erster sein Abitur macht – Primus omnium sagen wir dafür. Erster von allen – es ist ein hoher Ruhm!»

Gustav Hackendahl lächelte. «Mit Speck fängt man Mäuse, Herr Direktor, nicht wahr? Na schön, will ich einmal sehenden Auges in die Falle gehen. Der Junge kommt morgen wieder zur Schule.»

«Das ist ein Wort, Herr Hackendahl!» rief der Direktor erfreut und reichte dem Vater die Hand. «Sie werden es nicht bereuen . . . Was ist das für eine Ungehörigkeit?!»

Er fuhr herum und lief zum Fenster. Ein brausendes Geschrei drang vom Schulhof herein, brüllende, johlende, schreiende Jungenstimmen!

«Evoe Hackendahl! Hackendahl hoch!»

Porzig hatte um Gnade gebeten, Bubi war Sieger. Im «Schwitzkasten» fast erstickt, konnte Porzig nur röcheln.

«Du nimmst den Lackpott zurück? – Den Zossen? – Die Pferdewurst? – Stehbierhalle und Kümmelchen? – Alles?»

Porzig grunzte jedesmal nur, der Kreis tobte Beifall.

«Es scheint», hüstelte der Direktor am Fenster, «ein kleiner Streit des anderen Sohnes Hackendahl zu sein. Nein, wir wollen uns nicht am Fenster sehen lassen – oft ist es besser, den Anschein zu erwecken, daß man nichts gesehen und nichts gehört hat.»

«Der verfluchte Bengel hat sich die Hose zerrissen», brummte hinter der Gardine Hackendahl. «Ewig reißt er sein Zeug entzwei, und seine Mutter darf flicken.»

«Die Begabungen Ihres Sohnes Heinz liegen auf anderem Gebiet», meinte der Direktor. «Ich möchte sagen, er ist lebenspraktischer. Man müßte vielleicht einmal überlegen, ob nicht ein Realgymnasium das Richtigere für ihn ist. Sie haben zwei gut veranlagte Söhne . . .»

«Es ist komisch, daß mein Dritter gar nichts abbekommen hat», sagte Hackendahl. «Der ist bloß 'ne Suse; wo man ihn hinstellt, schläft er ein.»

«Er wird auch seine Begabung haben», meinte der Direktor tröstend. «Man muß nur suchen. Suchen und fördern.»

«Bloß 'ne Suse», wiederholte Hackendahl. «Keinen Kummer macht er mir, aber auch nie eine Freude. Es ist schon ein Kreuz!»

17

Otto Hackendahl hatte die beiden Pferde dem Schmiedeknecht übergeben, ging nun eilig weiter, trotzdem er wußte, daß er gegen ein Gebot des Vaters verstieß; Hackendahl verlangte, daß man dem Schmied beim Beschlagen auf die Finger sah, sonst war rasch ein Huf zu tief ausgeschnitten oder ein Nagel falsch eingeschlagen.

Aber Otto hatte auch seine Heimlichkeiten, und wenn er duckmäuserig und susig war, so war er doch nicht so susig, wie sein Vater meinte. Er überließ die Pferde dem Schmied, auf zwanzig gut beschlagene kam höchstens ein vernageltes, es brauchte nicht heute zu geschehen.

Er geht eilig die Straße hinunter, und schon wie er geht, wohl eilig, aber dicht an den Hauswänden, dem Blick jedes Vorübergehenden ausweichend, zeigt sich, daß mit ihm nicht alles in Ordnung ist. Eigentlich ist er ein großer, stattlicher Mensch, der kräftigste der Brüder, kräftiger als der Vater, aber er hat keine gute Haltung, er ist ohne Energie und Selbstbewußtsein, ihm fehlt jeder Eigenwille. Es ist vielleicht wirklich, wie er zur Mutter gesagt hat: Sein Vater hat am längsten mit ihm exerziert. Darüber brach sein Eigenwille entzwei. Aber es ist wohl auch so, daß dieser Wille nie stark war: Ein kräftiger Baum wächst gegen die Winde an, einen schwachen knicken sie.

Otto schlenkert ein Paketchen in der Hand, dann merkt er, daß er damit schlenkert und versteckt es unter dem Arm, als sei es Diebsgut. Er biegt in eine andere Straße, überquert sie und geht, sich scheu umsehend, in einen Torweg. Er überschreitet einen Hof, durchschreitet einen neuen Torweg, kommt über einen zweiten Hof, und fängt eilig an, eine Treppe zu erklettern.

Er steigt ins erste Stockwerk hinauf, ins zweite, er klettert immer weiter. Er muß hier Bescheid wissen, er sieht die Schilder an den vielen Türen nicht an. Immerzu begegnen ihm Menschen, aber die Menschen beachten ihn nicht – Otto Hackendahl hat Schutzfarbe, Mimikry, man merkt ihn kaum, so farblos ist er.

Nun bleibt er vor einer Tür stehen. Er sieht das Schild, auf dem «Gertrud Gudde, Schneiderin» geschrieben steht, nicht an. Er drückt auf den Klingelknopf, ein-, zweimal. Drinnen rührt es sich, er hört Bewegung, eine Stimme, nun lacht ein Kind, Otto lächelt.

Jawohl, er kann lächeln, nicht nur das Gesicht verziehen, sondern richtig lächeln, weil er sich nämlich glücklich fühlt. Und er lächelt noch stärker, als die Tür aufgeht, ein stolperndes Kind gegen seine Beine läuft, selig schreit: «Papa! Papa!»

Eine Frau sagt: «Du bist heute aber spät dran, Otto. War was los?»

«Und ich muß in einer Viertelstunde wieder fort, Tutti», sagt er, beugt sich über ihren Mund und küßt ihn. «Ich habe die Pferde in der Schmiede stehenlassen – ich muß gleich wieder hin. Ja, ja, Gustäving, Papa ist ja da! Hast du schön geschlafen?»

Das Kind ist selig, er schwingt es hoch, es lacht und jauchzt. Auch die Frau lächelt, Gertrud Gudde, Schneiderin – der Direktor des Gymnasiums hat recht gehabt: Niemand ist so ohne alle Gaben, daß er nicht Glück geben kann.

Gertrud Gudde, die Arme, Kleine, Verwachsene mit der zu hohen Schulter, mit dem scharfen Gesicht, aber dem sanften Taubenblick vieler Buckliger – Gertrud Gudde, kleine, mühsame Schneiderin, sie kennt ihren Otto genau, in seiner Schwäche, seiner Entschlußlosigkeit, der Angst vor dem Vater, aber auch in seinem Verlangen, Glück zu geben.

«Aber: Was war los bei euch?» fragt sie. «Erzähl, Otto, es wird schon nicht so schlimm sein.»

«Ich habe dir auch wieder Schnitzarbeiten mitgebracht», sagt er. «Templin wird dir ungefähr zehn Mark dafür geben.»

«Du sollst aber nicht die halben Nächte sitzen und schnippeln! Ich schaffe es auch schon so – heute habe ich vier Anproben!»

«Ja, du!» sagt er. «Gustäving – haben wir nicht eine großartige Mutti?»

Das Kind ruft und jauchzt – die Mutter lächelt. Ach, die beiden im Leben zu kurz Gekommenen, er mit dem schwachen Willen, sie mit dem verkrüppelten Körper – hier zu zweien, nein, zu dreien, in Küche und Stube, allein für sich, geben und empfangen sie so viel Glück!

«Komm, einen Augenblick kannst du dich hinsetzen. Ich habe noch Kaffee für dich, hier sind Schrippen. Los, iß! Gustäving zeigt dir unterdes, wie er turnen kann.»

Gehorsam tut er, was sie sagt. Sie hält immer irgend etwas für ihn bereit, er kann kommen, wann er will. Es ist dann so, als seien sie richtig Mann und Frau. Und er versteht das, versteht es ohne ein Wort, er ißt immer, sagt nie nein – auch wenn er noch so satt ist.

Gustäving zeigt seine kleinen Kunststücke, die Mutter ist noch stolzer darauf als der Sohn. Die Mutter, die der gerade Rücken, die festen Beine des Kindes glücklich machen, sie, die fast keinen Tag ihres Lebens schmerzfrei verbracht hat . . .

«Und nun erzähle, was bei euch los war . . .»

Er berichtet, langsam und schwerfällig. Aber Gertrud Gudde versteht ihn, sie liest in seinem Gesicht.

Und dann – sie kennt ja alle, von denen er erzählt: die Mutter, den Erich, Eva und den gefürchteten grimmigen Vater, den eisernen Gustav, auch. Sie kommt dann und wann als Hausschneiderin zu den Hackendahls, schon seit vielen Jahren, so haben sich Otto und sie kennengelernt, liebengelernt. Ohne daß je ein anderer etwas merkte, selbst nicht die listige Eva. Gertruds lebhaftes Gesicht spiegelt alles wider, was er erzählt, mit abgerissenen Ausrufen begleitet sie seine Worte: «Sehr gut, Ottchen!» – «Das war richtig, was du da gesagt hast!» – «Und du hast das Schloß gleich aufgebracht? Großartig!»

Er sieht sie an, jetzt ist er frei, er hat nun selbst das Gefühl, als habe er einiges verrichtet, er, der Getriebene, der zwischen den Mühlsteinen Zerriebene.

«Aber was wird Vater sagen, daß Erich weg ist?» fragt er schließlich. «Und Eva, die so geizig ist, was wird die für ein Geschrei machen?!»

«Eva . . .?! Eva kann ja gar nichts sagen, wenigstens zum Vater nicht. Es ist ja alles gestohlenes Geld, sie würde sich bloß selbst verraten! Nicht wahr?»

Er nickt langsam, jawohl, das versteht er.

«Aber der Vater – wegen Erich?» fragt er noch einmal, hoffend, daß sie ihm auch diese Last erleichtern wird.

Sie sieht ihn nachdenklich an mit ihrem sanften Taubenblick.

«Der Vater», sagt sie – und die Gestalt des eisernen Gustav, die immer über ihrem kleinen Leben steht, richtet sich groß hinter ihnen auf. «Der Vater», sagt sie und lächelt, ihm Mut machend, «der Vater wird sehr traurig sein – auf Erich ist er doch immer am stolzesten gewesen. Sag kein Wort gegen Erich, auch nicht, daß er Evas Geld genommen hat. Es wird dem Vater schon so schwer genug sein. Und gib ruhig zu, daß du die Schlösser aufgemacht hast, sag, hör zu, Otto, merk dir das, sag ihm: ‹Ich hätte dich ja auch aus jedem Keller rausgeholt, Vater!› – Behältst du das?»

«Ich hätte dich ja auch aus jedem Keller rausgeholt, Vater», wiederholt er schwerfällig. Und dann: «Aber das ist ja wahr, Tutti, das stimmt genau: Ich hätte Vater doch nicht eingesperrt gelassen!»

Er blickt sie freudig an.

«Siehst du, Otto! Ich sage ja nur, was du selbst denkst, du kannst es nur nicht so ausdrücken.»

«Aber was wird Vater dann tun, Tutti?»

«Das kann man nicht wissen, Otto, bei Vater kann man es nie genau wissen, weil er jähzornig ist . . .»

«Vielleicht schmeißt er mich raus. Und was dann? Sollst du mich auch noch satt machen?»

«Aber, Otto, du bekommst doch jede Stunde Arbeit! Du gingst den Tag über in eine Fabrik als ungelernter Arbeiter oder auf einen Bau als Handlanger . . .»

«Ja. Das könnte ich wohl. Doch, das ginge.»

«Und wir wohnten ganz zusammen, und dein Vater müßte dir deine Papiere geben, und wir könnten . . .»

«Nein, das nicht. Ohne Vaters Willen heirate ich nicht. Es steht in der Bibel . . .»

Es ist seltsam, dieser schwache Mensch ist in einem Punkt unnachgiebig: Er will nicht gegen den Willen des Vaters heiraten. Zu Anfang ihrer Liebe hat sie ihm viele Male gesagt, daß er sich die notwendigen Papiere hinter des Vaters Rücken besorgen kann, sie wird das Aufgebot bestellen. Was ändert denn eine standesamtliche Trauung, wie kann sie dem Vater weh tun, der doch nichts von ihr erfährt . . .?!

Aber nein! Hierin ist er unerschütterlich. Aus dem Religionsunterricht der Volksschule, aus der Konfirmandenlehre bei Pastor Klatt, aus den Urgründen seiner dunklen, trüben Seele kommt ihm das Gefühl: Es bringt Unheil, ohne des Vaters Segen zu heiraten. Er braucht des Vaters Segen. An den die anderen nie denken.

Und sie weiß das, sie hat auch das verstanden. Sie hat begriffen, daß in der Brust dieses einen verachteten Sohnes der Vater nicht nur der Gott der Rache, sondern auch der Liebe ist – daß dieser verachtete Sohn den Vater am stärksten liebt. Daß sie trotzdem immer weiter hofft auf die Trauung, nicht ihret-, sondern Gustävings wegen, der schon den Vornamen vom Großvater trägt, aber auch einmal seinen «ehrlichen» Namen bekommen soll – das kann ja nicht anders sein.

Darum ersehnt sie die Trauung! Nur darum! «Könntest du es dem

Vater nicht wenigstens einmal andeuten, Otto?» hat sie oft gesagt. «Sprich doch wenigstens einmal mit mir vor seinen Augen, wenn ich bei euch auf Arbeit bin.»

«Ich will es versuchen, Tutti», hat er geantwortet und hat doch nie auch nur einen Ansatz zum Sprechen gemacht.

Dies ist der einzige Punkt, in dem sie mit ihm nicht einig ist, den sie immer wieder zur Sprache bringt, obwohl sie weiß, daß sie ihn damit quält. Sie will es gar nicht, aber dies kommt ihr stets von neuem auf die Zunge, wie jetzt eben, ganz ohne daß sie es wollte.

Rasch sagt sie darum: «Nein, du hast recht. Grade jetzt wäre es falsch, wo Vater so viel andere Sorgen hat.»

Sie sieht vor sich hin. Schüchtern kommt seine Hand über den Tisch zu ihrer hin. «Du bist doch nicht böse?» fragt er ängstlich.

«Nein, nein», versichert sie eilig. «Nur . . .»

«An was denkst du?» fragt er, als sie nicht weiter spricht.

«Ich denke an den ermordeten Prinzen von Österreich», sagt sie, «und daß die Leute meinen, es gibt Krieg . . .»

«Ja . . .?» fragt er verständnislos.

«Du müßtest doch mit in den Krieg, nicht wahr?»

Er nickt.

«Otto», sagt sie eindringlich und drückt seine Hand. «Otto – würdest du denn auch in den Krieg gehen, ohne mich geheiratet zu haben? – Oh, Otto, ich sage es nicht meinetwegen! Aber Gustäving würde ja nie einen Vater gehabt haben, wenn dir etwas geschähe . . .»

Er sieht nach dem friedlich spielenden Kind hin.

«Wenn es einen Krieg gibt, Tutti, dann heirate ich dich», sagt er. «Das verspreche ich dir.» Er sieht das Leuchten ihrer Augen, er sagt schwach: «Aber es gibt ja keinen Krieg . . .»

«Nein! Nein!» ruft sie hastig, selber erschrocken von den eigenen Wünschen. Nur das nicht! Nicht um den Preis!

18

Wie alle Abende hatte der eiserne Gustav auf seinem Fuhrhof gestanden, hatte mit den heimkehrenden Tagesdroschken abgerechnet und die Nachtdroschken zur Arbeit hinausgeschickt, wie alle Abende. Vielleicht war er noch ein wenig wortkarger als sonst gewesen, aber darauf war nicht viel geachtet worden heute, in der allgemeinen Aufregung. Denn aufgeregt waren die Droschkenkutscher an diesem Abend.

«Es gibt Krieg!» hatten die einen gesagt.

«Quatsch!» hatten die anderen gerufen. «Der Kaiser ist gleich wieder von Kiel weiter gedampft – der würde hübsch nach Berlin kommen, wenn es Krieg gäbe!»

«Aber die Kieler Regatta ist abgesagt.»

«Weil Trauer ist, nicht wegen Krieg. Er ist doch mit dem verwandt.»

«Der ‹Lokalanzeiger› hat geschrieben . . .»

«Du mit deinem dusseligen Skandalanzeiger! Der ‹Vorwärts› sagt, wir haben hundertzehn Sozialdemokraten im Reichstag, und die sind sich mit den Proletariern der Welt einig: Wir wollen keinen Krieg.»

«Ruhe!» befahl Hackendahl.

«Wir bewilligen keinen Pfennig für die Kriege von den Kapitalisten . . .»

«Ruhe da!» befahl Hackendahl noch einmal. «Auf meinem Hof will ich solch Geschwätz nicht hören.»

Sie schwiegen, aber hinter seinem Rücken flüsterten sie weiter, und das kümmerte ihn diesmal nicht, so sehr es ihn sonst geärgert hätte. Es freute ihn heute auch nicht die Tageskasse, die wieder ungewöhnlich hoch war: Man merkte, es war etwas los in Berlin. Die Leute waren unruhig, sie hielten es nicht aus in ihren Wohnungen, sie liefen auf die Straße, sie fuhren vom Reichstag zum Schloß, vom Schloß zum Kriegsministerium, vom Kriesgministerium ins Zeitungsviertel. Sie wollten etwas hören, etwas sehen. Aber das Schloß war dunkel, die Jacht des Kaisers fuhr mit ihrem Herrn dem Nordkap zu – nur wenn die Wache mit klingendem Spiel aufzog, konnten sie jubeln.

Der alte Hackendahl verbat sich rotes Geschwätz auf seinem Hof, dann kassierte er weiter. Die Tageslosung war reichlich, aber das eine ärgerte ihn nicht, das andere freute ihn nicht, und das Kriegsgeschwätz interessierte ihn, den alten Militär, nicht! – Er dachte immer nur: Mein Erich ist fort! Grade, als ich ihn aus dem Keller holen wollte, ihm sagen wollte, er kann wieder zur Schule gehn, es ist alles in Ordnung, grade da ist er fort!

Es wird still auf dem Hof, die Tageskutscher sind nach Haus gegangen, und die Nachtkutscher sind zu ihrer Arbeit gefahren. Hackendahl sieht am Haus hoch, es ist hier draußen noch dämmrig, aber im gemeinsamen Schlafzimmer brennt schon Licht, Mutter geht wohl schon ins Bett. Er könnte auch ins Bett gehen, aber er dreht kurz um und geht in den Stall.

Rabause schüttelt den Pferden das zweite Futter, er sieht den Chef kurz von der Seite an, räuspert sich, als wollte er etwas sagen, und schweigt.

Ein wenig weiter hin reibt Otto ein Pferd mit dem Strohwisch trocken. Der Kutscher hat es überjagt, um einen Zug zu erreichen und ein Trinkgeld von einer Mark zu verdienen. Hackendahl stellt sich dazu und sieht sich gedankenlos die Reiberei an. «Der Bauch, Otto, vergiß den Bauch nicht!» ruft er schließlich scharf.

Otto wirft einen kurzen, trüben Blick auf den Vater und reibt dann kräftig den Bauch des Pferdes. Das kitzelt den Gaul, er fängt unruhig an zu tänzeln, er schnaubt . . .

«Fester!» ruft der Vater. «Du denkst wohl, der Gaul ist ein Mädchen?»

Es ist der alte Unteroffizierston, gewohnheitsmäßig hingesagt, wieder wirft Otto einen Blick auf den Vater. Der Blick kommt aus einem geröteten, verschwollenen Auge, der Vater hat sofort zugeschlagen, als er erfuhr, daß Otto den Erich befreit hatte. Otto ist gar nicht dazu gekommen, den von Tutti eingelernten Satz zu sagen, so rasch und schwer schlug der Vater zu.

Der Vater sieht fast mit Haß auf den reibenden Sohn. Ohne die voreilige Rettungstat dieses Bengels hätte der Vater Erich befreit, und alles wäre in Ordnung gewesen. Einmal tut der Schlappschwanz was aus eigenem Antrieb, ein einziges Mal, und sofort verdirbt er alles.

Der Vater sieht mit Zorn und Haß auf seinen Ältesten. «Heb ihm das Bein!» schreit er. «Siehst du nicht, daß du dem Schinder weh tust?!»

Der Sohn hebt das Bein, legt es sich übers Knie und reibt weiter. «Du machst heute Stallwache», befiehlt Hackendahl. «Ich will dich nicht in meinem Hause schlafen haben.»

Der Sohn reibt weiter.

«Du sollst Stallwache machen!» schreit der Vater. «Hast du mich nicht verstanden?!»

«Jawohl, Vater», sagt der Sohn, militärisch laut und deutlich, wie es ihm beigebracht worden ist.

Der Vater sieht den Sohn noch einmal mit blitzendem Auge an, er überlegt, ob er noch irgend etwas sagen soll, ihm den Grad seiner Verachtung begreiflich zu machen. Aber er läßt es. Der ist viel zu weich, er wird immer gehorsam «Jawohl, Vater» sagen, er ist ohne Gegenwehr, wie er auch nicht einmal den Arm hebt, wenn er ins Gesicht geschlagen wird. Ein Schwamm, man kann ihn füllen und ausdrücken, wie man will, er verändert sich nicht.

Hackendahl dreht sich um und geht aus dem Stall. Als er an dem alten Rabause vorbeikommt, der noch mit seiner Futterschwinge läuft, sagt er gnädig: «Wenn du ausgefüttert hast, kannst du nach Haus gehen und dich ausschlafen. Du hast heute frei, Rabause.»

Der Futtermeister sieht ihn von der Seite an, diesmal wagt er es und tut den Mund auf: «Ich habe am Tag geschlafen, Herr Chef», krächzt er. «Ich brauche in der Nacht keinen Schlaf – der Otto braucht ihn.»

Hackendahl blitzt den Rebellen ärgerlich an, er wünscht keinen

Verteidiger seines Sohnes. Der Sohn soll sich selbst verteidigen, wenn ihm Unrecht geschieht. Aber ihm geschieht kein Unrecht.

«Und übrigens habe ich die Kellerschlösser mit aufgeschlagen, Herr Chef», erklärt Rabause. «Ich fand es auch richtig.»

«So?» fragt Hackendahl langsam. «So . . .? Und nun denkst du altes Saufloch, ich hau dir auch in die Fresse wie dem Otto?! Das möchtest du wohl – daß du dich groß und beleidigt fühlen kannst, was? Aber den Gefallen tu ich dir nicht – du bist bloß ein Schlappscheißer, genau wie dein geliebter Otto, Schlappscheißer alle beide! Wie ihr mich ankotzt!»

Fast zitternd vor Zorn sieht er den alten Mann an. «Um zehn bist du aus dem Stall und schläfst zu Hause, verstanden?!» schreit er noch einmal. «Der – der – der –» Er zeigt mit dem Finger nach hinten. «Der – soll wachen!»

Krachend fliegt die Stalltür hinter ihm zu.

19

Zwanzig Schritt her den Hof, zwanzig Schritt hin den Hof – die Nacht sinkt, die brausende Stadt wird ruhiger, aber es will nicht ruhig in ihm werden, immer schlimmer, alles immer schlimmer! Nicht einmal aus eigenem Antrieb hat der Otto den Bruder befreit; das Aas, die Saufgurgel, der Rabause hat es ihm vorgemacht, und er ist bloß wieder mal hinterhergelaufen, wie er sein ganzes Leben lang hinterhergelaufen ist! Und so etwas bleibt einem im Hause, und der Lebendige, der Geliebte läuft im Zorne fort!

Der läuft geldlos in die Welt, ohne Nahrung, ohne Heim; ohne allen Rückhalt ist er jeder Gefahr der Großstadt ausgesetzt – was wird aus ihm?

Hamburger Schiffsjunge, französischer Fremdenlegionär, Selbstmörder im Landwehrkanal – und das wenigste ist, daß er sich seinen Lieblingssohn auf einer Tiergartenbank schlafend vorstellt. Die Schutzleute jagen ihn immer wieder auf, denn es ist verboten, im Freien zu schlafen! Der verlorene Sohn ist bei den Säuen, wahrhaftig, von ihm ist im Neuen Testament die Rede – aber kein Wort steht dort davon, wie dem Vater in all der langen Trennungszeit zumute war!

Hackendahl macht kehrt, er geht eilig die Treppe hinauf, über den Flur, tritt in das Schlafzimmer.

«Wo ist Erich?»

Mutter ist zusammengeschreckt, sie wälzt sich hoch, sie starrt ihn an. «Was hast du denn, Vater? Du erschreckst einen ja!»

«Wo Erich ist, will ich wissen!»

«Aber ich weiß es nicht! Er hat mir doch nicht mal adieu gesagt, ehe er weglief . . .»

Sie hält inne. Sie fürchtet, sie hat jetzt ihren Anteil an der Flucht verraten, aber er achtet gar nicht darauf. Er will nur wissen, wo Erich geblieben ist.

«Das ist nicht wahr!» ruft er böse. «Du weißt, wo Erich ist.»

«Bestimmt nicht! Ich mache mir doch auch solche Sorgen! Otto hat noch nach ihm gesucht, aber da war er schon fort . . .»

Hackendahl denkt nach. «Es ist doch nicht wahr», sagt er. «Erich würde so nicht weglaufen. Hast du ihm Geld gegeben?»

«Nichts! Keinen Pfennig!» jammert sie. «Ich habe doch gar kein Geld, das weißt du doch, Vater!»

Jetzt ist er ganz fest überzeugt, daß sie lügt. Sie haben Erich irgendwo versteckt. Erich, er kennt doch Erich! Der wird doch nicht ohne Geld weglaufen!

«Ich werde es schon herausbekommen, du!» sagt er drohend und verläßt ganz plötzlich ihr Zimmer, geht hinüber in das Zimmer der Töchter . . .

Dort ist es schon fast dunkel. Eva liegt in ihrem Bett. Sie hat im letzten Tagesschein mit ihren Schmucksachen gespielt, sie hat die Ringe aufprobiert, die Broschen auf das Nachthemd gesteckt, o so schön!

Als sie heute mittag nach Haus gekommen war, die Geschichte von dem bestohlenen Versteck in der Hängelampe erfuhr, das sie für ihr undurchdringliches Geheimnis gehalten hatte – und nun wußten alle davon, oh, sie wäre fast geplatzt vor Wut! Sie wäre am liebsten zur Polizei gegangen, sie hätte ihn angezeigt, den Bruder, diesen gemeinen Verbrecher!

Aber da war dieser Schmuck in der Tasche des Kleiderrocks! Nur jetzt nichts mit der Polizei zu tun haben! Sie hat mit zitterndem Herzen die Schilderung des Juwelendiebstahls in der Zeitung gelesen. Man ist natürlich davon überzeugt, daß der junge Mann und das junge Mädchen zusammengehörten, daß die beiden raffiniert zusammen arbeiteten. Man hat auch schon die Markttasche gefunden . . .

Nein, nur Stille und Ruhe – leise gleiten die Schmucksachen durch ihre Hände, das macht sie glücklich. Erst am Morgen hat sie gedacht, daß sie ihren Anteil an den schönen Dingen des Lebens haben will – und nun besitzt sie schon etwas, nun besitzt sie schon viel! Sie wird diesen Schatz nie wieder hergeben! Sie wird stille sein!

Sie hört den Schritt des Vaters auf dem Gang, seine scheltende, die weinerliche Stimme der Mutter. Rasch steckt sie die Schmucksachen in ein Beutelchen. An einer dünnen, festen Schnur hängt das Beutelchen zwischen ihren Brüsten. Nun dreht sie sich um zur Wand und stellt sich schlafend . . .

Der Vater steht auf der Schwelle des Schlafzimmers, er lauscht. Von je hat er so auf den Schlaf der Kinder gelauscht, er kennt jedes Geräusch, weiß sofort, wenn sie sich verstellen . . .

«Eva!» ruft er scharf. «Du schläfst nicht. – Wo ist Erich?»

«Ich weiß doch nicht, Vater . . .»

«Doch, du weißt es. Sag mir sofort, wo Erich ist.» Fast bittend: «Sei doch vernünftig, Evchen, ich will ihm doch nichts tun. Ich möchte bloß wissen, wo er ist.»

«Ich weiß es wirklich nicht, Vater! Ich war doch einholen, als das ganze Theater war. Bestimmt, Vater, ich würde es dir sagen; ich hätte ihn überhaupt nicht rausgelassen!»

Ja, diese Tochter ist nun des Vaters Meinung: Erich hätte nicht fort gedurft. Aber seltsam, so geäußert ist es dem Vater auch wieder nicht recht.

«Ich will gar nicht wissen», sagt er, «was du denkst. Paß morgen auf, ob Erich kommt oder irgendeine Botschaft schickt, und sag mir sofort Bescheid.»

«Ja, Vater.»

«Tust du es auch?»

«Ja doch, Vater!»

«Gut.»

Hackendahl wendet sich, will schon gehen, da erst wird ihm klar, daß das zweite Bett in diesem Zimmer unbesetzt ist. Er fragt: «Sophie hat schon wieder Nachtdienst?»

«Sophie? Ja, hat dir denn Mutter nicht gesagt, daß Sophie auch weg ist?!»

«Was heißt weg?!»

«Na, zu ihren frommen Schwestern doch! Sie ist doch heute mittag für ganz ins Krankenhaus gezogen! Mit Sack und Pack. Wir sind ihr ja wohl nicht fromm genug. Wir streiten uns zuviel, hat sie gesagt!»

«So!» antwortet der Vater bloß. «So! – Na, gute Nacht, Evchen.»

Langsam zieht er die Tür zu, lange steht er auf dem Gang. Schlag auf Schlag, immer schlimmer, zwei Kinder an einem Tage verloren: Und auch Sophie hat mir nicht adieu gesagt! Was habe ich ihnen denn getan, daß sie mich so behandeln?! Nun gut, ich bin streng gewesen, ein Vater muß streng sein! Ich bin vielleicht noch nicht streng genug gewesen! Jetzt sehe ich erst, wie weich sie sind, wie sie gleich ausreißen, wenn es schwierig wird! Die hätten Soldaten sein müssen! Die Zähne zusammen, nicht mit der Wimper gezuckt – und durch!

Er steht da, lange, lange, seine Gedanken gehen hin und her, anklagend, grollend, zornig. Aber so viel er auch bedenkt, er wird nicht weich, er gibt nicht nach! Sie haben ihm schwere Wunden geschlagen, aber er klagt nicht wegen der Wunden, er klagt, daß Kinder eines Vaters Feinde sein können, ihn aus dem Hinterhalte schlagen.

Nein, er gibt nicht nach, der eiserne Gustav strafft den Rücken, er setzt den gewohnten, abendlichen Rundgang fort. Er verkriecht sich nicht in Bett und Wehleid, er geht in das Schlafzimmer der Söhne.

Der Schritt hallt, fahl leuchten die Betten – von dreien sind hier zwei unbesetzt . . .

«Guten Abend, Vater», sagt Heinz.

«Guten Abend, Bubi. Schläfst du noch nicht? Es ist schon längst Schlafenszeit.»

«Ich werd schon noch einschlafen, Vater. Du läufst ja auch noch rum und stehst drei Stunden früher auf als ich.»

«Ein alter Mann braucht wenig Schlaf, Bubi.»

«Du bist doch noch kein alter Mann, Vater!»

«Doch!»

«Bestimmt nicht.»

«Doch!»

«Nein.»

Der Vater geht durch das Zimmer, er setzt sich im Halbdunkel auf des Jungen Bett, er fragt ganz kameradschaftlich, gar nicht väterlich: «Hast du 'ne Ahnung, Bubi, wo der Erich hin ist?»

«Keine Ahnung, Vater. Du machst dir wohl Sorgen?»

«Ja; die hier bei uns wissen auch nicht, wohin er ist?»

«Glaub ich nicht. Aber ich kann ja morgen mal in der Penne horchen. Vielleicht weiß einer von seinen Freunden was.»

«Das tu, Bubi.»

«Das tu ich, Vater.»

«Und du könntest mal zum Herrn Direktor gehen. Ich hatte ihm versprochen, den Erich morgen wieder zur Schule zu schicken. Daraus wird ja nun nichts. Du mußt ihm das erklären . . .»

«Ach, Vater . . .»

«Was?»

«Ich möchte morgen lieber nicht zum Direx gehen . . .»

«Warum denn nicht? Du sollst doch nicht Direx sagen!»

«Och – vielleicht hat er 'ne Pieke auf mich. Wir haben uns nämlich heute ein bißchen gekloppt, einer aus meiner Klasse und ich, und Kunze hat uns aufgeschrieben und sagt, er meldet uns dem Direx – dem Direktor.»

«Warum habt ihr euch denn gekloppt?»

«Ach, nur so. Der hat immer so 'ne Schandschnauze, da muß er mal was draufkriegen.»

«Und hat er was draufgekriegt?»

«Aber feste, Vater! Aber nach Noten! Zum Schluß hat er nur noch nach Luft geschnappt und immerzu Pax geschrien.»

«Was heißt denn Pax?»

«Ach, Pax heißt Friede. Das schreit man, wenn man zu Kreuze kriecht.»

«So – na, Bubi, deswegen kannst du dem Direktor ruhig meine Bestellung ausrichten. Der Herr Direktor und ich haben nämlich aus dem Fenster gesehen, wie ihr euch gekloppt habt.»

«Au fein! Ich hatte schon 'nen Bammel, eine Vier im Betragen wäre kummervoll.»

Einen Augenblick ist Stille. Der Vater ist ganz ruhig und friedlich geworden bei diesem Sohn.

«Na, also schön, Bubi, vergiß das nicht. Und schlaf auch gut!»

«Schlaf du auch gut, Vater. Wegen Erich mach dir bloß keine Gedanken. Der ist schlauer als du und ich und der Direktor zusammen – der Erich kommt immer durch.»

«Gute Nacht, Bubi.»

«Gute Nacht, Vater.»

Zweites Kapitel

Ein Krieg bricht aus

1

Es ist der 31. Juli 1914.

Dicht gedrängt bis tief in den Lustgarten hinein steht seit dem frühen Morgen die Menge am Kaiserlichen Schloß, über dem die gelbe Kaiserstandarte weht, das Zeichen für die Anwesenheit des obersten Kriegsherrn. Unaufhörlich fluten die Menschen ab und zu; sie warten eine Stunde oder zwei, dann gehen sie wieder an ihre täglichen Verrichtungen, die doch nur eilig, nur obenhin erledigt werden, denn auf jedem lastet die Frage: wird Krieg?

Vor drei Tagen hat das verbündete Österreich Serbien den Krieg erklärt – was wird nun geschehen? Wird die Welt ruhig bleiben? Ach, ein Krieg unten auf dem Balkan, ein Riesenreich gegen das kleine Serbenvolk – was kann das schon viel bedeuten? Aber sie sagen ja, Rußland macht mobil, der Franzose rührt sich – und was wird England tun?

Die Luft ist heiß, es wird immer schwüler. Es saust und braust in der Menge. Am Vormittag soll der Kaiser vom Schloß herab gesprochen haben – aber noch lebt Deutschland mit aller Welt in Frieden. Es gärt und braust – ein Monat ist vergangen mit Ungewißheit, mit Hin und Her, unverständlichen Verhandlungen, mit Drohungen und Friedensversicherungen, die Nerven der Menschen sind durch das lange Warten zermürbt. Jede Entscheidung ist besser als dieses schreckliche, dieses ungewisse Warten.

Durch die Menge drängen sich Verkäufer mit Würstchen, Zeitungen, Eis. Aber sie verkaufen nichts, die Leute haben keine Zeit zu essen, sie wollen auch nicht mehr die Nachrichten vom Morgen lesen, die längst überholt, unwahr geworden sind. Sie wollen die Entscheidung! Sie reden abgerissen, erregt miteinander, jeder weiß etwas. Aber dann – mitten im Gespräch – verstummen sie, alles vergessend starren sie zu den Fenstern des Schlosses hinauf. Zu dem Balkon, von dem heute vormittag der Kaiser gesprochen haben soll . . . Sie versuchen, durch die Scheiben zu spähen, aber die blitzen, blenden in der Sonne; und wo sie hindurchspähen können, sehen sie nur gelbe, matte Vorhänge hängen.

Was geht dort drinnen vor? Was wird in jenem Dämmer beschlossen – über jeden Wartenden, Mann für Mann, Weib für Weib, Kind für Kind? Sie haben vierzig Jahre im Frieden gelebt, sie können es sich nicht vorstellen, was das ist: ein Krieg ... Aber doch ahnen sie, daß ein Wort aus dem stummen, verschlossenen Haus dort alles ändern kann, ihr ganzes Leben. Und sie warten auf dieses Wort, sie fürchten es und sie fürchten doch auch, daß es ausbleiben könnte, daß so viele Wochen Wartens umsonst durchwartet sein könnten ...

Plötzlich wird es ganz still in der Menge, als halte sie den Atem an ... Es ist nichts geschehen, noch ist nichts geschehen, nur die Turmuhren schlugen, von nah und fern, schnell und langsam, hoch und mit tiefem Brummton: Es ist fünf Uhr ...

Noch ist nichts geschehen, sie stehen und warten atemlos ...

Da öffnet sich das Tor des Schlosses, sie sehen es aufgehen, langsam, langsam – und heraus tritt: ein Schutzmann, ein Berliner Polizist, in der blauen Uniform, mit Pickelhaube ...

Sie starren ihn an ...

Er klettert auf eine Treppenbrüstung, er bedeutet ihnen, daß sie still sein sollen.

Aber sie sind ja still ...

Der Schutzmann nimmt langsam den Helm ab, hält ihn vor die Brust. Sie verfolgen atemlos jede seiner Bewegungen, obwohl es nur ein ganz gewöhnlicher Schutzmann ist, wie sie ihn alle Tage auf allen Straßen Berlins sehen ... Und doch prägt er sich ihnen unauslöschlich ein. – Sie werden in den nächsten Jahren ungeheure und schreckliche Dinge sehen müssen, aber sie werden nie vergessen, wie dieser Berliner Schutzmann seinen Helm abnahm, ihn vor die Brust hielt!

Der Schutzmann tut den Mund auf, ach, sie hängen an seinem Munde – was wird er sagen? Leben oder Tod, Krieg oder Frieden?

Der Schutzmann tut den Mund auf und sagt: «Auf Befehl seiner Majestät, des Kaisers, teile ich mit: Die Mobilmachung ist befohlen.»

Der Schutzmann schließt den Mund, er starrt über die Menge, dann setzt er ruckartig – wie eine Puppe – den Helm wieder auf.

Einen Augenblick schweigt die Menge, schon fängt es in ihr zu singen an, einzelne, Hunderte, Tausende von Stimmen vereinen sich: «Nun danket alle Gott, mit Herzen, Mund und Händen ...»

Ruckartig, wie eine Puppe, nimmt der Schutzmann den Helm wieder ab.

2

Über die Linden rasen die Automobile. Offiziere stehen in ihnen – sie schwenken Fahnen. Sie legen die Hände hohl an den Mund, sie rufen: «Mobil! Mobil!»

Die Menschen lachen glücklich, sie jubeln den Offizieren zu. Blumen fliegen durch die Luft, die jungen Mädchen reißen ihre großen Strohhüte vom Kopf, sie schwingen sie an den Bändern, sie rufen begeistert zurück:

«Mobil! Mobil! Krieg!!»

Dies ist die Stunde der Offiziere, vierzig Jahre lang haben sie öden Gamaschendienst kloppen müssen, sie waren dessen so überdrüssig!

Die Leute drehten sich kaum noch um nach ihnen, sie waren so überflüssig! Jetzt jubelt ihnen alles zu, die Augen leuchten – sie werden ja für Freiheit und Frieden eines jeden kämpfen und vielleicht sterben!

«Daß ich das noch erleben darf!» ruft der alte Hackendahl im Strudel der Begeisterten. «Nun wird alles wieder gut!»

An seinem einen Arm hängt Heinz, am anderen Eva, sie treiben in der Menge, sie lachen. Übermütig wirft Eva den Offizieren Kußhände ins Auto.

«Oh, Vater!» ruft Heinz und drückt den Arm des Vaters fester gegen seine Brust.

«Was denn, Bubi?» Hackendahl muß sich tief hinabbeugen, um in dem Trubel den Sohn zu verstehen.

«Vater . . .» Er ist ganz atemlos. «Vater . . .» Er stößt es hervor: «Ob ich nicht auch mit darf?»

«Was – mit?» Der Vater versteht ihn nicht.

«Mit heraus . . . in den Krieg . . . an den Feind! Ach, bitte, Vater!»

«Aber, Bubi», sagt der Vater. Er spottet und ist doch glücklich über seinen Sohn: «Du bist doch erst dreizehn! Du bist doch noch ein Kind . . .»

«Ach, Vater, es geht sicher, wenn du es erlaubst! Bring mich bei deinem alten Regiment an, bei den Pasewalkern . . . Es gibt doch Trommlerjungen, ich weiß das!»

«Trommlerjungen! Und so was will der Sohn von einem altgedienten Wachtmeister sein! Trommlerjungen gibt es bei uns Deutschen nicht . . . vielleicht bei den Rothosen . . .»

«Ach, Vater!»

«Faß mich an, Evchen, faß mich fest unter! Wir wollen machen, daß wir nach Haus kommen! Wir müssen Otto Bescheid sagen – Otto weiß doch noch von nichts! Wenn heute Mobilmachung ist, muß er sich spätestens morgen stellen! Oder heute noch . . . Ich weiß es nicht! Rasch, wir wollen nach Haus – ich muß das sofort in seinen Papieren nachsehen!»

Sie gehen gegen den Strudel an, oft kommen sie nicht von der

Stelle. Sie müssen sich aneinander festhalten, um nicht getrennt zu werden.

Heinz sieht den Vater von der Seite an. «Du, Vater ...»

«Ja?»

«Vater, sei nicht böse, aber muß nicht auch Erich zu den Soldaten?»

«Muß ...?» Der Vater antwortet ganz bereitwillig, als sei Heinz ein Großer. Er hat eben auch darüber gegrübelt. «Muß – nein. Er ist doch erst siebzehn! Aber er würde sich freiwillig stellen können ...»

«Der Erich, Vater, freiwillig ...?»

«Wieso nicht? Redest du jetzt auch schlecht von deinem Bruder, Heinz? Jetzt gibt es das nicht, jetzt müssen wir alle zusammenhalten. Jetzt weiß einer wieder, daß er zum andern gehört – der Erich auch.»

«Ja, Vater, ich glaube es ja auch, es ist alles jetzt ganz anders!»

«Ja, ganz anders! Paß auf, jetzt kommt der Erich auch zurück. Jetzt kommt er ganz von selbst. Er muß ja, ich habe ja seine Papiere. Die braucht er jetzt. Aber auch so ... er würde auch so kommen, Bubi, er weiß ja jetzt, daß man nicht allein leben kann. Einer gehört zum anderen, alle gehören zusammen – wir Deutsche!»

«Ja, Vater.»

«Es hat wohl so sein sollen, daß wir ihn all diese Wochen vergeblich gesucht haben. Er hat erst lernen müssen, was das ist, wenn man ganz allein ist, niemanden hat. Jetzt gehören wir alle zusammen. Siehst du, wie die Eva mit dem Herrn lacht und spricht?! Eben haben sie sich noch nicht gekannt, und gleich kennen sie sich nicht mehr. Aber jetzt fühlen sie, daß sie zusammengehören, daß sie *eine* Sache haben – Deutsche! Paß auf, wenn wir nach Haus kommen, sitzt der Erich vielleicht schon bei Muttern und wartet auf uns. Dann aber soll kein Wort mehr von vergangenen Dingen gesprochen werden, Bubi, verstehst du? Alles ist vergeben und vergessen! Jetzt gibt's so was nicht mehr. Und ihr vertragt euch gefälligst auch, verstanden, als Brüder! Jetzt sind wir alle ... Halt, Eva, wo ist Eva? Dort ... Eva, hier sind wir doch! Guck einer das Mädchen! Sieht gar nicht, wo wir stehen! Eva!» Er legt die Hände an den Mund: «Eva – Hackendahl! Hak-kendahl! Hierher!»

Eine ganze Schar junger Männer kommt die Linden entlang, sie haben sich ineinander eingehakt, sie versuchen, so gut es eben im Gedränge geht, nach dem Takt zu marschieren. Dazu singen sie: «Siegreich wollen wir Frankreich schlagen ...»

Einer der Marschierenden faßt lachend nach der gegen den Strom ankämpfenden Eva. Sie lacht auch, sie weicht ihm aus.

Hackendahl schüttelt den Kopf. «Weg ist sie! Ich sehe sie nicht mehr. Siehst du sie, Bubi? Nein, du bist natürlich viel zu klein ...

Komm, Heinz, Eva wird schon allein nach Haus finden, wir wollen uns beeilen. Otto muß Bescheid haben, und vielleicht wartet Erich . . .»

3

Es war Eva eigentlich ganz recht, daß sie von Vater und Bruder getrennt worden war. Sie hatte nichts dazu getan, aber als es geschah, hatte sie sich auch nicht übermäßig angestrengt, die Ihren wiederzufinden. Sie schob sich lachend mit der Menge fort, jetzt in der anderen Richtung, die Linden abwärts, dem Brandenburger Tor zu . . .

Das Geschwätz der beiden hatte sie bloß gelangweilt, immer nur Erich und Otto, ewig bloß Krieg und Zusammenhalt. Pustekuchen! Jetzt sollten sie wohl noch näher aufeinanderhocken, eine einzige Verwandtschaft und Liebe – sie hatte von den letzten eingezogenen Wochen die Nase wahrhaftig voll! Und überhaupt Krieg – wieso denn Krieg? Dies war erst einmal Mobilmachung – und so viel hatte sie in letzter Zeit auch schon begriffen, daß Mobilmachung kein Krieg war.

Aber wenn Krieg so wurde, wie heute Mobilmachung aussah, dann war er eine großartige Sache! Noch nie hatte sie die Männer so aufgekratzt gesehen, mit so leuchtenden Augen! Ein kleiner Dicker, ein Uralter, sicher schon vierzig, mit Knebelbart, faßte sie plötzlich um die Taille. «Na, Kleene?! Freuste dir ooch? Ich freu mir!»

Und war schon weiter, ehe sie noch protestieren konnte.

«Kriegsbraut gesucht, die mir noch schnell die Socken stopft!» rief ein junger Mann krähend. Und alle lachten.

Es war herrlich, sich von diesem Gewoge treiben und wiegen zu lassen, es war Feststimmung!

Eine Hand legte sich von hinten auf ihre Schulter, eine etwas heisere Stimme fragte: «Na, Frollein, immer noch jut zuweje?»

Sie fuhr herum, und erschrocken sah sie in ein Gesicht, das sie einmal kurze Minuten gesehen und nicht vergessen hatte, in ein bräunliches, freches Gesicht mit schwarzem Schnurrbart.

«Was wollen Sie?» rief sie. «Ich kenn Sie gar nicht – lassen Sie mich gefälligst los!»

Der junge Mann lächelte. Er sah sie an und sagte: «Det macht ja nischt, wenn Se mir nich kennen – denn werden Se mir eben kennenlernen!»

«Lassen Sie mich zufrieden! Oder ich rufe einen Schutzmann!»

«Na, rufen Sie doch, Frollein, rufen Se! Ick helf Ihnen jerne rufen. Oder wollen wa zusammen zu einem jehn, wie, wat? Det macht mir jar nischt, so ein Blauer – blau is immer meine Lieblingsfarbe jewesen. Sie haben auch ein hübschet blauet Kleid an, Frollein.»

Eva war immer eine richtige Berliner Göre gewesen, frech und vorlaut. So leicht konnte ihr niemand Angst einjagen. Aber jetzt hatte sie Angst, ihre Frechheit verging vor der Selbstsicherheit dieses Kerls, seiner kalten Großschnäuzigkeit, der unverschämten Art, mit der er ihr Kleid antippte, gerade auf der Brust. Und zwischen den Brüsten hing . . .

«Bitte, lassen Sie mich gehen», bat sie schwach. «Es muß eine Verwechslung sein . . .»

«Natürlich laß ick Ihnen jehn», antwortete er lachend. «Jehn is bei die Hitze jesund. Kommen Se man, Frollein, ick jeh ooch'n Stückchen.» Und er faßte sie ungeniert unter den Arm. «Wat die Affen sich haben», fuhr er überlegen fort, «bringen sich um, vor Bejeisterung, bloß weil se in'n Krieg dürfen. Als wenn se det nich einfacher hätten, det Abschlachten, vorm Spiegel mit'm Rasiermesser. – Nee», sagte er abschließend, «so was is nischt for uns – wir sind mehr für Lebeschön, wat, wie?»

«Bitte . . .» flehte sie eindringlich. «Lassen Sie mich gehen, ich kenn Sie doch gar nicht!»

«Mädchen!» flüsterte er. Plötzlich hatte sich sein lächelndes Gesicht verändert, er sah sie mit einem bösen, kalten Zorn an. «Mach mir keene Zicken! Seit vier Wochen loof ick Berlin ab nach dir, nu find ick dir endlich – denkste, ick laß dir nu wieder loofen?»

Er sieht sie drohend an, und unter dieser Drohung erzittert sie und schweigt.

«Denkste, ick hab dir die Sachen in deine dußlije Marchttasche gesteckt, von der det Bild an alle Litfaßsäulen klebt, damit du se behältst? Nee, Frollein, so doof sind wir nich . . . Det mußte mir allet fein wieder abliefern . . .»

Er sah sie an, und sie, gegen ihren Willen, sie nickte . . .

«Und wenn de abjeliefert hast, denn sind wir noch lange nich fertig miteinander! So eine wie dich ha'ick schon lange jesucht, frisch aus Mutters Mottenkiste, det erleichtert mir mein Jeschäft . . . Wat denkste, wie fein ick dir anlernen tu! Du wirst noch 'ne janz jroße Nummer – auf'm Alex werden se sich dein Bild einrahmen: Det is nämlich die, die mit 'nem Juwelendiebstahl bei Wertheim anjefangen hat!»

«Bitte nicht!» flehte sie. «Die Leute . . .»

In ihrem Kopf arbeitete es fieberhaft. Es mußte möglich sein, sich von ihm loszureißen und im Gedränge zu verschwinden . . . Sie wartete nur auf den Augenblick, wo der Druck seines Armes einmal nachließ . . .

«Also, wie heißte denn?»

«Eva . . .» sagte sie schwach.

«Na, und wie denn weiter, meine süße, kleene Eva?»

«Schmidt!»

«Na natürlich doch, Schmidt! Ha'ick doch jleich jedacht – Meier wäre mir auch zu jewöhnlich jewesen! – Und wo wohnste denn, Frollein Schmidt?»

«In der Lützowstraße.»

«Also in de Lützowstraße, feine Jejend, wie? Und wo haste denn die Dingerchen, die feinen, blanken, glitzrigen, du weeßt schon. Zu Hause, wat?»

«Habe ich auch!» sagte sie kühn. Sie war jetzt fest entschlossen, ihm, sobald es paßte, mit der freien Hand in die Augen zu fahren, sie würde ihn kratzen, loskommen . . .

«Also zu Hause», wiederholte er höhnisch. «Auch ne jute Jejend, bei euch zu Hause, wat, wie? Und wo haste sie denn da? Wohl unterm Kopfkissen, wat?»

«Nein», sagte sie. «Im Gewicht von der Hängelampe.»

«Im Jewicht von der Hängelampe», wiederholte er nachdenklich. «Det ist jar nich so schlecht, du hast ja Talente für deinen Beruf! Det Vasteck haste dir nich eben erst ausjedacht. Du hast also schon früher jeklaut, wat?»

Sie antwortete nicht, wütend über ihren Fehler.

Und wieder kommt bei ihm dieser plötzliche Übergang von lachendem, grinsendem Hohn zu brutaler, nackter Drohung. Sein dunkles Gesicht nahe ihrem weißen, flüstert er mit heiserer Stimme: «Un nu will ick dir ma erzählen, wat jespielt wird, mein Frollein Schmidt aus de Lützowstraße mit de Hängelampe! Kuschen wird jespielt, Parieren wird jespielt – wenn ick pfeife, kommste, vastanden?! Vastanden – du? Sieh mir an, du – Nutte!»

Sie sieht ihn an, zitternd.

«Du Nutte von einem Dieb, du!» sagt er zwischen den Zähnen. «Du feinet Frollein – Eva – Hackendahl!»

Er sieht sie triumphierend an, er kostet mit Wonne ihr Entsetzen, als sie merkt, es gibt kein Entrinnen, er kennt ihren Namen. Es gibt keine Flucht . . .

Er genießt seinen Triumph. Aber da er sie so vollständig unterworfen sieht, nur noch schneeweiß und zitternd, verliert sich sein Zorn. Der Sieger wird großmütig.

«Ja, da staunste», sagt er lachend. «Mußte dir eben keinen alten Herrn anschaffen, der deinen Namen über de halben Linden tutet! Siehste, ick bin ja nich so, ick tu nich, als könnt ick hexen. Det war doch dein Vater, der so rief . . .?»

Sie nickt.

«Wenn ick dir wat frage, haste zu antworten! Sag ja!»

«Ja ...»

«Sag: ‹Ja, Eugen!›»

«Ja – Eugen.»

«Jut – und nu, wo wohnste wirklich? Aber mach mir nich noch mal Schwindel, ick versprech dir, für jedesmal, wo de mir anschwindelst, schlag ick dir alle Knochen kaputt! Und ick tu's ...»

Sie ist überzeugt, daß er es tun wird, ihr Kopf sucht nach einem Ausweg und findet doch keinen ...

«Wo wohnt ihr?»

«Frankfurter Allee.»

«Wo da?»

«Der Fuhrhof ...»

Er pfeift durch die Zähne.

«Ach, der is det, der mit de Droschken? Den kenn ick doch, die janze Zeit grüble ick: Die Wachtmeisterfresse kennste doch! Aber da krieg ick ja ein feinet Frollein Braut, da krieg ick ja ein prima Vahältnis, det is ja jroßartig ...» Er ist plötzlich sehr aufgeräumt. «Und nu paß uff, Kleene ... Evchen ...»

Sie zittert wieder.

«Kuck bloß nich so ängstlich. Vor mir brauchste doch keene Angst haben, ick bin der jutmütigste Kerl von janz Berlin, ein wahrer Trottel bin ick – wenn de tust, wat ick dir sage. Also heute abend um neune biste an der Ecke von der Großen und Kleenen Frankfurter Straße. Vastehste?»

Sie nickt, aber als sie eine Bewegung bei ihm sieht, sagt sie rasch: «Ja – Eugen.»

«Die blanken Dingerchen, du weeßt schon, die brauchste nich extra mitzunehmen, weil de se nämlich schon mit hast ... So doof mußte nich noch mal sind, 'nem ausjekochten Jungen zu erzählen, se sind im Jewicht von der Hängelampe, wo ick die janze Zeit det Band in deinem Ausschnitt sehe ...»

Wieder erblaßt sie.

«Aber ick bin nich so, die Sore nehm ick dir ab, wat willste ooch damit? Tragen kannste die Dinger doch nich, und du fällst bloß rein damit. Aber ick jeb dir mal wat anderes, wat de tragen kannst, ooch schöne Sachen – ick hab es ja dazu ...

Und überhaupt, Mädchen», und jetzt drückt er ihren Arm, aber zärtlich, «det wird 'ne janz prima Sache mit uns beiden, da mußte dir nich vor ängsten, wir werden noch manche jute Stunde miteinander haben.»

Er lacht kurz, ihr Arm liegt jetzt still in seiner umspannenden Hand. «Nur eins: Parieren mußte, da hilft dir nischt – un wenn ick oben uff die Siejessäule sage: Spring!, denn springste, sonst kenn ich mir nich vor Wut.»

Er läßt sie plötzlich los, sieht sie prüfend an. «Haste Angst, wie, wat?»

Sie nickt langsam, Tränen in den Augen.

«Det jibt sich, Evchen», sagt er, oberflächlich tröstend. «Zuerst hat jede Angst jehabt, aber det jibt sich. Un mach mir keene Dummheiten mit Rennen uff de Polizei – da schlag ick dir langsam tot, heute oder in zehn Jahren.»

Er lacht kurz, nickt noch einmal und befiehlt dann: «Marsch, nach Haus!»

Ehe sie sich noch besinnen kann, ist er fort.

4

In einem Zimmer im ersten Stock eines Hauses an der Jägerstraße geht ein schwerer, schwärzlicher Mann in Hemd und Hose auf und ab. Er geht auf und ab, er pfeift dabei die Marseillaise, seine Füße in ledernen Hausschuhen gehen sachte über den mit Linoleum belegten Boden.

Ab und zu tritt der Mann ans Fenster und sieht auf die Jägerstraße hinunter, die auch etwas von dem Trubel abbekommen hat, der an diesem ersten Mobilmachungsnachmittag Unter den Linden herrscht. Dann schüttelt der Mann den Kopf, er pfeift leiser, aber er marschiert weiter.

Nun fliegt draußen die Etagentür auf. Rumm! Rumm! schlägt sie zu, eilige Schritte kommen, die Tür wird mit einem Ruck geöffnet, und in ihrem Rahmen steht rasch atmend, mit geröteten Wangen Erich Hackendahl.

Der schwere dunkle Mann sieht den jungen Menschen ernst an. «Nun . . .?» fragt er.

Erich ruft nur: «Mobil!»

Der Mann sieht ihn weiter unverwandt an, er nimmt dabei die Weste vom Stuhl und fängt an, sie überzuziehen. «Das war zu erwarten», sagt er schließlich langsam. «Aber mobil heißt noch nicht Krieg!»

«Ach, Herr Doktor!» ruft Erich noch immer ganz atemlos. «Die Menschen sind ja so begeistert! Sie haben gesungen: ‹Nun danket alle Gott›. Ich habe auch mitgesungen, Herr Doktor.»

«Warum sollen sie nicht begeistert sein?» fragt der Doktor und fährt in die Jacke. «Es ist doch etwas Neues! – Und dann hat wahrscheinlich ihr strahlender Kaiser wieder einmal geredet, von schimmernder Wehr, von Feinden in aller Welt . . .»

«Nichts! Nichts! Nichts von alledem!» ruft der Junge. «Ganz falsch, Herr Doktor! Ein Schutzmann ist aus dem Portal gekommen, ein ganz einfacher Blauer, und hat die Mobilmachung bekanntgemacht. Es war herrlich!»

«Er ist ein großer Theatermann, euer Heldenkaiser», sagt der schwere Mann ungerührt. «Jetzt macht er es also mit der altpreußischen Schlichtheit – er hat Friedrich den Einzigen kopiert. Aber, Junge, Erich, merkst du denn nicht, daß du ihm auf den Leim gehst – du kennst doch seine leidenschaftliche Liebe für Prunk und Trara! Und plötzlich ein einfacher Schutzmann – das ist doch alles Mache!»

«Es war aber keine Mache, als wir den Choral sangen», antwortete der Junge, fast trotzig.

«Und hast du dir denn nicht die Leute angesehen, die da sangen? Das war doch nicht das Volk, mein Sohn, nicht der Arbeiter, der die Werte schafft. Das waren dicke Bürger, und wenn die ihrem Gott für die Mobilmachung danken, so danken sie ihm für das große Geschäft, das sie wittern. Das ganz große Geschäft, Kriegsgewinne aus der Leiche des Bruders . . .»

«Oh, pfui, pfui, Herr Doktor!» rief Erich leidenschaftlich. «Sie sind ja nicht dabeigewesen! Die haben nicht an Geschäft gedacht, die haben an Deutschland gedacht, das bedroht ist, von Rußland, von Frankreich, vielleicht sogar von England . . .»

«Überlege doch ruhig, Erich», sagte der dunkle Mann, ungerührt von dem Ausbruch des Jungen. «Du hast doch einen guten Verstand, denke doch einmal nach! Wenn wir jetzt mobilmachen, bedrohen wir doch wieder die anderen, und vielleicht steht zur gleichen Stunde der Arbeiter an der Newa und an der Seine und fühlt sein Vaterland bedroht, nun aber von uns!»

Erich stand betroffen, nachdenklich. «Die anderen . . .», fing er an.

Der Mann lächelte. «Jetzt willst du sagen, Erich, daß die anderen angefangen haben – wie die Kinder einander bei der Mutter verklagen. Wir sind aber keine Kinder mehr, Erich. Der Arbeiter, Erich, hat kein anderes Vaterland als die Arbeiterschaft der ganzen Welt . . .»

«Aber Deutschland . . .!»

«Deutschland, Erich, ist heute noch ein Land, in dem der Arbeiter rechtlos ist. ‹Arbeite und kusche› ist hier die Losung. Der deutsche Arbeiter hat nur einen Freund auf der Welt, das ist der Arbeiter in Frankreich, der Arbeiter in Rußland – und auf den soll er schießen?» Plötzlich jäh: «Wir sind hundertzehn sozialdemokratische Abgeordnete im Reichstag – wir bewilligen die Kriegskredite nicht, wir sagen nein. Mit uns sagt nein fast ein Drittel des deutschen Volkes.»

«Ich habe am Schloß gestanden», fing Erich nach einer Pause

wieder hartnäckig an. «Ich habe sie singen hören, ich habe mitgesungen, Arbeiter haben mitgesungen. Es kann keine schlechte Sache sein, die uns so begeistert hat . . .»

«Es *ist* eine schlechte Sache. Du bist jetzt berauscht, Erich, aber es ist ein schlimmer Rausch. – Du weißt noch nicht, was das ist, ein Krieg, wenn Menschen Menschen erschießen, wenn es einer Mutter Sohn erlaubt ist, einer anderen Mutter Sohn zu töten, zu verstümmeln . . .»

«Und wissen *Sie* denn, was das ist: Krieg?» rief Erich.

«Ich weiß es. Seit meiner Jugend habe ich für den Arbeiter gekämpft, auch das war ein Krieg, es gab alle Tage Tote, Verstümmelte . . . Aber ich habe gewußt, wofür ich kämpfte, dafür, daß der deutsche Arbeiter, und mit ihm der Arbeiter der Welt, ein wenig glücklicher, ein wenig leichter lebte. Wofür kämpft ihr? Sag es doch!»

«Für die Verteidigung Deutschlands!»

«Aber was ist denn dein Deutschland?! Hat es ein Haus für seinen Sohn, tägliches Brot für ihn, auch nur das Recht auf Arbeit?! Soll er sein verwanztes Bett verteidigen, den Schutzmann, der ihm seine Versammlungen auflöst? Das hat er in der ganzen Welt, dafür braucht er kein Deutschland!»

«Es muß falsch sein, was Sie sagen», antwortete Erich. «Ich kann es nicht mit Worten sagen, aber ich fühle das: Deutschland ist noch etwas anderes . . . Und wenn der Arbeiter wirklich nur ein verwanztes Bett hat, wie Sie sagen, so wird er mit ihm in Deutschland unter Deutschen glücklicher sein als in der ganzen anderen Welt . . .»

Sie standen eine Weile schweigend, auf der Straße schwoll der Jubel und Trubel und sank wieder, schwoll und sank, es war wie Brandung des Meeres . . .

Der große Mann bewegte sich, wie aus einem Traum. «Du mußt jetzt gehen, Erich», sagte er ganz ruhig. «Ich kann dich nicht länger bei mir behalten.»

Erich machte eine Bewegung.

«Nein, Erich, ich schicke dich nicht im Ärger fort. Aber ich bin Abgeordneter der Sozialdemokratischen Partei, ich kann keinen Kriegsbegeisterten als Sekretär um mich haben. Das geht nicht. Als du vor vier, fünf Wochen zu mir kamst, ratlos, hilflos, da dachte ich, ich könnte dir helfen. Du würdest einer der Unseren werden, ein Mitarbeiter am großen Werk der Befreiung der Arbeiterschaft . . .»

«Sie waren sehr gut zu mir, Herr Doktor», sagte Erich stockend.

«Du hattest Schlimmes getan, Erich, und du wolltest noch Schlimmeres tun, das Schlimmste, was ein Mensch tun kann: dich wissentlich, willentlich in den Dreck legen und verkommen. Ich kannte dich aus den Debattierversammlungen, ich kannte deinen schnellen, scharfen Geist, etwas Kritisches, das dich mit deinem behaglichen Dasein unzufrieden sein ließ. Du schienst mir ein Umstürzler, ein Rebell – und wir brauchen Rebellen.»

Erich machte eine hastige Bewegung, besann sich und schwieg.

«Du willst sagen», sprach der Abgeordnete, «daß du noch immer ein Rebell bist. Aber du bist es nicht, denn du willst in einen Krieg ziehen, der die bestehende schlechte Ordnung verteidigt. Denn du willst doch mit, nicht wahr? Kriegsfreiwilliger – ja?»

Erich nickte trotzig. «Ich muß», sagte er. «Ich fühle, das Volk will diesen Krieg, nicht ich allein!»

«So?» fragte der Abgeordnete spöttisch. «Wollen wir jetzt schon einen Krieg? Ich dachte, wir verteidigen uns. Nun, wir Sozialdemokraten jedenfalls wollen ihn nicht, wir werden gegen Regierung und Kriegskredite stimmen. So werden die Arbeiter in aller Welt tun – und es wird aus sein mit euerm Krieg!»

Er schnippte mit den Fingern.

«Es wird nicht aus sein mit dem Krieg – und ihr werdet auch für den Krieg stimmen!» rief Erich. «Sie haben ja das Volk noch gar nicht gesehen, Sie sitzen auf den Büros, auf Fraktionsversammlungen, aber das Volk, das Volk . . .»

«Natürlich», sagte der Mann, «nun erzähle mir noch, daß ich das Volk nicht kenne. – Aber, Erich, wir wollen uns doch nicht im Streit trennen. Du wirst jetzt nach Haus gehen, Erich. Hier», er schloß den Schreibtisch auf, «sind die vierhundertachtzig Mark, die du mitgebracht hattest – gib sie deiner Schwester zurück. – Es ist gleichgültig», rief er ungeduldig, «ob das Geld deiner Schwester rechtmäßig gehört oder nicht, du sollst unbelastet von uns heimkehren – dorthin. Und hier hast du achtzig Mark für deinen Vater – du kannst sie unbesorgt nehmen, es ist ungefähr das, was ich als dein Gehalt gedacht hatte, du hast sie redlich verdient.» Leiser: «Ich habe mich immer gefreut, wenn ich dich hier sah . . .»

«Sie sind sehr gut zu mir, Herr Doktor», sagte Erich wieder.

«Nein, ich bin nicht gut zu dir. Ich dürfte dich nicht gehen lassen – in dieses Abenteuer. Aber ich habe keine Zeit, um dich zu kämpfen. Jetzt muß dieser Krieg verhindert werden, das ist mein Kampf.»

Sie standen einen Augenblick schweigend.

«Vielleicht auf Wiedersehen, Erich!» sagte der Doktor dann freundlich.

«Auf Wiedersehen, Herr Doktor», antwortete Erich leise.

5

Zum erstenmal seit langen Wochen hatte die Familie Hackendahl wieder einmal vollzählig um den Abendbrottisch gesessen, und der alte Vater hatte so wenig eisern in die Runde geschaut, wie es ihm nur möglich war. Alles war wirklich vergeben und vergessen, keinerlei unangenehme Fragen waren gestellt worden. Was der Friede veruneinigt hatte, der nahende Krieg hatte es zusammengeführt.

Sophie war auch heimgekommen, vom Krankenhaus war sie auf einen Sprung herübergelaufen, zu erfahren, welche Veränderungen der Krieg der Familie Hackendahl bringen würde.

«Also Otto rückt schon morgen früh ein», berichtete Vater Hakkendahl zufrieden, «und Erich werden sie wohl auch gleich dabehalten, wenn er sich freiwillig stellt. Und Sophie, du denkst also auch bald an die Front zu kommen, wenn du auch erst Lehrschwester bist?»

«Und ich», rief Bubi. «Du sagst nein, Vater, aber ich sage, sie nehmen mich doch. Jetzt wird jeder Mann gebraucht.»

Alle lachten, und Hackendahl meinte: «Es wäre schlimm um uns bestellt, wenn wir schon Kinder wie dich brauchten! Das haben wir Gott sei Dank noch nicht nötig. – Aber, hört mal, denkt ihr denn gar nicht an mich?!»

«An dich, Vater? Wieso?»

«Na, ich werde mich doch natürlich auch freiwillig melden.»

«Aber, Vater, du bist doch ein alter Mann!»

«Ich alt? Ich bin erst sechsundfünfzig! Was ihr könnt, kann ich noch allemal!»

«Aber dein Geschäft, Vater – die Droschken!»

«Was geht mich das Geschäft an? Jetzt geht das Vaterland vor. Nein, Kinder, das ist ausgemacht, ich gehe mit.»

«Immer hat Vater gesagt», jammerte die Mutter, «er kann sich nicht einen Tag freinehmen, das Geschäft geht nicht ohne ihn. Und jetzt plötzlich kann er ganz einfach in den Krieg!»

«Wirst du dich eben um das Geschäft kümmern, Mutter!»

Wieder lachten sie.

«Ich meine das im Ernst. Wer, denkt ihr denn, soll jetzt all die Arbeit von den Männern machen, die ins Feld ziehen? Doch nur ihr Frauen! Das wird schon gehen, Mutter. Eva hilft dir. – Was ist mit dir, Eva, du sitzt so blaß da und redest keinen Ton . . .?»

«Ach, nichts, Vater. Es ist wohl nur die Hitze und das Gedränge beim Schloß gewesen . . .»

«Vater», fing Heinz wieder an. «Ob ich wohl noch mitkomme? Wie lange, denkst du denn, kann der Krieg dauern . . .?»

Wieder lachte der Vater. «Du Grünschnabel! Sechs Wochen, höchstens bis Weihnachten – dann bist du immer noch dreizehn! Nein, Weihnachten feiern wir schon wieder zu Hause. Bei den modernen Kampfmitteln . . .»

So ging die Unterhaltung. Aber Vater Hackendahl merkte gar nicht, daß es eigentlich nur er war, der sprach, daß die anderen alle recht seltsam schwiegen.

Mit gesenktem Kopf saß Erich am Tisch, jawohl, nun war er wieder zu Hause, es war alles vergeben und vergessen. Das Geld war zurückgezahlt worden, morgen würde er zum Direktor gehen und sich wegen Zeugnis und Abschlußprüfung erkundigen – und dann zu den Soldaten! Wie eh und je saß er in der Familie, sie trugen ihm nichts nach – aber schon jetzt, nach einer kurzen Stunde, lag es wie ein Druck auf ihm, es würgte ihn im Halse. Diese altgewohnten, diese bis zum Überdruß gesehenen Gesichter, das ewige Jammern der Mutter, die Art, wie der Vater das Messer benutzte, der ständige Pferdestallgeruch um Otto – ach, es war eine Kette, die sich an sein Bein legte!

Als er beim Anwalt gewesen war, hatte er einfach nicht verstehen können, daß er, Erich, ein gemeiner Hausdieb gewesen war, feige Geld gestohlen hatte, um damit zu Alkohol und Weibern zu laufen . . . Nun saß er wieder hier, und schon verstand er es. Man tat hier ja alles, nur um aus dieser Umgebung herauszukommen, aus diesem Mief und Muff jämmerlichster Kleinbürgerlichkeit! War das derselbe Krieg, von dem Vater jetzt so platt und dumm daherredete («Wir werden sie schon dreschen, die Rothosen!»), und der Krieg, von dem er zum Anwalt gesprochen hatte? Nein, es war ein ganz anderer Krieg! Dies hier, dies Heim, diese Menschen waren nicht zu verteidigen, so etwas mußte man einreißen, das war nicht Deutschland!

Eva, die Stumme, die Blasse, Eva aber, die sonst immer mit dem Munde vorweg war, saß vor ihrem Teller, sie stocherte mit der Gabel, das Essen quoll ihr im Munde. Von ferne hörte sie die anderen reden. Das war so weit weg, aber sie mußte um neun Uhr an der Ecke von der Großen und der Kleinen Frankfurter Straße sein – und der Vater erlaubte nie, daß sie nach dem Abendessen noch fortging.

Aber, wenn sie an eine Ausrede denken wollte, verwischte sich gleich alles. Sie konnte ihre Gedanken nicht festhalten. Das bräunliche Gesicht mit dem kleinen schwarzen Schnurrbart und den bösen schwarzen Augen schob sich dazwischen. – «Du Nutte!» hatte er gesagt. Keiner hatte je so zu ihr gesprochen, aber wenn es einer getan hätte, sie hätte ihn bloß ausgelacht. Wenn sie es auch mit den Männern nicht so genau nahm, *das* hatte sie noch nie getan, und so war sie auch keine Nutte. Er aber nahm sie von Anfang an so, und in seinen Händen würde sie immer so sein, er würde sie dazu machen . . .

Unausweichlich, unentrinnbar stieg ihr Schicksal vor ihr auf.

Flüchtig muß sie daran denken, daß ihr Erich kurz vor dem Abendessen «ihr Geld» wiedergegeben hat, mit einer verlegen gemurmelten Entschuldigung – sie muß daran denken, wie groß sie jetzt dastände, fast fünfhundert Mark und so viel kostbaren Schmuck . . . Aber an der Ecke der Kleinen und Großen Frankfurter Straße flackert die Gaslaterne im Sommerabend, Eugen – Eugen! – pfeift, und sie kommt. Eugen sagt: Lad ab!, und sie lädt ab. Eugen befiehlt: Leg dich hin!, und sie legt sich hin!

Aber das dritte Kind? Aber der Otto? Er ist der einzige von den sieben Personen, die um den Abendbrottisch sitzen, der sein Schicksal für die nächsten Tage genau kennt, in diesen Tagen, da alles allen so ungewiß ist. Er stellt sich morgen, er wird eingekleidet, verladen . . .

Er steigt die Treppe hinauf, er drückt zweimal auf den Klingelknopf – und dann? Und dann?!

Der Gustäving, der Junge, der wird dann schon schlafen, aber nur um so schlimmer! Allein, ohne Ablenkung, werden sie einander gegenüberstehen, und sie wird fragen: Und dein Versprechen? Die Papiere? Die Trauung? Gustäving . . .?

Sein Hirn arbeitet langsam, es überlegt, daß die Papiere wohlgeordnet in des Vaters Schreibtisch liegen, für jedes Kind gibt es eine Mappe. Morgen früh, direkt, ehe er in die Kaserne geht, wird Vater den Schreibtisch aufschließen und ihm geben, was er haben muß: den Militärpaß also, den Geburtsschein, den Taufschein . . . Ja, braucht er die denn . . .?

Und sein Kopf verliert den Weg über dieser Frage: Was braucht er für Papiere? Was braucht er für Papiere für das Militär, und was für Papiere für den Pastor? Aber er hat ja gar keine Zeit für den Pastor, direkt, wenn er die Papiere hat, muß er in die Kaserne. Ein Pastor aber braucht viel Zeit, Traukutsche und Orgel, Rede und Hochzeitszeugen – und sie haben ja noch nicht einmal Ringe!

Hilflos sieht er hoch. Er schaut in die Gesichter von Geschwistern und Eltern, er bewegt die Lippen, fast erlöst denkt er bei sich: Das werde ich ihr sagen: Wir haben ja noch keine Ringe! Und wer keine Ringe hat, den kann man doch auch nicht trauen, das verstehst du doch, Tutti?

«Was redest du denn, Otto?!» ruft Bubi übermütig. «Ich glaube, der redt mit dem Mann im Mond!»

Alle lachen, und der Vater sagt: «Der Otto ist schon gar nicht mehr bei uns. Der sagt sich schon die Felddienstordnung her. Oder die Kriegsartikel. Nicht wahr, Otto?»

Otto murmelt etwas, und die anderen vergessen ihn gleich wieder, wie sie ihn immer gleich vergessen. Nein, denkt er, es ist unmöglich, den Vater schon heute abend um die Papiere zu bitten, und wenn es möglich wäre, so hätte es keinen Zweck, denn nachts wird man nicht getraut, und morgen früh ist keine Zeit mehr . . .

Der alte Vater Hackendahl, der eiserne Gustav, sitzt so recht behaglich am Abendbrottisch der wiedervereinten Familie und fühlt: Es ist alles noch wieder gut geworden, alle sind wieder heimgekehrt, wie es sich gehört.

Aber er irrt sich, er fühlt sich nur darum so behaglich, weil er nichts weiß von seinen Kindern. Alle denken sie fort, alle empfinden den Familienzwang lästig, allen brennt der Boden unter den Füßen. Aber Hackendahl merkt nichts von alledem, und er ist darum baß erstaunt, als sich seine Familie sofort nach dem Mahlzeit-Sagen zerstreuen will.

«Aber, Kinder!» ruft er vorwurfsvoll. «Ich denke, wir sitzen alle noch ein bißchen gemütlich zusammen. Bubi holt eine Kanne Bier und ein paar Zigarren, und wir quatschen noch ein bißchen! So jung kommen wir doch nicht wieder zusammen!»

Sophie aber muß sofort ins Krankenhaus und Otto zum Rappen mit der Nasenblesse, der ein heißes Bein hat und gekühlt werden muß. Erich aber will unbedingt noch zum Schloß, ob es Neues gibt, und Eva möchte ihn ein Stück begleiten – sie denkt, ihre Kopfschmerzen gehen in der Abendluft fort.

So bleibt nur Bubi – und der muß natürlich ins Bett. Da er aber heftig protestiert, so gibt dies willkommenen Anlaß zu einem gewaltigen militärischen Befehlsaufwand. Bubi wird nach allen Regeln der Kunst «gestaucht», und als das vorüber ist, als Bubi heulend im Bette liegt, entdeckt Hackendahl, daß seine anderen Kinder indessen verschwunden sind.

Nur die Mutter sitzt behaglich im Korbsessel am Fenster, sieht in den sinkenden Abend und jammert zufrieden: «Das war mal wieder ein schönes Abendessen, Vater. Aber der gekochte Schinken hatte einen kleinen Stich von der Hitze – hast du das gemerkt, Vater? Und zu fett war er auch. Ich sage Eva immer, sie soll gekochten Schinken bei Hoffmann holen, aber sie hört ja nicht.»

Vater Hackendahl geht in den Stall, wird er wenigstens mit Otto noch ein bißchen schwatzen können!

6

Aber Otto ist nicht im Stall. Er ist über die beiden Höfe gegangen, und nun steigt er wirklich die Treppen empor, die vielen Treppen bis hinauf in den fünften Stock, die wie eine Aufgabe vor ihm gelegen haben. Er ist wohl schwach und ohne Eigenwillen, aber darum ist er noch kein Drückeberger. Er steigt die Treppen hinauf, er ist nicht zu

Haus geblieben, er hat dem Rappen mit der Nasenblesse nicht das entzündete Bein gekühlt, das hat er dem Rabause aufgetragen.

Als Otto oben im fünften Stock ist, seufzt er nur einmal schwer auf. Aber er zögert nicht, er drückt zweimal auf den Klingelknopf der Gertrud Gudde, Schneiderin. Er muß eine ganze Weile warten, ehe Tutti an die Tür kommt, Tutti, die schon geschlafen hat, mit aufgelöstem Haar, in einem wolligen Morgenrock.

«Du, Otto?!» ruft sie ganz erstaunt. «Jetzt noch?»

Es stellt sich heraus, daß sie noch nichts weiß. Sie ist den ganzen Tag nicht aus dem Haus gekommen. Eine Zeitung liest sie nicht – und ihre Anproben sind ohne Absage ausgeblieben.

«Mobil», sagt Otto nur. Er sieht sie scheu an. Dann sagt er: «Ich muß gleich wieder weg. Vater weiß nicht, daß ich fort bin.»

«Was ist das: mobil?» fragt sie ängstlich. «Heißt das Krieg?»

«Nein, nicht. Es heißt, daß ich morgen in die Kaserne muß.»

«Mußt du wieder dienen? Soldat sein? Aber warum, wenn es keinen Krieg gibt? – Es ist doch nicht Krieg?!»

«Nein, Tutti.»

«Aber warum mußt du dann in die Kaserne?»

«Vielleicht», versucht er zu erklären, was er selber nicht genau versteht, «vielleicht bekommen die anderen Angst, wenn sie sehen, wieviel Soldaten wir haben.»

«Darum mußt du in die Kaserne?»

«Vielleicht – ich weiß doch nicht. Mobil heißt: Ich muß wieder dienen.»

«Wie lange denn?»

«Das weiß ich auch nicht . . .»

Stille, lange Stille. Er sitzt mit gesenkten Augen da, er schämt sich, daß er sie angelogen hat, alle haben davon geredet, daß es Krieg wird. Er aber sagt ihr immer bloß, daß mobil nicht Krieg ist. Vielleicht ist es die letzte Stunde, die sie so zusammensitzen . . .

Sie hat nachgegrübelt. Nun fragt sie: «Was sagt der Vater?»

«Ach, der . . .»

«Was sagt er, Otto?»

«Der ist doch immer noch wie beim Militär . . .»

«Er sagt, daß Krieg wird . . .?»

Otto nickt langsam.

Lange Stille.

Dann kommt ihre Hand zu der seinen über den Tisch. Seine Hand will ausweichen, aber sie wird gefangen. Erst widerstrebt sie, dann fügt sie sich in die kleine Hand mit den zerstochenen, harten Fingerkuppen der Näherin.

«Otto», bittet sie, «sieh mich doch an . . .»

Wieder will die Hand entweichen, und wieder läßt sie sich halten.

«Otto!» bittet Tutti.

«Ich schäme mich so . . .» flüstert er.

«Warum denn, Otto? Hast du Angst vor dem Militär?»

Er schüttelt hastig den Kopf.

«Vor dem Krieg . . .?»

Wieder Kopfschütteln.

«Aber warum schämst du dich denn, Otto?»

Er spricht nicht, er macht wieder einen Versuch, seine Hand zu befreien, er sagt: «Ich glaube, ich muß gehen.»

Sie kommt rasch um den Tisch, sie setzt sich auf seinen Schoß. Sie flüstert: «Komm, sag es mir ganz leise, warum du dich schämst . . .»

Er hat nur einen einzigen, idiotischen Gedanken im Kopf. «Ich glaube, ich muß nach Haus», sagt er und will sich von ihr frei machen. «Vater schilt sonst . . .»

Sie hat ihre Arme um seinen Hals gelegt. Nur schwach glimmt der Lebensfunke in ihr, aber rein. «Mir kannst du doch sagen, warum du dich schämst, Ottchen», flüstert sie. «Ich schäme mich ja auch nicht vor dir . . .»

«Tutti», sagt er. «Ach, Tutti . . . Ich taug ja nichts. Vater . . .»

«Ja, sag . . . sag, Otto!»

«Ich habe die Papiere nicht . . .»

«Welche Papiere?»

«*Die* Papiere! Ich habe solche Angst – Vater erlaubt es nie!»

Lange, lange Stille. Sie liegt so ruhig an seiner Brust, klein, schwach, zerbrechlich . . . Als schliefe sie. Aber sie schläft nicht, sie hat die Augen weit geöffnet, diese Augen mit dem sanften und doch glühenden Taubenblick . . . Sie versucht, seinen Augen zu begegnen, seinen scheuen, blassen Augen . . .

Plötzlich steht er auf. Er hält sie im Arm, er trägt sie wie ein Kind. Mit ihr auf dem Arm geht er im Zimmer herum, sie vergessend, sich vergessend, alles . . .

Er murmelt mit sich, er spricht leise. «Ja, du», sagt er etwa, «du denkst, du bist was. Aber daß der Rappe lahmt, das habe ich gesehen und nicht du . . . Und daß der Piepgras dich beschummelt, das weiß nur ich, nicht du . . . Aber das ist es nicht. Du willst überall sein, nicht nur in Haus und Stall, auch in Erich willst du sein und in Heinz und in Mutter. Was jeder Kutscher denkt, das willst du wissen, und es darf nur das sein, was du denkst. Als Junge habe ich mir mal eine kleine Wassermühle gebaut und sie unter der Leitung laufen lassen, und du hast mir die Wassermühle zertreten und gesagt, das ist Dreck, das braucht zuviel teures Wasser – das habe ich nie vergessen . . .

Du und deine Kinder . . . Aber deine Kinder wollen dich alle nicht, und ich will dich am wenigsten! Mich, denkst du, hast du am festesten, aber mich hast du gar nicht, nichts von mir. Bloß, daß ich tue, was du willst, damit ich dein Geschrei nicht mehr hören muß ...

«Otto! Otto! Was redest du?» ruft sie in seinem Arm.

«Ja, du bist auch da. Ich weiß, du bist da, meine Gute, meine Einzige, mein ganzes Glück. Die Einzige, die mich nie getreten hat! Aber ich habe dich nie allein gehabt, auch hier ist er immer gewesen, noch drinnen, wenn wir beieinanderlagen, noch drinnen ...»

«Otto! Otto!»

«Aber wenn es jetzt wirklich Krieg gibt, und ich mit muß, so will ich beten, daß mir ein Arm oder ein Bein abgeschossen wird, daß ich nicht mehr in seinem verfluchten Stall arbeiten muß, unter seinen Augen, daß ich irgendwoanders hingehen kann, wo ich ihn nicht sehe, ihn vergesse ...»

«Otto, er ist doch dein Vater!»

«Mein Vater ...? Er ist bloß der eiserne Gustav, wie die Leute sagen, und er ist noch stolz darauf! Aber man soll nicht stolz darauf sein, daß man eisern ist, denn dann ist man kein Mensch und kein Vater! Ich will nicht mehr nur sein Sohn sein, ich will ein eigener Mensch sein! Ganz wie die anderen alle!»

Einen Augenblick stand er aufgerichtet, schon verfiel er. «Aber es wird nichts, es wird nie etwas ... Ich habe gedacht, wenn Krieg wird, werde ich den Mut haben, zu Vater zu gehen. Aber auch jetzt wird es nicht.»

«Otto, mach dir doch um die Trauung keine Gedanken! Ich habe es doch nicht meinetwegen gesagt! Wir sind immer glücklich gewesen, das weißt du doch!»

«Glücklich, glücklich ...»

«Ach, Otto, es hat doch Zeit, wir lassen uns trauen, wenn du wiederkommst ...»

«*Wenn* ich wiederkomme ...!»

7

Es ist Morgen, sieben Uhr morgens, Morgen eines Wochentages, Arbeitstages.

Aber auf dem Hackendahlschen Fuhrhof stehen alle Droschken unbespannt nebeneinander, Gepäckdroschken und offene Droschken, Droschken erster und zweiter Klasse. Sie stehen nebeneinander, als ruhten sie aus, als gebe es keine Arbeit mehr für sie ...

Die Kutscher laufen umher in Sonntagsanzügen, sie ziehen die Pferde aus dem Stall. Vater Hackendahl steht an der Hofpumpe, er mustert jeden Gaul, sieht nach, ob er gut genug geputzt ist, läßt die Hufe schmieren, einen Trensenzügel verschnallen . . . Die Pferde sind aufgeregt wie die Menschen, es macht sie unruhig, daß sie ihr gewohntes Geschirr nicht tragen. Sie werfen den Kopf, sie sehen nach den leeren Droschken hinüber, sie wiehern . . .

«Hoffmann!» ruft Hackendahl dröhnend. «Kämm deiner Liese die Mähne noch mal durch! Zieh ihr'n Scheitel, mein Junge, dann sieht sie gleich schmucker aus!»

«Jawoll, Herr Hackendahl, det sich ein Franzose in sie verliebt!»

«Oder bei de Russen kricht se Läuse! Die jehen dann immer den Scheitel ruff un runter un singen: ‹Ach Niki, ach, Niki, wie biste doch so süß!›»

«Ruhe!» befiehlt Hackendahl mit Donnerstimme in das brausende Gelächter hinein. Aber auch er ist aufgeregt und vergnügt, es ist ein großer Tag für ihn. «Maul halten! – Rabause, sind jetzt alle draußen?»

«Jawoll, Herr Hackendahl, zweiunddreißig Pferde. Elf Stuten, zwanzig Wallache und dann der Klopphengst . . .»

«Den Klopphengst werden sie jedenfalls nicht nehmen . . .», sagt Hackendahl nachdenklich.

«Sie werden die mehrsten nich nehmen, Herr Chef», meint Rabause tröstend. «Unsere Pferde sind zu leicht fürs Militär.»

«Ein Stücker zwanzig möchte ich auch behalten. Was denkt ihr, mit was ihr hier Droschke fahren wollt? Droschke muß auch im Kriege sein.»

«Und wo werden Sie die Kutscher hernehmen, Herr Chef? Elf Mann sind bloß noch da, die anderen sind schon alle bei den Preußen.»

«Als Kutscher nehmen wir junge Leute!»

«Junge Leute wird's bald auch nich mehr geben, Herr Chef, die Jungen stellen sich doch alle freiwillig . . .»

«Na, dann muß Muttern eben auf den Bock», ruft Hackendahl lachend. «Dann müssen die Frauen fahren, wenn die Männer weg sind . . .»

«Herr Chef, Herr Chef, Sie machen ja Witze!» ruft Rabause auflachend. «Wenn ick mir das so vorstelle, Ihre Frau mit Ihrem Lackpott auf dem Bock – und dann die Leine in der Hand – nee, das möchte ich wirklich noch erleben . . .»

«Dann los!» befiehlt Hackendahl mit Stentorstimme. «Abmarsch! – Komm, Bubi!» ruft er zum Fenster hinauf. «Wenn du noch mit willst, wird's Zeit!»

Heinz verschwindet aus dem Fenster, die Mutter winkt von oben, halb weinend, halb stolz. Es ist ein nie gesehener Anblick: Alle Pferde der Tag- und Nachtschicht verlassen gemeinsam den Fuhrhof, einhundertachtundzwanzig Hufeisen klappern auf dem Steinpflaster, die Schwänze wehen, die Köpfe werden geworfen . . . Jawohl, es ist ein stolzer Anblick, es ist das letzte Mal, daß der Fuhrhof Hackendahl nach Wohlhabenheit und Fülle aussieht . . .

«Warum hat denn die Eva nicht aus dem Fenster gesehen?» fragt Vater Hackendahl, etwas unzufrieden. «So was sieht das Mädchen doch nicht alle Tage!»

«Ach, die! Die sitzt wieder in ihrem Zimmer, die ist ja komisch, Vater.»

«Weißt du denn nicht, was mit ihr los ist, Bubi? Sie ist doch ganz verändert!»

«Ich weiß, daß ich nichts weiß!» zitiert der Gymnasiast seinen Klassiker. «Aber mir schwant, Vater, daß sie sich einen angelacht hat – und vielleicht muß der auch in den Krieg!»

«Die Eva? Unsinn! Das müßte ich doch wissen!»

«Du, Vater?»

«Wieso nicht? Was meinst du denn?»

«Ach, gar nichts, Vater!»

Eine Weile gehen die beiden schweigend nebeneinander. Auf der Fahrbahn der Frankfurter Allee klappern die Pferdehufe. Die Menschen auf der Straße bleiben stehen, sie schmunzeln bei dem Anblick, das ist doch noch etwas: Pferde, die in den Krieg ziehen.

Hackendahl trägt eine Mappe mit Papieren unter dem Arm, die Gestellungsbefehle der Musterungskommission für seine Pferde. Er schreitet langsam und würdig neben seiner Truppe, bei den Straßenkreuzungen eilt er voran, um zu sehen, ob die Nebenstraßen auch frei sind. Er winkt und mahnt: «Franz, verlier den Schimmel nicht!» – «Immer Schritt halten, Hoffmann!»

Bubi ist noch beschäftigter. An jeder Litfaßsäule bleibt er stehen, er liest die Aufrufe, stürzt hinter dem Vater her und berichtet: «Du, Vater, der Kriegszustand ist jetzt erklärt!» – «Vater, der Kaiser hat gesagt, er kennt keine Parteien mehr, nur noch Deutsche. Sind die Roten denn nun nicht mehr rot?»

«Das wollen wir erst mal abwarten, wie die im Reichstag abstimmen. Der Kaiser hat ein viel zu gutes Herz, der denkt immer, alle sind so anständig wie er.»

«Du, Vater, die Bevölkerung wird gewarnt, sie soll auf Spione aufpassen. Vater, woran erkennt man denn Spione?»

«Das werden wir schon sehen! Halt nur immer die Augen offen, Bubi! So ein Verräter verrät sich gleich durch sein schlechtes Gewissen, der kann keinen grade ansehen.»

«Komm, Vater, wir wollen mal aufpassen, wer uns entgegenkommt. Wenn die nun ausspionieren, wieviel Pferde eingezogen werden, das ist doch möglich, Vater!»

Aber er vergißt es gleich wieder. «Vater! Vater!!»

«Ja doch – was ist denn schon wieder, Bubi! Ich muß auf die Pferde aufpassen!»

«Hast du das von den Goldautos gelesen, Vater? Die Russen sollen ja drei Autos mit Gold im Lande haben, und wir sollen sie anhalten. Vater, drei ganze Autos voll Gold!»

«Die kommen nicht mehr über die Grenze!» sagt der Vater befriedigt. «Den Russen ist der Krieg erklärt! Da sind die Grenzen zu.»

«Aber wenn die nun zu den Franzosen rüberfahren? Den Franzosen haben wir doch noch nicht den Krieg erklärt. Warum denn noch nicht, Vater? Die Franzosen sind doch der Erbfeind!»

«Das wird schon alles der Reihe nach kommen», erklärt Hackendahl. «Nur nicht drängeln! Die Franzosen kommen auch noch ran – und vor allem die Engländer! Die wollen uns bloß unsere Flotte und die Kolonien nehmen, die sind ja so neidisch, die Brüder . . .»

Immer dichter ist das Gedränge geworden. Wenn man zu Anfang nur da und dort einen einsamen Fleischer- oder Gemüsegaul sah, den sein Herr zur Musterung führte, jetzt sieht man Pferde über Pferde. Die Brauereien bringen ihre schweren belgischen, die Tattersalls ihre leichten ostpreußischen Pferde. Herrschaftskutscher mit Backenbärten führen Hannoveraner Kutschpferde – denn 1914 glauben noch lange nicht alle feinen Leute, daß ein Automobil wirklich fein ist, sondern schwören auf ihre Equipage.

Und in all dem Lärm und Gedränge begrüßen sich Bekannte, die Droschkenkutscher rufen ihre Kollegen an, Schultheiß-Fahrer sprechen mit den Riebeck-Leuten und machen ihnen die Gäule schlecht, die Fleischer, deren Pferde immer am aufgeregtesten sind – sie sollen einer Sage nach alle Tage Ochsenblut zu saufen bekommen und davon so feurig sein –, die Fleischer treffen schon Verabredungen untereinander: «Wenn se deinen nehmen, fahr ick dir dein Fleisch. Un wenn se meinen nehmen, fährst du mir meins!» (Sie ahnen noch nicht, wie wenig Fleisch sie in gar nicht langer Zeit zu fahren haben werden.)

Auch Hackendahl sieht Bekannte genug: die kleinen Krauter, die mit ein oder zwei Droschken fahren, den Inhaber des Begräbnisinstitutes, dem er bei Hochkonjunktur mit Rappen aushilft, den Möbelfritzen von schräg gegenüber, dem seine Gäule immer so schnell pflasterlahm werden.

«Tach, Orje, det is heute ein Betrieb . . .»

«Ne Masse Schinder mang . . .»

«Na, die schicken uns alle mit unsern Zossen wieder heeme. Wat sollen se denn mit uns? Sie haben erst mal ihre Anspannung.»

«Haste schon gehört? Die Franzosen sollen Fliegerbomben auf Stuttgart geworfen haben.»

«Ick muß mir morgen ooch stellen – mein Jeschäft ist hops.»

«Wat denkste, wat zahlen die einem so for de Kröpels? Die müssen einem doch jewissermaßen ein Aufjeld jeben, weil man doch den Verdienstausfall hat.»

«Du willst wohl am Kriege noch verdienen? Schäm dir wat, oller Kriegsgewinnler! Det jibt es in dissem Kriege aber nich!»

«Und wovon soll Muttern leben?»

Ja, Hackendahl hat zu tun, er muß auf seine Pferde aufpassen, und er muß seine Bekannten begrüßen. Er ist ein angesehener Mann in seinem Viertel und in seinem Beruf, die Leute hören ihm zu, wenn er was sagt. Sie nicken mit dem Kopf: «Jawohl, das ist richtig, was der eiserne Gustav gesagt hat, das ist ein Aufwaschen, den Engländer kloppen wir ooch noch auf de Finger. Wozu haben wir denn Tirpitzen seine Flotte . . .?»

Aber nun biegen sie von der Straße ab. Hier ist, zwischen letzten Mietskasernen, ein großer, freier Platz. Sonst wurde hier ein kleiner Wochenmarkt abgehalten, aber jetzt sind Pfähle eingerammt, Balken mit Ringen darübergelegt, zum Anketten der Pferde. Militär ist da, Militär in Drillich und Offiziere in voller Uniform und das – ja, was ist das? «Was stellt denn der vor? Kennst du die Uniform?»

«Ja, wie sehen die denn aus?!»

«Wat is denn det für 'ne Uniform?!»

Hackendahl nickt verständnisvoll mit dem Kopf. Er als altgedienter Mann kann die richtige Auskunft geben: «Feldgrau!»

Feldgrau! Das Wort fliegt von Mund zu Munde, es ist etwas Neues: feldgrau. Nein, sie werden in diesem Kriege nicht die gewohnten bunten Uniformen tragen, sie werden feldgrau sein . . .

«Aber warum denn bloß?! Det is doch schade! Det sieht doch nach jar nischt aus!»

«Mensch, quassel noch – det se 'ne Schießscheibe abjeben!»

«Det wird sich Willem schon richtig mit Moltken überlegt haben!»

«Nu haben die Franzosen wohl auch keine roten Hosen mehr an? Det is aber schade! Ick habe mir so jedacht: Aus deinem ersten Jefangenen machste dir 'ne rote Weste . . .»

Unterdes hat die Musterung längst angefangen, ununterbrochen werden Namen aufgerufen.

«Nu mal ein bißchen Trab! – Galopp! Schön! Beine sind gesund. Heh, nehmen Sie ihm mal das Bein hoch – ist der Huf nicht geborsten?»

Der Tierarzt schaut dem Gaul ins Maul, sieht die Zähne nach. «Acht Jahre», sagt er.

«Den hab ick aber vor sechse jekooft, Herr Oberveterinärrat!»
«Acht!»
«Train! Stangenpferd. Zweite Gruppe ...» schnarrt ein Offizier abschließend.
Ein Schreiber schreibt, ein Soldat nimmt dem Besitzer die Zügel aus den Händen. «Nee, Mensch, die Trense behalten wir. Haste nich gelesen, auf dem Gestellungsbefehl: mit Stallhalfter?»
Der Besitzer hält eine Anweisung in den Händen. «Dreihundertfünfzig Mark – kucke mal, Gustav, dreihundertfünfzig Mark für meine Braune. Das is nicht schlecht bezahlt, das is anständig!»
«Ganz reell», sagt Gustav. «Nicht zuviel und nicht zuwenig, ganz reell – wie alles beim Militär.»
Nun kommt auch sein Stall dran. Pferd auf Pferd wird vorgeführt ... Hackendahl führt nicht selbst vor, das hat er nicht nötig, dafür hat er seine Leute, er ist ein großer Mann. Und so fühlt er sich auch – er gibt dem Vaterland, er gibt ihm nicht nur Söhne, er gibt ihm auch Pferde, Besitz. Er kann in dieser Stunde etwas opfern, das macht ihn zufrieden.
Er steht bei der Gruppe der Offiziere, hinter ihm steht Heinz. Bubi kann die Offiziere nicht glücklicher ansehen, als es der Vater tut. Das ist der alte stramme Ton, geschnarrt oder genäselt, aber sachlich kurz, Entschließung im Bruchteil einer Minute. Kein endloses Weibergetratsch, kein: Kommste heute nich, dann kommste morgen!
Ein Offizier funkelt Hackendahl durch sein Einglas an: «Was stehen Sie hier rum, Mann? Was horchen Sie hier? Machen Sie sich nicht verdächtig!»
«Das sind meine Pferde», sagt Hackendahl erklärend.
«Ihre Pferde? Na schön! Meinethalben! Was haben die Gäule gemacht?»
«Droschke gefahren, Herr Oberleutnant!»
«Droschke? Werden was anderes zu fahren kriegen, hähä! Aber gut im Stand – Pferdeverstand, was?»
«Wachtmeister bei den Pasewalker Kürassieren gewesen, Herr Oberleutnant!»
«Altgedienter Mann, Pferdeverstand, merkt man! Bißchen leicht, bißchen klein – aber in Ordnung!»
Ja, daß die Hackendahlschen Pferde in Ordnung waren, das merkte man wirklich. Stück für Stück ging weg, es machte Hackendahl ganz stolz.
«Au, Vater, die nehmen ja alle!» flüsterte Heinz aufgeregt. «Womit sollen wir denn Droschke fahren?»
«Danach wird jetzt nicht gefragt. Hauptsache, das Militär bekommt, was es braucht.»

«Was ist denn mit dem Schimmel, Wachtmeister?» fragte der Offizier wieder. «Junges Tier, aber ohne Mumm. Hat nichts in den Knochen?»

«Zu Befehl, Herr Oberleutnant! Vor fünf Wochen mit 'nem Auto überjagt, Schreck gehabt – ist seitdem nicht wieder zurechtgekommen. War mein Bester!»

«Auto? Böse Sache! Das heißt – na ja, Gäule jedenfalls vornehmer. – Untauglich, der Schimmel!»

Ja, der Schimmel wurde untauglich. Auch den Klopphengst wiesen sie zurück. Und dann nach und nach noch drei Pferde. «Ganz nett – aber zu alt! Halten einen Vormarsch nicht mehr aus.»

«Zu Befehl, Herr Oberleutnant!»

Hackendahl bekam seine Anweisung, es war eine Anweisung auf eine sehr hohe Summe. Viel Geld, die Pferde, die für Hackendahls gearbeitet, von denen sie gelebt hatten, in Geld umgesetzt. Es war viel und wenig, eine hohe, fünfstellige Zahl – aber es war auch Hackendahls Lebensarbeit, das, was er aufgebaut, für das er geschuftet hatte, als Zahl auf ein Blatt Papier niedergeschrieben.

Er sah auf das Blatt, er dachte daran, wie er Pferd für Pferd Tag um Tag besorgt hatte, wie er, ehe er sich zu einem Kauf entschloß, zehn-, zwanzigmal gelaufen war, gehandelt hatte. Er dachte daran, wie er den Kutschern auf der Pelle gesessen hatte, daß sie die Pferde nicht überjagten, wie er oft beobachtend hinter einer Litfaßsäule gestanden und aufgepaßt hatte, daß die Pferde auch während der Wartezeiten gefüttert und getränkt wurden. Die Pferde, der Stall, das Fuhrgeschäft – sie waren sein Lebensinhalt gewesen, seit es das Militär nicht mehr sein konnte. Es war so leer in ihm . . .

«Hoffmann, ihr findet mit den Pferden allein nach Haus. Ich gehe mit Heinz noch ein Stück.»

«Jawohl, Herr Hackendahl.»

«Spannt gleich ein, wenn ihr zu Haus seid. Heute sind Droschken knapp – und wir müssen sehen, daß wir ein bißchen was verdienen.»

«Der Schimmel auch, Herr Hackendahl?»

«Jawohl, der Schimmel auch. Du kannst ihn selber nehmen, Hoffmann.»

«Machen wir, Herr Hackendahl.»

«Komm, Bubi, wir gehen noch ein Stück raus. Mir ist heute so.»

«Ja, Vater.»

«Der Soldat dort sollte den Braunen nicht so kurz am Trensenstrick nehmen, der Gaul war ein bißchen empfindlich im Maule.»

Aber es war egal, es waren nicht mehr seine Pferde – sie gehörten nun dem Vaterland.

Sie waren noch ein Stück die Frankfurter Allee hinausgegangen, die Häuser standen immer spärlicher. Dann kamen Gärten, kleine Feldstücke – und nun lag das erste richtige große Kornfeld vor ihnen: Roggen.

«Sieh mal, Bubi, Roggen, Korn, angemäht, aber nicht weitergemäht. Der ist längst reif. Denen ist auch der Krieg dazwischengekommen. Wer das nun wohl erntet?»

Er sah über die weiten Felder, alles war still und verlassen. Kein Mensch war an der Arbeit zu sehen, nur auf den Straßen liefen und fuhren sie eilig.

«Es wird schon so kommen, Bubi, wie ich heute früh zu Rabause gesagt habe: Die Frauen werden jetzt die Männerarbeit machen müssen.»

«Mutter auch?»

«Natürlich. Mutter auch.»

«Na, Vater . . .»

«Was ist mit Mutter? Wenn sie muß, wird sie schon können. Ich will heute nachmittag auch sehen, daß ich mich stelle als Freiwilliger.»

«Aber du bist doch zu alt, Vater! Und dann hast du immer mit dem Herzen zu tun.»

«Ich habe gar nichts mit dem Herzen!»

«Doch – manchmal wirst du ganz blau, Vater!»

«Also! Ich werde mich stellen, und sie werden mich nehmen. Du wirst sehen!»

«Aber . . .»

«Sie werden mich nehmen! Und nun halte den Mund, Bubi!»

«Dann nehmen sie mich auch, Vater!»

«Du sollst den Mund halten, Bubi!»

Eine Weile gingen sie schweigend. Sie bogen in einen Feldweg, vor ihnen lag erhöht ein Bahndamm.

«Wohin geht denn die Bahn, Vater?»

«Nach Strausberg, Bubi. Und dann immer weiter nach dem Osten, bis nach Posen oder nach Rußland . . .»

«Da kommt ein Zug, Vater!»

«Ja, ich sehe ihn auch . . .»

Von Berlin her kam, hinter zwei schnaufenden Lokomotiven, ein Zug, ein Zug mit vielen Viehwagen, deren Türen zurückgeschoben waren. Aus den Viehwagen sahen Pferdeköpfe heraus, in den Türen standen Soldaten, feldgraue Soldaten, und auf den offenen Wagen standen – Bubi jubelte – Kanonen! Es war der erste Zug, der vor ihren

Augen in den Krieg fuhr, und Vater und Sohn waren gleich aufgeregt.

«Vater! Vater! Sie fahren in den Krieg! Sie fahren gegen die Russen! Hurra, ihr!» schrie Bubi. «Haut sie tüchtig!»

Die Soldaten winkten lachend zurück. Auch der Vater schrie hurra und winkte. Wagen um Wagen . . .

«Einundvierzig, zweiundvierzig . . .», zählte Bubi. Und: «Vater, was ist das? Das schwarze Dings mit dem Schornstein? Das sieht ja komisch aus! Ist das auch zum Schießen?»

«Das ist eine Feldküche, Heinz. Gulaschkanone sagt man auch», erklärte der Vater. «Daraus wird bloß Essen geschossen . . .»

«Vierundvierzig, fünfundvierzig . . .» zählte Heinz eifrig weiter. «Vater, es sind siebenundvierzig Wagen ohne den Kohlenwagen . . .»

«Bubi!» flüsterte Hackendahl.

«Was denn, Vater?»

«Nicht so laut! – Bubi, kuck mal dahin, nach dem Busch rechts . . . Aber nicht so, daß es auffällt, ganz unauffällig . . . Siehst du den Mann im Weidengebüsch?»

«Doch!»

«Kuck weg, jetzt sieht er zu uns hin. Tu mal so, als ob du dein Schuhband bindest. – Was macht der Mann denn hier so allein im Busch? Das sieht doch ganz aus, als hätte er sich versteckt.»

Bubi knüpfte an seinem Schuhband, dabei schielte er.

«Vater, jetzt hat er was Weißes in die Tasche gesteckt, sieht ganz wie Papier aus. Ob er den Zug aufgeschrieben hat . . .?»

«Was hat er den Zug aufzuschreiben?» knurrte Hackendahl.

«Die Soldaten, die Pferde, die Kanonen? Ob es ein Spion ist, Vater?!»

«Ruhig, Bubi, nicht so laut! Er sieht wieder her! Warum guckt er immer zu uns? Wir gehen ihn doch gar nichts an . . .»

«Er hat ein schlechtes Gewissen, Vater – das ist ein Spion!»

«Man muß kaltblütig überlegen. Was hat er hier an der einsamen Stelle zu suchen? Wenn wir nicht ganz zufällig gekommen wären . . .»

«Vater! Vater!! Jetzt pfeift er . . . Ob noch mehr hier sind?»

«Möglich ist alles!»

«Vater, komm, wir gehen hin zu ihm, wir fragen ihn, was er hier sucht. Wenn er uns dann nicht ansehen kann, nehmen wir ihn fest.»

«Wir können ihn doch nicht festnehmen! Dann läuft er uns bloß weg.»

«Ich kann schneller laufen.»

«Aber du kannst ihn nicht allein festhalten – und ich komme nicht nach, wegen meines Herzens.»

«Siehst du? Doch dein Herz!»

«Ruhig jetzt! – Er hat gemerkt, daß wir ihn beobachten. Er haut ab. Gehen wir hinterher!»

«Los, Vater!»

«Langsam doch, Bubi, nur nicht den Kopf verlieren! Es muß ganz so aussehen, als gingen wir spazieren, er darf keinen Verdacht schöpfen . . .»

«Er geht zur Chaussee rüber.»

«Natürlich, er will sich unter den Leuten verkrümeln . . .»

«Den kriegen wir doch noch, Vater . . .»

«Hast du gesehen, er hat sich wieder nach uns umgedreht! Er hat schon Angst!»

Vater und Sohn waren gleichermaßen im Feuer, Jugend wie Alter brannten lichterloh. Sie gingen dem verdächtigen Manne nach, sie taten so unverdächtig, daß sie dem Harmlosesten aufgefallen wären. Sie zeigten sich mit ausgestrecktem Arm eine Lerche im Himmelsblau und ließen den Kerl nicht einen Moment aus dem Auge. Wenn er langsamer ging, blieben sie stehen. Bubi pflückte eine Blume, Vater summte: «Gloria, Viktoria.» Dann gingen sie weiter, und der Mann, der sich nach ihnen umgedreht hatte, lief schneller . . .

«Er reißt aus, Vater!»

«So schnell kann ich auch noch laufen!»

Aber Hackendahl keuchte schon. Es war nicht nur das Herz, es war nicht nur die Hitze – es war die Aufregung: ein Spion! Die Chaussee war ganz nah, die Chaussee war voller Leute . . .

«Wir können einem Radfahrer Bescheid sagen», tröstete Hackendahl. «Ein Radfahrer holt ihn immer ein . . .»

Der Mann hatte die Chaussee fast laufend erreicht. Aber nun floh er nicht weiter, er hielt ein paar Männer an, er sprach aufgeregt mit ihnen . . .

«Ob das seine Spießgesellen sind?» fragte Bubi.

«Wir werden gleich sehen . . .» stöhnte Hackendahl atemlos, blaurot.

Die Männer, der Verfolgte in ihrer Mitte, sahen den beiden stumm entgegen.

«Das sind sie!» rief der Mann aus dem Busch, unnötig laut.

Hackendahl trat auf die Straße, eng scharten die Männer sich um ihn und den Sohn, ihre Gesichter sahen drohend aus.

«Meine Herren!» sagte Hackendahl. «Das ist ein . . .»

«Hören Se mal», sagte ein junger blaßgesichtiger Mann, «wat haben Se denn da eben an der Bahn jemacht?»

«Der Mann da», rief Hackendahl und wies mit dem Finger, «hat sich in einem Busch versteckt und Notizen über einen Militärzug gemacht!»

«Ich?!» schrie der andere. «So eine Unverschämtheit! Jetzt kehrt der den Spieß um! Ich habe genau gehört, wie Ihr Rotzjunge die Wagen gezählt hat – Sie Spion, Sie!»

«Sie sind ein Spion!» schrie Hackendahl und wurde noch röter. «Mein Junge hat genau gesehen, wie Sie was Weißes in die Tasche gesteckt haben!»

«Und Sie . . .?!» schrie der andere. «Wer hat so getan, als pflückte er Blumen? Sehen Sie wie Blumenpflücken aus? Sie sind ja schon ganz rot vor schlechtem Gewissen!»

Verwirrt hatten die Männer die sich steigernden Beschuldigungen angehört. Unschlüssig sahen sie von einem zum anderen, tauschten fragende Blicke.

«Vielleicht sind alles beides Spione?» fragte einer. «Und wissen bloß nichts voneinander?»

«Warum haben Sie sich denn im Busch versteckt?» fragte ein ernster, bärtiger Mann den Blassen. «Das klingt doch sehr verdächtig.»

«Ich habe ein natürliches Bedürfnis befriedigt», erklärte der Blasse.

«Was Weißes hat er in die Tasche gesteckt!» rief Hackendahl.

«Klopapier!» rief der andere. «Ich trage immer Klopapier bei mir – für alle Fälle!»

Und er wies es vor.

«Und warum hat Ihr Junge die Wagen gezählt?» fragte der ernste Bärtige wieder. «Das klingt doch sehr verdächtig.»

«Aber nur so!» rief Hackendahl zornig. «Jungen machen das immer so!»

«Das ist keine Begründung», entschied der andere. «Kommen Sie mal mit – in der Frankfurter Allee werden wir schon einen Schutzmann treffen!»

«Aber ich kann mich ausweisen!» rief Hackendahl. «Ich habe Papiere!» Er schlug auf seine Tasche. «Ich war zur Pferdemusterung. Ich bin der Lohnfuhrunternehmer Hackendahl . . .»

«Zeigen Sie mal her!» Der Bärtige sah die Papiere durch. «Das ist freilich in Ordnung – entschuldigen Sie bitte, Herr Hackendahl.»

«Bitte, bitte! Aber der Kerl . . .»

«Bitte sehr, ich kann mich auch ausweisen! Ich gehe zur Musterung. Ich bin der Lehrer Krüger.»

Einige lächelten. Andere brummten ernst.

«Entschuldigen Sie auch, Herr Lehrer Krüger. Sie waren also alle beide keine Spione. Geben Sie sich die Hand . . .»

«Herr Hackendahl, es tut mir sehr leid . . .»

«Herr Krüger, Sie haben nur Ihre Pflicht getan . . .»

«Gehen wir doch gemeinsam zurück . . .»

Sie taten es, alle waren zufrieden, ein wenig gehoben. Nur Heinz zottelte unzufrieden nebenher; daß es nun doch kein Spion gewesen war, wurmte ihn sehr . . .

9

Als Hackendahl mit Bubi nach Haus kam, wartete ein Zettel auf ihn. Es waren nur ein paar Worte: «Wir rücken heute um zwei aus. Vom Anhalter Bahnhof. Otto.»

Die Mutter war in ungewohnter Bewegung, sie deckte selber den Tisch, was sie seit vielen Jahren nicht mehr getan hatte, nur, damit alle schnell fertig wurden. Eva wirtschaftete in der Küche.

Gerade, als sich alle zu Tisch setzten, kam Erich. Er war den ganzen Vormittag von einer Kaserne in die andere gelaufen, hatte stundenlang warten müssen und war überall zurückgewiesen. «Wir können keine Leute mehr brauchen. Alle Stunden melden sich Tausende. Vielleicht in acht Wochen oder in einem Vierteljahr.»

«Gut, dann wartest du eben so lange und machst unterdessen dein Notabitur.»

Das wollte Erich nicht, er mochte nicht wieder auf die Schule. Die Wochen beim Anwalt hatten ihn verändert, er kam sich erwachsen vor. Es schien ihm unmöglich, noch einmal die Schulbank zu drücken. «Nein, mir hat einer erzählt, in Lichterfelde, bei der Kadettenanstalt, stellen sie ein Ersatzbataillon auf. Da versuche ich es morgen früh.»

«Habe es doch nicht so eilig, Erich», bat die Mutter. «In einem Vierteljahr ist vielleicht der Krieg aus, und Otto kann auch was passieren.»

Dies war ein etwas wirrer Satz, aber alle verstanden ihn. Erich summte unternehmungslustig: «Wisch ab, Lowise, wisch ab dein Gesicht – eine jede Kugel, die trifft ja nicht . . .»

«Daran muß man nicht denken, Mutter», sagte Hackendahl abweisend. «Wenn ein Soldat an so etwas denkt, kann er nicht kämpfen.»

«Wie ich heute um zehn im Fenster liege», klagte die Mutter, «und die Pferde kommen zurück, ganze fünf von unseren schönen zweiunddreißig, und der Schimmel den Kopf doch wieder so trübselig zwischen den Beinen – da habe ich denken müssen: So kommen die Pferde wieder. Und was kommt von meinen Jungen zurück?!»

Einen Augenblick herrschte betretenes Schweigen. Dann klopfte der eiserne Gustav mit dem Messergriff hart auf den Tisch: «Ruhe, Mutter, nur Ruhe! Wenn du jetzt schon so bist, nehme ich dich nicht mit auf den Anhalter . . .»

«Ich bin gar nicht so!» rief die Mutter eilig und wischte sich die

Augen. «Ich habe es mir nur gedacht, als die Pferde zurückkamen. Aber ich weine bestimmt nicht auf dem Anhalter! Nimm mich mit, Gustav!»

Und sie sah mit einem rührenden Versuch zu lächeln die anderen an.

«Na schön!» sagte der Vater. «Wenn du vernünftig sein willst, sage ich kein Wort. – Aber jetzt müssen wir uns eilen. Anhalter, das hieße nach Frankreich . . .»

Doch im letzten Augenblick gab es doch wieder eine Verzögerung. Es stellte sich heraus, daß Eva nicht mit wollte. Mit Tränen in den Augen versicherte sie, sie könne wirklich nicht, sie habe rasende Kopfschmerzen, sie sei krank . . .

«Nichts da!» rief Hackendahl. «Wenn der Bruder in den Krieg zieht, gehst du gefälligst zur Bahn! Da ist man nicht krank, da hat man keine Kopfschmerzen!»

Weinend versicherte Eva, sie könne wirklich nicht, sie falle um auf der Straße . . .

Aber wie die Mutter ihrer Tränen wegen nicht mit zur Bahn hatte kommen sollen, so mußte Eva trotz der Tränen mit.

«Mach mir keine Geschichten, Mädchen!» Und in plötzlich erwachtem Mißtrauen, sich der Worte Bubis erinnernd: «Du hast wohl einen Bräutigam? Was? Du kommst mir die ganze letzte Zeit schon mächtig komisch vor. Warte, wenn wir zurück sind, sprechen wir miteinander!»

Mißlaunig, gehetzt marschierte die Familie ab. Eva sah den Eugen wartend an einer Straßenecke stehen, sie war von ihm bestellt, sie winkte ihm hilflos ab. Er schien ihr zu drohen, dann verlor sie ihn aus dem Auge . . .

Sie dachte daran, daß die Wohnung jetzt nur unter der Aufsicht des kleinen Dienstmädchens stand, sie traute Eugen alles zu, alles! Auch einen Einbruch in die elterliche Wohnung. Am liebsten hätte sie kehrtgemacht, aber was hätte das nützen können? War Eugen wirklich in der Wohnung, hielt ihn ihre Anwesenheit auch nicht von einem Diebstahl zurück. Sie hatte gar keine Macht über ihn, er aber jede über sie!

Die Zeit ist bei alledem so knapp geworden, daß sie auf dem Alexanderplatz einsehen: Sie müssen fahren, sonst erreichen sie den Zug nicht mehr. Der leichtfertige Erich schlägt dem Vater eine Autotaxe vor und wird verächtlich angeblitzt. Auch der Vorschlag der Mutter, eine Pferdedroschke zu nehmen, wird als zu teuer abgelehnt. Glücklicherweise kommt ein Pferdeomnibus, in dem sie noch Platz finden. Ruckend, klappernd kommt der Wagen in Gang.

In der Stadt herrscht ein Trubel, wie am ersten Mobilmachungstag.

Auf der Straße halten Wagen, junge Burschen werfen ganze Zeitungspacken unter die Leute, zusteigende Passanten bringen die Nachricht in den Omnibus: Der Krieg an Frankreich ist erklärt! Deutsche Truppen haben die belgische Grenze überschritten ... Ein kurzes Stutzen, Belgien! Nun auch Belgien ...?! Aber es ist keine Zeit für langes Überlegen, schon ertönt überall das Lied: «Siegreich wollen wir Frankreich schlagen ...»

Alte Leute brummen unter beifälligem Lachen das Spottlied: «Was krauchт denn dort im Busch herum? Ich glaub, das ist Napolibum! Was hat der rumzukrauchen dort? Frisch, Kameraden, jagt ihn fort!»

Der Omnibus kommt nicht vorwärts im Gewühl. Sie steigen wieder aus, drängen in geschlossener Kolonne durch die Menge. Der Bahnhof, sie müssen doch auf den Bahnhof!

«Entschuldigen Sie, Herr Nachbar, wenn ich Sie getreten habe. Mein Sohn fährt nämlich in den Krieg!»

«Es war mir ein Vergnügen!»

Gottlob, der Bahnhof, endlich der Anhalter! Noch eine Minute ... Durch die Halle, hinauf die Treppe – alles ist überfüllt! Von oben klingt Blechmusik. Zwei Uhr eins! Der Zug müßte fort sein, aber: «Solange sie nicht ‹Muß i denn› spielen, fährt der Zug noch nicht!» keucht Hackendahl atemlos.

Es ist solch ein Trubel, daß sie sogar ohne Bahnsteigkarten durch die Sperre kommen. Der Schaffner ruft ihnen etwas nach, aber Hackendahl schreit: «Frankreich! Paris!» Und lacht. Viele lachen mit. Hackendahl fühlt sich fröhlich, fröhlich aufgeregt. Er rennt dahin im Kreise seiner Familie.

Wie lang der Zug ist! Aus den Fenstern sehen Männer, übereinander, nebeneinander, alle in Feldgrau, die Pickelhelme mit feldgrauen Bezügen, die in Rot die Regimentsnummer tragen. Wie ernst diese Gesichter sind! Wieviel Frauen auf dem Bahnsteig, auch sie ernst, blaß. Blumen, ja, aber Blumen in zitternden, verkrampften Händen. Unendlich viel Kinder, große und kleine, und auch die Kindergesichter sind ernst, manche von den Kleinen weinen ...

Die Regimentsmusik spielt, aber die Gesichter bleiben ernst, leise nur wird gesprochen ...

«Schreib auch, Vater!»

«Ich schicke dir eine Ansichtskarte aus Paris!»

Kümmerlicher Scherz, für die letzte Minute aufgespart. Blasses Lächeln.

«Und bleib gesund!»

«Du auch – und die Kinder!»

«Um die Kinder sorg dich jetzt man nicht – ich paß schon auf!»

Wo ist Otto?

Sie laufen den Zug entlang. Plötzlich ist es so wichtig geworden, den unwichtigen Otto noch einmal zu sehen, ihm die Hand zu schütteln, ihm zu sagen, daß er gesund bleiben soll.

«Da ist ja die Gudde, die Schneiderin, du weißt doch, Vater, die mein Schwarzes geändert hat. – Mit einem Kind! Seit wann hat denn die Gudde ein Kind? Die hat doch 'nen Buckel. – Es wird wohl das Kind von 'ner Nachbarin sein.»

«Wen haben Sie denn zum Zug gebracht, Fräulein Gudde? Wie heißt du denn, Junge?»

«Guten Tag, Frau Hackendahl. Da ist Otto – ich meine: Herr Hackendahl!»

Sie stürzen sich auf Otto. Die Gudde ist vergessen. Einen Augenblick, bis zur Abfahrt des Zuges, ist der immer übersehene Otto die Hauptperson.

«Mach es gut, Otto!»

«Schreib auch mal, Otto!»

«Hier habe ich dir auch ein bißchen zu essen mitgebracht, Ottchen!»

«Und wenn's mal Kattun gibt, Otto, denk an deinen Vater! Wenn du das Eiserne Kreuz bekämst, das wäre mir das Schönste! – Hast du schon gehört, ob es in diesem Kriege auch Eiserne Kreuze gibt?»

Otto steht am Abteilfenster. Er ist sehr blaß, sein Gesicht ist grauer als das Feldgrau der Uniform. Er antwortet mechanisch, er drückt Hände, er legt das Essenpaket auf seinen Sitzplatz, wo schon *ihr* kleines Paket liegt . . .

Und immer suchen seine Augen die andere, die Einzige, die, die er liebt, mit aller Zärtlichkeit seines schwachen Herzens, und die ihn liebt, mit aller verzeihenden Liebe ihres starken Herzens. Sie sieht ihn an, flammend und zärtlich, ohne Klage und Wunsch . . . Sie steht da an dem gußeisernen Pfeiler, den Jungen an der Hand. «Nicht weinen, Gustäving! Papa kommt ja wieder . . .»

Er kann es nicht hören, aber er liest es von ihren Lippen. «. . . kommt ja wieder.»

Nein, vielleicht kommt er auch nicht wieder – aber, seltsam, das schreckt ihn nicht. Er zieht in einen Krieg, es wird Kampf geben, Handgemenge, Verwundungen und schmerzhaftes, langsames Sterben – aber das schreckt ihn nicht, das macht ihm keine Angst . . .

Ich werde bestimmt nicht feige sein, denkt er. Und doch bin ich zu feige, es Vater zu sagen . . .

Er möchte verstehen, warum das so ist, aber er kann es nicht verstehen . . . Er sieht sie hilflos an, sie alle unter seinem Abteilfenster, die alten bekannten Gesichter, und dann sieht er rasch hinüber zu der gußeisernen Säule, in jenes geliebteste, einzige Menschengesicht . . . Nein, er kann es nicht verstehen . . .

«Otto, du hast ja Blumen!» schreit Bubi. «Woher hast du denn die Blumen? Du hast wohl eine Braut?»

Alle lachen bei dem Gedanken, daß Otto, der schüchterne Otto, eine Braut haben könnte. Und auch Otto verzieht das Gesicht zu einem kümmerlichen Lächeln.

«Wo steht sie denn, deine Braut?»

Und alle sehen sich lachend um, suchen ein Mädchen für Otto. «Ist es die im blauen Kleid, Otto? Die sieht schneidig aus, aber wenn sie man nur nicht zu schneidig für dich ist. Die nimmt dir noch die Butter vom Brot!»

Otto lächelt wieder kümmerlich.

«Da steht ja immer noch die Gudde», flüstert Frau Hackendahl. «Zu wem die wohl gehört? Otto, hast du sie gesehen?»

«Wer? Wen?»

«Die Gudde! Unsere Schneiderin! Du weißt doch!»

«Ja . . . ich . . . ich habe nämlich . . .»

Sie sehen ihn alle an, er wird rot. Aber sie merken nichts.

«Hast du nicht gesehen, zu wem sie gehört?»

«Nein – ich . . . nein. Ich habe nichts gesehen.»

«Muß i denn . . .» spielt die Kapelle, der Zug ruckt an, fährt . . . Tücher werden gezogen, Hände werden gereicht, noch einmal . . .

Oh, die einsame Gestalt dort an der Säule! Sie hat kein Tuch gezogen, sie winkt nicht. Aber sie steht dort, als würde sie immer dort stehenbleiben, geduldig, ohne Vorwurf auf ihn wartend, bis er zurückkommt. Seine Augen füllen sich mit Tränen . . .

«Nicht weinen, Otto!» ruft Vater Hackendahl. «Wir sehen uns ja wieder!» Und sehr laut, denn der Zug hat sein Tempo beschleunigt, und Hackendahl muß zurückbleiben: «Du warst immer ein guter Sohn!»

Am längsten läuft noch Bubi mit, ganz bis ans Ende des Bahnsteigs. Er sieht den Zug entschwinden, die vielen wehenden Tücher verflattern, eine Kurve, die runde, rote Schlußscheibe am letzten Wagen – fort!

Heinz kommt zurück zu seiner Familie.

«Nun aber schnell!» sagt Frau Hackendahl. «Ich muß doch sehen, daß ich die Gudde noch erwische. Das ist doch interessant, was das für ein Kind ist, und wen sie zur Bahn gebracht hat . . .»

Aber Gertrud Gudde ist schon verschwunden, mit ihrem Gustäving.

10

Der Oberarzt der chirurgischen Abteilung stand müde in seinem Arztzimmer und wusch sich wie immer, wenn er sehr abgespannt war, die Hände. Ganz gewohnheitsmäßig nahm er die kleine, scharfe Bürste, bürstete die Nägel, wusch mit Sublimatlösung nach, spülte ab und trocknete die Hände.

Er brannte eine Zigarette an, zog den Rauch tief ein, trat an das Fenster und sah gedankenvoll, nichts sehend, in den Krankenhausgarten. Er war müde, er war abgespannt, seit elf Stunden war er auf den Beinen, und es war noch kein Ende abzusehen . . .

Aber, dachte er, dies ist erst der Anfang. – Dies ist erst der Anfang . . ., dachte er langsam, und ohne besonders erregt oder verzweifelt zu sein. Dies ist erst der Anfang . . .

Vier Mobilmachungstage hatten ihm dreiviertel seiner Ärzte fortgeholt: Sie waren gegangen. – «Macht's gut hier!» hatten sie gesagt und waren gegangen. Dreiviertel der Ärzte fort, von dem Pflegepersonal gar nicht zu reden, und die Belegung war etwas über dem Durchschnitt. Nun ja, dies war also erst der Anfang . . .

Der Oberarzt legte die Zigarette in einen Aschenbecher, nach dem ersten Zug hatte er keinen weiteren mehr getan. Gedankenlos trat er wieder an die Wasserleitung und fing von neuem an, sich mit der eingelernten, tausendfach beobachteten Genauigkeit die Hände zu waschen und zu bürsten. Er wußte nicht, daß er es tat. Manchmal machte ihn ein Kollege darauf aufmerksam, oder die Operationsschwester sagte: «Sie waschen sich ja schon wieder, Herr Professor. Erst vor zwei Minuten waren Sie an der Leitung.»

Aber jetzt war keiner da, der ihn erinnern konnte. Sorgfältig bürstete er die Nägel . . .

«Macht's gut!» sagten sie und gingen. Aber wie konnte man es gut machen, mit knapp einem Viertel des normalen Ärztebestandes? Man mußte es ja schlecht machen, immerzu die Augen zudrücken, über die schrecklichsten Nachlässigkeiten fortsehen . . .

Es wird Menschen kosten, denkt er müde, und so lange er schon in seinem Beruf gearbeitet, an so vielen Krankenbetten er auch schon gestanden hat, er hat nie das Gefühl dafür verloren, daß da Menschen lagen, keine Fälle: Mütter, deren Kinder zu Haus weinen; Väter, auf deren Leben Glück und Wohlstand eines kleinen Gemeinwesens beruhen.

Es wird Menschen kosten, denkt er. Aber in der nächsten Zeit wird nichts so wohlfeil sein wie Menschenleben. Und es werden nicht nur die Kranken, die Verbrauchten, die Alten sterben – grade die Jugend wird fort müssen, die Jugend, die Gesundheit. Die Kraft des Volkes wird systematisch verringert werden, tagelang, wochenlang, vielleicht monatelang . . . Und ich stehe hier und jammere, daß ich einen vereiterten Blinddarm eine halbe Stunde zu spät operiere?

Er sieht um sich und horcht. Er steht schon wieder an der Wasserleitung und wäscht sich die Hände. Die Zigarette verschwelt im Aschenbecher, aber das hat ihn nicht aufmerksam gemacht. Langsam kommt ihm zum Bewußtsein, daß es vielleicht geklopft hat, und als er nun herein sagt, tut sich wirklich die Tür auf, und eine Schwester tritt ein, etwas verlegen.

«Nun, Schwester, was ist denn?» fragt er zerstreut und trocknet sich die Hände am Handtuch. «Ich gehe gleich noch einmal durch die Station. – Oder ist es eine Neuaufnahme?»

Die Schwester schüttelt den Kopf und sieht ihn an. Sie hat merkwürdige Augen, ein wenig scheu und doch trotzig; sie hat auch ein unausgeglichenes Gesicht, jung und doch scharf. Sie hat es wohl nicht immer leicht gehabt.

«Ich habe eine persönliche Bitte, Herr Professor», sagt die Schwester leise.

«Damit gehen Sie aber besser zu Ihrer Oberin, Schwester. Sie wissen doch, daß Sie Ihrer Oberin unterstehen.»

«Ich war schon bei der Oberin», sagt die Schwester leise. «Aber die Oberin hat es mir abgeschlagen. Und da habe ich gedacht, Herr Professor . . .»

«Nein, Schwester, nein», sagt der Arzt energisch. «Einmal mische ich mich grundsätzlich nicht in die Angelegenheiten der Schwesternschaft. Und dann habe ich jetzt wirklich so viel um die Ohren . . .»

Er sieht die Schwester abschließend an, seufzt, schiebt die Ärmel hoch und geht zur Wasserleitung.

«Herr Professor hatten sich grade eben gewaschen, als ich hereinkam», sagt die kleine Schwester mutig. (Der Tick des Oberarztes ist natürlich im ganzen Krankenhaus bekannt.)

«Danke schön, Schwester», sagt der Professor. «Sie können der Operationsschwester – Sie wissen, Schwester Lilli – sagen, daß ich in zehn Minuten wieder anfange.»

Und er läßt sich das Wasser über die Hände laufen.

«Ja, Herr Professor.» Sie sieht ihn zögernd, etwas ängstlich an. «Herr Professor, verzeihen Sie, daß ich noch einmal davon anfange . . . Es sind heute früh die bestimmt, die mit an die Front dürfen . . . Und ich – ich soll nicht mit . . .»

Der Oberarzt macht eine ärgerliche Gebärde. «Es können nicht alle mit!» ruft er. «Es gibt auch hier Arbeit, sehr viel Arbeit, sehr notwendige Arbeit!»

«Herr Professor! Ich muß aber mit! Bitte, Herr Professor, sagen Sie der Frau Oberin, daß ich mit soll. Es kostet Sie doch nur ein Wort, Herr Professor . . .»

Der Oberarzt dreht sich um und sieht die junge Schwester wutfunkelnd an. «Und wegen solchem Dreck stören Sie mir meine paar freien Minuten?!» ruft er zornig. «Schämen Sie sich was, Schwester! Wenn Sie Abenteuer mit jungen Männern haben wollen, dann brauchen Sie nicht Schwester zu werden! Das konnten Sie an jeder Straßenecke haben! Das ist Ihnen wohl zu langweilig, Ihr Saal mit alten Frauen . . . Ach, lassen Sie mich zufrieden, Schwester!»

Aber wenn der Oberarzt erwartet hatte, daß die Schwester nach diesem kräftigen und deutlichen Anpfiff nun begossen abziehen würde, so irrte er sich. Die Schwester Sophie stand ohne zu weichen und zu wanken, vielleicht hatte sich sogar etwas von dem Scheuen in ihrem Auge verloren, und das Kraftvolle, das Trotzige darin war stärker geworden. Der Arzt sah es nicht ohne Interesse.

«Ich will nicht wegen der jungen Männer heraus», sagte sie beharrlich. «Frau Oberin hat mich doch grade darum zu den alten Omis versetzt, weil ich mich für die Männerstation nicht eigne. Ich mag Männer nicht . . .»

«Schwester», sagte der Professor milde, «Sie sollen mir hier keine Vorträge über Ihre Neigungen halten. Das interessiert mich nicht. Machen Sie, daß Sie auf Ihre Station kommen.»

«Jawohl, Herr Professor», sagte sie mit unüberwindlicher Hartnäkkigkeit. «Aber, Herr Professor, ich muß raus, und Sie müssen mir dazu helfen . . .»

«Himmeldonnerwetter, Schwester!»

«Herr Professor, ich habe nie einen Menschen ausstehen können, ich habe nie einen Menschen gern gehabt, meine Eltern nicht, meine Geschwister nicht. Und auch hier die Patienten nicht . . .»

«Großartig, Schwester!» spottete der Arzt. «Ganz vorzüglich!»

«Nein, ich habe nie jemand leiden mögen, und auch mich hat nie jemand leiden mögen. Ich habe immer gedacht, man ist ganz unnütz . . . Und nun plötzlich – bitte, Herr Professor, hören Sie mich nur noch einen Augenblick an –, und nun plötzlich ist das gekommen mit dem Krieg. Ich verstehe nichts von Politik, Herr Professor, ich weiß nicht, wieso und warum. Aber plötzlich denke ich, ich könnt vielleicht doch noch etwas nützen und etwas Gutes tun und nicht ganz umsonst sein auf der Welt . . .»

Sie sah ihn einen Augenblick an.

«Vielleicht verstehen Herr Professor nicht, was ich meine, ich verstehe es ja selber nicht. Aber ich meine, daß die anderen, die Frauen, meine Schwester und so – die denken, daß sie mal Kinder haben werden und einen Mann, den sie gerne mögen. – Aber ich habe nie so etwas gehabt, Herr Professor! Ich habe mir nie denken können, wozu ich auf der Welt bin. Mein Vater . . .»

Sie brach ab. Dann: «Herr Professor, denken Sie nicht, daß ich so an junge Soldaten denke, denen man den Kopf hält und Wasser gibt . . . Nein, ich denke daran, daß ich laufen will und Arbeiten machen, die mir eklig sind, und vom Morgen zum Abend bis zum Umfallen und immer weiter. Und dann, Herr Professor, dann fühl ich vielleicht, daß ich nicht ganz umsonst bin auf der Welt . . .» Fast mit einem Schluchzen: «Man möchte doch auch ein bißchen mehr gewesen sein als eine Fliege . . .»

Eine Weile war es stumm zwischen den beiden. Der Arzt trocknete sich mit langsamen Bewegungen die Hände ab, trat dann auf die Schwester zu, hob ihr den Kopf mit dem weinenden Gesicht, sah ihr in die Augen und fragte milde: «Schwester, glauben Sie, daß ein großes Volk darum in einen solchen Krieg zieht, damit – wie heißen Sie?»

«Sophie Hackendahl . . .»

«. . . damit Sophie Hackendahl sich nicht mehr überflüssig vorkommt im Leben?»

«Was weiß ich davon?!» rief sie fast wild und befreite mit einer ungestümen Bewegung ihren Kopf aus seiner Hand. «Aber das weiß ich, daß ich jetzt einundzwanzig Jahre auf der Welt bin und nicht eine Stunde das Gefühl gehabt habe, ich bin zu irgend etwas nütze!»

«Vielleicht», sagte der Arzt überlegend, «ist wirklich auch darum dieser Krieg gekommen, daß der Mensch wieder spürt, er ist zu irgend etwas da im Leben. Vielleicht.» Er sah die Schwester an. «Also, ich will sehen, was ich bei Ihrer Oberin erreiche. Soviel ich weiß, sind Sie bei ihr nicht sehr gut angeschrieben. Aber wie ich jetzt weiß, sind Sie wenigstens in diesem Punkte mit Ihrer Oberin ganz einig . . .»

Der Arzt lächelte, Sophie lächelte schwach, neigte dankend den Kopf und ging.

Der Oberarzt trat wieder an die Wasserleitung.

11

Die andere Schwester Hackendahl, die Eva, hatte Eltern und Geschwister getrieben, daß man nur rasch genug in die Wohnung zurückkam. Nun saß sie leer und ausgelaufen in ihrem Zimmer. Nein, kein Eugen war in der Wohnung gewesen, kein Schreibtisch war erbrochen worden, das kleine törichte Dienstmädchen Doris nicht überwältigt oder vergewaltigt – es war alles genau, wie es sein sollte!

Und das war das Schlimmste! Daß Eugen noch nichts getan hatte, das war das Schlimmste! Daß er noch alles tun konnte, daß alles immer weiter drohte, daß man immer weiter warten mußte – das war das Schlimmste!

Sie sitzt da, sie hat die Hände in den Schoß gelegt, sie hört durch das offene Fenster den Vater mit Rabause im Stall reden und sie denkt: Ja, Vater hat es gut. Er hat seinen Stall und seine Droschken und seinen Rabause. Vater fehlt nichts. Aber ich ...

Und sie hört die Mutter eifrig mit der Doris in der Küche reden, und Mutter hat es auch gut. Der Otto, dem es noch am schlechtesten von ihnen allen ging, der ist nun weggefahren, ist etwas Geehrtes geworden, etwas Angesehenes, er hat eine Aufgabe. Aber sie ...! Und die Sophie hat auch eine Aufgabe, und wenn sie die nur muffig erfüllt, so liegt das nur an der Sophie – sie hat doch eine Aufgabe! Und Heinz hat seine Penne, und Erich hat auch immer was, immer was Neues, immer was anderes, aber sie!

Sie hat bloß ein Schicksal, ein schäbiges, gemeines Schicksal. Sie hat bloß den Eugen an der nächsten Straßenecke, der pfeift nach ihr auf einem Finger, den Ludenpfiff, und wenn er pfeift, dann muß sie kommen. Dem gehört sie nun. Der ist ihre Aufgabe!

Als er sie vorgestern zum Trinken zwang, als sie sah, er würde nicht nachgeben, er wollte sie unbedingt haben, sofort – und nicht etwa, weil er Verlangen hatte nach ihr, sondern bloß, damit sie wußte, sie gehörte ihm auch darin, sie hatte nichts Eigenes, nichts Sauberes mehr –, also, da war ihr plötzlich ein Gedanke gekommen wie ein ferner Trost, etwas, das ihr über die nächste schreckliche Stunde hinweghelfen konnte, und sie hatte gefragt: «Ja, Eugen, mußt du dich denn nicht auch stellen? Wirst du nicht auch Soldat?»

(Und sie hatte den Krieg als Befreier gesehen, genau wie ihre Schwester. Er würde fortmüssen, und wenn er wiederkam – aber er kam nicht wieder! Solche durften nicht wiederkommen, wozu war denn ein Krieg sonst nütze?)

Er hatte sie von der Seite angesehen und hatte höhnisch gelacht: «Det möchtste wohl, mein Liebchen!»

«Aber nein, Eugen! – Nur, es müssen sich doch alle jungen Männer stellen ...»

«Nee, meine Süße, mir lassen se nich dienen, ick bin unabkömmlich. Mir liebt mein Vaterland zu sehr.»

«Du bist unabkömmlich? Aber alle jungen Männer ...»

«Mußt keine Angst haben, Evchen, ick bleibe bei dir.»

«Aber ...»

«Du möchtst ja jewaltig jerne, det ick rauskomme! Daraus wird nischt. Knochen kaputt schießen lassen – dazu sind die anderen jut.»

«Aber wenn man sich nicht stellt, dann ist man doch fahnenflüchtig! Und dann ...»

«Du hast aber 'ne lange Leitung! Ick bin nich fahnenflüchtig, ick sare dir dich, ick bin unabkömmlich! Mein Vaterland vazichtet uff mir! Noch nich kapiert! Ick habe se nich mehr, Dowe! Ick habe nich mehr die bürgerlichen Ehrenrechte . . .»

«Wieso . . .?» fragte sie verwirrt. «Die Ehrenrechte . . .?»

«Jawoll, meine Süße! Wie se mir Zuchthaus uffjebrummt haben, da ham se mir die bürgerlichen Ehrenrechte abjeknöpft, for drei Jahre. Un nu darf ick meines Kaisers Ehrenrock nich tragen – und jewaltig traurig biste darüber, wie ick sehe . . .»

Er lehnte sich über den Tisch und grinste. Noch in der Erinnerung schauderte sie. Nein, sie war wirklich nicht zimperlich, aber daß ein Mensch auf seine Schande stolz sein konnte!

Er mußte ihr die Gedanken vom Gesicht abgelesen haben. Mit seinem jähen Übergang wurde er finster und zornig. «Du schämst dir wohl? Du schämst dir wohl für deinen Eugen!? Komm trudeln! Ick werd dir zeigen, wat bei mir Scham heißt. Un wenn du deine bürgerlichen Ehrenrechte noch hast . . .»

Schon hatte er wieder gegrinst . . . Und dann kam das andere. Dann – kam – das – andere . . .

Sie sitzt ganz still da, Vater redet noch immer mit Rabause im Stall. Man hört die Eimer klappern . . . Mutter redet auch noch . . . Bubi flötet . . .

Plötzlich kommt ihr die Erinnerung an die Gudde, wie sie da vorhin auf dem Bahnsteig stand, ein kleines, verkrüppeltes Geschöpf, aber sie hatte ein gesundes Kind an der Hand. Ihr schaudert bei dem Gedanken, daß sie ein Kind haben könnte, ein Kind von diesem Kerl, der äußerlich gesund ist, aber innen faul und schlecht . . . Der kleine Krüppel hat etwas vom Leben bekommen, was sie nie bekommen wird . . . Denn: Es ist vorbei!

Sie nimmt aus der Schieblade einen Stoff, schlägt ihn in Papier, sie ruft zu Heinz hinüber: «Wenn Mutter fragt, ich bin noch ein Stündchen weggegangen.»

«Sag's ihr doch selber!» ruft Bubi mit aller brüderlichen Höflichkeit. «Ich bin nicht dein Botenjunge!»

Aber sie will es nicht selber der Mutter sagen, sie will ihr nicht erzählen, daß sie zur Schneiderin geht, die Mutter denkt dann gleich, sie geht «darum»! Sie geht aber nicht darum, sie geht ganz für sich allein.

Sie geht? Nein, sie läuft fast. Sie läuft so schnell, wie ein junges Mädchen 1914 bei langen Kleidern und engen Schicklichkeitsbegriffen auf der Straße nur laufen darf. Sie sieht sich immer wieder um, ob er sie auch nicht verfolgt, er ist ihr Alpdruck, die stets drohende Gefahr. Aber unangefochten erreicht sie die stillere Nebenstraße, sie kommt über die Höfe, steigt die Treppen hinauf . . .

Auf ihr Klingeln öffnet die Gudde sofort. Sie hat gerötete Augen, die aber jetzt fast feindlich blicken. Das Kind, dieser kleine, zweijährige Junge, hält sich an ihrem Rock.

«Entschuldigen Sie, Fräulein Gudde», sagt Eva etwas verwirrt von dem abwehrenden Blick. «Ich sah Sie eben auf der Bahn, und da fiel mir ein, daß ich den Stoff noch liegen habe . . . Es ist ein Sommerstoff, und wenn ich jetzt kein Kleid daraus kriege, bleibt er ein ganzes Jahr liegen . . .»

Sie lacht ein wenig albern, sie ist wirklich verwirrt durch den bösen Blick der anderen.

«Nein!» sagt die Gudde. «Nein! Tut mir leid, Fräulein. Nein! Ich kann die Arbeit nicht annehmen. Nein!»

Dieses mehrfach wiederholte, mit aller Erbitterung hervorgestoßene Nein steigert Evas Verwirrung noch.

«Aber, Fräulein Gudde», fragt sie. «Was ist denn los? Sie haben doch immer für uns gearbeitet. Ich bin Eva Hackendahl – Sie wissen doch.»

«Ich habe es gleich gesehen», sagt die Gudde leidenschaftlich, «daß Sie es geraten haben. Aber es ist mein Kind, es ist unser Kind ganz allein. Hier habt ihr nichts reinzureden, ihr Hackendahls. Nein! Mein Kind. Wenn euch Otto nicht genug war . . .»

«Otto!» ruft Eva verblüfft.

«Tun Sie noch so! Schämen sollten Sie sich was! Jawohl, Otto, aber mein Otto, nicht euer Otto, nicht der Otto, zu dem ihr ihn gemacht habt, ihr Hackendahls, ihr mit euerm Vater! Eiserner Gustav, wahrhaftig!» Und mit einem plötzlichen Übergang: «Eben ist er in den Krieg gefahren, und schon habe ich solche Angst um ihn! Aber wenn er zurückkommt, sorge ich, daß er sich losmacht von allem, was Hackendahl heißt. Dann will ich den Krieg segnen, segnen, segnen . . .!»

Sie lehnt den Kopf an den Türrahmen und fängt herzzerbrechend zu weinen an.

Eva hat mit großen Augen diesen Ausbruch angehört, nun faßt sie vorsichtig nach der Weinenden. «Fräulein Gudde, bitte, bitte nicht – das Kind!»

Denn das Kind steht dabei, es weint nicht. Es versucht, die Mutter zu umfassen. «Mutti, liebe, gute Mutti, nicht!»

«Ja, ja, es ist ja schon vorbei, Gustäving. Mutti lacht wieder. Sie lacht ja schon wieder, Gustäving. Fräulein Hackendahl, jetzt wissen Sie doch, was Sie wissen wollten, jetzt können Sie ruhig nach Haus gehen. – Ach, was werdet ihr ihm nun für Briefe in den Krieg schreiben! Nicht mal da wird er vor euch Ruhe haben . . .»

«Keiner hat Otto im Verdacht, glauben Sie mir doch, Fräulein Gudde! Wir haben es ihm einfach nicht zugetraut!»

«Nein, nie habt ihr ihm etwas zugetraut!»

«Und von mir erfährt auch keiner was, Sie sollen das Kind ganz allein für sich behalten. Ich verstehe Sie ja, ich verstehe ja, daß Sie alles Hackendahlsche hassen ... Ich bin ja auch eine Hackendahl, und ich – ich bin genau so unglücklich wie Otto ...»

Jetzt ist es an Eva, die zu weinen beginnt, aber sie fängt sich rascher.

«Sehen Sie», sagt sie zu der stummen anderen, «ich hab kein Kleines wie Sie – und ich darf auch nie eins haben. So unglücklich bin ich! Darum bin ich hierhergekommen, weil ich Sie mit einem Kind gesehen habe, so einem hübschen, gesunden Kind. Weil ich früher immer gewünscht habe, ich möchte mal Kinder haben, und nun war ich so neidisch auf Sie ... Sie müssen das doch verstehen ...!»

Die Gudde sieht sie einen Augenblick stumm an, dann sagt sie kurz: «Kommen Sie rein, Fräulein Hackendahl!»

Das Kind an der Hand, ging die Gudde ihrem Gast voran in die Stube. «Geben Sie mir mal den Stoff, Fräulein.»

Und Eva gab den Stoff, und die Schneiderin holte Modeblätter und zeigte und schlug vor und fragte: «Wollen Sie es so haben?» und: «Ich würde aber nicht die Keulenärmel nehmen, Fräulein Hackendahl, ich würde nur eine ganz kleine Puffe machen.»

Und Eva antwortete ganz ordentlich, wie man eben bei jeder Schneiderin antwortet, und war sogar schon ein bißchen interessiert. Denn der blaue Stoff mit seinen weißen Pünktchen war wirklich nett, und es ließ sich schon etwas Hübsches daraus machen.

Plötzlich aber sagte die Gudde: «Einen Augenblick mal!» und ging ins Nebenzimmer, und nach einer Weile kam sie wieder und trug vorsichtig etwas in der Hand. Sie zeigte es Eva und sagte stolz: «Sehen Sie, diesen Christus am Kreuz hat er auch geschnitzt – ist er nicht schön?» Sie wartete aber keine Antwort ab, sondern sagte: «Ich hätte ihn schon zehnmal verkaufen können, ich geb ihn aber nicht her. Sonst trage ich alles, was er schnitzt, in ein Geschäft. Sie bezahlen nicht schlecht, und der Inhaber sagt, er hätte das Zeug zu einem richtigen Künstler, er müßte nur ein bißchen Ausbildung und Material haben. – Aber daraus wird nichts», sagte sie mit der alten Feindseligkeit im Ton und stellte den Christus vorsichtig beiseite. «Er muß ja bei euch die Pferde putzen und den Stall fegen!»

Eva sah die Schwägerin hilflos an, die aber sagte schon wieder ganz ruhig: «Ich rede natürlich nie so zu ihm wie jetzt zu Ihnen. Ich habe ihm immer gesagt: ‹Otto, tu, was dein Vater sagt.› Denn das sehe ich auch, daß er einen schwachen Willen hat und daß ich ihn bloß unglücklich mache, wenn ich ihn zum Streit mit euch reize.»

Eva sagte vorsichtig: «Vielleicht kommt er wirklich stärker aus dem Krieg zurück. Sie können doch hier nicht immer allein mit dem Kind sitzen, und wenn Otto solche Gaben hat ... Vater hat doch Geld genug ...»

«Doch, das kann ich! Ich kann hier gut allein mit meinem Kind sitzen und auf ihn warten. Dann habe ich das Kind allein und ihn allein, wenn es auch immer nur für eine kurze Zeit ist. Und das Geld – nie will ich einen Pfennig von eurem Geld. Ihr denkt, Geld macht glücklich, aber euch alle hat es bloß unglücklich gemacht!»

Sie sah Eva wieder zornig an, aber sie besänftigte sich gleich wieder, als sie deren blasses, müdes Gesicht sah. «Nein, nun will ich auch nicht mehr schelten. Sie sagen ja, Sie sind ebenso unglücklich wie Otto. – Aber Sie wissen gar nicht, wie unglücklich der ist.»

«Sie wissen ja auch nicht, wie unglücklich ich bin», sagte Eva. Aber sie besann sich schnell und fragte: «Wann kann ich denn zur Anprobe kommen? Oder soll ich gar nicht mehr kommen? Ich sage bestimmt nie etwas zu Haus.»

«Sie können alle Tage kommen – wenn Sie Gustäving sehen wollen.»

«Und», sagte Eva, «es kann ja sein, daß Mutter nach Ihnen schickt oder selber zu Ihnen kommt, denn Mutter ist neugierig. Da dürfen Sie sich nicht verraten – Mutter denkt mit keinem Gedanken an Otto. Sie können ja sagen, es ist das Kind von einer Verwandten.»

«Ich wegen Gustäving lügen? Nie! Ich werde es ihr schon sagen, daß es mein Kind ist, aber wer der Vater ist, das kann sie mir nun doch nicht abfragen.»

«Dann gehe ich also», sagte Eva und sah noch einmal durch die Stube und auf das spielende Kind.

Gertrud Gudde sah den Blick. «Geben Sie ihm doch einen Kuß», sagte sie. «Ich bin Ihnen bestimmt nicht mehr böse.»

Aber Eva machte bloß eine abwehrende Bewegung, sie flüsterte leise: «Nein, nein», und ging wie gehetzt über den kleinen dunklen Flur zur Wohnungstür, ohne jeden Abschied. Sie öffnete die Tür, und erst, als sie auf dem Treppenabsatz stand, sagte sie: «Vielleicht komme ich schon morgen wieder.»

«Gut», sagte die Gudde und nickte.

«Ich überlege immer», sagte Eva und bückte sich nieder zu dem Namensschild an der Klingel, «wie Sie mit Vornamen heißen. Gertrud also. Ich heiße Eva.»

«Er sagt Tutti ...» sagte die Gudde ganz leise.

«Adieu – Tutti», nickte Eva.

«Adieu – Eva», sagte die Gudde.

Dann ging Eva – auf die Straße zurück.

12

Es war ein erregter Tag gewesen, für Gustav Hackendahl, eigentlich war es ein großer, ein stolzer Tag gewesen!

Am Morgen der stattliche Auszug mit den zweiunddreißig Pferden zur Musterung, die Gesichter der Leute, die sich nach dem hellen Geklapper der Eisen auf dem Pflaster umgedreht hatten. Dann die Musterung selbst, der Oberleutnant, der seine Pferde gelobt hatte. Selbst an das etwas unerwartet verlaufene Abenteuer mit dem Spion konnte man mit ein wenig Stolz zurückdenken. Dann war der Nachmittag gekommen. Man hatte zu den Allerersten gehört, die für das Vaterland einen Sohn in den Krieg schickten, und ein zweiter Sohn würde auch schon in den allernächsten Tagen Uniform tragen ...

Jawohl, es war ein stolzer Tag gewesen, vielleicht gab es heute nicht viele Männer in Berlin, die soviel für ihr Vaterland gegeben hatten wie er.

Aber dann war man nach Haus gekommen, in Haus und Hof, die immer sein Stolz gewesen waren, und es war so seltsam gewesen, öde, leer ...

Eine ganze lange Zeit hatte er bei Rabause im Stall gestanden und hatte sich mit ihm unterhalten, genauer, er hatte ihm von allem, was er am Tage erlebt hatte, erzählt. Rabause hatte tüchtig zu tun gehabt, der ganze Stall mußte ja umgekrempelt werden, statt zweiunddreißig Pferden standen jetzt hier fünf.

Rabause schuftete und rannte, er sah seinen Chef ein wenig spöttisch von der Seite an, und ein paarmal hatte Hackendahl denn auch mit zugegriffen. Aber es war ihm schwer geworden.

Ihm fiel ein, wie lange es wirklich her war, daß er ernstlich körperlich gearbeitet hatte. Jetzt würde er wieder ein bißchen mit zufassen müssen. Es würde sich wieder lernen lassen, wahrscheinlich tat es dem Herzen sogar gut.

Aber es war ja gar nicht nötig – bei fünf Pferden war nicht einmal genug Arbeit da für einen Futtermeister. Rabause hatte ähnliches gedacht. «Für den Winter ist der Stall aber für die paar Gäule zu kalt, Herr Chef», meinte er nachdenklich. «Da müssen wir wohl 'ne Trennwand ziehen.»

Hackendahl grunzte, er war gegen alle Bauerei, mit der man nur Geld los wurde. «Zum Winter ist der Krieg schon lange alle, da kriege ich meine Pferde von der Militärverwaltung zurück.»

«Daß der Krieg schon vor Winter alle is, das wollen wir man lieber nich behaupten, Herr Chef», hatte Rabause widersprochen. «Siebzig hat er auch übern Winter gedauert, und da hatten wir bloß einen Feind.»

«Reden Sie nicht, Rabause», hatte Hackendahl ärgerlich gesagt. «Was wissen Sie denn vom Krieg und Militär?!»

Aber er war dann gleich aus dem Stall gegangen, die Aussicht, lange Monate nur mit fünf Pferden zu arbeiten, hatte ihn gewaltig gekränkt. Das ist ja kein Lohnfuhrunternehmen mehr, hatte er gedacht. Das ist ja auch nicht viel mehr als eine Tag- und eine Nachtdroschke. Da kann ich mir ja wohl noch selber den Lackpott aufstülpen und an den Warteplätzen lauern!

Unschlüssig hatte er auf dem Hof gestanden. Wenn jetzt wenigstens die Droschken heimkämen! Dann könnte ich mit ihnen abrechnen, ich hätte doch was zu tun!

Aber gleich fällt ihm wieder ein, daß es ja bloß fünf Droschken sind, da ist das Abrechnen nur ein Klacks mit der Wichsbürste, und Nachtdroschken sind auch nicht abzufertigen . . .

Da steht er, er hat nie an sich gezweifelt, und er zweifelt auch jetzt nicht an sich, aber wie leer ist er geworden! Hat er nur durch die anderen gelebt, statt, wie er meinte, die anderen durch ihn? Er weiß es nicht, er denkt auch nicht darüber nach, er weiß nur, das Leben gefällt ihm plötzlich nicht mehr. Ja, Kinder . . ., denkt er. Sie gehörten ihm bisher, er belehrte und erzog sie, er gewöhnte sie an Pünktlichkeit, Fleiß, Gehorsam. Er grobste sie an, und er war nett mit ihnen, ganz, wie Stimmung und Anlaß es mit sich brachten, aber nun waren sie fort! Sie kamen ohne ihn zurecht. Da war noch Bubi, aber mit Bubi war schwer herumzukommandieren, er war ein sehr selbständiger Pennäler, er erzählte nie etwas von der Schule.

Dann war da noch Eva . . . Eva! Plötzlich fällt Hackendahl ein, daß er Eva versprochen hat, heute noch mit ihr zu reden. Sofort macht er kehrt und steigt eilig die Treppe hinauf. Er hat eine Aufgabe gefunden, eine Beschäftigung, er ist nicht mehr leer!

Aber oben erlebt er eine Enttäuschung. Eva ist weggegangen, sie ist nicht im Haus. Auch darüber muß er mit ihr sprechen, daß ihm dieses ständige Fortlaufen nicht paßt! Ein Kind hat zu sagen, wenn es fortgeht, wohin und warum, das ist Ordnung. Aber er kann jetzt nicht mit ihr darüber reden, sie ist fort. Wieder steht er leer da.

«Was machst du jetzt, Bubi?»

«Lateinisches Scriptum, Vater.»

Hackendahl sieht das Heft etwas hilflos an. «Kannst du nicht besser schreiben? Das ist ein schreckliches Geschmier, Bubi!»

«Och, Vater . . . Unser Lateinpauker schmiert noch viel mehr, der kann seine eigene Schrift nicht lesen. Wir helfen ihm immer raten!»

«Ganz egal, Bubi. Du mußt sauber schreiben.»

«Jawohl, Vater!»

Erledigt, aus. Nichts weiter zu sagen. Hackendahl wirft noch einen

Blick auf das, was Heinz nun schreibt. Die Schrift scheint nicht wesentlich gegen die bisherige verändert. Aber es wird keinen Sinn haben, mit Bubi deswegen zu disputieren . . .

Hackendahl geht in die Küche.

In der Küche sitzt Mutter beim Kaffee. Hackendahl schnuppert, natürlich ist es der für den Alltag verbotene Bohnenkaffee, statt des angeordneten Malzkaffees! Hackendahl hat es schon hundertmal gesagt, und er sagt es mit Blitzen und Donnern zum hunderterstenmal, daß er dies nicht haben will, daß er sein Geld nicht auf der Straße findet . . .!

Und zum hunderterstenmal hat Frau Hackendahl mindestens ein halb Dutzend vollgültige Entschuldigungen für die Übertretung des Verbotes: daß Otto weggefahren ist, daß sie Kopfschmerzen von der Hitze hat, daß ihr das Gejachter zur Bahn nicht bekommen ist, daß sie nur fünf Bohnen in den Malzkaffee genommen hat und so weiter. Und so weiter.

Blitz und Donner, gut. Ein wenig erfrischt geht Hackendahl in sein Zimmer. Auf dem Schreibtisch liegt die Mappe mit den Papieren der Musterungskommission. Hackendahl fällt ein, daß darin die Zahlungsanweisung der Militärverwaltung auf eine erhebliche Summe liegt. Er sieht auf die Uhr: Jawohl, es ist noch Zeit, er kommt noch auf seine Bank. Die Mappe unter dem Arm marschiert Hackendahl los . . .

Auf der Bank sieht es ein wenig leer aus hinter den Schaltern, aber noch begrüßt der gewohnte Angestellte Herrn Hackendahl mit der gewohnten nüchternen Höflichkeit: «Na, Herr Hackendahl, bißchen Geld holen?» Und hinter der Hand geflüstert: «Es ist eben reingekommen: Die Einlösungspflicht für Banknoten ist aufgehoben.»

«Was heißt das?!» fragt Hackendahl, ein wenig ärgerlich. (Er ist immer ärgerlich, wenn er etwas nicht gleich versteht.)

«Es gibt für die Banknoten kein Gold mehr. Das Gold wird aus dem Verkehr gezogen.»

«Nun, es wird schon richtig sein», sagt Hackendahl. «Alles, wie es die Regierung anordnet. Ich habe meine Gäule auch abliefern müssen.»

Und er schiebt die Zahlungsanweisung über den Tisch.

Der Angestellte sieht sie an. «Ein schöner Betrag», sagt er anerkennend. «Aber es waren sicher auch schöne Pferde? Auf Kontokorrent, Herr Hackendahl? Vorläufig – natürlich, ich verstehe schon. Vielleicht später ein paar Papiere kaufen, ich glaube, gute Papiere werden bald billig zu haben sein, die Leute verkaufen!»

«Ich werde es mir überlegen», sagt Hackendahl. Und ganz plötzlich: «Vielleicht kaufe ich mir lieber ein paar Autotaxen . . .»

Es war ihm plötzlich so eingefallen. Nicht, daß solcher Kauf etwa wirklich in Frage kam. Aber man konnte ja einmal hören, wie solch ein Bankmensch darüber dachte . . .

Natürlich war der Mann Feuer und Flamme. «Ausgezeichnete Idee, Herr Hackendahl!» sagte er beifällig. «Sie sind ein wirklich fortschrittlicher Mann. Das Pferd ist tot, ein Auto ist viel schicker!»

«Wenn das Pferd tot wäre, hätte die Militärverwaltung wohl nicht soviel dafür bezahlt, junger Mann!» sagte Hackendahl ein wenig grimmig. «Warum sind Sie denn eigentlich noch nicht bei den Soldaten?»

«Vorläufig bin ich noch von meiner Bank reklamiert», antwortete der junge Mann wichtig. «Unabkömmlich!»

Er sagte das «Unabkömmlich» recht geschwollen, fand Hackendahl.

«Na, denn Mahlzeit!» sagte Hackendahl und ging.

Ekelhafter Kerl! dachte er. Wichtigtuer! schalt er.

An die Litfaßsäulen klebten sie schon die Bekanntmachung, daß Banknoten nicht mehr in Gold umgewechselt wurden. Es war bestimmt gleichgültig. Er hatte nie daran gedacht, mit seinen Scheinen zur Reichsbank zu gehen und auf Umwechslung zu bestehen. Er hatte bisher der Reichsbank vertraut und der Regierung. Und er würde es weiter so halten . . . Kein Gedanke an Unruhe. Geld war Geld, ob aus Papier oder Gold . . .

Hackendahl geht jetzt durch die Kleine Frankfurter Straße. Ihm fällt ein, daß hier ein Lokal ist, wo oft Pferdehändler sitzen. Er wird einmal nachsehen, ob jemand da ist. Er kann dann hören, wie es mit Pferden steht. Ein paar Pferde mehr im Stall wäre nicht schlecht . . .

Die kleine Kneipe ist gesteckt voll, und Hackendahl, der eiserne Gustav, wird mit Hallo empfangen.

«Dich haben sie heute schön in der Mache gehabt, Gustav! Gaul auf Gaul, aber du hattest auch Pferde wie die Puppen!»

«Wird eine Stange Gold kosten, die wieder zu kaufen! Da wirst du tüchtig was drauflegen müssen, Gustav!»

«Gibt's denn Pferde zu kaufen?»

«Heut nicht, aber vielleicht in zwei, drei Wochen. Ich denk, ich kriege in Ostpreußen einen Transport zusammen.»

«Ich geh nach Holland . . .»

«Die Dänen haben auch ganz hübsche Pferdchen . . .»

«Pferde wird's schon wieder geben, aber was sie kosten werden . . .!»

«Red doch nicht! Gustav ist doch der Mann, der zahlen kann!»

«Wenn sie mir zu teuer werden . . .»

«Mensch, Gustav, red nicht! Wie können die denn zu teuer werden? Deinen Stall hast du, deine Droschken hast du, also mußt du auch Pferde haben! Wie können da die Pferde zu teuer sein!? Du mußt sie doch haben!»

«Oder er macht seinen Laden zu!»

«Der Gustav? Daß ich nicht lache! Der läßt noch Droschken fahren, wenn mir kein Zahn mehr weh tut! Der ist doch eisern, der Gustav! Nicht wahr, das bist du doch, Gustav? Eisern!»

Es tat gut, in soviel Anerkennung und Bewunderung zu sitzen. Die erkannten an, was er geleistet hatte. Es war keine Kleinigkeit gewesen, aus dem verlotterten Betrieb vom Schwiegervater solchen Musterstall zu machen! Das hatte Arbeit gekostet, Nachdenken, Sorgen – dreißig Kutscher in Ordnung halten, die immer mal gerne einen über den Durst trinken, das war schon eine Sache! Zu Haus fanden sie alles immer selbstverständlich. Hier erinnerten sie sich: «Und weißt du noch, Gustav, wie dir der alte Kublank den Fuchs aufreden wollte? Dem er Arsenik zu fressen gegeben hatte? Und du wolltest durchaus nicht ...?»

Geschichten von Pferden, die lange tot waren, von Händlern, die in keiner Gewerberolle mehr standen – uralte Geschichten. Aber man wurde warm dabei. Hackendahl blieb viel länger sitzen, als er gewollt hatte, aber was sollte er zu Haus?

Sie aßen alle zusammen am Biertisch ihr Abendbrot, kalte Buletten oder warme Würstchen mit Kartoffelsalat. Dann gingen sie sogar noch weiter. Einer wußte ein kleines Bier-Varieté in der Nähe. Sie saßen um einen großen Tisch, neugierig, beifällig, unverwöhnt sahen sie zu der kleinen Bühne, auf der eine Chansonette schrill schrie, ein kümmerlicher Zauberer kümmerliche Kaninchen verschwinden ließ und zum Schluß Kartenkunststücke zeigte, die die Pferdehändler besser auszuführen wußten. Dann warf eine Tänzerin ihre spitzenbesetzten weißen Röcke in die Höhe und drehte sich zum Schluß rasend im Kreise, daß man ihre Hosen sah. Die Männer klatschten rasend Beifall.

Aber es kam noch etwas, eine Zugabe. Der Unternehmer ging mit der Zeit. Auf der Bühne standen zwei Mädchen, die eine durch Gewehr und Helm als Soldat, die andere durch Säbel und Monokel als Leutnant gekennzeichnet. Der Soldat sollte exerzieren, aber der Soldat wollte nicht. Der Leutnant klirrte mit dem Säbel, er schnarrte viele Ähs, verlor sogar sein Monokel – aber der Soldat blieb dabei: Er wollte nicht exerzieren.

Nicht mehr. Rasch stellte es sich heraus, daß der Soldat meinte, er könne genug, er wollte nach Paris! Nach Paris! Der Leutnant war begeistert von diesem Gedanken. Er faßte seinen Soldaten um, gemeinsam walzten die beiden den Siegeswalzer nach Paris – aus der Kulisse wurden schwarzweißrote Fähnchen geschwenkt, bengalisches Licht flammte auf.

Das Klavier trommelte: «Heil dir im Siegerkranz», stehend sang das Publikum mit, alle waren ernst und begeistert.

Erst beim Nachhausegehen merkte Hackendahl, daß er nicht nur begeistert gewesen war. Man konnte es den beiden Mädchen nachsehen, daß ihr Griffekloppen nicht geklappt hatte. Davon verstanden Mädchen nichts. Aber man sollte so etwas doch lieber nicht machen. Siegeswalzer nach Paris – das sah ja so aus, als brauchte man nur einfach hinzutanzen, als könne es gar keine Kämpfe geben, als sei all die schwere Friedensarbeit am Militär ganz überflüssig gewesen! Nein, so nicht!

Hackendahl versprach sich, nicht wieder in dieses Lokal zu gehen. Auch bei den Händlern würde er sich so bald nicht wieder sehen lassen. Die sollten erst einmal arbeiten, Pferde heranholen. Ein Mann, der auf sich hält, trinkt nicht mehr, als er vertragen kann.

Er kommt auf seinen Fuhrhof, gewohnheitsmäßig geht er erst in den Stall. Nur eine Stallaterne brennt, Rabause ist nicht da. Logisch, es lohnt sich nicht, wegen fünf Pferden eine Stallwache zu bezahlen.

Hackendahl tritt in den Stand des Schimmels; das Pferd steht müde da, mit tief hängendem Kopf. Es hat noch Heu genug in der Raufe, aber es hat ein paar Strohhalme von der Streu ins Maul genommen – und sie zu kauen vergessen. Da steht das Tier, abgetrieben, die Strohhalme spießen aus seinem Maul, es sieht jämmerlich aus. Es hat die Wettfahrt nicht überwunden, es hat sich damals überjagt. Hackendahl sagt sich, daß der Schimmel nie wieder zurechtkommen wird.

Aber er braucht kein Stroh zu fressen, auch kein Heu; Hackendahl hat für seinen Schimmel etwas Besseres. Als sie vorhin zum Abschluß im Varieté eine Tasse Kaffee tranken, hat der Kellner eine Dose mit Zucker auf den Tisch gesetzt. Natürlich haben alle Pferdehändler in die Dose gegriffen, Hackendahl mit. Sie haben die Dose geleert, nicht für ihren Kaffee, nein, für die Pferde, die jeder von ihnen zu Haus stehen hat. In Lokalen, in denen Pferdehändler regelmäßig verkehren, stellt man keine Zuckerdose auf den Tisch, da zählt man die Zuckerstückchen zu – die Dosen werden zu schnell leer!

Hackendahl hält seinem Schimmel den Zucker hin. Der Schimmel dreht das trübe blaue Auge im gelblichen Weiß nach seinem Herrn. Er schnuppert mit den Lippen an der Hand, am Zucker – und läßt den Kopf wieder sinken.

«Willst du nicht?» sagt Hackendahl im plötzlichen Ärger. «Dann läßt du's eben bleiben!»

Aber er hat nun keine Lust mehr, den Zucker an die anderen Pferde zu verteilen. Ärgerlich geht er aus dem Stall. Er steigt die Treppe zur Wohnung hinauf. Während er das tut, überlegt er, wie er sonst eigentlich die Treppe hinaufgeht, nachts, ob laut oder leise oder mit seinem gewöhnlichen Schritt. Aber er kommt nicht darauf. Jedenfalls wird er nicht extra leise gehen: Er hat nicht mehr getrunken, als er vertragen kann!

Oben steht er einen Augenblick überlegend still. Natürlich muß er seinen gewohnten Rundgang wie alle Abende machen; keiner soll ihm anmerken, daß er was getrunken hat.

Als er die Tür zum Schlafzimmer der Jungen öffnet, ist er überrascht, wie dunkel es darin ist. Er kann nicht erkennen, ob sie in ihren Betten liegen und schlafen. Dann fällt ihm ein, daß er heute ja seinen Gang viel später als sonst macht, darum ist es schon so dunkel. Es ist ja schon Nacht, wieviel Uhr eigentlich? Na, jedenfalls schon Nacht, und sonst ist Abenddämmerung.

Vorsichtig, auf den Zehenspitzen tastet er sich in den Raum. Er fährt mit der Hand über das Kopfende des Bettes, er fühlt noch einmal nach: Er hat richtig gefühlt, es stimmt, das Bett ist leer. Er steht nachdenklich da. Das war eben nicht richtig, es stimmt ja grade nicht! Das Bett sollte nicht leer sein, der Junge sollte darin liegen.

Er überlegt, was er nun tun muß. Soll er mit dem Bengel schimpfen? Aber er kann nicht mit dem Bengel schimpfen, der Bengel ist ja nicht da! Soll er mit den anderen schimpfen? Natürlich soll er das! Die anderen können auch aufpassen, immer, wenn er nur einen Augenblick fort ist, passiert so etwas!

Er ist schon im Begriff loszubrechen, als ihm einfällt, daß er erst nachsehen will, ob die anderen da sind. Er tastet nach dem zweiten Bett, er befühlt das Kopfende: Siehst du, auch das Bett ist leer.

Ein Lächeln breitet sich über sein schweres Gesicht aus: Es ist doch gut, daß er noch nachgesehen hat. Nun hat er schon zwei erwischt. Wenn nun auch noch der dritte fort ist – denen wird er es aber zeigen, was Ordnung heißt in seinem Hause!

Aber der dritte ist da. Heinz liegt ruhig im Bett und schläft. Der Vater tastet nach dem Gesicht, bekommt die Haare zu fassen und zieht. «Du! Bubi!»

«Hmm!»

«Bubi!!» – Schon sehr viel kräftiger.

«Ich schlafe . . .»

«Bubi – wo sind die anderen?»

«Wer?»

«Otto!»

Bubi richtet sich auf, schlaftrunken starrt er auf den schattenhaften Vater. «Otto . . .?»

«Ja, frag noch! Otto!»

«Vater! Du hast doch Otto selbst zur Bahn gebracht!»

«Ich . . .? Otto . . .?»

«Ja, er ist doch bei den Soldaten!»

Der Vater ist verwirrt, daß er das vergessen hat! Er versucht, seine Verwirrung zu bemänteln. «Ich mein doch Erich!» sagt er.

«Erich . . .?» fragt Bubi dagegen, um Zeit zu gewinnen.

«Ja, Erich! Wo ist denn Erich?»

«Erich . . .?»

«Ja, frag noch Erich! Erich, wo Erich ist, will ich wissen!»

«Erich!» Bubi hat jetzt des Vaters Zustand klar erkannt. Sofort macht er sich daran, Erichs Abwesenheit zu vertuschen. «Erich – Erich hat doch Mutter geholfen, die Droschken kassieren. Du warst doch nicht da! Wo warst du denn, Vater?»

«Ich war auf der Bank . . .» sagt der Vater mürrisch. «Aber Erich . . .»

«Die Banken machen doch um fünf zu, Vater. Wo warste denn noch, erzähl doch! Warste beim Schloß?»

«Ich hab nach Pferden rumgefragt. Wir müssen doch neue Pferde haben. Aber Erich . . .»

«Kriegen wir neue Pferde? Au fein, Vater!»

«Jetzt gibt's doch keine Pferde in Berlin! Aber es kommen frische. Da kriegen wir welche!»

«Pyramidal! Du, Vater . . .»

«Ja? Was ist denn?»

«Willste dich hier nich ein bißchen aufs Bett legen? Da störste Mutter nich, Mutter schläft schon lange.»

«Das stört Mutter nicht, wenn ich komme. Das hört Mutter gar nicht. Ich werde mich doch nicht auf Erichs Bett legen. Wo ist Erich überhaupt?»

«Erst hat er Muttern geholfen, die Droschken kassieren. Warte, Vater, ich helf dir die Schuhe ausziehen. Dann können wir hier noch ein bißchen quatschen. Im Bett quatscht sich das fein!»

«Ich leg mich doch nicht auf Erichs Bett!»

«Ottos Bett ist ja auch frei, Vater, und Ottos Bett ist bequemer als Erichs Bett. – Wart, Vater, ich hänge deine Jacke hier hin – wir brauchen gar kein Licht zu machen. Das soll keiner merken . . .»

«Was soll keiner merken?»

«Der Hoffmann sagt, morgen wollen se aber nich offene Taxe fahren, morgen wollen se mit Gepäckdroschke los. Da liegt ein großes Geschäft, meint Hoffmann.»

«So ein Stuß!» brummelt der alte Hackendahl. «Gepäckdroschke! Wer soll denn jetzt verreisen?»

«Aber sie kommen doch alle zurück, Vater, aus der Sommerfrische! Die reißen dort jetzt alle aus und wollen schnell nach Haus, weil keiner an den Krieg geglaubt hat. Zu Hunderten sind sie an den

Bahnhöfen mit ihren Koffern – und kein Fuhrwerk zu kriegen! Hoffmann sagt . . .»

«Ach, Hoffmann . . .!» Hackendahl zieht die Decke über sich. «Das muß ich mir erst überlegen, Gepäckdroschke und dann die abgetriebenen Gäule!»

«Du, Vater!»

«Was denn noch?»

«Das war wohl schwer mit den ollen Pferdehändlern?»

«Wieso schwer? Alles Geschäft ist schwer. Aber sie hatten gar keine Pferde.»

«Nee, ich meine auch bloß – so mit dem Trinken. Du hältst dich großartig, Vater, aber gut ist doch, daß Mutter nichts merkt.»

«Nicht was merkt?»

«Na, ein bißchen hast du doch geladen, Vater!»

«Ich! Nee! Gar nichts. Das kommt dir bloß im Dunkeln so vor. Ich war eben noch im Stall.»

«Und in welchem Bett liegst du jetzt, Vater?» kichert Heinz.

«In welchem Bett? Dämlicher Bengel! Als wenn ich das nicht wüßte!»

«Sag doch! In Ottos oder in Erichs Bett?»

«Bubi! Otto ist doch im Kriege, das hast du doch eben selber gesagt!»

«Na – und?»

«Dann liege ich also in Erichs Bett!»

Bubi schüttelt sich vor Lachen, er kriecht ganz in seine Kissen hinein. Aber des Vaters Stimme erreicht ihn doch: «Bubi!»

«Was denn, Vater?»

«Ich hab bei den Mädels noch nicht nachgesehen. Hilf mir mal raus aus dem Bett. Ich muß erst bei den Mädels nachsehen, ob sie zu Hause sind.»

«Die Mädels, Vater?»

Gereizt, ungeduldig: «Ja, hilf mir aus dem Bett. Mir ist ein bißchen schwindlig.»

«Aber die Sophie wohnt doch im Krankenhaus, Vater. Doch schon lange!»

«Ja, ist das eine Sache? Im Krankenhaus, ich will das aber nicht haben! Fünf Kinder hat man – und keines ist da!»

«Ich bin doch da, Vater!»

«Und wo ist Eva?»

«Eva ist schon vor einer ganzen Weile ins Bett gegangen, Vater.»

«Ich will nachsehen!»

«Laß mich nachsehen, Vater – du weckst sie ja bloß. Nachher erzählt sie es noch Muttern . . .»

Bubi schlüpft aus dem Bett und geht ins Nebenzimmer. Der Vater hockt halb in seinen Kissen. Ich hätte selber gehen sollen, denkt er. Auf Bubi ist auch kein Verlaß.

Dann kommt Bubi zurück.

«Eva schläft, Vater.»

«Ist das auch bestimmt wahr?»

«Eva schläft ganz bestimmt. Sie schläft auf der Seite, sie schnarcht.»

«Na, denn is gut. Denn wollen wir auch schlafen. Gute Nacht, Bubi.»

«Gute Nacht, Vater! Schlaf auch schön.»

13

Gespräch im Dunkeln, zu zweien.

«Wat ick dir noch fragen wollte: Warum biste heute nachmittag nich jekommen, wie ick dir jewunken habe?»

«Vater war doch dabei!»

«So, dein Vater ist dir also mehr als icke!»

«Und ich mußte Otto doch adieu sagen, Otto ist doch fort in den Krieg.»

«So, dein Bruder is dir also ooch mehr als icke!»

«Ich konnte doch nicht anders, Eugen, quäl mich doch nicht so! Du tust mir weh!»

«Jetzt wer ick dir mal was sagen, Mädchen, von wejen weh tun un so! Wenn de von jetzt an nich kommst, wenn ick pfeife, weg von Vatern un Muttern un deine janze Mischpoke, denn roocht's! Haste det vastanden?»

«Ja, Eugen!»

«Denn roocht's, ha'ick jesacht!»

«Ja, Eugen!»

«Ja, Eugen, imma: ja, Eugen! Weeßte aber ooch, wie det is, wenn et bei mir roocht, haste d'n Bejriff von?»

«Ja, Eugen!»

«Wirste allet tun, wat ick dir sare?»

«Ja, Eugen!»

«Bin ick dir lieber als Vater un Mutter un Bruder?»

«Oh, Eugen! – Ja, Eugen!»

«Det hat wohl weh jetan? Sag doch: ja, Eugen.»

«Ja, Eugen!»

«Det soll dir noch viel weher tun – heute nacht bleibste hier bei mir . . .»

«Oh, Eugen, Vater ...»
«Wat is Vater?! Wat is Vater?! Wat is Vater?!»
«Eugen!»
«Sag gleich, auf der Stelle sagste: ‹Vater is 'n Dreck.› Sag det oder – ick kenn mir nich vor Wut! Sag ...»
«Vater ist ein Dreck.»
«Jut. Heute nacht bleibste hier bei mir.»
«Ja, Eugen.»
«Un wenn dein Oller dir morjen rausballert, kommste bei mir.»
«Ja, Eugen!»
«Du kommst doch jerne bei deinen Eugen?»
«Ja, Eugen.»
«Ich bin dir doch lieber wie Vater un Mutter?»
«Ja, Eugen.»
«Siehste, wie zahm de schon wirst? Solche wie dich, da nehm ick sechse von uff mir. Du sollst sehn, det jefällt dir noch. Du sollst sehen, ick jefall dir ooch noch! Jefall ick dir, Evchen ...?»
«Ja, Eugen.»
«Dowe Nuß! Los, nimm deine Klamotten. Zieh dir an, hau ab bei deinen Ollen. Mach schnell, hörste?! Du ödest mir. Hauste ab?»
«Ja, Eugen.»
«Ick denk, du sollst hierbleiben?»
«Ja, Eugen.»
«Un jetzt willste abhauen?»
«Wie du willst, Eugen.»
«Na, denn hau ab, Dowe! Aba wenn ick pfeife ...»
«Ja, Eugen, dann komm ich.»

14

Der Junge in Feldgrau sprang in großen Sätzen die Treppe hinauf, er nahm zwei Stufen auf einmal. An der Tür drückte er, ohne sich zu besinnen, den Klingelknopf mehrere Male, und noch ein paarmal, als nicht sofort geöffnet wurde. Er sah flüchtig die Schilder unter den Namen an, sehr viele Schilder, sehr große, aber nüchterne Schilder, schwarze Buchstaben auf weißer Emaille: «Justizrat Dr. Meier. – Rechtsanwalt und Notar. – Geschäftsstunden von 10–1, 3–6. – Mitglied des Reichstags.»

Er näherte den Finger wieder dem Klingelknopf – da ging die Tür auf.

«Warum denn so eilig?» fragte der Öffnende mit tiefer Stimme. «Herr Justizrat ist jetzt doch nicht zu sprechen – ach, du bist es, Erich.

Komm herein – ich sage dem Doktor gleich Bescheid.»

«Ich sag's ihm selber!» rief Erich und lief schon in das Zimmer des Abgeordneten.

Der schwere, dunkle Mann las in einer Zeitung. «Ich wünsche jetzt nicht gestört zu werden», sagte er, erkannte aber schon den Eindringling. «Ach, Erich! Erich in Uniform! Das hast du aber schnell geschafft! Ich höre, die Regimenter können sich vor Freiwilligen nicht retten. Wo bist du angekommen?»

«Bei einem Ersatzbataillon in Lichterfelde. Von dreitausend, die sich gemeldet haben, haben sie hundertfünfzig genommen!»

«Und dich darunter. Sehr schön. Ich habe es immer gesagt: Was du wirklich willst, führst du auch durch. – Und so hast du dich uns also in Uniform zeigen wollen, uns roten Genossen? Gut siehst du aus! Schneidig – was ja wohl das Höchste an Preußentum bedeutet.»

«Ich bin nicht gekommen, weil ich mich in Uniform zeigen wollte! So albern bin ich doch nicht, Herr Doktor!»

«Vielleicht ist das gar nicht so albern, Erich? Es muß für viele heute ein schönes Gefühl sein, die Uniform zu tragen. Ihr verteidigt uns doch, ihr wollt doch sogar für uns sterben!»

«Natürlich freue ich mich auch, daß ich Soldat bin. Aber doch nicht wegen der Uniform!»

«Und der Ton bei deinen Preußen – gefällt er dir? Anschnauzer waren doch sonst für dich, was das rote Tuch für den Stier ist! Oder wird nicht mehr geschnauzt . . .?»

«Doch», gab Erich zu. «Es ist elend, manchmal kann ich mich kaum beherrschen. Und das Gemeinste ist nicht das Schnauzen, sondern das Spötteln und Triezen, wenn einer nicht so kann, wie er soll! Manche können doch wirklich nicht, die nie geturnt haben und so . . . Stundenlang geht es über die her, alle Tage!»

Der Abgeordnete sah aufmerksam in das erregte Gesicht. «Nun, mein Erich», sagte er. «Ich hoffe, du kannst die Schnauze halten, wie man auf Preußisch sagt. Die Kriegsartikel sind recht scharf, und Rebellion ist heute etwas Todeswürdiges. – Ich sagte dir wohl schon mal, daß du eigentlich ein Rebell bist», setzte er hinzu. «Du wirst immer gegen jeden Zwang antoben, bis zur eigenen Vernichtung.»

«Ich kann aber jetzt die Schnauze halten, Herr Doktor!» rief Erich stolz. «Man kann alles, wenn die Sache lohnt! Ich denke immer: Ein Vierteljahr werden wir nur ausgebildet, dann kommen wir doch an die Front und können kämpfen!»

«Vielleicht werdet ihr noch eher herauskommen, Erich. England hat uns jetzt auch den Krieg erklärt, weißt du es schon?»

«England auch?» rief der Junge bestürzt. «Aber warum denn? Unsere Vettern, gleichen Blutes, und der Kaiser ist ganz nahe mit denen verwandt! Warum denn?»

«Weil wir die belgische Neutralität verletzt haben. Sagen sie. Und das haben wir ja auch wirklich getan.»

«Aber England», rief der Junge, «hat sich hundertmal in seiner Geschichte über Verträge hinweggesetzt! Es hat nie ein Papier geachtet, wenn es um ein Lebensrecht seines Volkes ging! Und jetzt ging es um unser Lebensrecht!»

«Sie sagen Christentum, und sie meinen Kattun!» zitierte der Abgeordnete, trübe lächelnd. «Sie sagen belgische Neutralität, und sie meinen unsere Flotte, unsere Kolonien!»

«Aber England besitzt fast ein Fünftel der Welt – was zählen da unsere paar Kolonien?»

«Ein reicher Mann ist nie reich genug. Wir werden es schwer bekommen, Erich. Sei dir klar, daß fast die ganze Welt Deutschland haßt!»

«Aber warum? Wir wollten doch in Frieden leben ...»

«Weil wir zwiespältig sind. Weil sie uns nie verstehen. Sie wollen uns immer verstehen, aber Deutschland, mein Sohn, kann man nicht verstehen. Deutschland muß man lieben oder hassen.»

«Ja», rief der Junge, «jetzt weiß ich wieder, warum ich hierherkam. Ich habe doch recht behalten, Herr Abgeordneter, Herr Mitglied des Reichstages, Herr Sozialdemokrat! Auch sie lieben Deutschland – Sie haben *doch* für die Kriegskredite gestimmt, alle, einer wie der andere!»

«Ja», gab der Abgeordnete fast verlegen zu. «Wir haben diesen Krieg gebilligt. Die Rede des Reichskanzlers war kläglich. Wenn er uns die Wahrheit gesagt hat, so hat er uns nicht die volle Wahrheit gesagt. Vieles blieb unklar ...»

«Sie haben mit Ja gestimmt!»

«Österreichs Haltung ist zwiespältig. Der Kaiser redet von Nibelungentreue, aber der, dem wir zu Hilfe kamen, hat heute noch nicht an Rußland den Krieg erklärt. Die Herren in Wien möchten ihren kleinen Strafkrieg gegen Serbien führen, und wir dürfen uns für sie mit der Welt herumschlagen!»

«Und doch haben Sie ja gesagt!»

«Weil wir Deutschland lieben, jawohl, Erich. Es sind unendliche Fehler gemacht worden, vom Kaiser, von diesem philosophierenden Kanzler – von allen. Aber man läßt ein Kind nicht wegen Fehlern im Stich, man verläßt auch nicht seine Mutter ... Wir haben mit Ja gestimmt. Wir konnten gar nicht anders. Das ganze Volk sagt ja, Erich. Und wir wollten auch nicht anders. Hoffentlich, hoffentlich sind unsere Regierenden im Kriege anders, als sie im Frieden waren ...»

«Es wird alles anders», sagte Erich.

Der Abgeordnete sah zweifelhaft darein. «Sie schleifen euch auf dem Kasernenhof wie früher, Erich. Sie werden sich auch in den Regierungsstuben nicht ändern. Erich, jetzt geht *ein* Wille durch das Volk, *ein* Glaube, *ein* Zusammenhalt! Wenn sie diese Stunde nicht nützen, wenn sie sich nicht ohne Dünkel in die Front eingliedern – wenn auch diese Gelegenheit ungenützt verstreicht, dann, Erich, kommt eine schreckliche Zeit. Dann bricht alles auseinander, dann ist es ganz vorbei mit ihnen. Heute glaubt alles an Deutschland, liebt alles Deutschland, aber wenn sie diesen Glauben, diese Liebe verlieren – was dann? Vielleicht nie wieder!»

«Wir werden ihn nicht verlieren», sagte Erich. «Sie können uns schleifen, sie mögen dünkelhaft sein: Sie zählen ja nicht! Es sind bloß ein paar. Wenn ich sie auf dem Kasernenhofe schreien höre, denke ich immer, es ist mein Vater. Es ist seine Art zu brüllen, es sind seine Ausdrücke. Ich habe das so gehaßt, es war mir so unerträglich geworden, daß ich mich oft schon beim Klang seiner Stimme schüttelte!»

Er hielt einen Augenblick inne, dann sagte er leise: «Jetzt denke ich manchmal: Er kann auch nicht anders. Er ist so geworden. Im Grunde liebt er uns – auf seine Art!»

Der Abgeordnete schüttelte leicht den Kopf. «Das ist eine Entschuldigung, die *wir* nicht annehmen können, Erich. So könnte man jede Ungerechtigkeit, jede Gemeinheit freisprechen. – Aber es ist immerhin eine bemerkenswerte Wandlung bei dir, mein Sohn, ich sehe jede Stunde, es geht wirklich etwas vor im deutschen Menschen. Der verknöcherte Parteifunktionär wandelt sich. Und es ist nicht bloß Hurra-Patriotismus. Möge es dauern, Erich. Und mögen sie die Stunde nicht versäumen. Vielleicht kommt sie nie wieder!»

15

Die Obertertia tobt. Schon vor fünf Minuten hatte es zum Unterrichtsbeginn nach der großen Pause geläutet, aber kein Lehrer hatte sich bisher sehen lassen. Das kam in diesen ersten Wochen und Monaten nach Kriegsbeginn häufig vor. Weit über die Hälfte der Lehrerschaft war eingezogen worden, mit ein paar kümmerlichen Hilfslehrern (dienstuntauglichen) suchte man den Unterricht durchzuführen.

Die Jungen genossen die ungewohnte Freiheit mit vollen Zügen. Der Ausbruch des Krieges, der siegreiche Vormarsch der Truppen in Belgien, in Frankreich, alle diese Erfolge hatten ihnen einen nicht zu bändigenden Übermut gegeben. Ohne sich darüber klar zu sein, fühlten sie sich als die Vertreter einer Nation, die alle Völker der Erde besiegte, sie waren die Söhne und die Brüder von Helden. Wenn geflaggt wurde, wenn schon wieder die Glocken läuteten: Lüttich gefallen, Antwerpen eingeschlossen – so war das ihr Stolz, ihr Erfolg, ihr Sieg!

Der blasse, bebrillte Hilfslehrer aus dem Klassenzimmer nebenan steckte seinen Kopf flehend durch die Tür. «Jungen! Jungen!!»

«Seid doch mal still! Da will wer was!»

«Mein Bruder hat geschrieben, in einem Keller haben sie so viel Weinfässer gefunden . . .»

«Jungen! Meine Herren!»

«Seid doch mal still . . .»

«Sie haben einfach die Böden von den Fässern eingehauen . . .»

«Ruhe! sage ich. Ruhe!!» Der Hilfslehrer war zornrot.

«Unterrichten Sie denn jetzt bei uns, Herr – Professor?»

«Nein, aber ich möchte nebenan unterrichten. Und bei dem Krach, den ihr macht, ist das einfach unmöglich!»

«Hier macht doch keiner Krach!»

»Wer macht denn hier Krach? Ich nicht! Du etwa?»

«Sie machen hier allein Krach, Herr Professor!»

«Krach! Krach! Ist hier vielleicht einer, der Krach heißt?»

«Ihr solltet euch was schämen, Jungen! Ihr wollt deutsche Jungen sein?! Ein deutscher Junge gehorcht, wenn ihm etwas befohlen wird. Nur durch Gehorsam lernt man Befehlen!»

Aber der Unselige hatte sich völlig im Ton vergriffen, jetzt wurden sie bösartig.

«Sie haben uns gar nichts zu befehlen!»

«Warum sind Sie überhaupt nicht an der Front?»

«An der Front dürfen Sie befehlen!»

«Wer nicht kriegsdienstfähig ist, der hat gar nichts zu sagen!»

«Untaugliche haben das Maul zu halten!»

Der Hilfslehrer wurde kreideweiß. «Schämen . . .» murmelte er. «Es ist häßlich . . .»

Er machte ein paar Schritte zum Pult, besann sich, drehte sich rasch um und verließ eilig die Klasse.

Einen Augenblick herrschte betretenes Stillschweigen, ein wenig schämten sie sich doch.

Dann rief eine grobe, im Stimmwechsel begriffene Stimme: «Der Deutsche sagt: Auf Wiedersehen – nicht adieu!»

Erstes Gelächter.

«Gott strafe England!» schrie ein anderer.

Zweites Gelächter.

«Und die Arschpauker!»

Tosendes Gelächter!

Ein paar fingen an zu singen, das Lied, das damals in aller Munde war, das Rachelied, das Zornlied: «Was schiert uns Russe und Franzos? Schuß wider Schuß und Stoß um Stoß!»

Mehr und mehr sangen es. Bis zu dem Kehrreim, den sie alle gemeinsam schmetterten, über die Bänke gelümmelt, mit den Pultdeckeln Takt schlagend, an den Klassenschrank gelehnt: «Wir haben alle nur einen Feind: England!»

«Ich bitte um Ruhe», sagte eine leise, aber sehr deutliche Stimme vom Lehrerpult her.

Dort stand ihr Professor, jetzt der richtige, beim Gesang war er unbemerkt eingetreten. Ein älterer Mann mit hoher gebuckelter Stirn, die bläulichweiß glänzte, zurückgekämmt eine Mähne von rotflammendem Haar, in das sich schon graue Strähnen mengten. Die blauen Augen leuchteten. Professor Degener, Lehrer des Lateinischen und Griechischen, eigentlich ein Männchen Ende der Fünfzig, mit Spitzbauch und ziemlich lächerlich gekleidet.

«Auf eure Plätze!»

Sie schoben sich verlegen durch die Gänge, sie grobsten sich halblaut an: «Mach doch Platz, Schafskopf!»

«Selber Schafskopf, schlaf bloß nicht ein.»

«Das gibt noch was!»

«Au Backe, wenn ich noch mal Karzer fasse, kriege ich das Konsilium!»

«Degener hat einen Rochus!»

«Die Klasse hat sich schmählich benommen», sagte der Professor in eine tiefe, atemholende Stille hinein. Er war blaß vor Zorn, sein rotes Haar flammte. «Nicht allein ist es undeutsch, einem anderen ein körperliches Gebrechen vorzuwerfen.» Er sprach Deutsch nur, als übersetze er es aus dem geliebten Latein. «Es ist auch schmählich, bei allen Völkern des Erdballes, selbst bei den Engländern! Es *ist* überall schmählich. Herr Kandidat Tulieb ist lungenleidend. Er müßte in einer Heilstätte sein, er unterrichtet euch, weil Not am Mann ist. Man kann nicht nur draußen auf dem Felde der Ehre sterben. – Oh, Schmach . . .!»

Er stand oben, flammend, sie saßen unten. Manche hielten die Köpfe gesenkt, andere sahen verloren zum Fenster hinaus. Aber es gab auch einige, die den geliebten, nun so zornigen Lehrer offen ansahen.

«Die drei», sprach Professor Degener, «die sich am schuldbeladensten fühlen, werden sich jetzt in das andere Klassenzimmer begeben und sich vor versammelter Untertertia bei Herrn Tulieb entschuldigen. Sie werden ihn um Verzeihung bitten, wohlverstanden – keine Redensarten, Jungen, sondern Bekenntnis eurer Schuld und Reue. Reue!»

Er sah wieder über seine Klasse.

«Ich selbst werde jetzt das Klassenzimmer verlassen und erst nach fünf Minuten hierher zurückkehren. Unterdes wird die Klasse darüber einig geworden sein, welche Strafe sie sich selbst für ihr schmähliches Verhalten auferlegt . . .»

«Au Backe, das haut hin . . .» flüsterte einer gedankenverloren.

«Fünf Minuten!» rief der Professor und lief, nach einem Blick über seine Schäflein, auf dünnen Beinchen unter dem Ostereierbauch aus dem Klassenzimmer.

«So ein Aas!» sagte einer bewundernd.

«Nicht diese Töne, Lieber», sprach der nächste und schlug den ersten auf den Bizeps. «Degener hat ganz recht. Wer geht Abbitte leisten?»

Sie sahen sich verlegen an.

«Also erst mal ich», sprach Hoffmann. «Dann – du, Hackendahl?»

«Meinethalben! Aber ich rede nicht.»

«Und ich!» sprach Porzig.

«Nein, du nicht, Porzig. Du mußt hier über unsere Gesamtstrafe beraten. Aber denkt was Vernünftiges aus, daß Rotkopp zufrieden ist – es muß schwer sein! – Komm du lieber mit, Lindemann.»

Sie gingen eilig. Sie klopften an. «Herein!» krähte der Kandidat Tulieb. Aber als er die drei erkannte: «Ich fordere euch auf, sofort dieses Klassenzimmer zu verlassen!»

Die Untertertia sah schadenfroh auf die drei Büßer.

«Hoffmann und Hackendahl in Canossa!» rief einer ziemlich laut.

«Holt Schnee, es kniet sich kühler.»

«Herr Kandidat, wir kommen . . .»

«Wollt ihr nicht einmal jetzt gehorchen?! Ihr sollt dies Zimmer verlassen! Ich will euch nicht sehen . . .»

Er war kein edelmütiger Sieger, der Herr Kandidat Tulieb, nein, das war er nicht . . .

«Wir haben uns wie die Schweine benommen», sagte Hoffmann rauh. «Wir bitten um Verzeihung . . .»

«Verzeihung, das ist leicht gesagt . . .» sprach der Kandidat. «Ihr habt mich in meiner Ehre gekränkt . . .»

«Verzeihen Sie uns doch, Herr Kandidat!» rief Hackendahl. «Wir werden uns von jetzt an auch anständig benehmen!»

«Werdet ihr das?» Der Kandidat lächelte. «Ihr da von der Untertertia, seht her! Nehmt euch ein Beispiel! Das sind die traurigen Folgen des Ungehorsams . . .»

Die drei stöhnten nur: «Schwein . . .»

«Aber so leicht kommt ihr mir nicht davon. Hat Herr Professor Degener euch schon bestraft . . .?»

«Nein.»

«Natürlich. Er hat es mir überlassen! Ihr seid die drei Rädelsführer, ich sehe es euern Gesichtern an ... Ihr werdet mir jeder dreihundertmal den Satz niederschreiben: Sunt pueri pueri, pueri puerilia tractant ... Übersetze mir das, du da!»

Heinz Hackendahl übersetzte: «Kinder sind Kinder, Kinder treiben kindisches!»

«Kindereien, jawohl! So schätze ich euch ein! Geht!»

«Haben Sie uns verziehen, Herr Kandidat?» fragte Hoffmann vorsorglich.

«Wenn ihr den Satz dreihundertmal säuberlich geschrieben morgen hier abliefert, dann ja. Eher nicht. Das könnt ihr Herrn Professor Degener sagen.»

Die drei standen auf dem Gang, schweigend, grimmig.

«Ich habe wohl gesehen, wie du gewackelt hast, Hackendahl», flüsterte Lindemann. «Du warst schön wütend.»

«War ich auch! Aber ich habe daran gedacht, daß man sich bei den Soldaten auch anbrüllen lassen muß, ohne die Miene zu verziehen. Ich habe nur ganz wenig gewackelt.»

«Merde, da haben wir dreihundertmal Abschreiben extra weg, und wir haben kein Wort gesagt!»

«Hauptsächlich war es Lange, das elende Schwein!»

«Na, jetzt hilft's nichts mehr. Wollen hören, was die anderen unterdes ausgebrütet haben.»

Es war nichts Besonderes: Sie hatten beschlossen, einen Monat lang alle Sonntage auf den Stadtgütern bei der Ernte zu helfen, denn die Arbeitskräfte waren knapp und die Ernte weit zurück.

«Mäßig!» erklärte Hoffmann. «Ob Rotkopp das als Strafe ansieht?»

«Ach, reden wir nicht davon ...»

Sie hatten auch keine Zeit mehr dafür, Herr Professor Degener bestieg das Katheder.

«Ist alles geregelt? Gut. – Nein, danke, ich wünsche keine Mitteilungen. Ich bin vollkommen überzeugt, daß ihr alles anständig erledigt habt. – Statt aber nun ...», sagt er und sah die Klasse an, «statt aber nun unsern Cäsar zur Hand zu nehmen, müssen wir etwas anderes tun. Die Klasse steht auf!»

Sie taten es.

«Haltung! Die Klasse hört: Auf dem Felde der Ehre fielen: Günther Schwarz, bisher Oberprimaner unseres Gymnasiums, Grenadier im 3. Garderegiment zu Fuß. Herbert Simmichen, Oberprima, Kriegsfreiwilliger bei der 15. Feldartillerie, 3. Batterie. Dulce et decorum est pro patria mori ...»

Einen Augenblick Stille.

«Die Klasse setzt sich. Ich verlese euch jetzt die Berichte der Kompanieführer über den Tod eurer Mitschüler . . .»

16

«Es fehlt noch ein Ring. Wo hast du deinen Ring, Evchen?»

«Ich habe doch keinen Ring, Vater!» widersprach Eva.

«Natürlich hast du einen! Solchen mit einem braunen Stein. Nicht wahr, Mutter, Evchen hatte einen Ring . . .?»

Die Mutter saß weinerlich vor dem runden Tisch in der Wohnstube, auf den der Vater alles gelegt hatte, was an Gold im Hause war: seine geliebte dicke Uhr mit der schweren Kette; die kleine, mit Emaille verzierte Uhr der Mutter, die an einer Schleife aus Gold auf der Brust getragen wurde; eine goldene Bleistifthülse; ein Paar große Manschettenknöpfe, deren Goldgehalt nicht ganz zweifelsfrei war. Ein Goldkettchen mit goldenem Kreuz, das die Sophie zur Konfirmation bekommen hatte. Die ehemals dicken goldenen Eheringe, die Zeit und Arbeit glatt und dünn geschliffen hatten. Eine goldene Brosche mit einer daranhängenden – falschen – kleinen Perle. Sieben goldene Zehnmarkstücke, fünf zu zwanzig Mark.

An den Mauern, auf den Litfaßsäulen klebten überall die Plakate: «Gold gab ich für Eisen! Bringt euer Gold zur Goldankaufstelle!» Die Zeitungen schrieben alle Tage davon, vielfach bewundert gingen Herren herum, die schon die schmale Eisenkette statt der goldenen auf der Weste trugen.

«Kein Stück Gold bleibt im Haus!» rief Vater Hackendahl. «Wir müssen alles abliefern! Haben wir nicht noch was? Mutter, hattest du nicht mal so kleine Dinger in den Ohren, keine Ohrringe, mehr wie Knöpfe – ich erinnere mich doch!»

«Ach, Vater», jammerte die alte Mutter, «die kleinen Dinger – laß sie mir doch! Ein bißchen muß man doch aus seiner Jugend für sich behalten dürfen. Sie wiegen rein gar nichts, so eine Kleinigkeit kann der Regierung doch auch nichts helfen . . .»

«Nichts da!» entschied Hackendahl. «Wir sollen unser Gold der Regierung geben, und da tun wir's auch! Ich versteh dich nicht, Mutter! Du hast den Erich und den Otto hergeben müssen, und nun weinst du wegen so ein paar Golddingern!»

«Ich weine aber auch wegen Erich und Otto», sagte die Frau und stand mühsam auf. «Immer, wenn ich den Postboten auf der Treppe höre, muß ich weinen . . .»

«Ich weiß ja, Mutter!» sagte er begütigend. «Es ist nicht leicht, aber es wird doch getan, damit wir siegen. Und wir kriegen Eisen dafür, Mutter! Wozu heiß ich denn der eiserne Gustav?! Eisen paßt viel besser zu uns als Gold.»

«Ich geh ja schon, Vater!»

Und sie ging in die Schlafstube. Der Vater sah sich um, Eva war auch gegangen. Nein, er hatte Eva nicht vergessen, er sah den Goldhaufen an: Der Ring war nicht dabei. Man muß alles hergeben, dachte er. Wenn man das Liebste für sich zurückbehält, dann ist es ja kein Opfer.

Er horchte. Es war still in der Wohnung, aber jetzt war es immer totenstill in der Wohnung, wenn Bubi in der Schule war. Bubi war der einzige, der noch ein bißchen Leben ins Haus brachte. Totenstill! Hackendahl erinnerte sich: Früher hatte Eva viel gesungen, jetzt nie mehr. Totenstill. Und nun mußte er zu ihr rübergehen in ihr Zimmer, den Ring holen.

Hackendahl setzte sich in den Stuhl seiner Frau an den runden Tisch, er sah den Goldhaufen an. Für einen kleinen Bürger war es eine ganze Menge, was er da opferte. Aber es war nicht genug, es fehlte ein Ring, und wenn nur ein wenig fehlte, galt das Opfer nicht. Ein Opfer, bei dem man etwas ungeopfert ließ, galt nicht. Es war wie beim Militär: Eine Ordnung, die nicht ganz und gar ordentlich war, war überhaupt keine Ordnung. Und wenn nur ein Knopf eine matte Stelle hatte, wenn an der Hacke des glänzend gewichsten Schuhs nur ein Spritzerchen Schmutz saß – dann war es eben keine Ordnung.

Dazu war man da – auf der Welt, im deutschen Lande, auf dem Droschkenhof, in diesem Hause: daß man dafür sorgte, hier an der Stelle, für die Hackendahl einzustehen hatte, geschah alles ordentlich. Dann fühlte man sich wohl, dann hatte man ein gutes Gewissen vor sich, seinem Kaiser und seinem Herrgott. Man durfte eben nicht nachgeben, keine Ausnahme durfte man machen, eisern mußte man sein. Eisern!

Nachdenklich schiebt Hackendahl die Goldstücke hin und her. Er baut Türmchen aus ihnen, und dann legt er so etwas wie ein Kreuz. Ja, Otto hat schon das Eiserne – wer hätte das von Otto gedacht?! Aber es war jedenfalls ein Zufall gewesen, und kräftig war Otto ja. Das war noch ein guter Tag gewesen, da man berichten konnte: «Mein Sohn hat das Eiserne!»

Er war überall damit rumgegangen, auch in den Kneipen. Er war in letzter Zeit recht viel in Kneipen gewesen, man gewöhnte es sich an, wenn man gar nichts zu tun hatte. Rabause erledigte ja alles allein. Ein Leben lang war man immer nach aller Kraft tätig gewesen – wer hätte gedacht, daß man in einem Kriege, in einem großen Kriege, in einem Weltkriege Untätigkeit und Langeweile kennenlernen würde?!

Hackendahl sitzt mit gerunzelter Stirn da und spielt mit seinen Goldstücken. Er ist sich vollkommen klar darüber, daß weder Mutter noch Eva mit ihren Schätzen bei ihm angetreten sind, daß er aufzustehen und Dampf zu machen hat. Aber er sitzt da und kann sich nicht entschließen! Ist es darum, weil er die Auseinandersetzung mit der Tochter fürchtet? Der Ring mit dem braunen Stein – sie muß ihn doch von ihrem Kavalier haben!

Hackendahl seufzt schwer. Mit seiner großen Hand schiebt er das Gold endgültig auf einen Haufen zusammen, dann steht er auf. Er sieht sich suchend im Zimmer um, er kann sich immer noch nicht entschließen. Endlich ruft er (und er versucht, seiner Stimme den alten, befehlenden Klang zu geben): «Mutter! Wo bleibst du denn? Ich warte!»

«Ich find die Ohrringe nicht», ruft sie zurück. «Ich weiß nicht, wo ich sie hingetan habe. Es ist doch Jahre her . . .»

«Mach ein bißchen zu, Mutter», mahnt er. «Bis zwölf will ich auf der Ankaufstelle sein, um eins machen die doch zu.»

«Ich such schon», ruft sie. «Habe bloß einen Augenblick Geduld, Vater!»

In dem Augenblick könnte er zu Eva gehen. Er hat schon die Türklinke in der Hand, da hört er den Rabause auf dem Hof rufen. Er geht zum Fenster und fragt: «Was ist denn, Rabause? Wer ist denn da?»

«Es ist einer von Eggebrecht. Ich habe aber gesagt, Sie hätten keine Zeit. Sie wollten Ihr Gold abliefern.»

«Was ist denn?»

«Herr Eggebrecht ist heute früh mit einem Transport Pferde aus Polen gekommen. Sie müßten aber gleich hin – sonst wären sie wieder weg wie das letztemal.»

«Ich komme!» ruft Hackendahl, und das ist nun freilich wieder die alte kräftige Stimme des alten eisernen Gustav.

Pferde, es sind Pferde da! Sein Monaten und Monaten lauert er auf Pferde, es hat immer nicht geklappt. «Mutter!» ruft er. «Laß das mit dem Gold – oder geh meinethalben selber! Unter den Linden, in der Reichsbank, du weißt doch. Ich geh los – Eggebrecht ist mit Pferden da, aus Polen!»

«Vater! Vater!! Vater!! Du mußt mir doch Bescheid sagen! Wieviel Geld willst du denn dafür haben, und wieviel eiserne Uhrketten soll ich nehmen? Auch eine für mich?»

«Mach alles, wie du willst! Ich habe wirklich keine Zeit, Mutter! Sonst sind die Pferde wieder weg! Und ich muß Pferde haben! Ich muß!! Wo ist denn mein Bankbuch? – Evchen, gut, daß ich dich noch sehe. Der Eggebrecht ist mit Pferden da, ich muß gleich hin, sonst sind sie wieder weg. – Also deinen Ring legst du dazu, das versprichst du mir doch? Da wird ‹er› schon mit einverstanden sein, so ein feiner Kerl, wie der sicher ist! – Na, du erzählst mir später mal alles, jetzt muß ich zu Eggebrecht . . .»

Er läuft die Treppe hinunter.

17

«Hörst du, Evchen?» fragt die Mutter, und sie lacht beinahe. «Vater läuft die Treppen runter wie ein Junger! Ja, wenn Vater was von Pferden hört . . .!»

«Seine Pferde gehen ihm eben über alles.»

«Er soll ruhig wieder Pferde kaufen. Wenn auch das Droschkengeschäft schlecht geht. Und manche sagen auch: Es ist überhaupt alle mit der Pferdedroschke. Aber das war ja kein Leben für Vatern – er fing schon richtig mit Bummeln an. Na, damit ist es nun vorbei, wenn er wieder Pferde kriegt.»

«Ja, wenn Vater nur wieder was zum Kommandieren hat – Pferde, Kutscher, Kinder, es ist ihm ganz gleich, nur Kommandieren muß sein.»

Die Mutter findet es ganz natürlich. «So war Vater immer, Evchen. Noch in Pasewalk, wie er ganz jung war, wenn er da mal Urlaub hatte – nicht zu ertragen war der Mann! Immer raus aus der Kammer, rein in die Stube, raus aus der Stube, rein in die Kammer . . . Mit dem Zollstock hat er nachgemessen, wie die Bettvorleger liegen mußten, und unserm Hänschen – wir hatten damals noch 'nen Kanarienvogel, aber das weißt du nicht mehr – hat er das Futter auf der Briefwaage abgewogen! Extra auf die Post ist er deswegen gegangen!»

«Daß du es ausgehalten hast, Mutter!»

«Aber wieso denn? Du bist ja komisch, Evchen, Vater ist doch gut – da mußt du erst mal andere Männer kennenlernen! Ihr meckert bloß immer, weil er ein bißchen scharf im Regiment ist. Aber darum müßt ihr nicht meckern, da habt ihr gar keine Ursache zu. Ihr tut ja doch, was ihr wollt! Wo hast du denn deinen Ring?»

«Ich geb ihn nicht her, Mutter!»

«Das sollst du auch gar nicht! Wo es so fein paßt, daß Vater zu Eggebrecht ist, und ich muß abliefern. Aber ich liefere nicht ab, der Weg ist mir zu weit, die ganze Frankfurter runter und über den Alex und die Königstraße und dann beim Schloß längs – nee, Kind, das ist nichts für meine Krampfadern. Geh du man, und dann erzählst du mir alles, wie es gewesen ist, und dann sagen wir Vatern, ich war da. Mußt dich nur beeilen, daß du schnell zurück bist.»

«Ja, Mutter. Ich kann ja doch auch in die Ankaufstelle in der Frankfurter gehen, es ist doch egal, wo man abliefert.»

«Nee, das mach bloß nicht! Reichsbank ist das Höchste, darauf sieht Vater, und wenn dann die Stempel nicht stimmen unter den Quittungen . . .»

«Ich gehe also zur Reichsbank, Mutter.»

«Dann machste dich also gleich fertig und gehst los. Und nun paß mal auf, ich habe dir gesagt, deinen Ring nehmen wir nicht, und das sollst du auch nicht, denn ich verstehe, daß ein junges Mädchen an so was hängt . . . Aber du mußt mir auch mehr erzählen, Evchen. Ich seh ja doch, was los ist, und paß bloß auf, daß er dich heiratet, eh was passiert ist. Mit so was versteht Vater keinen Spaß . . .»

«Ach, Mutter . . .»

«Ich weiß ja, so was erzählt eine Tochter lieber allen anderen Leuten, nur nicht der Mutter. Aber du wirst schon kommen, du wirst mir schon kommen. – Und meine Ohrringe gebe ich auch nicht, die wiegen nichts, da merkt Vater auch nichts davon . . . Und dann paß auf, aber du mußt mir heilig versprechen, Vater nichts zu sagen, dann nehme ich mir hier von den Goldstücken, dreie von den großen und dreie von den kleinen . . .»

«Ach, Mutter . . .»

«Das ist kein Schmu, Evchen. Die will ich nicht für mich, die will ich aufheben. Jetzt reden sie immer abliefern! Aber man weiß doch nicht, wie die Zeiten noch werden. Wo wir jetzt schon Brotkarten haben, wer weiß, was das alles noch gibt. Abliefern müssen doch nur wir Kleinen – aber wie es die Großen halten, davon hört man nichts, man denkt es sich bloß. Dem Kaiser werden sie keine Brotkarte geben, und ob er all das Gold- und Silbergeschirr aus dem Schloß abliefert . . . Nee, du hast recht, Kind, nu geh lieber los. Und wenn du zurückkommst, paßt du gut auf, daß du Vater nicht grade in die Arme läufst, nicht wahr?»

18

Viele Hufe klapperten über das Steinpflaster des Hofes, die Mutter fuhr neugierig mit dem Kopf aus dem Fenster, trotzdem sie es gar nicht durfte. Denn Eva war noch nicht zurück von der Reichsbank.

Aber der Vater dachte jetzt nicht an Gold und Reichsbank. Fröhlich winkte er der Mutter.

«Wir haben wieder Pferde, Mutter!» rief er. «Jetzt kommt Leben in den Betrieb.»

Die Mutter schaute. Sie hatte viele Pferde erlebt auf dem Hofe; auf allen Gängen in die Stadt mit Vater hatte sie auf Pferde achten müssen. Mutter kannte Pferde. «Sind sie nicht sehr klein?» rief sie aus dem Fenster.

«Klein . . .?» rief Vater zurück und ärgerte sich gewaltig. «Klein . . .?! Kleiner als du sind sie auch nicht! – Komm, Rabause! Hilf die Pferde in den Stall bringen. Jetzt gibt's Arbeit! Klein – die denkt, im Kriege spannen wir Elefanten vor die Droschken. – Klein . . .»

Er schluckte, mit neuem Zorn rief er zum Fenster hinauf: «Ich komm nicht zum Abendessen. Eßt ihr alleine – ich habe zu tun.»

«Siebzehn Stück», sagte Rabause. «Da können wir wieder zwanzig Droschken fahren lassen – und den Schimmel und den Braunen lassen wir ein bißchen stehen, lange hätten die es nicht mehr gemacht.»

«Richtig», lobte Hackendahl. «So habe ich es mir auch gedacht – und so 'ne Frau sagt klein!»

«Ganz so groß wie unsere alten sind sie ja wohl nicht», meinte Rabause vorsichtig.

«Ganz so groß . . .» sagte Hackendahl vorwurfsvoll. «Quatsch doch keinen Quatsch, Rabause! Richtige Ponys sind das! Russenpferde sind's, Panjepferdchen nennt man so was! Klein? Natürlich sind sie klein. Die müssen ja klein sein, sonst kriegen wir sie nämlich nicht, sonst nimmt sie nämlich die Militärverwaltung für sich.»

«Richtig», sagte Rabause. «Ponys. Solche hab ich früher schon mal gesehen, Herr Chef, bei Renzen im Zirkus . . .»

«Zirkus! Das hättste nun auch nich sagen müssen, Rabause! Zirkus, das klingt, wie wenn meine Frau ‹klein› sagt. Wir haben hier keinen Zirkus!»

«Weiß ich, Herr Chef. Ich mein ja auch nur: als ob Zirkus!»

«Na schön, ich dachte, du wolltest auf demselben Horn wie meine Frau tuten. Nun habe ich gedacht, Rabause: Das Geschirr werden wir ändern lassen müssen. So paßt das den Katzen nicht. Ich bestell gleich nachher den Sattler. Und der Schmied muß auch her, die Beschläge an den Gabeln müssen versetzt werden . . .»

«Das kostet einen Haufen Geld, Herr Chef, und wenn mal wieder Frieden ist, und wir haben wieder richtige Pferde . . .»

«Es ist aber nicht Frieden, es ist Krieg, Rabause! Und ich richte mich jetzt auf den Krieg ein. Immer habe ich gelauert und gelauert, es muß doch Frieden werden, jetzt lauer ich nicht mehr. Bei mir ist jetzt Krieg, und ich will auch im Krieg was anderes zu tun haben, als bloß warten. – Nee, ich freu mich, daß es nun wieder Arbeit gibt. Und du freust dich doch auch, Rabause? Das war doch kein Leben nicht, mit fünf Schindern . . .?»

«Ich freue mich auch. Versteht sich. Satt werden wir die Katzen ja kriegen, wenn's Hafer auch bloß auf Bezugsschein gibt . . .»

«Stimmt, Rabause! Und wenn der Hafer mal knapp ist, frißt so 'ne Katze auch bloß Heu, und in Rußland sollen sie sogar nur Stroh zu fressen kriegen, sagt Eggebrecht. Das mach ich aber nicht, denn wer arbeitet, der soll auch essen.»

«Billig werden sie sein im Futter, und wenn sie nu auch billig im Preis gewesen sind, weil se doch man klein sind, Herr Chef . . .»

«Klein! Nun sagst du auch klein, genau wie meine Frau, Rabause. Ich versteh dich nicht! Wie können sie denn billig sein, wo's keine Pferde gibt?! Da können sie doch gar nicht billig sein! Denk doch mal selber nach, Rabause . . .»

«Nee, billig können se wohl nich sein, Herr Chef, da haben Sie recht.»

«Teuer sind sie! So teuer, daß ich erst weggehen wollte von Eggebrecht. Aber dann habe ich mir's überlegt, Rabause. Arbeit muß ich haben, und wenn ich sie nicht kaufe, kauft sie ein anderer . . .»

«Da haben Sie recht . . .»

«Unter uns, Rabause, aber du darfst es meiner Frau nicht sagen. Ich habe dem Eggebrecht für die siebzehn Katzen mehr zahlen müssen, als ich für meine siebenundzwanzig guten Pferde bekommen habe!»

«Herr Hackendahl . . .!»

«Reden wir nicht davon! Ich habe dir nischt gesagt! Aber wenn erst meine zwanzig Droschken wieder vom Hof rollen, dann denke ich nicht mehr an das Geld. Dann freue ich mich. Dann denke ich, was die Leute kucken werden: zwanzig Droschken! Und dann werden sie sagen: ‹Ja, der Gustav, der is eisern. Der läßt sich nicht unterkriegen, genau nicht wie der Hindenburg. Der ist eisern!› – Und dann freue ich mich . . .»

Drittes Kapitel

Die lange schwere Zeit

1

In der Nacht fuhr die Schneiderin Gertrud Gudde hoch aus dem Schlaf. Sie hatte den Winterwind sausen hören, schneidend, erbarmungslos gegen Leute, die nicht genug Feuerung haben und unzureichend ernährt sind. Sie schauderte zusammen, dann hatte sie die müden Glieder fester in das warme Bett geschmiegt.

Aber gleich war sie wieder hochgefahren und hatte Licht gemacht. War sie denn nicht aufgewacht, weil Gustäving gerufen hatte? Sie war aus der Wärme gestiegen, hinein in die eisige Kälte des Zimmers, an sein Bett getreten: Aber Gustäving schlief ruhig. Er lag auf der Seite. Eine knochige, bläuliche Schulter sah aus dem Hemd. Sacht zog sie die Decke darüber. Die Nase war viel zu scharf und spitz in dem Kindergesicht, die Ärmchen waren dürr wie Stecken, kein Gramm Fleisch schien auf ihnen zu sein.

Sie sah das alles, wie sie es hundertmal in der letzten Zeit gesehen hatte, wie sie Monat für Monat, Woche für Woche ihr Kind so hatte werden sehen. Sie seufzte, stopfte die Decke noch einmal fest um den mageren Kinderkörper, mit einem Gefühl hilfloser Ergebenheit. Dann kehrte sie in die Bettwärme zurück.

Sie versuchte wieder einzuschlafen. Es war erst zwei Uhr nachts. Sie lag und lauschte auf den Wind, der an den Fenstern im fünften Stock so heulte und rüttelte, als wohne sie nicht in der großen Steinstadt Berlin, sondern weit draußen auf dem flachen Lande, wo die Häuser ungeschützt den Stürmen preisgegeben sind.

Sie erinnerte sich genau, wie der Wind heulte und rüttelte an dem kleinen Elternhaus auf Hiddensee. Wie sie als Kinder wach lagen und lauschten, wie sich das Donnern der Brandung am nahen Westrand der Insel in den Sturmlärm mischte, und wie sie immer daran dachten, daß jetzt der Vater draußen war in seinem Boot, auf Heringsfang vor Arkona oder nach Schollen im Achtermeer. Sie erinnerte sich, wie sie flüsternd in ihren Betten miteinander von ihren großen kleinen Kindergeschehnissen gesprochen hatten, vom Bernstein oder den Hütegänsen, aber nie vom Vater, der draußen war. Das verbot ihnen eine tiefe, abergläubische Scheu. Aber sie dachten immer an ihn, und dieses ständige Denken schien dem Sturm fast etwas Persönliches zu geben, als sei er ein böser Feind, der Vater nachstellte, dem man nicht erzählen durfte, daß Vater draußen war.

Es ist ein weiter Weg von dem armen Fischerhaus auf Hiddensee bis zu der volkreichen Mietskaserne im Osten der großen Stadt Berlin. Es ist auch ein weiter Weg von dem kleinen ängstlichen Fischermädchen bis zu der Schneiderin, die kaum noch Angst hat, sondern im tiefsten ergeben ist in das, was ihr Gott schickt. Ein weiter Weg, eine ungeheure Wandlung. Aber doch, die Gertrud Gudde, die jetzt um zwei Uhr nachts nahe dem Bett ihres schlafenden Kindes wachliegt, empfindet wieder etwas von der abergläubischen Angst, wenn sie auf den Wind horcht. Sie möchte einschlafen, sie will nicht daran denken, sie will es dem Sturm nicht sagen. Aber der Schlaf kommt nicht, das Herz klopft so traurig langsam, die Trübe der kalten Nacht ist nicht nur um sie, sie ist ebenso in ihr.

Ist es nicht derselbe Wind – der Wind vor ihren Fenstern und der Wind über Frankreich? Ist nicht auch für jene dort Sturm? Ist nicht wieder wie damals, lange vormals, ein Mann von ihr draußen, nach dem Vater der Geliebte, der Vater ihres Kindes?

Alles wie ehemals, alles wie eh und je! Sie steckt den Kopf in die Kissen, sie will nicht daran denken. Unheil! Otto hat seit zwei Wochen nicht mehr geschrieben – genau wie es früher war, wenn ein Fischerboot nicht zurückkam, und Frau und Kinder, das ganze Dorf wartete auf Nachricht, hoffte und harrte ... Es gab ja Fischerboote, die der Sturm bis nach Finnland verschlug, es konnte eine lange Zeit dauern, bis Nachricht eintraf.

Und dann waren sie längst tot gewesen! Während sie daheim noch hofften und harrten, waren die draußen längst tot gewesen, verdorben und gestorben! Über zwei Wochen hatte Otto nicht mehr geschrieben! Und jetzt – der Sturm mag heulen und rütteln, soviel er will! –, jetzt erinnert sie sich, sie ist nicht davon aufgewacht, daß Gustäving nach ihr rief. Eine andere Stimme hatte sie angerufen ...

Sie hatte eine Zeitung in der Hand gehalten, sie hatte eine Nachricht gesucht. Angstvoll blätterte sie die Zeitung um, Seite um Seite. Aber von jeder Seite hatten sie nur die unzähligen, schwarzumränderten Todesanzeigen angesehen, die alle Zeitungen füllten: «Den Heldentod für sein Vaterland starb ...» Und darüber das Gefallenenkreuz.

Seite auf Seite umgeblättert und nichts wie diese Anzeigen. Plötzlich weiß sie, daß sie keine Nachricht sucht, daß sie die Anzeige sucht: «Den Heldentod für sein Vaterland starb Otto Hackendahl ...»

Und sie erschrickt namenlos und sagt sich: Ich suche doch nicht *die* Anzeige! Er lebt ja, er hat mir grade erst geschrieben, daß er zum Unteroffizier befördert ist ... Ich will die Namen gar nicht lesen!

Doch sie liest die Namen nur hastiger, es ist, als warte sie gierig auf den Namen Otto Hackendahl – damit endlich die Erlösung kommt, eine endgültige Entscheidung nach dem ewigen, bangenden Warten von nun schon zwei Jahren. Aber das Schwarz der Zeitungen verwirrt sich, die Gefallenenkreuze schieben sich ineinander, vor den Fenstern heult der Wind ... Das Boot ist draußen, und der Vater ist draußen, und sie sind allein im Haus, Mutter und Kinder ...

Wie erzählen die Fischer auf Hiddensee? Wenn einer von ihnen ertrinkt, und im Ertrinken ruft er nach seinem Weib, so geht der Ruf so weit, wie es auch sein mag, und erreicht die Gerufene. Er weckt sie aus tiefstem Schlaf: Der Sterbende sagt der Lebenden auf Wiedersehen!

So drang durch das Geschiebe der schwarzen Kreuze ein Ruf zu der Schläferin und hatte sie geweckt. Sie hatte zuerst gemeint, es sei das Kind gewesen. Aber da sie nun wieder einschlafen wollte, wußte sie: Es war nicht das Kind gewesen, *er* war es gewesen.

Sie lag wach und hätte gerne geweint. Aber sie konnte nicht weinen. Es dauerte schon zu lange. Es half ihr auch nichts, daß sie wußte, es ging allen Frauen jetzt so. Alle Frauen träumten Nacht für Nacht den Traum vom gefallenen Mann. Vom gefallenen Bruder. Vom gefallenen Sohn. Es half ihr nichts, daß sie sich sagte: Es kann ja gar nicht anders sein. An was man den ganzen Tag denkt, an das denkt auch im Schlaf das Hirn weiter. Es hat nichts zu bedeuten. Und es half ihr nichts, daß sie sich sagte: Hundertmal habe ich schon dieses und ähnliches geträumt, und er hat doch immer wieder geschrieben.

Sondern nichts half. Und sie wußte schon, daß nichts half. Daß es in ihr saß, in ihr und in allen Frauen, Schwestern, Müttern. Daß man es eben ertragen mußte, dieses unendliche, peinigende Warten, bis endlich wieder einmal der Briefträger den Feldpostbrief abgab. Und nach fünf Minuten der Erleichterung, des Aufatmens begannen wieder die fünfhundert, die fünftausend, die fünfzigtausend Minuten bangenden Wartens!

Nein, nichts half – und doch ertrug sie es, sie wie alle anderen. Sie stöhnte: «Es ist unerträglich, es muß endlich ein Ende nehmen, so oder so.» Aber es nahm kein Ende, und sie ertrug es weiter. Sie ertrug es, weil sie ein Kind zu versorgen hatte, weil die nackteste Notdurft des Lebens ihr immer neue Pflichten auferlegte, weil sie Briefe ins Feld zu schreiben hatte, die nie mutlos klingen durften, weil sie unendlich arbeiten mußte, um ihm noch Feldpostpäckchen zu schikken ... Weil jeder Tag schon in frühester Stunde mit einem eisernen «Du mußt!» auf sie zutrat, weil sie eben nicht die Hände in den Schoß legen, sich nicht ihrer Trauer hingeben konnte.

Schließlich ist Gertrud Gudde doch wieder eingeschlafen, wie sie schließlich fast jede Nacht über ihren Ängsten wieder einschlief. Noch zweimal weckten ihre Träume sie, und mit der alten Angst starrte sie in die Nacht und lauschte auf den Sturm. Das eine Mal hatte sie falsch gelegen, ihre schwache kranke Brust hatte unter einem schweren Druck geseufzt, und sie hatte ihren schrecklichsten Traum geträumt, den sie manchmal hatte, seit ihr plötzlich klargeworden war, was diese auf einmal überall geleierte Redensart «Scheintot im Massengrab» eigentlich bedeutete.

Sie hatte mit Otto unter den anderen gelegen, lebendig unter Toten, und sie hatte versucht, sich hervorzuwühlen . . . Oh, wie konnten die Menschen einander quälen! Wie konnte jemand, der ein Herz hatte, so etwas sagen?! Atemlos starrte sie in das Dunkel und versuchte, die grauenhaften Bilder aus sich zu vertreiben.

Der dritte Traum aber war fast schön gewesen. Denn sie hatte neben Otto gesessen in einem frühlingsgrünen Walde, und Otto hatte aus der Tasche seines feldgrauen Rockes eine lange Flöte gezogen und hatte gesagt: Die habe ich geschnitzt. Jetzt will ich dir etwas vorspielen!

Er hatte zu spielen angefangen, und bei seinem Spiel waren aus jedem Schalloch der Flöte Vögel geschlüpft. Und die Vögel waren auf der Flöte sitzen geblieben und hatten zu seinem Spiel zu zwitschern und zu singen angefangen. Das hatte unfaßbar schön geklungen. Sie hatte sich immer näher an ihn gelehnt, und schließlich hatte sie ihn umgefaßt. Da hatte er gesagt: Du darfst mich aber nicht zu sehr anfassen. Du weißt doch, daß ich gestorben und nur noch Asche und Staub bin, Tutti?

Sie hatte es wirklich gewußt, aber nur noch fester hatte sie ihn angefaßt. Da war er in ihren Armen zergangen, wie ein leichter Nebel war er durch den Frühlingswald verweht, ganz in der Ferne hörte sie noch sein Flötenspiel und das Zwitschern und Singen der Vögel.

Davon war sie aufgewacht. Der Sturm vor den Fenstern hatte sich etwas gelegt. Die Weckuhr zeigte auf halb fünf. Es war Zeit aufzustehen!

2

Frierend stand Gertrud Gudde in dem eisigen Zimmer. Verlangend sah sie zum Ofen, aber sie wußte, sie würden den ganzen Tag frieren müssen, wenn sie jetzt schon heizte. Erst in der nächsten Woche gab es wieder Briketts – sie hatte schon zuviel verbraucht.

Schließlich nahm sie eine Zeitung, ballte sie zusammen und steckte sie in das Ofenloch. Der Anblick des flammenden Papiers tat ihr gut;

die feurige Lohe täuschte ein Gefühl von Wärme vor. Sie wusch sich, indes das Papier im Ofen schon längst schwarz geworden war, und fuhr in Kleider und Mantel.

Einen Augenblick noch stand sie am Bett von Gustäving. Das Kind schlief fest, aber es würde nicht bis zu ihrer Rückkehr fortschlafen: Der Hunger würde es wecken. So nahm sie aus dem Küchenschrank ein Brot und schnitt ein Stück ab, dessen Größe sie sorgenvoll überlegte. Es war klein und doch eigentlich zu groß. Aus Bindfaden machte sie eine Schlinge und hängte das Brot an die Bettleiter.

Sie lächelte, als sie daran dachte, wie sehr Gustäving sich über diesen Morgengruß freuen würde. Er war wie sein Vater: Er würde das Brot langsam und mit Bedacht essen, viele Male kauend. Obwohl es kein Friedensbrot von reinem Geschmack war, sondern Kriegsbrot mit klitschigem Kartoffelstreifen. Manche sagten, es werde Holzmehl und Sand in das Brot gemengt – aber das mußte nicht wahr sein, es war auch so schlimm genug.

Sorgfältig schloß sie die Schranktür ab und steckte den Schlüssel zu sich. So klein Gustäving noch war, der Hunger machte auch die Kleinsten erfinderisch. An einem nicht sehr weit zurückliegenden Morgen hatte er den Schrank aufbekommen: Es waren schreckliche Tage gewesen danach. Daß man selbst stets hungrig war, daran war man längst gewöhnt. Daß man seinem Kinde aber nicht einmal das Allernotwendigste geben konnte . . .

«Ich kann doch mein Kind nicht vier Tage lang hungern lassen!» hatte sie auf der Kartenverteilungsstelle gerufen. «Es verhungert mir ja!»

«Da könnte jeder kommen!» hatte der Beamte achselzuckend gesagt. «Dem einen sind die Karten verbrannt, dem anderen sind sie gestohlen. Der hat sie verloren, und Ihnen hat das Kind das Brot weggegessen – hätten Sie besser aufgepaßt! Nein, es gibt nichts!»

Schließlich hatte ihr die Schwägerin Eva mit ein bißchen Brot geholfen . . .

Sie rüttelte noch einmal sachte an der Tür des Schrankes: Der Schrank war zu. Sie sah noch einmal nach Gustäving: Das Kind schlief. Sie löschte das Licht und trat in das Treppenhaus. Es war gleich fünf, es war höchste Zeit.

Im Treppenhaus war es dunkel, aber schon tasteten Schritte hinunter, tappten schwere Füße müde hinauf. Im ersten Stock wurde eine Entreetür geöffnet, ein Mann kam heraus, im Dämmerlicht des Flurs sah sie, wie er seiner Frau den Abschiedskuß gab. Dann tastete er sich stumm neben ihr die Treppe hinunter, aber plötzlich faßte er sie um, er flüsterte: «Na, meine Kleine, Süße? Auch schon so früh aus den Betten?»

Sie stemmte die Hände gegen seine Brust. Sie wußte, es war der Werkmeister einer Munitionsfabrik, er war «unabkömmlich»! Er war früher ein ganz ordentlicher Mann gewesen, aber dieser Krieg, der Berlin männerlos gemacht hatte, hatte ihn verdorben. Es gab genug Weiber jetzt, die jeder Männerhose nachliefen – nun dachte er wohl, alle Frauen seien Freiwild.

«Lassen Sie mich sein, Herr Tiede!» rief sie, sich im Dunkeln wild gegen ihn wehrend. «Ich bin ja bloß der Buckel aus dem fünften Stock!»

«Die Gudde? Das ist doch mal was anderes!» Und indem er sie heftiger bedrängte, flüsterte er: «Sei nett, Kleine! Du kommst mir grade recht – ich schenke dir auch ein halbes Pfund Butter, wenn du artig bist! Ehrenwort!»

Es gelang ihr, sich von ihm frei zu machen. Sie lief wie gejagt über die beiden Höfe und atmete erst auf, als sie auf der Straße war. Im Licht einer Gaslaterne besichtigte sie den Mantel, den er ihr zerrissen hatte: Gottlob, es war nicht so schlimm, es ließ sich nähen, fast ohne daß man es sehen würde!

Sie machte eilig, daß sie in die kleine Nebenstraße vor die Tür ihres Fleischerladens kam. Aber sie war ein bißchen spät daran, trotz aller Eile, trotz des Frühaufstehens: Schon eine ganze Reihe Menschen wartete vor der dunklen Ladentür.

«Neunzehn», sagte die Frau vor ihr.

«Dann werde ich ja wohl noch etwas abbekommen», meinte sie hoffnungsvoll.

«Das weiß man nicht, wieviel Schweine er zugeteilt bekommt», sagte die Frau vor ihr. «Aber das hilft nun nichts – das Hoffen haben sie uns ja immer noch nicht verboten!»

Es klang unsäglich bitter, wie diese Frau es sagte. Nicht nur vom eisigen Wind schaudernd steckte Gertrud Gudde die Hände tief in die Manteltaschen und stellte sich auf die Zehenspitzen. Hielt man es länger aus, nur auf den Zehenspitzen zu stehen, so froren die Füße nicht so. Und sie mußte es lange aushalten, um acht Uhr erst machte der Fleischer seinen Laden auf.

Eine Weile stand sie so, frierend; die nur mühsam vertriebene Müdigkeit kehrte zurück. Aber sie brachte keinen Schlaf, sondern nur trübe, finstere Gedanken. Sie suchte sich vorzustellen, was sie beim Fleischer bekommen würde: ein gutes Stück Kopf oder nur ein paar Abfallknochen, fast ohne Fleisch. Es war Glückssache – und meistens hatte sie kein Glück. Alle Menschen waren voreingenommen gegen einen Buckel. Aber man mußte es nehmen, wie es kam: Es war doch, so wenig es auch sein mochte, Fleisch ohne Karten, Abfallknochen, Zeug, das der Fleischer anders nicht verwerten konnte. Es gab den Steckrüben einen besseren Geschmack!

«Was mag die Uhr wohl schon sein?» fragte die Frau vorn.

«Fünf Minuten nach halb sechs!» antwortete Gertrud Gudde.

«Und meine Füße sind schon jetzt wie Eis! Das halte ich nicht bis acht durch. Passen Sie ein bißchen auf meinen Platz? Ich habe achtzehn.»

Gertrud stimmte zu, aber die Frau verhandelte noch mit der vor ihr. Es war zu schlimm, wenn man seinen Platz verlor, wenn man ganz umsonst früh aufgestanden war und gefroren hatte. Man mußte sich erst bei beiden Nachbarn sichern.

Dann aber lief die Frau los, sie hatte nur Holzschuhe an, die Holzsohlen klappten laut auf dem Pflaster. Sie lief die Straße auf und ab, manchmal blieb sie stehen und schlug die Arme fest gegen den Leib. Aber niemand machte einen Witz, nur eine sagte gedankenvoll: «Wenn man Kräfte genug hat, es länger zu tun, wird man schön warm davon!»

Dann schwiegen wieder alle.

Nach einer Weile kam die Frau zurück. «So», sagte sie, und ihre Stimme hatte einen ganz anderen Klang. «Jetzt halte ich es wieder eine Weile aus. Wollen Sie auch? Ich sorge schon für Ihren Platz!»

Aber Gertrud Gudde schüttelte den Kopf. «Nein, danke», sagte sie leise. Nicht, daß sie nicht fror, aber sie scheute sich, mit ihrer Mißgestalt vor den anderen herumzulaufen. Sie waren ja alle arme geschlagene Weiber, aber es gab doch immer welche, die in aller Armut noch über den Ärmeren spotteten.

Und dann hatte sie wirklich Angst um ihren Platz, es standen jetzt schon so viele hinter ihr! Es war unmöglich, daß der Fleischer Knochen für alle hatte. Und jetzt war es erst sechs! Sie flehte, daß doch gegen acht ein Schutzmann vorüberkommen und die Leute schubweise in den Laden lassen würde. Sonst gab es einen Wirbel, wenn die Ladentür aufgemacht wurde, und sie wurde von den Stärkeren nach hinten gedrängt!

Hinter ihr unterhielten sich jetzt zwei mit lauten, scharfen Stimmen über eine neue Bestimmung wegen des Urlaubs von der Front: «Es ist wahr», sagte die eine, «du kannst es mir glauben: Für jeden Goldfuchs, den du hier in der Heimat ablieferst, kriegt dein Mann einen Tag Urlaub.»

«So was werden sie doch nicht machen!» antwortete die andere. «Das wäre doch nur was für die Reichen! Im Schützengraben draußen sind doch wenigstens alle gleich!»

«Für die Reichen, sagst du?» fragte die erste Stimme wieder erbittert. «Für die Schieber und Hamster, meinst du! Wer anständig war, hat sein Gold doch längst abgeliefert, als es hieß ‹Gold gab ich für Eisen›! Ja, Scheiße – die Anständigen sind wieder mal die Dummen! Aber es gibt ihrer noch genug, die Gold im Strumpf haben. Die kriegen ihren Mann, für zehn Tage, für vierzehn Tage, für drei Wochen . . . und in der Zeit fällt vielleicht grade dein Mann . . .»

«Das machen sie nicht», sagte wieder die andere, aber sie sagte es unsicher. «Das wäre doch keine Gerechtigkeit.»

«Gerechtigkeit!» rief die andere fast rasend. «Red doch bloß nicht solchen Stuß! Gerechtigkeit! Wer mag denn so ein Wort in den Mund nehmen! Wo siehste denn Gerechtigkeit? Gold her – und du kannst mit deinem Mann ins Bett gehen. Kein Gold – ei du liebe Scheiße!»

«Die Leute reden soviel . . .» sagte die andere wieder zaghaft.

«Gerechtigkeit . . .» rief die andere, die sich gar nicht beruhigen konnte. «Neulich haben sie bei mir wieder einen Wisch durch die Tür gesteckt. Ich les sonst das Zeugs nicht – es ist alles bloß Quatsch. Daß wir unsere Ketten zerbrechen sollen und so – das sollen die, die so etwas drucken, uns erst mal vormachen! Wenn sie selber ihre Ketten zerbrochen hätten, brauchten sie die Zettel ja nicht heimlich durch die Tür zu stecken!»

Ein paar lachten.

«Habe ich nicht recht?» fragte die Frau friedlicher. «Das ist ja alles bloß Geschwätz! Aber *den* Wisch habe ich gelesen. Menu stand darüber.» (Sie sagte: Me-nuh.) «Das soll heißen, was es zu essen gab. Kaiserliches Hauptquartier, stand darüber, Homburg vor der Höhe – seit wann ist denn überhaupt Homburg vor der Höhe an der Front? Ich denk immer, das ist 'ne deutsche Stadt.»

«Das verstehste nicht», sagte eine andere Frau. «Dafür bist du zu dusselig. Einen Kaiser wie Willem, den gibt et nur einmal, aber deinen Emil oder wie er heißt, den gibt et hunderttausendmal . . .»

«Det verstehst nu du wieder nich», sagte die erste, aber ganz besänftigt, «weil du nämlich meinen nich kennst. Wenn du den nämlich kennen würdest, wie ich ihn kennen tue, würd'ste nich sagen, es gibt ihn tausendmal. Nee, so einen gibt's auch nur einmal . . .»

So redeten sie weiter. Immer weiter redeten sie von Emil und Willem und von seinem Menu mit sieben Gängen, alles auf französisch. Aber *dieses* Französisch hatten sie ganz gut verstanden. Sie redeten weiter, sie erhitzten sich und wurden wieder verdrossen – es kam nichts heraus dabei, es war das Gewohnte –, aber die Zeit verging ihnen darüber.

Gertrud Gudde stand auf ihrem neunzehnten Platz. Sie hörte das Gerede an, und sie überhörte es. Die eisige Kälte stieg hoch in ihr, aber es war nicht nur die Winterkälte, die sie so frieren machte. Urlaub, dachte sie. Schon über zwei Jahre ist er draußen und hat doch noch keinen Urlaub gehabt. Ich schreibe nicht davon, und er schreibt nicht davon, aber jeder Mann an der Westfront hat in dieser Zeit mindestens zweimal Urlaub gehabt. Nur er . . .

Sie fängt wieder an zu grübeln, was sie schon hundertmal, schon tausendmal durchgegrübelt hat: Warum er nicht kommt? Er weiß Bescheid, wie es zu Haus aussieht; obwohl sie nie etwas von der Lebensmittelknappheit in ihren Briefen erwähnt hat, klingelt dann und wann ein Urlauber an ihrer Wohnungstür. Er gibt ein Eßpaket ab: ein bißchen Schmalz, zwei Pfund Speck, Zucker, auch einmal Linsen . . .

«Warum kriegt Otto denn keinen Urlaub?» fragt sie dann die Urlauber.

Sie zucken verlegen die Achseln, sie sehen sie an, sie sagen: «Ich weiß nicht, vielleicht will er nicht . . .»

Sie sehen sie an, und schon mag sie nicht mehr weiter fragen. Sie haben sie so komisch angesehen, vielleicht denken sie: Wenn ich eine Frau hätte, die so aussieht wie du, würde ich auch nicht auf Urlaub fahren . . .

Zuerst hat sie gedacht, daß er wirklich keinen Urlaub bekommt, weil er untüchtig ist . . . Aber wie dann die Nachricht vom Eisernen Kreuz kam, und dann, daß er Unteroffizier geworden war . . . Das konnte es nicht sein, daß er nicht durfte, er wollte vielleicht wirklich nicht . . .?

Die redeten und redeten. Es machte so eiskalt, dies Gerede, die Welt wurde völlig trostlos, kein Mensch, der noch fröhlich lachte. Wenn sie jetzt lachten, verzogen sie das Gesicht zu einem bitteren Grinsen. Sie zwingt sich, sie *will* an etwas anderes denken, sie denkt an ihr Kind. Gustäving bat: «Mutti, erzähl noch mal. Das Märchen vom Bäckerladen!»

Und sie erzählt ihm das Märchen vom Bäckerladen, aber es ist gar kein Märchen. Sie erzählt bloß, wie sie vor drei Jahren, ja, wie sie noch vor zwei Jahren in einen Laden ging und zeigte: Da, acht Schrippen. Vier Schnecken mit Zuckerguß, zwei Brote . . .

«Aber zwei Brote hat er dir doch nicht gegeben?! Wie? Mutti!»

Doch, er hatte zwei Brote gegeben. Er hatte sogar Dankeschön gesagt, er hatte sich bei ihr bedankt, weil sie so viel gekauft hatte. Unbegreiflicher Widersinn! Das Kind sitzt dabei, seine Augen leuchten. Die Mutter muß zeigen, wie sie das Brot nach Haus gebracht hat. Sie muß vormachen, wie sie davon abgeschnitten hat, so viel für den Papa, so viel für die Mutti, so viel für Gustäving . . .

«Zeig noch mal! Oh, Mutti, das könnte ich nie aufessen!» Und dann, eifrig nickend: «Doch! Doch! Versuch es mal – ich schaffe es!

Wollen wir es nicht mal probieren? Nur ein einziges Mal, bitte, bitte, Mutti!»

Und nun, als Ende, das nie aufhörende Betteln, um ein Stückchen Brot, ein Scheibchen, eine halbe Scheibe, ach, eine Rinde nur . . .

Eiseskälte aus dem, was sie reden, wie aus dem, was man denkt. Man kann es anfangen, wie man will . . .

Aber jetzt braucht man nicht mehr zu denken. Die Frau vor Gertrud Gudde sagt aufgeregt: «Er zieht schon die Rolläden hoch! Wenn mir bloß nicht wieder einer in die Holzpantinen tritt! Das letzte Mal habe ich fünfzehn Plätze dadurch verloren. Passen Sie ein bißchen auf, junge Frau, ja?»

Und dann kommt der Ansturm – natürlich ist kein Schutzmann da. Die gehen gerne in großen Bogen um solche Ansammlungen herum, schon damit sie nicht hören müssen, was die Frauen alles reden! Die Woge der Stürmenden faßt Gertrud Gudde, trägt sie mit sich, wirbelt sie in die Ladentür . . . Einen Augenblick meint sie, ihr Arm bricht – so sehr wird er gegen den Türrahmen gepreßt. Aber nun ist sie schon durch die Tür – o Glück, die Woge preßt sie direkt gegen den Ladentisch, als eine der ersten . . .

«Na, wieviel denn, junge Frau?» fragt der dicke Meister.

«Was ich kriegen kann . . .»

Und schon wird ihr ein Stück Schweinekopf über den Tisch zugeschoben, sie staunt, sie sieht die weiße bleiche Haut an, das tiefrote, stark durchblutete Fleisch: ein Stück Schweinebacke, fast zwei Pfund Fett und Fleisch! Eilig geht sie, mit gesenktem Kopf, die Tasche eng gegen die Brust gedrückt, schiebt sie sich durch die anderen, die noch nichts haben, die vielleicht ohne alles werden abziehen müssen – die Armen!

Sie lächelt selig. Frühes Aufstehen, Kälte, Warten, Verzweiflung – alles ist vergessen: Sie hat ein großes Stück Schweinebacke, fast zwei Pfund Fleisch und Fett!

Sie eilt die Treppen hinauf. Aber hier, direkt vor ihrer Wohnungstür, stutzt sie. Die Freude verfällt. Sie legt der hockenden Gestalt die Hand auf die Schulter.

«Was ist denn, Eva?»

Eva hebt ein verschwollenes, rotes Gesicht. «Vater hat mich rausgeschmissen, Tutti», flüstert sie. «Kann ich zu dir reinkommen?»

«Gerne», sagt Gertrud Gudde und schließt die Wohnungstür auf.

3

Der Aufschwung, den die neuen Pferde Gustav Hackendahl gegeben hatten, war längst wieder vorüber. Mit den Pferden war die Sorge um die Kutscher gekommen und hatte nie aufgehört. Diese Kerle, die man da auf den Bock gesetzt hatte, die nichts von Pferden verstanden, die nicht fahren konnten, die keine Straße wußten, denen es ganz egal war, ob sie Fahrgäste hatten oder keine, die Hauptsache, am Abend gab's den Garantielohn – diese Kerle, uralt oder ganz jung, hatten den alten Hackendahl halb zu Tode geärgert.

Und zu der Sorge wegen der Kutscher war die Sorge um das Futter gekommen. Ja, so lange man noch Hafer auf dem Boden zu liegen hatte, konnte man gut sagen: Es sind ja nur Russenpferdchen, und zur Not leben sie auch von Stroh. Als dann aber wirklich die Futternot anfing, als die Bezugscheine nie reichten, als den Pferden rationiert wurde wie den Menschen, da mußte man zugeben: Jawohl, vielleicht können sie wirklich nur von Stroh leben, aber dann tun sie eben nichts, dann stehen sie bloß im Stall. Wenn sie aber arbeiten, dann wollen sie auch fressen! Und sie mußten arbeiten, sie mußten Geld verdienen, alles wurde teurer, und das Geld wurde immer knapper, es wurde so nötig gebraucht!

Ja, auch mit dem Geld war es knapp geworden im Hause Hackendahl. Viel Bargeld war an Eggebrecht gegangen für die «Katzen», und was sonst so da war, das hatte Hackendahl für Kriegsanleihe gezeichnet, und nun war es festgelegt. Hätte er es sich damals besser überlegt, er hätte ja nicht alle Ersparnisse in Kriegsanleihe festlegen müssen. Aber es sollte eine große Summe sein, die der Gustav Hackendahl zeichnete. Und so wurde es eine große Summe. Es schadete ja auch nichts, denn: «Was wir zum Leben brauchen, das bringt der Droschkenbetrieb uns immer ein, Mutter.»

Aber es sah nicht so aus, als ob er das tun würde, er brachte nichts, und an manchem Freitag, dem Lohntag, mußte Hackendahl kratzen und kratzen, um den Kutscherlohn zusammenzukriegen. Das Geld wurde so knapp, wie es noch nie gewesen war! Man hätte doch zum Beispiel denken sollen, ein Haushalt, in dem zwei Söhne und eine Tochter fehlten, ist billiger als ein Haushalt, in dem sie sich alle Tage mit an den Tisch setzten. I wo, der Haushalt wurde teurer!

Denn da waren die endlosen Päckchen, die Mutter ewig ins Feld schickte, und die guten Fettigkeiten, die in den Päckchen waren, die waren Hamsterware, also teuer! Und wenn man auch zugeben mußte, daß weder Otto noch Sophie je um Geld schrieben, so war der Erich um so teurer. Ewig brauchte der Junge etwas: eine seidene Feldmütze,

Eigentumsschuhe, eine Reithose aus Kordstoff. Dafür war er aber auch schon Offiziersstellvertreter und hatte einen Druckposten, in Lille, in der Etappe, und Mutter brauchte nicht in einem fort um ihn zu weinen.

Nein, das Geld blieb nicht bei einem, es läpperte sich so weg. Trotzdem hätte man sich so weiter geholfen; es war ja Hauptsache, daß immer ein bißchen was in der Ladenkasse klapperte, dann richtete man sich schon ein.

Dann aber war der Abend gekommen, da ein amtliches Schreiben anlangte: «Pferdenachmusterung, Vorführung sämtlicher Pferde, auch seit der letzten Musterung gekaufter, auch käuflich erworbener ausrangierter Militärpferde . . .»

«Da muß ich ja bloß drüber lachen», hatte Hackendahl gesagt. «Daß sie die Menschen nachmustern, das habe ich schon gehört. Aber nun auch die Pferde – na, laß sie! Wenn sie soviel überflüssige Zeit haben!»

«Sie nehmen jetzt auch die Männer, die sie noch vor einem Jahr ganz untauglich geschrieben haben», sagte Frau Hackendahl klagend. «Vater, wenn sie uns nun auch die Gäule nehmen?»

«Was muß – muß!» sagte Hackendahl eisern, aber er tröstete sie gleich: «Die Katzen nehmen sie bestimmt nicht – und meine anderen fünf, die sind bei *dem* Futter auch nicht besser geworden!»

«Die Nachgemusterten sind im letzten Jahre bei ihrer Hungerei auch nicht besser geworden!» klagte Frau Hackendahl. «Und sie haben sie doch genommen!»

«Wir werden's ja erleben, Mutter. Weine bloß nicht schon jetzt! Du sollst sehen, ich klappere mit ebensoviel Pferden zurück auf den Hof, wie ich losgetippelt bin!»

Aber es war schon ein anderer Auszug gewesen als damals in den ersten Augusttagen des Jahres 1914. Damals war Hackendahl gewichtig, eine Tasche unter dem Arm, neben seinem Transport hergegangen. Er hatte die Gesichter der Leute studiert, und ihre bewundernde Anerkennung hatte ihn stolz gemacht. Bubi war nebenhergelaufen, es war noch ungewiß gewesen, gegen wen alles es Krieg geben sollte, und vor Spionen war gewarnt worden.

Jetzt trug Hackendahl den Befehl für die Pferde in seiner Jackettasche und führte selbst die ersten vier Gäule, während ihm Futtermeister Rabause mit den nächsten vieren folgte. Man konnte gut den Lohn für die Kutscher sparen. Und in die Gesichter der Entgegenkommenden brauchte man auch nicht groß zu sehen. Die waren doch alle grau und hoffnungslos, und wenn einer wirklich auf die Pferde achtete, so dachte er bloß: Die sollten sie auch lieber zum Pferdeschlächter bringen, dann gibt's wenigstens wieder Fleisch ohne Karten.

Bubi aber saß in der Schule, und das war noch ein Trost; nach Spionen hätte doch keiner Jagd gemacht. Heute wollte man ja sogar gerne, daß sie in der Welt erfuhren, wie die Hungerblockade unschuldige Frauen und Kinder mordete. Aber das wollte die Welt gar nicht wissen!

Der Musterungsplatz, der alte Musterungsplatz mit den Holzbarrieren. Aber heute war ein anderer Betrieb hier als damals. Kein langes Vorführen, nur ein kurzer Blick: «Gut. Der nächste!»

Kaum, daß einmal einem Gaul ins Maul gesehen, ein Bein nachgefühlt wurde. «Gut! Der nächste!»

Angst wollte Hackendahl beschleichen, er gab die Aufsicht über das Vorführen dem Rabause. Er pirschte sich an die Musterungskommission heran, aber gleich wurde er angegrobst und zurückgejagt: «Was haben Sie hier rumzustehen, Mann?! Machen Sie, daß Sie zu Ihren Pferden kommen! Hier hat keiner zu horchen!»

Es war ein graugesichtiger Rittmeister mit scharfen Zügen, der Hackendahl so anschrie. Er trug das E. K. I. auf dem Rock. Der gehörte sicher zu denen, die an der Front kaputtgeschossen waren, die wieder raus wollten, die den ganzen «Friedensbetrieb» hier im Binnenlande haßten und verachteten. Sein Gegenstück war der Tierarzt, ein dicker Mann mit einem rosigen, fetten Gesicht: Der machte immerzu Witze, über die er allein lachte.

«Hackendahl!» rief er. «Na, nu man ein bißchen fix die Hacken dahl, junger Mann mit 'nem alten Gesicht! – Das sind Ihre Pferde? Das sind ja Katzen! Sie kommen wohl direkt aus 'nem Flohzirkus? Na, nu man munter, munter! Pferd ist Pferd, wir gehen hier nicht nach dem Gardemaß!»

Mit verkniffenem, unendlich geekeltem Gesicht hörte der graue Rittmeister den Späßen dieses Hanswurstes zu. Er zeigte: «Der – und der da . . .»

Er sagte halblaut etwas zum Schreiber.

«Der nächste!»

«Wie?!» fragte Hackendahl den Schreiber. «Neunzehn . . .?»

«Ja, der Schimmel und die beiden braunen Ponys sind zurückgewiesen», sagte der Schreiber gleichgültig. «Hier ist Ihre Anweisung.»

«Aber . . .» sagte Hackendahl fassungslos. «Wovon soll ich denn leben? Ich habe doch einen Fuhrbetrieb . . . Nur noch drei Pferde . . .»

Er sah das Papier an. Aber er verstand noch immer nicht, was darauf stand, vor seinen Augen waren Flecke.

«Es ist nämlich Krieg . . .» sagte der Schreiber. Er sagte es bestimmt etwas spöttisch.

«Sie sollen hier doch nicht stehen! Ich habe es Ihnen schon einmal gesagt», sagte der Rittmeister scharf. Und nach einem längeren Blick: «Was stimmt nicht?»

«Von zweiundzwanzig Pferden nur noch drei!» sagte Hackendahl. Dies war es, was sein Kopf zuerst begriffen hatte, und dies hielt er fest. «Ich habe doch einen Fuhrbetrieb . . .»

Er sah den Rittmeister an, als müsse er es verstehen.

«Wir haben Krieg», sagte auch der Rittmeister. Aber er sagte es kalt. «Zehntausende von Vätern haben ihre Söhne hergeben müssen – und Sie klagen hier wegen Pferden!» Er musterte Hackendahl noch einmal, sagte dann milder: «Also gehen Sie jetzt – altgedienter Mann Sie und meckern!»

Hackendahl nahm die Hacken zusammen und ging. Der Appell an seine Militärzeit verfing noch immer. Er ging, Rabause zog mit den drei Pferden hinterher – noch nie hatte der Schimmel so trübselig ausgesehen.

Es war erst zu Hause, daß Hackendahl entdeckte, was die Militärverwaltung willens war, ihm für seine Pferde zu zahlen: Stück für Stück hundertfünfzig Mark, er aber hatte dem Eggebrecht fünf-, ja sechshundert Mark gezahlt!

Das sind ja Friedenspreise! dachte er und starrte auf die Zahlungsanweisung. Im Frieden kosteten solche Katzen nicht mehr . . .

Ja, dachte, wenn sie uns etwas nehmen, dann haben wir Frieden. Wenn wir aber etwas hergeben sollen, dann ist Krieg.

Er saß lange – er dachte nach. Er änderte sich nicht, nein, das konnte er nicht mehr. Aber er gab sich einen Ruck, er war wirklich eisern. Er gab sich einen Ruck, er ging hinunter, er lohnte die Kutscher ab.

«Feierabend», sagte er. «Schluß hier mit dem Betrieb!»

Kein Zucken, keine Schwäche. Das war einmal gewesen, auf dem Musterungsplatz, es war ihm zu unerwartet gekommen. Aber jetzt sollte ihn keiner mehr klagen hören – auch die zu Hause nicht. Wie es kam, wurde es gefressen.

«Hör zu, Rabause», sagte er. «Von jetzt an fahre ich die eine Droschke, und du fährst die andere. Einen Gaul lassen wir immer stehen, einer von den drei Kröpels wird ja immer krank sein.»

Rabause sah ihn an. «Jawoll, Herr Chef», sagte er. «Das mach ich. Wir werden schon Geld nach Haus bringen, nach dieser Musterung wird's kaum noch Droschken geben in Berlin.»

«Und», sagte der Chef, «du hast damals ganz recht gehabt, der Stall ist zu groß. Aber bauen will ich nicht. Ich werde sehen, daß ich den Krempel hier verkaufe. Und dann richten wir uns irgendwo ganz klein ein, ist eigentlich auch ganz schön, Rabause, weißt du noch?»

«Und ob ich weiß, Herr Chef!» sagte Rabause. «Als die Kinder noch klein waren – das war 'ne Zeit!»

«Das war es», bestätigte Hackendahl. «Na, vielleicht kriegen wir es noch einmal ähnlich wieder.»

Vielleicht . . .

4

Gustav Hackendahl ist wieder zu dem Beruf seiner jüngeren Jahre zurückgekehrt, im blauen Kutschermantel, den weißgrauen, schweren Lackzylinder, Mutters Milchpott, auf dem Kopf, hält er an den Wartestellen.

Die anderen Kutscher, als sie Gustav Hackendahl zuerst hinter seinem kopfhängerischen Schimmel auftauchen sahen, riefen ihm zu: «Na, Justav, laß 'nen anderen ooch wat verdienen! Du willst woll mit Jewalt reich werden?»

Und untereinander meinten sie: «Dem fährt keiner jut jenug. Na, laß das Kind die Bulette. Es wird ihm schon leid werden mit Steckrüben im Bauch bei diesem Wetter!»

Allmählich aber, als sie ihn immer wieder sahen, bei jedem Wetter, nicht die schlechteste Fuhre ausschlagend, als es sich herumgesprochen hatte, daß er nur noch mit zwei Droschken fuhr, da sagten sie: «Und wie stand der Mann mal da! Aber allens, was recht ist: Er jibt nich nach! Der Justav is wirklich eisern!»

Gustav Hackendahl läßt sie reden. Er sitzt auf seinem Bock, er nimmt die große Veränderung in seinem Leben, den Abstieg von Wohlhabenheit zur täglichen Sorge um das tägliche Brot mit demselben Gleichmut hin, mit dem er das Wetter erträgt. Will ein Gast nach Reinickendorf gefahren werden, so sagt er: «Jawoll, machen wir, Herr. Bloß unjeduldig dürfen Sie nicht werden!»

Und er läßt den Schimmel laufen. Er läßt ihn dazwischen auch Schritt gehen, der Fahrgast mag ruhig lamentieren, Gustav wird nicht ungeduldig.

«Wären Sie 'n Pferd jeworden, Herr, würden Sie bei dem Futter ooch nich loofen», sagt er bloß. «Seien Sie froh, daß Sie den Wagen nicht ziehen müssen, und der Schimmel sitzt drin. Es hätte auch so kommen können, Herr!»

Der Fahrgast lacht. Und ein lachender Fahrgast ist zufrieden. Gustav Hackendahl ist auch nicht unzufrieden, alles ist so, wie es ist. Er fügt sich in den Abstieg, er will wieder ein richtiger Droschkenkutscher werden. Als der Aufstieg kam, gab er sich Mühe, ein gutes Deutsch zu sprechen, er wollte seinen Kindern keine Schande machen. Aber jetzt fängt er an zu berlinern. Seine Fahrgäste hören das gern. Es muß eben alles seine Ordnung haben, auf Ordnung besteht er weiter, im Hause, bei Frau und Kindern, im Stall. Im Großen kann man sich fügen und nachgeben, im Kleinen muß es bei der Ordnung bleiben, die dem Leben Halt gibt.

So sitzt er auf seinem Bock und sieht vieles, ohne gesehen zu werden. Denn einen Droschkenkutscher auf seinem Bock sieht kein Städter, der Droschkenkutscher an seiner Haltestelle gehört zur Stadt Berlin wie die Litfaßsäule und die Gaslaterne.

Hackendahl sitzt oben, und unten sieht er Eva kommen. Eva müßte es besser wissen als die anderen Städter, denn sie hat einen Droschkenkutscher zum Vater. Aber Eva hält den Kopf gesenkt und sieht den Vater nicht. Sie sieht ja nicht einmal den jungen Mann mit dem bräunlichen Teint an, der so eifrig auf sie einredet.

Kopfhängerisch wie der Schimmel, denkt Hackendahl. Die hat auch ihren Knacks weg!

«Jühü!» sagt er zum Schimmel und schnalzt mit der Zunge. Der Schimmel zieht an, und sachte fährt die Droschke hinter den beiden her. Man sieht Hackendahl den Jüngling nur von hinten, mal von der Seite. Der Schimmel ist ganz einverstanden, die Fahrt geht hübsch pomade. Hackendahl hat beim Alexanderplatz gehalt, jetzt geht der Spaziergang nach dem Schlesischen zu – nun, man wird ja sehen!

Äußerlich ist der Jüngling nicht übel anzusehen, das gibt Hackendahl zu. Er ist fein in Schale, und soweit er was vom Gesicht abkriegt, ist das auch nicht ohne. Aber im ganzen mißfällt dem alten Hackendahl dieser junge Mann höchlichst, denn einmal: Wieso läuft so ein Jüngling mit graden Knochen heute ohne Uniform in Berlin herum?! Und zum anderen hat der Junge so'nen fetten Steiß . . .

Das Pärchen geht immer ganz tutig nebeneinander. Jetzt die Lange Straße runter. Fiese Gegend für Liebespaare, denkt Hackendahl. Aber der Bruder ist ja auch fies.

In der Hauptsache redet der Jüngling, merkt Hackendahl, Evchen sagt fast nie was. Aber der junge Mann redet auch nicht viel, sondern latscht meist nur so nebenher: Viel Neues haben sich die auch nicht mehr zu erzählen, schließt Hackendahl. Einmal legt der junge Mann seine Hand sachte um Evchens Oberarm; das könnte nun Zärtlichkeit sein, aber aus dem Zusammenzucken Evchens schließt Hackendahl, daß es doch was anderes ist.

Warte du! denkt Gustav, und der Schimmel bekommt einen Schmitz mit der Peitsche, daß er zu traben anfängt. Er wird aber sofort wieder in Schritt hineingezügelt.

Nun haben sie schon ziemlich häufig die sattsam bekannten Schilder gehabt: «Pension oder Hotel Soundso, Zimmer von 1,50 Mark an, auch für Stunden!» Es ist nicht einzusehen, warum man die ganze lange Lange Straße hinunterläuft, bloß um in genau so einen Bums an ihrem Ende zu gehen, den man auch am Anfang hätte haben können. Aber die beiden machen es so. «Hotel Oriental» nennt sich der Laden, in dem sie verschwinden.

Na schön, Hackendahl hat es nicht eilig. Er zieht die Bremse an, vertauscht das Frei-Schild an der Taxe mit dem Bestellt-Schild, klettert vom Bock und hängt dem Schimmel seinen Futterbeutel vor, in dem neben viel schlechtem Häcksel auch ein wenig guter Mais ist aus dem Rumänien, das uns vor kurzem auch den Krieg erklärt hat. Er nimmt aus der Droschke eine Decke und hängt sie sich über den Arm – hat man einer Dame was nachzubringen, dann muß man auch was nachzubringen haben, das weiß sogar Nauke.

«Na, Mullecken», sagt Hackendahl und zwinkert der Wirtin zu. «In welchem Zimmer sind denn die jungen Leute?»

«Junge Leute! Was wollen Sie denn überhaupt? Bei mir sind überhaupt keine jungen Leute!»

«Na, Mullecken», sagt Hackendahl wieder. «Nu mach bloß keinen Heckmeck! Die jungen Leute, die ick eben mit meine Droschke bis hier jefahren habe.» Und da die Frau noch immer zögert, denn selbst in der Kriegszeit besannen sich Polizei und Richter anfallweise auf den Kuppeleiparagraphen: «Dies hat doch das Mädchen bei mir in de Droschke vajessen!»

Und er klopfte auf die Decke, die im dunklen Entree nicht recht sichtbar war.

«Geben Sie her», sagte die Alte. «Ich werd's ihr nachher selber geben.»

«Nee! Nee!» wehrte Hackendahl ab. «Det muß ick selber machen. Nachher heißt es bloß, ich weiß von nischt, mein Name ist Hase.»

Und die Alte einfach beiseite schiebend, ging er auf den Flur, sah musternd die Türen an . . .

«Nicht da! Da doch!» zischte die Alte wütend. «Klopf wenigstens an, alter Dussel!»

Aber Hackendahl hatte die Tür schon geöffnet und trat ein. Flüchtig sah er die beiden Gestalten, aber er ließ sich Zeit. Bedachtsam schloß er die Tür von innen zu, probierte noch mal die Klinke und rief: «Sei doch stille, Mullecken! Ick bin ja nu drin! Wat schimpfste noch . . .?»

Dann drehte er sich um. «Na, Evchen?» sagte er, und in seiner Stimme war nichts von Zorn zu spüren.

Sie sah ihn mit großen, weit offenen Augen an. Sie stand am Fußende des Bettes, ihr Mantel hing über einem Stuhl – sie stand da in ihrem Kleid. Einmal warf sie einen raschen Blick nach der Seite hin, wo am Nachtschränkchen der Kerl stand. Aber gleich sah sie wieder den Vater an.

Hackendahl setzte sich langsam in einen der rotsamtenen großen Sessel, legte die Decke über die Knie und strich sie mit der Hand glatt. «Schöne Sessel sind das», sagte er nach einer Weile. «Nur besser müßte damit umgegangen werden.»

Keiner antwortete. Es war sehr lange still.

«Ja, Evchen», sagte Hackendahl wieder. «Wenn du nicht anfangen willst, muß ich wohl anfangen. Oder willst du was sagen?»

«Ach, Vater . . .» sagte sie leise. Und nach einer Weile entschlossener: «Es hilft ja doch nichts, das Reden . . .»

«Das sag nicht, Evchen, das sag man nur nicht. Reden hilft immer, reden tut immer gut . . . Ich habe es ja schon lange vorgehabt, das weißt du auch, aber es hat immer nicht so gepaßt . . . Na, Evchen . . .?»

Sie machte eine Bewegung, aber sie besann sich und sagte nichts.

«Wenn man über 'ne Sache nicht reden mag, Evchen», sagte Hakkendahl, «dann ist immer was faul. Und daß bei dir nicht alles in Ordnung ist, das habe ich schon lange gemerkt. Da brauch ich nicht erst in den Puff hier raufzukommen, mit offener Tür und allem – das weiß ich schon so . . .»

«Hören Se mal, oller Herr . . .» fing die freche Stimme des jungen Mannes an. (Genau so eine Stimme, wie sie zu so'nem Fettsteiß paßte, fand Hackendahl.) «Sie kommen hierher un spucken jroße Bogen . . .»

«Du hältst die Fresse, mein Junge!» sagte Hackendahl, ohne die Stimme zu erheben und ohne den Kerl anzusehen. «Ich rede hier mit meinem Mädchen, und da hast du dein Maul nicht reinzuhängen. – Aber höre mal, Evchen», sagte er, und ohne daß er lauter oder leiser sprach, hatte seine Stimme wieder einen anderen Klang. «Was sollen wir von all dem Zeugs reden? Da hast du wirklich recht. Vorbei ist vorbei. Aber nun paßt es grade mal so, ich halte unten mit meiner Droschke, und nu kommste mit mir. Ich fahre dich fein erster Güte und ganz für umsonst nach Hause . . .»

Das Mädchen hatte keine Bewegung gemacht, aber doch war es Hackendahl, als habe sie blitzschnell zu dem Mann hingesehen.

«Nach dem Kerl mußt du nicht hinsehen, Evchen», sagte er. «An den Kerl mußt du gar nicht mehr denken. Wer mit 'nem anständigen Mädchen in so 'nen Puff geht und am hellerlichten Tage dazu, um den muß man sich nicht kümmern. Und du bist ein anständiges Mädchen, Evchen, meine Kinder sind anständige Kinder, alle, das weißt du doch!»

Er wäre jetzt froh gewesen, wenn der Kerl in der Ecke was gemekkert hätte, er hätte ihn gerne in die Fresse geschlagen! Aber der Kerl war genau so, wie so ein dickärschiger Lude ist: Er wußte, wenn's donnert. Er verzog nicht das Maul! Und Evchen, sein Evchen, seine Lieblingstochter stand immer noch ohne Bewegung da!

«Na, mach, Mädchen», sagte er zuredend. «Zieh deinen Mantel an und komm!»

Sie schüttelte den Kopf. «Es ist zu spät, Vater!» sagte sie.

«Zu spät!» Er versuchte zu lachen. «Sag doch bloß so was nicht, Evchen! Wie alt bist du? Zwanzig Jahre bist du! Da gibt's noch kein zu spät. Das solltest du doch von deinem Vater wissen: Nur eisern muß man sein.»

«Es geht nicht, Vater», sagte sie. «Ich kann nicht mehr . . . Er –» sie machte eine Kopfbewegung – «er kann mich jeden Tag ins Kittchen bringen. Ich hab geklaut, Vater . . .»

Der alte Hackendahl wurde erst sehr rot, dann langsam grau. Er wollte aufstehen, nach dem jungen Mann hinübergehen, aber es blieb bei dem Versuch, er blieb im Sessel sitzen.

Nach einer Weile sagte er dann, ein wenig mühsam: «Nun gut, Evchen, dann haste eben geklaut. Ick hätt's nich jedacht, daß mal eins von meinen Kindern sagen würde: ‹Ick hab geklaut, Vater›, und ick bleib sitzen. Aber es sind andere Zeiten, es ist wirklich Krieg – ick versteh es nich, Evchen, innen versteh ick es nich. Es müssen wirklich andere Zeiten sin, und ick muß auch anders jeworden sin . . .»

Er sah sie fast ratlos an.

Dann begann er wieder: «Nun gut, hier sitz ich also und sag: Du hast geklaut, Evchen. Da fahren wir nu eben nich nach Hause, da fahren wir zusammen auf de Wache . . . Ich steh dir bei, Evchen, da sagste selbst, was der Kerl von dir weiß. Und nu jut – nu laß man – dann jehste eben deine Zeit ins Kittchen . . .»

Es wurde ihm doch fast zuviel, aber nach einer Weile besann er sich wieder und sagte: «Ick hätte es nich von mir jedacht, det ick so reden würde. Aber ick rede dir nich zu Munde, Mächen, wenn ick dir sage: Auch ein anständiger Mensch kann mal in't Kittchen kommen. Auch ein anständiger Mensch kann mal schwach jewesen sein. Er kann auch Unglück haben. – Der Kerl da», er zeigte, «der is dein Unglück. Du kannst auch wieder anständig sein, Evchen!»

Sie hatte immer auf seinen Mund gesehen. Nun fragte sie: «Und dann, Vater, wenn das hinter mir liegt, mit Gefängnis und allem – was wird dann?»

«Na, denn kommste wieder zu uns, Evchen!» rief er. «Wat denkst du, wat du uns fehlst! Det ist doch nich unsere Eva, die sich jetzt rumdrückt, die keinen Piep tut – und sonst haste so schön jesungen! Nee, Mächen, denn wird alles wieder, wie't war . . .»

«Nie!» sagte sie und schüttelte den Kopf. «Jetzt ist es zu spät, jetzt steck ich zu tief drin . . .»

«Sag doch bloß nich immer: zu spät, Evchen. Du bist zwanzig Jahre . . .»

«Und dann bei euch! Ich kenn dich doch, Vater, du kannst doch gar nicht richtig vergeben und vergessen. Mich würdest du immer von der Seite angucken, in zwanzig Jahren noch!»

«Sag das nich, Evchen, ick hab auch das von Erich vergessen . . .»

«Siehste, Vater! Gleich denkst du an Erich. Hast gedacht – der Sohn klaut, warum soll die Tochter nicht auch klauen?! Nichts kannst du vergessen!»

«Su sagst mir Sachen, Eva!» rief Hackendahl. «Nischt weißt du von mir! Bin ick nich nett jetzt eben zu dir jewesen, habe ick ein Wort von Vorwurf jesagt?»

«Siehst du! Gleich schmeißt du es mir vor! Nee, Vater, und was soll ich denn bei euch? Da so rumnuscheln in der Wohnung, die Betten machen und das Essen kochen? Nee, das mach ich nun auch nicht mehr! Futsch ist futsch und hin ist hin – das wären ja alles bloß halbe Sachen!»

«Besinn dich, Evchen. Anständige Arbeit ist immer gut.»

«Aber ich bin bei deiner anständigen Arbeit so geworden, wie ich jetzt bin! Glaubst du, der Eugen hätte mich so leicht gekriegt, wenn ich nicht bei euch so geworden wäre? Anständige Arbeit, jawohl, immer Pflicht und Gehorsam und Pünktlichkeit – aber das war ja alles gar nicht wahr, Vater!»

«Doch, doch, Mächen! Det sage nich! *Ick* habe anständig jearbeitet . . .»

«Und was hast du jetzt davon? Auf dem Bock sitzt du wie vor zwanzig Jahren, aber der Gaul, den du vor dir hattest, der war vor zwanzig Jahren besser! Und was noch kommt, das weißt du auch nicht. Alles hast du noch nicht hinter dir . . .»

«Nee, Evchen, det habe ick wirklich noch nich, da haste recht. Det ick 'ne Tochter haben würde, die mir sacht, ins Jesicht, sie is lieber im Puff beim Luden als bei Vatern un Muttern – det hab ick nich jejlaubt!»

Er stand jetzt, er stand schon eine ganze Weile. Nun legte er die Decke wieder über seinen Arm, strich sie glatt. «Aber, Evchen», sagte er, «det ick nu den Schlummervater von deinem Luden abjeben tue, det darste nu auch nich von mir verlangen. Es is besser, du ziehst janz zu ihm. Hor dir deine Sachen – und denn», plötzlich brüllte er nun doch, «hau ab! Hau ab!»

Er sah die Zusammenschreckende zornig an, ging zur Tür, schloß auf.

Er sah noch einmal zurück. Der Kerl stand ihm jetzt eigentlich schön handgerecht, aber der Kerl war ihm ganz egal.

«Det du diese Stunde bloß nich mal bereuen tust, Evchen», sagte er, schüttelte den Kopf und ging.

5

Kaum hatte der Vater die Tür zugemacht, tat natürlich Eugen den Mund auf. Der Vater hatte ihn richtig eingeschätzt, so war er: grausam bei den Schwachen, aber kriechend feige, aber schlau feige bei den Starken. Eva hatte es nicht anders erwartet, aber doch tat es ihr weh, als Eugen fast in das Klappen der Tür hinein sagte: «Wie dein Oller sich so was denkt! Zum Zusammenziehen jehören doch zweie. Einer, der zieht, und einer, zu dem jezogen wird.»

Sie sagte nichts.

«Du», rief er drohend. «Haste nich jehört, wat ick jesacht habe?!»

«Doch!» antwortete sie.

«Antworten sollste! Haste jedacht, ick bin der, zu dem jezogen wird?»

«Vater hat es gedacht.»

«So? Vater hat es gedacht? Hat denn dein Vater mir was zu sagen? Nu?»

Er faßte und schüttelte sie.

«Eugen!» bat sie. «Sei doch nicht so! Ich kann doch nicht für das, was Vater gesagt hat. Ich habe ihm doch auch Bescheid gesagt, ich habe ihm gesagt, daß ich nicht wieder zu ihm will.»

«Und wat willste?» rief er und schüttelte sie wütend. «Willste zu mir?»

«Ich will, was du willst, Eugen!»

«Bescheid haste ihm jesacht?» Wieder das wütende Schütteln. «Haste ihm mit einem Ton jesacht, det ick nich dein Lude bin? Haste det jesacht? Heh?»

«Nein, Eugen!»

«Bloß von dir haste jeredet, det et dir weh tut, des haste jesacht. Heh, du, bin ick schon dein Lude jewesen?»

«Nein, Eugen!»

«Warum hastes ihm denn nich jesacht?»

Schweigen.

Neues Schütteln. «Ick frag dir wat! Antworten sollste!»

«Ich weiß doch nich, Eugen . . .»

«Det möchste wohl, det ick dein Lude bin . . .?»
«Nein! O nein!»
«Aber du hast jesacht, du willst, wat ick will. Un nu will ick, det du for mir uff'n Strich jehst, vastanden?»
«Nein!» bat sie flehend. «Verlang das nicht. Bitte, Eugen, ich will alles tun, was du willst, aber das verlang nicht von mir . . .»
«Du willst allet tun, wat ick will? Aber jar nischt tust du von dem, wat ick will. Zu nischt haste Talent! Wie ick dir kennenlernte, habe ick wunder wat jedacht, wat mit dir aufzustellen ist. Aber zu nischt biste zu jebrauchen, ne zippe Bürgerstochter biste und bleibste!»
Er sah sie wütend an.
«Da hat er jesessen, dein Oller!» rief er wieder. «Ein frechet Aas is er! Und der sagt: zu mir ziehn! Kommt ja jar nich in Frage! Ick werd dir schon 'ne Wohnung jeben, aber nich bei mir. Det ick immer deine verheulte Visage vor mir habe! Kommt überhaupt nich in Frage! Hier jibt's jenug, die an so 'ne vermieten. – Frau Pauli!»
«Ich tu es nicht, Eugen! Du kannst machen, was du willst. Das tu ich nicht!»
«Jotte doch, Herr Bast», sagte Frau Pauli. «Wat machen Se bloß heute for'n Krach! Det Fürstenzimmer nebenan is doch besetzt, wat solln die Leute denn denken? Un jrade Sie, der immer so'n feiner Mann is, Herr Bast! – Det is wohl von dem Droschkenkutscher jekommen?»
«Droschkenkutscher? Ihr Vater war det! Und stellen Se sich vor, Frau Pauli, sie läßt mir von ihrem Ollen Lude schimpfen un sagt keinen Pieps dajejen!»
«Det is nich recht von Ihnen, Frollein, det müssen Se doch wissen, det Herr Bast ein feiner Mann und ein Kavalier is.»
«Die? Wat die schon weeß!» sagte Eugen Bast verächtlich. «Wie'n kranket Huhn rumstehn, det weeß se. Aber sie soll sehen, wat ick bin! Wenn se't so haben will, kann se't so haben, von mir aus! Hat die olle Pirzlau Zimmer frei . . .?»
«Warten Se mal, Herr Bast. Lassen Se mir mal überlejen. Da is jetzt det Fräulein Koko un die Mimi mit de Rüschen und die Lemke – ein Zimmer is, jloob ick, frei. Aber, Herr Bast, det wissen Se doch, die Pirzlau is jenau in't Jeschäft, anjemeldet müssen ihre Mädchen det Jewerbe haben un'n Schein von der Sitte – und alle Wochen hin zum Onkel Doktor . . .»
«Na und? Na und, Frau Pauli? Jlooben Sie, det tut die Eva nich? Det tut die Eva allens, da soll die Pirzlauen keine Schwierigkeiten von haben, wat Evchen?»
«Ich tue es nicht, Eugen», sagte sie. «Eher gehe ich ins Wasser.»
«Versündigen Sie sich man bloß nich, Frollein . . .» rief die Pauli.

Aber Eugen hatte sie schon bei den Schultern. «Jehn Sie raus, Frau Pauli!» rief er und schob sie aus der Tür. «Det machen wir hier alleene ab, von in't Wasser jehn und so. – Nee, ick mach keenen Krach, ick mach allens janz sachte, so bin ick jar nich, ich schlag doch kein Mädel, wat, Evchen?»

Er hatte die Pauli aus der Tür geschoben, und nun waren sie allein. Nein, es gibt wirklich keinen Krach – so ein bißchen Weiberschluchzen und Weinen, das rechnet man ja in solch einem Hause nicht. Sonst wird nichts hörbar – nichts, nein.

Es war Eva, als gerate sie weiter und immer weiter hinein in einen qualvollen Traum, aus dem man doch aufwachen mußte und nicht aufwachen konnte – immer schwärzer, immer trostloser. Der Weg über die Straße, die Verhandlungen mit Frau Pirzlau, die anderen Mädel, die es wie einen Witz auffaßten, denen die Neue Laune machte und die sie lachend ausstaffierten.

Und dann das Stehen an der Ecke von der Langen und der Andreasstraße. Das qualvolle Stehen dort mit dem Wissen: Sein Auge bewacht sie. Es hatte zu schneien angefangen, nasser Schlackerschnee, die Männer hatten es eilig. Alle hatten es eilig, sie liefen schnell an ihr vorüber, die so lächerlich ausstaffiert war, mit einer grün gefärbten Federboa und einem großen Hut mit Straußenfedern . . .

Und dann sein Pfiff aus dem Torgang, der kurze, scharfe Ludenpfiff, wie auf einem Schlüssel gepfiffen, wenn sie einen Mann ansprechen sollte, der ihm in Ordnung schien. – Und wie er plötzlich bei ihr war und sie schlug, weil sie ihn doch nicht angesprochen hatte. – Und wie er das nächstemal wieder schlug, als sie ihn erfolglos angesprochen hatte. – Und wie sie einen schwachen Versuch machte fortzulaufen, und wie er sie zurückholte, und ihr mit einem Unterweltgriff fast den Arm zerbrochen hätte . . .

Und wie sie schließlich doch Erfolg hatte und hinaufging mit einem Mann, und wie die Mädchen die Köpfe aus allen Türen steckten und ihr aufmunternd und anerkennend zunickten! Und wie ekelhaft und gemein die Welt war, und wie alles, alles Lüge gewesen war von Sauberkeit und Reinheit, was man je gehört hatte.

Und wie sie gleich wieder hinunter mußte an ihre Ecke . . .

Und wie sie am Abend Streit bekam mit einem anderen Mädchen, das diese Ecke für sich beanspruchte, und wie Eugen nun das andere Mädchen schlug . . . Und wie gleichgültig die Leute an so etwas vorüberliefen, und wie das Leben immer weiterging, und gar nichts war eigentlich geschehen und geändert . . .

Und wie das andere Mädchen wiederkam mit einem Kerl – es war schon dunkel –, und Eugen kriegte nun mit dem anderen Kerl Streit . . . Und sie ging langsam, langsam um die Ecke . . .

Als sie aber um die Ecke war, lief sie los, sie lief weiter, immer weiter, in die Stadt hinein . . . Sie eilte, sie mußte schnell machen, er konnte ihr nachkommen. – Und sie ging, in ihrer auffallenden Pracht, an hundert Schutzleuten und fünfzehn Sittenpolizisten vorüber, aber keiner sah sie, denn sie hatte ein Ziel . . .

Dann kam sie in den dunklen Tiergarten, und hier warf sie erst einmal den Federhut und die Federboa hinter einen Busch. Leichter ging sie weiter, sie ging eilig durch die Bendlerstraße und kam an das Königin-Augusta-Ufer. Hier war es still, hier war sie am Ziel.

Sie setzte sich auf eine der nassen Bänke unter eine kahle Kastanie. Was so ein Lied tut, ein Schlager! Sie hätte es so nahe gehabt von der Langen Straße zur Spree, nur fünf Minuten hätte sie bis zur Spree zu laufen gehabt. Aber es hatte ihr schon den ganzen Nachmittag im Ohre geklungen, dieses: «Es schwimmt eine Leiche im Landwehrkanal . . .»

Es klang ihr nicht schauerlich, es klang ihr irgendwie vertraut, es war ja alles gar nicht so schlimm: Es schwimmt eine Leiche im Landwehrkanal. Es kam hundertmal vor, man sang davon und lachte darüber. Es war nicht schlimm, es gehörte kaum ein bißchen Mut dazu . . .

Darum ist sie bis hier gelaufen, dies ist ja der richtige Landwehrkanal. Hiervon wird gesungen . . .

Sie sitzt, sie sitzt sehr lange. Endlich steht sie auf – schon das Aufstehen ist nicht leicht. Es ist ein Widerstreben in ihr, da es nun endgültig soweit sein soll. Dies Widerstreben wächst, als sie in den dunklen Schacht hinabsteigt, in dem es so grausig leise plätschert, als schwömmen dort Ratten. Ach, es ist ja egal, ob dort Ratten schwimmen, es ist einer Toten egal. Aber sie steigt immer langsamer; doch, so langsam sie auch steigt, schließlich kommt die letzte Stufe.

Sie steht auf der kleinen gemauerten Plattform, das Wasser ist hoch, es ist kaum eine Handbreit unter ihren Füßen. Sie beugt sich darüber. Sie sieht es nicht, das Wasser. Sie sieht nur ein paar Lichtreflexe von der Brücke her darin blinken. Jetzt sich fallen lassen, denkt sie.

Aber sie läßt sich nicht fallen. Angstvoll reißt sie ihren Oberkörper vor dem Dunklen, das da unten leise gurgelt, zurück. Sie steht lange da, sie wartet, aber nichts geschieht.

Manchmal gehen Menschen oben über die Brücke, aber keiner sieht sie, keiner ruft: Halt, Hilfe! Sie will sich ertränken! Und solch ein Ruf würde ihr vielleicht doch die Kraft geben, den Sprung zu tun, vor dem sie Furcht hat. Ihn zu tun, mit der Hoffnung, gerettet zu werden.

Als sie nach langem Warten schließlich doch vorsichtig einen Fuß in das Wasser taucht, als sie die eisige Feuchte in den Schuh dringen fühlt – ist schon alles entschieden: Sie wird es nicht tun.

Langsam steigt sie die Stufen wieder hinauf. Langsam macht sie sich auf den Weg, sie weiß nicht wohin. Vorher ging sie eilig, sie war fast froh. Sie ging aus dem Leben, alles war ihr abgenommen.

Mit *dem* Traum ist es jetzt vorbei. Jetzt geht sie schwer zurück, alles ist wieder da – das Leben geht weiter. Es gab kein Aufhören für sie. Lange ging sie durch den dunklen Tiergarten, durch die dunkle Stadt. Erst, als der Morgen nahe war, wagte sie sich in bekanntere Gegenden. Jetzt würde er schlafen. Schließlich schlich sie die Treppe zum Heim der Gertrud Gudde hinauf. Von der Gudde wußte er nichts. Vielleicht durfte sie hier in Frieden bleiben.

Sie durfte es.

6

Während Gertrud Gudde der Eva gut zuredete, die halb Erstarrte auszog und in ihr fast noch warmes Bett legte – während bei Eva Hackendahl alle Verzweiflung sich in einem fassungslosen Weinen löste, das allmählich leiser wurde, bis sie zu erzählen anfing – während die beiden Frauen berieten, wie das gemeinsame Leben einzurichten sei, mit Ummeldung und Sachenholen und Lebensmittelkarten und Arbeit –

während alledem lag der Unteroffizier Otto Hackendahl in einem Granattrichter zwischen den deutschen und den französischen Stellungen und wartete bereits seit dem Morgengrauen sehnsüchtig darauf, daß es Abend wurde. Der Granattrichter lag recht nahe an den französischen Stellungen, kaum dreißig Meter entfernt. Gottlob aber war er so tief, daß direkte Einsicht nicht zu fürchten war. Die deutschen Gräben lagen weiter entfernt, an die hundertzwanzig Meter, und das war schlimm, denn nach den deutschen Stellungen wollte er wieder zurück, und vor Nacht war das nicht zu machen.

Wenn es ein Trost war, wo war es ein Trost, daß Otto Hackendahl nicht allein in diesem Trichter lag. Ganz auf seinem Grunde lag ein zweiter Mann: der Leutnant von Ramin. Otto kannte den Leutnant von Ramin nicht weiter, sie hatten sich erst im Granattrichter kennengelernt. Der Leutnant war von einer Bereitschaftskompanie, die den Sturmangriff aus den Gräben zu unterstützen gehabt hatte. Dieser Sturmangriff war abgeschlagen, der Leutnant und Otto hatten sich gerade noch, um der Gefangenschaft zu entgehen, in den Granattrichter retten können. Dann war das höllische Feuer losgebrochen und hatte jede Rückkehr in die eigenen Stellungen unmöglich gemacht. Und nun war der Tag gekommen . . .

Es war ein eisig kalter Tag, der Himmel hing tief, mit grauen Wolken. Gottlob, dachte Otto. Wenigstens kein Fliegerwetter.

Er lag da und sah in den Himmel, gerade das Innere des Trichters und den Himmel konnte er sehen. Aus dem Trichter hinauszuschauen, war nicht ratsam, sie schossen ziemlich lebhaft in beiden Gräben. Ab und an hörte er ein Kommando aus der nahen französischen Stellung. Einmal lachte auch einer. Die haben gut lachen, dachte Otto verfroren. Mir ist verdammt kalt. Und bis zum Abend werde ich noch mehr frieren.

Um sich abzulenken, fing er an, auf die mit dem Morgen erwachende Feuertätigkeit zu lauschen. Langsam kam die Artillerie in Gang – nun gab es in der Ferne einen schweren Schlag. – Unsere Mörser legen los, dachte er. Dann waren wieder nur die Feldgeschütze zu hören, aber sie kamen vorläufig nicht hierher. Heute kann man nur wünschen, daß wir die Franzosen hier ein bißchen in Ruhe lassen. Wir sitzen richtig in der Mausefalle, der Leutnant und ich ...!

Er sah zu dem Leutnant hin. Der Leutnant lag zusammengerollt im Grunde des Trichters und las in alten Briefen. Als er Ottos Blick spürte, hob er den Kopf und fragte: «Nun, Unteroffizier, an was denken Sie?»

Der Leutnant hatte ein helles, sehr klares Gesicht. Auch seine Art zu sprechen war Otto angenehm.

«Ich denke, Herr Leutnant», antwortete er, «daß es ganz gut wäre, wenn der Graben da heute keinen Dunst kriegte.»

«Ich glaube nicht, daß es heute hier viel geben wird», meinte der Leutnant. «Erst einmal haben beide von der Nacht die Nase voll.» Er sah den Unteroffizier an und fragte dann plötzlich viel lebhafter: «Ist Ihnen auch so verdammt kalt?»

«Elend!» sagte der Unteroffizier. «Meine Stiefel sind sauschlecht, ich habe seit Wochen keine trockenen Füße mehr gehabt.»

«Meine Füße sind auch Eis, trotzdem ich heile Stiefel habe», sagte der Leutnant. «Haben Sie eigentlich was zu trinken da, Unteroffizier?»

«Doch, Herr Leutnant. Meine Feldflasche ist noch gut halb voll Kirschwasser. Aber ich habe gemeint, wir sparen es uns lieber für später auf – vor Nacht kommen wir hier doch nicht weg. Da ist eine kleine Auffrischung ganz gut.»

«Vor Nacht!» sagte der Leutnant. «Sie haben doch gesehen, wie hell der Mond ist. Und dann die verdammten Leuchtkugeln! Es ist noch gar nicht gesagt, daß wir heute nacht schon wegkommen!»

«Eigentlich sieht es nach Schnee aus», meinte Otto hoffnungsvoll.

«Nach Schnee!» rief der Leutnant verächtlich. «Nach Schnee sieht es schon seit Tagen aus! Aber wer weiß, wann es in diesem verdammten Winter wirklich schneit. – Nein, nein, Unteroffizier, richten Sie sich mit Ihrem Kirschwasser ruhig auf länger ein. Mit mir brauchen Sie nicht zu rechnen, ich habe Obstschnaps da.»

«Jawohl, Herr Leutnant», antwortete Otto. «Der wärmt auch gut.»

Beide schwiegen eine lange Zeit. Otto hörte auf das Geräusch der Kanonade, er versuchte, die Kaliber zu erraten, die Flugbahn, die Stellung der Geschütze. War man nervös oder ängstlich, so beruhigte nichts so sehr wie das. Man zwang das Ohr zu angestrengtestem Horchen und vergaß darüber fast ganz die Angst um das eigene Ich. Dazwischen hörte er ab und zu reden im französischen Graben, sie schienen da trotz des nächtlichen Sturmangriffes ganz guten Mutes.

«So ein Schwein!» sagte plötzlich der Leutnant von Ramin ganz laut. «Haben Sie das eben gehört, Unteroffizier? Da hat einer heißen Kaffee! So'ne verdammte Schweinerei, uns das noch zu erzählen!»

«Wir haben uns im Graben um diese Zeit auch immer Kaffee gekocht», sagte Otto.

«Jawohl», meinte der Leutnant, fast lachend. «Wenn man im Graben lag, schimpfte man auf die Grabenstellung und lauerte nur darauf, daß man zurückgenommen wurde. Und jetzt sehnen wir uns beide herzlich nach dem nassen, verlausten Unterstand im Graben.»

«Man weiß eben immer erst», stimmte Otto zu, «wie gut man's hatte, wenn man's schlechter bekommt.»

«Richtig», rief der Leutnant. «Aber wir wollen lieber sagen: Und wenn man noch so schlimm im Dreck steckt, man kann immer noch in eine schlimmere Scheiße geraten. – Wie lange sind Sie schon dabei, Unteroffizier?»

«Von Anfang an. Vom ersten Tage an, Herr Leutnant.»

«Mensch!» rief der Leutnant. «Haben Sie's gut gehabt! Sie haben noch die erste Begeisterung, noch den Vormarsch erlebt! Ich bin gleich von der Penne weg in den Graben gekommen, in die elenden Schlammgräben in der Lause-Champagne – waren Sie auch mal da, Unteroffizier?»

«Jawohl, beim Dormoisetal, Herr Leutnant.»

«Mensch, da haben wir ja auch gelegen! Na, da können Sie sich ja ausmalen, wie einem ganz jungen Burschen zumute war, direkt von der Schulbank fort mit all der Begeisterung und hochfliegenden Ideen. Und dann rein in Schlamm und Dreck und Läuse! Und die Leute so finster und verzweifelt und gereizt . . .»

«Jawohl. Es gab Tage, wo man jeden hätte umbringen können, bloß weil er hustete.»

«Hustete!» rief der Leutnant grimmig. «Bloß weil er auf der Welt war, hätte man ihn totschlagen mögen! Ja, Mann, das war eine Zeit!»

Er brach ab, er sagte finster: «Übrigens ist es jetzt auch nicht besser!»

«Herr Leutnant sehen aber noch ganz hell und freundlich aus.»

«Ja, so sehe ich aus», antwortete der Leutnant gleichgültig. «Ich will Ihnen was sagen, Unteroffizier! Im Herbst, im September und Oktober, ist mein Regiment über zwanzigmal in demselben kleinen Grabenabschnitt eingesetzt worden. ‹Fauler Blinddarm› nannten wir das Dings, und es taugte wirklich nichts, oberfaul stank es darin. Es war so ein Grabenrest von früher her, von unseren aufgegebenen Stellungen. Er war nichts mehr nütze, aber die oben hatten ihn auf ihren Karten. Der Graben taugte wirklich nichts, er hatte nicht einmal ordentliche Unterstände, er war nicht tief genug. Fast jeden Tag wurde er zusammengeschossen. Aber Tag für Tag haben wir wieder in den Graben gemußt, Hunderte von Menschen hat er uns gekostet – und schließlich ist er doch aufgegeben worden, und es ist auch ohne ihn gegangen. Aber warum dann alle Opfer?»

Hackendahl blinzelte. «Ja, wenn Herr Leutnant nach dem Sinn fragen . . .» sagte er dann langsam. «Man tut, was befohlen wird. Zuviel soll man nicht nachdenken. Das macht alles bloß schwerer.»

«Nein, nein!» sagte der Leutnant hastig. «Sehen Sie, Unteroffizier – wie heißen sie übrigens? Hackendahl – also, hören Sie, Hackendahl, Sie werden ja anders aufgewachsen sein als ich, aber im Grunde wird es überall das gleiche gewesen sein: Haben Sie was gehabt, was Sie lieben und verehren konnten? Überlegen Sie mal! Einen wirklich großen Menschen, den Sie gekannt, von dem Sie nur gehört haben – der nicht an sich gedacht hat, der nicht eitel war? Sehen Sie, Sie wissen auch keinen. Früher, ja, da sollen solche Menschen mal gelebt haben, aber jetzt doch nicht! Alles, was wir glauben, was wir anbeten sollten, das war tot, das war vergangen, das lebte nicht mehr . . .»

Der Leutnant sah nach Hackendahl hinüber, er sah ihn gar nicht, er sagte: «Aber wenn man jung ist, muß man etwas lieben und verehren können, man muß auch etwas haben, für das sich zu opfern lohnt. Wenn man jung ist, mag man nicht nur für sein Fressen und Auskommen leben. Man will mehr – man will was ganz anderes!»

Wieder schwieg er. Hackendahl sah aufmerksam in das helle Gesicht, das jetzt zuckte. Er hatte den Leutnant bewundert in seiner selbstverständlichen Art, nun sah er, daß der Leutnant auch seine Sorgen hatte, und eigentlich keine anderen . . .

«Als dann der Krieg kam, als Deutschland in Not war, als wir alle zusammenstanden, da glaubten wir, wir hätten diese Idee. Wie begeistert waren wir, wie glücklich sind wir in die Gräben gegangen: Wir hatten ja etwas, für das sich zu sterben lohnte. Und da – plötzlich –

alles grau, finster, verbissen . . . So etwas wie dieser kleine Grabenabschnitt, für den nutzlos Opfer über Opfer gebracht wurden! Nutzlos – nutzlose Opfer wollten wir nicht bringen! Wenn das Ganze einen Sinn hat, muß doch auch der Teil einen Sinn haben, das meinen Sie doch auch?»

«Ich verstehe nicht viel davon», sagte Otto. «Ich war glücklich, daß ich eine Aufgabe hatte. Vorher hatte ich keine . . .»

«Sehen Sie, wie bei mir! Aber die Aufgabe muß doch einen Sinn haben? Wie? Das muß sie doch!»

«Ich weiß nicht, Herr Leutnant, ich habe über so etwas nicht nachgedacht. Aber ich könnte mir denken – wenn wir im Feuer liegen, und das Telefonkabel ist gerissen – und der Offizier sagt, es muß eine Meldung nach hinten. Dann nehme ich den Umschlag mit der Meldung und sehe, daß ich sie nach hinten bringe. Ich weiß auch nicht, ob die Meldung wirklich wichtig ist . . .»

«Ja», sagte der Leutnant nach einer Weile, «das war nicht dumm, Unteroffizier. So kann man es auch sehen!»

Er schwieg lange, im Osten wie im Westen grollten jetzt unaufhörlich die Geschütze. Aber bei ihnen war es noch immer still, kaum daß einmal eine Gewehrkugel über sie fort pfiff oder ein Maschinengewehr zu tacken anfing. Es verstummte aber bald wieder.

«Und doch!» sagte der Leutnant nach einer Weile wieder bedenklich. «Nur ein dunkler Bote sein? Wir hatten es uns anders gedacht!»

Er grübelte, dann sagte er lebhafter: «Und ein Bote an wen? Wir hier wissen alle Bescheid – aber die da hinten in der Heimat? Sind Sie mal auf Urlaub gewesen – aber natürlich sind Sie schon auf Urlaub gewesen, wo Sie seit Anfang dabei sind! Erinnern Sie sich an die verlegenen, gerührten Gesichter? Erinnern Sie sich daran, wie man immer erzählen soll vom Krieg? Und wie sie ratlos werden, wenn man nichts erzählen kann als von Dreck und Frieren und Kohldampf? Sie möchten so Heldenstücklein hören! Ja, Heldenstücklein . . . Und wie sie ganz verlegen werden, wenn sie merken, wie schwer einem das Rausgehen wird? Wie sie Angst kriegen, daß der geliebte und bewunderte Sohn und Bruder ein Feigling sein könnte? Wie sie einem Mut einreden wollen? Ach, Unteroffizier, die Leute in der Heimat haben ja keine Ahnung, um was es geht!»

«Und um was geht es, wenn ich fragen darf, Herr Leutnant?»

«Aber doch um uns selbst! Um uns Junge, denn wir allein sind doch Deutschland! Daß wir wieder einen Sinn in unserem Leben finden, daß uns das Leben wieder lebenswert erscheint – darum geht es doch! Darum geht es doch, Unteroffizier, doch nur um Sie und um mich! Und das wissen Sie auch ganz genau, und wenn Sie es nicht wissen, dann fühlen Sie es!»

«Doch, daß es auch mich angeht, das habe ich schon gefühlt, Herr Leutnant. Aber ich habe nicht gedacht, daß ich weiter wichtig wäre. Ich habe oft gewissermaßen ein schlechtes Gewissen gehabt, weil ich soviel an mich selbst dachte.»

«Da brauchen Sie kein schlechtes Gewissen zu haben, Unteroffizier. Daß der Mensch an sich selber denkt, das ist nur natürlich. Er muß nur nicht bloß an sich denken.»

Der Leutnant schwieg. Er klapperte jetzt mit den Zähnen, es war sehr kalt. In dem verdammten Loch konnte man sich nicht die geringste Bewegung machen, sonst hatten sie einen gleich spitz und schmissen eine Handgranate hinein.

«Unteroffizier!» sagte der Leutnant.

«Jawohl?» fragte Hackendahl.

«Es ist saukalt.»

«Jawohl, Herr Leutnant.»

Der Leutnant sah nach der Uhr. «Immerhin schon nach elf. Noch sechs Stunden – und es ist dunkel, und wir können zurück. Das ist auszuhalten.»

«Bestimmt», sagte Hackendahl.

Vom Mond und den Leuchtkugeln redeten beide nicht mehr. Sie *mußten* diese Nacht zurück.

Der Leutnant brach eine Tafel Schokolade in der Mitte durch, reichte Otto die Hälfte. «Da, das ist noch Urlaubsschokolade, die haben sie mir noch ganz zuletzt als höchste Kostbarkeit überreicht. Ich finde, sie machen ein bißchen viel Wesens daheim von ihren Kohlrüben. Na, Schwamm drüber. – Ich war nämlich jetzt grade auf Urlaub, ich bin noch nicht ganz wieder hier eingewöhnt. – Wann waren Sie das letzte Mal auf Urlaub?»

«Noch gar nicht.»

«Was heißt: noch gar nicht? Sie meinen, hier aus der Stellung noch nicht? Wenn Sie seit Kriegsanfang draußen sind, müssen Sie doch schon zwei- oder dreimal auf Urlaub gewesen sein!»

«Nein, ich war noch gar nicht auf Urlaub.»

«Aber, Mensch, das ist doch nicht möglich!»

Der Leutnant richtete sich so plötzlich auf, daß Hackendahl ihm den Kopf mit der Hand herunterdrückte und warnend sagte: «Achtung, Herr Leutnant!»

«Ja so . . .» Und wieder: «Das gibt es ja gar nicht, seit über zwei Jahren im Feld – und immer hier im Westen, nicht wahr?»

Otto nickte.

«Also, das gibt es nicht! Da muß doch was vorgekommen sein.» Er sah sich den Mann an. «Aber nein, Kreuz und zum Unteroffizier befördert – da kann doch auch nichts vorgekommen sein.»

«Es ist auch nichts vorgekommen», sagte Otto. «Es hat sich einfach nicht gemacht.»

«Nein, nein!» Der Leutnant dachte nach. «Warten Sie», sagte er dann. «Wie hießen Sie doch?»

«Hackendahl.»

«Richtig! Hackendahl – deswegen kam mir der Name vorhin so bekannt vor. Ich habe von Ihnen gehört. Man erzählt sich von Ihnen . . .»

Er brach ab und sah Otto fast verlegen an. Otto erwiderte den Blick mit einem schwachen Lächeln.

«Ich weiß schon, was man sich erzählt», sagte er. «Da ist ein Kerl bei der Fünften, der will partout nicht auf Urlaub gehen. Er muß verrückt sein, der Bruder – das erzählen sie.»

«Stimmt!» sagte der Leutnant erleichtert. «Aber so verrückt sehen Sie eigentlich nicht aus, Unteroffizier?»

«Ich bin auch nicht verrückt», erwiderte Otto. «Ich gehe schon in Urlaub, aber erst muß es soweit sein.»

«Wie meinen Sie das – daß es soweit sein muß? Aber vielleicht frage ich Sie da nach ganz privaten Dingen . . .?»

«Privat sind sie schon, aber darum kann man doch einmal davon reden. Herr Leutnant haben ja vorhin auch gewissermaßen von privaten Dingen mit mir gesprochen . . .»

«Also schießen Sie los, Hackendahl! Ich bin doch gespannt, was einen Mann dazu bringen kann, zwei Jahre auf jeden Urlaub zu verzichten.»

«Es ist aber nichts, was mir besondere Ehre macht, Herr Leutnant. Das denken die bloß, die so von mir reden. Sondern es ist nur, weil ich daheim ein schlapper Kerl war, ohne Mut und ohne eigenen Willen. Ich habe aber jetzt gemerkt, ich bin nicht von Natur schlapp . . .»

«Das walte Gott!» sprach der Leutnant.

«Sondern es hat mich nur einer so gemacht. Ein ganz Bestimmter, der mir von früh auf allen eigenen Willen zerschlagen hat. Und nun habe ich da eine Schweinerei gemacht, kurz gesagt, Herr Leutnant, ich habe ein Mädchen, und wir haben auch ein Kind – und jetzt ist es schon über vier Jahre alt. Ein dutzendmal habe ich der Gertrud geschworen, ich will sie heiraten, noch zuletzt, als es in den Krieg ging. Aber ich habe sie nicht geheiratet, und bloß nicht, weil ich mich nicht getraut habe, es meinem Vater zu gestehen und von ihm die Papiere zu verlangen . . .»

«So», sagte der Leutnant. «Ihr Vater war also der, der Ihnen den eigenen Willen genommen hat. – Und nun trauen Sie sich nicht zu dem Mädchen?»

«Aber, Herr Leutnant! Die Gertrud hat doch nie ein Wort gesagt! Ich traue mich nicht zu meinem Vater!»

«Aber, Hackendahl, Sie werden doch jetzt nicht mehr vor Ihrem Vater Angst haben – ein Mann wie Sie, hundertfach im Feuer bewährt! Sie sind doch jetzt ein ganz anderer Kerl als vor zwei Jahren! – Ist denn Ihr Vater wirklich solch ein Wüterich?»

«Das ist er gar nicht, Herr Leutnant. Im Grunde ist er ein ganz guter Mensch, aber wer nicht so ist und tut und denkt wie er, der ist sein Feind, und auf den hat er richtig einen persönlichen Haß und bildet sich ein, er tut dem lieben Gott einen Gefallen, wenn er den Feind verfolgt und ängstigt bis auf den Tod. – Und so ein Feind war ich, sein Sohn – ich war sogar ein ganz besonders schlimmer.»

«Solche kenne ich auch!» rief der Leutnant eifrig. Ihm war warm geworden von dem Bericht des Unteroffiziers. Erinnerungen kamen ihm – aus der Kinderzeit her hörte er das Dröhnen von den eisernen Gesetzestafeln der Großen.

«Solche kenne ich auch!» hatte er gerufen. Und nachdenklich erzählte er: «Als ich das letzte Mal auf Urlaub fuhr, war ich auch bei einem Onkel, Gutsbesitzer. Da war noch nicht viel vom Hunger zu spüren, sie sorgen selbst für sich. Sie brauchen keine Karten, man nennt das Selbstversorger. Sie werden davon gehört haben, Hackendahl?»

Hackendahl nickte.

«Ja», sagte der Leutnant. «Und als ich da abreiste, sollte ich einem Bruder des Onkels, der als pensionierter Landgerichtsdirektor in der Stadt lebte, ein Freßpaket mitbringen. ‹Du wirst es schon schaffen›, lachte mein Onkel. Ich wußte nicht recht, was dabei zu schaffen war, wenn er nicht die Größe des Paketes meinte, das ich durch alle Abteile schleppen mußte und nicht aus dem Auge verlieren durfte . . .»

Der Leutnant schwieg eine Weile, er dachte daran, wie er sich über die aufgebürdete Last geärgert und wie er sich doch auch wieder gefreut hatte, wenn er an das Glück dachte, das solch ein Paket heute verbreitete . . .

«Ja», fuhr er in seinem Bericht fort, «dann kam ich also mit dem Paket zum Onkel. Ich hatte ihn lange nicht gesehen und erschrak, wie sehr er sich verändert hatte. Sein Gesicht war ganz klein geworden, kaum mehr als ein Kindergesicht – oh, es sah so jämmerlich aus! Und dann der Hals, dieser schreckliche Hals, dem die Haut viel zu weit geworden war – in Lappen hing sie, in roten, verschrumpelten Lappen . . .»

Er schwieg wieder. Er sah die Gestalt vor sich. Dann sagte er: «Sie müssen wissen, Hackendahl, mein Onkel gehörte auch zu den Leuten mit dem preußischen Pflichtbegriff. Er hatte es sich in den Kopf gesetzt, nur von seinen Karten zu leben, und verhungerte fast darüber. ‹Die Regierung weiß, was sie tut›, hat er gesagt. ‹Und wenn sie ausgerechnet hat, daß man von seinen Karten leben kann, dann geht es auch.›»

Leutnant von Ramin sah sich an dem Tisch beim Onkel sitzen: Der Onkel bewirtete seinen jungen Gast, das gehörte sich so. Er hatte ihm ein Glas Wein eingeschenkt, und der Wein war herrlich, denn Wein gab es ohne Karten, und der Onkel war ein reicher Mann . . . Aber neben dem Weinglas lag auf einem Holztellerchen ein Scheibchen Brot, ach so ein Scheibchen, man sah fast die Maserung des Holzes hindurch! Und auf dem Brot war ein wenig Fett und eine Scheibe Ei, eine sehr dünne Scheibe Ei – und ein saures mageres Fischlein . . .

«Iß, mein Junge», hatte der Onkel gesagt, «laß es dir schmecken!» Und seine Stimme hatte gezittert. «Ich habe schon gegessen!»

«Und ich habe gedacht», erzählte der Leutnant von Ramin, «ich würde mit meinem Freßpaket wie der liebe Heiland aufgenommen! Da habe ich aber gesehen, was mein Onkel auf dem Lande mit dem Schon-Schaffen gemeint hat. Ich habe es nämlich auch nicht geschafft. ‹Du willst einen deutschen Richter zu einer Gesetzesübertretung verführen?!› hat der Onkel gerufen. ‹Mach, daß du aus meinem Hause kommst! Wie könnte ich noch eine Nacht ruhig schlafen, wenn ich selbst ein Gesetzesübertreter wäre! Tausende, Zehntausende von Dieben und Betrügern habe ich verurteilt in meinem Leben, ich hätte sie ja alle zu Unrecht verurteilt, wenn ich mich selbst ungerecht bereicherte!› Ach, und während er mit mir schalt, sah er doch so hungrig auf das Paket. Er muß schrecklich gelitten haben, der alte Mann!»

«Man kann ihn schon verstehen», meinte Otto. «Er hat sich geschämt, schwach zu werden!»

«Sie sagen das auch», rief der Leutnant zornig. «Meine Mutter hat das auch geschrieben, er wäre ein großer Mann, er wäre für seine Idee gestorben. Er ist nämlich kurz nach meinem Besuch gestorben, an einer einfachen Erkältung, er hatte ja kein bißchen Kraft mehr in sich. – Aber er war kein großer Mann, Hackendahl, wie auch Ihr Vater kein großer Mann ist! Es ist nicht groß, für sein Vaterland zu verhungern! Für sein Vaterland? Seinem Vaterland hat er nichts Gutes getan – er ist für ein Idol gestorben, für einen richtigen Götzen, wie ihn die Wilden anbeten. Ein Holzdings ohne Leben und ohne lebendige Idee!»

Hackendahl schwieg.

Der Leutnant sagte ruhiger: «Sehen Sie, Hackendahl, zuerst erschüttert das einen immer, wenn man erfährt: Der und der ist für eine

Idee gestorben, buchstäblich gestorben, und er hätte so schön und bequem leben können. Aber es ist nicht mit dem Tode allein getan – man muß auch für etwas Lebendiges gestorben sein, und der preußische Pflichtbegriff, für den mein Onkel und Ihr Vater leben, der ist längst tot. Der ist in einer Zeit entstanden, über hundert Jahre ist es her, da das Volk in bitterster Armut und völliger Haltlosigkeit lebte. Da mußte es solche Richtschnur haben. Aber mit alldem war es doch schon vor dem Kriege längst vorbei! Nein, mit den alten Götzen ist es nichts mehr. Wenn dieser Krieg einen Sinn haben soll, so muß etwas Neues, etwas Lebendiges aus ihm kommen.»

Wieder schwieg Hackendahl.

Aber der Leutnant sagte hartnäckig: «Ich sage: Es ist gut, daß Onkel Eduard gestorben ist. Und Sie können auch ohne jede Angst Urlaub nehmen und zu Ihrem Vater gehen. Menschenskind, Sie sind doch der Lebendige, und er ist schon lange tot!»

«Ich weiß nicht», sagte Otto Hackendahl leise, «ob der Herr Leutnant sich das ganz richtig vorstellen. Vor einem Vater und einer Mutter bleibt doch auch der erwachsenste Mann immer das Kind. Ich möchte doch auch, daß es anständig dabei zugeht, ohne Streit. Er ist doch mein Vater, und er kann auch nichts dafür . . .»

«Sie haben eben doch Angst, Hackendahl», sagte der Leutnant plötzlich verdrossen.

«Natürlich habe ich Angst», gab Hackendahl zu. «Darum gehe ich ja noch immer nicht in Urlaub.»

«Sie grübeln zuviel, Mann», rief der Leutnant. «Sie stellen sich das immer wieder vor, wie Sie in die Stube kommen zu Ihrem Vater, und dann sagen Sie so und so . . . Aber Sie wissen doch, Hackendahl, wenn man in Bereitschaft liegt vor einem Sturmangriff, dann stellt man sich hundert Ängste und Scheußlichkeiten vor, und immer sieht man auf die Uhr und dann in den Nachthimmel, ob die Leuchtkugeln nicht steigen – und man hat auf deutsch gesagt eine Scheißangst. Wenn es dann aber soweit ist, dann nur mit Hurra raus aus dem Graben und vorwärts, und von all den eingebildeten Ängsten weiß man gar nichts!»

«Es gibt aber auch Leute, die beim Sturmangriff schlappmachen, Herr Leutnant», wendete Otto ein.

«Aber Sie doch nicht!» rief der Leutnant ganz aufgeregt. «Sie sind doch kein Mensch, der schlappmacht. – Sie haben Lampenfieber, das haben Sie! Und ich werde Ihnen was sagen, Unteroffizier: Wenn wir heute hier heil aus diesem verfluchten Eiskeller kommen, werde ich Ihnen den dienstlichen Befehl geben, auf Urlaub zu fahren, verstanden?»

Otto lächelte, aber er lächelte ganz zufrieden. Und als der Leutnant dieses Lächeln sah, war auch er zufrieden und sagte kein Wort mehr. Lange lagen sie still, sie froren sehr.

Einmal sagte der Leutnant ein paarmal hintereinander: «Au verdammt! Au verdammt!» Und noch ein paarmal: «Au verdammt!»

«Was ist denn verdammt, Herr Leutnant?»

«Daß man nicht wenigstens rauchen kann!»

«Ja, das ist wirklich verdammt! Aber der Wind steht zum französischen Graben hinüber, sie könnten es riechen!»

«Und dann ein paar Handgranaten!»

«Jawohl, Herr Leutnant.»

Gegen vier wurde der Himmel klar, und nun wurde es noch schlimmer, denn jetzt kamen die Flieger. Es war wie immer in diesen Wochen, die Franzosen waren in der Überzahl. Sie beherrschten das Feld – niedrig strichen ihre Infanterieflieger über den Gräben hin, ließen die Maschinengewehre knattern oder gaben, höher gehend, ihrer Artillerie Signale mit Leuchtkugeln.

Der Leutnant von Ramin und Otto Hackendahl hatten sich flach mit dem Bauch auf die Erde geworfen. Sie verbargen ihre Gesichter. Zum Abend lebte das Artilleriefeuer noch einmal auf, sie hörten das Krachen der Einschläge näher. Nun fingen auch im nahen Schützengraben die Maschinengewehre an; die von drüben antworteten.

«Will es denn nie Nacht werden?!» stöhnten sie.

Allmählich wurde es stiller. Im Nacken fühlten sie Feuchte, sachte fing es zu regnen an. Langsam bewegten sie sich; eine Weile schien es unmöglich, die froststarren Glieder wieder gelenkig zu machen.

«Verdammt kalt!» sagte der Leutnant.

«Heute nacht müssen wir es schaffen.»

«Jawohl, heute nacht – es regnet ja.»

«Es wird nicht lange regnen.»

Wieder Warten – Stunden um Stunden. Es wurde nicht richtig dunkel. Man sah den Mond nicht, aber eine fahle Helle war in der Luft . . .

«Warten wir noch ein Stündchen», schlug der Leutnant vor. Er klapperte dabei mit den Zähnen.

«Ich habe noch einen Schluck Kirschwasser, Herr Leutnant.»

«Ja, geben Sie her! – Nein, lassen Sie es. Nein. Wirklich nein. – Sie erinnern sich doch, daß Sie mir versprochen haben, in Urlaub zu gehen, wenn wir hier heil rauskommen?»

Otto Hackendahl schwieg.

«Mensch, sagen Sie ja!» drängte der Leutnant. «Ich habe das Gefühl, das müßte uns Glück bringen.»

«Also ja, Herr Leutnant.»

Es wurde nicht dunkler. Es wurde auch nicht ruhiger in diesem Grabenabschnitt. Immer wieder fielen Schüsse, ein Ruf erscholl, ein Maschinengewehr tackte . . .

«Wir sind noch nicht drüben, mein Junge», sagte der Leutnant ingrimmig.

«Davor habe ich den meisten Schiß, daß die aus unserem eigenen Graben auf uns schießen», sagte Hackendahl.

«Sehen Sie! Ihnen ist es auch nicht egal, welche Art von Heldentod Sie sterben!»

Es wurde Mitternacht, aber nun war es eher heller.

Der Leutnant war in einem Zustand qualvoller Unentschlossenheit. Er klapperte vor Kälte, aber vielleicht auch vor Aufregung. Hackendahl hatte es leichter: Er mußte nur auf den Befehl warten.

Plötzlich scholl aus dem Graben der Franzosen ein Gelächter, leise, sofort wieder unterdrückt, aber . . .

«Es ist der beste Moment, Herr Leutnant!» flüsterte Hackendahl.

«Los!» schrie der Leutnant fast.

Sie schoben sich über den Rand des Trichters. Die Brustwehr des französischen Grabens schien greifbar nahe, vom deutschen Graben war nichts zu sehen.

«Kriechen!» flüsterte der Leutnant heiser.

Es war alles längst vereinbart. Sie wollten versuchen, bis in die nächste Nähe des deutschen Grabens zu kriechen, dann den Posten dort anrufen.

Aber den Leutnant riß die Ungeduld fort. Schon nach dreißig oder vierzig Metern richtete er sich auf.

«Lauf! Sie sehen uns nicht mehr!» rief er.

Sie liefen, der Leutnant vorne, der Unteroffizier schräg links hinter ihm. Es war Hackendahl, als höre er einen Ruf – dann kam das Krachen einer Leuchtpistole, und nun stieg eine Leuchtkugel über ihnen auf, strahlend weiß, immer weißer werdend . . .

«Hinwerfen, Herr Leutnant!» flehte Hackendahl fast.

«Lauf!» schrie der Leutnant wild und rannte.

Hinter ihnen krachten Schüsse, die Brustwehr des deutschen Grabens war deutlich zu sehen, mehr Leuchtkugeln stiegen auf . . .

«Nicht schießen!» schrie der Leutnant. «Deutsche! Kameraden!»

Sie schossen von hinten.

Der Leutnant blieb stehen. «Jetzt hat's mich doch gefaßt! Lauf los, Mensch!»

Hackendahl faßte den Leutnant um und riß ihn mit sich fort. Über die Brustwehr ließ er sich direkt auf die Schultern der Kameraden fallen.

Eine Stunde später, als das Feuer im Grabenabschnitt wieder eingeschlafen war, trugen Krankenträger den Leutnant von Ramin nach hinten.

«Das ist noch gnädig abgegangen», sagte er lächelnd zu Otto Hakkendahl. «Oberarmmuskel glatt durchschossen. Nicht mal ein Heimatschuß ist das. In drei Wochen bin ich wieder hier.» Und leiser: «Sie wissen, was Sie mir versprochen haben, Hackendahl? In Urlaub gehen – ja?»

«Herr Leutnant sind aber nicht heil rübergekommen.»

«Wollen Sie mit Ihrem Herrgott handeln? Machen Sie keine Geschichten. Sie reichen sofort Urlaub ein?»

«Zu Befehl, Herr Leutnant!»

7

Es dauerte dann doch noch einige Zeit, bis Otto Hackendahl seinen Heimaturlaub bekam. Äußerlich ließ er sich nicht viel anmerken, vielleicht, daß er seine Gasmaske ein wenig früher als sonst aufsetzte, wenn der Ruf: «Gasgranaten!» erscholl. Vielleicht, daß ihm der Tag mit Beschießungen und kleinen Kämpfen noch länger erschien. Aber er machte seinen Dienst wie sonst, sein Zug lag im Graben, es gab immer zu tun.

Nachts schlief er tief und traumlos. Über die bevorstehende Auseinandersetzung mit dem Vater machte er sich keine Gedanken mehr. Das alles lag unwahrscheinlich weit zurück. Seit er mit dem Leutnant von Ramin über seine Feigheit gesprochen hatte, seit nun auch ein fremder Mensch – nicht nur Tutti – darum wußte, schien diese Feigheit nicht mehr vorhanden – seltsamer Widersinn!

Dann war es soweit. Sein Kompanieführer schüttelte ihm noch die Hand. «Kommen Sie guter Stimmung wieder, Hackendahl», sagte er. «Lassen Sie sich von denen im Hinterlande nicht anstecken. Es soll dort faul aussehen.»

«Jawohl, Herr Hauptmann.»

Ein paar Kameraden brachten ihn noch ein Stück, bis aus den Gräben. Er bekam Briefe, die er neben Grüßen und Paketen persönlich zu bestellen hatte.

«Mach's gut, Hackendahl», sagten auch sie. «Wer weiß, wie du uns wiederfindest. Wir sollen ja wieder Dunst kriegen.»

Er ging allein weiter, der Morgen dämmerte noch nicht. Die Straße war voll Munitionskolonnen, die von der Front zurückfuhren, von ausrückenden Gulaschkanonen, von Sanitätswagen.

Einmal fuhr ein leiser, großer Wagen an ihm vorüber: ein Stabsauto, unbestimmt sah er Gesichter, karmesinrote Spiegel auf untadeligen, seidig glänzenden Waffenröcken.

Später bog er von der großen Straße ab. Der Tag dämmerte langsam, er hatte noch Zeit. In den Fermen, die verstreut unter Bäumen lagen, regte sich hier und da Leben, in einem Stall brannte Licht. Er hörte die Kühe nach Futter brüllen, Stalleimer klapperten – gut!

Er ging, wie er seit zwei Jahren nicht mehr gegangen war: langsam, gemächlich, ungefährdet. Er sah die Wintersaat auf den Feldern an. Sie war smaragdgrün, sie leuchtete in der aufgehenden Sonne – es würde einen klaren Tag geben, heute. Einen bösen Tag für die im Schützengraben – Fliegerwetter, dachte er. Er war fröhlich und traurig – fröhlich, daß es noch Vieh gab und bestellte Saaten, nicht nur von Granaten zerwühlten Boden und Ratten. Und er war ein wenig schuldvoll traurig, daß er die Kameraden allein im Graben ließ.

Er hörte, schon ferne, den Geschützdonner beginnen, er wurde unruhig. Fermen und Wintersaat freuten ihn nicht mehr. Er fing an, schneller zu gehen.

Er sah auf die Uhr: Es war noch viel Zeit, bis sein Zug nach Lille fuhr.

Er ging noch schneller. Er zwang sich, bei einem Heckenrosenstrauch stehenzubleiben. Der Winter hatte den Strauch entblättert, aber noch hingen dicke, hellrote Hagebutten an den Zweigen. Sie glänzten regenfeucht in der Sonne. Ich habe ja noch Zeit, sagte er sich ungeduldig. Ich kann mir in Ruhe ansehen, wie schön diese Hagebutten sind . . .

Plötzlich wurde ihm klar, daß er ein unsinniges Heimweh hatte, daß er sich nach Tutti sehnte, nach ihrem Gesicht, ihren sanften Taubenaugen. Er wußte nicht mehr, wie Gustäving aussah. Der war jetzt doppelt so alt wie damals, als er ins Feld gekommen war. Bei den Eltern sollte es große Veränderungen gegeben haben. Vater fuhr wieder selber Droschke. Er konnte sich seinen Vater nicht auf dem Kutschbock vorstellen – er hätte Vater gerne wiedergesehen!

Ja, plötzlich hatte er Heimweh, Heimweh nach all und jedem, nach Rabause und dem niedergebrochenen Schimmel, er sah seine Schnitzmesser vor sich.

Er hatte Heimweh und jetzt, weit hinter der Front, bekam er Angst, daß ihm noch etwas geschehen könnte, ehe er nach Haus kam. Er sah auf die Uhr. Er hatte noch eine Stunde Zeit, bis sein Zug ging, und kaum noch eine Viertelstunde zu gehen.

Trotzdem fing er an zu laufen. Er lief immer schneller, er sah den Bahnhof, kein Zug war weit und breit zu sehen, aber er lief noch schneller. Wie die meisten hatte er oft Angst vor einem Hodenschuß gehabt, es dann lange überwunden – jetzt kam es wieder, sie sollten ihn nicht treffen, jetzt nicht, nur jetzt nicht, er fuhr in die Heimat!

Er wurde erst wieder ruhiger, als er im Zuge saß, der überfüllt war mit anderen Urlaubern, die wie er in die Heimat reisten, oder mit solchen, die für ein oder zwei Tage nach Lille fuhren. Die Heimaturlauber waren fast alle sehr still, um so lauter lärmten die Etappenfahrer. Sie empfahlen einander Bierlokale und Mädchen, sie rissen Zoten, sie waren entschlossen, in den paar Urlaubsstunden so viel «wirkliches Leben» – nach dem Gespensterdasein im Graben – in sich zu füllen, wie hereinging. (Aber meist wurde es statt Leben nur Alkohol.)

In Lille hatte er wieder Zeit, sein Zug ging erst am Mittag. Zögernd, unentschlossen stand er vor dem Bahnhof. Er hätte Erich besuchen können, der nach der Mutter Bericht hier auf irgendeiner Schreibstube irgendeine sehr wichtige und sehr verdienstvolle Funktion erfüllte. Aber er konnte sich nicht dazu entschließen.

Statt dessen beschloß er, sich die Stadt ein wenig anzusehen, und langsam bummelte er los. Gleich umfing ihn der Wirbel der Etappe. Er sah staunend in die mit Luxusdingen gefüllten Schaufenster, auf die geschniegelten Offiziere, die, das Monokel eingeklemmt, mit Sporenklingeln, an ihm vorübergingen. Über dem Handgelenk hing an der Lederschleife ein Reitstöckchen. Ordonnanzen liefen wichtig mit Aktentaschen, ihre fleckenlosen Hosen hatten gebügelte Falten, in dem Glanz ihrer Schuhe spiegelte die Sonne.

Plötzlich wurde er sich bewußt, wie er aussah in seinem nur notdürftig gereinigten Waffenrock, dessen Stoff entfärbt und verfilzt war, und mit seinen klobigen, schlecht geschmierten Schuhen, an denen noch der Grabenschlamm klebte.

Die Offiziere eilten an ihm vorüber, sie sahen ihn nicht, sie beachteten ihn nicht. Auf der Fahrbahn glitten die großen Autos, an den Kühlern steckten die Ehrfurcht gebietenden Fähnchen der Stäbe, in einem leeren Auto saß gelangweilt und hochmütig ein großer russischer Windhund. Zwei Krankenschwestern gingen an ihm vorüber, sie hatten rosige, vergnügte Gesichter.

Otto Hackendahl machte kehrt, er ging zum Bahnhof zurück. Er hatte hier irgendwo ein Stündchen in Ruhe sitzen und ein Glas Bier trinken wollen, aber er wollte nicht mehr. Ein fetter, dunkel aussehender Zivilist mit traurigen Augen fragte ihn irgend etwas wegen des Weges. Gereizt erwiderte er, daß er hier auch nicht Bescheid wisse, und war froh, als er den Bahnhof wieder vor sich sah.

Er setzte sich traurig und zornig an einen Holztisch zwischen andere Urlauber, die wie er auf ihre Heimatzüge warteten und die aussahen wie er. Ein Mann hob den Kopf, als er ihn sein Bier so ärgerlich beim Kellner bestellen hörte, und fragte: «Na, Kamerad, auch die Stadt angesehen? Feiner Betrieb, was?»

Der Mann legte den Kopf wieder gähnend auf die Tischplatte zurück. Er sagte: «Da sieht man erst, was für ein dummes Schwein unsereiner ist! Diese Brüder! Diese Speckjäger! Aber recht haben sie – was, Kamerad Schwein?»

Otto antwortete nicht. Die Trauer würgte in seinem Hals. Er verfluchte sich, den Leutnant Ramin, den Urlaub. Wäre ich von meinem Regiment nicht fortgelaufen, hätte ich diesen Mist nie gesehen, dachte er immer wieder.

Er überlegte, ob er nicht doch lieber umkehren sollte.

8

Der fette, schwarz gekleidete Zivilist, der Otto vergeblich um Auskunft gebeten hatte, erfuhr unterdessen von einem Feldgendarmen, wohin er sich zu wenden hatte. Er ging langsam weiter, stieg eine Treppe hinauf, verhandelte mit einer Wirtin, ging über den Flur, klopfte und trat ein.

«Guten Morgen, Erich», sagte der Abgeordnete.

Erich saß an einem Spiegeltischchen und manikürte mit Bedacht seine Nägel. Er hatte schon die Reithose an (die teure Kordhose von Benedix für 150 Mark) und die glänzend lackledernen Reitstiefel, aber über der Taille war er mit einem rohseidenen Oberhemd bekleidet.

«Sie, Herr Doktor!» rief er verlegen. «Sie hätte ich nie hier in Lille erwartet!»

«Ganz offiziell, mein Junge», sagte der Abgeordnete beruhigend. «Eine Frontreise von Abgeordneten aller Fraktionen auf Einladung des Oberkommandos. Nichts, das dich kompromittieren könnte!»

«Herr Doktor . . .!» sagte Erich verlegen.

«Nun, nun. Keine falsche Scham. Jeder sieht, daß er vorwärtskommt.» Er betrachtete Erich wohlwollend. Der Junge war nun in seinen Waffenrock gefahren, die Achselstücke glänzten silbern. «Ich sehe, man kann dir zum Leutnant gratulieren. Du machst deinen Weg.»

«Seit vorgestern», sagte Erich. «Ich hätte es schon längst werden müssen – aber Sie können sich ja denken, Herr Doktor: Vaters Beruf . . .»

«Aber das Ziel schien es dir wert, und du hast es also geschafft!» Die Stimme des Abgeordneten klang ein wenig spöttisch, aber sein Gesicht blieb weiter wohlwollend. «Die Ideale hast du also eingemottet, statt ihrer trägst du seidene Oberhemden?»

Wieder wurde Erich rot.

«Alle Offiziere tragen nur noch Seidenwäsche», sagte er trotzig.

«Auch im Schützengraben?» fragte der Abgeordnete.

«Ich bin beim Stabe!» sagte der Junge patzig und verstummte.

«Nun, nun», machte der Abgeordnete beruhigend, «wir wollen uns ja nicht streiten, Erich. Ich verstehe vollkommen, daß du deine Anschauungen geändert hast. Ich selbst bin nicht im Schützengraben, und ich gehe auch nicht hinein. Ich habe alles Verständnis dafür, wenn sich jemand vor dem Schützengraben drückt . . .»

«Ich habe mich nicht gedrückt, Herr Doktor!» rief Erich zornig. «Ich bin abkommandiert . . .»

«Natürlich, du bist abkommandiert. Du tust hier deine Pflicht, genau wie du sie draußen getan hast. Ich zweifle nicht daran.» Die Stimme des Abgeordneten blieb gleichmäßig freundlich. «Wie gesagt, wir streiten uns nicht, weder um Worte noch um Begriffe. Wir haben alle einiges dazugelernt, in den letzten zwei Jahren, nicht wahr? Aber, Hand aufs Herz, mein Sohn Erich, es ist doch verdammt anders gekommen, als wir es uns im August vierzehn gedacht haben? Du erinnerst dich doch?»

«Ich gehe auf der Stelle wieder in den Schützengraben», sagte Erich wütend, «wenn sie alle gehen. Aber daß ich mir meine Knochen kaputtschießen lassen soll, und die Herrschaften hier waten im Sekt . . .»

«Da watest du lieber mit, ich verstehe», sagte der Abgeordnete.

«Herr Doktor!» Erich schrie es fast.

«Du willst mich doch nicht rausschmeißen, mein Junge? Was sollen denn bei mir diese Mätzchen, Erich?! Sei vernünftig und laß mit dir reden. Du bist doch nicht dumm. Du müßtest dir doch eigentlich sagen, wenn das Mitglied des Reichstages den kleinen Leutnant X persönlich aufsucht, so geschieht das doch nicht darum, um hier kleine neckische Bemerkungen zu tauschen . . .»

«Ich bin kein Drückeberger.»

«Schön, du bist keiner. – Bist du nun zufrieden? Noch nicht? Also, Erich, wollen wir nun reden, oder soll ich gehen?»

Er wartete aber keine Antwort ab, er sagte: «Ich weiß nicht, ob du die Dinge im Reichstag verfolgt hast, Erich? Bei der letzten Abstimmung über die neuen Kriegskredite haben bereits 31 Abgeordnete mit Nein gestimmt, fast ein Drittel meiner Fraktion. – Beruhige dich, ich gehöre nicht zu diesem Drittel, wäre ich sonst auf spezielle Einladung des Oberkommandos hier? – Wahrscheinlich wird sich schon bald meine Fraktion spalten, in einen radikalen Flügel, der gegen den Krieg ist, und in uns, die Mehrheit, die wir für den Krieg sind.»

Erich sah den Abgeordneten gespannt an. Die kleinen Häkeleien von eben waren vergessen.

«Natürlich sind wir auch nicht für den Krieg, Erich. Wenn wir vor zwei Jahren wirklich dafür waren, so haben wir unterdes vieles gelernt, Erich. Wir müssen nicht erst in euer hübsches Etappenstädtchen Lille fahren, um zu wissen, daß es keinen geeinten Volkswillen mehr gibt. Es gibt nur noch eine allgemeine Unzufriedenheit . . . im Hinterlande. In den Städten sieht es böse aus, Erich, es hat schon Krawalle gegeben . . .»

«Ich habe davon gehört», sagte Erich.

«Natürlich hast du davon gehört, Erich. Dafür wird schon gesorgt, daß so etwas nicht unbekannt bleibt.» Der Abgeordnete lächelte listig. «Aber ich sage meinen Kollegen Neinsagern immer wieder: Das ist gar nichts. Unzufriedenheit im Hinterlande bedeutet nichts, solange die Herren Militärs noch regieren . . . Bewilligen wir ihnen doch weiter ihre Kredite, mögen sie ihren Krieg doch weiterführen . . .»

Sie schwiegen eine Weile, sehr lange. Erich sah unruhig nach der Tür, zu den Fenstern.

Einmal sagte der Abgeordnete verloren: «Ja, die Stimmung an der Front . . .» sah Erich an und schwieg wieder.

Dann lauter: «Es war eine seltsame Reise an die Front, mein lieber Erich, zu der wir hier eingeladen worden sind. Von der Front haben wir nämlich nichts zu sehen bekommen. Einmal hat man uns auch einen Schützengraben gezeigt. Die Unterstände waren betoniert, ich möchte schwören, die Lattenroste, die im Graben lagen, waren noch am Morgen der Besichtigung geschrubbt worden. Man genierte sich ordentlich, auf das weiße Holz zu treten . . . Ja, das war also unser Schützengraben . . .»

Er sah Erich an, aber Erich schwieg noch immer.

«Es ist tagesklar», sagte der Abgeordnete plötzlich entschlossen, «daß diese Regierung stürzt, sobald die Front zusammenbricht. Es sind zuviel Feinde, draußen wie drinnen. Man muß nur warten können. Warten und vorbereiten. Und wenn es dann soweit ist, wenn – es – dann – so – weit – ist, sind wir da! Wir sind dann die einzigen, die eine Regierung bilden können. Weil der Arbeiter, der Proletarier, nun, das ganze Volk uns vertraut . . .»

«Sie wollen nach einem verlorenen Kriege die Regierung übernehmen?» rief Erich. «Sie rechnen mit einem verlorenen Krieg, um an die Regierung zu kommen?! Sie müssen . . .»

Er brach ab, starrte.

«Wahnsinnig sein, wie?» ergänzte der Abgeordnete. «Aber wir sind nicht wahnsinnig, wir sind vorausschauend. Der Krieg im Felde wird verloren, Erich, das müßtest du selber wissen, wenn du den Betrieb hier siehst! So gewinnt man doch keine Kriege!»

«Und Sie bewilligen die Kriegskredite!» sprach Erich starr.

«Weil wir den anderen Krieg gewinnen wollen, den großen, den

Weltkrieg! Du verstehst nicht, Erich? Aber welcher andere Krieg wird gekämpft, seit die Welt steht, als der für die Elenden und Armen, der für den Arbeiter, den Proleten, den Kettensträfling? *Den* Krieg wollen wir gewinnen!»

«An diese Dinge habe ich einmal geglaubt, aber das tue ich schon längst nicht mehr. Jeder muß sehen, wo er bleibt. Nach Erlösung des Proleten sieht es doch wahrhaftig nicht aus, Herr Doktor!»

«Doch sieht es so aus, Erich! Wenn du nämlich nicht das siehst, was du nahe vor Augen hast, sondern wenn du aus der Ferne schaust. Der ewige Krieg kann nur gewonnen werden, wenn die Menschheit den Glauben an den Militärkrieg verliert. Dieser Krieg *muß* schrecklich sein, er muß noch viel schlimmere Opfer fordern – Erich, der Front stehen schreckliche Dinge bevor! In England bauen sie Kampfwagen, Tank nennen sie sie noch als Deckwort, sie gehen ohne Räder, Stahlungetüme, über alle Drahtverhaue, alle Gräben fort . . . Unsere Militärs glauben nicht an die Wirkung, aber sie werden erleben . . .»

«Und so ein geschlagenes Volk wollen Sie regieren?»

«Erich, wir werden ja nicht allein geschlagen sein, alle werden besiegt sein. Man muß Opfer bringen, wenn man viel erreichen will! Die Fortsetzung des Krieges, die wir den Militärs ermöglichen, zerbricht für immer den Glauben an die Militärkaste. Und dann kommen wir!»

«Besiegte Sieger!»

«Aber alle werden sie besiegte Sieger sein. Glaubst du, wir werden mit den Militärs verhandeln? Die Arbeiter der Welt werden wir zusammenrufen! Glaubst du, der französische Arbeiter wird uns nicht verstehen, wenn wir ihm sagen: ‹Nie wieder Krieg›? Dann kommt die Befreiung des Arbeiters der Welt, dann kommt unser Staat, Erich. Du hast auch an ihn geglaubt, du glaubst noch an ihn, trotz dem und trotz dem . . .»

Er tippte mit dem Finger auf die silberne Epaulette, auf die Brust des Waffenrocks, unter dem das Seidenhemd saß.

«Es wäre schön . . .» sagte Erich träumerisch.

«Schön? Glaube mir, Erich, dieser Friede wird anders kommen, als ihn jeder erwartet. Aus den Schützengräben werden sie zusammenlaufen: Deutsche und Franzosen und Engländer. Sie werden sich ansehen, sie werden gar nicht mehr verstehen, daß sie aufeinander schießen konnten.»

«Es wäre schön . . .» sagte Erich noch einmal, und dann: «Und was könnte ich dafür tun, Herr Doktor?»

«Du müßtest . . .» flüsterte der Doktor, und jetzt war er es, der nach Tür und Fenster sah. «Du müßtest . . .»

9

Als es auf den Morgen ging, wurde die Stimmung im Packsaal der Munitionsfabrik immer verdrossener und gereizter.

Der Aufseher merkte es wohl. Wenn es man nur nicht noch etwas gibt, dachte er, schob die Hände in die Taschen und stellte sich vor einen Aufruf zum Zeichnen der sechsten Kriegsanleihe, fest entschlossen, von seiner Seite zu einem Ausbruch der üblen Laune nichts beizutragen.

Die Frauen, meist in häßlichen Hosen, die ihnen jeden weiblichen Reiz nahmen, saßen nebeneinander an langen Holztischen und griffen nach den Pulverstäben, die eine am Kopfende des Tisches stehende Maschine aus endlosen Pulverbändern abgeteilt hatte. Dann verpackten sie diese Stäbe. Gab es die Arbeit, daß eine der anderen etwas zu sagen hatte, irgendeine kurze Bemerkung: «Rück die Kiste näher!» oder «Mach schnell!», so wurde es leise gesagt und klang doch, als haßten sie alle einander.

Eva Hackendahl stand an ihrer Maschine. Sie drückte auf den Hebel. Die Messer senkten sich und teilten den stumpfgrauen Pulverstab ab. Hände griffen nach den Stäbchen, sie ließ den Hebel los, er federte hoch, und wieder legte sie ihre Hand auf ihn, um ihn hinunterzudrücken.

Seit acht Uhr abends tat sie so. Eine tödliche Müdigkeit erfüllte sie, ein Ekel vor aller Tätigkeit, vor dem eigenen Ich. Die Müdigkeit lag wie ein pressender Ring um ihren Kopf, nicht eine Sekunde ließ sie den Kopf frei. Sie saß ihr im Munde, sie füllte die Mundhöhle mit einem staubig-wolligen Geschmack, sie machte die Knie schlaff. Immer wieder der Hebel, der wie ein lebendiges Ding ihrer Hand entgegenzukommen schien, der graue Strom, die Hände der anderen, die zwischen die Messer griffen . . .

Eva seufzte. Es war nur noch eine halbe Stunde bis zum Schluß der Nachtschicht, aber diese halbe Stunde schien vollkommen unüberwindlich. Sie dachte an das Bett, an das schöne, warme Bett, an Schlaf und Vergessenheit.

Sie wußte, Tutti stand jetzt schon vor irgendeinem Fleischer- oder Bäckerladen, aber das Bett, das die eine am Tage, die andere in der Nacht benutzte, war schon glattgezogen und wartete auf sie. Sie mußte nur noch eine halbe Stunde auf den Hebel drücken, dann durfte sie heimgehen, konnte schlafen!

Aber die Zeit war so endlos bis dahin, gerade die letzte Viertelstunde war immer die schlimmste!

Sie erinnerte sich an die Schule – sie drückte den Hebel nieder –, an die allerletzten drei oder fünf Minuten vor dem Klingeln – sie ließ den

Hebel los –, gerade da war oft noch etwas geschehen, was alle Freude an den freien Nachmittag – der Hebel kam ihrer Hand entgegen, in sie hinein – zerstört hatte. Und wenn auch nichts geschah – sie drückte den Hebel nieder, und die Messer senkten sich –, diese letzten Minuten waren schon damals unüberwindlich gewesen. – Der Hebel war losgelassen, und jetzt kamen die Hände der anderen Arbeiterinnen. – Es war alles beim alten geblieben, vieles hatte sie erlebt – jetzt hatten die Hände die Stäbchen geholt, der Hebel kehrte in ihre Hand zurück –, aber sie ging immer noch zur Schule. – Sie drückte auf den Hebel, die Messer senkten sich. – Wie als Kind hatte sie noch immer die letzten, tödlichen Minuten in all ihrer Grauenhaftigkeit zu ertragen.

Wie in der Schule! Darum erfuhr man vieles im Leben, erlitt Schlimmes, durchwatete es, nahm Schweres auf sich – damit man immer weiter in die Schule ging, aber nichts dazulernte. Die Zensuren, die einem das Leben erteilte, mußten ja schlecht sein. Man wurde auch nie versetzt, ewig blieb man sitzen auf derselben Schulbank.

Eva Hackendahl sieht über die Reihen der Arbeitenden. Sie sieht aus den grauen Arbeitsblusen die Hälse kommen, sie sieht die über den Tisch gebeugten Nacken – gebeugte, müde, überlastete Nacken. Sie weiß, alle diese Frauen, fast alle, haben es schwerer als sie, der Tutti die Tagesgeschäfte fast ganz abnimmt. Alle diese Frauen gehen nur darum zur Nachtschicht, weil sie Kinder zu versorgen haben. Kaum heimgekehrt aus der Fabrik, haben sie zu waschen, anzuziehen, Frühstück zu machen, in die Schule zu schicken. Sie rennen in die Lebensmittelläden, mit vor Müdigkeit zitternden Knien stehen sie Schlange, jetzt muß noch ein Sack Kohlen geholt werden – weiter, los! Sie stehlen sich am Tage drei, vier, wenn es viel wird, fünf Stunden Schlaf zusammen. Oft kommen sie gar nicht aus den Kleidern, es lohnt nicht, sich für den Augenblick Schlaf auszuziehen!

Und dazwischen, schnell, ehe sie in die endlose Nachtschicht laufen, trennen sie eine Seite aus dem Schulheft der Kinder. Auch er ist da, er ist immer da, er ist der «Ernährer» geblieben, für sie, die jetzt die Ernährerin ist. Er ist der Inbegriff der guten Friedenszeit geworden, da man Arbeit, aber auch Arbeitsende kannte, da man wußte, was Hunger war, aber auch sich satt essen konnte . . .

«Lieber Max», schrieben sie also auf die Schulheftseite, auf die dünnen blauen Linien, und sie bemühen sich, so gut und deutlich wie in der Schule zu schreiben. «Lieber Max», schrieben sie. «Mir und den Kindern geht es noch gut, was ich auch von Dir hoffe. Wir haben diese Woche ein halbes Pfund Grieß auf Karten extra, und weil ich doch Schwerarbeiterzulage bekomme, reichen wir gut.» Dieses «gut» wird dreimal unterstrichen. «Du mußt Dir also den Zucker nicht absparen. Wir kommen gut hin.» Wieder drei Striche. «Es wäre schön, wenn Du bald ganz heimkämst. Kannst Du nicht machen, daß der Krieg bald alle ist? Entschuldige, das sollte ein Witz sein, ich weiß schon, daß wir durchhalten müssen . . .»

So oder ähnlich schrieben sie, Klagen lag ihnen nicht. Sie schrieben gehetzt zwischen den Arbeiten, zwischen zwei streitenden Kindern, im Ohr die ewige Bitte um Brot. Sie schrieben, wie sie arbeiteten, die Kinder versorgten, um Lebensmittel liefen: selbstverständlich, ohne Aufhebens. Sie schrieben, damit Vater doch weiß, daß wir alle noch gesund und am Leben sind. Das Leben – darum ging es ihnen, das Leben war etwas Heiliges. Sie mußten es erhalten, ihretwegen, ihrer Kinder wegen. Sie dachten nicht darüber nach, sie handelten. «Durchhalten» – eine Parole, erfunden, ausgedacht, und immer wieder in alle Hirne gehämmert –, durchhalten, daß hieß für sie: am Leben bleiben. Warum eigentlich? War dieses Leben mit den fast verhungernden Kindern lebenswert? Sie dachten nicht darüber nach – man mußte leben, auch wenn es schwer war.

Der Hebel kommt, wird herabgedrückt, losgelassen – kommt der Hand entgegen. Im Anfang hatte Eva jede Nacht von diesem Hebel geträumt und den Messern und von den Händen zwischen den Messern . . . Dann sah sie blutige Hände, abgeschnittene Finger, mit einem Angstschrei wachte sie auf . . . Solch ein Traum war nichts Besonderes, alle Frauen träumten so. Sie hatten Männer draußen, sie sahen nicht nur fremde Hände im Blut, sie sahen den geliebten Leib zerstört!

Nein, Eva Hackendahl hat es besser als die anderen, theoretisch ja, Tutti nahm ihr fast alles ab. Sie hat keine Kinder zu versorgen, kein Mann ist im Felde, um den sie sich ängstigen muß. Sie weiß, daß sie es besser hat, aber sie hat es doch nicht besser. Einmal, es ist noch gar nicht so lange her, stand sie auf einer kleinen, steinernen, feuchten Plattform. Nicht tief unter ihr, unsichtbar, zog und plätscherte das Wasser. Sie hat es nicht getan. Und doch, und doch – oh, er war so widerlich und gemein, aber das bißchen Kampf, das sie in aller Schwäche gegen seine Brutalität kämpfte, dies bißchen Kampf hatte irgendwie ihrem Leben Inhalt gegeben, diesem Leben, das nun ganz leer geworden war! Als man um das Leben kämpfte, hatte es einen Sinn gehabt – nun war es ganz sinnlos geworden.

Der Aufseher schiebt die Mütze aus der Stirn, er wendet sich von dem Plakat ab. Es ist fünf Minuten vor sieben – es ist doch noch einmal, wider alles Erwarten, gut gegangen.

Im gleichen Augenblick hört er einen Schrei. Einen ganz hohen Schrei. Er springt an den Hebel – mit einem Griff wirft er die Transmissionsriemen von den Scheiben. Die Maschinen summen und brummen tiefer und stehen still.

Um so lauter schreien die Stimmen.

«Sie hat es absichtlich getan! Sie hat gesehen, daß ich die Hand noch in der Maschine hatte!»

Die Angeschuldigte, Eva Hackendahl, steht schneeweiß da, zitternd. Ohne ein Wort der Verteidigung blickt sie auf die graue Hand, die gegen sie gehalten wird, auf die Hand, von der Blut tropft, über die Blut strömt.

«Mit Absicht hat sie es getan!» schreit die kleine Verletzte wieder, ein Weib mit scharfem Vogelgesicht. «Ich habe sie noch angesehen, weil ich ein bißchen zurück war, und sie hat mich wieder angesehen. Und grade hat sie die Messer kommen lassen . . .»

«Das ist wahr!» ruft eine.

«Red doch nicht!» widerspricht eine andere. «Du hast geschlafen!»

«Ich habe nicht geschlafen, ich war ein wenig zurück.» Plötzlich fängt sie an zu weinen. «Warum hast du das gemacht?! Ich habe dir doch nie was getan! Oh, meine Hand – nun kann ich nicht arbeiten – da, ich kann den Finger nicht rühren . . .»

«Zeig deine Hand her», sagt der Aufseher. «Schrei doch nicht so! Das ist ja nichts. Das ist ein Ratzer . . . da wirst du nicht mal krank geschrieben . . .»

«Ich nicht krank!» fängt die an.

«Blut!» kreischt plötzlich eine hochschwangere Frau. «Das Blut! Geht doch weg, laßt mich doch mal das Blut sehen . . .»

Ungehört verhallen draußen die Klingelzeichen: Feierabend. Ein neuer Morgen.

Der Tumult wächst, andere Aufseher kommen, Werkmeister, ein Ingenieur.

«Ruhe doch! Bringt doch nur die Weiber zur Ruhe!»

Eva Hackendahl steht bleich neben ihrer Maschine. Sie ist die einzige, die kein Wort sagt. Aber sie denkt immerzu: Ich soll es absichtlich getan haben. Habe ich es absichtlich getan? Nein. Ich weiß nicht. Vielleicht habe ich es doch absichtlich getan? Ich weiß nicht . . . Man kann sich nicht immer nur vor etwas ängstigen, das vielleicht nie kommt . . . Diese letzten tödlichen Schulminuten, in denen immer noch etwas geschehen kann . . . Vielleicht trifft mich Eugen doch einmal, und all die Quälerei jetzt war umsonst . . .

«Machen Sie, daß Sie nach Haus kommen. Wozu stehen Sie hier noch rum? Von der Maschine sind Sie abgelöst. So was darf nicht vorkommen.»

«Ich habe es nicht absichtlich getan.»

«Wer sagt denn das? Die? Ach die! Aber besser aufpassen müssen Sie! Na, nun arbeiten Sie eben als Packerin. Zehn Pfennig weniger die Stunde, aber Sie hätten auch besser aufpassen müssen! Später kann man sehen ... vielleicht in Saal fünf. Aber es wird sich natürlich rumquatschen.»

«Vielleicht habe ich es doch absichtlich getan?»

«Ach, red doch keinen Stuß! Fängst du nun auch noch an?! Mach, daß du nach Haus kommst! Schlaf dich aus. Absichtlich – so ein Quatsch!»

10

Der Weg nach Haus war schwerer und trauriger denn je. Wozu ging man nach Haus, legte sich in ein Bett, sammelte neue Kräfte, um doch nie eine Freude zu haben?

Immer langsamer ging Eva Hackendahl. Es war schon fast taghell, die Laternen brannten nicht mehr, grau standen die grauen Gestalten vor den Läden. Es gehen noch andere Leute neben ihr, hinter ihr – aber sie beachtet keinen, wie niemand sie beachtet. Eine Frau in Arbeitshosen wäre noch vor zwei Jahren ein unerhörter Anblick in Berlin gewesen – die Zeiten haben sich geändert. Heute ist eine gut angezogene Frau ein sehenswerter Anblick – wenigstens in dieser Gegend Berlins.

Vor Eva Hackendahl geht ein schwer bepackter Feldgrauer, irgendein Urlauber, er hat denselben Weg wie Eva. Otto Hackendahl geht langsam, viel um sich schauend. Als er vor zwei Jahren Berlin verließ, waren die beflaggten Straßen voll von fröhlichen Menschen. Die Mädchen trugen helle Kleider, Blumen gab es und Kränze, Zigarren und Schokolade. Er findet eine graue, trostlose Stadt wieder, schon am Morgen scharren müde Füße über das Pflaster. Grau und trostlos sind die Gesichter, alle Schultern scheinen nach vorn zu hängen, es gibt nichts Helles mehr. Er hat kein einziges Lachen gehört. Gestern ekelte ihn der falsche Prunk der Etappe, heute sah er die abbröckelnde, zerfallende Stadt des Hinterlandes – und die Ödnis griff nach ihm, bezog ihn sofort ein.

In den Gräben hatten sie von dem Hunger im Hinterland gesprochen, manch einer hatte gesagt: «Sie sollen sich bloß nicht so haben! Wenn wir im Feuer liegen und die Essenträger kommen nicht heran, hungern wir auch vierundzwanzig Stunden. Es ist alles halb so schlimm!»

Gleich begriff Otto: Es war alles dreimal so schlimm, hundertfach schlimm! Es war nicht nur der leibliche Hunger; wenn man in diese hoffnungslosen Gesichter sah, begriff man, es war viel mehr die völlige Freudlosigkeit, das Fehlen von allem, was das Leben erst lebenswert macht, eben das Hoffnungslose!

Er ging noch langsamer, er sah den Torweg schon. Er hatte ihr nicht geschrieben, daß er kommen würde, er hatte ihr die Vorfreude genommen, die Möglichkeit, zu hoffen ... Eine Angst faßt ihn: Wie wird sie sein, wie sehr wird auch sie sich verändert haben? Komme ich nicht schon viel zu spät mit all dem, was ich geworden bin? Wie werde ich sie finden?!

Eine Frau in Hosen geht an ihm vorüber, sie sieht flüchtig, gleichgültig von der Seite in das bärtige Gesicht des Urlaubers. Noch bis in den nächsten Torgang hinein geht Eva Hackendahl, bis sie völlig begriffen hat: Sie sah in das Gesicht ihres Bruders Otto. In ein straffer gewordenes Gesicht, der Blick männlich klar, ohne Scheu.

Sie lehnt an der Wand des Torwegs, sie versucht, sich vorzustellen, was das bedeutet: Der Bruder ist heimgekehrt! Komisch – sie muß zuerst daran denken, ob Otto sich gleich, müde von der Reise, ins Bett legen wird, dieses einzige Bett, das neben dem Kinderbett dort oben steht? Oder ob sie das Bett für sich haben kann – wenigstens heute vormittag noch?

Mit einem ungeduldigen Kopfschütteln will sie diesen albernen Gedanken von sich scheuchen, als ob das wichtig wäre! Aber gleich muß sie sich ausdenken, wie es denn nun da oben werden wird, in der nächsten Zeit, mit dem Zusammenleben, Stube und Küche, und nur die eine Schlafgelegenheit! Wie lange bleibt denn so ein Urlauber? denkt sie. Eine Woche oder vierzehn Tage? Das wird sich schon einrichten lassen, und dann beginnt wieder unser altes Leben.

Jetzt kommt der Soldat in den Torweg. Sie versteckt sich rasch. Der Soldat geht vorbei, auf den nächsten Hof. Sie folgt ihm langsam, vorsichtig, beobachtend.

Dann beginnt wieder unser altes Leben! so hallt es in ihr nach. Aber was ist denn dieses alte Leben? Plötzlich begreift sie, wie vorläufig es war, immer auf Abruf, ein Leben geführt auf tägliche Kündigung! Einmal war der Krieg aus, und es gab keine Munitionsfabriken mehr, einmal kam der Bruder heim und wollte sein Heim für sich – aber was wurde dann aus ihr?!

Der Bruder fängt an, die Treppe hinaufzusteigen. Sie steigt ihm nach, ein Gefühl endloser Öde in sich.

Aber was habe ich mir denn eigentlich gedacht, überlegt sie. Habe ich denn geglaubt, es könnte ewig so weitergehen, mit Nachtarbeit und umschichtigem Bett, ein Leben lang, ein ganzes, langes Leben lang? Das ist ja alles Schwindel – natürlich habe ich es absichtlich getan, soll sie doch ihre Pfote schneller wegziehen, die dowe Pute, die! Wahrscheinlich habe ich mir eingebildet, sie schmeißen mich raus – und dann kommt, was doch kommen muß. Wer für den Dreck bestimmt ist, der fällt schließlich immer hin ...

Nun ist der Bruder, der Urlauber Otto Hackendahl an seiner Tür angelangt. Als er auf den Klingelknopf drückt, geht Eva hinter ihm vorbei. Sie geht einfach noch eine Treppe höher. Neben dem Bruder stellt sie sich nicht an die Tür, sie schließt ihm auch nicht auf, obwohl sie den Schlüssel in der Tasche hat. Einmal dachte sie, hier sei sie zu Haus, aber das war natürlich auch Schwindel. Es ist allein sein Heim, sie ist nirgends zu Haus – so ist es!

Sie setzt sich oben hin, auf die Treppe für die Heimatlosen! Sie wird ja sehen, was wird. Sie kann es abwarten. Wenn man absichtlich mit seiner Maschine eine Hand verletzt, kann man noch immer faule Ausreden gebrauchen. Wenn dann aber der Himmel den Bruder gerade an diesem Morgen heimschickt und vertreibt einen aus Bett und Schlaf, dem einzig seligmachenden Vergessen, so heißt das, daß der Dreck zum Dreck gehört!

Wenn dem aber so ist – und dem *ist* so –, so stellt man sich nicht an. Man setzt sich ruhig auf die letzte Stufe vor der Bodentür und wartet das Weitere ab. Der Dreck wird seinen Dreck schon finden! Er hat es gar nicht eilig!

11

Otto hatte der Arbeiterin in Hosen erstaunt nachgeblickt: Was will denn die da oben? Da oben sind doch nur Böden! Aber gleich vergißt er es, denn auf sein Klingeln ruft durch die Tür eine Stimme: «Mutti is nich da!»

«Wo ist Mutti denn? Gustäving!» fragt der Vater, lehnt das Ohr gegen die Tür und versucht sich vorzustellen, daß dies sein Sohn ist, der aber jetzt nicht mehr zwei, sondern vier Jahre alt ist.

«Preßkohlen holen», sagt die Piepsstimme von innen. «Wer biste denn? Was willste denn?»

«Euch besuchen, Gustäving.»

«Wer biste denn? Wieso weißte denn meinen Namen? Wie heißte denn?»

Der Vater überlegt einen Augenblick. Er möchte gerne sagen, daß er der Vater ist, aber er darf noch nicht. Es ist eine Tür zwischen ihnen – er kann nicht zu dem Kind. Er muß warten.

«Wo holt denn Mutti die Kohlen, Gustäving?» fragt er. «Noch bei Tiedemann?»

«Bei Tiedemann?» fragt es von innen. Und plötzlich ist in dem kleinen Hirn wohl ein großes Licht aufgegangen, plötzlich trommeln Hände von innen gegen die Tür. Die Kinderstimme schreit: «Mach auf, mach auf! Ich weiß, du bist mein Papa! Mach doch auf, Mutti hat gesagt, du kommst immer ganz bald mal! Mach doch auf! Ich will zu dir, Papa!»

«Ja, Gustäving – sei einmal ruhig. Ja, ich bin dein Papa. Hör doch, Gustäving, ich habe keinen Schlüssel, wir müssen warten, bis die Mutti kommt. Ja, hör doch, du erkennst mich gar nicht wieder, Gustäving . . .»

«Doch, du bist mein Papa!»

«Ich habe einen riesenlangen gelben Bart . . .»

«Quatsch, mein Papa hat keinen langen Bart!»

«Der ist mir im Feld gewachsen, Gustäving!»

«Mach auf, Papa! Ich will deinen Bart sehen!»

«Ich habe doch keinen Schlüssel, Gustäving. Wir müssen warten, bis die Mutti kommt.»

Ein kurzes Überlegen.

Die oben auf der Treppenstufe, die Eva Hackendahl, überlegt auch. Ja, denkt sie böse, so was ist Heimat und Heimkommen. Aber so etwas gibt's für mich nicht. Wieso eigentlich nicht? Ich bin viel hübscher und mindestens ebenso klug wie Tutti! Und keiner war feiger und schlaffer als Otto. Aber die haben es, und ich habe gar nichts. Erich hat es auch schon zu was gebracht, und Sophie ist Oberschwester geworden und hat die Rote-Kreuz-Medaille bekommen. Nur ich . . .

Unten geht es immer weiter: «Weißte was, Papa? Geh runter auf den Hof. Stell dich auf den Hof, und ich seh runter aus dem Fenster! Dann seh ich, ob du mein Papa bist.»

«Du wirst aus dem Fenster fallen, Gustäving!»

«Was werd ich? Mach man los, Papa!»

«Warte den Augenblick, Gustäving. Mutti muß gleich kommen.»

«Ach, mach doch, Papa! Los!»

«Du erkennst mich ja nicht mit dem Bart.»

«Klar erkenne ich dich! Ich werd meinen Papa nicht erkennen!»

«Und du versprichst, daß du das Fenster nicht aufmachst?»

«Sache, Papa! Versprech ich! Ich kuck durch die Scheibe. Mach man los!»

«Es dauert aber eine Weile, bis ich unten bin.»

«Weiß ich doch, Mensch! Fünf Treppen! Biste immer so langweilig, Papa?»

«Ich gehe ja schon, Gustäving.»

«Na, denn man los!»

Otto Hackendahl steigt mit Affen, Packen und Päckchen wieder die Treppen hinunter. Aber was bedeutet ihm die Last? Er läuft, läuft wie ein Junge, kommt auf den Hof.

Der Hof ist eng, bloß so ein Luftschacht, und oben hängen auch noch kreuz und quer die Wäscheleinen. Otto Hackendahl drängt sich zwischen die Mülltonnen, und als ihm auch jetzt die Sicht noch nicht klar genug scheint, klettert er auf die Tonnen. Er reißt die Feldmütze runter, er schwenkt sie. Nichts, gar nichts sieht er, aber er brüllt hinauf: «Hurra!» brüllt er. «Hurra! Hurra!»

Ein paar Frauen sehen aus ihren Fenstern.

«Bei dem piept's wohl?»

«In Rixdorf is Musike . . .»

«Der macht den Dalldorfer, det er nich wieder raus muß . . .»

Aber Otto Hackendahl ist schon wieder von seinen Mülltonnen runtergestiegen. Er läuft die Treppen hinauf, und als er oben ankommt, sieht er, daß ein Wunder geschehen ist: Die Tür steht offen, und in der Tür steht ein Junge, ein sehr dünner Junge mit einem sehr großen Kopf . . .

«Gustäving! Siehste, ich bin dein Papa! Wer hat denn die Tür aufgemacht? Ach, Gustäving, freust du dich auch so?»

«Ich hab doch gleich gesagt, daß du mein Papa bist! Dein Bart ist auch gar nicht so lang. Haste was zu essen mitgebracht, Papa? Ich hab mächtig Kohldampf.»

Die nach so schwerem Kampf aufgeschlossene Tür klappt hinter den beiden wieder zu. Sie zerbrechen sich nicht weiter den Kopf über das Wunder. Das Mädchen oben sitzt noch eine Weile, ihre Schultern zucken, ihr ist wie damals, nicht lange her, als sie auf der kleinen feuchten Plattform stand.

Schließlich steht sie auf, sie geht langsam die Treppen hinunter. Unten trifft sie ihre Schwägerin, Gertrud Gudde. Das kleine, bucklige Geschöpf steht keuchend neben einem Kohlensack, bloß fünfzig Pfund, aber viel zu schwer für solch gebrechliches Wesen. Das Haar hängt ihr strähnig ins Gesicht, und die sanften Augen haben einen angstvollen Ausdruck.

Aber sofort leuchten sie auf, als sie Eva sieht – ein Aufleuchten, sanfter Schimmer, Zärtlichkeit. «Ach, Eva», sagt sie. «Wie gut du bist. Hast du schon gewartet? Ich hatte solche Angst vor den fünf Treppen!»

Eva hat eigentlich ohne ein Wort an Tutti vorübergehen wollen. Was geht die Tutti mich an? Ich habe meine eigene Last zu tragen!

Aber nun bleibt sie doch stehen. Willig läßt sie sich den Sack auf den Rücken helfen, sie trägt ihn die Treppe empor. Dabei denkt sie daran, daß sie an anderen Tagen, ohne die Sache mit Hebel und Heimkehr des Bruders, schon längst behaglich schlafend im Bett gelegen hätte. Sie hat nie daran gedacht, der Schwägerin bei ihren Obliegenheiten zu helfen. Wie oft hätte sie dieses zärtliche, dankbare Leuchten sehen können – aber sie hat nie etwas dafür getan.

Sie sind an der Tür angelangt, Gertrud hat schon den Schlüssel bereit. Sie will schnell aufschließen, damit Eva nicht erst den Sack absetzen muß. Aber Eva versperrt ihr den Weg zum Schlüsselloch.

«So, Tutti», sagt Eva mit einem seltsamen Gesichtsausdruck. «Hier hast du deine Kohlen! Mach dich doch ein bißchen zurecht, du siehst ganz zottelig aus . . .»

Gertrud sieht Eva verständnislos an – Eva ist so sonderbar! Sich hier vor der Wohnungstür zurechtmachen? Wer hat seit Jahren daran gedacht, wie sie aussieht? Sie wird ganz verwirrt unter Evas Blick, sie greift nach ihrem Haar, faßt ein paar Strähnen . . .

Aber plötzlich hört sie etwas. Sie steht da und lauscht, sie erzittert. Sie hat ihr Kind lachen hören drinnen in der Wohnung, und nun spricht eine Männerstimme . . .

Nun spricht die Stimme eines Mannes drinnen in ihrer Wohnung . . .

Sie starrt Eva an.

«Ja», sagt Eva mit veränderter Stimme. «Ja, doch! Mach dich schnell ein bißchen zurecht, dein Mann ist gekommen . . .»

Und sie beugt sich über den Kohlensack, sie denkt: Ach, du alter, häßlicher Buckel hast alles Glück bekommen – und ich? Hassen müßte ich dich!

Und beugt sich über den Kohlensack weg zur Gertrud. Sie streicht ihr das Haar zurecht, und ihre Hände zittern, sie rückt an Kragen und Ausschnitt, und ihre Hände zittern, sie sagt: «Ja, Tutti . . . Ja . . . Ja . . . Otto ist da . . . und ganz gesund . . .»

Zwei Arme legen sich um ihren Hals: «Ach, ich bin ja so glücklich . . . Mein Herz, oh, mein Herz . . .»

Und sich schnell wieder lösend: «Sehe ich sehr schlimm aus, Evchen?»

«Schön siehst du aus!» (Buckel!) «Gut siehst du aus!» (Buckel!) «Rote Backen hast du!» (Buckel!) «Mach, daß du hineinkommst zu ihm!»

Und sie, sie schließt die Tür auf. Und sie, sie schiebt Tutti hinein. Und sie, Eva, die Hübsche, Eva, Vaters Liebling, steht allein am Kohlensack, in der häßlichen Arbeitskleidung, und hört den Jubelschrei drinnen, und die tiefe, warme Stimme: «Ja, meine Gute, meine Süße, meine Schöne – nun bin ich bei dir . . .»

Eva zerrt den Kohlensack noch auf den dunklen Vorplatz, ehe sie die Tür leise zuzieht und geht. Sie steigt langsam die Treppen hinunter, ihre Tränen fließen, sie denkt immerzu: Warum die? Warum nicht ich?!

Sie geht über die Höfe, sie geht aus dem Haus hinaus, und dann kommt sie auf die Straße.

Daß Otto Hackendahl schon am Nachmittag dieses ersten Urlaubstages seinen Vater aufsucht, liegt nicht nur daran, daß er die Aussprache möglichst rasch hinter sich bringen will. Sondern Tutti und Otto haben mit wachsender Unruhe auf Eva gewartet, aber Eva ist nicht gekommen.

«Ich werde sie schon bei den Eltern treffen», sagt Otto. «Wohin soll sie denn sonst gegangen sein?»

Ja, wohin soll sie sonst gegangen sein? Tutti denkt an einen Morgen, da sie die ganz erstarrte Eva ausziehen half, ein Fuß war bis zur Wade hinauf durchnäßt gewesen! Aber sie schweigt!

Otto geht, er geht in die Frankfurter Allee, er geht die alten Wege, die er tausendfach gegangen ist. Jetzt sieht er den grauen Bretterzaun mit dem Schild «Fuhrgeschäft Gustav Hackendahl» . . . So steht ein Mann im Traum erschrocken still, alles stimmt und ist doch ganz anders. So steht Otto vor Zaun und Schild, aber auf dem Schild liest er: «Heu- und Fouragehandlung Hans Bartenfeld».

Er sieht die hundertmal gegangene Frankfurter Allee auf und ab, als könne er sich verlaufen haben. Aber er hat sich nicht verlaufen, und als er näher kommt, sieht er, daß das Schild neu ist. Es ist also eine ganz kürzlich geschehene Veränderung, das erklärt, daß er noch nichts davon gehört hat. Vater wird den Verkauf als eine «Männersache» ganz heimlich betrieben und Mutter erst im letzten Augenblick unterrichtet haben.

Otto tritt auf den Hof.

Es ist noch der alte Hof, aber hinter den Fensterscheiben im ersten Stock sieht er andere Gardinen, ein anderes Frauengesicht, nicht Mutters Gesicht, sieht auf ihn herunter. In diesem Augenblick zieht sich in Ottos Herz etwas schmerzhaft zusammen. Der Sohn, der in die Fremde ging, in den Krieg zog, der weiche Sohn, der schlaffe – er hatte sich verändert, er war härter geworden, geschlossener. Und mit jeder Veränderung hatte er etwas vom Elternhaus abgestoßen, allmählich hatte er aufgehört, Sohn zu sein, er war Mann geworden. Da er nun sinnbildlich und doch klar vor Augen sah, es gab dieses Elternhaus wirklich nicht mehr, fühlte er, wie die letzte Fessel riß, er war frei! Bisher war er nur ein schwaches Anhängsel gewesen. Jetzt war er ein neuer Anfang geworden!

Er fragt die Frau im Fenster, wohin Hackendahls verzogen sind, und nach Berliner Art fragt die Frau dagegen, ob er wohl einer von den Söhnen ist? Nun fragt Otto, ob Hackendahls schon lange fortgezogen sind, und erfährt, daß sie in der Wexstraße wohnen. Und ob er der ältere oder der jüngere sei?

Otto bedankt sich und geht. Er sieht die Frau nicht mehr an, er sieht den Hof nicht an. Er dreht sich auch nicht nach dem Bretterzaun um, obowhl er daran denken muß, wie oft er auf Vaters Befehl, mit Eimerchen und Bürste bewaffnet, die Inschriften der umwohnenden Jugend hat beseitigen müssen vom «Ich bin dohf» bis zu «Lehrer Stark hat falsche Zehne»! Nein, er geht weiter. Es ist endgültig vorbei. Früher gehorchte er Vaters Befehl, jetzt hat er eine eigene Stimme in der Brust, jene Stimme, die ihm im Granattrichter befahl, dem wildfremden Leutnant von Ramin zu erzählen, was ihn so lange gequält . . .

Otto Hackendahl geht die Frankfurter Allee entlang, er überlegt, wie er am raschesten in die Wexstraße kommt. Ihm fällt ein, daß es in jenem ganz fremden Bezirk Berlins (einer ganz anderen Stadt eigentlich) einen Ring-Bahnhof Wilmersdorf-Friedenau gibt. In seiner Nähe muß die Wexstraße sein. So kommt er am raschesten hin.

Er geht schnell. Er kommt über den Alexanderplatz, geht zur Ringbahn, fährt. Tack-tack-tack machen die Wagen. Es sind schreckliche Wagen, lärmend und ächzend. Durch zerbrochene Scheiben fährt der Winterwind. Die Fenstergurte sind abgeschnitten, die Gepäcknetze zerrissen – aber die Wagen tun ihren Dienst weiter, ächzend und lärmend. Sie bringen ihn an sein Ziel, an ein Ziel, für das er sich in zwei Jahren Westfront vorbereitete – also vorläufig zum Bahnhof Wilmersdorf-Friedenau.

Die Wexstraße ist leicht zu finden, jeder zeigt sie ihm. Aber sie gefällt ihm nicht, im grauen Licht dieses frühen Winterabends scheint sie ihm grau und eng. Die Frankfurter Allee ist breit und luftig, hier kann man ja nicht atmen. Ach, Vater!

Ach, Vater . . .! Plötzlich ist Otto stehengeblieben, er sieht etwas, etwas Bekanntes, einen Gruß aus dem Ehemals! An der Bordkante der Straße steht eine Droschke ohne Kutscher, aber Otto braucht auch keinen Kutscher zu sehen. Er kennt das Pferd, den Schimmel, der mit trübe hängendem Kopf das Pflaster zu studieren scheint.

Er krault ihm die Stirnmähne, er faßt nach den Nüstern. Aber das Pferd läßt nicht die Ohren spielen, es schnobert nicht mit den Nüstern in die liebkosende Hand – kaum, daß es den Blick seiner trüben, wie erloschenen Augen nach dem Sohn seines Herrn hinwendet.

Wie oft habe ich dich geputzt, Schimmel! Weißt du noch, wie kitzlig du am Bauch warst, immer schlugst du dann nach mir, ich konnte nicht genug aufpassen. Es war nicht Bosheit bei dir, Übermut war es, Lebenslust! Damals war ich der Geduckte und du der Übermütige. Aber jetzt . . . Nein, übermütig bin ich noch immer nicht, aber ich hebe doch schon den Blick vom Pflaster. Ich sehe den Rand des Himmels, etwas Weites, auf das man zugehen kann . . .

So etwa, und dazwischen immer wieder: Schimmel, wo ist der Vater? Schimmel, was ist mit Vater geworden? Schimmel!

Nein, es ist natürlich gar nicht zu erwarten, daß der Vater gerade mit diesem, seinem jämmerlichsten Pferde fährt. Die Mutter hat wohl geschrieben, das Geschäft gehe schlecht, man müsse sich sehr einschränken, Vater fahre wieder selbst ... Aber der Kutscher, der sicher dort in der Kneipe sitzt, wird irgendein Aushilfskutscher sein, der die anderthalb Stunden bis Feierabend vertrödeln will.

Otto tritt in die Kneipe.

Es ist jetzt halb fünf, draußen fangen die Gaslaternen an aufzuleuchten. Aber hier drinnen sparen sie mit dem Licht, über der Theke brennt nur eine funzlige Birne, gerade, daß der Wirt sehen kann, wie voll er seine Gläser macht. In den Winkeln sitzen ein paar dunkle Gestalten.

Gleich bei der Tür setzt sich Otto und ruft dem Wirt zu: «Ein Helles, bitte!»

Ein Augenblick ist Ruhe, dann sagt eine langsame, knarrende Stimme: «Mensch, det is dir doch woll klar, det dieser Krieg nich jewonnen werden kann. De U-Boote haben se jesacht – un nu haben se ihre U-Boote, un der Amerikaner schickt Leute un Waffen, noch un noch ...»

«Jestatte mal ...»

«Verjiß deine Rede nich, jetzt red ick. Jroße Offensive im Westen haben se jesacht – und die sitzen immer noch an dieselbe Stelle. Entscheidung im Osten haben se jesacht – na, nu haben se im Osten entschieden – und wat nu? Schiebste darum wenjer Kohldampf?»

«Laß mir mal reden, Franz!»

«Verjiß deine Rede nich, ick sare bloß ein Wort, ick sare: die internationale Sozialdemokratie! Du denkst, die jroßen Herren ... Ach wat, die jroßen Herren, wat die uns schon allet erzählt ham, aber mal dämmert et ooch beim Dußligsten, und wenn et erst dämmert, denn wird et rot ...»

«Verbrenn dir bloß die Schnauze nich, da sitzt'n Soldat ...»

«Nu wat denn? Wat heißt denn hier Soldat? Der denkt jenau so wie icke! Wer in der Scheiße sitzt, is anjeschissen, det is nu mal so injerichtet im Leben ...»

Aber er verstummt, denn der Soldat ist aufgestanden. Jetzt nimmt er das Bierglas in die Hand und geht quer durch das Lokal auf den Tisch des Sprechers zu.

Der pustet sich auf und duckt sich doch schon halb unter den Tisch. Er ruft die anderen halb weinerlich zu Zeugen auf: «Wat ha'ick denn jesacht? Jar nischt ha'ick jesacht! Im Osten werden wir't schon schaffen, ha'ick jesacht!»

Aber während er noch redet, geht Otto an seinem Tisch vorüber. Er geht, das Bierglas in der Hand, auf einen Tisch hinten an der Wand zu, er setzt das Glas auf den Tisch, er sagt: «Guten Abend, Vater. Ich bin's, Otto!»

Der alte Mann hob langsam seine großen, kugeligen, starken Augen von dem trüben Bierrest, vor dem er brütend gesessen. Dann, mit einer plötzlichen Bewegung, reichte er dem Sohn die Hand über den Tisch weg.

«Bist du det, Otto? Det is recht. Setz dich, Otto, setz dich. Haste mir zufällig jefunden?»

«Ich sah den Schimmel, Vater. Ich schaute hier nur mal rein.»

«Ja, der Schimmel, der Schimmel, Otto! Er wird immer wenjer, kein Futter un keine Kurage mehr. Ich krieg ihn an keinem Roßschlächter vorbei – immer will er rin in den Laden.»

Der alte Mann lachte, aber es klang trübe.

«Und sonst, Vater? Was macht der Stall sonst?»

«Der Stall? Ick hab keenen Stall mehr. Einen Braunen ha'ick noch, aber det Aas is ooch pflastermüde. Viel is nich mehr mit'm Jeschäft, Otto.»

«Fährst du allein, Vater? Hast du den alten Rabause nicht mehr?»

«Zu was denn, Otto? Für die zwei Schinder? Wenn jetzt der Krieg aus wär, ick hätt ooch keene Arbeit für dich, Otto. Sei du man froh, det du deinen Krieg hast!»

Wieder lachte er, und wieder trübe.

Otto saß dabei, er saß neben dem geschlagenen Mann. Der blaue Kutschermantel hing weit über die ehemals gedrungene Gestalt. Das einst feste Gesicht war locker geworden. Otto mußte daran denken, wie sein Vater früher als geachteter Gast in den Kneipen am Alexanderplatz gesessen hatte. Hier sah keiner nach ihm, keiner hörte mehr auf sein Wort. Er war bloß ein alter Droschkenkutscher, der über seinem Bier döste. Ein geschlagener Mann. Ich will ihn noch härter schlagen, dachte Otto.

«Du bist umgezogen, Vater?» fragte er schließlich.

«Ja, umjezogen! – Wie jefällt dir det Haus?»

«Ich war noch nicht da, Vater.»

«Ach nee? Warste grade auf'm Weg? Wo haste denn dein Zeuch?»

«Das habe ich nicht mit. Ich wohne diesmal woanders, Vater.»

«So, woanders wohnste? Na ja, schön.»

Der alte Hackendahl schoß einen scharfen, wachen Blick auf den Sohn, er döste nicht mehr. Hellwach war er. Und sehr mißtrauisch.

«Das Haus, weißt du», sagte er unvermittelt, und plötzlich hochdeutsch, «das habe ich getauscht gegen den Hof. Mit zwei Pferden brauch ich keinen Hof. Und nun habe ich ein fünfstöckiges Mietshaus, die Pferde stehen in einer Werkstatt. Fünf Stufen hoch, aber das macht ihnen nichts.»

«Vater, also hör mal zu. Ich wollte es dir schon lange sagen, schon vor dem Krieg . . .»

«Hat Zeit, vielleicht wart'ste noch, bis der Krieg alle is . . . Ick sage, det Haus hier in de Wexstraße . . .»

«Ich wohne also bei der Gertrud Gudde, Vater. Du weißt, früher hat sie bei uns geschneidert . . .»

«Gudde? Kenn ick nich!» Der Alte tat so, als hätte er falsch verstanden. «Bei mir wohnen jetzt so ville Leute. So'n Mietshaus, hab ick jedacht, is 'ne feine Sache. Bringt immer Jeld – wenn die Leute bloß zahlten. Ein bißken ville Hypotheken . . .»

«Vater! Ick kenn die Gertrud Gudde schon lange. Wir haben auch einen Jungen, jetzt ist er schon vier Jahre, Gustav haben wir ihn nach dir genannt. Und wir haben gedacht, wir wollen jetzt heiraten . . .»

«Die Gudde? Is det nich der kleine Buckel, der bei uns immer jeschneidert hat? Immer los uff de Nähmaschine! Ick ha jedacht, det jeht nich lange jut. Det is ja bloß 'ne Handvoll Unglick, un denn immerzu die Treterei . . .»

Der Alte sah den Sohn aus böse glänzenden Augen an.

«Der Junge ist ganz gesund», sagte Otto entschlossen. «Vater, es hilft nichts, wenn du so redest. So lange bin ich zu feige gewesen, mit dir davon zu reden, jetzt ist es anders . . .»

«Die Gudde», sagt der Alte und hatte wieder nichts gehört. «Jetzt besinn ick mir. Mutter hat sich mal verquatscht. Die Eva, deine Schwester, die Nutte jeworden is, die wohnt ooch bei de Gudde. Det scheint ein feinet Absteigequartier zu sein, der Junge is viere, sagste, un unjetraut kann man ooch schlafen jehn . . .»

Otto war schneeweiß geworden. Aber nicht umsonst war er im Felde gewesen. Er riß sich zusammen.

«Vater, was soll denn das?!» sagte er unwillig. «Du tust dir ja am allermeisten weh . . .»

«Und wat jeht dir det an, wie weh ick mir tue?» fragte der Alte zornig. «Heirate du die Gudde mit ihrem Blag. Nach mir jenannt, wat det nu soll! Als ob ick uff so'nen Schmus rinfalle! Hast du jefragt, ob du mir weh tust? Die Eva Nutte, die Sophie alle Ersten 'nen Brief, so und so, mir jeht et noch jut. Der Oberstabsarzt hat jesagt, ick bin tüchtig. Der Herr Militärpfarrer hat jesagt, ick bin noch tüchtiger. Und so weiter, alles von sich, aber nie nich 'ne Frage, wie et Muttern jeht. Der Erich, der schreibt bloß, wenn er Jeld braucht. Und der Otto kommt nach zwei Jahre uff Urlaub und hat wahrhaftig so ville Zeit, Vatern beim Bier von seine Trauung zu erzählen! Nee, mein Sohn, ick bin eisern! Wenn ick ooch wieder uff'm Bock sitze, det sare ick doch:

Bei alle meine Kinder stinkt et. Vielleicht bei Bubin nich. Aber det weeß man noch nich. Ick sage immer: Man nur nich brommen, et wird schon kommen!»

«Vater», sagt Otto, «du kennst die Gertrud Gudde ja gar nicht. Sie ist tüchtig, sie ist fleißig, sie hat aus mir einen Mann gemacht ...»

«Aus dir hat se 'nen Kerl jemacht, der seinem Vater in de Schnauze schlägt un denn noch sagt: Freu dir, Fritzchen, morjen jibt's Selleriesalat! Morjen macht ihr doch Hochzeit, wat?»

«Ja», sagte Otto fest. «Ich wollte mir nur von dir die Papiere holen. Es hilft nichts, Vater. Ich kann doch nicht aus Rücksicht auf dich die Gertrud sitzenlassen.»

«Ach so, wejen die Papiere biste rinjekommen?! Und ick Dussel habe mir wirklich im ersten Oojenblick jefreut! Nachher freilich ha'ick jleich jemerkt, det de wat auf'm Kerbholz hattest.»

«Was kannst du gegen die Heirat sagen, Vater?»

«Jar nischt, aber jar nischt. Nu paß uff, mein Sohn!» Er faßte in die Tasche. «Det sind meine Schlüssel. Nu jehste zu Muttern un schließt'n Schreibtisch uff, da liejen deine Papiere ...»

«So geht das nicht, Vater», sagte Otto entschlossen. «Sage einen wirklichen Einwand – nicht immer bloß, daß du nicht willst.»

«So, ick soll noch wat sagen? Hier haste die Schlüssel, un jetzt nimmste sie. Un wenn de denkst, ick sage: Ick bin einverstanden, Otto, mit deine Heirat – so sare ick dir: Nie, un wenn ick dir von Tod un Teufel erretten kann! Darin bin ick nu mal eisern!»

«Vater ...»

«Ja, det kannste sagen, det steht dir im Munde. Vater! Wie'ne Puppe, wo man uff'n Bauch drückt. Bei dir hat ooch der Bauch bloß immer Vater jesacht, weil de nämlich Hunger hattest, un ick sollte dir ernähren.»

«Sag doch endlich, Vater, was kannst du gegen die Heirat sagen?! Ich bin siebenundzwanzig ...»

«Jar nischt kann ick sagen. Det sare ick: Wenn du mit einer in de Betten jehst, so vornehm bin ick jar nich, da stoß ick mir nich dran, immer los, wenn's Spaß macht. Aber det de deinen Jungen vier Jahre werden läßt, un denn haste erst den Mut, es deinem Vater zu sagen, und dann auch noch in 'ner Kneipe, weil de denkst, er jeniert sich vor de Leute. – Aber der Justav jeniert sich nich, der is eisern ...»

«Ja, das bist du wirklich, Vater, eisern mit deinem Dickkopf ...»

«Der Justav, der is eisern! Zu 'nem Schlappschwanz sagt er Schlappschwanz, und zu'nem Feigling sagt er Feigling! Und mit 'nem Feigling sitzt er nich an einem Tisch. – Ick habe mir jefreut, wie de mit det Jlas Bier durch det Lokal auf mir zujeschaukelt bist, aber nu nehm ick mein Jlas Bier, und nu setz ick mir an 'nen andern Tisch ...»

Er sah seinen Sohn bitterböse an, er nahm das Glas Bier, stand auf. Aber er ging noch nicht, er sah ihn an. «Die Schlüssel haste», sagte er. «Un um achte habe ick abjefüttert, und dann biste weg. Un wenn de deine Mutter besuchen willst, bei Tage bin ick meistens nich da . . .»

«Aber, Vater, was soll das alles? Sei doch einmal vernünftig . . .» bat Otto noch einmal.

«Vernünftig . . .? Bin ick vernünftig? Bist du vernünftig? Det wissen wir alle beede nich! Aber wieso du von mir verlangen tust, ick soll vernünftig sein, det versteh ick nich. Wenn ick unvernünftig bin, bin ick unvernünftig, aber eisern bleibe ick darum doch. Ick bleibe eisern, und du bleibst schlapp, un darum trinke ich mein Bier alleine . . .»

Damit ging der eiserne Gustav nun wirklich. Er ging mit dem Glas Bier in der Hand, aber er ging nun nicht etwa durch das ganze Lokal, sondern nur bis an den direkt daneben stehenden Tisch. Da setzte er sich, mit dem Rücken zu Otto, und rief: «Herr Budiker, noch 'ne Molle, weil's so schlecht schmeckt!»

Otto saß noch eine Weile grübelnd. Manchmal sah er den Rücken des Vaters an, manchmal die Schlüssel. Aber schließlich besann er sich auf die ängstlich wartende Gertrud. Er nahm die Schlüssel, stand auf. Einen Augenblick sah er wieder zögernd auf den Vater, sagte dann: «Guten Abend, Vater.»

«'n Abend», sagte Hackendahl gleichgültig.

Wieder wartete Otto, aber der Alte nahm nur sein Bier und trank.

So ging Otto.

13

Der Baum war aus dem Pflanzgarten versetzt worden, er stand in neuer Erde, er wuchs und gedieh. Er trieb neue Zweige, er wurde stärker – das Versetzen hatte ihm gutgetan. Jawohl, einige Wurzeln waren abgerissen worden – es tat Otto noch weh, wenn er an den zornigen, unbegreiflich hartnäckigen Vater dachte. Oder auch an die Mutter, die in einem überfüllten, lärmenden Haus sich nach dem großen sauberen Fuhrhof zurücksehnte.

Jawohl, diese Wurzeln waren abgerissen, diese Erinnerungen schmerzten. Aber im ganzen gedieh der Baum jetzt, im Schatten des alten Vaterhauses hatte er nicht Licht genug gehabt. Nun trieb er in die Breite. Oft wunderte sich Tutti, mit welcher Sicherheit dieser früher schwache Mensch durchs Leben ging, Entscheidungen traf, mit Mitmenschen redete. Er ist ganz anders geworden, dachte sie. Sie dachte es fast beglückt.

Sie war glücklich – fast ganz. Nur manchmal kam ein Zögern in sie, eine scheue Ängstlichkeit; einmal hatte sie den Mut, im Einschlafdunkel zu sagen: «Früher habe ich dir soviel helfen und abnehmen können. Was kann ich jetzt noch für dich sein . . .?»

Er schwieg lange. Er wußte, jetzt dachte sie an ihren mißgestalteten Leib, das kleine Gesicht mit den scharfen Zügen. Nach einer Weile nahm er ihre Hand und sagte: «Wenn wir im Schützengraben ‹Heimat› sagten, habe ich immer an dich gedacht.»

Sie antwortete nichts, aber ihr Herz, ihr armes, krankes Herz klopfte immer schneller. Es trommelte einen seligen Glückswirbel.

Er sagte noch: «Bei der Heimat fragt man nicht, was sie ist oder gibt – die Heimat ist die Heimat.»

Sie hätte bitten mögen: Sprich nicht weiter – soviel Glück ertrage ich nicht! Sie hätte flehen können: Rede doch! Warum schweigst du schon? Rede immer weiter – ich bin noch nie so glücklich gewesen!

Aber sie schwieg, wie er schwieg. Die Stunde rauschte vorbei, aber nicht mit ihr, was sie fühlten.

Einmal besuchte die beiden, die drei – denn Gustäving war unzertrennlich von seinem Vater –, auch Bruder Heinz, Bubi genannt. Aber dieser Name paßte ihm nicht mehr recht. Heinz war unglaublich aufgeschossen in den beiden Jahren, die Otto ihn nicht gesehen hatte, seine Gliedmaßen waren viel zu lang und schlenkrig, sein Gesicht war bleich, weit sprang die höckrige Nase daraus hervor, und er sprach mit einem lächerlich tiefen Baß.

Mit dieser Baßstimme aus dem tiefsten Keller begrüßte er Bruder und neugewonnene Schwägerin. Die Mutter hatte ihn unterrichtet. «Na, du Vaterlandsverteidiger?» brummte er. «Unteroffizier und Inhaber des E. K. zweiter! Wann kriegst du denn das erster?»

«Wahrscheinlich gar nicht», lächelte Otto.

«Es ist 'ne Schande! Auf der Penne sehen sie einen schon gar nicht mehr an. Zwei Brüder und keiner mit dem E. K. erster! Na, nimm's bloß nicht übel, Otto. Ich habe nur einen Witz gemacht. – Und du bist also mein Neffe Gustav?»

Seine Verlegenheit zu bemänteln, legte er dem Kinde die Hand salbungsvoll auf das Haupt und betrachtete es von seiner enormen Höhe wie eine schwer erkennbare Ameise.

«Bleich und dünngliedrig», entschied er. «Ja, ja, geliebter Bruder, der Krieg tötet die Starken und läßt die Minderwertigen am Leben. – Ich sage das natürlich ganz unpersönlich, du verstehst?»

Otto nickte vergnügt.

«Wir haben uns darum auf der Penne entschlossen, den Krieg zu ächten. Wir haben den Krieg in Acht und Bann getan, weil er eine falsche Auslese trifft. – Was meinst du dazu . . .?»

«Oller Schafskopp!» antwortete Otto zärtlich.

«Wieso? Was heißt hier Schafskopf? Unser Entschluß tritt natürlich erst in Kraft, wenn ihr diesen Krieg gewonnen habt. Das ist selbstverständlich. Es wird durchgehalten.» Und sofort wieder gönnerhaft: «Wie klappt denn der Laden da im Westen? Bißchen dicke Luft, was? Kann ich mir lebhaft vorstellen!»

«Es geht so», meinte Otto grinsend. «Wir warten bloß noch auf deine Hilfe.»

«Red doch nicht! Der Krieg geht in diesem Winter noch zu Ende! Bestimmt, Otto, kannste mir glauben! Ich weiß es von einem, der hat geheime Beziehungen zum Stabe Hindenburg. Rüstiger Knabe, was?»

«Höre einmal», sagte Otto, nachdem er dem Bruder bestätigt hatte, daß Hindenburg ein rüstiger Knabe sei und im allgemeinen seine Sache verstehe. «Höre einmal: Habt ihr da bei euch was in der letzten Zeit von Eva gesehen oder gehört?»

«Eva?» Heinzens Gesicht verfinsterte sich, er wurde wortkarg: «Nein. Nichts.»

«Weißt du was von ihr? Mach kein Gesicht, Bubi! Wir sind hier ihretwegen etwas unruhig. Es würde uns vielleicht helfen, wenn du uns erzählst, was du weißt.»

«Ich weiß nur, daß Vater mit ihr irgendeinen schrecklichen Krach gehabt hat. Das hat Mutter erzählt. Sonst weiß ich gar nichts. Doch – einmal habe ich Eva mit irgend so'nem Bofke auf der Straße gesehen. Ein richtiger Bofke. Ich habe natürlich nicht gegrüßt . . .»

«Wann war das . . .?»

Aber es stellte sich heraus, daß es Monate her war. Damals hatte Eva noch bei den Eltern gewohnt. Seitdem nichts mehr.

«Und ich will auch nichts mehr von ihr hören. Erich ist ein Erzengel gegen die Eva gewesen! Jetzt beim Umzug hat Mutter einen ganzen Stoß Pfandzettel gefunden, alles Sachen, die Eva heimlich versetzt hat. Tischwäsche, Betten – Mutter weint sich heute noch die Augen aus, wenn sie daran denkt. So was finde ich einfach gemein, Otto!»

«Ich auch, Bubi, keine Angst, ich auch. Trotzdem muß man sehen, daß man Eva nicht im Stich läßt. Dieser – Bofke, den du gesehen hast, wird die Hauptschuld tragen. Eva ist einfach verführt.»

«Na ja, verführt!» Bubi wurde sehr rot und warf einen raschen Blick auf die Schwägerin. «Aber verführt is auch so'n Wort. Wir auf der Penne haben jetzt ein Buch gelesen, Wegener heißt der Mann: ‹Wir jungen Männer›. Kolossal frei geschrieben, aber absolut anständig. Na, wir haben den Beschluß gefaßt, anständig zu bleiben. Du verstehst, Otto? Vor der Ehe – kommt nicht in Frage. Das allein ist anständig!»

Sein Blick fiel auf Gustäving, und Heinz wurde glühend rot.

«Na ja, du verstehst schon, wie ich das meine. Im Prinzip, es gibt natürlich immer Ausnahmen. Vater . . .» Er brach wieder ab. Dann sehr sorgenvoll: «Otto, ich kann dir's sagen, manchmal habe ich eine Heidenangst, daß wir 'ne dekadente Familie sind . . .»

«Was sind wir . . .?» fragte Otto, höchst erstaunt über dieses unbekannte Wort.

«Na ja, dekadent . . . Du kennst das nicht? Weißt du, das ist so . . . wenn 'ne Familie, ja, das ist schwer zu erklären . . . Du weißt das mit Erich. Und dann das mit Eva. Sophie ist auch nicht, wie sie sein soll. Und manchmal kann ich tatsächlich nicht einschlafen, wenn ich denke, was alles in mir steckt.» Flüsternd, aber im Baß flüsternd: «Otto, du glaubst es nicht, manchmal hasse ich Vater direkt.»

«Und das ist dekadent, Bubi?»

«Na ja, das ist so ein Beispiel. Wenn eben die Familie zerfällt, die ist doch der Grundpfeiler vom Staat. Und wenn keiner mehr richtig was leistet, wenn eben alles krank ist . . . Was meinst du?»

«Ich weiß nicht, ob wir krank sind. Vielleicht war auch die Zeit krank, in der wir lebten, und steckte uns an? Etwas Gesundes kann ja auch von einer kranken Umgebung angesteckt werden? Ich wenigstens bin draußen wieder ganz gesund geworden . . .»

«Na ja, das sieht man. Hast dich kolossal rausgemacht. Na, wir wollen jedenfalls die Hoffnung nicht sinken lassen, Otto. Hat mir mächtig gutgetan, die Aussprache mit dir. Aber jetzt muß ich los. Was denkst du, was wir jetzt arbeiten müssen? Einfach pyramidal, noch nie dagewesen. Na denn also auf Wiedersehen, Schwägerin. Mach's gut, Otto. Ob ich dich vor deiner Abreise noch mal sehen werde . . .»

«Vergiß dein Paket nicht, Heinz», erinnerte Gertrud.

«Welches Paket?» Er schlug sich mit der flachen Hand gegen die Stirn. «Ich bin doch ein fabelhafter Ochse! Einfach phänomenal!! Wegen des Paketes bin ich doch grade zu euch gekommen! Das schickt euch Mutter – weil sie doch bei der Hochzeit nicht dabeisein konnte. Übrigens noch meinen herzlichen Glückwunsch! Ich war auch verhindert, wie ihr gemerkt habt – Penne, ihr versteht.»

«Schönen Dank», sagte Otto, während Tutti auspackte. «Es war auch bloß eine standesamtliche Trauung. Fünf-Minuten-Sache.»

«Verstehe schon. Wie stehst du denn überhaupt zur Kirche, Otto? Wir auf der Penne . . .»

Aber er kam nicht weiter, Tutti hatte ausgepackt: sechs silberne Eßlöffel, sechs Gabeln, sechs Messer, sechs Teelöffel. Ein paar Tischtücher, einige Bettbezüge . . .

«Aber das geht doch nicht», rief sie. «Deine Mutter beraubt sich ja!»

«Wegen dem Dreck?» Bubi schnaubte verächtlich. «Brauchen wir gar nicht mehr. Wir sind doch bloß noch drei Personen, und Vater kommt auch meistens nicht zum Essen. Die andere Hälfte vom Dutzend hat Mutter für sich behalten.»

«Wir können doch nicht . . .» sagte Tutti, aber ihre Augen strahlten. «Sag du, Otto . . .!»

«Was soll er denn sagen», grollte Bubi. «Danke schön soll er sagen. Damit macht er Mutter bloß glücklich. Daß sie euch wenigstens was zur Hochzeit geschenkt hat. Sie wäre schon längst zu euch gekommen, nur, ihr wißt ja, ihre Beine und der weite Weg . . . Und dann Vater . . .!»

Er sah die beiden prüfend an. Dann meinte er: «Ich will mir ja keine Kritik an meinem Erzeuger erlauben. Nur: Ich als Vater würde es anders machen. Du auch, Otto?»

«Da», sagte Otto und warf seinen lachenden strahlenden Bengel in die Luft. «So mache ich es.»

«Na ja», meinte Bubi. «Das kann Vater nun wirklich schlecht mit mir machen. Also denn adjüs. Ich komm mal wieder vor, Gertrud, wenn auch nicht so bald. Ihr wißt, die Penne!»

Er nickte würdevoll, er ging. Gleich steckte er noch einmal den Kopf zur Tür herein. «Eine Frage noch, Otto: Klinge oder Messer?»

«Wie . . .?!»

«Ich streit mich ewig mit Vater, wie man sich rasieren soll. Mit der Rasierklinge oder dem Messer? Vater schwört natürlich aufs Messer.»

«Du brauchst dich doch noch gar nicht zu rasieren, Bubi.»

«Hast du 'ne Ahnung! Bartwuchs wie Kaiser Barbarossa!»

«Laß ihn doch wachsen!»

«Also Apparat! Werde ich Vater von dir bestellen. Danke schön!»

Und Heinz, doch mit Recht Bubi genannt, verschwand endgültig.

14

So erfreulich dieser Besuch des jüngsten Hackendahl auch gewesen war, Aufklärung über den Verbleib Evas hatte er nicht gebracht. In den nächsten Tagen machte Otto auf Gertruds Betreiben noch manchen Weg, ja, er wagte sich sogar in das Polizeipräsidium am Alexanderplatz, vor dem er wie fast alle guten Bürger Berlins einen mit Grauen gemischten Respekt hatte.

Aber er erfuhr nichts, sie hatten da zu viele Eugens in ihren Papieren, und eine Eva Hackendahl war ihnen – Gottlob! – völlig unbekannt. Und das Warten in der Andreasstraße, in der Langen

Straße blieb ebenso erfolglos. Schließlich überwand sich Otto so weit und benutzte noch die letzte Adresse, die Gertrud erfahren: Er ging in das «Hotel Oriental». Aber dort stieß er auf Frau Pauli, und Frau Pauli war nicht gesonnen, Auskünfte über ihre Kundschaft zu geben. Weder kannte sie einen Herrn Eugen, noch ein Fräulein Eva. Nein, es tue ihr leid, der Herr müsse sich bestimmt irren, vielleicht eine Verwechslung? Es gab ja so viele Hotels in Berlin, das «Adlon» zum Beispiel, den «Kaiserhof», «Esplanade», «Bristol», vielleicht, daß seine Bekannten in diesen Hotels abgestiegen wären?

Und sie lachte ihm direkt ins Gesicht. Ein wenig bedrückt berichtete Otto von seinen Mißerfolgen, aber jetzt war Tutti der Ansicht, daß er nun wirklich genug getan hatte. «Daß du da überhaupt hast raufgehen mögen, Otto! Daß du mit solchem Weib hast reden können! Nein, nun laß es sein, morgen fahren wir lieber noch einmal nach Strausberg. Hinter Strausberg die Dörfer sollen noch nicht so abgeklappert sein!»

Wenn Tutti aber gemeint hatte, die Dörfer hinter Strausberg seien noch Neuland, so hatte sie sich sehr geirrt. Oder die Leute waren dort besonders hart. Oder sie hatten einen Unglückstag.

Den ganzen langen Tag wanderten Otto und sie dort herum, in einem eisigen Winde; unermüdlich nahmen sie gerade die abgelegensten, die einsam liegenden Höfe aufs Korn, die an den schlechtesten, unpassierbarsten Wegen. Aber wenn sie dann an die Tür klopften, wenn sie nach ein bißchen Milch, nach ein paar Eiern, ja, nur nach Kartoffeln fragten, wenn sie baten, wenn sie von ihrem Kind zu Haus sprachen (und das taten sie nur schwer), wenn sie den zwei-, den dreifachen Preis boten, so hörten sie nur ein grobes Nein. Die Tür flog zu, und wenn sie nicht sofort gingen, so hörten sie es drinnen noch reden voon «Ewiger Bettelei» und «Hungervolk». Und sie waren doch bescheiden gewesen, sie hatten kein Wort gesagt von Butter oder Speck, den in dieser mageren Zeit am meisten entbehrten Fettigkeiten.

Ja, dann ging Otto eine Weile wortlos und finster weiter, sein fröhlicher Gleichmut war von ihm gewichen. Vielleicht dachte er jetzt an sein schweres Leben im Schützengraben, auch für diesen Hof kämpfte er, litt er, war in Todesgefahr – aber sie sagten «Hungervolk»! Vielleicht aber dachte er nur an Gustäving, der so dürre Arme und Beine hatte, solch vorgewölbten, von Wassersuppen ausgeweiteten Bauch.

Er sah diese Höfe, und er sah andere Kinder auf ihnen umherlaufen, Kinder, die gut genährte Körper hatten. Er sah die Stullen in ihrer Hand, wenn er durch das Dorf ging, und es war gerade Schulpause, und die Kinder standen vor der Schule und aßen. Er wurde so finster, so verzweifelt – dies sollte *ein* Volk sein. Hundert Klüfte zerrissen es und schufen Gegensätze, es gab so viele Unterschiede. Es gab Adel und Bürgertum und Arbeiterschaft, es gab Konservativ und Sozi, es gab Arm und Reich, es gab Frontkämpfer und Etappe und Hinterland. Und nun gab es zu allen anderen noch Kartenempfänger und Selbstversorger.

Der Begriff Selbstversorger war in den Ohren der Kartenempfänger zu einer ungeheuerlichen Beschimpfung geworden. Es gab Leute, die hatten noch und noch zu fressen, Fett und Brot und Kartoffeln. Und sie fraßen. Sie schlachteten Schweine, sie schlachteten Kälber und Schafe, gutes reines Brot buken sie aus gutem sauberem Mehl – und sie ließen die anderen hungern! Sie ließen Frauen hungern, sie ließen Kinder hungern. Sie schlugen die Tür zu und sagten nein, sie beschimpften die anderen noch mit dem Worte «Hungervolk» für das, was sie ihnen vorenthielten. Es war eine verfluchte Zeit, verdammt noch mal, im Schützengraben war es sauberer. Wer da kein anständiger Kamerad war, der mußte sehen, es rasch zu werden, oder er ging zugrunde.

Jawohl, manche sagten auch entschuldigend: «Wir können nicht alles geben. Heute waren schon zehn da!» Das sah Otto ein. Aber er war heute an vierzig, fünfzig Stellen gewesen, und er hatte nur nein gehört, er hatte nicht ein Ei, keinen Schluck Milch bekommen – und der Junge zu Haus wartete mit Hunger auf das Mitgebrachte.

Gertrud Hackendahl sah ihren Mann immer finsterer und wortkarger werden. Sie empfand ja die gleiche Erbitterung wie er, und ihre Sorge um den mangelhaft ernährten Jungen war mindestens die gleiche. Aber sie dachte: Die Leute sind eben so, oder: Ein Reicher hilft nie gerne einem Armen. Dies waren für sie Naturgesetze, die man hinnehmen mußte, Otto aber zweifelte an der Welt, ihrer Ordnung, sich selbst.

In den Zügen, wenn sie heimfuhren, saß er stumm bei den Erfolgreicheren, die den großen Wagen vierter Klasse mit ihren Zentnersäkken voller Kartoffeln ausfüllten, die schwere Handkoffer, geheimnisvoll geschwollene Rucksäcke trugen. Er saß stumm in ihrer Nähe, er qualmte den stinkenden Tabak, der mit Kirsch- oder Brombeerblättern versetzt war, und lauschte auf ihre Reden . . .

Hatte er einen Ortsnamen aufgeschnappt, sagte er abends: «Morgen fahren wir dorthin.»

«Ach, Otto, schon wieder! Es hat doch keinen Zweck. Wir verfahren unser ganzes Geld.»

Er blieb hartnäckig. «Wir haben auch einmal Glück, verlaß dich darauf, Tutti. Morgen fahen wir.»

Sie fuhren, und sie hatten wirklich Glück. Sie bekamen zwanzig Eier, ein Brot, ein halbes Pfund Butter . . .

Otto lachte, als sie gemeinsam nebeneinander zur Bahn marschierten. «Siehst du, alle sind doch nicht so. Man muß bloß nicht den Glauben verlieren!»

Dieses Mal saß er auf der Rückfahrt neben ihr. Andere mochten haben, was sie wollten, er war neidlos glücklich. Die praktischere Frau dachte, daß es schön war, dem Jungen Eier und Butter zu bringen, daß es aber doch nicht lohnte . . . Es hielt nicht vor, es war nichts, ein Tropfen auf einen heißen Stein, aber sie verlor einen ganzen Arbeitstag darüber . . . Doch in solchen Dingen war ein Mann wie ein Kind. Nun, jedenfalls hatten sie dieses Mal Brot, Butter, Eier . . .

Sie hatten sie nicht.

Als sie auf dem Alexanderplatz vom Bahnsteig wollten, war alles mit Polizei besetzt: Großsuchaktion gegen Hamsterer. Niemand kam unangefochten durch, jeder Handkoffer mußte geöffnet, jeder Sack aufgeschnürt werden – und alle Lebensmittel wurden beschlagnahmt!

Oh, was waren die Gesichter finster und drohend! Den Polizisten war selber nicht wohl bei ihrer Tätigkeit. Sie hatten ja auch Kinder zu Hause, die hungerten, sie wußten, wie den Leuten zumute war. Sie sagten nur das Nötigste, sie hörten nichts, was sie nicht hören mußten. Ein verfluchtes Geschäft!

Eine Frau schrie: «Unseren Kindern stehlt ihr's, und eure Kinder mästet ihr damit, Speckjäger verdammte!»

Sie hörten nichts.

Gertrud hatte sich an dem Arm ihres Mannes gehängt, oh, wie grauenvoll finster sah er aus! Er sah aus, als könnte er einen Mord begehen, einen Mord um zwanzig Eier und ein Stück Butter! Fieberhaft streichelte sie seine Hand: «Bitte, Otto, bitte, lieber Otto – mach mich nicht unglücklich!»

Sie sprach nicht von ihm, sie sprach von sich, jetzt durfte er nur an sie denken – um gerettet zu werden.

Er sah einmal hin zu ihr. «Wir gehen grade durch», sagte er dann. «Ich will doch einmal sehen, ob sie einen Frontsoldaten . . .»

Doch, er sah, sie taten es, sie hielten ihn an.

«Machen Sie bitte den Karton auf. Was haben Sie da in dem Paket?»

Otto wollte vorüber, ohne zu hören.

«Herr Unteroffizier, seien Sie doch vernünftig . . .!»

«Daß ihr euch nicht schämt . . .!»

«Befehl ist Befehl, das wissen Sie doch . . .»

«Wenn ich sie nicht haben soll, ihr sollt sie auch nicht haben, ihr

Bluthunde!» schrie eine Frau und warf Ei auf Ei klatschend auf den Bahnsteig.

«Komm, Tutti», sagte Otto. «Gib dem Wachtmeister das Brot, und hier ist das Paket mit Eiern und Butter, Herr Wachtmeister. Guten Abend.»

Schweigend gingen sie nach Haus, leise sagten sie zu Gustäving: «Wieder nichts!»

Lange saßen sie still im Dunkeln.

Allmählich, wie sie merkte, es löste sich in ihm, stahl sich ihre Hand in die seine. Er duldete es, schließlich erwiderte er den Druck. Lange saßen sie so, in der kalten Wohnung, beide hungrig, beide ein wenig verzweifelt.

«Du – Otto?» sagte sie dann zaghaft.

«Ja, Tutti, was ist?»

«Aber du darfst nicht böse sein . . .»

«Dir – nie!»

«Wollen wir morgen noch einmal fahren?»

Er schwieg überrascht. Er wußte doch, wie sehr sie diese Fahrten verabscheute, wie sie längst nur widerwillig mitging. Und nun . . .?

«Aber warum denn jetzt, Tutti . . .?»

«Weil ich fühle, du möchtest jetzt grade noch einmal gerne fahren. Und weil ich immer nur tun möchte, was du gerne willst.»

«Gut, wir fahren.»

Mehr sagte er nicht.

Aber beide spürten, dies war das Glück. Es gab nichts darüber hinaus. Eine Gemeinsamkeit, leidgehärtet in einer Zeit, da fast alles zerfiel . . .

15

Also fuhren sie am nächsten Tage, und wirklich: Diesmal lächelte ihnen das Glück. Auf einem Hof, sie waren schon abgewiesen, sah die Frau plötzlich Ottos Regimentsnummer.

«Ach Gott, Sie sind ja von unsers Jungen Regiment! Ingemar Schulz – Schulz gibt's viele, deswegen haben wir ihn Ingemar genannt! Kennen Sie ihn?»

Otto kannte ihn. Sie wurden hereingebeten, als geehrte Gäste saßen sie am Tisch mit. Otto erzählte, was er von Ingemar Schulz wußte. Es war nicht viel, denn Schulz war in einer anderen Kompanie. Aber für Elternohren war es himmlische Botschaft. Denn der Herr Unteroffizier hatte Ingemar noch vor neun Tagen gesehen und mit ihm gesprochen.

Sie bekamen, was sie haben wollten, soviel sie nur tragen konnten, sogar eine ganze Speckseite. Ihren heimlichsten Wunsch rief ihnen die Mutter noch aus der Tür nach: «Im Frühjahr reichen wir Urlaub für Ingemar ein, für die Bestellarbeit. Wenn Sie da ein gutes Wort für ihn einlegen wollten, Herr Unteroffizier?»

«Das ist ja nun auch wieder nicht richtig», meinte Otto, «daß einem bloß geholfen wird, damit man Schiebungen macht.»

«Ach, du bist doch ein richtiger Berliner», sagte Tutti vergnügt. «Immer meckern. Wir auf der Insel Hiddensee meckern nicht ...»

«Ich bin aus Pasewalk, und die Pasewalker meckern auch nicht», antwortete er, und nun lachten sie beide.

Dann kam die Angst vor der Kontrolle – aber heute abend sah niemand nach der Hamsterware hin, heute abend wurden auf einem anderen Bahnhof Haß und Verzweiflung in die Herzen gesät, heute abend durften Hackendahls ihre kostbare Last unangefochten nach Haus bringen.

Sie atmeten erst auf, als alles in der Küche stand, ein unerhörter Reichtum, und Gustäving versuchte vergeblich, mit seinem Eins-zwei-sieben die Eier zu zählen. Dann sah er gespannt zu, wie seine Mutter Spiegeleier auf richtigem Speck briet und dazu Bratkartoffeln machte, Bratkartoffeln in Fett, nicht in Kaffeesatz gebraten!

Diese Braterei, die herrlichen Zutaten, ein Geruch, nie gerochen, ein Duft, schöner als der schönste Blumenduft – Gustäving hatte sogar die Geduld, das Essen abzuwarten.

Endlich saßen sie.

«Schmeckt es, Otto? Schmeckt es, Gustäving? – Iß langsam, mein Junge! So was gibt es nur einmal, von jetzt an muß Mutti wieder schrecklich sparen, daß die guten Sachen ganz lange reichen. – Ach, Otto, endlich wieder einmal anständiges Essen, nichts Gemanschtes, kein Ersatz ... Diese schrecklichen Kohlrüben ...»

Sie weinte fast vor Glück.

Eine halbe Stunde später fing Gustäving an zu brechen. Unter schrecklichem Quälen und Würgen brach sein Magen die kostbare, nahrhafte Speise wieder aus.

«Er verträgt nichts mehr!» jammerte Tutti verzweifelt. «Nun haben wir, was ihm helfen könnte, und er kann es nicht bei sich behalten. Ach, Otto, unser Kind ist halb verhungert, und ich habe ihm wirklich gegeben, was ich nur geben konnte ...»

«Wir haben es falsch gemacht, Tutti. Es war für den Anfang zu fett. Das verträgt er wirklich nicht. Wir müssen es sachter mit ihm angehen lassen. Jedenfalls wollen wir hören, was der Arzt sagt. Gleich morgen mittag gehen wir zum Arzt.»

Zu dreien gingen sie dann los. Lange, lange saßen sie im Wartezimmer des Arztes, das überfüllt war. Auf allen Stühlen saßen sie, an den

Wänden lehnten sie. Graue Gestalten, müde, ohne Hoffnung. Fast nur Frauen, aber fast alles Frauen mit Kindern.

Es war nicht die Sprechstunde des eleganten Privatarztes im Westen, hier war man bei einem Kassenarzt im Osten. Die hier saßen, blätterten nicht in Zeitschriften, hier war es, als sitze eine große Familie beisammen. Alle redeten mit allen, alle hatten die gleichen Sorgen, einer war ebenso wie alle anderen . . .

«Wenn er meinem Willi bloß was verschreibt. Der Junge ist mir schon zweimal umgefallen.»

«Der verschreibt schon – dem ist es egal. Dem ist überhaupt alles egal.»

«Sagen Sie bloß das nicht, der Mann hat 'n Herz wie Gold. ‹Sie müßten ins Krankenhaus, sich mal ordentlich ausruhen›, hat er zu mir gesagt.»

«Na, und sind Sie ins Krankenhaus, sich ausruhen?»

«Ich kann doch nicht! Fünf Blagen hab ich zu Haus – was soll aus denen werden, wenn ich mich hinlege?!»

«Sehen Sie! Was ich sage! Was nützt Ihnen da sein goldenes Herz?!»

«Mit dem Verschreiben ist es nicht allein getan», fing eine andere Frau an. «Unserer Omi hat er auch Milch verschrieben, aber sie ist ihr nicht bewilligt. Er hat auch Obere über sich.»

«Ein alter Mensch – wozu soll der auch Milch kriegen? Wo die jungen verhungern!»

«Sie reden auch, wie Sie's verstehen. Unsere Omi kriegt Altersrente, achtundzwanzig Mark im Monat, das hilft im Haushalt! Hundert Jahre müßte sie werden, die Omi!»

Aus einer anderen Ecke des Sprechzimmers kam es flüsternd, geheimnisvoll herüber: «. . . und wenn Se mal'n Bückling kriegen, dann nehmen Se de Haut un den Schwanz un den Kopp, überhaupt alles, was überbleibt, un denn wiegen Se das ganz fein mit 'nem Wiegemesser – und denn braten Se darin Ihre Bratkartoffeln! Det schmeckt. Sie ahnen ja nich, wie fett so'ne Bücklingshaut is!»

«Det will ick mir merken. Wir haben se immer bloß abgelutscht. Aber Kartoffeln mit braten, det is besser . . .»

«An de Steckrüben können Se de Pelle ooch tun, denn schmecken se ganz schmalzen . . .»

«Reden Se bloß nich von Steckrüben! Meine Schwiegermutter am Sonntag hat'n Steckrübenpudding gemacht, mit Himbeersaft. Die janze Stube hab ick ihr volljekotzt! Mir wird gleich kotzerig, wenn ick bloß Steckrüben rieche . . .»

«Sie sind wohl in anderen Umständen, wat?»

«Um Jotteswillen, sagen Se doch bitte det nich! Ick hab schon viere – nee, es is, weil mir die Steckrüben so widerstehen . . .»

«Jeder red, wie er's versteht. Ohne de Steckrüben wären wir alle längst verhungert.»

Es wurde wieder still.

Dann sagte eine Frau nachdenklich: «In der Landsberger Allee haben sie doch gestern früh wieder 'nem Bäcker seinen Laden ausgeräumt . . .»

«Det kann nich stimmen, ich wohne doch in de Landsberger . . .»

«Doch, det stimmt! Ick hab's mit meine eigenen Augen jesehen!»

«Wie is denn det jekommen?»

«Na, wie det so kommt! Eine Frau sagt: ‹Det sollen 950 Gramm Brot sind? Wiegen Se det doch mal, Meester!› Er will nich, aber plötzlich schreien se alle: ‹Er wiecht falsch›, und da muß er ran an den Speck!»

«Na und? Erzählen Se doch weiter! Hat et jestimmt?»

«Nee, dreißig Gramm haben jefehlt. Und er entschuldigt sich und schneid noch 'ne Schnitte ab, über hundert Gramm; ick hätt se schon jenommen, so is man ja ooch nich . . .»

«Ach, Sie sind det selbst jewesen mit die dreißig Jramm?»

«Icke? Wer sacht denn wat von mir? Jesehen hab ick et, sag ick . . .»

«Erzählen Se man weiter, junge Frau. Det jeht keinen wat an, wer det war. Hier sitzen ja keene Spitzel, hier sitzen bloß arme Leute.»

«Det meen ick ooch. Na, hören Se, wie er sich da so entschuldijen will un verhaspelt sich, weil er doch bullrich is, und det er unrecht hat, will er doch ooch nich zujeben, da alle über ihn her, mit Schimpfen, er wiecht falsch, und er is 'n Betrüjer. Und in det Jedränge und Jeschrei ein paar jleich übern Ladentisch jelangt nach de Brote!»

«Na, und nu? Erzählen Se doch bloß schnell, ick bin de Nächste, die rin muß zum Arzt . . .»

«Na, der Dussel, der Bäckermeister, wie er det sieht – rin in de Hinterstube, wo er's Telefon hängen hat, nach de Polizei telefonieren! Det war nu falsch, denn gleich sind'n paar hinterm Ladentisch, den Schlüssel zu de Hinterstube umjedreht, det er nich wieder raus kann und: Nu jib ihm! Die Brote rausjefeuert aus't Rejal, immer mang uns! Keene drei Minuten, da war der Laden leer, keen Brot, keene Kunden . . .»

Tiefe, andächtige Stille.

Der Arzt ruft ungeduldig durch die Tür: «Hören Sie nicht?! Die Nächste!»

Eine Frau erhebt sich widerwillig und verschwindet im Behandlungszimmer.

Eine andere Frau seufzt tief auf und sagt: «Da hätt ich bei sein mögen! Gott wär das schön! Aber so ein Schwein hat unsereiner nich!»

«Na, und ick?» fragt die Erzählerin. «Ich bin doch dabeijewesen, un ick bin ooch nischt Besseres als Sie!»

«Wieviel Brot ham Se denn mitjekriegt?»

Eine rotgesichtige Frau mit Keulenarmen sagt streng: «So wat fragt ein anständiger Mensch nich! Det riecht ja nach Spitzel!»

Sie werden nun alle still. Sie sinken alle ein bißchen in sich zusammen. Sie denken an das Erzählte. Auch Tutti denkt daran. Sie überlegt, wenn sie in dem Laden gestanden hätte, ob sie auch ein Brot mitgenommen hätte? Und mit Schrecken sagt sie sich: Jawohl, sie hätte auch eines genommen, sie hätte gestohlen! Lieber hätte sie es bezahlt, es war ihr ja nicht um den Geldeswert zu tun, auf die Nahrung kam es ihr an! Und wenn sie die nicht anders kriegen konnte, so würde sie sie auch stehlen! Ohne Gewissensbisse! Oder vielleicht doch mit Gewissensbissen? Ganz egal, sie hätte gestohlen!

Ottos Gedanken gingen ähnlich. Da stehen wir, dachte er, wie ein Ring halten wir Deutschland umschlossen – aber ist denn das noch Deutschland, was wir verteidigen? Es ist ja alles ganz anders geworden! Dies sind nicht mehr die Menschen, die im August 1914 jubelten.

Oder ist es nur ihr wirkliches Gesicht, das jetzt klar hervorkommt? Hatte nicht der Leutnant von Ramin so etwas im Granattrichter gesagt: Wir hätten keinen Glauben mehr gehabt? Keine Idee? Es war ja nicht das Brot, das diese Frau genommen hatte – das verstand Otto schon. Hunger tut immer weh, aber viel weher tut es einer Mutter, wenn sie ihre Kinder hungern sieht. Das ist ein Gefühl aus den Urzeiten her, da fallen alle Hemmungen. Nein, es war nicht das Brot ... Sondern es war dies, daß Otto, wo er auch gewesen war, in diesen vierzehn Tagen, und auch in den Tagen vorher, im Graben – nirgend hatte er gehört, um was es eigentlich ging: Was verteidigten sie denn eigentlich?

Deutschland? Dies war nicht Deutschland! Kein Feind konnte dieses Volk noch mehr hungern lassen, noch elender machen. Diesen Leuten war auch nicht mehr die kleinste Hoffnung zu nehmen – sie hatten keine einzige mehr zurückbehalten! Was verteidigten sie eigentlich? Für was kämpften sie? Unser oberster Kriegsherr, der Kaiser – ja, neulich war er an der Front gewesen, ziemlich nahe an der Front jedenfalls, nicht mehr als hundert Kilometer ab, und er hatte sich die erschöpften, verblutenden Truppen vorführen lassen, er war sehr gnädig gewesen ...

O Gott, das war es ja alles nicht! Das war ja alles Unsinn, kleinlicher Haß! Der Kaiser war ein großer Herr, er konnte wahrscheinlich auch nicht aus seiner Haut, er wußte nichts, gar nichts von seinem Volk . . . Aber das Volk, was war mit dem? Für was kämpfte denn dieses Volk? Warum litt es so? Wozu wurde es so schlecht? Es mußte doch einen Sinn haben?! Es konnte doch nicht einfach untergehen und verrecken, und dann kam irgendein anderes Volk, und war eine Weile groß und glücklich und verreckte dann auch?! Das war unmöglich! Das ging nicht, das sah sogar er ein. Dann war es ja tausendmal besser, man kämpfte erst gar nicht, man wehrte sich gar nicht, man nahm eine Handgranate und zog ab!

Es *muß* einen Sinn haben, dies alles sinnlos erleiden, ist unmöglich! Und wenn der Leutnant von Ramin und ich und keiner von meinen Kameraden diesen Sinn noch wissen, so heißt das nicht, daß es keinen Sinn hat. Wenn das Gesicht des Wohllebens vor dem Kriege sich jetzt in eine nackte Hungerfratze verwandelt hat, so sitzt doch vielleicht schon wieder hinter dieser Hungerfratze ein anderes Gesicht . . .?

Es wird schon Leute geben, die es wissen, sagte sich Otto. Es kann ja gar nicht anders sein. Und wenn es heute noch keiner weiß, und wenn ich selbst es nie erfahre, für was ich eigentlich kämpfe, mein Junge wird es schon erfahren . . .

Und er sieht Gustäving, den Vierjährigen, an und sagt zu ihm – aber nur er weiß, was er damit meint: «Es wird schon besser mit dir werden, Gustäving!»

Da tut der Arzt die Tür auf und ruft: «Der Nächste!»

16

Der Arzt ist ein kleiner rundlicher Mann mit einem müden faltigen Gesicht.

«Na schnell!» sagt er. «Was ist denn? Der Junge? Natürlich der Junge! Sie sehen auch nicht wie das blühende Leben aus, junge Frau! Krankenschein? Schön! Nee, lassen Se man, den Jungen brauch ich mir nicht näher anzusehen: unterernährt. Wissen Sie, lieber Soldat, ich soll das ja nicht sagen: unterernährt; es ist mir wenigstens nahegelegt worden, es nicht grade meinen Patienten zu sagen. Aber ich sage es doch. Und warum? Weil ich die Maßnahmen der Regierung sabotieren will? I wo! Ich sage es einfach, weil ich zu müde zum Schwindeln bin . . .»

Er warf einen Blick auf den Jungen. Er schrieb, stempelte, schrieb.

«Ein halber Liter Milch täglich, dreißig Gramm Butterzulage, sagen wir hundertfünfzig Gramm Weizenbrot – es wird nicht alles bewilligt, aber was wird bewilligt, schreibe ich zweihundert Gramm Weizenbrot . . .

Gestern», sagte er und schrieb und stempelte immer weiter, «waren es hundertachtzig Patienten, heute sind es morgens um zehn schon über dreißig ... nur in der Sprechstunde ... Dann die Hausbesuche ... Und immerzu schreib ich ... Ich behandle doch keine Kranken? Ich bin eine Maschine, die Zusatzlebensmittel beantragt und Rezepte schreibt ... Und ich war mal bei Robert Koch Assistent! – Aber davon verstehen Sie nichts, es interessiert Sie auch nicht, Sie haben Ihre eigenen Sorgen ...»

Immer weiter schreibend, stempelnd: «Brechen, sagen Sie? Aber das ist doch sehr vernünftig von dem Jungen! Wenn der Mensch von was zu viel kriegt, bricht er's wieder raus. Ausgezeichnet, wozu soll er den ganzen Kotz verdauen? Er würde ja daran krepieren! Spiegeleier mit Speck, Bratkartoffeln mit Fett – und so ein Mägelchen, ein Wassersuppenmägelchen! Kotzt er! Was denken Sie, Soldat, was die Welt noch über diesen Krieg das Kotzen kriegen wird!»

Er fuhr zusammen: «Ach so, entschuldigen Sie, das durfte ich nicht sagen. Ich darf vieles nicht sagen, was ich sage. Ich rede auch nur aus reiner Müdigkeit. Ich rede immer weiter. Ich höre schon gar nicht mehr zu, was ich rede. Letzte Nacht habe ich anderthalb Stunde Schlaf gekriegt – das heißt, richtiger Schlaf war's auch nicht. Mein letzter Sohn ist jetzt auch an der Front – dreie sind schon hinüber. Na ja, das interessiert Sie nicht, mich interessiert es übrigens fast auch nicht mehr ... Hier sind Ihre Wische! Gehen Sie raus mit dem Jungen, warten Sie draußen, ich möchte mit der jungen Frau noch ein paar Worte unter vier Augen reden ...»

«Ich habe aber keinen Krankenschein für meine Frau ...» sagte Otto zögernd.

«Krankenschein? Wer redet von Krankenschein?! Ich habe soviel Krankenscheine, ich kann die Wohnung damit tapezieren. Nein, gehen Sie – was ich mit der Frau zu reden habe, sind Frauensachen. Davon versteht ihr Männer nichts! Raus mit Ihnen, Soldat!»

Er schob Otto aus dem Zimmer.

Es dauerte ziemlich lange. Er stand wieder in dem Wartezimmer unter all den Frauen, der Junge war nur schwer in Ruhe zu halten.

Dann kam Tutti wieder, endlich kam sie wieder. Der Arzt sagte eilig: «Der Nächste, bitte!»

Sie hängte sich in seinen Arm ein, sie war so zärtlich, als sei sie sehr glücklich.

«Was hat er denn gesagt, Tutti?»

«Ach, nichts Besonderes. Daß ich mich sehr schonen soll und daß ich mich ruhig einmal ein paar Wochen ins Krankenhaus legen soll, nur zum Erholen, verstehst du, nichts Ernstliches.»

«Und sonst ...?»

«Sonst . . . ?»

«Darum schickt er mich doch nicht raus!»

«Ach Gott, Otto! Er hat mich untersucht, die Brust und den Rükken, weißt du. Er hat wohl gedacht, es wäre mir vor dir peinlich, wegen des Rückens. Und es wäre mir auch peinlich gewesen, Otto, das verstehst du doch?»

«Und sonst nichts?»

Sie lachte. «Aber was soll denn sonst sein, Otto? Nein, sonst wirklich nichts!»

«Wirklich nicht?»

«Aber Otto . . . !»

«Dann ist's ja gut.»

Er schwieg. Er hatte das Gefühl, daß sie ihm nicht alles gesagt hatte. Es war ein ganz sicheres Gefühl. Er hatte den Gedanken, hinter ihrem Rücken noch einmal zum Arzt zu gehen. Aber er ließ es. Tutti würde ihm schließlich schon die Wahrheit sagen, sie hatte ihn noch nie belogen.

Und er hatte recht. Er erfuhr die Wahrheit noch – sie belog ihn nicht.

17

Sie waren viel zu früh an die Bahn gegangen, unnötig früh, fand Otto. Aber Gertrud hatte so gedrängt.

«Du kannst es wohl nicht abwarten, mich loszuwerden, Tutti?» hatte er gefragt.

Sie hatte nur gelächelt als Antwort – sie hatte in den letzten Tagen statt aller Antwort oft solch schönes Lächeln gehabt, sanft, von innen heraus, ein Leuchten, als sei ihr Glück unaussprechlich.

Der Junge war zu Haus geblieben, er wußte nicht, daß sein Vater wieder fuhr, er vergnügte sich mit einem Brotkanten.

Die Halle war schlecht beleuchtet, der Zug sah trostlos aus. Trostlos sahen auch die Urlauber aus, die nun wieder zurückfuhren an die Front. Fast stumm standen sie zwischen ihren Angehörigen. Die sahen den Abreisenden an, sie nickten, wenn er ein Wort sagte, sie nickten so eifrig. Vater fuhr ja wieder an die Front, vielleicht, vielleicht war es das letzte Mal, daß sie Vater sahen . . .

Drückend, eine schwere Last, legte es sich auf Ottos Brust: Auch er fuhr wieder an die Front! In den ersten Tagen hatten ihn die Grabenerinnerungen noch quälend heimgesucht, aber dann war das tägliche Leben gekommen: Tutti, der Junge, die Auseinandersetzung mit Vater, die Suche nach Eva, die Hamsterfahrten – vierzehn Tage, mindestens elf Tage davon hatte er kaum an die Front gedacht.

Und nun mit einem Schlage, neben dem kohlenstaubbeschmutzten, kalten Zuge stehend, unter dem schlechten Licht zu weniger Lampen, hier wurde alles wieder wach. Greifbar deutlich sah er den Eingang zum Unterstand vor sich, die Erdstufen, die durch Bretter befestigt waren und die doch immer wieder im Schlamm versanken. Er roch den Mief des Unterstandes, überheizt und doch eisig, das faulige Stroh der Betten, alten, hängengebliebenen Schnapsgeruch, schlechten Tabak. Die völlige Freudlosigkeit des vor ihm liegenden Lebens überfiel ihn plötzlich. Die vierzehn Tage hier, so sorgenerfüllt sie auch gewesen waren, sie waren ein unfaßbar schöner Traum gegen das, was ihn erwartete!

«Wir hätten doch nicht so früh hierhergehen sollen», sagte er, sich zusammenreißend. «Verdammter Zug!»

«Jetzt bist du schon draußen, Otto», sagte sie zärtlich. «Du sollst aber bei mir sein.»

Er sah sie an. «Es ist schwer, weißt du, Tutti . . .» sagte er dann langsam, er schämte sich.

«Weißt du noch, als du das letzte Mal fuhrst?»

«Ja», nickte er, froh von seinen Gedanken abgelenkt zu werden, «die ganze Familie war mit, Vater, Mutter, die Geschwister. Du standest da hinten, an einem Pfeiler, ich durfte euch nicht kennen, dich und Gustäving . . .»

«Heute sind wir allein, Otto. Ist es heute nicht besser?»

Er schüttelte den Kopf. «Schlimmer – weil man weiß, was einen draußen erwartet.»

«Ich habe damals nicht geglaubt, daß du wiederkommen würdest», sagte sie mutig, ihn fest ansehend.

«Ich auch nicht – und diesmal . . .»

«Doch, Otto, diesmal weiß ich bestimmt, du wirst wiederkommen!»

Er sah sie bloß an. Ein Flehen lag in seinem Blick – plötzlich war er wieder der weiche, hilfsbedürftige Mann, wie sie ihn kennengelernt.

Sie half ihm.

«Doch, Otto», nickte sie. «Du kannst dich darauf verlassen: Du kommst wieder!»

«Keiner kann es wissen. Wer einmal draußen gewesen ist und das gesehen hat . . .»

«Ganz egal, was draußen ist: Du kommst wieder, Otto!» Sie sah ihn an, sie sah auf die Bahnhofsuhr: noch fünf Minuten. «Otto», sagte sie und nahm ihn bei der Hand, «Otto, ich habe dir noch etwas zu sagen, etwas, was ich dir verheimlicht habe . . .»

«Ja?» fragte er leise.

«Otto! Ich habe es mir aufgehoben. Du sollst es mitnehmen nach draußen. Otto – ich hätte grade meine Tage haben müssen; ich glaube, wir werden noch ein Kind haben!»

«Tutti ...»

«Ja, Otto, und ich bin so glücklich ...»

«Tutti, warum hast du mir das nicht gleich gesagt? Ich hätte ... ich könnte ...»

«Was? Du wirst wiederkommen, Otto, wenn du das weißt. Fast noch neun Monate, Otto. Der Krieg wird aus sein, Otto; wenn das Kind kommt, wirst du bei mir sein für immer!»

«Einsteigen! Platz nehmen!» riefen die Schaffner.

«Oh, Tutti, Tutti! Warum hast du mir das nicht eher gesagt? Warum im letzten Augenblick?! Oh, ich möchte dich ... Ja, ich bin unendlich glücklich ...»

«Einsteigen! Beeilen Sie sich doch!»

«Du kommst ja wieder, Otto. Otto, lieber, lieber Otto, du hast mich unendlich glücklich gemacht, Otto ...»

«Ach, Tutti, laß mich jetzt reden – Kamerad, laß mir das Fenster, ja, bitte ...! Oh, Tutti, ja, ich bin so glücklich! Aber wirst du auch aufpassen, wirst du auch genug zu essen haben? Eine Frau, die ein Kind erwartet ...»

«Ich soll jeden Monat zum Arzt kommen. Er sorgt schon für mich.»

«Ich schicke dir von der Front, was ich kann. Manchmal erbeuten wir wundervolle englische Konserven ...»

«Du draußen, ich hier – wir denken nur an das Kind, und das bringt dich heim, Otto!»

«Abfahrt!»

Der Zug fuhr langsam an, die Verklammerung ihrer Hände löste sich. Sie versuchte mitzulaufen. Ihre Lippen formten immer wieder das Wort: glücklich!

Schließlich sah er sie, eine schwache, schiefe Gestalt keuchend stehen, aber sie sagte noch immer, mit Augen, mit Mund, mit ihrem ganzen Sein: glücklich!

«Ich muß wiederkommen!» sagte er und schloß das Fenster. «Ich werde wiederkommen. Sie braucht mich doch! Glücklich – ja! Glücklich? Doch! – Ich komme wieder!»

18

Am Mittag des nächsten Tages wurde der Unteroffizier Otto Hackendahl auf dem Weg in den Graben seiner Kompanie von einem Granatsplitter verletzt. Er starb schon wenige Stunden später, nach schwerem Leiden. Er starb in eben jenem Unterstand, der ihm als schreckliche Vision auf dem Anhalter Bahnhof erschienen war. Wenn sein Auge in den letzten Minuten noch etwas sah, so waren es die im Schlamm versinkenden Eingangsstufen. Die letzte Luft, die er atmete, war die überhitzte und doch eisige, nach schlechtem Tabak und Schnaps stinkende Luft dieses Raums. Er starb auf dem faulenden Stroh seiner Pritsche.

Otto Hackendahl hatte seinen Kameraden, die sich um ihn kümmerten, nichts mehr an die Frau auftragen können. Der Granatsplitter hatte den Unterleib getroffen, er konnte nur schreien und stöhnen. Auch die beiden starken Morphiumspritzen, die ihm der Sanitätsoffizier kurz hintereinander gab, hatten diese Schmerzen nicht betäuben können. Doch wird er schon da kaum noch ein bewußtes Ich gewesen sein. Diese Erde mit ihrem liebevollen Sorgen um Weib und Kinder, mit ihrem unbeholfenen Fragen nach dem «Warum», nach dem «Sinn» – war ihm schon bei Lebzeiten entglitten.

Der Kompanieführer, der seine Eltern benachrichtigte (von seiner jungen Verheiratung war bei der Kompanie nichts bekannt), schrieb, daß Otto Hackendahl ehrenvoll den Tod vor dem Feinde gestorben sei. Ein Trost sei es für die Eltern, daß er nicht gelitten habe, er sei sofort tot gewesen.

Die alte Frau Hackendahl weinte auf. «Das schreiben sie bei allen!»

Und der alte Gustav Hackendahl, der eiserne Gustav, fragte ganz sanft: «Mutter, was sollen sie denn sonst schreiben? Daß er sich gequält hat? Wollen wir's ihnen glauben – jetzt quält er sich nicht mehr.»

Verhältnismäßig spät erst erfuhr Gertrud Hackendahl von dem Tod ihres Mannes. Nach der ersten Ungläubigkeit, nach einem langen wilden Schmerz war all ihr Sinnen und Trachten, Nachrichten von den letzten Stunden Ottos zu erhalten. Sie wollte es einfach nicht glauben, daß er ihr kein Wort, keine Botschaft hinterlassen hatte . . .

Schließlich erfuhr sie folgendes:

Die Urlauber seines Regiments – es waren etwa zwölf oder fünfzehn – erfuhren schon auf dem kleinen Ankunftsbahnhof, daß die Gräben seit Tagen in schwerem Feuer lagen. In der Nacht seien mehrfach Sturmangriffe unter schweren Opfern abgeschlagen, das Regiment habe schreckliche Verluste erlitten.

So schnell wie möglich marschierten die Leute ihren Stellungen zu. Sie marschierten in den immer stärker aufgrollenden Donner der Geschütze – sie kehrten zurück, wortlos, finster, aber sehr eilig. Alle waren mit ihren eigenen Gedanken beschäftigt.

Schließlich, schon ganz nah ihrem Ziel, entdeckten sie, daß der Verbindungsgraben zur Stellung vollständig zusammengeschossen war. Er war fast eingeebnet und lag dem feindlichen Feuer offen.

Sie warteten Viertelstunde um Viertelstunde in einem halb zerstörten Unterstand auf das Nachlassen des Feuers. Sie waren unschlüssig, berieten, ob man es wagen solle, und warteten wieder.

Jetzt dachte keiner mehr an die Heimat. Sie dachten nur noch an den Graben, an die erschöpften, zermürbten, übermüdeten Kameraden dort, an den Angriff, der in aller Kürze dieser Artillerievorbereitung folgen mußte. Und sie würden fehlen!

Nach einer neuerlichen, wieder ergebnislosen Beratung sagte Otto Hackendahl plötzlich: «Es hilft nichts. Die warten auf uns. Wir müssen voran.»

Er lief vor den anderen. Alle erreichten unverletzt den Graben. Erst dort, fast am Eingang seines Unterstandes, wurde er getroffen.

Dies war alles, was Gertrud Hackendahl in Erfahrung brachte. Aber es war ihr genug. Diese Worte «Es hilft nichts. Wir müssen voran» schienen ihr den ganzen Mann Otto Hackendahl wiederzugeben: geduldiges Fügen in ein schweres Schicksal, aber auch Mut.

Im Sinn dieser letzten Worte Otto Hackendahls versuchte sie zu leben und in einer schweren Zeit ihre Kinder zu erziehen: Gustav Hackendahl und Otto Hackendahl, der acht Monate und neunzehn Tage nach seines Vaters Tode geboren wurde.

Es hilft nichts, wir müssen voran . . .

Es steckte schon etwas in diesem Satz, aber auch in der kleinen Gertrud Hackendahl, geborenen Gudde, auf der Insel Hiddensee gebürtig. Es steckte etwas darin!

Viertes Kapitel

Ein Friede bricht aus

1

Als Heinz Hackendahl, der Siebzehnjährige, der jetzt nur noch von seiner Mutter «Bubi» genannt wurde, nach dem Mittagessen aus der Wohnung fortgehen wollte, hob Vater Hackendahl den Kopf. Er hatte in der Küche gesessen, es hatte ausgesehen, als schliefe er – der «Lokal-Anzeiger» lag neben ihm auf der Erde.

«Wohin?» fragte er den Sohn.

Heinz Hackendahl überlegte. Daß er ein bißchen durch die Straßen bummeln wollte, sehen, was eigentlich los war, durfte er dem Vater nicht sagen. Auf dem Jüngsten, dem einzig ihm verbliebenen Kind, lastete schwer die Hand des Vaters. Um so bedenkenloser half der Junge sich durch Schwindeln.

«Zu Rappold», sagte er darum nach kurzem Besinnen. «Mathese ochsen. Trigonometrische Gleichungen – Cosinus, Cotangens. Parallelepipedon . . .»

Der Alte sah mißtrauisch auf den Sohn. «Wo haste denn die Bücher?»

«Brauch keine, Rappold hat sie.»

«Heft?»

«Hab ich in der Tasche . . .»

Heinz zeigte eine Ecke von dem schwarzen Wachstuchdeckel. Hätte der Vater geahnt, daß dieses Heft keine «Mathese», sondern Verse enthielt, wäre es schlimm ausgegangen.

Aber der Alte knurrte bloß. «Daß du mir nich in die Stadt gehst!» sagte er drohend. «In der Stadt schießen sie.»

«Denke nicht daran. Muß Mathese büffeln. Warum schießen sie denn?»

«Was weiß ich? Wahrscheinlich, weil sie's Schießen gewohnt sind. Weil sie nicht mehr auf die Engländer und Franzosen schießen dürfen. Weil sie's letzte bißchen Geschäft kaputtschießen wollen.»

«Dem Schimmel sind ein paar Tage Ruhe ganz gut, Vater», meinte Heinz tröstend.

«Dem Schimmel? Der is nur noch für die Wurst gut!» Der Alte sah finster drein. Dann, fast zaghaft, daß er an seine eigenen Interessen im allgemeinen Zusammenbruch dachte: «Meinst du, daß meine Kriegsanleihen noch was wert sind?»

Heinz sah den Vater ungewiß an. Gustav Hackendahl sprach mit seinen Kindern nie über seine Vermögensangelegenheiten, aber von der Mutter wußte Heinz, daß 25 000 Mark Kriegsanleihen, das stark verschuldete Haus in der Wexstraße und der Schimmel mit Droschke die Reste von aller Wohlhabenheit des Vaters waren.

Eigentlich muß der Alte viel Sorgen haben, dachte der Sohn mit einer raschen Aufwallung von Mitleid. Und er klagt nie – das muß man sagen. Darin ist er eisern.

Er dachte auch daran, wie der alte Mann tagaus, tagein auf seinen Bock stieg, um ein paar Mark nach Haus zu bringen – aber das Schulgeld, alles, was Heinz für die Penne brauchte, wurde stets klaglos gezahlt.

Fast lächelnd sagte er: «Deine Kriegsanleihen, Vater, ach, die sind doch eisern! Vom Deutschen Reich garantiert!»

Der Vater hatte seine trübe Stunde, er lächelte nicht. «Der Kaiser hat abgedankt», sagte er. «Er ist über die holländische Grenze, weißt du schon . . .?»

Heinz grinste verächtlich. «Hast du von ‹Lehmann› je was anderes erwartet? Bei uns Jungen war der längst abgemeldet. Glaubst du, der garantiert deine Kriegsanleihen? Der ist doch nicht das Deutsche Reich!»

«Hast du die Waffenstillstandsbedingungen gelesen? Die Franzosen wollen bis an den Rhein. In der Stadt schießen sie – vielleicht gibt es bald kein Deutsches Reich mehr!»

Der Sohn klopfte väterlich dem gefürchteten Vater auf die Schulter. «Das gibt es, verlaß dich drauf! Jetzt kommen wir dran!»

«Ihr . . .?!»

«Na ja! Kaputt ist ja jetzt ziemlich alles – was? Wer soll's aufbauen? Ihr Alten?»

«Etwa ihr . . .?!»

«Wer sonst?»

«Mach, daß du an deine Schularbeiten kommst!» schrie der Alte plötzlich. «Du bist ja verrückt! Ihr – wo *wir* nicht gesiegt haben?! Lausejunge!»

«Ich werde den Hölscher wegen der Anleihen fragen», sagte Heinz ungerührt. «Sein Vater ist bei der Deutschen Bank.»

«Arbeiten sollst du! Schularbeiten! Ich besorg meine Geschäfte allein . . .»

Der Vater knurrte drohend.

«Soll ich also den Hölscher fragen . . .?»

Der Vater knurrte unbestimmt.

«Im übrigen kann ja jetzt auch Erich jeden Tag nach Haus kommen, der Herr Leutnant, die Leuchte des Hauses . . . und die gute Sophie . . .»

«Um sechs bist du wieder hier!»

«Kann auch später werden, Vater», erklärte Heinz unbestimmt. «Parallelepipedon ist verdammt knifflig!»

«Um sechs!»

«Wie gesagt! Knifflig! Auf Wiedersehen, Vater. Eßt mir bloß mein Brot nicht auf, wenn ich später komme!»

Und nachdem er so eine verspätete Rückkehr vorbereitet hatte, sprang Heinz eilig die dunkle Treppe hinunter und lief über den Hof auf die Straße.

2

Heinz Hackendahl hatte natürlich nicht die geringste Lust, zu Rapold zu gehen und zu arbeiten. Auch der Weg zu Hölscher wegen der Kriegsanleihen schien ihm nicht eilig. Einen Augenblick sah er die graue Wexstraße hinunter, die an diesem Novembertage besonders grau und trostlos aussah. Vor den Lebensmittelläden standen sie Schlange. Immer noch oder schon wieder, seine Mutter würde wohl irgendwo dazwischen stehen.

Es war alles wie sonst, aber: In der Stadt schießen sie, klang es im Ohr des Siebzehnjährigen. Man müßte sich das einmal ansehen, dachte er ...

Aber dann ging er doch wie gewohnt um die Ecke rechts, zwei Block geradeaus, um die Ecke links, schräg über den Fahrdamm – und nun stand er vor dem Papierwarengeschäft der Witwe Quaas.

Heinz faßte in seine Tasche: Jawohl, die heute früh der Mutter abgeschwatzte Mark weilte noch bei ihm. Wohlan! Man konnte zum Ankauf von zwei Stahlfedern (Preis fünf Pfennige) oder von fünf Löschblättern (Preis auch fünf Pfennige) schreiten. Wenn es auch kein großer Einkauf war, man muß das Dekorum wahren.

Die Ladenklingel bimmelte jämmerlich – und doch angenehm vertraut. Der Laden war staubig, leer, kalt und schien Heinz Hackendahl doch einer der angenehmsten Plätze der Welt. Die Witwe Quaas war ein kleines, verhutzeltes, trost- und hilflos aussehendes Weiblein, mit den Hungerfalten und den Hungeraugen der Kriegsjahre – aber für Heinz war sie ein ausgesprochen erfreulicher Anblick.

«Zwei Bremer Börse», sagte Heinz möglichst laut. «EF, die ganz spitze, Frau Quaas, wissen Sie?»

«Heinz! Herr Hackendahl! Ich hatte Sie doch gebeten, nicht so oft zu kommen!» sagte die Witwe hilflos.

«Aber ich brauch die Federn wirklich, Frau Quaas», versicherte Heinz zwar bieder, aber sehr laut. «Ich muß sofort einen Aufsatz über den Vogelflug in den Dramen des Euripides ins reine schreiben. Ich komme bestimmt nicht wegen Irma . . .»

«Herr Hackendahl, Sie sind doch erst siebzehn, und Irma ist kaum fünfzehn . . .»

«Zwei Bremer Börse, EF, ganz spitz, Frau Quaas. Von Irma reden wir nicht, Irma ist ohne alles Interesse . . .»

«Was quatscht du denn hier von mir, Heinz? Was ist denn los?»

«Tag, Irma. Zwei Bremer Börse, EF, ganz spitz . . .»

«Red keinen Stuß! Du hast mehr Federn als wir hier im Laden. Was ist los?»

«In der Stadt sollen sie schießen . . .»

«Au fein! Gehen wir hin . . .?»

«Denn schon besser fahren, sonst ist der Spaß alle, ehe wir ankommen . . .»

«Mutter, hast du'n Fuffziger für mich? Du kannst ihn mir am Sonnabend vom Taschengeld abziehen.»

«Irma! Unter keinen Umständen erlaube ich dir . . . Wenn sie in der Stadt schießen! Herr Hackendahl, Sie sollten sich schämen . . .»

«Disposition: Groß Lateinisch A, Frau Quaas: Erstens schießen sie nicht. Zweitens: Groß Lateinisch B: Wenn sie schießen, gehen wir nicht hin. Alpha: Wo sie schießen. Beta: Schießen sie nicht. Drittens: Groß Lateinisch C: Habe ich Fahrgeld, Alpha: für mich, Beta: für Irma . . .»

«Herr Hackendahl, bitte, fangen Sie nicht wieder an, so schrecklich mit mir zu reden! Mir wird immer ganz wirr im Kopf davon. Irma kann doch unmöglich . . .»

«Unmöglich! Ich kann Ihnen sofort drei bis sieben gute Gründe sagen, Frau Quaas, daß sie doch kann. Erstens kann sie, da ihre freie Willensbestimmung, selbst wenn wir annehmen, daß mehr eine Freiwilligkeit als ein freier Wille . . .»

«Herr Hackendahl, bitte seien Sie still! Immer kommen Sie in meinen Laden . . .»

«Heinz, hör jetzt auf, Mutter zu ärgern. Mutter hat ja schon erlaubt, daß ich fahre . . .»

«Ich erlaube es nicht, nein, ich erlaube es keinesfalls, Irmchen, o Gott, wenn dir was passiert! Zieh wenigstens deinen Wintermantel an! Ach nein, die Mottenlöcher sind noch nicht gestopft. Und bind dir den Schal um . . .»

«Tjüs, Mutter, gib mir 'nen Kuß. Hab bloß keine Angst um – Heinz! Ich paß schon auf ihn auf!»

«Kröte! Unbotmäßige Sklavin! – Bitte, Frau Quaas, ich möchte meine beiden Federn haben. Sie sollen nicht sagen können, daß ich bloß Irmas wegen in Ihren Laden komme . . .»

«Natürlich tun Sie das! Natürlich sage ich das! Und es gibt auch noch einmal ein Unglück . . .»

«Was denn für 'n Unglück? Was denn für eines, Frau Quaas? Sehen Sie, da sagen Sie nichts, da werden Sie rot – verderbte Phantasie der älteren Generation! Sind wir darüber erhaben, was, Irma?»

«Angeber! – Ärgere dich nicht, Muttchen, hier hast du auch 'nen Süßen. Du mußt doch Heinz kennen. Der macht sich selbst mit großen Worten besoffen . . .»

«Und dich mit!» schluchzte die Witwe Quaas.

Irma, die Vierzehnjährige, sah ihre kleine vergrämte Mutter an. «Ach, Muttchen, um was ihr euch alles Sorgen macht! Als wenn wir Kinder nicht selber Verstand hätten! Ich habe doch auch Augen, Mutter. Ich weiß doch, was los ist mit den Männern . . .»

«Erlaube mal, Irma! Wenn du jetzt deine Ansichten über Männer niederlegen willst – ich mache dich aufmerksam, daß sie einem unverbürgten Gerücht nach in der Stadt schießen . . .»

«Also los! Tjüs, Mutter! Wenn's spät wird, klopfe ich gegen die Scheibe.»

«Ach, Irma! Herr Hackendahl . . .!»

Sie liefen schon aus dem Laden.

3

«Latschen oder mit Dampf?» hatte Irma gefragt und «Mit Dampf, aber atmosphärisch!» zur Antwort bekommen.

Keuchend waren sie, zwei, drei Stufen nehmend, die Bahnhofstreppen hinaufgestürmt und in einen schon abfahrenden Zug gesprungen.

«Der Bulle hat nicht mal Zurückbleiben geschrien.»

«Hat wahrscheinlich momentan andere Sorgen, Tochter der Luft», hatte Heinz geantwortet, aber selber nach Luft geschnappt.

Sie saßen einander gegenüber im Abteil, echte Kinder von vier Notjahren, Hungerkinder. Ziemlich hart, recht hundeschnäuzig, aber im allgemeinen, nämlich da, wo sie Wert darauf legten, völlig zuverlässig.

Sie waren so schlecht gekleidet, wie das nur in Zeiten möglich ist, wo ein heiler Anzug aus anständigem Stoff einfach nicht zu bekommen ist. Heinz trug irgendeinen aus den besten Stücken der Brüder zusammengestoppelten Anzug, viel zu kurz um Hand- und Fußknöchel, und auch schon wieder ziemlich geflickt. Irma hatte unter ihrem dünnen abgeschabten Mäntelchen ein Kleid, verwaschen, aber ein paar Flicken zeigten noch die ursprünglichen Farben. Der Rock reichte knapp bis zu den Knien, zu diesen Knien, an denen die Baumwollstrümpfe immer wieder gestopft waren. Das Schlimmste aber waren die Schuhe, Schuhe, die von den Besitzern immer wieder selbst geflickt waren, mit dicken, aufgenähten Rüstern, kreuz und quer gesteppt, mit aufgeklebten Flicken – und mit Holzsohlen, auf denen sie ohrenbetäubend klappern konnten.

Jetzt taten sie es, ohne Rücksicht auf den einen Mitfahrer im Abteil, denn sie froren an den Füßen. Der Zug war ungeheizt, die Scheiben zerbrochen . . .

«Lausig kalt!» sagte Irma. «Was ist der?»

«Irgend so'n biederer Gewerbetreibender ohne Ware. Denkt darüber nach, ob er nicht noch die Löcher im Käse verkaufen kann. Heh, Sie, Mitmensch!»

Der vor sich hin dösende Mitmensch schreckte zusammen. Er sah den jungen Mann verdrossen-müde an und sagte dann drohend: «Wennste, und du siehst heutzutage einen pennen, und du weckst ihn, biste ein Schwein und gehörst in die Schnauze geschlagen!»

«Abgestunken, Liebling!» jauchzte Irma.

«Ich möchte ja nur gerne wissen», protestierte Heinz, «ob der Zug wirklich bis zum Potsdamer durchgeht . . .»

«Wieso denn nicht?»

«Weil sie in der Stadt schießen!»

«So? Wenn se schießen, wirstet schon merken, und der Zug, wenn er nich durchgeht, wirstet ooch merken!» sprach der Mann und drückte den Kopf in die Ecke.

«Philosoph der Gasse», bemerkte Heinz nicht eben leise. «Stoiker des Weddings – siehe Branchenadreßbuch unter Mistik.» Er gähnte. Dann: «Hast du gemerkt, Irma, der Zug gähnt – vor Leere?»

«Nu sag noch, weil sie in der Stadt schießen. Du hast heute deinen hellen Tag, Heinz. Nicht satt geworden heute mittag, wie?»

Heinz schlug sich auf die «Kute», dorthin, wo bei anderen der Bauch sitzt. «Nein!» rief er. «Seit Jahren nicht mehr! Ewig Hunger!»

«Und uns haben sie immer gesagt, wenn Frieden ist, kann man sich satt essen. Scheibenhonig! Die haben uns 'ne feine Jugend angerichtet!»

«Frieden – das ist doch nicht Frieden. Du hörst doch . . .»

«. . . sie schießen in der Stadt», ergänzte Irma. «Wenn du mir nun noch sagen würdest, warum sie eigentlich schießen?»

«Keine Ahnung! Aber wenn sie 'ne richtige Revolution machen, kann sein, das Militär macht nicht mit . . .»

«Was ist 'ne richtige Revolution?»

«Keine Ahnung! Die französische haste auf der Penne gehabt: Guillotine, Könige, Kaiser, Minister Kopf ab . . .»

«Wilhelm ist doch fort!»

«Also sieh nach Osten!»

«Alexanderplatz?»

«Quatsch! Rußland! Lenin ...»

«Wer ist denn bei uns Lenin?»

«Keine Ahnung, vermutlich Liebknecht ...»

«Magste den?»

«Quatsch! Weiß gar nichts von ihm. Bloß, daß sie ihn eingespunnt haben, weil er gegen den Krieg geredet hat ...»

«Ist er denn jetzt wieder draußen?»

«Keine Ahnung! Aber das dürfte das Wesen der Revolutionen sein: Die draußen sind, werden eingespunnt, und die gebrummt haben, kommen wieder raus ...»

«Potsdamer Bahnhof! Siehste, der Zug ist doch so weit gekommen. Mensch, Heinz, wenn du das schöne Fahrgeld ausgegeben hast, und es ist gar nichts los!»

«Sabbel nicht, Tochter der Quaasin! Erst taten, denn raten. Komm!»

Sie gingen nebeneinander durch den fast leeren, verdreckten Vorortbahnhof, kalt, wach, lebenshungrig. Schäbig angezogen und nicht übermäßig säuberlich gewaschen, liege es nun an der Kriegsseife oder an ihrer unbekümmerten Jugend.

Beide gelblich, kränklich blaß, beide schon faltig, beide mit großen Nasen, beide mit dunklen Ringen um die Augen. Aber beide mit dem gleichen kalten, klaren, ein wenig eisigen Blick, erschütternd illusionslos. Beide in jeder Beziehung verhungert, aber auch beide mit einem grenzenlosen Appetit auf alles – reinweg alles! Schön wie Häßlich, Kartoffeln oder Knochen, Hoch oder Gemein.

Sie gingen nach dem Potsdamer Platz zu, nebeneinander, ohne es zu wollen im gleichen Schritt, ohne auch nur auf den Gedanken zu kommen, sich zu berühren, den Arm zu geben, an der Hand zu fassen, ohne eine Spur von Zärtlichkeit.

Kalt – aber doch voll Licht!

Musterbeispiele des nicht tot zu kriegenden Lebens.

4

«Da!» sagte Heinz und blieb mit einem Ruck stehen.

Aus der Dessauer Straße bog ein großes Lastauto, bunt mit den farbigen Klecksen des Militärs bemalt, und auf ihm standen Matrosen, die Brust frei, in ihrer blauen Tracht. Die Mützenbänder wehten im Wind, weite, schicke Hosen trugen sie. Sie hatten Gewehre in der

Hand, Maschinenpistolen, zwischen ihnen drohte ein MG, über ihnen wehte eine rote Fahne.

Die Matrosen sangen. Sie sangen irgendein Lied, das im Getöse nicht zu verstehen war. Heinz sah nur, wie sich ihre Münder bewegten im Takt, und über den Mündern die klaren, kalten, scharfen Augen.

Etwas überlief ihn, er stieß aufgeregt Irma an. «Siehst du? Großartig!»

Sie nickte.

Hinter dem Auto, hinter der Handvoll bewaffneter Matrosen kam der Zug, der endlose Zug der Marschierenden. Viele Gestalten in Feldgrau, aber auch die nicht Feldgrau trugen, sahen grau aus. Sie schlurrten nebeneinander, ein endloser Zug, Männer und Weiber, Soldaten, Arbeiter, ein Mann im Bratenrock. Ein Bursche hielt ein Weib umgefaßt, das ein Kind auf dem Arme trug. Der Bote irgendeines Geschäfts schob seinen Handwagen mitten im Zug.

Sie schlurrten dahin, sie hielten nicht Takt, manche sangen. Manche sahen bloß starr vor sich . . .

Aber über ihnen wehten Fahnen, rote Fahnen, riesige, rote Tücher. Kleine Fahnen, hastig an Besenstiele genagelt, und große, lange, düster leuchtende Bahnen an dicken Stangen. Und über ihnen schwankten Schilder, schnell geschmierte Pappdeckel oder große, sorgfältig gemalte, die quer über den ganzen Zug reichten. Sie verlangten: «Friede, Freiheit, Brot!» – «Raus aus den Betrieben! Generalstreik!» – «Nieder mit dem Militarismus!» und «Brot! Brot!! Brot!!»

So zogen sie nach dem Potsdamer Platz zu. Am Straßenrand standen die Leute und schauten stumm. Denen riefen sie zu: «Kommt mit! Liebknecht redet!»

Manche schlossen sich zögernd an, manche willig, manche aber taten, als hätten sie nichts gehört oder wandten sich verlegen ab.

«Gehen wir mit, Heinz?» fragte Irma.

«Ja. Aber nebenher. Schaut mir zu lahm aus. Sieh, daß wir wieder an die Spitze kommen, in den Matrosen, da steckt Musike!»

«Großartig!» stimmte auch Irma zu, und sie drängten sich an der Seite des Zuges wieder nach vorn.

Aber plötzlich gab es ein Hindernis. Auf dem Gehsteig, ihnen entgegen, kamen zwei, drei Soldaten, Unteroffiziere, mit Pappkartons in der Hand. Sicher waren sie auf dem Wege von einem Bahnhof zum anderen, nur auf der Durchfahrt in Berlin . . . Sie gingen eng aneinandergedrückt, ohne nach dem Lastauto mit den Matrosen zu sehen, als hätten sie ein schlechtes Gewissen . . .

Aber nun kam aus der Zugspitze ein junger Mann ihnen schräg

entgegen, ein junger, recht schneidig aussehender Mann in Knickerbockers mit seidig glänzendem Waffenrock, sicher so etwas wie ein Offizier, aber ganz ohne Abzeichen und Orden, nur mit einer roten Armbinde.

Und als Heinz diesen jungen Menschen mit dem blassen, hübschen, ein wenig frechen Gesicht gerade auf die drei Unteroffiziere zugehen sieht, packt er Irma am Arm, zwingt sie, stehenzubleiben, und flüstert aufgeregt: «Da! – Erich!»

«Wer? Was? Erich? Was für 'n Erich?»

«Mein Bruder Erich – und wir denken, der Junge ist noch draußen!»

Mit vielen anderen drängen Irma und Heinz zu der kleinen Gruppe, vor der der junge Mann stehengeblieben ist. Von dem fahrenden Lastauto springen zwei Matrosen und gehen, Maschinenpistolen in ihren Händen, mit weiten, wehenden Hosen, ein wenig schaukelnd, auf die immer größer werdende Gruppe zu.

Der junge Mann in schneidigem Feldgrau, Erich Hackendahl also, tippt dem vordersten Unteroffizier mit einer Fingerspitze auf die Achselklappe . . . «Das nehmen wir lieber ab, Kamerad, wie?» sagt er halblaut. «Das Dings da! So was gibt es nicht mehr . . .»

Der Unteroffizier sieht zögernd zu dem jungen Mann auf. Er erkennt ja wohl, daß dies ein Offizier ist oder doch war, er sagt bittend, stockend: «Wir fahren ja gleich weiter – vom Anhalter. Man möcht's doch nach Haus bringen . . . Ich hab's mir ehrlich im Feld verdient, Kamerad . . .»

Aber er hat sich in dem jungen Manne getäuscht. Der junge Mann ist nicht so nett und hübsch, wie er aussieht.

Erich Hackendahl faßt ganz plötzlich, rechts und links, mit beiden Händen um die Achselklappen. Er reißt mit solcher Gewalt an ihnen, daß die Nähte platzen, daß der Mann taumelt, und dabei schreit er: «Den Dreck gibt es nicht mehr! Vorgesetzte gibt es nicht mehr!! Verdienste gibt es nicht mehr! Militaristen gibt es nicht mehr!!» Und bei jedem «Nicht mehr» gibt er dem Mann einen neuen harten Stoß.

Abseits, längst als Untätige aus dem Strudel gedrückt, stehen Heinz und Irma.

«Vielleicht muß es sein?» sagt Heinz finster. «Wenn alle gleich sind . . .? Es sieht elend aus. Und daß gerade Erich dabeisein muß!»

«Kannst du ihm denn nichts sagen?» drängte Irma. «Wo er doch dein Bruder ist!»

«Ich will es versuchen!» sagte Heinz und machte ein paar Schritte auf den Strudel zu.

Doch da löste sich der Tumult gerade. Einige fingen an zu laufen, um den Demonstrationszug wieder zu erreichen, andere gingen plötzlich in Nebenstraßen.

«Erich!» rief Heinz den Bruder jetzt an, der zwischen den beiden Matrosen einherkam.

Erich fuhr herum und starrte Heinz an. Erst lag ein abweisender Zug auf seinem Gesicht, da hatte er ihn noch nicht erkannt. Dann wurde sein Gesicht dunkelrot, da wußte er, daß es der Bruder war, der Bruder, gerade in diesem Augenblick . . .

«Du, Bubi?» fragte er langsam. «Was machst du denn hier?»

«Und was machst du hier?» fragte Bubi trotzig dagegen. «Das ist doch ein armes Frontschwein!» rief Heinz wütend. «Muß der in der Heimat Dresche kriegen?»

«Dein Brüderchen, Hackendahl?» fragte ein Matrose spöttisch.

Heinz schrie fast: «Ich hasse die Gewalt . . .!»

«Das habe ich auch immer gesagt», lachte der Matrose ungerührt, «wenn ich von meinem Vater Senge kriegte. Wer nicht hören will, muß fühlen.»

«Also wie ist es, Hackendahl?» fragte der andere Matrose. «Schloß oder Reichstag? Aber sag uns die Wahrheit – deine Scheidemänner wollen wir nicht hören!»

«Reichstag!» sagte Hackendahl bestimmt. «Liebknecht spricht am Reichstag!»

«Es geht dir dreckig, alter Junge», drohte der Matrose, «wenn du uns verkohlst!»

«Weiß ich! Reichstag!» sagte Erich bestimmt.

«Also los!» rief der andere Matrose, und beide liefen auf die Fahrbahn, sprangen auf das Trittbrett eines vorüberfahrenden Autos, riefen dem Chauffeur etwas zu, und schon fuhren sie dem Zug nach. Widerwillig mußte Heinz zugestehen, daß er noch nie so unbekümmerte Männer gesehen hatte.

Erich schien aufzuatmen. «Die werden sich wundern!» grinste er plötzlich. «Liebknecht redet nämlich doch am Schloß!»

«Und du schickst sie zum Reichstag?»

«Natürlich – Liebknecht ist nämlich eine Art Konkurrenz von uns. Und den Leuten ist's im Grunde ganz egal, wen sie hören . . .»

«Und wer seid ihr?» drängte Heinz. Irma stand direkt neben ihm, und ihr Blick ging wachsam vom einen Bruder zum anderen.

«Mein lieber Junge, ich kann dir unmöglich hier auf der Straße die augenblicklich recht verworrene politische Situation erklären», sagte Erich mit aller Überlegenheit des älteren Bruders. «Überhaupt würde es richtiger sein, du gingest nach Haus und machtest deine Schularbeiten. Hier wird immerhin dann und wann geschossen. Die Eltern werden deinetwegen in Sorge sein.»

«Fürtrefflich, mein roter Bruder!» sprach Heinz, der bei der brüderlichen Ermahnung ohne Mühe seinen schnoddrigen Pennälerton wiederfand. «Aber der alte Häuptling sitzt schon lange mit seiner Squaw im Wigwam – seit wann, darf ich ihm sagen, wandelt mein roter Bruder hier schon wieder auf dem Kriegspfade?»

Erich war sehr rot geworden, der rote Bruder war wirklich rot geworden.

«Laß den Unsinn, Bubi!» sagte er grob. «Am besten sagst du ihnen gar nichts – ich habe noch keine Zeit. Wirklich, ich komme bald, vielleicht schon sehr bald.»

«Ferne von mir!» wehrte Heinz ab. «Nie hat Lüge diesen Mund entweiht . . .»

«Wenigstens brauchst du Vater nichts von der Geschichte eben zu sagen. Er versteht das nicht so . . .»

«Ich auch nicht . . .»

«Also, hör zu, Bubi . . .» Plötzlich strahlend, der alte Erich, der Liebenswürdige: «Deine Freundin . . .? Willst du mich nicht bekannt machen?»

«Irma Quaas», sagte Irma schon.

«Erich Hackendahl. Sehr angenehm. Also paß auf, Bubi. Jetzt habe ich unmöglich Zeit . . . Ich muß zum Reichstag . . . Da spricht einer von uns . . .»

«Von euch . . .»

«Zum Volk. Ihr solltet euch das auch anhören, da ihr doch mal hier seid. Und dann, so gegen sieben, denke ich, reden wir gemütlich miteinander. Kommt in den Reichstag – ich habe da ein Zimmer.» Er sagte es gleichgültig, aber es war ihm leicht anzumerken, wie stolz er auf dieses Zimmer war. «Ich erkläre dir dort alles. Hier hast du einen Passierschein, daß ihr reinkommt . . .»

Er gab Heinz einen gestempelten Zettel.

«Du bist aber schon 'ne ganze Weile hier in Berlin, Erich», sagte Heinz argwöhnisch.

«I wo! Noch nicht sehr lange! – Also auf Wiedersehen im Reichstag um sieben! Ich muß sehen, daß ich meine Schafe auch in den richtigen Stall kriege . . .»

Er lachte, es klang verdammt fatzkig, fand Heinz. Dann lief auch er auf die Fahrbahn, kletterte auf eine Elektrische, winkte noch einmal mit der Hand und war fort.

5

Die beiden starrten ihm stumm nach. Dann tat Irma einen tiefen Atemzug. «Falscher Fuffziger – bei mir abgemeldet!» sprach sie.

Heinz packte sie bei den Schultern und schüttelte sie aufgeregt. «Was redest du, Sprößling des Papiers?! – Falscher Fuffziger – von meiner brüderlichen Liebe?!»

«Sag ich! Was für schöne falsche Augen der Kerl hat! Wie er mich angeleuchtet hat, als er endlich geruhte, mich zu bemerken! Der denkt auch, er muß bloß kieken, und alle Mädels wünschen sich gleich ein Kind von ihm.»

«Irma! Benimm dich anständig! Gedenke deiner ergrauten Mutter, die der festen Hoffnung lebt, du glaubst noch an den Storch! – Aber recht hast du: Falsch ist er, und er ist noch viel falscher geworden, seit er im Felde war.»

«Der ist bestimmt nie im Felde gewesen!»

«Na, denn in der Etappe!»

«Das glaub ich eher. – Du, Heinz, der hat nur loskommen wollen von dir. Wenn wir im Reichstag nach ihm fragen, weiß keiner was.»

«Das glaube ich hinwiederum nicht. Mit Vater war es ihm doch verdammt peinlich – für die Berichte an Vater möchte er uns doch ein bißchen bearbeiten!»

«Zeig den Wisch mal her, den er dir gegeben hat!»

Sie musterten ihn beide. Der schmierige, zwanzigmal durchgeschlagene Schreibmaschinentext besagte, daß der Inhaber zum Betreten des Reichstagsgebäudes berechtigt sei. Darunter: «Der Volksbeauftragte. Im Auftrag . . .» und ein unlesbarer Krakel. Aber der Stempel lautete: «Arbeiter- und Soldatenrat Berlin».

«Sieht echt aus!» entschied Irma. «Versuchen können wir's.»

«Ich sage dir ja, er ist wegen Vater in Druck. Und was machen wir bis sieben?»

«Hören wir uns die Rede an. Ich möchte doch kapieren, was eigentlich los ist.»

«Ich auch – also auf zum Reichstag!»

Der Platz am Reichstag war schon schwarz von Menschen. Und ständig kamen neue Züge, warteten geduldig, überweht von ihren roten Fahnen, ließen sich von Ordnern hin und her schicken und glitten schließlich hinein in die Masse der anderen, stumm, grau, aber mit verbissenen Gesichtern.

Irma und Heinz hatten es leichter. Mit aller Geschicklichkeit und Gerissenheit von Berliner Kindern schoben sie sich durch die Menge, drängelten und schimpften, daß sie gedrängelt würden, riefen nach einer verlorenen Mutti, deren Hut sie ganz vorne sahen, schlüpften lachend unter dem Arm eines Ordners durch – und landeten atemlos, völlig zerknautscht, aber mächtig aufgekratzt beim Bismarckdenkmal. Irgendwoher, weit her, hörten sie eine Stimme schreiend sprechen.

Einen Augenblick später waren sie auf dem Denkmal. Ein paar Meter über den Köpfen des Volkes saß Irma auf der runden Weltkugel, indes Heinz einem bronzenen Weibe auf der Schulter balancierte und sich eben an dieser Weltkugel festhielt.

Und wie stets, wenn sich jemand selbst erhöhet, waren die niederen damit einverstanden. Beifällig nickten sie.

«Dufte der Junge!» – «Die Kleene is ooch richtig!» – «Erfrier dir bloß den Hintern nich, Mädchen, du sitzt jrade auf dem Nordpol!» – «Sie da, Jüngling, treten Sie die Dame nich uff de Brust – so wat tut kein feiner Mann!»

Und: «Nun sacht uns bloß, wer redt denn? Is es Liebknecht?»

«Ich glaube, Scheidemann», sagte Heinz aufs Geratewohl.

Aber es war nicht Scheidemann, es war ein ziemlich fetter, dunkler Herr, der dort auf den Stufen des Reichstagsgebäudes stand und schreiend Sätze über die Köpfe der Menge hin schleuderte. Das Volk stand ruhig, lauschend oder nicht lauschend, es stand geduldig, wie es immer gestanden hatte, fand Heinz.

Wenn man durchaus einen Unterschied gegen früher feststellen wollte, so war es der, entdeckte Heinz, daß der Herr, der da oben sprach, Zivil trug, nämlich einen schwarzen Bratenrock und graugestreifte Hosen. Auch hielt er einen steifen schwarzen Hut in der Hand – mit dem machte er manchmal eine Geste, unterstrich einen Satz.

Früher hatten nur immer Uniformen zum Volk geredet. Den Kaiser hatte man nur in Uniform gesehen, und selbst ein so unmilitärischer Mann wie der philosophische Kanzler von Bethmann-Hollweg hatte fast stets Uniform getragen.

Es war ein sehr kleiner Unterschied, selbst einem unerfahrenen Pennäler wie Heinz fiel das auf. Denn ganz fehlten auch hier die Uniformen nicht: Vier Stufen tiefer als der Redner standen auf der Treppe des Reichstages Soldaten, feldgraue Soldaten mit Stahlhelm und geschultertem Gewehr sowie mit reichlich Handgranaten am Koppel. Sie waren ein Zaun zwischen dem Redner und seinem Volk, jenem Volk, dessen Sieg der Redner eben feierte . . .

So hoch, wie Heinz und Irma jetzt standen, war ganz gut zu verstehen, was der Redner eben schrie . . .

Der Redner sprach vom Siege des Volkes, vom Sieg des Sozialismus: «Hüten wir uns, die reine Sache des Volkes zu beschmutzen . . .!»

Er konnte nicht weitersprechen. Ein Knattern wurde laut, leise erst, dann immer lauter . . . In die Menge kam Bewegung, in der Ferne wurden Schreie laut . . . die näher kamen. Die Köpfe bewegten sich, duckten sich, es war, wie wenn Wind in ein Ährenfeld fährt . . .

Das Knattern ging laut immer fort. Nun wurde geschrien . . .

«Die schießen auf uns!» – «Maschinengewehre!» – «Die Liebknecht-Leute sind es!» – «Spartakisten!» – «Mörder . . .»

Und immer lauter: «Lauft!» – «Rette sich, wer kann!» – «Wir lassen uns nicht niederschießen! Hilfe! Hilfe!!»

Der Redner oben hatte zu reden aufgehört. Er sah nach dem Geknatter hin, machte eine Geste – und trat zwischen die Säulen des Portals . . .

Die Soldaten griffen nach den Handgranaten in ihren Gürteln . . .

«Die schießen!» flüsterte Irma mit ganz weißen Lippen. «Hilf mir rasch runter . . . Heinz! Heinz!!»

«Ich sehe nichts», sagte Heinz. Er spähte nach dem Rand der Versammlung, der dünn wurde. Er sah Menschen laufen, sah das graue Verdeck eines Autos . . .

«Mach zu! Hilf mir! Ich lasse mich nicht totschießen!»

Sie ließ sich in seine Arme gleiten, so plötzlich, daß er ins Wanken kam. Halb rutschten sie, halb fielen sie in die Menge hinunter, die wild strudelte, schrie, in Auflösung war . . .

«Los! Los! Lauf doch! Heinz, faß mich an!»

Plötzlich liefen alle. Sie liefen für ihr Leben, manche stumm, manche laut schreiend, manche vor sich hin weinend, Männer, Frauen, Kinder . . . Viele fielen, manche wurden hochgerissen, über andere liefen die Füße der Flüchtenden fort, keiner achtete auf ihr Geschrei . . .

Das Geknatter schien noch stärker geworden . . .

Die Panik hatte alle erfaßt, ohne nachzudenken liefen sie, liefen von dem Redner fort, den Fahnen fort, die zertreten am Boden lagen, fort von den zerbrochenen Plakaten mit der Inschrift: «Friede! Freiheit! Brot!»

Heinz und Irma liefen zwischen den anderen. Sie waren jung, sie hatten lange Beine, sie liefen gut. Sie liefen nebeneinander, Hand in Hand; längst waren sie vom Platz, liefen durch Straßen, durch andere Straßen . . .

«Lauf!»

«Kannst du noch?»

«Immer los! Lauf!»

Plötzlich wurde es ihnen bewußt: Sie liefen allein.

Sie liefen in einer breiten Straße, in der Mitte war ein Grünstreifen, rechts und links von ihm Fahrbahnen. Sie liefen auf dem Grünstreifen . . .

Plötzlich hörten sie vor sich das Geräusch von Schüssen, nah, ganz nah. Das ganze Stadtviertel schien in Aufruhr.

Heinz versuchte sich zu besinnen. Wir laufen ja direkt in die Schießerei, dachte er. Er sah einen offenen Torweg. «Komm!» rief er. Und sie liefen Hand in Hand hinein in die Geborgenheit, in den Schutz.

Lange standen sie dort stumm, sie wischten mit zitternden Händen an ihren schweißigen Gesichtern herum. Dabei lauschten sie auf das Schießen, das immer wieder aufflackerte, nah und ferne. Einmal glaubten sie auch, das schnelle böse Tacken eines Maschinengewehrs zu hören . . .

Aber langsam ging ihr Atem ruhiger, klopfte ihr Herz nicht mehr so sehr. Hier in der Geborgenheit des Torwegs, allein miteinander, fühlten sie das gute, das köstliche Leben . . . Die Schüsse knatterten . . .

«Na, Irma!» sagte Heinz und versuchte ihren Kopf zu heben.

Plötzlich merkte er, daß sie lautlos in ihr Taschentuch weinte.

«Wir sind schöne Angsthasen! Was wir gelaufen sind!»

«Sei doch still!» rief sie wütend. «Du Feigling!»

«Na, Irma!» sagte er ganz verblüfft über diesen ersten, völlig unverständlichen Ausbruch des Weibes in seiner Freundin. Denn sie hatte ja das Laufen gewollt. «Beruhige dich, Tochter der Quaasin! Helden waren wir alle beide nicht . . .!»

«Bist du ruhig!» schrie sie noch einmal und stampfte mit dem Fuß auf. Sie hatte völlig die Herrschaft über sich verloren. Alles in ihr zitterte noch – unerträglich war ihr die spöttische, gutmütig tröstende Stimme des Freundes. Und als er nun gar den Versuch machte, ihr scherzhaft das Taschentuch fortzuziehen, schlug sie zu, schlug ihm mit der Hand gerade ins Gesicht . . .

«Na, Irma!» sagte er zum drittenmal. «Was soll denn das! Bei dir Dachstuhlbrand, wie?!»

Aber er war jetzt schwer gekränkt, er stellte sich auf die andere Seite des Torwegs und sah nur manchmal, eine tiefe Grübelfalte zwischen den Brauen, zu seiner kleinen Freundin hinüber, die jetzt noch viel fassungsloser weinte . . .

«Na, ihr zwei kleinen Hübschen!» klang eine spöttische Stimme von der Straße her. «Was habt ihr euch denn hier verkrochen? Kommt mal her, ihr beide!»

In der Einfahrt stand ein Matrose, ein kleiner, dunkler Mensch mit einem frechen, bösen Gesicht, eine Pistole in der Hand . . .

«Na, wird's bald?» rief er grob, als die beiden zögerten. «Die Hände hoch, Bengel! Du hast doch eben geschossen, du Aas!»

«Ich habe nicht geschossen! Ich habe gar nichts zum Schießen!» sagte Heinz trotzig und trat auf den Matrosen zu. «Sehen Sie doch nach!»

«Riskier du noch 'nen Ton!» sagte der Matrose drohend. Und mit geübten, raschen Händen tastete er den Jungen ab.

«Komm du jetzt her, Kleine!» rief er dann. «Dir hat er natürlich die Pistole zugesteckt, so ein Scheißkerl ist das!»

Sie standen nun beide vor dem kleinen, bösen Menschen, sehr blaß, aber beide sehr bemüht, sich nichts von ihrer Angst merken zu lassen . . .

«Er hat wirklich keine Waffe, Herr – Matrose», sagte Irma entschlossen. «Wir waren bloß in der Versammlung am Reichstag . . .»

«Ach!» sagte der Matrose spöttisch gedehnt. «Bei den Scheidemännern wart ihr – ihr Helden! Und bis hierher seid ihr gelaufen – ihr Scheißemänner!»

Er sah die beiden verächtlich an.

«Wir sind beschossen worden», sagte Heinz trotzig.

«Ja, beschissen seid ihr worden», lachte der Matrose spöttisch. «Der Auspuff von einem Auto hat ein bißchen geknattert – und schon laufen zwanzigtausend Menschen wie die Hasen.»

Und verächtlich sah er die beiden an, die immer röter wurden.

«Aber jetzt wird hier doch geschossen», beharrte Heinz. «Sie haben doch auch 'ne Pistole.»

«Ach, das bißchen Knallerei! Das sollt ihr sehen, wie schnell ich da Ruhe reinkriege!»

Er sah auf Irma. «Komm mit, Kleine!» sagte er. «Was willst du bei dem Lauselümmel mit den vollgeschissenen Hosen?»

«Danke», sagte Irma. «Gehen Sie man lieber alleine – ich lasse mich nicht gerne totschießen!»

«Totschießen? Wer redt denn von Totschießen? Ich habe vier Jahre Krieg hinter mir und bin noch nicht totgeschossen. Sollste sehen, Kleine, gar nichts passiert!»

Er nahm die Pistole hoch, quer über die Fahrbahn ging er mitten auf den Grünstreifen.

«Straße frei! Fenster zu!» schrie er. «Fenster zu!» schrie er noch einmal.

Dann hob er die Pistole und schoß.

Sie hörten das Klirren von Glas, den prasselnden Fall der Scherben auf das Pflaster.

Noch einmal drehte sich der Matrose um. «Na, Kleine, wie is es? Du siehst, es passiert gar nischt!»

Und nun ging er die Straße weiter hinauf, in seinen weiten, wehenden, flotten Hosen, wachsam rechts und links an den Häusern hoch sehend, manchmal schießend, manchmal beschossen, aber immer weiter gleichgültig rufend: «Straße frei! Fenster zu!»

So entschwand er ihren Blicken.

6

«Der ist also bestimmt kein Feigling!» sagte Heinz. Aber er sagte es nicht spitz, er sagte es nachdenklich.

Trotzdem rief Irma sofort: «Aber Heinz!» Und leiser: «So dürftest du gar nicht sein.»

«Das ist es eben», meinte Heinz. «Der hat nun bestimmt Mut – aber ist es die richtige Sorte Mut? Ob es mehrere Sorten Mut gibt? Dann gäbe es vielleicht auch verschiedene Arten Feigheit ...»

«Hör bloß auf!» sagte Irma. «Das ist ja alles Quatsch. Ich weiß genau, wenn du mutig sein mußt, dann bist du's auch. Und ich dito.»

«Siehste!» rief Heinz erfreut. «Das denkst du doch auch? Trotzdem wir wirklich gerannt sind wie die Hasen, als der Auspuff von einem Auto knatterte!»

«Das muß nicht wahr gewesen sein. Der kann das gesagt haben, um uns zu ärgern.»

«Das glaube ich nun doch nicht. Übrigens habe ich das Auto stehen sehen ...»

«Wenn du mir davon ein Wort gesagt hättest!»

«Du fielst ja direkt vom Nordpol in meine Arme.»

«Du ärgerst mich heute immer!»

«Und du schlägst mich!»

«Du weißt, ich habe es nicht mit Absicht getan!»

«Doch!»

«Nein!»

«Doch! Ausdrücklich! Mit der Faust auf die Neese! Mit Absicht!»

«Du bist geradezu gemein!»

«Nein!»

«Du sohlst es!»

«Von je war ich der Lüge abhold.»

«Nein!»

«Doch!»

«Siehst du, du sagst es selbst, daß du gelogen hast!»

«Eher auf den Scheiterhaufen – und sie bewegt sich doch!»

«Quatschkopf!»

«Danke . . .»

Sie schwiegen, erhitzt, aber aufgemuntert.

Dann, nach einer Weile: «Heinz!»

«Nein!»

«Aber Heinz!!»

«Nein doch!»

«Ich will doch nur fragen, ob die Straße jetzt ruhig ist? Wir können doch hier nicht stehen bis in die Nacht!»

«Nein!»

«Was nein? Frei oder stehenbleiben?»

«Beides!»

«Döskopp!»

«Danke!»

Wieder langes Schweigen. Dann: «Heinz!»

«Ja doch, aber laut Geburtsschein besser Heinrich.»

«Heinrich . . .»

«Nein, um Gottes willen!»

«Heinrich, mein Heinrich!»

«Was hast du bloß? Bist du wirren Sinnes?!»

«Ja! Heinz, sieh mich mal an!»

«Na – und?»

Was mach ich? Sie stampfte mit dem Fuß auf. «O Gott, stell dich bloß nicht so gräßlich doof an!»

«Ich und doof . . .? Tochter der Quaasin!»

«Laß den Quatsch! Kapierst du noch nicht?»

Sie machte seltsame Mundbewegungen.

«Keine Ahnung, meine rote Schwester! Hast du Zahnschmerzen?»

«Heinz . . .!! Komm her! Noch näher! Sieh mich an! Nein, sieh mich nicht an! Mach die Augen zu! Du sollst die Augen zumachen, du Affe! Ganz fest! Mogelst du auch nicht . . .?»

«Ich habe die Augen zu . . .»

«Ganz fest?»

«Ehrenwort!»

Pause. Dann fragte er ungeduldig: «Was ist denn? Was soll der Blödsinn?»

Irgend etwas Feuchtes, Warmes streifte sein Kinn . . .

«Verdammt noch mal!» Er riß die Augen auf. «Was hast du gemacht? Hast du mich geleckt . . .?»

Sie sah ihn an, zitternd vor Entschlossenheit.

«Ich habe dir einen Kuß gegeben, Heinz!» sagte sie feierlich.

Er starrte sie an. Mit der Hand wischte er sich das Kinn ab. «Verdammt!» sagte er. «Das ist wahrhaftig die Revolution! Einen Kuß!!»

Sie nickte. «Jawohl! Einen Kuß! Unsern ersten Kuß ... ich liebe dich nämlich.»

«Ich glaube, du bist verrückt geworden! Hast du vergessen, daß wir diese Abknutscherei als unästhetisch abgelehnt haben? Daß diese sogenannte Liebe bloß ein schlauer Trick der Natur ist zur Erhaltung der Art? Ich versteh dich nicht, Irma, diese Schießerei muß dich ganz durchgedreht haben!»

«Ist mir alles egal!» Sie verleugnete trotzig ihre gemeinschaftlichen Erkenntnisse. «Ich liebe dich, und da küß ich dich eben.»

«Na, Irma, sag mal, fand'ste den eben schön, den Kuß?»

«I wo! Gräßlich war er! Aber wenn man sich liebt, küßt man sich eben. Das ist so. Vielleicht muß man es lernen?»

«Dann lerne ich es nie.»

«Ich hatte auch schreckliche Angst», gestand sie schamlos. «Sieh mich mal an, Heinz. Wie sehe ich aus?»

«Wie sollst du denn aussehen?»

«Ich meine, ob man mir was ansieht von dem Kuß?»

«Dir? Keine Spur!»

«Ich habe keine Flecken? Bin nicht besonders rot?»

«Gelb biste, wie 'ne Zitrone!»

«Dann versuchen wir es noch mal!» entschied sie mit unbeugsamer Energie.

«Ich bitte dich, Irma, laß doch den Blödsinn!» Der lange Bengel war grenzenlos verlegen.

«Bitte, Heinz! Nur noch einmal! Ich verspreche dir, nur noch dieses einzige Mal! Mach wieder die Augen zu! Ich schäme mich ja doch, aber ich schäme mich nicht vor dir ... Und bück dich ein bißchen, sonst treff ich wieder bloß dein Kinn ...»

«Irma ...» protestierte er schwach.

Dann berührte etwas wie ein Hauch seine Lippen ... Es blühte auf, wurde weich. Er hätte nie gedacht, daß die dünnen Lippen seiner kleinen Freundin so weich und warm sein könnten. Um seinen Hals lagen ihre Arme, und auch diese Arme, Arme, die er doch kannte, Arme wie Stecken, lagen weich und schwer um ihn. In seinen Ohren fing das Blut an zu singen, eine süße, zauberhafte Melodie ... Zum ersten Male hörte sein Ohr diesen Klang, und ein langes Leben hindurch würde es immer begierig sein, ihm zu lauschen ...

Es ist ganz still ... Dann räuspert sich Irma ...

«Ich glaub, Heinz, sie schießen nicht mehr ...»

«Nee, glaub ich auch, höre nichts mehr ...»

Sie waren grenzenlos verlegen, sahen sich nicht an. Wieder einmal hatten Adam und Eva vom Baum der Erkenntnis gegessen – und sie schämten sich, da sie erkannten, daß sie nackt waren ...

«Bis sieben ist noch aasig Zeit ...»

«Ja, was meinst du, sehen wir mal nach Tutti ...?»

«O wie so richtig! Das schaffen wir grade noch.»

Sie liefen los, zurück in das Stadtinnere, nebeneinander her. Beide dürr, schlecht gekleidet, unterernährt und mäßig gewachsen – aber in beiden brannte der Lebensfunke. Oh, heute leuchtete er ihnen schon fast aus den Augen!

7

Bei Getrud Hackendahl, die von allen, die sie wirklich kennen (aber das sind nur wenige), Tutti genannt wird, sitzt Eva Hackendahl. Tutti läßt ihre Maschine sausen und hört dabei mit halbem Ohr, mit abweisendem Gesicht auf das, was Eva ihr von den Vorgängen in der Stadt erzählt ...

Gertrud Hackendahl hat diese Besuche der Schwägerin nicht sehr gern. Gustäving muß dann stets sofort in das Zimmer gehen, er darf nie die Tante küssen. Eva ist in den letzten zwei Jahren nun das geworden, was sie ohne eigene Kraft und ohne eigenen Mut werden mußte: ein Straßenmädchen. Das ist schon ein Grund, warum Tutti die Schwägerin nicht mag: Eine Frau, der die Liebe heilig ist, wird stets der grollen, die aus den Liebesäußerungen ein Gewerbe macht ...

Und doch läßt Tutti Hackendahl immer noch die Schwägerin in die Wohnung, erträgt sie, duldet sie, läßt sie sich aussprechen ... Weil nämlich Getrud Hackendahl versteht, daß jeder Mensch im Elend eine Insel haben muß, zu der er fliehen kann aus der Trostlosigkeit des Alltags, daß er eine Stätte der Geduld wissen muß, etwas wie eine Heimat ...

Sie ist solche Heimat für Eva, irgendein Bindeglied zu jener Eva, die ehemals war. Hier kann sie sitzen und reden und denken, sie gehört noch dazu ...

Die kleine, verkrüppelte Tutti Hackendahl versteht das sehr gut; sie hat ja selbst solche Insel, solche Heimat ...

Sie sieht nach der Kommode hinüber – dort ist auf einer Spitzendecke alles aufgebaut, was an Otto Hackendahl erinnert: ein paar Bilder; die Tasche mit ihren Briefen, die sie ihr damals aus dem Felde geschickt haben (die Flecken darauf sind nun schon lange schwarz geworden); alles, was sie von seinen Schnitzereien hat auftreiben können; in einem Kästchen seine Messer, seine Raspeln, die kleine Säge, ein Stück Lindenholz, in dem verborgen der Christus steckt, an den er zuletzt gedacht hat. Daneben, was ihr der Schwager Heinz gebracht hat: seine Schulzeugnisse, ein paar Hefte, ein zerlesenes Erdkundebuch.

Sein zweiter Sohn, der nachgeborene Otto, ist noch zu klein. Aber dem anderen Sohn, dem jetzt sechsjährigen Gustäving, zeigt sie manchmal diese Sachen. Sie erzählt ihm von seinem Vater, wie sie ihn heute sieht, von dem wirklichen Otto Hackendahl, einem mutigen, sorglichen Mann, einer Art Künstler im Holzschneiden . . . Und wenn es schon dunkel ist, erzählt sie dem Kind, daß die letzten Worte seines Vaters waren: «Es hilft nichts, wir müssen voran!»

Dann hält sie den Jungen lange still im Arm, und sie betet für ihn zu Gott, daß etwas von diesen Dingen in ihm keimen möge . . . Satt zu essen kann ich ihm nicht geben, denkt sie manchmal. Aber den Glauben kann ich ihm doch geben . . .

Sie weiß nicht, was für ein Glaube das eigentlich ist; es scheint ihr nur ein guter Glaube zu sein . . .

Helden und Heldenverehrung! Vielleicht wäre sie in der Gefahr, aus einem Menschen einen Gott zu machen, aus einer Liebe eine duselige Schwärmerei. Aber sie lebt zu nahe der Erde, sie bekommt all ihre Schwere zu spüren. Sie hat zwei Kinder zu versorgen, sie muß viele Stunden vor den Lebensmittelgeschäften stehen, und wenn sie dann abgehetzt nach Haus kommt, hat sie Essen zu kochen, die Wohnung sauberzuhalten, Wäsche zu waschen – aber sie muß auch für das tägliche Brot arbeiten. Die Pension für eine Kriegerwitwe ist nur klein, sie muß zehn, zwölf Stunden an der Maschine sitzen, um das Nötigste zu verdienen.

Sie schläft nie mehr als fünf Stunden – und fünf Stunden Schlaf sind schon viel. Der gute Kassenarzt schüttelt den Kopf. «Lange machen Sie es auch nicht mehr! Zum hundertstenmal sage ich Ihnen: Scheren Sie sich ins Krankenhaus!»

«Bis meine Jungen groß sind, halte ich es noch aus, Herr Doktor», lächelt sie. «Dann ruhe ich mich bestimmt aus.»

Der Arzt sieht sie nachdenklich an. Er ist sich gar nicht sicher, ob diese Frau nicht längst vor dem Frieden ihren Frieden haben wird. Aber er mißtraut seinen ärztlichen Erkenntnissen. Vom ärztlichen Standpunkt aus müßte mindestens die Hälfte seiner Patienten längst verhungert sein. Doch sie kommen immer wieder, diese Frauen, fast ohne Schlaf, überbürdet, theoretisch tot – und leben immer weiter.

Auch der Lebensfunke in diesem schwachen, verkrüppelten Körper – ja, ist es nicht fast, als brennte er stärker statt schwächer? Zwei Kinder und ein Traum – damit läßt sich eben doch leben, trotz alledem!

8

Die Nähmaschine schnurrt, eine Naht rauf, wieder runter, die nächste Naht. Gertrud Hackendahl arbeitet, und dabei hört sie auf das, was ihr Eva erzählt.

Eva erzählt natürlich von der Revolution, wie sie ihr erscheint, und diese Revolution wird ihr natürlich nur merkbar in der Beziehung auf ihn. Er ist natürlich derjenige, welcher – und derjenige welcher ist bei Eva Hackendahl immer noch Eugen Bast.

Eva Hackendahl hat nie in ihrem Leben einen Mann geliebt. Ihr erstes und einziges Erlebnis war Eugen Bast, und den hat sie von je mit aller Kraft ihres schwachen Herzens gefürchtet und gehaßt. Wenn man nach der Liebe geht, so ist Eva Hackendahl noch immer eine eiserne Jungfrau, sie hat nie einen Mann geliebt, sie hat nie einen Mann angeschaut, seiner zu begehren. Sie kennt alle Männer nur von einer Seite her, und daß diese Seite ihr recht ekelhaft erscheint, dafür haben Eugen Bast und einige Krankheiten gesorgt!

Da sitzt sie bei der Schwägerin und redet. Sie redet hin und her, sie hat dies gehört und sie hat das gehört, sie wendet es so und wieder anders. Sie ist unerschöpflich darin, weil Eugen Bast eben ein unerschöpfliches Thema ist.

Sie ist immer noch recht hübsch, die Eva Hackendahl, nur etwas Scharfes hat ihr Gesicht bekommen, und etwas Weinerliches klingt in ihrer Stimme mit . . .

«Ja», sagt sie, «und der Herr hat gesagt, daß sie morgen schon alle aus dem Gefängnis rauslassen, alle, nicht bloß die Politischen . . .»

Gertruds Gesicht wird abweisend: Dafür hat Otto nicht gekämpft, dafür ist Otto nicht gefallen, daß die Eugen Basts wieder frei auf der Straße herumlaufen . . .

«Nun ist es ja bloß, Gertrud», fährt Eva in ihren Überlegungen fort, «daß er doch gar nicht in Berlin ist. Er sitzt doch im Zuchthaus in Brandenburg! Vielleicht lassen sie in Brandenburg die Leute nicht raus, was meinst du, Gertrud?»

«Wenn sie klug sind, behalten sie die Kerle drin», sagt Gertrud Hackendahl. «Sie haben ja nachher bloß die Arbeit, sie wieder einzufangen!»

«Vielleicht haben sie in Brandenburg keine Revolution?» überlegt Eva weiter. «Brandenburg ist ja bloß ein Städtchen. Ich bin zweimal da gewesen, zweimal hab ich ihn besuchen dürfen. Man darf Zuchthäusler nur zweimal im Jahr besuchen. Und ein Jahr ist er ja erst drinnen . . .»

Jetzt ist Gertrud Hackendahls Gesicht ganz hart und verschlossen geworden. Sie findet es schamlos von der Schwägerin, so von diesen

Dingen zu reden! Wie sie offen von Zuchthaus und Dieben spricht, das ist schamlos! Und Tutti läßt ihre Maschine rattern, so laut es nur geht.

«Aber ich hab immer Pech im Leben gehabt», spricht Eva klagend weiter, «und so werden sie wohl auch in Brandenburg Revolution machen, und der Eugen kommt wieder raus! Und ich habe immer gedacht, ich hätte noch zwei Jahre Ruhe vor ihm. Oh, was mach ich nur, Gertrud, was mach ich nur . . .?»

Jetzt klingt wirkliche Angst aus Evas Stimme. Das fühlt Tutti auch, und so hält sie einen Augenblick mit Nähen inne, dreht sich zur Schwägerin um und sagt: «Du fährst einfach fort aus Berlin! Du hast dir doch ein bißchen was gespart, du kannst überall leben! Wie ich den Kerl kenne, was ich von ihm gehört habe, denk ich, der hat jetzt bei dieser feinen Revolution in Berlin so viel zu tun, daß er dir bestimmt nicht nachreist!»

«Aber dann, wenn mein Geld alle ist, und ich muß wieder hierher zurück, dann kriegt er mich doch! Und dann wird es extra schlimm – ich hab dir doch erzählt, wie schlimm es damals war, als ich nur die paar Wochen in der Munitionsfabrik gearbeitet hatte. Das halte ich nicht noch mal aus!»

Sie sitzt ganz zusammengefallen da, sie ist nur noch Angst. Jetzt denkt sie wieder an die Zeit zurück, da Otto aus dem Felde kam, da die Geschichte in der Munitionsfabrik passierte – sie wußte nicht wohin, also ging sie zu ihm. Ja, sie war direkt zu ihm gegangen; ein Hund, den sein Herr sehr verprügelt hat, läuft auch einmal fort, aber er kommt wieder, er kommt immer wieder, zum harten Herrn, zu Schlägen, zu Hunger . . .

Und sie hatte alles erlebt: Härte und Schläge und Hunger. Er hatte sie gnadenlos verprügelt, und dann hatte er sie sofort wieder zu einer Frau gebracht. Diesmal nicht in die Lange Straße, wo die Bezahlung zu schlecht war, sondern diesmal in den Westen, in die Augsburger Straße. Da hatte sie arbeiten müssen, arbeiten wie kein anderes Mädel. Tag und Nacht hatte sie auf die Straße gehen müssen – und nie hatte sie ihm genug verdient! Er hatte ihr jeden Pfennig abgenommen, er hatte ihr nicht einen Groschen für Essen, Kleidung, Wohnung gelassen.

«Sollen sie dich doch einstecken, Dowe», hatte er bloß gelacht. «Da mach ick mir jar nischt draus. Krepier doch!»

Ach, er hatte es so getrieben, mit Schlägen und Drohen und Geldverdienen, daß sogar die harte Frau, daß sogar die Mädchen sich ihrer erbarmt hatten. Es wurde schließlich alles hinter seinem Rücken geregelt! Aber immer die Todesangst, daß er dahinterkommen könnte!

Oh, die schreckliche Stunde, da er entdeckt hatte, sie besaß ein Seidenkleid! Ein Abendkleid mit tiefem Ausschnitt, das sie doch brauchte, weil die Herren mit den Mädchen in Weinlokale oder Bars gehen wollten! Er nahm ihr das Kleid nicht etwa fort, er gab ihr die Schere in die Hand, und er ließ sie das Kleid zerschneiden ... Sie selbst mußte es zerschneiden, ihr geliebtes, schönes Seidenkleid, das einzige hübsche Stück, das sie besaß – in lauter Fitzelchen und Schnitzelchen, die zu nichts zu brauchen waren!

Und das andere Mal, wie sie nach seinem Diktat an das Gesundheitsamt der Stadt Berlin hatte schreiben müssen, daß sie sich als Straßenmädchen anmelde: «... Hochachtungsvoll Eva Hackendahl ...» Und alles auf einer Postkarte ...!

Oh, wie sie ihn gehaßt hatte, wie sie ihn immer noch haßte! Und doch immer stärker fühlte, daß er unentrinnbar war, daß sie nie auch nur die geringste Kraft in sich fand, sich gegen ihn aufzulehnen.

Wie sie die anderen Mädchen beneidete um ihr angstfreies Leben, sie, die sich kaufen konnten, was sie begehrten, die im Bett liegenbleiben durften, wenn sie müde waren, die nicht jeden Augenblick ihres Lebens vor einem katzenhaften Schleicheschritt beben mußten und der frechen Frage: «Na, Dowe, wieviel Pinke haste zusammen für deinen Eugen?! Glotz nich – oder ich ballere dir einen in die Fassade!»

Bis der Himmel oder das Schwurgericht sich ihrer erbarmte und den klugen Eugen Bast doch einmal wieder für drei Jahre ins Zuchthaus nach Brandenburg schickte! Drei Jahre Freiheit, eine endlose Zeit, eine Zeit des Aufatmens, Glück, das schäbige bißchen Glück, das einem verdorbenen Leben eben noch abzuringen war ... Und am Ende dieser drei Jahre würde man fliehen, mit erspartem Geld, vielleicht nach Österreich, in ein kleines verschollenes Nest. Dort konnte man sich einen Laden kaufen, einen Tabakladen, oder besser noch Wäsche, sie hatte Geschmack für Wäsche.

Und nun jetzt, nach einem Jahr schon, der Friede – und solch ein Friede, der den Eugen Bast wieder zu ihr ließ! Beinahe stöhnt sie auf. Es ist ja nutzlos, ihn zu belügen, er durchschaut sie doch. Und wenn er sie nicht gleich durchschaut, so wird er mit der Frau und den anderen Mädchen quatschen. Er holt die aus – sie hat mit drei Jahren gerechnet und leichtsinnig von ihren Plänen geredet! Er wird ihr das Geld nehmen und die Kleider, und dann wird er sie doch noch quälen und strafen für jedes Wort, das sie gesagt hat ...

Jetzt stöhnt sie wirklich auf, und die Schwägerin hält die Maschine an und fragt: «Was hast du denn? Hast du solche Angst vor ihm?»

Sie nickt. «Bestimmt lassen sie ihn raus. Und dann fängt alles wieder an!»

Gertrud Hackendahl weiß längst, daß der Eva nicht zu helfen ist. So sagt sie bloß ärgerlich: «Was das bloß für Kerle sind, die solche Zuchthäusler rauslassen?! Selber ins Zuchthaus gehören die!» Ihr dünner, schmallippiger Mund zuckt. «Aber warte nur, wenn erst das Heer von der Front zurückkommt!»

«Meinst du?» fragt Eva schüchtern. «Glaubst du, die Soldaten stecken Eugen wieder ein?» Einen Augenblick leuchtet eine matte Hoffnung in ihr auf, aber sie erlischt gleich wieder. «Nein, nein», sagte sie mit einem Seufzer, «ich habe kein Glück. Die Soldaten können gar nichts machen. Die haben auch nichts mehr zu sagen, jetzt, wo sie besiegt sind und wo wir den Krieg verloren haben . . .»

«Was sagst du . . .?» fragt Gertrud Hackendahl und steht von ihrer Maschine auf. Sie fragt es so, daß es plötzlich totenstill ist in der kleinen Küche.

Eva starrt die Schwägerin nur an.

Die steht vor ihr, eine kleine, verkrüppelte Gestalt. Jetzt hat sie die Hände aufs Herz gelegt, als empfinde sie Schmerz. Mit weit offenen Augen starrt sie Eva an.

«Was sagst du?» fragt sie noch einmal leise. «Deutschland ist besiegt? Deutschland hat den Krieg verloren . . .?»

«Alle Leute sagen . . .» fängt Eva ratlos an.

«Du hältst den Mund», wird sie plötzlich angefahren. «Nie wieder redest du so etwas bei mir! Schämst du dich denn gar nicht? Hast du denn gar kein Ehrgefühl im Leibe?! Du bist die Schwester von Otto.» Ihr Blick streift rasch die Kommode, aber gleich sieht sie die Schwägerin wieder an, flammend sieht sie sie an. «Du weißt, wie er gestorben ist und wofür er gekämpft hat – und du sagst besiegt, du sagst verloren . . .»

«Gertrud, bitte, ich meine doch nicht Otto . . .»

«Ja, wofür ist er denn gestorben, wenn wir besiegt sind? – Wo sind wir besiegt?! Sag doch, wo haben wir *eine* Schlacht verloren?! Sag doch! Pfui Teufel, die Schande! Wir haben gesiegt, gegen die ganze Welt haben wir gekämpft und gesiegt, kein Feind steht in Deutschland, und du sagst besiegt?! *Wo* sind wir denn besiegt, wo?!»

Sie steht flammend da, sie hat immer schneller und zorniger gesprochen, noch nie in ihrem Leben ist sie so zornig gewesen. Gustäving hat die Stimme gehört, er steht in der Tür, er sieht von der Mutter zu der Tante, er ballt die Fäuste . . .

«Tu Mutti nichts!» ruft er.

Aber seine Mutter merkt ihn gar nicht. «Das ist ganz richtig», ruft sie, «daß die jetzt die Zuchthäusler rauslassen. Da sieht doch jeder gleich, was das für eine Revolution ist . . .!»

Sie steht da, sie sieht ihre Schwägerin empört an. Dann erinnert sie sich, wem sie das alles sagt. Es hat ja keinen Zweck, die versteht ja nichts, die hat nichts in sich. Otto war einmal – fast – ähnlich, aber er hatte etwas in sich, was der Vater nicht kaputt gekriegt hatte: Er konnte lieben. Eva hatte gar nichts in sich . . .

«Sage nicht noch einmal so etwas in meiner Küche», erklärt sie darum abschließend. «Gustäving, geh in die Stube, paß auf Brüderchen auf . . .»

Sie setzt sich wieder an die Maschine.

Nach einer Weile sagt Eva schwach: «Mir ist es ja egal, was die Leute sagen. Wenn bloß Eugen nicht wieder rauskommt . . .!»

Gertrud antwortet gar nicht, sie sitzt und näht. Sie hat gerade wieder die erste Näharbeit einer Privatkundin: Sie näht einen feldgrauen Militärmantel zu einem Damenmantel um. Sie hat bisher nicht darüber nachgedacht, aber plötzlich fällt ihr ein, daß es bisher solche Arbeit nicht gab. Bisher gab es nie genug Militärmäntel, und jetzt ist dieser hier, den sie unter den Händen hat, zuviel . . . Wird ein Damenmantel . . .

Sie näht immer zögernder, schließlich hört sie ganz auf und starrt auf den Mantel.

Plötzlich begreift sie, an diesem Stück Näharbeit begreift sie, daß der Krieg endgültig aus ist, daß es vorbei ist mit dem, für das Otto kämpfte . . . Daß die Leute sagen, der Krieg ist verloren . . . Was das bedeutet – auch für sie! Gerade für sie!

Sie schluckt heftig.

9

«Gertrud!» mahnt Eva. «Es hat geklingelt. Hast du nicht gehört? – Oder soll ich aufmachen?»

«Nein, laß, ich gehe schon.»

Es klingelt wieder.

«Gertrud! Gertrud!! Ach – einen Augenblick!» Namlose Angst klingt in Evas Stimme. «Wenn es Eugen ist? – Bitte, bitte, laß mich in die Stube gehen, ich fasse die Kinder auch nicht an. Bestimmt nicht!»

«Glaubst du», sagt Gertrud, «ich lasse den Kerl in meine Wohnung?! Nie! Aber geh schon in die Stube. Nur bitte, wirklich – laß die Kinder . . .»

Eine ganz andere, eine aufgelebte Gertrud Hackendahl läßt den Heinz mit seiner Freundin Irma in die Küche. Das ist die richtige Tutti, die nie vergißt, daß Heinz der einzige Hackendahl ist, der zu ihrer Hochzeit gratuliert hat, der völlig damit einverstanden ist, daß sie Otto nahm. Sie mag den Heinz so gerne, weil er sie oft besucht, nur um zu plaudern, weil er sich stundenlang mit den Kindern abgibt, weil er seine kleine Freundin zu ihr bringt.

Sie sieht in dem Jungen trotz seiner Unfertigkeit, trotz seiner Großsprecherei etwas von ihrem verstorbenen Mann: das Uranständige, eine langsame, beharrliche Zuverlässigkeit.

«Heinz! Irma! Daß ihr an solch einem Tage herfindet! Kommt rein!» Und leise: «Eva ist auch da.»

«Eva?» fragt Heinz Hackendahl gedehnt.

Er überlegt kurz, sieht nach Irma. Er hat Eva nicht wieder gesehen, seit sie die elterliche Wohnung verließ.

«Na, ich weiß nicht . . . Sollen wir nicht lieber abhauen?»

«Meinetwegen?» fragt Irma. «Sei bloß nicht blöd, Heinz!»

«Komm ruhig rein, Heinz», meint auch Gertrud. «Sie ist ganz – friedlich . . .»

«Tag, Eva», sagt Heinz dann ein wenig verlegen. «Lange nicht gesehen, wie? Alte Leute geworden, was? Und ihr macht hier unterdes 'ne Revolution? Ungeheuer!»

Aber er wandte sich gleich wieder zu Tutti. «Ich muß dir was zeigen. Habe einen Groschen investiert, beginnendes Archiv der Revolutionsgeschichte!»

Er zog eine Zeitung aus der Tasche, entfaltete sie, daß alle den Titel sehen konnten, und fragte stolz: «Fein, was?»

«Die Rote Fahne – Organ des Spartakusbundes», lasen sie.

«Erste Nummer – frisch vom Faß!» grinste Heinz. «Pyramidal, wie?»

«Rote Fahne», sagte Tutti mit gerunzelter Stirn. «Ich fand immer, Schwarzweißrot war eine gute Fahne, Heinz.»

«Natürlich! Wer redt denn davon? Du hast den Witz noch nicht kapiert, Tutti! Sieh doch genau hin, das ist doch der alte, liebe ‹Skandal-Anzeiger›. Die Brüder haben ihn auffliegen lassen und umgetauft . . . Wenn ich denke, daß Vater heute abend statt seines geliebten ‹Lokal-Anzeigers› die ‹Rote Fahne› durch den Türschlitz gesteckt bekommt . . .» Er grinste.

«Und das soll ein Witz sein, Heinz?» fragte Tutti traurig. «Ich versteh dich nicht! Die nehmen dem Besitzer einfach die Zeitung weg, stehlen sagt man dazu . . .»

«Es ist eben Revolution, Tutti . . .»

«Dann geht mir mit eurer Revolution! Die eine erzählt, die Zuchthäusler werden entlassen, und du sagst, sie stehlen Zeitungen – und das ist Revolution? Das ist eine Gemeinheit, sage ich!»

«Ich habe dir gleich gesagt: Kauf die nicht», ließ sich Irma vernehmen. «Bei den Achselklappen waren auch rote Fahnen dabei, und dann, wie wir aus der Versammlung weggelaufen sind, weil wir dachten, sie schießen – da waren auch rote Fahnen dabei . . .»

«Ihr scheint ja eine Menge erlebt zu haben . . . ? !»

«Ja, ich erzähle euch gleich . . . Aber erst sollt ihr noch was sehen . . .»

Er konnte es doch nicht lassen: Trotz seines Mißerfolges mit der Zeitung zeigte er ihnen den Passierschein zum Reichstag, er berichtete, was sie noch vor und was sie hinter sich hatten.

Tuttis Lippen preßten sich fest zusammen, als sie von den abgerissenen Achselklappen hörte.

«Unteroffiziere waren es, sagst du, Unteroffiziere, Heinz . . . ?»

«Ja. Es war natürlich wieder Blödsinn, daß ich dir das erzählt habe, Tutti. Es regt dich bloß auf.»

«Und dein Bruder hat es getan? Ja, hat er denn nicht daran gedacht, daß Otto . . . ?»

«Ich habe Erich nie leiden können», sagte Eva. «Er war immer Vaters Liebling, aber . . .»

«Nein, Vaters Liebling warst eigentlich du.»

«Nein, Bubi. Vater war bloß in mich verliebt, Erich aber hat er richtig gern gemocht. Der hat immer alles erreicht mit seinem Lachen.»

«Ein schlauer Hund ist er bestimmt», gab Heinz zu.

«Ein Fatzke ist er!» rief Irma. «Ein richtiger Weiberheld!»

«Heinz!» bat Tutti. «Zeig mir doch noch mal den Passierschein.»

Sie nahm ihn, sah ihn an. «Arbeiter- und Soldatenrat», flüsterte sie. «Es sind ja noch gar keine Soldaten von der Front zurück!»

Sie hob den Schein und sah Heinz an. «Heinz, wenn du auf mich hörst, steckst du den Schein mit der Zeitung in den Ofen!»

«Wir sollen nicht in den Reichstag? Aber das ist doch hochinteressant, Tutti! Sieh mal, ich geh bestimmt nicht wegen Erich. Erich ist mir ganz egal. Aber ich weiß doch gar nichts von der Revolution. Man müßte das doch wissen. Was ist der Spartakusbund? Warum klaut mein holder Bruder Erich dem Liebknecht seine Hörer? Ich denke, der Liebknecht ist auch Sozialdemokrat? – Von dem allen müßte man doch was wissen!»

«Aber warum mußt du denn noch mehr davon wissen, Heinz?» fragte Tutti aufgeregt. «Du weißt doch jetzt, daß die Revolution schlecht sein muß. Denk bloß an die Achselklappen!»

«Ach, Tutti, das verstehst du nicht!» beharrte Heinz ein wenig hilflos. «Du sagst, die Revolution ist schlecht. Einfach aus dem Gefühl heraus . . .»

«Und sagt das Gefühl denn nicht das Richtige?»

«Ja, vielleicht. Ja, sicher. Aber das genügt doch nicht. Man hat doch auch seinen Kopf. Man muß doch auch *wissen* . . .»

«Und du denkst, von Erich bekommst du was zu wissen?» fragte Eva böse. «So doof! Der will dich bloß rumschmusen, damit du Vater nichts erzählst!»

Heinz schloß fest seinen Mund. Er wußte ja, Eva hatte nie den Erich ausstehen können; er mochte ihn ja eigentlich auch nicht . . . Aber so konnte man es auch nicht machen wie Eva, bloß Gehässigkeit, bloß weil es der Erich war, bloß darum alles schlecht finden.

«Sieh mal, Tutti», sagte er darum und achtete gar nicht auf Eva. «Entschuldige, daß ich noch mal davon anfange, wenn es dir auch weh tut, von den Achselklappen meine ich. Sieh mal, du bist empört. Aber da waren doch viele hundert Menschen auf der Straße, und Kriegsverletzte waren auch dabei, du hast sie auch gesehen, Irma?»

Irma nickte.

«Und wenn da keiner die Hand aufgehoben hat, wenn sogar die alten Frontkämpfer meinen: Die Achselklappen müssen runter, dann muß doch noch irgend etwas anderes dahinterstecken als bloße Gemeinheit . . .? Ich meine, es muß doch irgendeinen Sinn haben?»

«Gemein bleibt immer gemein», sagte Tutti hart. «Ich versteh nicht, daß du da noch nach einem Sinn suchen willst, Heinz. Unrecht bleibt ewig Unrecht.»

«Ich sage ja nicht», fing Heinz wieder sehr hartnäckig an, «daß Unrecht Recht ist. Ich möchte nur verstehen, Tutti, warum . . .»

«So etwas möchte ich nie verstehen», sagte Tutti bitter. «Von so etwas will ich gar nichts wissen.»

«Doch, Tutti, doch!» widersprach Heinz. «Du hast ja auch unrecht getan und hast gefunden, es war ganz recht . . .»

Sie starrte ihn fassungslos an. «Ich hätte . . .?»

«Du hast doch auch Butter und Eier genommen, wo du sie kriegtest, und hast gesagt: Es ist recht!»

«Das ist ganz was anderes!» schrie sie fast. «Oh, wie kannst du so etwas sagen, Heinz! Soll ich meine Kinder verhungern lassen?»

«Natürlich ist es ganz was anderes, Tutti», sagte er sanft. «Ich will dich doch nicht kränken. Das Ähnliche ist nur, die anderen, die noch mehr hungern, und die Richter, die richten, finden es unrecht.»

«Ein Pfund Butter (und es war nie mehr als ein halbes, was ich gekriegt habe!) und die Achselklappen zu vergleichen!»

«Denk doch jetzt mal an die Achselklappen. Die sind doch nur ein Symbol dafür, daß sie keine Vorgesetzten mehr haben wollen. Alle sollen gleich sein oder so etwas.» Er verwirrte sich, fand aber gleich den Faden wieder. «Denk doch einmal daran, wie es mit uns Hackendahlschen Kindern und Vater ist; mit Otto war es doch auch so, Tutti!»

«Was ist mit Otto? Red du nicht von Otto, wenn du von den Achselklappen sprichst!»

«Ich rede von Vater, von Vater und Otto! Hat Otto nicht auch Vater gehaßt, und hat er sich nicht schließlich aufgelehnt gegen ihn?! Was mag Vater dabei gedacht haben, Tutti? – Otto hat doch Vater auch die Achselklappen abgerissen . . .»

Einen Augenblick war es totenstill in der Küche. Der Junge stand groß und blaß vor seiner kleinen Schwägerin.

Sie hatte die Augen geschlossen. Sie besann sich nur mühsam.

Dann sagte sie flehend: «Geht raus, bitte, geht jetzt alle raus aus meiner Küche. – Nein, ich bin dir nicht böse, Bubi. Vielleicht hast du sogar recht, vielleicht ist es so, wie du gesagt hast, aber ich will es nicht wissen . . . Ich will nie wieder etwas davon hören . . . Du hast mir schrecklich weg getan, Bubi. – Ich weiß nur: Otto war gut, und wenn er seinem Vater weh getan hat, so hat er ihm weh tun müssen, er hat es nicht gewollt . . .»

«Komm doch, Heinz. Du quälst sie bloß», bat Irma.

«Also geh, Heinz, geh in den Reichstag. Geh überall hin, horche . . . Und ich weiß doch schon heute: Du findest nur Schlechtes . . .»

Er streckte ihr zögernd die Hand hin. «Auf Wiedersehen, Tutti!»

Sie lächelte schwach. «Du, Junge, ach, du Junge, du! Was wirst du dir die Finger verbrennen! Du hast ja so ein weiches Herz, dir tut ja ebenso weh, was du mir gesagt hast, wie mir. All ihr Hackendahls seid weich, ihr Kinder, meine ich.»

«Auf Wiedersehen, Tutti.»

«Auf Wiedersehen, Bubi! Tu dir nur nicht zu sehr weh . . .»

10

Unten auf der Straße fragte Irma: «Wir gehen also doch zum Reichstag?»

«Da verlaß dich drauf!»

«Und wann kommen wir nach Haus?»

«Wenn es soweit ist!»

«Und was wird dein Vater sagen?»

«Da denk ich überhaupt nicht daran!»

Natürlich dachte er doch daran, aber plötzlich war ihm egal, was der Vater sagen konnte. Viele, viele Jahre lang hatte des Vaters Wort wie Donnerrollen, wie Gotteswort in seinem Ohr geklungen. Nun war sein Ohr taub für seines Vaters Wort geworden, wie die Soldaten nicht mehr die Befehle ihrer Offiziere hören, die Arbeiter nicht mehr ihren Lohnherren gehorchen wollten.

In seinem Kopf geht alles durcheinander, es verwirrt sich immer mehr. Tutti und die Zeitung, die abgerissenen Achselklappen und Ottos Auflehnung gegen den Vater, Bruder Erich mit Zimmer im Reichstag und entführten Liebknecht-Hörern, der Matrose . . .: alles Verwirrung! Und doch ist eine Helle in dem allen, eine gespenstische, mehr geahnte Helle. Es ist die Ahnung, daß hinter allen Verwirrungen ein Sinn stecken muß. Ach, es ist vielleicht nur das Gefühl, daß er jung ist, daß er leben will und daß er kein von anderen verpfuschtes Leben führen, nicht deren Sündenbock sein mag. Daß er sein ureigenes Leben haben will, mit allen Chancen für Sieg und Niederlage.

«Du sagst ja gar nichts», meinte Irma, beunruhigt durch das Schweigen des Freundes. «Du denkst wohl nach?»

«Tu ich!»

«Worüber denn? Über deinen Bruder?»

«Auch. – Was meinst du, Irma, habe ich viel Blödsinn geredet bei Tutti?»

«Teils – teils.»

«Ach, sag doch wirklich!»

«Recht hast du ja vielleicht, aber du hättest es ja nicht grade der Tutti versetzen müssen, wenn du eine Wut auf alle Hackendahls hast!»

«Davon habe ich doch gar nicht geredet.»

«Natürlich, bloß davon!»

«Ach nee . . .» Er ärgerte sich ziemlich. So sieht das also für andere aus, zum Beispiel für Frauenzimmer, wenn er etwas rein sachlich bespricht. «Na ja, ihr Weiber . . .» tröstete er sich.

«Bitte sehr! Ich bin kein Weib – ich bin deine Freundin!»

«Also schön . . .»

«Und wenn du jetzt deinem Bruder Erich ein bißchen von deiner Wut auf die Hackendahls abgeben würdest, würde es mich wirklich freuen. Da ist der Reichstag!»

Ja, da war er! Grau, dunkel, nicht mehr von Menschen umwimmelt, lag er im Nebel des Novemberabends. Nur wenige Straßenlaternen brannten.

Etwas beklommen kletterten sie die Stufen zum Hauptportal hoch und wurden angehalten von einem Soldaten, einem noch ganz ordnungsgemäßen Kriegssoldaten mit Gewehr, Stahlhelm und Handgranaten. Nur, daß dieser Soldat eine Armbinde trug – diesmal war es eine weiße Armbinde mit schwarzem Stempel.

Heinz nahm an, daß es der gleiche Stempel wie auf seinem Passierschein war, aber darin irrte er sich. Der Soldat faltete den Passierschein zusammen, gab ihn Heinz zurück und sagte: «Gilt nicht mehr.»

«Wieso gilt nicht mehr? Heute nachmittag habe ich ihn doch erst bekommen!»

«Und heute nachmittag haben wir die Brüder hier ausgeräuchert. Arbeiter- und Soldatenrat ist bei uns abgemeldet. Wir sind jetzt Noskes.»

«Aber mein Bruder . . .»

«Möglich», sagte der Soldat gleichgültig, «daß die Brüder jetzt im Schloß sitzen. Da werden sie aber auch nicht mehr lange bleiben, dafür wird gesorgt. Und wenn wir Lehmanns ganze Mottenkiste in den Klump ballern müssen!»

Damit drehte sich der Noskowiter um und verschwand unter dem Portal. Ziemlich bedrückt stiegen die beiden wieder die Treppe hinunter.

«Was machen wir nun? Gehen wir zum Schloß?»

«Hat ja keinen Sinn. Der Schein gilt doch bloß für den Reichstag.»

«Hier gilt er doch eben nicht!»

«Im Schloß gilt er erst recht nicht – das ist doch logisch, was?»

Unentschlossen umstrichen sie den dunklen Bau. Sie versuchten es an einer zweiten Tür, wurden aber wieder abgewiesen.

Doch an einer dritten Tür hatten sie Glück. Den Posten an der dritten Tür (um das Gebäude herum) schien noch nicht die Nachricht von der Austreibung des Arbeiter- und Soldatenrats erreicht zu haben.

«Geht man hier den Gang rauf. Da sitzt ein Portier. Der Mann weiß natürlich auch nicht Bescheid, aber heut weiß hier keiner Bescheid. Wer sucht, findet . . .»

Sie suchten und fanden den Mann in der Portierloge. Eigentlich war es gar kein Mann, sondern ein weißbärtiger, würdiger Herr, noch aus den guten, ehrbaren Zeiten des Reichstages. Er schien durch den Trubel der letzten Tage völlig verwirrt zu sein.

«Jawohl, Herr Hackendahl hat hier ein Zimmer. Natürlich.»

Er sah hilflos seinen Telefonapparat an, dann eine Tafel an der Wand mit vielen Zimmernummern und vielen Namen. Er schüttelte trostlos den Kopf.

«Nein, von meinen Herren heißt keiner Hackendahl. Von meinen Herren kommt keiner mehr zu uns. Doch ja, Entschuldigung, Herr Ebert kommt noch und Herr Noske und Herr Breitscheid und Herr Scheidemann . . .»

Er schien in der Aufzählung derer, die noch kamen, fortfahren zu wollen.

«Aber ich suche Herrn Hackendahl. Er hat hier bestimmt ein Zimmer.» (Heinz war aber dessen nicht so sicher, wie er tat.)

«Dann kommen Sie man», sagte der alte Mann und ging ihnen voran. Und im Weitergehen – die Jugend der von ihm Geführten schien ihm Vertrauen eingeflößt zu haben –: «Ich darf ja eigentlich meinen Posten nicht verlassen, es ist gegen das Reglement ... Eigentlich müßte ich Sie einem Boten übergeben. Aber unsere Boten sind auch alle weggelaufen, es kommt doch nicht mehr darauf an.»

Es schien wirklich nicht mehr darauf anzukommen. Sie sahen seltsame, verwirrende Dinge in dem großen, nach außen so feierlichen, goldgekuppelten Hause, an dem sie nur manchmal klein und ehrfürchtig vorübergegangen waren ...

Jetzt waren sie drinnen, und eine Tür ging auf, und aus dem Raum kam brüllendes Gelächter. Ein Haufen Männer saß dort, blaue Rauchschwaden zogen durch den Raum, und alle lachten, und alle waren in Hemdsärmeln ...

Sie gingen über dicke, weiche Seidenplüschläufer, mit ihren häßlichen, verdorbenen Schuhen, und plötzlich lag mitten auf dem Läufer ein Soldat, ein Feldgrauer, den Kopf auf dem Tornister, und schnarchte mit weit offenem Munde ...

Sie traten über ihn fort, und hier stand nun ein Fenster offen, in die graue Novembernacht hinein, und durch das Fenster drohten auf hohen Spinnenfüßen hinaus auf die kaum kenntlichen Häuser gegenüber zwei Maschinengewehre, standen da ganz allein und verlassen, mit ihren Hebeln, ihren Patronengurten, kein Mensch war zu sehen ...

Sie stiegen eine Treppe hinauf, und eine Gruppe Soldaten stand lachend beisammen und sah einem auf einer hohen Leiter zu, der ein großes, goldgerahmtes Kaiserbild mit schwarzen Pinselstrichen entstellte ...

Immer wieder hielt ihr Führer an und fragte; manchmal dunkel Uniformierte, wie er selbst einer war, dann ging alles langsam und freundlich und sehr kopfschüttelnd zu. Manchmal fragte er aber auch Soldaten oder Zivilisten, dann fragte er ängstlich und war froh, wenn er seine Auskünfte hatte und weiterlaufen konnte ...

Allmählich waren sie in immer belebtere Teile des großen Hauses gekommen. Überall liefen Männer, fast nur Feldgraue. Hinter den Türen hörten sie Telefone klingeln und Schreibmaschinen klappern – und plötzlich standen sie in dem großen, mit Marmorplatten ausgelegten Wandelgang, zwischen Säulen. Hohe Türen führten in einen riesigen, nur schwach erhellten Saal hinein ...

«Das ist der Sitzungssaal», erklärte ihr Führer.

Auch der Wandelgang war voll von Soldaten. Sie saßen hingelümmelt auf den Bänken, sie schlenderten Zigaretten rauchend auf und ab, viele trugen den Stahlhelm. Da hatten sie doch wirklich sogar ein Feldgeschütz in die Wandelhalle gebracht! Grün und braun und gelb bekleckst stand es auf seinen Rädern, ein barbarisches Ungetüm. Das Rohr war gesenkt und drohte gegen eine geschlossene Tür . . .

Aber wenn die Tür sich öffnen würde, und da unten standen Menschen, viele Menschen, eine Volksversammlung etwa, und diese Versammlung hörte gerade zufällig dem falschen Redner zu – dann würde dieser Kanonenschlund sich auftun und Tod und Verderben speien auf all die Ahnungslosen da unten. Von solchen Zufällen hing es ab, von solchen Zufällen hatte es heute nachmittag abgehangen.

Heinz Hackendahl schloß die Augen. Aber er öffnete sie gleich wieder, denn Irma hatte ihn angestoßen und ihm aufgeregt zugeflüstert: «Sieh doch den Offizier!»

Und er hatte hingesehen, und es hatte ihm einen Ruck gegeben. Denn da stand mitten zwischen den Soldaten, nein, etwas erhöht über ihnen, ein Offizier, ein hoher Offizier in Feldgrau, mit dicken, silbernen Achselstücken. Und am Hals hing ihm der «Pour le mérite», und auf der Brust trug er, unter einer langen Ordensschnalle, das E. K. I.

Und dies schien den beiden ahnungslosen Kindern an diesem verworrenen Tage doch das verwirrendste aller Wunder: dieser Offizier, der dort mit seinem braunen, entschlossenen Gesicht unangefochten, eine Zigarette rauchend, zwischen den Soldaten stand, mit scharfen Augen alles beobachtend und manchmal halblaut einen Befehl gebend – und sie hatten doch selber gesehen, wie die armen drei Unteroffiziere wegen ein paar Achselklappen . . .

«Also ist doch nicht alles Alte untergegangen», sagte Heinz halblaut.

Irma drückte ihm aufgeregt die Hand. «Ich freue mich so, Heinz!» flüsterte sie.

Er fragte sie gar nicht, warum sie sich freute, er verstand es ohne weiteres.

Ein wenig später kam ihr Führer wieder zu ihnen zurück. «Jetzt weiß ich, wo Herr Hackendahl sitzt», sagte er gekränkt. «Oben im zweiten Stock. Herr Hackendahl hat doch den Sicherheitsdienst für die Stadt Berlin! Das hätten Sie mir gleich sagen müssen, dann hätte ich ihn schneller gefunden!»

«Den Sicherheitsdienst – was denn für einen Sicherheitsdienst?»

Heinz kam sein Bruder Erich immer rätselhafter vor.

«Na, so gegen Überfälle und Plünderungen. Das müssen Sie doch wissen, wenn Sie sein Bruder sind!»

Der alte Mann sah ihn plötzlich mißtrauisch an.

«Habe ich wirklich nicht gewußt – trotzdem ich bestimmt sein Bruder bin», sagte Heinz. «Dann zeigen Sie uns mal, wie wir gehen müssen. Und schönen Dank auch für Ihre Mühe!»

11

Das Schild an der Tür, sorgfältig in Rundschrift geschrieben: «Dr. Bienenstich – Sekretariat» war roh mit Bleistift durchstrichen. Das neue Schild aber, ein einfacher Pappendeckel, mit Blaustift gekliert: «Sicherheitsdienst» – dies neue Schild war wenig aufschlußreich.

Heinz klopfte, sah Irma an. Sie nickte, er klopfte noch einmal. Eine Stimme rief: «Herein» – und sie traten ein.

Der Bruder Erich stand mit einem dunklen, ziemlich fetten Herrn am Fenster. Er sah nur flüchtig nach seinen beiden Besuchern, rief: «Einen Moment mal!» und redete rasch, mit leiser Stimme, zu dem Dunklen weiter.

Irma und Heinz sahen sich fragend an. Dann nickte Irma bestätigend, und Heinz sagte halblaut: «Naturellement – det isser!»

Denn es war kein Zweifel: Diesen dunklen Herrn in schwarzem Rock, mit der zierlich gestreiften grauen Hose, den hatten sie schon mal gesehen – es war der Redner aus der roh gestörten Versammlung. Heinz hätte für sein Leben gern gewußt, wie der Herr hieß. Ebert war es nicht, Ebert war kleiner, und Liebknecht war es auch nicht, Liebknecht war nicht fett ... Er suchte in seinem Gedächtnis, aber bisher hatte er sich, echtes Kind der Kriegszeit, in der allein die Militärs Wichtigkeit zu haben schienen, nicht für die zivilen Abgeordneten interessiert, die nun plötzlich doch wichtig waren.

Der dunkle Herr sagte: «Also, Erich, laß das alles für morgen. Ich wenigstens muß heute nacht mindestens fünf Stunden schlafen – und dir würde es auch gut sein. – Übrigens lassen wir deinen Besuch warten ...»

Erich lächelte, aber Heinz sah dies Lächeln mit Ärger. Es war ein Lächeln, das zu sagen schien, wie völlig unwichtig dieser Besuch war ...

Der dicke Mann aber sah jetzt Heinz an. Er streckte ihm eine fette, sehr weiße Hand hin – bloß schlaff hin; Heinz mußte sie nehmen und drücken ...

«Und Sie sind also der Bruder von unserem tüchtigen Erich?» wurde Heinz gefragt.

«Man könnte auch sagen, daß Erich der Bruder von Heinz Hackendahl ist!» antwortete er ziemlich patzig.

Der dunkle Herr lächelte beistimmend. «Richtig», sagte er, «man will nicht immer nur der Bruder von einem tüchtigen Mann sein. Und was sind *Sie?* Student? Gymnasiast?»

Heinz mußte zugeben, daß er noch Gymnasiast sei . . .

«Und wie ist die Stimmung bei Ihnen, auf Ihrem Gymnasium?»

Heinz meinte, die Stimmung sei verschieden . . .

«Natürlich!» Der Dicke verstand alles auf Anhieb. «Je nachdem, was grade zuletzt geschehen ist. Sehr richtig!»

Heinz fand, der Dicke dürfte ruhig sparsamer mit seinem Lob sein, er hatte stets eine tiefe Antipathie gegen das Lob seiner Lehrer gehabt.

«Und wie ist Ihre Stimmung?» wurde er gefragt.

«Ich habe Sie heute nachmittag reden hören», sagte er gereizt. «Wir haben ziemlich laufen müssen, meine Freundin und ich.»

Zu seiner Überraschung schien der Stich kein bißchen zu verletzen. Im Gegenteil, es wurde herzhaft gelacht, ganz unverfälscht gelacht.

«Ja, das war ein bedauerlicher Zwischenfall!» lachte der Dicke. «Aber in den Folgen nicht ganz unangenehm, wie, Erich, mein Sohn?»

Erich gab lachend zu, daß die Folgen nicht ganz unangenehm gewesen seien, nein, gar nicht!

Heinz ärgerte sich immer mehr. «Ich habe ein paar Frauen und Kinder gesehen, die böse zertrampelt wurden», sagte er gereizt in das alberne, selbstzufriedene Gelächter hinein.

Sofort wurde der Dicke ernst. «Ich weiß, ich weiß. Alles ist eben ein bißchen zu rasch gekommen, und die anderen treiben . . . Nun, ich denke doch, solche kleinen Regiefehler werden bald nicht mehr vorkommen.»

Er nickte Erich freundlich zu, sagte noch einmal: «Also schlafe, mein Sohn Erich», streckte Heinz die Hand hin, nickte freundlich in die Gegend von Irma und ging sachtfüßig aus dem Zimmer, sichtlich doch in Gedanken über den «kleinen Regiefehler».

«Wer war denn das, Erich?» rief Heinz ungebührlich früh, denn die Tür war kaum geschlossen.

«Setzt euch bitte! Zigaretten? Du rauchst noch immer nicht, Bubi? Na, jetzt darfst du wirklich bald damit anfangen – wann baust du denn dein Abitur?»

«Wer das war, möchte ich gerne wissen», beharrte Heinz.

«Du weißt das nicht? Du hast ihn doch reden hören! Wie hat dir denn die Rede gefallen?»

«Ausgezeichnet!» grinste Heinz. «Bis auf die Auspuffgeräusche. Und wer ist der Redner?»

«Ein zukünftiger Minister!»

Heinz lachte. «Oh, Erich!» rief er lachend. «Du bist doch noch immer der alte Heimliche und Dicketuer! – Habe ich ihn dir nicht ganz richtig geschildert, Irma?»

Irma nickte zustimmend.

«Also ein Minister – na, laß man, Erich, du brauchst mir seinen Namen gar nicht zu sagen. Wenn er wirklich Minister wird, erfahre ich ihn auch so. – Und du bist also sein Sekretär, künftiger Staatssekretär vermutlich? Oder noch höher?»

Aber Erich ärgerte sich gar nicht, im Gegenteil, er lächelte zufrieden und freundlich.

«Was meintest du eigentlich mit Auspuffgeräuschen?» fragte er recht harmlos.

«Stell dich noch an! Das lebensgefährliche Auto, das eure Versammlung auseinandergetöfft hat!»

«Entschuldige, die Versammlung wurde mit Maschinengewehr beschossen!»

«Verzeih, Irma und ich, wir saßen gemeinsam oben auf Bismarck: Es war ein Auto mit grauem Verdeck, das so knatterte!»

Die Brüder sahen sich an.

«Wenn ich dich vorhin recht verstanden habe, bist du gewaltig gelaufen?»

Heinz wurde rot. «Mit den Wölfen muß man heulen ...»

«Und mit den Schafen laufen!»

Erich lachte herzhaft. Er lachte immer mehr, je wütender seines Bruders Gesicht wurde.

«Bubi, Bubi!» rief er dann. «Du bist wirklich noch verdammt jung!» Sein Sieg machte ihn redselig. «Könntest du dir nicht unter Anspannung all deiner gewiß so beträchtlichen Geisteskräfte vorstellen, daß es im Endergebnis völlig gleichgültig ist, ob ein Maschinengewehr schoß oder ein Auto knatterte?»

«Nein», sagte Heinz verblüfft. «Das kann ich mir wirklich nicht vorstellen. Das mußt du mir erklären!»

«Gleichgültig soll das sein, ob Menschen erschossen werden oder am Leben bleiben ...?!» rief Irma empört.

«Im Endergebnis, kleine Dame», näselte Erich unendlich überlegen. «Ich sagte, im Endergebnis ...»

«Ich bin keine Dame!»

«Dann werden Sie hoffentlich mal eine!» Er wandte sich zu Heinz. «Paß auf, es ist ganz einfach. Ich will dir alles erklären ... Wir haben ein Abkommen mit den Liebknecht-Leuten – keiner stört die Versammlungen des anderen. Gewissermaßen eine Art Waffenstillstand. Genosse Liebknecht spricht vom Schloß, ‹wir› vom Reichstag aus. – Wenn da nun auf unsere Versammlung Maschinengewehrfeuer eröffnet wird, haben wir doch das Recht, vom Bruch der Abmachungen zu reden, und einen Arbeiter- und Soldatenrat auszuräuchern, der wortbrüchig, unzuverlässig, treulos ist . . .?»

«Es ist aber gar nicht geschossen worden!»

«Schafskopf! Wir behaupten es – und das genügt!»

Er sah den Bruder triumphierend an. «Siehst du denn nicht ein, daß es manchmal genügt, wenn man mit einiger Wahrscheinlichkeit behaupten kann, ein Recht sei verletzt . . .?»

Er zwinkerte rasch mit seinen katzenschlauen, schönen Augen.

«Wozu muß man da genau untersuchen, ob Maschinengewehr oder Auspuff?» er beugte sich vor, er flüsterte: «Könnte man nicht sogar zur Nachhilfe selbst ein Auto knattern oder ein Maschinengewehr tacken lassen . . .?»

Er richtete sich gerade auf. «Dieser A.- und S.-Rat hier im Reichstag war wirklich sehr störend. War, lieber Bubi – seit heute nachmittag: war!»

Heinz sah den Bruder starr an. Er hatte von den Listen der Diplomatie in Büchern gelesen, von Verrat, Spionage, Schurkerei – das hatte etwas Abstraktes gehabt, fernab liegend, in längst vergangenen Zeiten. Daß es aber heute, vor seinen eigenen Augen, geschah, vom eigenen Bruder eingefädelt . . .

«Oh, Erich . . .» sagte er und brach ab.

Hier war sogar Schimpfen zwecklos. Was hatte es zum Beispiel für einen Zweck, «Schwein» zu sagen – der war ja noch stolz darauf, ein Schwein zu sein!

«Und die Leute, die zu Liebknecht wollten, haben Sie heute nachmittag auch angelogen!» rief Irma empört.

«Der Zweck heiligt die Mittel, kleines Fräulein!»

«Und was ist euer Zweck? Warum macht ihr solche Gemeinheiten? Warum reißt ihr Achselklappen ab?» rief Heinz plötzlich aufgeregt. Dann sagte er widerwillig: «Ach, Erich, wenn das Vater erfährt . . .!»

«Bitte, behalte Platz!» Erich war ganz ungerührt. «Nein, setze dich. Eben, um Vaters willen erkläre ich dir das, lasse ich mir deine brüderlichen Unverschämtheiten gefallen . . .»

«Das glaube ich dir nie!» murmelte Heinz.

Erich überhörte es, weil er es überhören wollte. «Warum wir zu solchen Mitteln greifen? Weil wir die Macht haben wollen, allein und ungeteilt!»

«Aber wer ist das eigentlich, ‹wir›?!» rief Heinz verzweifelt. «Da redet einer, da redet ein anderer, alle haben sie rote Fahnen, alle machen sie Revolution. Du redest von einem lästigen Arbeiterrat – ja, was soll das alles?! Wer kann denn das alles verstehen? Das ist ja ein allgemeiner Zusammenbruch, ein Tohuwabohu . . .»

«I wo, das ist alles ganz einfach. In drei Minuten hast du alles verstanden. Wir – das ist die große Sozialdemokratische Partei, die einzige Partei, die berufen und fähig ist, die Macht zu ergreifen und festzuhalten . . .»

«Da du ihr angehörst, nicht wahr?»

«Laß jetzt die Sticheleien! – Dann gibt es noch die Unabhängigen, die sogenannten Unabhängigen», fuhr Erich fort. «Das sind die Parteigenossen, die gegen die Kriegskredite stimmten. Ein Teil von ihnen neigt der Liebknecht-Gruppe zu, ein Teil möchte sich uns anschließen . . .»

«Und die Liebknecht-Leute . . .?»

«Jaha, die Liebknecht-Leute, die sind das Problem! Liebknecht ist heute ein sehr populärer Mann . . . Er hat immer gegen den Krieg geschrieben, er hat im Zuchthaus gesessen, er möchte alles niederreißen – so was ist sehr populär heute! Aber wieviel Leute wirklich hinter ihm stehen, weiß keiner. Sein Spartakusbund ist nur klein. Du erinnerst dich doch an Spartakus, Bubi?»

«Natürlich, Thrazischer Kriegsgefangener. Stiftete einen Aufruhr der Sklaven und Soldaten gegen Rom an, siegte, hatte ungeheuerlichen Zulauf . . .»

«Ich glaube ja an Namen», sagte Erich. «Spartakusbund . . . Du weißt auch noch, was mit Spartakus geschah?»

«Jawohl. Wurde schließlich vernichtend geschlagen. Fiel mit den meisten seiner Anhänger. Tausende wurden gekreuzigt . . .»

«Jaha . . .», sagte Erich nachdenklich. «Kreuzigen tun wir ja heute nicht mehr . . .»

Das Schweigen im Zimmer wurde drückend.

Erich sah auf, lächelte, als er die ernsten, bösen Gesichter seiner Besucher sah.

«Ihr seht ja so grimmig aus. Du gehörst doch nicht etwa dem Spartakusbund an? – Ich gebe dir mein Ehrenwort, du hättest auf das falsche Pferd gesetzt. Wir werden die Regierung bilden!»

«Ich habe überhaupt auf kein Pferd gesetzt», rief Heinz wütend. «Das ist doch kein Rennbetrieb wie in Hoppegarten!»

«Nein, natürlich nicht. Man hat manchmal so dumme Redensarten. Entschuldige.»

«Ich glaube nicht nur an Namen, ich glaube auch an Redensarten. An Redensarten, die den verraten, der sie gebraucht», sagte Heinz spöttisch.

«Mein lieber Junge!» Ganz der ältere, überlegene, sehr große Bruder. «Warum so gehässig? Natürlich freut es mich, daß ich auf der aussichtsreicheren Seite kämpfe! Ist das was Unrechtes?»

«Und was wollt ihr tun, wenn ihr an der Regierung seid?»

«Wir werden eine Demokratie nach westlichem Muster bilden», erklärte Erich.

«Ja, natürlich. Das ist die Form. Ich meine, was wollt ihr erreichen, wenn ihr an der Macht seid?»

«Erreichen? Wieso?» Jetzt war es Erich, der verblüfft war. «Wenn wir an der Macht sind, haben wir doch unser Ziel erreicht! Oder . . .?»

«Ach, Erich, sei doch nicht so blöd! Was wollt ihr denn mit der Macht anfangen? Ihr müßt doch irgendwelche Pläne, Absichten, ein Programm haben! Nur so an die Macht kommen . . .»

«Ja, mein lieber Bubi, ich danke dir ja sehr für deine hohe Einschätzung, aber was das Regierungsprogramm angeht, da mußt du wirklich warten, bis es der künftige Ministerpräsident verkündet.»

«Rede doch keinen Stuß! Du bist doch kein Idiot! Ihr müßt doch etwas vorhaben! Wir haben den Krieg verloren – wie wollt ihr euch zum Beispiel mit unseren Feinden einigen?»

«Das wird sich schon finden! Sind wir erst eine Demokratie, werden Frankreich und England schon mit sich reden lassen. Natürlich werden wir zahlen müssen, ziemlich viel, mehr als die Franzosen einundsiebzig zahlen mußten – aber zwei demokratische Regierungen werden das schon friedlich aushandeln!»

«Hast du die Waffenstillstandsbedingungen gelesen?!» rief Heinz wütend.

«Aber warum regst du dich auf? *Wir* haben die doch nicht gemacht! Vergiß nicht, die Waffenstillstandsbedingungen sind zwischen Generälen ausgehandelt.»

«Diktiert sind sie worden!»

«Von Militärs. Nachher sind wir Zivilisten daran – und wir haben den Präsidenten Wilson.»

«Also was Kriegsende und Friedensschluß angeht, so sagt ihr einfach: Das wird sich alles schon finden.»

«Vollkommen richtig! Oder hast du andere Vorschläge zu machen?»

«Und das Volk – ich weiß nicht, ob du schon gemerkt hast, daß es fast verhungert ist? Daß jeden Tag Tausende an der Grippe sterben . . .? Hungergrippe sagen sie. Was habt ihr denn mit diesem Volk vor?!»

«Mein lieber Bubi, schrei mich bitte nicht an! – Schließlich müßtest du wissen, daß die Sozialdemokratische Partei so etwas wie ein Parteiprogramm hat. Es ist ziemlich lang, ich kann es dir wirklich nicht aufsagen. Es steht was vom Achtstundentag darin, wenn ich mich recht erinnere, von der Sozialisierung der Betriebe, Tarifrecht . . .»

«Und das wollt ihr durchführen?»

«Sicher! Bestimmt! Nach und nach – mit der Zeit wird das alles durchgeführt werden.»

«Also», schrie Bubi fast, «habt ihr auch da keine Ahnung! Ich wollt einfach bloß an die Macht!»

«Wollen wir auch!» schrie Erich dagegen. «Die Macht! Wenn wir erst die Macht haben, findet sich alles andere! Erst mal die Macht!» Er stand triumphierend, strahlend da ...

Und fuhr zusammen. Ein Knattern wurde laut, ein Tacken, es prasselte trocken, sang ekelhaft, Glas klirrte, Stimmen schrien ...

«In Deckung!» rief Erich. «Da unter den Tisch! Sie beschießen den Reichstag!»

Schon lagen sie alle drei auf den Knien, krochen unter den großen eichenen Tisch ...

Nicht eine Sekunde zu früh, denn schon splitterten die Scheiben ihres Zimmers, klirrend fielen die Scherben ... Es klatschte gegen die Türwand. Sie hielten den Atem an, Putz bröckelte – aber die Streugarbe des Maschinengewehrs war schon weitergewandert ...

12

«Wir hätten das Licht ausmachen sollen», sagte Erich verdrossen unter dem Tisch. «Jetzt werden sie hier immer wieder reinfunken!»

Irma lachte, aber ein wenig krampfhaft. Der Schreck war zu kräftig für sie gewesen. «Jetzt ist es Ihnen aber nicht egal, ob Auspuff oder Maschinengewehr, Herr Hackendahl?» fragte sie bissig.

«Wir sitzen ganz gut in Deckung», sagte Erich tröstend. «Die können uns gar nichts wollen!»

Er war der ruhigste von den dreien; immerhin war er ein paar Wochen im Schützengraben gewesen. Er hatte keine Angst.

«Sind das eure Freunde, die Matrosen, die da schießen?» fragte Heinz und versuchte, recht ruhig zu sprechen.

«Glaube ich nicht. Das Geschieße kommt schräg von rechts. – Ich habe so was gehört, daß sich kaisertreue Offiziere im Architektenhaus verschanzt haben. Sie werden ein Maschinengewehr aufs Dach gebracht haben. Na, das sind so kleine Späße, unsere Leute werden sie schnell zudecken ... Da, hörst du, da legen sie schon los ...»

Im Reichstag fing es zu knallen an, ungeregelt, hier, dort. Dann tackte ein Maschinengewehr, aber das andere antwortete. Wieder klirrte Glas, eine Trillerpfeife schrie ...

«Hoffentlich kriegen wir bald Ruhe», sagte Erich gähnend. «Ich muß gestehen, ich läge gern bald im Bett.»

«Wir müssen auch nach Haus, Heinz!» erinnerte Irma.

«Ja, richtig», sagte Erich gleichgültig. «Ich hatte schon daran gedacht, euch nach Hause zu fahren. Ich habe einen Wagen, einen Dienstwagen natürlich. Versteh mich recht . . .»

«Versteh schon . . .» grunzte Heinz. «Nur ein Dienstwagen – der reine Staatssekretär! Der Privatwagen kommt auch bald . . . ?»

«Möglich», gähnte Erich. «Vater geht's gut? Ich könnte ihm dann gleich guten Tag sagen.»

«Du weißt ja, eisern, Erich. Die Leute haben ihm so lange gesagt, daß er der eiserne Gustav ist, bis er's wirklich glaubt. Aber er hat sich doch gewaltig verändert.»

«Wieso verändert? Zugänglicher geworden . . . ?»

Das Maschinengewehr auf dem Architektenhaus war noch immer nicht zum Schweigen gebracht. Jetzt streute es wieder die Reichstagsfront ab, das Klirren von Glas kam näher und nahe. Nun schepperte es in ihrem Zimmer, Irma schrie leise auf.

«Keine Angst, kleines Fräulein, wir sitzen im toten Winkel», beruhigte Erich – und der Feuerlärm entfernte sich.

«Nein», sagte Heinz nachdenklich. Das Sitzen unter dem Tisch, als seien sie wieder Kinder geworden, regte zum Sprechen an. «Weicher ist Vater eigentlich nicht geworden. Eher dickköpfiger und rechthaberischer, seit er selber wieder Droschke fährt.»

«Er fährt selber wieder Droschke?!» rief Erich unwillig. «Was für ein Unsinn! Warum tut er denn das?»

«Weil er Geld verdienen muß, Erich.»

«Geld verdienen! – Da soll er doch die anderen fahren lassen!»

«Aber weißt du denn gar nicht, Erich . . . ?»

Heinz blieb vor Verblüffung der Mund offen. Ein Licht begann ihm zu dämmern. Er starrte den Bruder groß an.

«Was weiß ich nicht? Red schon! Es wird wohl alles bei euch völlig verfahren sein, und es wird Zeit, daß ich mich um euch kümmere!»

«Ausgezeichnet! Und vergiß nicht, Geld mitzunehmen, Erich. Tu viel Geld in deinen Beutel, das fehlt uns am nötigsten!»

Er spottete jetzt ganz offen, er hatte verstanden, warum der Bruder so freundlich gewesen war.

«Geld?» Erich achtete gar nicht auf den Spott, er war viel zu erfüllt von dem, was er hörte. «Geld? Rede doch keinen Unsinn, Bubi! Vater ist doch ein wohlhabender Mann! Auf eine Viertelmillion habe ich ihn immer taxiert.»

«Na schön. Frag ihn mal nach seiner Viertelmillion!»

«Aber das Geld kann doch nicht alles weg sein!»

«Weiß ich nicht.»

«Bubi, sag doch, was ist los bei euch? Was ist geschehen bei euch? Gott, ich hätte ja wissen sollen, daß Vater nichts von Geldsachen versteht, ich hätte eher mal nachfragen müssen! Also sag, was ist da?»

«Eine Droschke, der olle niedergebrochene Schimmel, den du noch kennst, ein Mietshaus, mit Hypotheken so voll geknackt, daß die Mieten die Hypothekenzinsen nicht decken . . .»

«Aber das Vermögen? Das Kapitalvermögen?!»

«Ich glaube, Vater hat zwanzig- oder fünfundzwanzigtausend Mark Kriegsanleihe. Wenn er sie noch hat.»

«Es ist unmöglich! Wo soll denn das Geld hin sein?»

«Weiß ich nicht! Wahrscheinlich hat Vater nie mehr gehabt. Er hatte eben sein gutes Einkommen.»

«Du mußt mir alles erzählen!» Jetzt war Erich wirklich aufgeregt. «Komm, begleit mich noch ein Stück, du erzählst mir alles im Wagen, kommen Sie, Fräulein, die Luft ist rein. Die ballern nur noch ein bißchen unter sich. Keine Widerrede, Bubi. Den Gefallen wirst du mir doch tun! Ich muß da wirklich Bescheid wissen. Ganz offen gesagt, ich habe mit einem Zuschuß von Vater gerechnet. Ich richte mich grade ein – sieh dir das mal an. Ich stelle dich auch *meiner* Freundin vor. Du wirst sehen . . . Kommen Sie ruhig mit, Fräulein; kleine, nette Französin, beißt nicht . . . Zwanzigtausend Mark Kriegsanleihe, es ist doch unmöglich!»

Ja, Erich war wirklich aufgeregt. Er hatte noch zu telefonieren, anzuordnen. Der Wagen sollte an der dunklen Spreeseite des Reichstages halten. Dann klappte es nicht mit den Ausweisen, man mußte anscheinend Ausweise für alle erdenklichen Parteirichtungen bei sich haben, mit diesen Ausweisen gab es Schwierigkeiten . . .

Aber kaum saßen sie im Wagen, der übrigens sehr neu und ganz nach Privatwagen aussah, da fing Erich schon wieder an: «Also, Heinz, ich rechne darauf, daß du mir offen Bescheid sagst. Mutter hat mir mal was davon geschrieben, daß Otto direkt vor seinem Tode noch geheiratet hat. Irgend so'ne bucklige Schneidersche, ich erinnere mich dunkel, sie bei uns gesehen zu haben . . . Hat die vielleicht Vater gemolken? Bucklige sind oft verdammt geldgierig.»

«Nicht nur Bucklige . . .» antwortete Heinz boshaft.

13

Das Auto mit den Brüdern Hackendahl fährt durch das stille, fast dunkle Berlin, in dem nur da und dort der Lärm von Schüssen aufbrandet und rasch wieder abebbt, nach dem Westen, immer tiefer in den vornehmen, fast feudalen Westen hinein.

Fast zur gleichen Zeit schlägt ein anderes Auto die Straße nach Westen ein, nach dem feinen Westen, nach Zehlendorf, nach Schlachtensee, nach Dahlem, wiederum ein Auto, in dem ein Kind des Vaters Hackendahl, des eisernen Gustav, sitzt. Sitzt? Nein, steht!

Der vornehme, fast neue Wagen hat mancherlei Schwierigkeiten zu überwinden, ehe er an seinem Ziel anlangt, obwohl der künftige Sekretär eines Beinahe-schon-Ministers darinnensitzt. Oft wird der Wagen angehalten, nach Waffen durchsucht, es wird nach Ausweisen gefragt, oft muß Bruder Bubi den so dringend verlangten Bericht über die Vermögensumstände des Vaters unterbrechen ...

Das andere Auto, ein großer, grauer, vielfach geschundener Lastwagen prunkt ganz offen mit seinen Waffen. Hinten wie vorn droht ein schußbereites Maschinengewehr. Die Gestalten, teils in Feldgrau, teils in Zivil sind alle schwer bewaffnet. Aber kein Posten tritt aus dem Straßendunkel und gibt mit der Laterne Signal, fragt nach Waffen und Ausweis. Ungehindert rollt und rattert der große Wagen dem Westen zu. Eine rote Fahne weht über ihm, zwischen den wilden Gestalten steht stumm, bleich und zitternd als einzige Frau: Eva Hackendahl!

Sie war fast wohlgemut, nach eiliger, verlegener Trennung vom Bruder und seiner Freundin, heimwärts gefahren. Der kleine Streit, von dem sie wenig genug verstanden hatte, hatte sie aufgemuntert ...

So einfach ist es ja doch nicht mit der guten Gertrud, hatte sie gedacht. Sie hat ihn ja fast rausgeschmissen! Jetzt aber raus mit dir! – so hat sie zu ihm gesagt. Ich komme eben doch immer noch am besten mit ihr aus – viel besser als dieser Bengel, der sich für so schlau hält.

Dieser Gedanke, allen überlegen zu sein, verkürzt ihr den weiten Weg in die Augsburger Straße. Sie ist fast vergnügt, als sie in ihr Zimmer tritt. Da nun freilich ist es auf der Stelle mit allem Vergnügtsein und aller Überlegenheit vorbei, denn in ihrem Zimmer brennt Licht, und in ihrem Bett, die Schiebermütze auf dem Kopf, die Zigarette im Maul, liegt er – Eugen, völlig angekleidet mit schmutzigen Schuhen, auf der schönen, mit rosa Seide unterlegten Spitzendecke ...

«Na, Evchen?» sagt er. «Uff Arbeet jewesen? Tüchtig – wo haste denn deinen Freier?»

«Eugen?» flüsterte sie. «Bist du wieder da?»

«Na, nu laß doch den Freier rin!» antwortet er. «Laß doch den Herrn nich warten. – Oder haste vielleicht jar nich jearbeetet?»

«Ich hab nur mal eine Verwandte besucht, Eugen. Nur ganz schnell.»

«So? 'ne Verwandte? Verwandte haste ooch noch? Ha'ick dir nich hundertmal jesagt, ick bin deine Verwandtschaft?! Und sonst nischt?! – Komm her!»

Zögernd, angstvoll nähert sie sich ihm.

«Dalli! – Oder soll ick dir Beene machen?»

Sie steht jetzt neben dem Bett, mit Schrecken sieht sie seine Augen ganz nahe, diese Augen, die von Bosheit und Wut funkeln.

«Knie dir hin!»

Sie tut es.

«Aschenbecher!»

«Oh, bitte, bitte, Eugen, tu es nicht! Du verbrennst mir wieder meine Hand! Ich halte es nicht aus – ich muß schreien . . .»

«So? Mußte schreien?! Willste schreien, wenn ick dir det verbiete?! Aschenbecher!»

Angstvoll, zitternd streckt sie ihm eine Hand hin.

«Eugen, lieber, liebster Eugen, bitte, tu es nicht! Ich habe auch Geld für dich gespart, ich habe ein Sparbuch angelegt für dich, bestimmt, ich bin so fleißig gewesen! Ich habe 468 Mark für dich gespart, Eugen, bitte, lieber Eugen . . .»

«So», sagt er. «Haste für mich gespart, für deinen Eugen? Is det ooch wahr?»

«Ganz gewiß ist es wahr! Ich kann dir's zeigen!»

«Zeig's, Dowe!»

Sie springt auf, sie läuft zu dem Schrank, sie will das Sparbuch unter der Wäsche vorholen . . . Es liegt nicht da! Sie sucht – wo hat sie es denn hingelegt? Es muß doch hier sein . . . Die anderen Mädchen? Nein, das tun die nicht . . .

Sie dreht sich um, sieht ihn weiß an . . .

«Na?»

«Es ist nicht da, Eugen, hast du . . .?»

«Wat?»

«Eugen, bitte, Eugen . . .»

«Komm her . . .!»

«Lieber Eugen . . .»

«Her!»

Sie kommt wieder, sie kommt immer wieder, sie kniet, als er es befiehlt, sie tut alles, was er will, sie erträgt, was er ihr zufügt.

Eine Weile später ist er aufgestanden. Er beobachtet, wie sie sich nach seinen Anweisungen fertigmacht, sich das Haar aufsteckt.

«Zieh dir'n Mantel an. Nee, nich so'nen feinen. Wo haste denn den alten braunen? Wechjejeben? Haste wat wechzujeben von meine Sachen? Na, heute sollste noch wat erleben! Wat haste vor Jeld? Jib her. Is det allens? Wat haste sonst noch vor Sachen? Uhr? Ach nee! 'n Armband haste ooch? Kieke da, wenn Vater nich zu Hause is! Steck allens in deine Handtasche – du kommst hier nich wieder her . . .»

Sie geht stumm neben ihm die Treppe hinunter. Unten pfeift er nach einer Autotaxe. Sie fahren lange; irgendwo, in einer fast dunklen Straße halten sie. Er bezahlt den Chauffeur.

Sie stehen allein auf der Straße. Er faßt sie um den Arm. Er nähert sein Gesicht dem ihren. «Ick bring dir jetzt bei meine Freunde. Meine Freunde wollen ooch mal'n Spaß haben, det vastehste doch? Det macht dir doch nischt? Du bist doch kalt, du kaltet Luder!»

«Ja . . .»

«Na, siehste, det sind alles Brandenburger Jungens wie ick, dufte Bengels. Det du mir nich blamierst, Dowe!»

«Nein, Eugen.»

«Und sonst – hälste de Fresse! Du kannst jar nich wenig jenug reden! Zum Reden wirste nich jebraucht! Da rin, Dowe!»

Und er stößt sie überraschend in einen dunklen Hausflur, daß sie fast fällt. Er geht ihr nach.

14

Diese Nacht bekommt etwas immer Unwirklicheres, Traumhafteres für den jungen Heinz Hackendahl. Sie haben die lange kalte Fahrt im Auto hinter sich; Bruder Erich ist endlich davon überzeugt, daß er vom Vater nichts zu erwarten, daß er sich dieses Mal kräftig verrechnet hat. Und sofort hat er sich aus einem vergleichsweise höflichen, interessierten Bruder in einen recht rücksichtslos gähnenden, fremden Herrn verwandelt, der ganz ungeniert brummt: «Eigentlich ein Blödsinn, daß ich euch jetzt in der Nacht bis Dahlem verschleppe! Wie wollt ihr wieder nach Haus kommen? Mein Chauffeur braucht auch Schlaf!»

Aber nun knirscht das Auto auf einer mit Kies bestreuten Rampe, und sie treten aus der dunklen, nebligen, von Schüssen durchlärmten Novembernacht auf eine große, strahlend erhellte Diele. In einem Backsteinkamin knattert ein Feuer von Buchenkloben, dicke Teppiche liegen auf dem Boden, von den Wänden grüßen Bilder, und: «Hier wohnst du?» fragt staunend Heinz den Erich.

Und: «Hier richte ich meine bescheidenen vier Pfähle ein!» grinst vergnügt der Erich, plötzlich ein ganz anderer, höchst aufgeräumter, vergnügter Mensch. Er haut dem Bruder auf die Schulter, daß der fast zusammenbricht, und ruft mit einer ihm sonst ganz fremden Selbstironie: «Und wie gut hätte Vater hier seine Millionen anlegen können, die er gar nicht hat! Und wie hätte ich sie ihm verzinst!»

Er lacht schallend, lacht sich selbst aus und wirft sich schon in einen

Sessel vor dem Kamin. «Komm, Heinz, ein Schnäpschen! Gnädiges Fräulein, einen Likör! Ach, reden Sie nicht, einmal ist keinmal, sagte die Jungfrau, da bekam sie Drillinge.»

Wieder lacht er, er ist wie leicht berauscht. Es ist wohl die Trunkenheit dessen, der nie etwas besaß und der nun selig in Besitz schwärmt.

Aber gleich ist der Bruder wieder auf den Füßen, er ruft einen Uniformierten an, einen Feldgrauen, der mit unbewegtem Gesicht den Schnaps hinstellt, einschenkt: «Radtke, hören Sie, Radtke! Sagen Sie der gnädigen Frau, daß wir da sind, daß ich einen Wolfshunger habe und bald essen möchte. – Noch zwei Gedecke, Radtke!»

«Zu Befehl, Herr Leutnant!»

(Irma und Bubi tauschen einen blitzschnellen Blick miteinander: Also hier im stillen Heim gibt es doch noch einen Leutnant – draußen aber sind alle gleich, und wenn man ihnen die Gleichheit einprügeln muß!)

«Radtke! Hören Sie doch, Radtke! Es ist doch heute alles still geblieben hier draußen?»

«Nichts gesehen und gehört, Herr Leutnant!»

«Lassen Sie dem Chauffeur und dem Wachtmann sofort zu essen geben, Radtke, und dann wacht immer einer von Ihnen dreien umschichtig. Und daß die Waffen bereitliegen, Radtke!»

«Zu Befehl, Herr Leutnant!»

Radtke geht, und der Leutnant, der Sozialist, der kommende Staatssekretär, wirft sich wieder in den Sessel und erklärt: «In der letzten Nacht ist nämlich da und dort hier draußen in den Villen geplündert worden. Das nennt sich Razzia auf Hamsterer; es sind aber fast nur Fahnenflüchtige und Verbrecher, die gemerkt haben, daß es augenblicklich nicht klappt mit der Polizei . . .»

«Das wäre freilich peinlich grade bei dir, Erich!» lacht Heinz. «Wo du doch den Sicherheitsdienst der Stadt Berlin hast . . .!»

«Ich? Red doch keinen Stuß! Ach, wegen meines Zimmers im Reichstag? Na, Brüderchen, irgendwie muß das Kind doch einen Namen haben, irgendwie mußten sie mich doch einschmuggeln. Da könnte doch sonst jeder kommen und ein Zimmer verlangen!»

Er lacht. Und plötzlich – macht es nun der Schnaps? – finden Heinz und Irma das auch ganz witzig und lachen vergnügt mit.

Aber gleich springt Erich wieder auf. «Aber kommt jetzt, Kinder! Ich will euch doch noch schnell bis zum Essen meine schlichte Hütte zeigen. Die wird großartig! Meine ist allerdings übertrieben, vorläufig gehören mir nur die Rechnungen. Aber wir werden das Kind schon schaukeln, auch ohne Vater, wir haben ja bisher noch jedes Kind geschaukelt . . .»

Mit strahlender Besitzerfreude geht er den beiden voraus, und alles müssen sie sich ansehen, nichts wird ausgelassen, weder die Besenkammer noch der grünglasierte Tonlöwe aus der Ming-Periode ... Und nur einmal verdüstert sich seine Stirn, als sie vom Fenster eines Zimmers im ersten Stock ein Lastauto vorbeirasen sehen, mit Maschinengewehren bespickt. Schattenhaft sieht man die Gestalten von Bewaffneten ...

«Ob ich die Polizei anrufe? – Nee, lieber nicht die Finger verbrennen. Die Hauptsache, der Blitz schlägt nicht bei uns ein ... Und nun seht dieses Zimmer, schlicht, einfach, herb, männlich (ganz wie ich): kurz romanisch. Romanisch hast du doch schon auf der Penne gehabt, Bubi? Oder hast du da grade gefehlt?»

Das Lastauto fährt nur noch ein paar Minuten, mäßigt dann stark seine Geschwindigkeit, zwei Mann springen ab, klettern wie die Katzen an Telefonmasten hoch: So, telefonieren können die nun nicht mehr ...

Das schmiedeeiserne Eingangstor wird einfach eingefahren. Die Haustür ist natürlich abgeschlossen und vielfach gesichert, aber mit so etwas halten wir uns doch nicht auf?!

«So ist's recht, Ede, Handgranate an die Türklinke gehängt und abgezogen. So ist's recht. Gleich werden wir das Ding haben! Eugen, gib deiner Nutte eins auf die Schnauze! Was hat das Weib zu schreien?! – Krach, bumm! Jawohl, offen, offen und herein! Jetzt fangen unsere Zeiten an ... Lustig ist das Räuberleben, faria, faria, fa! – Da haben wir ja die ganze Familie! Guten Abend, Herr Baron, Herr Graf, habe die Ehre, kleine Haussuchung im Auftrage von Herrn Reichskanzler Ebert. Es kann auch noch der Prinz Max sein – so genau kommt es darauf nicht an! Bitte bemühen Sie sich nicht mit dem Telefon, Herr Graf, die Post arbeitet so nachlässig. Die Frolleins vom Amt schlafen lieber ...»

«Also, meine Herrschaften, nun mal ein bißchen Ordnung in die Sache! Die Damen werden gebeten, sich gemeinsam in den Kohlenkeller zu begeben. Schrei nicht, du olles Aas, meine Nerven, huch! Wovon biste denn so fett, nur von gehamsterter Kriegsbutter, und unsere Kinder dürfen verrecken?! Ede, geh mit den Damen. Sieh, daß se den Kohlenkeller ooch richtig finden. Maxe, du gehst auch mit. Maxe, du paßt uff Ede auf, Ede, du paßt uff Maxe auf, daß ihr mir nich an den Weinkeller geht – Weinkeller is erst, wenn das Geschäftliche erledigt is ... Ab dafür!»

«Richtig, Eugen, deine Tränentute steckste auch vorläufig wohin unter Verschluß, erst die Arbeit, dann das Vergnügen! Komm aber gleich wieder, wir beide wollen den Herrn Kommerzienrat ein bißchen in die Mache nehmen, von wegen Geheimsafe und so, dem ängstigen wir noch das Herz aus dem Leibe . . .»

«Glauben Sie nicht, Herr Baron? Ach, Sie haben 'ne Ahnung, unser Eugen ist ein tüchtiger Mann! Sie werden noch froh sein, wenn Se Geld genug im Hause haben, daß wir Laune kriegen. Haben Se det schon mal erlebt in Ihrem Leben, det Jefühl, wenn einer Ihnen ins Maul 'nen Pistolenlauf steckt, und einer steckt einen hinten rein, und denn drücken se beide à tempo los – und mitten in Ihrem Bauch macht et ‹Klick!›, und die beiden Kugeln sagen sich guten Tag?! Das lernen Sie jetzt gleich alles kennen, der Eugen kommt noch auf viel ulkigere Sachen, der ist unser kleiner Witzbold in der Westentasche . . .»

«Na, Eugen, da biste ja! Ick rühme dir hier jrade dem Herrn Jrafen. Wird 'ne anjenehme Bekanntschaft werden. Immer feste, Herr Jraf, genieren Se sich bloß nich, scheißen Se sich feste in de Hosen, det rührt mir jar nich . . . Früher hab ick immer Schiß jehabt, nu is det nich mehr als recht un billig, wenn ihr mal dran seid mit de Scheißerei!»

«Nu mal herhören, ihr anderen! Ihr rollt jetzt det Haus auf, Zimmer für Zimmer, laßt euch Zeit! Aber nischt, wat Platz wechnimmt, nur die feinen kleinen Sachen, Werte, meine Herren, Gold gab ich für Eisen – det werdet ihr hier schon bewahrheitet finden! Und nun, Herr Baron, wenn ick bitten darf, ganz kleine gemütliche Aussprache. Bitte, bemühen Se sich nich, ich weiß den Weg von alleine . . . Det haben Se ooch nich jedacht, det der Elektriker heute früh, det war nämlich ich . . . Na also, da kennen wir uns ja schon . . . Eugen, stütze den Herrn mal mit deine Pistole ein bißchen im Rücken, dem fällt nämlich det Jehen sauer . . .»

«Aber, Erich, wer ist denn das?! Erich, wo in aller Welt hast du den denn aufgegabelt?! Erich!»

«Gestatte, Tinette: Dies ist mein Bruder Heinz und Fräulein – ähemm! Ja, mein Kind, hier siehst du eben mal leibhaftig die Folgen der Hungerblockade vor dir . . .»

«Es ist ja nicht möglich! Mein Gott, was für Gesichter! Wie sie mich anstarren! Nun, kommt doch einmal her – wie heißt du, 'einz? Henri, sehr wohl, ich verstehe, Erich. Henri zeige dich mal, du bist also gewissermaßen mein Schwager?»

Sie lachte, Antoinette Hulin aus der Stadt Lille, lachte, lachte . . .

Und Heinz stand wirklich sehr töricht da. Von seinem sonstigen Aussehen und unmöglichen Anzug ganz abgesehen, stand er auch noch unglaublich töricht und jungenhaft da und starrte dieses Mädchen, diese Frau mit weit aufgerissenen Augen an . . . Er hatte so etwas noch nie gesehen, er hatte nicht geglaubt, daß es so etwas geben könnte . . . Die grauen, verbrauchten Frauen der Kriegszeit und ihre jungen Mädchen, kaum entwickelt und schon verblühend, mit unreinem Teint, faltig, dürr, fahl ...

Und nun ein Gesicht, weiß und rosig, Lippen, ach, Lippen, und Zähne, ach, Zähne, schimmernd, und Haar, glänzend, wie mit Sternen geschmückt ... Ein tiefer Ausschnitt ... man wurde schwindlig, wenn man ihn nur sah ... Und das lebt, ist Mensch wie du, nichts Künstliches, Kunstwerk nicht, das ist Leben wie du – und lacht ...

«Erich, wie er mich anstarrt! Hast du denn noch nie eine schöne Frau gesehen? Komm doch näher, Henri, küß mir die Hand. Das tut man bei uns zu Hause, tut man das bei euch nicht? Nein, nicht so, Henri, fi donc, du darfst doch nicht die Hand der Dame unter deinen Mund zerren! Nein, bücke dich, immer noch tiefer, ja, bücke den Nacken, das schadet nichts, vor einer schönen Frau darf ein Mann sogar knien – nicht wahr, Erich?»

«Und dies ist Heinzens Freundin, Tinette. Fräulein – ähemm ...»

«Quaas heiße ich.»

«Kaas – ein unmöglicher Name. Oh, Erich, jetzt verstehe ich, warum ich durchaus mit dir nach Berlin sollte – das nennt man also in Berlin eine Freundin! – Jawohl, wir kommen, Radtke. – Nein, Erich, heute muß Henri neben mir sitzen, ich will ihn füttern. Der arme Junge, er hat sich bestimmt noch nie in seinem Leben satt gegessen! Was ißt du gerne, Henri? Ißt du Suppe gern? Pfui nein, iß keine Suppe, von Suppe bekommt man bloß einen Bauch ... Warte, bis das Fleisch kommt ...»

«Es ist ja entzückend, Tinette, wie du dich Heinzens annimmst. Du verwöhnst ihn gradezu ...»

«Aber ich habe noch nie so einen Jungen gesehen! Er ist unmöglich! Oh, Henri, du hast ja nicht einmal Manschetten! Henri, ein Herr trägt doch Manschetten! Und deine Fingernägel ...»

Heinz wurde glühend rot. Dann: «Ich bin kein Herr. Ich bin bloß ein Schüler! Und Manschetten habe ich nicht – mein Vater ist bloß ein Droschkenkutscher!»

Er mußte es sagen. Es war gemein gegen Erich, aber gerade wegen Erich mußte er es sagen!

«Was ist dein Vater, Henri? Sag es noch einmal, Droschkenkutscher? Aber dein Vater ist doch auch Erichs Vater, wie ...?»

«Natürlich», brummte Heinz.

«Oh, Erich! Erich!!» Sie brach in ein schallendes Gelächter aus. «Was bist du für ein Aufschneider, Erich! Ich habe immer gewußt, daß du ein Aufschneider bist. Aber daß du so ein Aufschneider bist ...!»

«Gestatte, Tinette ...»

«Pfui, Erich, unterbrich mich doch nicht! Mir hat er erzählt, sein

Vater hat einen Stall, einen Rennstall denke ich doch, ein unermeßliches Vermögen ... Ich wundere mich alle Tage, daß dieser sagenhafte Vater nicht aufgesucht wird ... Ich mache mir Gedanken, du bist nicht fein genug, Tinette, sage ich mir, du hast früher in einem Tingeltangel getanzt ... du bist nicht fein genug für den Herrn – Droschkenkutscher!»

Und sie brach wieder in ein klingendes, übermütiges Gelächter aus.

«Tinette! Tinette! Höre bitte mit diesem albernen Gelächter auf! Laß dir sagen, Tinette ...»

«Er will wieder aufschneiden! Erich! Erich! Droschkenkutscher ...!!»

«Tinette, hör doch! Heinz wird bestätigen, daß ich erst vor einer halben Stunde erfahren habe, daß mein Vater völlig verarmt ist. Bestätige es, Heinz ...»

«Das ist wahr. Erich hat gedacht ...»

«Und der Stall? Der Rennstall?! Oh, Erich, Aufschneider!»

«Verzeih, Tinette, den Rennstall hast du dir eingebildet. Ich habe immer nur von einem Stall erzählt; und als ich ins Feld ging, hatte Vater dreißig Pferde. Stimmt das, Heinz?»

«Das ist richtig.»

«Dreißig Pferde! Dreißig Fiakerpferde! Aber Henri ist süß, Henri sagt gleich: ‹Mein Vater ist Droschkenkutscher!› Als wenn man einen Mann wegen seines Vaters liebte! Erich, Dummer, zieh doch kein Gesicht mehr! Erich, Erich, ich muß ja so lachen, wer wird nun deine Rechnungen bezahlen ...?»

Sie sah sich um, sah durch das Eßzimmer, in dem Silber und Kristall blitzten, sah ihre Gäste mit freudeglänzenden Augen an, und plötzlich warf sie ihre Arme, ihre schönen, weißen, nackten Arme, dem Erich um den Hals. «Mein armer Erich! Mein armer Ehrgeiziger! Macht es dir viel Kummer, daß dein Vater verarmt ist? Paß auf, Erich, ich werde alle Lieferanten abfangen, du sollst gar keine Sorgen haben. Ich werde sie alle mit meinem Lächeln bezaubern, du sollst nie etwas von einer Rechnung hören!»

Sie sah, ihren Kopf an Erichs Kopf gelehnt, mit bezaubernder Schelmerei zu Heinz hinüber, nein zu Henri ...

«Du sollst schrecklich viel werden, mein Erich, etwas ganz Großes, vor dem alle den Hut ziehen, und wenn du bei den Soldaten vorübergehst, so präsentieren sie: Da kommt der Erich! – Schrecklich viel sollst du werden, Minister oder noch was über dem Minister; keiner soll mehr merken, daß du nichts bist wie ein kleiner, dummer Junge ...»

Sie wiegte ihn ein, sie sang ihn ein, und dabei sah sie Heinz an, sah ihn an, mit diesem betörenden Schimmer in den Augen: als sei er ein

Lieferant, dem die Rechnung abgelistet werden mußte, damit der große Bruder seine Ruhe hatte ...

Irma freilich kratzte höchst verächtlich mit ihrer Gabel auf dem Teller: Sie fand solche Weiber einfach gräßlich!

Aber sie war völlig in der Minderheit, keiner dachte auch nur an sie ...

Der Mann, sei es nun Ede, Maxe oder Orje, stand schwerfällig auf, sagte: «Na, denn will ick den nächsten schicken!»

Er machte taumelnd ein paar Schritte zur Tür, stieß an einen Stuhl und schlug lang hin.

«Wat denn? Wat denn? Wer bufft denn hier? Is det hier Mode, 'nen Menschen hinzubuffen?!» brabbelte er noch und schlief schon, völlig betrunken ...

Eva lag bewegungslos, sie horchte auf den Lärm im Hause, Schimpfen, betrunkenes Geschrei. Dann war einen Augenblick alles still, sie hörte die Weiber im Keller unten weinen und jammern. Unmutig verzog sie ihr Gesicht, sie lauschte wieder in das Haus: Eine Diele knarrte, der Betrunkene schnarchte laut. Mit einer mechanischen Bewegung strich sie den Rock über die Knie, sie richtete sich halb auf, stützte den Kopf in die Hand ...

Lange lag sie so, sie dachte kaum an etwas, sie fühlte nur, fühlte, daß es Zeit war, endlich Zeit war ...

Langsam steht sie dann auf, sie sieht sich um, bemerkt ihren Mantel, den Hut. Sie macht sich fertig, alles still, rasch, ohne viel Nachdenken. An der Tür muß sie über den betrunkenen Schläfer fortsteigen, sie tut es, ohne zu zögern, aber dann hält sie inne und sieht auf ihn zurück.

Etwas wie Erkennen kommt in ihr verwüstetes, aufgeschwollenes Gesicht, ein Funke von Verstand. Sie bückt sich und durchsucht mit raschen, geschickten Händen die Taschen des Mannes. Sie kann das – oft hat sie die Taschen betrunkener Männer durchsucht. Aus der einen Tasche zieht sie eine dicke, goldene Uhr, aber sie läßt sie wieder in die Tasche zurückgleiten: Ihre Vorsicht ist größer als ihre Geldgier ...

Die Pistole, die sie in der anderen Tasche findet, behält sie. Sie trägt sie offen in der Hand, als sie das Zimmer verläßt. Sie hat keine Ahnung, ob das Ding geladen ist, wie man damit schießt, aber sie nimmt die Pistole mit, während sie die goldene Uhr zurückläßt. Ihre Rachsucht ist stärker als ihre Geldgier ...

Draußen beugt sie sich über das Geländer und blickt auf die Diele hinab. Alle Lampen brennen, aber nur ein einzelner Mann sitzt auf der Diele. Er sitzt auf dem Teppich, neben einem niedrigen Couchtisch. Auf dem Tisch stehen Flaschen, eine Zigarrenkiste. Nein, es ist nicht Eugen.

Sie steigt die breite Treppe zur Diele hinunter, immer die Pistole in der Hand; trotzdem sie über dicke Läufer geht, knarren die Holzstufen ein wenig. Der Mann unten wendet den Kopf langsam nach ihr und hebt mit betrunken zitternder Hand die Waffe, die neben ihm auf dem Teppich lag. Dann kommt Erkennen in seinen Blick . . .

«Ach, du bist det, Mädchen . . . Ick dachte schon . . . Wir hauen gleich ab, die Jungens nehmen bloß noch 'n Ooje voll Schlaf . . . Det war'n bißken ville vor uns, vorjestern noch Zet und heute so 'n Heiho! Aber nun hauen wir jleich ab . . .»

Er sieht sie noch einmal an. «War willste denn mit dem Kracher, Mächen? Lech det Dings bloß wech, dir tut doch keener nischt! So'n hübschet Mächen, komm doch mal her zu deinem Aujust . . .»

Aber sie geht weiter, geht über den kleinen Vorplatz und tritt durch die zertrümmerte Tür ins Freie. Direkt vor ihr steht das Lastauto, unbeleuchtet, verlassen, der Lauf des einen Maschinengewehrs scheint grade auf sie gerichtet . . .

«Ist da jemand?» fragt sie halblaut.

Aber niemand antwortet, niemand ist da. Sie haben Lärm gemacht, sie haben eine Tür mit einer Handgranate gesprengt, noch immer schreien die Frauen im Keller um Hilfe – aber keiner ist gekommen. Es ist schlimme Zeit, es war ein Krieg. Die Menschen sind so eigensüchtig geworden, sie haben immer nur daran gedacht, wie *sie* satt wurden, wie *sie* durchkamen. Jetzt ist eine Revolution ausgebrochen, sie sprechen von Frieden und sitzen in ihren Häusern und sind froh, wenn das Unglück nicht bei ihnen anklopft. Sie haben keinen Mut, nach dem Nachbarn zu sehen . . . Hilf dir selbst . . .

Sie könnte jetzt hinausgehen in die Nacht, fliehen, keiner hielte sie. Aber sie ist zu oft so geflohen, zum Kanal, zur Schwägerin – sie ist doch immer wieder bei ihm angelangt . . .

So dreht sie sich um, sie geht wieder zurück in das Haus.

Der Mann auf der Diele ist jetzt auch eingeschlafen; sie geht leise an ihm vorüber, sie geht durch Zimmer um Zimmer. Sie sieht die Verwüstungen, die heruntergerissenen Vorhänge, die Betrunkenen, die alles beschmutzt haben, die schnarchen wie Tiere. Männer wie die Tiere, alle wie die Tiere . . .

Sie geht immer weiter, sie hält sich nicht auf, sie sucht. Sie steigt wieder in den ersten Stock empor, umsonst. Sie klettert auf den Boden, nichts . . .

Sie steigt hinunter, sie geht immer schneller, ihr Herz klopft, sie muß ihn ja finden. Sie kommt in den Keller, näher hört sie das Geschrei der Frauen, aber sie hält inne . . .

Sie hat eine Stimme gehört, eine böse, höhnische Stimme, seine Stimme ...

Sie zittert, sie hat es ja gewußt, oh, wie sie es gewußt hat, daß er als einziger von allen, sich nicht betrinkt! Er bleibt nüchtern, er trinkt nie – er ist so böse, daß er nicht einmal das braucht: ein kurzes Vergessen seiner eigenen Bosheit!

Langsam, vorsichtig, völlig lautlos schiebt sie sich über den Gang näher. Sie tritt an die halb offene Tür, sie späht in den Raum, eine Rollkammer oder so etwas ...

Oh, natürlich, sie kennt doch Eugen! Er trinkt keinen Alkohol, aber eines von den Weibern hat er sich aus dem Kohlenkeller geholt, ein Mädchen, fast noch ein Kind ...

Es liegt wie leblos in seinem Arm, weiß, mit geschlossenen Augen, und er spricht immer weiter zu ihm, mit seiner bösen, falschen Stimme: «Nu, Kleene – ick tu dir ja nischt – ick bin ja dein Eugen, dein süßer, lieber Eugen ... Sag: Eugen ... Sag einmal Eugen zu mir ... Ick schwör dir, ick laß dir dann jehn. Nu, sag doch!»

«Eugen ...»

«Siehste, wie de det lernst! Du wirstet noch hundertmal sagen. Ick bin und bleibe ja dein Eugen. Und nu mußte mir noch wat sagen, meine Süße, meine Kleene, sach deinem Eugen, sach ihm janz leise: Haste schon ...? Sach doch!»

Und mit seinem plötzlichen Übergang in Wut: «Aber lüg nicht, lüg mir nich an, ick schwöre dir, ick rieche det ...!»

Dem Mädchen, dem verlorenen Mädchen unter der Tür, ist, als sähe sie sich selbst dort in jenem Arm, als höre sie wieder zum erstenmal diese böse, falsche Stimme, die so verzaubern kann; als stünde sie erst am Anfang des Weges ...

Plötzlich faßt sie eine namenlose Angst, um sich, um die andere, um das Leben, ihr Leben, den Sinn alles Lebens, was weiß sie! Plötzlich schreit sie: «Eugen!»

Der Mann fährt zusammen, er ist sofort auf dem Sprunge; er läßt das Mädchen einfach fallen, macht einen Satz auf sie zu ...

Und sie drückt ab, sie schießt direkt in das böse, falsche, dunkle Gesicht, das so groß auf sie zukommt ... Ein Strom von Feuer, ein ohrenbetäubender Krach ...

Und schon hat sie die Pistole fallen gelassen, sie läuft los, läuft, ohne sich umzusehen, treppauf, über die Diele fort, aus dem Haus. Mit der Schulter rennt sie gegen das Lastauto. Sie fällt hin, aber gleich steht sie wieder auf, und sie läuft, läuft ... immer weiter in die Nacht hinein, in das Dunkle, in das Schwarze ...

Und dabei weiß sie, was sie getan hat, daß sie nie wieder die schlimme, falsche Stimme hören wird, nie wieder in die bösen hellen

Augen sehen kann. Daß alles vorbei ist und daß sie doch, doch weiterleben muß!

«Ich hau ab! Kommst du nun endlich, Heinz?» fragt Irma.

Sie fragt es absichtlich recht gewöhnlich, sie ist böse und gereizt. Sie hat keine Lust, die feine Dame zu spielen wie das rosige Marzipanschwein da.

Aber niemand achtet auf Irma. Heinz ist plötzlich in einer streitsüchtigen Stimmung, vielleicht durch den Alkohol.

«Und du nennst dich Sozialist?!» ruft er dem Bruder spöttisch zu. «Hier dicke Klubsessel und dicke Zigarren . . .»

«Und dicke Weiber», murmelt Irma, aber niemand achtet auf sie.

«. . . aber wenn ich dich frage, was du eigentlich für die Arbeiter tun willst, dann weißt du keine Antwort.»

«Mein lieber Junge», näselt Erich mit unendlich überlegener Stimme, «ich könnte dir ja sagen, daß dich meine Privatverhältnisse einen Dreck angehen! Aber soviel Logik müßte doch selbst ein Pennälerhirn besitzen, um zu kapieren, daß ich für die Arbeiter etwas tun kann – auch wenn ich nicht grade Kohldampf schiebe! Ja», rief er begeistert von seinen eigenen Worten, denn auch er hatte kräftig getrunken, «muß ich denn hungern, wenn ich andere vom Hunger befreien will?!»

«Bubi, komm!» rief Irma jetzt bittend. «Wir müssen doch nach Haus!»

«Ja viel besser kann ich für die anderen etwas tun, wenn ich zuerst was für mich tue! Denn erst mal muß ich leistungsfähig sein, und solche Umgebung», er warf einen zärtlichen Blick um sich, «macht mich eben leistungsfähig.»

«Nach deiner Lehre wären also Millionäre die besten Sozialisten!» rief Heinz wütend.

«Oh, Henri, Henri, du bist himmlisch!» rief Tinette und warf sich lachend auf das Sofa. «Der reine Parzival – aus dem Märchen . . .»

«Da ist sogar was dran an dem, was du sagst», meinte Erich lachend. «Vielleicht gehört eine gewisse Sorglosigkeit dazu, um wirklich sozial zu handeln! Wenn man immer daran denken muß, wie man selber satt wird, kann man nicht an die anderen denken, das ist doch klar wie Kloßbrühe . . .»

«Erlaube mal . . .»

«Heinz, ich gehe jetzt!»

«Erlaube du mal! Natürlich setze ich voraus, daß so ein wohlhabender Mann auch wirklich weiß, wie armen Leuten zumute ist, daß er also selbst einmal arm war!»

«Und du denkst, du weißt das?»

«Vergiß bitte nicht, Bubi, daß mein Vater ein einfacher Droschkenkutscher ist!»

«Hast du den Dreh? Hast du endlich den Dreh?! Oh, was bist du für ein Schwein, Erich! Ich sehe dich ja schon rumlaufen, Erich, und allen Arbeitern erzählen, daß dein Vater Droschkenkutscher ist! Soll ich dir nicht noch Vaters Adresse geben, daß die Arbeiter sich überzeugen können, du lügst nicht?! Sonst brauchst du ja die Adresse nicht, ich weiß jetzt schon, in den nächsten hundert Jahren bekommt Vater dich nicht zu sehen. Es sei denn, du brauchst seine Kriegsanleihe doch noch . . .»

«Die beiden feindlichen Brüder, Henri und Erich! Jetzt bist du wieder dran, Erich!»

«Bubi, bitte, lieber Heinz . . .»

«Du machst dich reichlich mausig, Kleiner, aber dir nehme ich es nicht übel. Jawohl, mein Sohn, ich gebe zu: Ich bin Egoist, ich bin Egoist von reinstem Wasser. Ich habe meine Lehre aus diesem Kriege gezogen, ich bin im Schützengraben gewesen . . .»

«Drei Tage!»

«Drei Wochen. Mindestens! Jedenfalls länger als du. Und ich sage, wer nicht an sich selbst denkt, der ist einfach dumm! Dem gehört es gar nicht besser als eine Kugel vor den Kopf . . .»

«Ich kriege das Kotzen, wenn ich dich reden höre. Speiübel wird mir von dir . . .»

«Du wirst dich auch noch ändern, Kleiner! Du wirst auch noch an dich selbst denken. Ich war auch einmal Idealist, Altruist . . .»

«Wohl, als du Vater Geld aus dem Schreibtisch klautest?»

«Nun aber raus! Willst du machen, daß du aus meinem Hause kommst!»

Sie standen sich zornrot gegenüber.

Irma riß an Bubis Jackenärmel. «Bitte, Heinz, komm jetzt!»

Aber Tinette sprang von ihrer Couch auf. Sie lief zu den beiden, sie faßte jeden um den Hals. Da stand sie zwischen ihnen, jeder wollte sich frei machen von ihrem Arm und wehrte sich doch nur schwach . . .

«Ach, ihr dummen Jungen! Ihr seid doch nicht die aus der Bibel, wie heißt ihr, doch nicht Kain und Abel! Auf der Stelle vertragt ihr euch! Das ist ja alles Unsinn, wegen so etwas zankt man sich doch nicht! Wegen einer Frau zankt man sich, kann man sich sogar umbringen – aber er will dir doch deine Tinette nicht wegnehmen, Erich! Er hat doch selber eine Freundin – ja, wo ist sie denn? Nun ist sie grade im falschen Moment weggelaufen, grade, als du ihr einen Kuß geben solltest, Henri! – Das sind doch alles bloß Weltanschauungen, Gefasel! Du bist eben ein riesengroßer Egoist, Erich, und du bist ein grausamer Idealist, Henri! Und was weiter? Fertig!»

Sie sah die beiden lachend an. Heinz wollte gehen, er wollte seiner kleinen Freundin Irma nachgehen, sicher stand sie noch vor der Tür – oh, wie gemein war er! Aber da war dieser Arm um seinen Hals, und wenn auch alles falsch war, was sie sagte, denn es konnte ja gar nicht stimmen, trotzdem es ganz einleuchtend klang – oder wie? Aber da war dieser Arm um seinen Hals!

«Und nun trinken wir alle noch einen Versöhnungsschnaps, und dann gehen wir schlafen. Du schläfst natürlich oben im Fremdenzimmer, Henri, und morgen früh frühstücken wir alle zusammen. Ich werde deinetwegen schrecklich zeitig aufstehen, Henri. – Und deine kleine Freundin ist furchtbar dumm, daß sie fortgelaufen ist. Aber hab keine Angst, ich mache aus ihr noch eine richtige Frau. Bringe sie nur recht oft hierher, und du kommst noch viel öfter! Wir werden uns immer freuen, nicht wahr, Erich, und wir werden aus ihm einen Menschen machen, einen ungeheuren Idealisten, und aus dir, Erich, wird der größte Egoist . . .»

«Wenn du uns nur endlich unseren Schnaps geben wolltest!» knurrte Erich. «Ich bin wirklich schon so sehr Egoist, daß ich sogar in deinem Arm an Schnaps denken muß, Tinette.»

15

Der Mann, der alte Mann, der eiserne Mann war aufgewacht in der Nacht.

War es der Schimmel gewesen, der ihn geweckt hatte?

Der alte Mann saß aufrecht im Bett, er lauschte auf die Geräusche des Hauses – mit vielen Geräuschen durchschlief die überfüllte Menschenwabe ihre Nacht. Er wollte weghorchen von diesen Geräuschen. Eben war er noch selbst im Schlaf gewesen, nun suchte er den Schlaf der anderen von sich abzuhalten . . . Hatte ihn denn nicht der Schimmel geweckt?

War es nicht die Halfterkette gewesen, die gerasselt hatte? Hatte nicht der Huf beharrlich gegen den Stallboden geklopft, den Herrn zu rufen?

Hackendahl lauschte. Direkt unter ihm stand der Schimmel, in der ehemaligen Tischlerwerkstatt, fünf Steinstufen hoch über dem kleinen Hof. Die Hobelbank stand noch hochkant an die Wand gelehnt – wenn der Schimmel mit dem Schwanz nach Fliegen schlug, streifte er gegen ihr Holz. Aber jetzt im November gab es kaum noch Fliegen . . .

Einen Augenblick überlegte der eiserne Gustav, was eigentlich bei der Übernahme wegen dieser Hobelbank vereinbart wurde. Gehörte sie ihm oder den Erben des verstorbenen Tischlermeisters Strunk? Die Kinder auf dem Hof dieses Hauses Wexstraße Nummer dieunddie, diese verhungerten, kaltschnäuzigen Kinder singen:

«Strunk, der Dussel, hing sich uff,
Erst die Pleite, denn der Suff,
Eene, zweie, dreie, vier –
Fängste mir, denn haste mir . . .»

Aber Hackendahl will nicht an den Tischlermeister Strunk denken, Gustav Hackendahl will an seinen Schimmel denken. Der Schimmel hat ihn geweckt. Der Mann Strunk hatte sich schon vier Wochen vor ihrem Einzug aufgehängt, in dieser Wohnung übrigens, draußen am Gasrohr auf dem kleinen Flur. Mit den Stiefelhacken hatte er die Gasuhr verbeult – es war noch immer dieselbe Gasuhr, man sah es. Dieselbe Gasuhr, dieselbe Wohnung, dieselbe Werkstatt, dasselbe Mietshaus, derselbe Wirt, dieselbe Pleite, derselbe Suff, dasselbe Gasrohr . . .

Ick sitze auch zu ville in den Destillen. Als ick noch Geld hatte, ging ick selten, aber nu . . .!

Es ist ein Dreck, wie die Gedanken durcheinanderlaufen. Die Nacht ist zum Schlafen da, wie's Mutter macht, nicht zum Denken. Hätte der Schimmel, dieses Mistvieh, ihn bloß nicht geweckt! Aber nu: Eene, zweie, dreie, vier – fängste mir, denn haste mir!

Mit dem Schimmel fing der Reinfall an, mit dem Wettrennen damals, von der Stunde ging alles schief! Und dies Aas, das ihn um die beste Kundschaft gebracht hatte, stellte sich jetzt noch hin, rasselte mit der Kette, klopfte mit dem Huf, als hätte er was zu verlangen – nischt hat er zu verlangen!

Wer hat was von ihm zu verlangen?

Otto . . .? Otto ist tot, der hat 'ne Witwe mit zwei Kindern, der hat seinen Willen gekriegt, ohne Vatern! Nischt zu verlangen, ab dafür!

Hat der Schimmel nicht immer sein Futter gekriegt, mehr Futter, besseres Futter, als er je verdient hat? Schnauze, gib Ruhe, Aas!

Und Eva? Die war mal ein gutes Mädchen, ein hübsches Mädchen gewesen, aber sie hatte es mit den Männern! Hatte der Vater nicht gewarnt? Habe ich mich nicht selber in den Puff gesetzt und ihrem Kerl keine geballert, sondern ihr gut zugeredet? Weg, Mädchen, eine Nutte kann keines Mannes Tochter sein, weil sie aller Väter Liebste ist. Ick kann nischt dafür – ab damit!

Und Erich? Erich ist ein schnieker Leutnant, mit Kordhose für hundertfünfzig, aber an Vater und Mutter schreibt er nicht. Und wer nicht will, der hat schon, da kann man nichts machen. Erledigt!

Sophie? Oberschwester geworden und stark beschäftigt. «Wir haben da einen Verwundeten im Lazarett, ohne Eltern und Anhang – da tätet Ihr einen wirklichen Liebesdienst, wenn Ihr dem vereinsamten Herrn mal ein Paketchen mit ein paar liebevollen Worten schicktet . . .»

Oh, du kalte Zicke! Aber daß es vereinsamte Eltern ohne alle liebevollen Kinderworte gibt – auf den Trichter bist du noch nicht geraten! Nun, das Paket wird Mutter schon geschickt haben, und die liebevollen Worte auch – und mehr willst du doch nicht? Gehe heim in Frieden! Abmeldung folgt!

Und Heinz . . .? Bubi . . .?

Der Vater in seinem kalten Zorn macht sich nichts mehr vor, nicht der Schimmel hat ihn geweckt, i wo, der Schinder ist froh, wenn er seine Ruhe hat! Der Vater ist aufgewacht, weil es dreie ist, und der Herr Sohn ist noch nicht zu Haus! Er muß sagen, in letzter Zeit hat er am meisten von Bubi gehalten. Bubi war kein Blender wie Erich, aber auch kein Versager wie Otto. Aber wenn man um zwei von Mathese redete und um sechs zurück sein sollte, wenn man also log, den Vater anlog, so war man eben doch nicht anständig, sondern erledigt. Es war nichts los mit einem. Anständig ist anständig, Lüge ist Lüge und – eisern ist eisern.

Der alte Hackendahl sitzt noch eine Weile im Dunkeln. Er denkt weder an den Schimmel noch an Strunk, er macht sich klar, daß alles stimmt, fein mit Ei, sie haben alle gekriegt, was sie wollten – und nun ist Schluß! Heute haben sie ihm ein Scheißdings durch die Tür gesteckt, die «Rote Fahne» statt des «Berliner Lokal-Anzeigers». Aber wenn man seinen «Lokal-Anzeiger» haben will, mag man keine «Rote Fahne» sehen, man will nicht statt Kindern Schmarotzer. Eine Weile läßt man sich betrügen, gewissermaßen mit sehenden Augen, aber wenn dann Schluß ist, ist Schluß. Man bleibt Mann. Vater muß nicht sein.

Plötzlich brennt er das Licht an, Mutter fährt in ihrem Bett hoch. «Was ist denn, Vater?»

«Det will ick dir sagen, Mutter, ick habe über den Schimmel nachjedacht . . .»

«Ist denn Heinz schon zu Hause? Ich hab ihn gar nicht gehört.»

«Nee, is nich. Ick werde den Schimmel morjen zum Roßschlächter bringen. Bei die Fleischpreise kriegt man noch was, und vor die Droschke is er bloß'n Jammer, und ick mach'n überhaupt nich mehr sehen, so von früher her und so . . .»

«Und denn läßte dir beim Kauf fünf Pfund von dem Schieren aus der Keule geben. Das können die gut machen, und Heinz und dir wär ein bißchen Fleisch auch mal wieder gut.»

«Wat Heinz juttut, det weeß ick von alleene, bloß es intressiert mir nich mehr. – Und denn sehe ick, det ick mir 'nen Braunen oder 'nen

Fuchs vor de Droschke koofe. Bloß keenen Schimmel – ick bin schon lange gegen Schimmel.»

«Das mach, Vater, das ist eine gute Idee, dann macht dir das Fahren auch wieder Spaß!»

«Spaß?! Na ja, vielleicht. Man is ja nich bloß Vater – man is ja ooch Mensch!»

«Wie meinste denn das, Vater?»

«Na, laß man, davon reden wa ooch noch. – Und denn mach ick noch wat, Mutter. Ick habe mir det so ausjejrübelt. Dann jeh ick zu dem Bayer, weeßte, Mutter, zu dem Parfümfritzen, der de erste Hypothek von disset Haus hat, und denn sage ick ihm: ‹Nehmen Se den janzen Laden, so wie er steht und jeht. Ick will nischt dafür und Sie wollen nischt dafür, det Se mir den Laden abnehmen.› Und fertig!»

«Ich weiß ja nicht, Vater, denn haben wir gar nischt mehr.»

«Und war haben wir jetzt von det Haus? Die Sorjen, det de Mieten reinkommen un det de Zinsen bezahlt werden. Nee, jetzt will ick mal 'ne Weile ohne Sorjen leben . . .»

«Na ja, Vater, wie du meinst. Ich rede dir nicht rein in deine Geldgeschäfte, das weißte ja . . . Und wir behalten ja auch die Anleihen . . .»

«Nee, Mutter, det will ick dem Bayer ooch noch sagen: Wat ick von de Anleihen behalte nach dem Pferdekoof, det soll er ooch in den Handel rin haben. Und davon muß er uns beide – und den Zossen dazu, vasteht sich – für Lebzeiten gratis und franko hier wohnen lassen . . . Denn bin ick ooch *die* Sorje los . . .»

«Vater, dann haben wir ja gar nichts mehr, bloß die paar Groschen, die du von der Fahrerei nach Hause bringst!»

«Nee, Mutter, denn ham wir jar nischt mehr! Det is et ja grade, wat ick will!»

Die alte schwere Frau in ihrem Bette wurde ganz aufgeregt. Rasch sah sie zu ihrem Mann hinüber und sagte dann: «Das mach, wie du willst, Vater. Denn daran mußte ja gedacht haben, daß Heinz noch nicht seine Prüfung gemacht hat, und dann das lange Studium . . . Von den paar Groschen, die die Droschke bringt, ist das nicht zu machen . . . Und dann kommt Erich heim und ist auch noch nichts. Und was mit Sophie los ist, wissen wir auch nicht . . .»

«Nee, det wissen wir nich, Mutter, da haste recht. Wat mit unsern Kindern los ist, det wissen wir nich!»

Ein langes Schweigen entstand, bang bei ihr, fast trotzig bei ihm. Aber dann fing er doch wieder an zu sprechen. Er sagte: «Haste det Scheißblatt jesehen, Mutter, wat se uns durch de Tür jestochen haben?»

«Ja, Vater? Ist es deswegen, daß du so böse bist?»

«Ick bin nich böse, Mutter. Haste det jelesen, det unser Kaiser, auf den wir die Treue jeschworen haben, nach Holland jemacht ist? Stell dir det vor, seine Soldaten, vier Jahre jekämpft, und sein Volk, vier Jahre jehungert – und jetzt, wo de Sache schiefjeht, husch ins Körbchen! Willem der Jetürmte – so schreiben se von ihm. Im Salonwagen – schreiben se.»

«Und nun, Vater? Und nun? Nu willst du auch von allem weg, von Kindern und Geld? Wie Wilhelm?»

«Nee, Mutter, beruhige dir man! Ick türme doch nich!» Seine dicke Hand kam in das andere Bett hinüber und legte sich beruhigend auf ihre. «Ick bin eisern, det weeßte doch, ick bleibe bei meine Droschke. Bloß, Mutter, ick will dir ja nich weh tun, bloß, ick finde, unsere Kinder sind von uns jetürmt. Imma nur dann an Vatern un Muttern denken, wenn man wat haben will – nee, det macht mir keinen Spaß mehr, det mach ick nich mehr mit.»

«Aber, Vater, das ist doch immer so gewesen, die Jungen ziehen von den Alten! Und wenn sie flügge sind, dann fliegen sie aus dem Nest und kennen die Alten nicht mehr. Das kannst du doch nicht anders verlangen, Vater!»

«Man soll den Menschen ooch nich mit dem Tier vajleichen, Mutter, det weeßte doch! Ick habe jelernt, det ein Kind seine Eltern achten, lieben und vaehren soll. Ick weeß nich, Mutter, es mag ja woll an mir liejen: Mir hat keins von meine Kinder jeliebt . . .»

«Sage das nicht, Vater. Der Heinz . . .»

«Siehste, Mutter, einen von deinen fünfen weißte bloß, und der wird ooch nich anders als die andern . . . Nee, Mutter, det liecht nich an de Eltern un det liecht nich an de Kinder – un det hat ooch nich an de Soldaten jelejen. Die haben ihre Pflicht jetan – und ihr oberster Kriegsherr is doch jetürmt. Sondern et liecht an de Zeit. Und wenn et daran liecht, denn können wir es ooch nich ändern. Denn müssen wir eben sehen, wo *wir* bleiben . . . Ick will noch'n bißken Spaß haben, ick will wieder'n netten Gaul vor de Droschke fahren, und denn'n bißken durch'n Tierjarten, mit 'ne jute Fuhre, und überall die Krokusse aus'm Rasen – jelb und blau und weiß. Aber nich immer denken müssen: Heute mußte Erichn zurechtstoßen. Und der Heinz is ooch nich zur rechten Zeit nach Hause jekommen . . .»

«Ist es darum, Vater, weil der Heinz noch nicht zu Hause ist?»

«Wie kann et darum sind, Mutter?! Ick habe es dir doch erklärt, aber eins kommt zum andern, un wenn't einmal alle is, hilft kein Piepen! Un nu, Mutter, wo haste denn den Schraps?»

«Den Schraps? Welchen meinste denn, Vater?»

«Den Schraps von unsere Kinder doch!»

«Der Schraps von den Kindern? Der liegt im Vertiko. Unten links. Aber, Vater ...»

Sie verstummte. Und sah ohne Wort mit großen, etwas ängstlichen Augen zu, wie der Alte aus dem Bett stieg und an das Vertiko ging und anfing auszuräumen, was sich da so von den Kindern angehäuft hatte: Zeugnismappen und Hefte und Schulbücher, eine Gymnasiastenmütze von Erich, die ersten Schuhchen vom ersten Kind, von der Sophie ..., ein halbleerer Tuschkasten, Klassenbilder ...

Sie sah stumm zu und erst, als ihr Mann die Ofentür aufmachte und anfing, den ganzen «Schraps», das Zusammengeschrapte, das Zusammengekratzte, ins Feuerloch zu stecken, erst da sagte sie schwach: «Ach, Vater ...»

Er sah hinüber zu ihr, unter den buschigen Brauen vor mit seinen runden, großen Augen, und sagte: «Gräm dir nich, Mutter – es is doch so!»

Er brannte mit einem Streichholz all das Papierzeug an, sah, ob es auch ordentlich in Flammen geriet, und klappte dann die innere Ofentür zu ...

Und nun, als er wieder ins Bett zurückkam, gab er ihr die Hand, sah sie an und sagte: «Ick möcht noch, det du wieder Justav zu mir sagst, Mutter. Justav is soweit ein janz ordentlicher Name, und ick möchte nun wieder als Justav leben. Vater is mir ziemlich vorbeijelungen ...»

«Ach, Vater ...!»

«Justav!»

«Justav, mein ich ...»

«Und det kann ick dir sagen, mit det Jeloofe in de Destille und mit det janze Lotterleben, mal nich fahren und mal fahren, wie de Laune is, det hört nu uff, Muttern! Einmal, weil wir's nich mehr dazu haben, denn nu sind wir wieder arme Leute, und denn, es macht ooch keenen Spaß. Nee, wir zwei Ollen alleene – wir wolln noch'n bißken nett leben, wie janz zuerst. Nee, noch besser, weil wir nu wissen, wir können keene Kinder mehr kriejen, die auf uns rumtrampeln.»

«Ach, Vater, daß du das dem Heinz so übelgenommen hast, daß er heute nacht nicht nach Haus gekommen ist!»

«Eenmal bin ick nich Vater, sondern Justav. Aber det werde ick dir die nächsten Wochen wohl tausendmal sagen müssen. Aber ick tu's, in so wat bin ick eisern! Und denn, wat heißt hier übelnehmen? Wenn der Schimmel nich mehr ziehen will, denn muß er in die Wurst, un wenn det Kind nich mehr Kind sein will, denn muß et det bleibenlassen, darin bin ick ooch eisern ...»

«Ach, Vater ...»

«Justav heeßt det nu!»

Fünftes Kapitel

Welche Hand müßte nicht verdorren . . .?

1

Es dauerte dann aber doch noch über eine Woche, ehe es zu einer Aussprache zwischen Vater und Sohn kam. Zu einer anderen Zeit wäre es Heinz wohl aufgefallen, daß der Vater gar nichts von seinem Ausbleiben über Nacht und von seinem überhaupt jetzt recht ungeordneten Leben sagte. Aber wichtigere Ereignisse als ein zürnender oder schmollender Vater gingen jetzt fast spurlos an Heinz Hackendahl vorüber . . .

Denn er lebte in einer verzauberten Welt. In der Stadt schossen sie immer weiter, obwohl sich die Unabhängigen und Regierungssozialisten geeinigt und sogar so etwas wie eine Regierung mit Ministern und Staatssekretären gebildet hatten. Und in der Stadt und in den Vororten plünderten sie immer weiter; die längste Zeit hingen vor den Läden die eisernen Rolljalousien und Scherengitter, trotzdem sie gegen die neue Art des Einbruchs mit Handgranaten wenig Schutz boten.

Heinz sah das alles auf seinen vielen Wegen durch die Stadt. Und er hörte und las von dem Streit um eine einzuberufende Nationalversammlung – die Arbeiterräte waren dagegen, teils, teils, aber die Soldatenräte waren dafür, teils, teils. Und all die alten Parteien, die Fortschrittlichen und die Nationalliberalen und das Zentrum und die Konservativen, sie waren plötzlich alle wieder da und forderten ihre Anhänger auf, die neue Regierung zu unterstützen. Und die hob den Belagerungszustand auf und die Pressezensur und amnestierte alle politischen Straftaten und versprach Freiheit jeder Religion und Meinungsäußerung, und versprach den Achtstundentag und die Bekämpfung der Wohnungsnot und gebar die Erwerbslosenunterstützung und sicherte zu den Schutz des Eigentums und der Person und versprach eine ausreichende Volksernährung . . .

Und sie mordeten und stahlen und hungerten, und die Schlangen vor den Lebensmittelläden wurden immer länger. Heinz Hackendahl sah das alles, aber er war ja ein Verzauberter, und was ihn vor einer Woche noch leidenschaftlich beschäftigt hätte, das merkte er kaum, daran ging er vorüber. Er lebte nicht mehr recht auf dieser Welt . . .

Darum sah er auch kaum hoch, als der Vater eines Tages zu ihm sagte: «Wann machste eigentlich dein Maturum?»

«Ich weiß nicht, Vater, wohl erst Ostern.»

Die Wahrheit aber war, daß es Heinz wirklich nicht wußte, denn er war einfach nicht mehr in die Schule gegangen.

«Denn kümmer dir mal darum! Bis Ostern will ick dir meinswegen noch hierbehalten und füttern – aber denn is Schluß!»

Nun doch ein wenig aufmerksam geworden, sah Heinz in des Vaters Gesicht. «Dann wird es also nichts mit dem Studium?»

Er sah den Vater aufmerksam an, und das Gesicht des Vaters rötete sich. Aber dann sagte der alte Hackendahl gar nicht bullrig: «Vom letzten Jeld habe ick mir den Rappen jekooft. Hast'n schon jesehen?»

Heinz nickte.

«Ein feinet Pferdchen», sagte der Alte etwas wärmer. «Det macht Laune. Un vom allerletzten hab ick Muttern und mir freijemietet, det Haus bin ick ooch los – und nu is't zappenduster!»

«Dann ist die Kriegsanleihe auch weg?»

Der Alte nickte und sah den Sohn erwartungsvoll an.

Aber der lächelte bloß. Er dachte an Erich – aber wozu sollte er dem Vater von Erich erzählen?! Vater hatte seine eigenen Sorgen, und Erich hatte seine Sorgen, und er, Heinz, früher Bubi genannt, hatte die allergrößten. Aber das war jedes Mannes eigene Sache.

So nickte er dem Vater nur zu und sagte: «Ich werde mal mit Professor Degener darüber sprechen. Vielleicht kann ich doch Notabitur bauen, dann bist du mich früher los, Vater!»

Nahm die Mütze und ging.

Der Vater sah ihm nach. Dann sagte er zu Mutter in der Küche: «Ick hab doch recht jehabt, Mutter, der Heinz wird ooch nich anders wie die andern. Aber der Rappen macht mir Laune. Schwarz is ville besser als Weiß ... Weiß wird immer dreckig, aber Schwarz, det hält!»

2

Heinz Hackendahl stand, die Hände in den Taschen seines recht abgeschabten Überzieherchens, unschlüssig auf der Straße. Er konnte zur Stadtbahn, er konnte aber auch zu seiner Freundin Irma gehen. Schließlich konnte er tun, was er dem Vater gesagt hatte, und sich bei Professor Degener nach den Aussichten seines Maturums erkundigen.

Gerne wäre Heinz zur Stadtbahn, ungern zu seiner Freundin Irma, die er seit jenem schicksalhaften Abend nicht wiedergesehen, gegangen. Aber unanständig wäre der Weg zur Stadtbahn, anständig zur getreuen Freundin gewesen – was ein rechter Fuchs ist, der findet immer einen Ausweg: Heinz Hackendahl tat beides nicht, sondern ging zu Professor Degener.

Der Professor saß am Schreibtisch; er streckte ihm die dünne, blauädrige Hand hin, sah ihn mit seinen fritzisch strahlenden blauen Augen an und fragte, ob eine Zigarette angenehm sei? «Den Tee trinken wir nachher alle zusammen.»

Heinz Hackendahl lehnte die Zigarette ab, überlegte nicht weiter, was «alle zusammen» hieß, und stürzte sich in ein ziemlich lahmes Gestotter von Kranksein und Nichtzurschulegehen und Abitur.

Professor Degener machte eine vage Handbewegung. «Krank sind jetzt alle. Zur Penne», er sagte richtig Penne, «gehen jetzt alle unregelmäßig. Was Sie zum Abitur brauchen, das wissen Sie. Schriftliche Prüfung wird im Februar sein. Meiner Kollegen wegen würde ich empfehlen, sich dann und wann in der Klasse sehen zu lassen.»

All dies wurde rasch und ein wenig verächtlich hervorgestoßen, als sei es völlig belanglos. Heinz Hackendahl fand es auch nicht wichtig. Schön, war auch das in Ordnung. Er hatte die Einladung zum Tee vergessen, stand auf und dankte dem Professor, er hatte es plötzlich eilig, zu gehen.

Der Professor hielt ihm zögernd die Hand hin. «Was ich noch fragen wollte. Haben Sie vielleicht einen Ihrer Kameraden in letzter Zeit gesehen?»

«Nein, leider nicht.»

«Wenn Sie einen Augenblick warten wollen, werden Sie eine ganze Menge zu sehen bekommen. Wir haben hier täglich eine Art Tee.»

Aber Heinz hatte wirklich keine Zeit . . . Es zog, es zerrte . . .

«Natürlich! Haben Sie übrigens von der Geschichte in Köln gehört? Von dem Arbeiter- und Soldatenrat . . .?»

In Köln hatten tolle Zustände geherrscht: Die Stadt war innerhalb dreier Tage überschwemmt, ertrunken in regellos zurückflutenden Truppenteilen, in Flüchtigen aus dem linksrheinischen Gebiet. Alles starrte von Waffen, alles wollte essen, trinken; die Minderwertigkeit triumphierte und wollte huren und plündern.

Da war dieser Arbeiter- und Soldatenrat eingesprungen, er hatte Kordons gebildet, die Leute entwaffnet, versorgt, weiterbefördert . . .

«Alles für nichts, wenn man so sagen will, Hackendahl. Denn wenn doch alles kaputt ist . . .»

Heinz Hackendahl schwieg. Er hatte vergessen, daß er es eilig hatte. Aber er war dennoch nicht ganz hier, er glich einem Reisenden, der die Wartezeit zwischen zwei Zügen versitzt. Er hat Zeit, aber er hat doch keine Zeit, mit seiner Zeit etwas anzufangen, er reist schon weiter, in Gedanken ...

Der Professor sah ihn an, er sagte lauter: «Wenn das Blut krank wird, stürzen sich die gesunden Blutteile über den Eindringling. Es gibt einen Kampf. Ist der Eindringling stärker, stirbt der Mensch, sind aber die gesunden Blutkörper in der Übermacht, wird der Mensch wieder gesund.»

Er dachte nach, er meinte: «Ich könnte mir denken, daß solch ein Kampf augenblicklich in Deutschland gekämpft wird. Es kommt auf die gesunden Blutkörperchen an, auf jedes einzelne ...»

Der Lehrer schwieg. Dann, nach einer Weile, fing Heinz Hackendahl an, von dem Offizier in der Wandelhalle des Reichstags zu erzählen, jenem Mann, der inmitten eines Wirrwarrs Befehle erteilt hatte, unangerührt von dem Wirrwarr.

Professor Degener nickte. «Sehen Sie, das ist auch so einer, Hackendahl. Nein, ich weiß seinen Namen nicht. Irgendein Unbekannter. Man kann sich denken, wie ihn das Getriebe der Geschäftemacher anwidert. Aber darum ist er doch für Ordnung. Vielleicht erreicht er nicht mehr, als daß seine Leute regelmäßig zu essen kriegen – aber das entmutigt ihn nicht. Er weiß, daß Ordnung und Sauberkeit etwas Gutes sind, und Unordnung und Schiebertum schlimm. Es beirrt ihn nicht, daß die anderen schlimm geworden sind ...»

«Aber was soll aus alledem werden?» fragte Heinz Hackendahl.

«Das wissen wir nicht. Nur kein Untergang. Ihr Offizier im Reichstag und die Leute in Köln – sie kämpfen für eine Sache, die sie noch nicht einmal kennen. Manchmal ist es dem Menschen sehr gut, Hackendahl, daß er nur ein so kurzes Stück seines Weges voraus-schaut ... Vielleicht würde sonst auch der Offizier verzweifeln, wenn er wüßte, wie lang noch der Weg ist, bis etwas erreicht wird. Er sieht in die Nähe, er sorgt dafür, daß seine Leute zu essen haben und daß ihre Fußlappen in Ordnung sind; er paktiert nicht mit der Unordnung.»

Heinz Hackendahl wurde ein wenig rot. Alles, was Professor Degener gesagt hatte, konnte mit direkter Beziehung auf ihn gesagt sein ... Es konnte nicht geleugnet werden, daß eine große Unordnung in Heinz' Leben gekommen war ... Nein, der Umfang dieser Unordnung war gar nicht mehr zu überschauen ... Aber es war ja ausgeschlossen, daß der Professor hiervon auch nur etwas ahnte ...?

Professor Degener schien von der Verwirrung seines Schülers nichts zu merken, er lächelte, er erzählte: «Gleich werden Ihre Klassenkameraden kommen, Hackendahl. Einige, die sich um mich geschart haben. Auch wir gehen nicht ganz regelmäßig zur Penne. Ich habe manchmal direkt Beklemmungen, wenn ich das Lehrerzimmer betrete. Ich fürchte, meine Kollegen denken nicht günstig von mir; eigentlich müßte ich wohl einen Tadel haben und in den Karzer geschickt werden . . .»

Der Professor lächelte, und Heinz Hackendahl wurde von der alten schwärmerischen Liebe zu diesem seltenen Mann erfaßt, der so jung geblieben war wie die jüngsten seiner Schüler.

«Ich muß Ihnen gestehen, daß auch wir ein bißchen für Ordnung zu sorgen suchen. Das heißt, ich bin nur der Berater Ihrer Kameraden, ich eigne mich nicht für diese kriegerischen Dinge . . .

Wir sammeln Waffen, mein lieber Hackendahl», erklärte der Professor und lächelte, halb traurig und halb listig. «Stellen Sie sich vor: Statt sie mit dem zweiten Aorist zu schinden, halte ich meine Jungen mit der Jagd auf Waffen in Atem. Die Arbeit ist nicht übermäßig schwierig, aber umfangreich. Es gibt Soldaten, Heimkehrer, die lehnen ihre Büchse – sagt man Büchse? – einfach an die nächste Wand oder schenken sie dem ersten, der sie darum fragt. Sie sind ihrer Waffen so überdrüssig! Und dann sind da die Güterbahnhöfe mit den Waggons voller Maschinengewehre und Minenwerfer und Feldgeschütze. Die Leute haben es eilig, nach Haus zu kommen, nach Frau und Kindern zu sehen, man kann es ja verstehen . . . Und da stehen die Waggons dann für jeden bereit, für die Unordentlichen wie für die Ordentlichen.»

Heinz nickte eifrig. Es war seltsam, man kam immer in den Bann dieses Lehrers, er mochte nun über die Gewänder der griechischen Frauen oder über Waffen reden . . .

«Das heißt», sagte der Professor plötzlich ganz vergnügt, «bis zu Feldgeschützen und Minenwerfern versteigt sich unser Ehrgeiz nicht. Einige schwere Maschinengewehre – das war bisher unser Höchstes. Ich will immer von Ihren Kameraden wissen, wie schwer sie sind, sie sollen sich doch nicht zu Schanden schleppen, aber sie verraten es mir nicht. Sie haben auch keine Ahnung, Hackendahl, das ungefähre Gewicht . . .? Ich bin doch sehr bekümmert . . .»

Heinz wußte es auch nicht. Außerdem war er der Überzeugung, daß der Professor nicht die Spur bekümmert war. Er neckte ihn bloß . . . vielleicht wegen seiner Unbeteiligtheit?

«Die Sache ist nicht ganz ungefährlich, Hackendahl. Die Menschen haben so seltsame Vorurteile . . . Wenn ein Uniformierter, ganz gleich in welcher Uniform, mit einem Gewehr spazierengeht, ist alles in Ordnung. Aber ein Schüler, ein Gymnasiast, ein Junge . . . Und dann die Herren Eltern . . .»

Der Professor seufzte jetzt wirklich. Dann gab er sich einen Ruck. «Aber das ist egal. Die Hauptsache ist, in aller Verwirrung finden die

Jungen einen Sinn. Ihr Sinn ist heute Waffen zu sammeln, recht viel, mit möglichst wenig Kosten.»

«Und wofür sammeln Sie diese Waffen, Herr Professor?» fragte Heinz Hackendahl.

Die Augen des Lehrers flammten auf. Aber er fragte ganz ruhig: «Sie sind ziemlich weit weg von uns, Hackendahl? Sie beschäftigen sich mit sehr anderen Dingen?»

Heinz wurde rot, verwirrt, ärgerlich . . .

«Aber es ist keine Schande, in Verwirrung zu geraten. Es ist nur eine Schande, in Verwirrung zu bleiben, in Unordnung . . .»

Ein schrecklicher Lehrer, Belehrer. Heinz Hackendahl war empört, er wollte gehen. Er wollte sich verteidigen und blieb.

Der Professor erklärte: «Es ist komisch, nie hat mich einer von den Jungen bisher gefragt, *warum* wir die Waffen sammeln. Vielleicht haben sie sich einfach gefragt, daß weniger Waffen in unbekannter Hand um so weniger Gefahr für die Allgemeinheit heißt. Vielleicht haben sie überhaupt nicht darüber nachgedacht . . .»

«Aber Sie, Herr Professor . . .»

«Ja, mein Sohn, ich sehe auch nur das bekannte kurze Stück Weg. Ich sage mir, daß all die Truppen, die jetzt zurückkommen, noch nicht die Front sind. Die Front ist noch draußen, Hackendahl, vergessen Sie das nicht. Die Front, die vier Jahre gegen die ganze Welt standgehalten hat, die unbekannte Front, von der wir hier im Binnenlande immer nur einzelne zu sehen bekommen haben. Jetzt kommt sie geschlossen zu uns zurück, und wir wissen gar nichts von ihr. Vielleicht braucht die Front Waffen . . .?»

«Wofür denn? Der Krieg ist doch aus!»

Es war ihm, als spreche er mit der Stimme seines Bruders. Er wollte es nicht sagen und sagte es doch.

«Wir haben erst einen Waffenstillstand. Ein Waffenstillstand ist noch kein Friede.»

«Wir werden nie wieder kämpfen», rief Heinz. «Der Krieg muß aus sein! Es muß endlich Friede werden!»

«Ein Gewaltfriede? Ein Friede für Sklaven?»

«Aber wir können doch nicht mehr!»

«Was wissen Sie, was wir können?!» Jetzt leuchteten die blauen Augen ganz fritzisch, der Professor war zornig. «Haben Sie nur einmal versucht, was *Sie* können?! Und Sie wollen von *uns*, für uns reden?!»

Die Villa in Zehlendorf, ja, und der Bruder mit seinem klugen, skrupellosen Gerede. Der Luxus, Wein in geschliffenen Gläsern, und die schöne, unbegreiflich schöne Frau, Traum der Erde für ein Gymnasiastenherz, ach, für jedes Männerherz, Sterngefunkel im Haar . . .

Und sie legt die weißen kühlen Arme um die Schultern der Brüder und spricht von Idealisten und Egoisten. Und schon bedeutet dieser Unterschied nichts. Denn wir alle, wir möchten den Traum der Erde in unserem Arm halten, wir möchten ihn träumen, ihn besitzen – verweile doch, du bist so schön! In der kalten Novembernacht herumlaufen und sich mit schweren Waffen abschleppen – aber aus vielen Lichtern leuchtet das Haus, Wärme und Gepflegtheit, nein, das ist es nicht! Das nicht!

Sondern es ist die Süße einer Stimme, die nie erfahrene Leichtigkeit des Lebens, Zauber und Verführung . . .

Was hatte ihm der Professor für eine Schularbeit gegeben? Es ist keine Schande, in Verwirrung zu geraten, es ist nur eine Schande, in ihr zu verharren.

Draußen ging die Klingel.

«Ihre Kameraden», sagte der Professor ganz friedlich. «Ihre Kameraden. Bleiben Sie ruhig hier, Hackendahl, Sie gehören dazu.»

3

Die Schüler kamen herein, eilig oder langsam, manche weiß, manche rot von der Kälte. Aber alle aufgeregt, glücklich erregt.

«Tag, Hackendahl! – 'n Abend, Professor!»

«Trau schau – der Heinz hat auch hergefunden!»

«Sieh da, sieh da, Timotheus!»

«Vorzüglich, alter Aaskäfer!»

Heinz schüttelte die Hände. Ihm war seltsam zumute, wie im Traum. Die alten, die altgewohnten Gesichter – seit sieben oder zehn oder vierzehn Tagen nicht gesehen und schon fremd geworden. Oder war er fremd geworden?

Ein paar liefen in die Küche des Professors, um Tee zu kochen – selbstverständlich war Professor Degener Junggeselle –, andere berichteten: die und die Waffen ausspioniert, die und die erworben . . .

«Was ist mit Handgranaten, Herr Professor, verstehen Sie was davon? Wann sind die schußfertig?»

«Schußfertig, du Riesenroß! Ich sage dir . . .»

«Herr Professor, in der Artilleriestraße kann man Pistolen kaufen . . .»

«Auch am Schlesischen Bahnhof . . .»

«Überall, du Affe!»

«Laßt mich doch ausreden: fünf bis fünfzehn Mark das Stück, Brownings, Mauser, Armeerevolver, Leuchtpistolen . . . Ich finde, Pistolen sind besonders gefährlich, weil sie jeder heimlich in der

Tasche tragen kann. Andere Waffen sieht man . . .»

Der Professor seufzte: «Wieviel Geld wollt ihr wieder, ihr jungen Schurken? Mein ganzes Vermögen geht drauf . . .»

«Vielleicht erst mal fünfhundert Mark?»

«Fünfhundert Mark! Auf der Bank sehen sie mich schon an wie einen Bankrotteur. Na schön, Hoffmann, kommen Sie hier morgen früh um elf vorbei . . .»

«Herr Professor, ich hab Bekanntschaft mit 'nem Dachschützen geschlossen. Will sich zur Ruhe setzen, die Luft ist ihm zu dikke geworden. Fünfzig bis hundert Mark, leichtes MG. Machen wir . . .?»

«Unbedingt, Bertuleit! Dachschütze! Pfui Deibel! Morgen früh um elf . . .»

Es war eine seltsame Welt, eine verzauberte Welt, eine wahnsinnig gewordene Welt. Heinz Hackendahl hörte staunend zu. Ein leichter Unwille kam in ihm auf, daß er von all dem ausgeschlossen war. Manchmal war es ihm, als sähe ihn Degener prüfend von der Seite an, dann wurde der Unwille stärker. Was hatte das für einen Sinn? Eine Spielerei – sie sollten lieber an Essen für die Hungernden denken! Er dachte an die Schlangen zu Tode erschöpfter Frauen vor den Lebensmittelläden, von Frauen, die vier Jahre lang für das Leben ihrer Kinder gekämpft hatten – und nun, da der Friede nahe war, dachten die hier nur an Waffen!

Ein Friede für Sklaven? Nun gut, es gab einen alten Spruch: «Lieber Sklav als tot!» O Gott, nein, nein, so mußte Erich ihn umgedreht haben! Es hieß ja: «Lieber tot als Sklave.» Einen Sklavenfrieden wollte auch er nicht . . . Aber was sollen wir denn tun? Waffen sammeln? Wir haben ja keine Hände mehr, die diese Waffen halten wollen! Wir können nicht mehr kämpfen! Wirre, jagende Gedanken! Verwirrung, Unordnung . . . Lieber nichts tun, als etwas Falsches tun? Lieber etwas Falsches tun, als gar nichts tun?

Und nun eine schrille Stimme, natürlich die Stimme des beliebten Porzig, der eben eingetreten ist: «Herr Professor, ich möchte darauf aufmerksam machen, daß sich im Reichstag ein Zimmer befindet mit dem Schilde: ‹Erich Hackendahl›. Ich war nämlich heute im Reichstag, habe mir die Schweinerei da mal angesehen! Ein ganz frisches Pappschild!»

Einen Augenblick ist es totenstill im Zimmer, alle sehen auf Heinz Hackendahl. Der hat eine Bewegung gemacht, er versucht so etwas wie ein höhnisches Lächeln, aber er fühlt voll Wut, wie er blutrot wird.

Doch sofort vergeht die Röte in namenloser Erbitterung. Ein Haß steigt in ihm auf. Blitzschnell jagt es durch seinen Kopf: Ja, so sind sie, diese – Idealisten! Wer nicht für mich ist, der ist wider mich. Alle verdächtigen sie, die nicht – Waffen sammeln wie sie selbst! Bloß, weil Erich da ein Zimmer hat, bloß darum verdächtigen sie ihn! Erich könnte dort doch wirkliche Arbeit leisten, etwas Nutzbringendes, Anständiges. Es hieß doch so, er macht den Sicherheitsdienst . . . ?! Ach, das ist ja alles Unsinn, ich weiß ja, er tut nichts Anständiges, er ist ein kalter Streber, ein Genießer . . . Aber was hat das mit mir zu tun, warum verdächtigt er mich?! Wenn er das hier so schreit, heißt es doch, daß auch ich verdächtig bin?!

Da sagt in die Stille hinein der Professor: «Ich verstehe nicht, was Sie wollen, Porzig? Unser Klassenkamerad heißt doch Heinz Hackendahl, nicht Erich!»

Und sofort verwandelten sich alle Gesichter, die so fremd auf Heinz sahen. Sie wurden freundlich, die Gespräche gingen weiter, Hoffmann schlug Heinz auf die Schulter und sagte: «Dämliches Roß, dieser Porzig!»

Kunze meckerte fröhlich: «Soll ich meines Bruders Hüter sein?!»

Und schließlich kam Porzig selbst, stellte sich wichtig vor Heinz auf und erklärte großspurig und doch verlegen: «Nimmste mir doch nicht übel, Hackendahl, was? Verstehste doch, daß wir alle hier gewaltig mit dem Feuer spielen und ungeheuer vorsichtig sein müssen? Klar, was? Das sind ja hier alles keine Juristen, aber mein alter Herr ist Oberlandes-gerichts-rat, und da weiß ich mit dem Strafgesetzbuch Bescheid! Professor Degener ist ja auch bloß ein Kind – na, du verstehst schon! In Ordnung, was, Hackendahl?»

Und Heinz versicherte, daß alles in Ordnung sei. Aber er hatte dies Gefühl gar nicht, sondern saß ein wenig mühsam lächelnd in all der Freundschaft, in all dem Vertrauen, und immer wieder dachte er:

Es stimmt ja doch nicht, was Degener gesagt hat. Das ist wohl Erich, und ich bin Heinz. Aber wir sind beide Hackendahls, wir haben einen eisernen Vater, darum sind wir zu weich geraten. Und sie mögen mich alle noch so freundschaftlich ansehen und noch so sehr tun, als ob ich dazu gehörte . . . Ich gehöre doch nicht dazu, und ich will es auch gar nicht. Ich will nur eines: möglichst schnell zur Stadtbahn und nach Dahlem fahren! Das ist es, was ich will, und ihre ganze Waffensucherei ist mir bloß lästig . . .

Und nach einer Weile stand er denn auch auf und sagte allen auf Wiedersehen, und nur als er vor Degener stand, kam plötzlich ein Schuldgefühl über ihn, und er sagte, was er noch eben gar nicht hatte sagen wollen: «Ich vergesse auch nicht das mit der Verwirrung, Herr Professor!»

Der Professor schüttelte unwillig seinen Löwenkopf mit der roten

Mähne und sagte: «Καλὸς Κάγαδὸς, Schüler Hackendahl – das weißt du doch noch: Nur was gut ist, ist schön, nicht wahr?»

Und das war nun freilich das Allerrätselhafteste und Traumhafteste an diesem Professor Degener. Denn von Tinette konnte er wirklich nichts wissen, und doch klangen seine Worte gerade so, als habe er Tinette ein Zeugnis ausgestellt, dieser Lehrer!

4

Kaum hatte Heinz geklingelt, war das Mädchen schon an der Tür und sagte vorwurfsvoll: «Die gnädige Frau hat schon viermal nach Ihnen gefragt!»

Und kaum war er aus dem Mantel, kaum sah er in den Spiegel – dieser verdammte Schlips war also wieder zu einem Knoten zusammengekrochen! –, da kam Tinette schon über die Diele: «Aber Henri, wo bleibst du bloß? Ich habe dir doch gesagt, um drei! Und nun ist es vier! Ich dachte, du bist zuverlässig, und Erich ist unzuverlässig – nun bist du also der Unzuverlässige?»

Heinz war wütend. Sie hatte kein Wort von drei Uhr gesagt. Aber was hatte es für einen Sinn, ihr zu widersprechen? Dies Mädchen stand auch noch dabei – warum stand es eigentlich noch da und starrte ihn an, als sei er das große Wundertier aus Hinterindien und Belutschistan?! Es sollte sich schämen!

Tinette legte die Hände auf den Rücken, sah ihm nahe ins ärgerliche Gesicht und fing leise zu lachen an. «Was machst du für ein Gesicht, Henri? Genau das Gesicht wie eben draußen vor der Pforte, ich habe dir fünf Minuten lang zugesehen! Wolltest du nicht zu mir ...? Warum bist du so wütend? Sieh mich doch an, Henri, Henri – genau wie der Erich, wenn er wütend ist: Ihr beiden seht mich nie an, wenn ihr zornig seid! Aber ich, ich funkle die Menschen an!»

Wieder lachte sie. Das schreckliche Mädchen stand noch immer da, es hatte den Überzieher, diesen schäbigen Überzieher, jetzt über dem Arm. Tinette war schrecklich, sie sprach über alles vor jedermann! Ja, sie war vollkommen schamlos, sie war ohne eine Ahnung von Scham, genau wie die Natur, und sie war ebenso selbstverständlich!

«Gnädige Frau, soll ich dem Herrn den Mantel bringen?»

«Ja, tun Sie das, Erna. Es ist dir doch recht, Henri? Es ist nämlich ein Herr gekommen, der sich für deinen Mantel interessiert ...»

Heinz machte eine wütende Bewegung, dann sah er das Mädchen mit seinem Mantel über die Diele gehen ... «Was will sie denn mit meinem Mantel?»

«Dummer Henri, dummer, dummer Henri! Genierst du dich vor

Erna? Sie denkt ja doch: Da ist der junge Herr schon wieder, der sich in die gnädige Frau verliebt hat! Du hast dich doch in mich verliebt, Henri . . .?»

Er schrie wütend: «Nein! Nein! Nein!»

Sie lachte. «Siehst du! Aber das schadet ja auch nichts, liebe mich ruhig, Henri. Du willst doch nichts, du bist doch ein Deutscher, du willst mich doch dem Erich nicht wegnehmen, ich bin dein deutsches Gretchen – nein, nicht Gretchen. Gretchen bekommt ein Kind . . .»

Sie lachte.

Schamlos, schamlos wie die Natur! Sie warf alles in ihm durcheinander, sie scheute vor nichts zurück. Aber vielleicht war sie nicht schamlos, vielleicht war sie einfach gemein?

Und, als hätte sie seine Gedanken erraten, ließ sie plötzlich seine Schulter los. «Also geh, Henri. Du willst mich also auch allein lassen? Ich bin doch den ganzen Tag allein . . . Also geh, bitte!»

Wieder Theater, wo war denn sein Mantel? Sollte er ohne Mantel gehen?! War sie so hingerissen von dieser kleinen Auseinandersetzung mit dem siebzehnjährigen Schwager, daß sie ihn ohne Mantel in die graue Nässe laufen lassen wollte? Alles Theater! Aber vielleicht gab es eine ganz kleine Möglichkeit, daß es ihr doch leid tat? Vielleicht doch?!

Plötzlich war ihre Hand ganz nahe bei seinem Mund . . . Sie sah ihn so seltsam an . . . Ja, es gab vielleicht doch eine ganz kleine Möglichkeit, daß sie ihn wirklich gern mochte . . . Nichts von der glühenden, herrlichen Qual, die er für sie empfand, aber doch richtig gerne hatte . . . Er legte seine Lippen auf diese Hand, er atmete den leisen Duft, seine Lippen tranken diese Hand ein . . . Sie wanderten über sie, unersättlich . . .!

«Oh!» sagte sie mit sehr ernsten Augen. «Du lernst ja etwas, Henri! Dies hätte Erich nicht sehen dürfen.»

Dann waren sie bei dem Herrn, zu dem Heinzens Mantel gebracht worden war, einem sehr gepflegten Herrn mit blondem Spitzbart. Es stellte sich heraus, daß dieser Herr im Cutaway ein Schneider war, den die gnädige Frau bestellt hatte, und dieser Herr hatte, nach den Angaben der gnädigen Frau, bereits einen Anzug mitgebracht.

«Denn so kannst du unmöglich noch länger herumlaufen, Henri!»

Der mitgebrachte Anzug paßte tatsächlich.

«Gnädige Frau haben ein ganz französisches Auge für Schick und Maß!»

Aber die eigentlichen Anzüge sollten erst noch kommen, nach Maß natürlich und aus englischen Stoffen . . . Und dann ein schwerer Winterüberzieher in Ulsterform . . .

Weiß und wortlos stand Heinz dabei und hob die Arme, wenn der

Herr im Cutaway ihn darum bat, um Maß nehmen zu können ... Und Heinz dachte: Dies ist ja der Abgrund der Schmach, daß ich mich von Erichs Geliebter mit Erichs Geld einkleiden lasse!

Aber es war erst der Anfang der Schmach, der erste Anfang ...

Jedoch quälender noch als diese Schmach war ihm das Gefühl seiner eigenen Feigheit, daß er es nicht wagte, vor dem Schneider einen Streit mit Tinette heraufzubeschwören. Daß er sich nicht einfach weigerte. Daß er sich ohne Gegenwehr hin und her schieben ließ, daß er gehorsam Bescheid gab, ob breite oder schmale Revers, ob ein- oder zweireihig ...

Dann verabschiedete sich der Schneider. Er trug wahrhaftig eine Perle im Schlips, und wahrhaftig küßte er der gnädigen Frau die Hand, ihm aber schüttelte er sie nur. Er ging, rascheste Erledigung zusagend.

Einen Augenblick sahen die beiden ihm stumm nach, dann sagte Tinette mit ihrer süßesten Stimme, daß Henri nun seinen Anzug nehmen und mitkommen solle. In Erichs Zimmer werde sie schon ein passendes Oberhemd finden ...

Worauf Heinz losbrach und schrie, er denke nicht daran, und sie losbrach und schrie, sie wolle keinen ungepflegten, schlecht angezogenen Sauerkrautmenschen um sich. Und es war ein Geschrei von meinem Geld und von seinem Geld und von ihrem Geld und von Körperpflege und von Appetitlichkeit und von den berechtigten Ansprüchen schöner Frauen und von Begleitung auf Besorgungen durch jüngere, gut angezogene Kavaliere ... Es war ein uferloses Geschrei ...

Aber dann hatte dieses Geschrei eben doch ein Ufer, denn plötzlich rief Tinette mit einer ganz anderen, sehr hohen, überaus erstaunten Stimme: «O Gott, Henri, ich glaube, mein Schuh ist auf! Hilf mir doch mal!»

Und sie setzte ihren Fuß in einem grauen Wildlederschuh auf die Kante eines Stuhls.

Er brach mitten im Schreien ab und starrte verblüfft auf den kleinen Fuß. Sie sah ihn hilflos an, und zögernd griff er nach dem Fuß. Aber die Schnalle wollte nicht zugehen, er mochte ziehen, wie er wollte, er bekam den Einschnitt nicht über den Knopf. Ganz nahe war dieser Fuß, der nackter als nackt in dem blaugrauen dünnen Seidengewebe war. Der Schuh war tief ausgeschnitten, er sah gerade noch den Zehenansatz, und das schien ihm schön ... Ein Duft stieg von diesem Fuß auf, Duft von Leder und Parfum und von dieser Frau, von allen Frauen, aus der Ewigkeit her ...

Da warf er seinen Mund auf diesen Fuß, und er hörte sie leise über sich lachen und dachte: Abgrund der Schmach, und küßte und küßte.

Er hörte sie leise lachen und küßte . . . Und er dachte: Ich will nicht, und küßte weiter . . . Und er dachte: Sie will dich ja nur dahin bringen zu tun, was sie will, und küßte weiter . . .

Die Woge aber stieg und stieg.

Und plötzlich dachte er: Wenn ich jetzt nicht aufhöre, bin ich für ewig verloren. Und sie ist nichts, für das man ewig verlorengehen mag . . . Da erspähte er eine Sekunde Freiheit und riß seinen Mund von ihrem Fuß und sah nur die Tür an, nicht sie, und stürzte fort, aus Zimmer und Haus, ohne Mantel und Hut . . .

Aber noch auf der Straße meinte er, ihr Lachen zu hören . . .

5

Natürlich kam er wieder, immer kehrte er zu ihr zurück.

Er kam wütend wieder, um ihr Vorwürfe zu machen, oder er kam verlegen, stand in ihrer Nähe und nahm jedes freundliche Wort von ihr dankbar auf wie ein begnadigter Schuldiger. Er war streitsüchtig oder sanft; die Laune, ihr alles, alles zu erzählen, überkam ihn, und einmal saß er viele Stunden und las ihr aus seinen Lieblingsdichtern vor. Ein andermal half er ihr, neugekaufte Wäsche in einen Schrank zu ordnen, und der Anblick dieser noch nie gesehenen, sanftfarbigen, leichten Seidendinge verwirrte ihn so, daß er nur mühsam und fast heiser reden konnte.

Natürlich träumte er von ihr. Erst konnte er nicht einschlafen, die Erinnerung an ein Stück Bein, das sie achtlos vor ihm hatte sehen lassen, an den sanften Ansatz ihrer Brust, den er, hinter der Sitzenden stehend, halb widerwillig erspäht, verwirrte ihn, quälte ihn, beunruhigte ihn. Dann, wenn er doch eingeschlafen war, verloren diese Gesichte das Spezielle, Konkrete, Anschauliche. Sein Traum führte ihn in eine Welt, in der jedes Ding hinter seinem eigentlichen Gesicht ein zweites, verruchtes zu haben schien: Die Wunden und Verwachsungen der Bäume wurden obszön, aus der Blüte der Blumen sah der Stempel und wartete auf Befruchtung, die ausgestreckte Hand eines Wegweisers schien auf seine Mitte zu deuten.

Er haßte das. Ohne religiös zu sein, empfand er dies doch als eine Sünde. So an die Freundin des Bruders zu denken, so von ihr zu träumen, demütigte ihn. Ich liebe sie doch nicht so! wiederholte er sich hundertmal. Ich will sie doch Erich nicht stehlen, ich bin kein Dieb . . .

Eine Wut überkam ihn, wenn er immer häufiger, immer stärker erfuhr, daß sein Körper ihn stets von neuem überlistete, ihm immer schwerere Niederlagen beibrachte. Er sagte: «Ich will nicht so an

Tinette denken. Es ist ekelhaft, es entwürdigt sie und mich!» Er wehrte sich, er kämpfte.

Dann, ganz plötzlich, mitten in seinen Kämpfen, gab er jeden Widerstand auf, ließ sich fallen. Er saß etwa mit Erich und Tinette beieinander. Mit diesem rätselhaften Bruder Erich, der die ständigen Besuche des Bruders bei seiner Geliebten ganz selbstverständlich zu finden schien. Und mit dieser noch rätselhafteren Frau, von der er nie begriff, warum sie ihn eigentlich immer um sich haben wollte, ihn, der nicht besonders klug war, der nicht besonders gut aussah, der ungepflegt und schlecht angezogen war.

Er saß also bei ihnen, und er beobachtete Erich aus einem Augenwinkel, wie er da saß und seinen Whisky trank und von den neuesten Tagesereignissen berichtete ... Und plötzlich packte es ihn, und er stand auf, machte sich am Kaminfeuer zu schaffen, und sich wieder aufrichtend, stand er hinter des Bruders Freundin und sah in ihren Brustausschnitt. Mit einer trotzigen Verzweiflung sah er die sanfte Brust sich heben und senken, und dazwischen starrte er zu dem Bruder hinüber, nicht verlegen, sondern herausfordernd: Ich schäme mich gar nicht! Ich tue es grade! Grade! Grade!!

Oder es war bei einem seiner seltenen Gastspiele im Gymnasium zwischen den Mitschülern. Sie saßen alle so furchtbar ehrbar und langweilig da, Oberlehrer Schneiders Stimme knarrte, es roch nach Schulstaub und Ungewaschenheit und Tinte und Papier ... Und ganz bewußt, ganz wachen Willens stellte er sich Tinette vor, er stellte sie sich langsam, voller Genuß vor, wie sie gestern abend vor einer Truhe gekniet hatte: Der Rock straffte sich über ihrem Schoß. Er sah deutlich die langen Schenkel und das Dreieck, das sich unter dem Rock abzeichnete, dort, dieses geheimnisvolle Dreieck, von dem man immer träumen konnte ...

Voller Hohn sah er auf die anderen. Sie lebten ihr dummes Leben weiter, stumpfsinnig, sie dachten an Schularbeiten, an Abitur und an Waffensammeln – kindische Beschäftigungen! Er aber war ein Mann, er ging jeden Tag zu einer schönen Frau. Er lebte ein Leben voller Sünde, Geheimnis, Laster; sie aber klierten Hefte voll, und wenn Schneider sagte: «Gut, Porzig!» – dann war der glücklich! Solche Kindsköpfe waren sie, und solch ein Mann war er.

Oder aber er lief mitten aus einer Unterhaltung mit Bruder und Tinette von der Diele. Er schlich in ihr Schlafzimmer, kniete nieder neben ihrem aufgeschlagenen Bett und vergrub sein Gesicht in ihrem Pyjama ... Er roch den schwachen, unbestimmbaren Duft, einen Duft, schien es ihm, von den Urgeheimnissen des Lebens her, Verführung und Sünde, Quelle und Spiel, ewig unenträtseltes Geheimnis, nie ausgeschöpfter Brunnen ...

Aber dies geschah erst später, geschah nicht schon zu Anfang, sondern erst, als er noch tiefer in ihren Bann geraten war. Denn er wurde immer mehr ihr Spielzeug, ihr Diener, ihr Sklave. Er ließ, zuerst mit sehenden Augen, im Kampf nach. Dann stürzte er sich geschlossenen Auges in den Abgrund.

Er war ja männlich (wenn auch noch kein Mann), und sie weiblich (und sehr Weib). Es lag in seinem Wesen, nicht jeden Tag neu über dieselben Dinge streiten zu können. Er wurde dessen so müde. Wenn er fünfmal die gleichen Beweise wiederholt hatte, ekelte es ihn, sie ein sechstes Mal auszusprechen.

Ihre Streitlust aber blieb immer frisch. Sie konnte jeden Tag von neuem anfangen, immer wieder dasselbe sagen, jede Stunde, jede Minute. Sie gab nicht einen Schritt breit nach. Sie wiederholte ihm so oft, daß er seine Nägel pflegen müsse, bis er anfing, die Nägel zu schneiden, zu bürsten, die Nagelhaut zu entfernen – all diese kleinen Dinge, die ihm erst so langweilig, so unnötig, so zeitraubend schienen.

Schließlich fand er sogar Vergnügen daran. Er gab nicht nur nach, um seine Ruhe zu haben, um nicht immer wieder das gleiche Geschwätz zu hören. Sondern es war ein Vergnügen, bei ihr zu sitzen, eine halbe Stunde lang, eine Stunde lang. Sie manikürte ihre Nägel, er manikürte die seinen. Sie plauderten dabei, es war etwas wie Kameradschaft; sie gab ihm Ratschläge, half ihm, nahm seine Hand in die ihre, schnitt einen Nagel gefälliger, sprach ganz ernst, völlig ausgefüllt von diesen Dingen.

Er begriff allmählich, wie wichtig all dies im Leben bestimmter Frauen ist. Daß es für eine gepflegte Frau wirklich fast unmöglich ist, einen ungepflegten Mann zu lieben, ja, ihn auch nur zu ertragen.

Darum, als sie ihn schließlich lachend fragte: «Nun, Henri, dummer Junge, habe ich nicht recht gehabt, mit deinen Nägeln? Bist du jetzt nicht schick?»

Da gab er lachend zu, daß sie recht gehabt hatte, daß er jetzt schick war, todschick . . .

Er gab nach. Er prüfte gar nicht mehr, ob sie denn wirklich recht hatte, ob manikürte Nägel notwendig für ihn waren; er saß bei ihr – also gut! Sie hatte recht!

Und als sie ihm zehn-, zwanzig-, dreißigmal wiederholt hatte, daß er den neuen Anzug anziehen, daß er zur Anprobe müsse, daß kein Mensch, der etwas auf sich gebe, so herumlaufe wie er, daß er für jede Frau so unmöglich sei, daß sie niemanden habe, mit dem sie spazierengehen könne – da gab er schließlich auch nach.

Zuerst sagte er: «Aber nur der eine Anzug, den er mitgebracht hat!»

Und sie war damit auch einverstanden.

Aber dann ergab sich, daß der Anzug nicht richtig saß: Er beutelte im Rücken. Sie stellte Heinz zwischen zwei Spiegel, sie zeigte es ihm so lange, bis auch er sah, der Anzug beutelte im Rücken ... Nein, es war unmöglich, so konnte er doch nicht herumlaufen, er mußte zum Schneider!

Da er nun aber doch zum Schneider kam, sollte er wenigstens seinen Winterüberzieher anprobieren. Es war jetzt doch Winter – nun gut, die Deutschen nannten es vielleicht noch nicht Winter. Aber für sie war es Winter, und jedenfalls konnte er doch nicht ohne Mantel mit ihr spazierengehen. Sie wollten doch miteinander spazierengehen, nicht wahr, lange Wege miteinander machen? Also!

«Aber es ist unmöglich, Tinette, ich kann das nie bezahlen!»

«Sei nicht dumm, Henri! Der Schneider wird die Rechnung in einem halben Jahr senden – vielleicht bist du dann ein reicher Mann ...»

«Aber versteh doch, Tinette, es ist ganz unmöglich ...»

«Das soll unmöglich sein, daß du in einem Jahr reich bist? Sieh dir doch Erich an, Erich ist bestimmt in einem Jahr reich! Was dein Bruder kann, wirst du doch auch können!»

«Aber ganz im Gegenteil, Tinette! Ich glaube, Erich hat schreckliche Geldsorgen.»

«Erich ...? Geldsorgen ...?»

Sie war aus allen Himmeln gefallen, noch nie schien ihr solch ein Gedanke gekommen.

«Da er doch damit gerechnet hat, daß Vater ein reicher Mann ist.»

Sie lachte, lachte ihm ins Gesicht. «Oh, Henri, du blinder Weltfremder – das ist doch alles längst vorbei! Jetzt schwimmt Erich gradezu im Gelde, ich sage dir, er ertrinkt! Vor ein paar Tagen erst hat er diese Villa gekauft und bezahlt. Bezahlt, bares Geld – ich weiß nicht mehr wieviel, es war ein dicker Herr, der es bekam. – Und du, du willst dir von deinem Bruder nicht mal ein paar Anzüge schenken lassen?»

Er sah sie argwöhnisch an, er war überzeugt, sie log. «Woher soll denn Erich auf einmal so viel Geld haben? Doch höchstens gepumpt!»

«O nein, sage das nicht! Erich ist wirklich tüchtig, er hat jetzt irgendwelche Lieferungen ...»

«Was denn für Lieferungen?!»

Es wurde immer unmöglicher, entfernte sich aber auch immer mehr von den Anzügen. Erich, einundzwanzig Jahre, frisch aus dem Felde gekommen, Sicherheitsdienst im Reichstag, aber doch auch wieder nicht Sicherheitsdienst – und nun plötzlich hochverdienender Lieferant!

«Was für Lieferungen?!»

«Bitte, das stimmt! Und ich finde es nur richtig, daß seine Freunde auch etwas für ihn tun. Er ist ihnen doch nützlich, er arbeitet für sie!»

«Aber, Tinette, ich bitte dich, höre doch ... Was kann er denn liefern? Er hat doch nichts!»

«Er kauft eben ein! Er hat irgendein Regiment zu versorgen und zu beköstigen, das haben sie ihm übertragen. Und er soll so tüchtig sein! Neulich war ein Freund von ihm hier, er sagte, Erich hat Butter herangeschafft wie noch keiner, trotz der Blockade, dänische Butter – oder war es russische? Ich weiß nicht mehr. Aber jedenfalls ...»

«Also ist mein lieber Bruder Erich nun auch Schieber geworden. Ich finde ...»

«Jetzt sei aber ruhig, Henri! Seit vierzehn Tagen elendest du mich mit diesen Anzügen ...»

«Ich dich? Du mich!»

«Du sagst, du weißt nicht, wie du sie bezahlen sollst. Ich sage dir, Erich schenkt sie dir, ich habe das längst mit ihm besprochen.»

(Wieder etwas ganz Neues. Also wußte Erich davon? Aber sie log, sie log bestimmt!)

«... Dann sagst du, Erich hat kein Geld für solche Geschenke. Ich sage dir, er hat Geld, er verdient enorm. Und nun schimpfst du ihn Schieber! Ja, mein lieber Junge, du verlangst also, daß Erich auf eine dir genehme Weise Geld verdienen soll ...»

«Ich verlange gar nichts ...!» Er schrie fast. «Ich will nichts mehr davon hören! Ich ...»

«Sehr gut! Das ist also endlich erledigt! Bitte, denke nun aber daran, daß es erledigt ist. Du ahnst nicht, wie sehr ich diesen ausgewachsenen, blanken Anzug von dir schon über habe! Und nun komm, ich habe für dich Oberhemden und Wäsche besorgt ...»

Heinz floh. Er rannte aus dem Hause. Er war verzweifelt, wütend.

Wird sie denn nie etwas verstehen?! dachte er. Ich kann hundertmal nein sagen. Ich kann ihr nein in die Ohren brüllen, sie versteht ja! Aber ich mache es nicht mit, ich gehe nicht wieder hin, oder wenn ich doch wieder hingehe – ich schwöre, diese verfluchten Anzüge werde ich nie tragen! Wäsche hat sie für mich kommen lassen! Aber ich werde nie ... Ich bleibe jetzt zu Haus, ich muß sowieso arbeiten, sonst geht es mit dem Abitur auch noch schief ...

(Was sonst schiefging, bestimmte er nicht genauer, aber er hatte ein sehr deutliches Gefühl davon, daß ziemlich alles schiefging ...)

Nein, eine Woche mindestens werde ich jetzt regelmäßig in die Penne gehen und gewaltig ochsen. Sie soll sehen!

Er malte sich aus, was sie sehen würde ... Wie sie sich erst wundern, dann sorgen würde, daß er überhaupt nicht mehr kam, ohne ein Wort fortblieb ...

Ich werde ihr eben doch fehlen. Wenn sie mich auch nicht liebt, sie ist doch an mich gewöhnt. Sie kann nicht allein sein ... Und das alles kaputt zu machen wegen ein paar dämlicher Anzüge! Sie versteht doch alles, sie müßte doch verstehen, daß es unmöglich ist ...

6

Zu Hause, die Eltern hatten Besuch. Aber Besuch konnte man es eigentlich nicht nennen, sondern eine Tochter war heimgekehrt. Nach vier Jahren Abwesenheit war die Schwester Sophie heimgekehrt, die Oberschwester, aus ihrem Lazarett im Osten ...

Da saß sie in ihrer blaugrauen Schwesterntracht, eine Rote-Kreuz-Brosche auf der sehr rund gewordenen Brust, irgendein Orden oder Ehrenzeichen war etwas seitlich gesteckt. Sophie, Heinzens Schwester, älteste Tochter des Hauses Hackendahl – völlig vertraut und doch völlig verändert!

Die Sophie von früher war ein spitznasiges, ziemlich übellauniges Geschöpf gewesen, mager und schwächlich. Die Oberschwester von heute war fett, mit einem weißen, losen Gesicht, wie aufgeschwemmt von den Dünsten der Krankenzimmer. Wenn sie etwas gesagt hatte, schloß sie den Mund und preßte die Lippen aufeinander, als schmecke sie etwas.

Ist die ekelhaft geworden! dachte Heinz verblüfft. So ein Mittelding zwischen Nonne und sturmerprobter Freundin vieler Männer! Die hat aber Angeben gelernt!

Sie hatte ihm, sitzenbleibend, die fette, weiße Hand gereicht. «Also du bist Bubi, zu dem man jetzt Heinz sagen muß. Ja, ja. Daß du groß geworden bist, brauche ich wohl nicht erst zu sagen. Ja, ja. Und auf der Schule – hast du da Erfolge? Kommst du voran?»

«Danke!» sagte Heinz trocken und setzte sich.

Ein absolut unausstehliches Frauenzimmer – sie tat so, als sei er ein ganz kleiner Junge und sie die alte liebreiche Tante! Es war komisch, aber warum hatte ausgerechnet er nur unausstehliche Geschwister? (Daß seine Geschwister ihn ebenfalls unausstehlich finden könnten, auf den Gedanken kam er nicht.)

Sophie fuhr fort in ihrer Ansprache: «Und hier geht alles weiter gut? – Ja, das sehe ich natürlich, ihr habt euch verkleinert. Nun, wir haben alle unsere Opfer bringen müssen, an Gut und Blut. Der arme Otto ist ja auch gefallen. Ja, ja.»

Sie schloß den Mund fest, es sah aus, als schlösse sie den Sargdeckel für Otto ...

Der Vater fragte: «Und wat willste nu machen, Sophie? Det siehste ja, hier können wir dich nich ooch noch durchfuttern; Bubi hat schon seine Kündigung zu Ostern ...»

Gustav Hackendahl lachte. Heinz fand, der Vater hatte sich in der letzten Zeit gewaltig geändert. Nicht, daß er im allgemeinen Verfall weiter verfallen wäre, nein, es war, als habe ihm die letzte Zeit einen Ruck zu sich hin gegeben. Er schien über alles innerlich zu grinsen, sich über Welt und Kinder lustig zu machen ...

«Nein», antwortete Oberschwester Sophie langsam, «ich glaube nicht, daß ich euch zur Last fallen muß. Herr Oberstabsarzt Schwenke hat mir bereits den Operationssaal angeboten. Es gibt ja leider auch hier genug zu tun. Traurig, ja, ja.»

Sie senkte die weißen, bleichen Augenlider. Was sie gesagt hatte, war unbestreitbar richtig gewesen, aber sie hatte es auf eine Art gesagt, die Heinz einfach widerlich fand ...

«Auch das Mutterhaus hat Pläne mit mir ... Nun, ich werde sehen. Es hat alles Zeit, aber es ist fast ausgeschlossen, daß ich euch je zur Last fallen werde.»

Der Mund schloß sich.

«Is ja jut, mein Mächen», sagte der Vater Hackendahl. «Ick vasteh schon, det du dein Schäfchen auf'm trockenen hast. Biste eben tüchtjer jewesen als dein oller Vater. Der is nu wieder janz jemeener Droschkenkutscher ...»

Sie vermied eine direkte Antwort. «Ich bin ja nun ziemlich lange nicht in Berlin gewesen», sagte sie, «und vielleicht irre ich mich – aber hast du früher eigentlich schon so stark berlinert, Vater?»

«Du merkst auch allens, Mächen.» Hackendahl grinste. «Nee, früher, als ick noch'n richtijes Lohnfuhrunternehmen hatte, da ha'ick mir bemüht, frisiert zu sprechen, aber jetzt, als so'n kommuner Droschkenkutscher ... da lohnt et doch nich, wat, Mächen ...?»

«Ach so. – Ja, ja. Ich verstehe, Vater.» Die Nonne senkte die Lider. «Früher hast du immer den – wie sagten die Leute doch? – den eisernen Gustav gespielt. Und jetzt ist es also der urgemütliche Berliner? Originell, Vater. Wirklich sehr originell!»

«Jespielt?» fragte der Vater. «Nee, da irrste dir, Sophie. Spielen tun hier janz andere, un ick weeß ooch wat. Mir kannste nich jraulich machen! Der eiserne Justav bin ick immer jewesen, un der bleibe ick ooch! Un mit dem balinern, det paßt eben besser zu meine jeminderte Lebensumstände ...»

«Ja, ja», sagte Sophie. «Ich verstehe vollkommen, Vater.» Und dann, wohl um abzulenken: «Und was macht Evchen? Wo steckt Eva?

Du hast nie mehr von Eva geschrieben, Mutter!»

Die Mutter zuckte zusammen, sie sah ängstlich auf den Vater. Eva – der Name wurde von ihm nie mehr genannt.

Der Vater hatte auch wirklich die Stirn zusammengezogen. Aber er antwortete dann ganz friedlich: «Eva? Von der war ooch nischt Jutes zu schreiben.» Er gab sich einen Ruck. «Die is 'ne Nutte jeworden, det is se!»

Einen Augenblick herrschte Schweigen. Sophie hatte nicht gezuckt, sie saß still da, ein weißes Bild unter der Schwesternhaube, die Hände im Schoß.

«Entschuldige, Vater», sagte sie schließlich. «Nur noch eine Frage: Bist du mit ihrem Lebenswandel nur nicht einverstanden oder ist sie wirklich, was das Wort sagt?»

«Natürlich! Richtig 'ne Nutte, mit allem, was dazu jehört, Schein und Lude . . .» Nur an dem mühsamen Sprechen merkte Heinz, wie schwer es den Vater doch ankam, so von seinem früheren Liebling zu reden. «Von einverstanden un Lebenswandel keene Rede nich: Det is so!»

«Und nun reden wir darüber kein Wort mehr», sagte Frau Hackendahl ungewöhnlich entschlossen. «Du regst Vatern bloß auf, Sophie.»

«Von Uffrejung kann jar keene Rede sind», sagte Vater Hackendahl zornig. «Jeder nach seine Talente!»

Wieder entstand Stille. Keines der vier Familienmitglieder wagte das andere anzusehen.

«Ja, ja», sagte Schwester Sophie dann gedankenverloren. Und etwas lebhafter: «Und Erich? Wie geht es denn Erich?»

«Da mußte Heinz nach fragen. Der steckt alle Tage bei ihm.»

Vater Hackendahl stand nun doch auf. Es kam Heinz ganz unerwartet, daß sein Vater von diesen Besuchen wußte. Natürlich hatte er der Mutter dies und jenes von Erich erzählt; daß sie es dem Vater aber weitererzählt hatte, war ihm neu.

Der Vater stülpte seinen Lackpott auf, Heinz half ihm in den Kutschermantel, und Hackendahl nahm die Peitsche aus dem Winkel beim Schrank.

«Ick will meinem Rappen un mir ein bißken die Beine vertreten», erklärte er. «Na, denn uff Wiedersehn, Sophie. Hat mir sehr jefreut, mach's jut. Un eh du was Neues anfängst, vajiß nich, jut zu überlejen, wo du am meisten rausschindest! Tjüs, Mächen, tjüs Muttern. – Heinz, du könntest mal Muttern 'n Zentner Preßkohlen holen, wenn's dir nich zu ville Umstände macht, heeßt dat!»

Damit ging Vater Hackendahl. Er war wirklich immer noch eisern, nur hatte er sich, statt zu bullern, auf das Beißen verlegt.

Auch Sophie hatte es gemerkt. «Ich weiß nicht, Mutter», sagte sie, nachdem sie achtsam das Klappen der Etagentür abgewartet hatte. «Vater hat sich doch sehr verändert. Das klingt ja grade, als wenn er böse mit uns Kindern wäre. Ich habe ihm doch bestimmt nichts getan. Und ich bin etwas geworden – es ist gar nicht ausgeschlossen, daß ich bald Oberin werde . . .»

«Das ist ja alles ganz schön», sagte die Mutter, «aber ein Kind sollte auch mal an seine Eltern denken. Die letzten zwei Jahre hast du dreimal geschrieben!»

«Wenn ihr das freilich übelnehmt!»

«Ich weiß doch nicht, Vater spricht nie von so was. Aber Kinder, die sich ein bißchen um ihre Eltern kümmern, haben wir nicht!»

«Aber Mutter! Ich versteh dich nicht. Ich hatte Verwundete zu versorgen, Hunderte, Tausende. Manchmal haben wir fünfzehn Stunden hintereinander im Operationssaal gestanden . . . Da kann man hinterher einfach nicht schreiben . . .»

«Du wirst in zwei Jahren wohl auch mal 'ne freie Stunde gehabt haben . . .»

«Da habe ich geschlafen. Ich mußte schlafen, Mutter, um mich arbeitsfähig zu erhalten. Die Verwundeten gingen vor. Ich wußte aus deinen Briefen, ihr wart gesund . . .»

Sophie kriegte die Mutter natürlich herum. Mutter war wirklich weich, sie hörte immer auf den, mit dem sie gerade redete. Heinz saß still dabei, hörte zu und bewunderte die Schwester, wie geschickt sie die Mutter nach den Verhältnissen der Eltern aushorchte. Er war ganz überzeugt, Sophie hatte ähnliche Absichten gehabt wie Erich. Nun, da sie erfahren hatte, es war nichts, aber gar nichts hier zu holen, würde sie nicht durch häufige Besuche lästig fallen.

Später ließ sie sich von Heinz ein Stück Wegs bringen. Sie hatte ihn darum gebeten, die Straßen seien so unsicher, nicht einmal eine Krankenschwester sei vor Belästigungen sicher . . . Aber das war nur Vorwand, davon war Heinz überzeugt; Sophie sah nicht mehr so aus, als könnten ihr Männer große Angst einjagen. Nein, jetzt sollte er ausgeholt werden – und richtig, nun mußte er von Erich berichten.

Bei Heinz nahm sie sich viel weniger in acht, sie zeigte ganz unverhohlen ihr Interesse . . .

«Ja, Erich ist klug, der wird schon vorwärtskommen . . . Großartig, einundzwanzig Jahre und schon an der Futterkrippe! Ja, ja. – Er weiß, daß man Geld verdienen muß. Völlig richtig. Sehr klug. Also sag mir noch einmal seine Adresse . . . Ja, ich suche ihn bestimmt bald auf. Solch eine Verbindung muß man benutzen. Ich habe so meine eigenen Pläne, vielleicht kann ich ihn dafür interessieren . . .»

Völlig aufgekratzt ging Heinz nach Haus. Das würde er Erich heute abend noch erzählen, auf diesen Besuch würde er ihn unter allen Umständen vorbereiten. Erich würde sich köstlich amüsieren!

7

Also ging er wieder in die Villa. Aber so verlogen war er doch nicht, daß er sich einredete, es geschah, um dem Bruder Nachrichten von Sophie zu bringen. Nein, er protestierte, er kämpfte mit sich, aber schließlich gab er nach.

Als Bruder Erich feixend zu ihm, der in der Pracht seiner neuen Kleidung dahinwandelte, sagte: «Na, Bubi, für einen so krassen Idealisten siehst du eigentlich verdammt materialistisch aus!» – da hätte er ihn am liebsten geschlagen vor Wut und Beschämung.

Aber er gewöhnte sich, der Mensch, dieses anpassungsfähigste Geschöpf des Erdballs, gewöhnt sich an alles. Zumal eigentlich keiner etwas Besonderes an seinem veränderten Aussehen zu finden schien . . .

Die Mutter sagte: «Na, wenigstens für dich tut Erich was – wenn er auch nicht den Weg zu uns findet.»

Und der Vater, mit seinem neuen grimmigen Humor: «Wenn et dir peinlich ist, mir zu jrüßen, von meinswejen brauchste nich wegkukken oder dir hinter 'ne Litfaßsäule vakriechen. Ick kenn dir einfach nich.»

Nein, sie fanden alle nichts Besonderes dabei. Bei den Mitschülern stieg er sogar erheblich im Ansehen. Er bekam, wer weiß woher, den Ruf, eine reiche Freundin zu haben, und so jung waren sie ja nun, trotz Notzeit und Waffensammeln, doch, daß der Umgang mit einer schönen, reichen Frau ihre Schülerherzen wie ein Traum verführte . . .

Aber wenn es alle selbstverständlich, ja, sogar beneidenswert fanden, in ihm blieb eine Stimme wach, die immer wiederholte, daß Schmach doch Schmach sei . . .

Natürlich stellte es sich sofort heraus, daß diese Anzüge überhaupt nicht auf Spaziergängen getragen wurden. Einmal, ein einziges Mal gingen sie fünf Minuten weit in den winterlichen Grunewald. Aber Tinette verlangte zornig sofortige Umkehr. Dies sollte ein Wald sein? Besen, häßliche, struppige Besen, verkehrt in die Erde gesteckt, waren das! Ein Boden, der die Schuhe sofort mit Sand und Nadeln füllte! Und sie schwärmte von irgendwelchen Parks, dort im Westen, von ihren weichen, lockeren Laubmassen, von gelb bekiesten Wegen . . .

«Auch dort ist jetzt Winter, Tinette!»

«Winter? Was redest du, Henri! Nie ist dort wirklich Winter – in den Menschen, meine ich! Ihr seid hier alle Wintermenschen, trübe, kalt. Aber wir sind immer fröhlich, bei uns ist immer Frühling!»

«Immer fröhlich – das gibt es ja gar nicht, Tinette!»

«Gibt es nicht – ach, du solltest sehen . . .» Sie stockte, dann brach es doch aus ihr hervor: «Wenn die Franzosen doch nicht nur bis zum Rhein vorrückten, wenn sie doch bis hier kämen! Man hätte endlich Menschen, mit denen man lachen kann! Hier ist man ewig allein – ich habe in meinem ganzen Leben noch nicht soviel gefroren wie hier in diesen paar Monaten!»

«Und damit du mit irgendeinem Leutnant lachen kannst, soll Deutschland die Franzosen im Lande haben? Armes Deutschland!»

«Was geht mich das an?! Hätte ich gewußt, wie ihr wirklich seid – ich wäre nie hierhergekommen. Aber ich bin auf Erich hereingefallen – ich habe geglaubt, ihr anderen wäret auch ein bißchen so wie er. Aber nichts, nichts.»

«Nun, wenn es so schrecklich ist bei uns, Tinette, kannst du ja zurückkehren in deine Heimat. Erich wird dich auch nicht festbinden können!»

Heinz fühlte sich persönlich verletzt.

«Das ist es ja eben – ach, Henri, bist du dumm! Glaubst du, ich kann zurück? Nicht eine Stunde bliebe ich, Erich könnte noch hundertmal mehr Geld verdienen! Aber ich kann ja nicht zurück, vorläufig bestimmt nicht . . .»

Und sie erzählte ihm, daß man drüben, daheim die Frauen ächte, die sich mit Deutschen eingelassen hatten.

«Ich würde nie wieder ein Engagement kriegen. Verhungern könnte ich! Man würde mich steinigen.»

Und ich? Ich?! hätte er fragen mögen. Bin ich dir denn gar nichts?!

Aber warum fragen, da er doch die beschämende, entwürdigende Antwort schon wußte?! Er war nichts wie ein Spielzeug, ein Zeitvertreib, der Gefährte langer, grauer, einsamer Stunden, jemand, den man sofort und völlig vergaß, wenn etwas Amüsanteres kam.

(Und vielleicht war man doch ein klein bißchen mehr. Jemand, den man quälen, an dem man seine Macht erproben konnte – ein Diener, ein Sklave, ein Höriger. Ja, hörig, ja, die Schmach, die man schon nicht mehr fühlte, die gemeinsame Schmach: Zugefügtes und Erlittenes, das zusammenband!)

Dies war also der einzige Spaziergang, der zustande kam. Später ging man auch täglich fort, in die Stadt, erst nur am Tage, weil Erich des Abends heimkam, dann auch am Abend, weil Erich bis in die tiefe Nacht hinein arbeitete! Dieser Erich, weich, liebenswürdig – aber von einer unbeirrbaren Zähigkeit, wenn es galt, Geld zusammenzuraffen. Der Schwache, der sogar stark sein konnte, wenn es um Geld ging!

Was dachte er, wenn er Freundin und Bruder immer beisammen sah? Es konnte ihm ja nicht verborgen bleiben! Sie versteckten sich nicht, jeder Dienstbote wußte Bescheid, Tinette rief Erich auf seinem Büro an und erbat sich den Wagen für Besorgungen mit Henri.

Was dachte er?

Ach, dieser Liebenswürdige war so undurchschaubar, er war viel schwerer zu verstehen als Tinette. Heinz wollte es gar nicht, aber er mußte doch immer wieder über den Bruder nachdenken. Was ging in ihm vor? Erich war doch nie ein sorgender Bruder gewesen, er arbeitete wirklich (natürlich gemeine Schiebungen, aber auch Schiebungen machen in bestimmten Augenblicken Arbeit!), und er sah, wie Freundin und Bruder dieses sein erarbeitetes Geld ausgaben, als sei es nichts!

«Ihr amüsiert euch doch gut? Ihr langweilt euch doch nicht? – Komm einmal her, Heinz!»

Und er steckte dem Bruder eine Rolle Scheine in die Hand, irgendeine ganz unsinnige Summe.

«Mach keine Geschichten, Bubi. Es ist unmöglich, daß du ständig ohne Geld in der Tasche herumläufst. Tinette sagt mir, du gehst zu Fuß von Dahlem in die Wexstraße? Was für ein Unsinn, nimm dir ruhig ein Auto. Ich mag ein Egoist sein, aber den Altruismus, mit dem du dich Tinettens annimmst, erkenne ich voll an.»

Er lächelte – war es nun hohnvoll oder freundschaftlich. Oder einfach müde und abgekämpft. Vielleicht war er auch froh, die Freundin beim Bruder in sicherer Obhut zu wissen. Sie mußte ja einen Gesellschafter haben, und jeder andere Mann war eine größere Gefahr als dieser siebzehnjährige Schuljunge.

Oder war alles doch ganz anders? Viel schwieriger, viel komplizierter: viel gemeiner?!

Nicht zu enträtseln, unverständlich ... Heinz hatte gedacht, Frauen seien sehr schwer zu verstehen, und sicher wußte er von Tinette sehr wenig, aber von dem Bruder, von seinem eigenen Bruder Erich, und wie es in ihm aussah, wußte er gar nichts ...

8

Statt der Spaziergänge wurden also Besorgungen gemacht. Es war erstaunlich, wie viele Dinge eine Frau wie Tinette ständig zu besorgen hatte, eine wie lange Zeit sie bei diesen Besorgungen zubringen konnte. Besorgungen, das war nach Heinz' Begriffen bisher eine sehr lästige, zeitraubende Hausfrauenpflicht gewesen: Die Mutter ging mit der Einholtasche los und mußte stundenlang vor einem Laden wegen eines Pakets grauer Nudeln anstehen.

Jetzt fuhr man im Auto, im Vorüberfahren sah man die Frauen noch immer vor den Lebensmittelläden in langen Schlangen stehen, grau, stumm, mit Elendsgesichtern.

Eine Falte ihres Rockes lag auf seinem Knie, in der Bewegung des Wagens stieß ihre Schulter manchmal leise an seine. Sie öffnete den Mund, er sah sie sprechen, die schön geformten Zähne – oh, gut!

Sie fuhren zu Schneiderin und Modistin – drei Wochen nach der Revolution gab es schon wieder in gewissen eleganten Straßen sehr elegante Läden mit sehr französischen Namen, mit Damen, die sich Madame Soundso und Mademoiselle Dieunddas de Paris nannten, und die die herrlichsten, immer kürzer werdenden Pariser Modeschöpfungen verkauften.

Da saß er denn auf irgendeinem Hockerchen oder in einem tiefen Sessel und durfte zusehen, wie Madame anprobierte und aufprobierte. Überraschend bemalte Mädchen auf langen, stolzen Beinen gingen ab und zu. Sie brachten Kleider und trugen Kleider fort, unter dem strammsitzenden Rock schaukelte anmutig-lässig das Gesäß – und bei Tinette stand eine andere, etwas ältere, aber noch sehr gut aussehende Dame, und die beiden redeten immer aufgeregter, immer rascher miteinander . . .

Sie nahmen den Hut in die Hand, probierten ihn auf, sahen sich im Spiegel, in zwei Spiegeln, in fünf Spiegeln – legten den Hut verächtlich zurück auf den Tisch, nahmen einen anderen, probierten . . . Kehrten zum alten zurück, rückten ihn etwas nach rechts, ein bißchen tiefer nach links, bogen die Feder hoch, wieder herunter . . . Und plötzlich wandte sich die ältere Dame fast leidenschaftlich an Bubi und bat, Monsieur möge doch sagen, wie dieser Hut Madame kleide, aber seine wirkliche, ehrliche, unverfälschte Meinung!

Während Heinz schwerfällig, aber ganz bereitwillig ein sachlich fundiertes Urteil über diesen Hut zusammenzubringen versuchte, sahen die beiden gespannt, ernst auf seinen Mund, als spreche der Gott der Mode (falls es einen geben sollte) selbst zu ihnen. In demselben Augenblick aber, da er den Mund geschlossen hatte, wandten sie sich von ihm ab, vergaßen ihn völlig, als existiere er überhaupt nicht, nahmen den Hut vom Kopf, setzten einen anderen auf – und schienen nie zum Ziele zu kommen.

Heinz jedenfalls begriff nie, warum schließlich doch ein Hut gekauft wurde, wieso gerade dieser, warum er dann geändert, zurückgeschickt, wieder geändert, umgetauscht wurde – nichts begriff er. Alles blieb rätselhaft.

Bei der Schneiderin peinigten ihn andere Dinge. Nachdem Tinette zu Anfang noch in einer Ankleidekoje verschwunden war, vergaß sie das beim dritten, vierten Male schon vollkommen. Er sah sie aus dem Schalenwerk ihrer Kleider auftauchen, immer schlanker, immer verführerischer. Schließlich stand sie da, in langen, seidenen Strümpfen, in Seidenhöschen und mit irgend etwas über der Brust. Sie hob die Arme, und das Kleid glitt, leise raschelnd wie eine trockene Schlangenhaut, über sie. Dann verwandelte, enthüllte sie sich von neuem . . .

Hundertmal schwor er sich, nicht hinzusehen. Er saß vornübergebeugt, die Zigarette in der Hand, er besah sich die Lichtreflexe auf seinen untadeligen Schuhen, die er alle Morgen in der Wohnung des väterlichen Droschkenkutschers selber putzte – dann sah er doch hoch. Da stand sie! Verführerischer, als wenn sie nackt dagestanden hätte! Er schloß die Augen – und sah doch wieder hin, die süße Qual immer von neuem zu fühlen!

Bald begrüßten ihn die Mädchen dieser Geschäfte mit einem vertrauten, fast schwesternhaften Lächeln, als gehöre er ganz dazu. Manchmal saß eine einen Augenblick auf der Lehne seines Sessels und versicherte, daß Madame heute wieder einmal blendend aussehe, und eine Figur zum Verlieben! Die Brust vielleicht eine Spur voll – aber die Männer lieben das grade, nicht wahr? Lächeln . . . Fortgleiten, mit dem sanften Schaukeln des Gesäßes . . .

Heinz zerbrach sich den Kopf darüber, was diese Mädchen wohl von ihm dachten, ob sie ihn für den Geliebten oder den Bruder von Tinette hielten – ob auch sie es darauf anlegten, ihn zu quälen. Ob sie wußten, was er wirklich war: ein Höriger, ein Sklave, der nicht mehr die Kette zu tragen braucht, weil ihn viel festere unsichtbare Ketten halten . . .

Immer tiefer hinein, immer rascher den Abgrund hinab . . .

Wenn sie dann wieder zu Haus waren, wollte sie erst recht nicht allein sein. Sie wollte mit ihm plaudern, ihm von tausend Dingen erzählen, die sie beobachtet hatte, von denen er nichts gesehen hatte.

Sie nahm ihn in ihr Ankleidezimmer mit, sie zog sich vor ihm um. Manchmal war ihr Mädchen dabei, manchmal waren sie allein . . . Sie lachte. Sie plauderte, er brauchte nur ein Ja oder Nein einzuwerfen, er brauchte nichts zu sagen. Er saß da, verzweifelt und berauscht. Er fühlte sich selbst wie ein Tier, das vor Hunger fast toll ist, das die Nahrung ganz nahe sieht, aber auch die tödliche Falle, die um die Nahrung aufgebaut ist . . . Er zitterte, er verabscheute sich und sie, aber sich am meisten – und doch hätte er nicht eine Stunde dieser Quälereien missen mögen!

Einmal – als er es nicht mehr ertrug, als er fast stöhnend, fast brüllend vor Schmerz rief: «Ach, Tinette – bitte, bitte, Tinette . . .!» – wandte sie sich zu ihm.

«Aber das tut dir doch nichts, mein Freund?» lächelte sie. «Du bist doch wie mein Bruder, wie?!»

Sie trat auf ihn zu, er stürzte vor ihr auf die Knie und küßte verzehrend den schmalen Streif weißen Fleisches zwischen Strumpfband und Höschen . . .

Sie lachte, mit den Fingern verwirrte sie sein Haar, sie sagte ganz unbekümmert: «Ach, Henri, das wirst du gewöhnt! – Du weißt doch, nur im Feuer beweist der Soldat seinen Mut!»

Lachend machte sie sich von ihm los, lachend ging sie an den Ankleidetisch zurück; als hätte sie alles sofort wieder vergessen, plauderte sie weiter . . .

Immer tiefer hinab, immer schneller hinab.

Er dachte nur an sie. Er träumte nur von ihr. Nein, noch immer wollte er sie nicht besitzen. Ein Sklave hat keinen Besitz. Seine Demütigung, seine Schmach – sie waren sein Besitz, seine Lust.

Er geht dahin. Manchmal ist er sogar stolz – stolz, daß er diese Welt entdecken darf. Er überlegt nicht einen Augenblick, ob diese Welt auch des Entdeckens wert ist.

Er kommt in die Villa, er geht in ihr Schlafzimmer. Sie liegt im Bett – vielleicht schläft sie noch, langsam wird sie unter seinem Blick wach. Sie reckt sich, sie gähnt – aus der Wärme des Bettes kommt ihre Hand, die er küssen darf. Oder sie streckt das Bein unter der Decke vor, sie behauptet, sie habe einen Krampf, er muß es massieren . . .

Bruder wie Schwester, Gefangene des eigenen Triebes, Hörige, leidend an der Lust, lüstern nach Leid: Eva Hackendahl wie Heinz Hackendahl – immer tiefer hinab!

9

Während das Jahr 1918 unter blutigen Kämpfen zu Ende ging, das neue Jahr 1919 mit noch blutigeren Kämpfen, wilderen Streiks begann –, während Heinz auf seinem Wege nach Dahlem zwanzigmal auf Waffen durchsucht wurde, jetzt von Bürgerwehr, jetzt von Noskitos, nun von Spartakisten, an der nächsten Ecke von Unabhängigen –, während in die Straßen Berlins die Stacheldrahtverhaue des Schützengrabenkrieges ihren Einzug hielten und überall Schilder hingen: «Halt! Wer weitergeht, wird erschossen!» –, während sie mit Kanonen auf Polizeipräsidium und Schloß und Marstall schossen und die Matrosen bei einem Löhnungsappell erledigten –, während sie um Nationalversammlung oder Rätestaat kämpften und um mildere

Waffenstillstandsbedingungen bettelten –, während die Spartakisten den Arbeitern den Sechsstundentag versprachen, und Liebknecht und Rosa Luxemburg erschossen wurden –, während der Hunger stieg, der Mord stieg, die Not stieg – und die Truppen aus dem Felde heimkehrten, sich auflösten, in der Masse untertauchten, Elendsgrau zu Elendsgrau kam, und nur einzelne kleine Verbände unter Waffen blieben, mit Willen der Regierung, unter Duldung der Regierung oder auch spottend der Regierung –, während sich die allgemeine Sterblichkeit in Berlin «nur» verdreifachte, die Sterblichkeit an Lungenkrankheiten aber verachtzehnfachte . . .

Während alledem lernt Heinz Hackendahl unter Tinettens Führung das Berliner Nachtleben kennen. Es gibt in diesem Winter sehr viele Bars in Berlin, und jede Woche kommen neue dazu, aber sie gleichen einander alle. Es sind Kuppelhöhlen, es sind Nuttenbetriebe; es wird sehr hastig und sehr viel getrunken, als stehe schon ein anderer hinter jedem, ihm das Glas von den Lippen zu nehmen . . .

Da sitzt also Heinz Hackendahl, siebzehnjähriger Primaner, in der Bar. Seine Dame ist nicht tiefer ausgeschnitten als die Damen alle, die hier zwischen den Tischen hin und her gehen und verführerisch flüstern – aber sie ist auch nicht weniger tief ausgeschnitten. Die Jazzkapelle, möglichst mit mindestens einem Neger (entlaufen von den rheinischen Besatzungstruppen), lärmt, und nun singen sie alle englisch . . . Sie trinken und sie lachen . . . Heinz fühlt, wie der Sekt ihn beschwingt, wie er immer rascher redet, Tinette will sich ausschütten vor Lachen . . . Jetzt ist er frei, lachend, sich selbst verspottend erzählt er ihr, wie schüchtern er zuerst war, wie er nie gewagt hat, sie gerade anzusehen. Aber jetzt sitzt er hier bei ihr, den Sektkelch in der Hand, im Licht . . .

Plötzlich bricht die Musik ab. Eilig, polternd rollen eiserne Läden. Der Herr Geschäftsführer bittet mit gepreßter Stimme die Herrschaften, einen Augenblick ruhig zu sein . . . Eine kleine Ansammlung von Arbeitslosen stehe vor dem Lokal . . . Sofort werde die Polizei kommen . . .

Und ehe sie noch haben fragen können, ehe sie noch den Kelch aus der Hand auf den Tisch haben niedersetzen können, geht das Licht aus . . . Dunkelheit, Schwärze . . . Langsam werden die Enden der Zigaretten rötlich-hell, eine Frauenstimme lacht schrill auf, ein Herr sagt wütend: «Verdammter Quatsch!»

Dann ist es still drinnen, denn von draußen, durch die eisernen Rolljalousien, dringt ein Gesumme, ein böses, feindliches Gesumm wie von einem empörten Bienenschwarm, anschwellend, abebbend – und dazwischen meinen sie lautere Stimmen zu hören . . .

Plötzlich begreifen alle, daß dies nicht eine zufällige Arbeitslosenversammlung auf dem Platz vor der Bar ist, sondern daß dies eine Demonstration der Arbeitslosen gegen die Gäste dieser Bar ist. Sie verstehen die Schreie draußen . . . «Schieber raus!» schreien die.

Plötzlich fliegt die Tür zur Straße auf. Glas splittert.

«Kein Gast ist im Lokal – mein Ehrenwort!» schreit die Stimme des Geschäftsführers.

Und das Licht flammt auf. (Natürlich ist einer der Kellner im Bunde mit den Demonstranten; man kann noch so hohe Trinkgelder geben, immer wird man verraten!) Drei, vier Feldgraue stehen im Eingang, sehen in die erschrockenen Gesichter . . .

«Kommt alle mal raus», sagt einer der Feldgrauen, böse grinsend. «Wir wollen euch zu gerne gute Nacht sagen . . .»

Starr saßen die Gäste, ein Herr rief laut: «Es ist doch unerhört!» – und brach ab, als ihn der Blick des Feldgrauen traf.

«Nun, wird's bald?!» rief der, schon drohender. «Oder soll ich ein bißchen nachhelfen, was?!» Und er faßte nach dem Koppel, an dem Handgranaten hingen.

Ein Herr stand auf. «Ich stelle fest, daß ich Frontkämpfer bin», sagte er. «Ich habe das E. K. Ich verlange, daß Sie das den Leuten draußen sagen!»

«Erzähl's ihnen selber, mein Junge!» Der Feldgraue gab dem Herrn einen Stoß, daß er zur Tür taumelte. Ein zweiter Feldgrauer half ihm mit einem neuen Stoß auf die Straße. Man hörte ein dumpfes Aufbrausen, dann Schreie, dann *einen* Schrei . . .

«Ich gehe nicht raus!» rief einer. «Ich lasse mich nicht totprügeln! Es muß hier einen Hinterausgang geben!»

«Los mit dir!»

Der Feldgraue griff zu. Der Herr schlug zurück. Es gab einen kurzen Tumult, dann flog auch dieser hinaus, und wieder wurde das lautere Brausen hörbar.

«Mann, seien Sie vernünftig», bat einer. «Ich zahle Ihnen hundert Mark, wenn Sie uns auf das Klo lassen. Oder auf den Hof . . .»

«Ich dreihundert!»

«Tausend!»

«Biete fünfhundert, Bubi! Ich habe Geld bei mir!» flüsterte Tinette. «Biete auch tausend . . .»

«Tausend . . .»

«Ach nee, da könnten wir ja reiche Leute werden! Aber ich will kein Geld von Schiebern . . . Unsere Kinder verhungern, und ihr Schweinezeug sauft Sekt . . .!»

«Los, los!» riefen die Feldgrauen. Sie hatten sich vermehrt, von draußen waren noch andere gekommen, auch Zivilisten: böse Gesichter, bleiche Faltengesichter, rohe Gesichter ... Sie rissen den Gästen die Stühle fort, schoben sie zum Eingang ...

«Rollt das Lokal von hinten auf! Achtet auf die Türen! Laßt keinen aufs Klo! Laßt euch nicht von den Weibern rumkriegen!»

«Meine Sachen! Mein Pelzmantel!» schrie eine Frau, sich wild wehrend.

«Hol sie dir morgen, Schatz! Ich glaube nicht, daß dein Pelzmantel heil bleibt!»

Ein Herr stieg auf einen Stuhl.

«Es ist Wahnsinn, uns so einzeln herausstoßen zu lassen. Jeder kriegt das Zehnfache ab. Ich schlage vor, wir gehen alle dicht hintereinander, immer ein Herr, dann hinter ihm eine Dame. Los ... Ich gehe voran. Komm, Ella, halte dich direkt hinter mir – und dann so schnell wie möglich durch! Oskar, du hinter Ella!»

«Du bist an der Front gewesen, Kamerad, warte mal!» sagte der Feldgraue. «Was saufst du hier bei den Schiebern Sekt ...? Warte mal ...!»

«Haben wir nicht auch im Schützengraben gesoffen?!» rief der Herr böse. «Gehst du nicht auch manchmal in eine Destille und kippst einen ...? Dies hier ist meine Destille!»

«Warte doch – ich lasse dich über den Hof, Kamerad!»

«Danke! Ich will, was die anderen bekommen! Alle hintereinander! Los, Ella!»

Er lief hinaus, andere ihm nach. Durch die offene Tür klang lauter das Brüllen der ungeduldigen Menge ...

«Los, Tinette, wir dürfen nicht die letzten sein!»

Sie war sehr bleich, aber nicht vor Angst ...

«Hol meinen Mantel!» befahl sie. «Mach keine Geschichten! Ich gehe nicht halbnackt auf die Straße!»

Sie traten aus der Tür.

«Wieder ein Kerl mit einer Nutte!» grölte einer.

Der kaum erleuchtete Platz brüllte mit tausend Mündern, schrie, drohte, lachte, spottete, schlug ... Dicht gedrängt stand die Masse, dunkle Gesichter, sehr viele Frauen ...

«Nur schnell, Tinette! Halte dich direkt hinter mir! Laß um Gottes willen nicht den Riegel von meinem Jackett los!»

Gerade stürzte mit hochgehobenen Armen ein Herr durch die schmale Gasse, die durch die Menge führte. Heinz eilte ihm nach. Wie der andere schützte er mit einem Arm das Gesicht, zog den Kopf zwischen die Schultern. Er fühlte am Gewicht, daß Tinette an ihm hing.

Dann war er zwischen den Leuten. Sie schlugen ihn, sie schrien ihn an: «Schieber! Speckjäger! Verräter! Drückeberger! Lude! Nuttenschwein!» Eine Frau spie nach ihm ... Blind für alles, die Schläge vor Erregung kaum fühlend, drängte er vorwärts, nur bemüht, nicht den Anschluß an den starkknochigen Herrn vor ihm zu verlieren ...

Der drängte kräftig voran! Wie ein Sturmbock ging er durch die Menge, nur darauf bedacht, ohne Aufenthalt voranzukommen, prellte mit seinen breiten Schultern, die ihn aufhalten wollten, antwortete nie, schlug nie zurück – und kam vorwärts, unaufhaltsam vorwärts ...

Im Toben, im Schreien, im Anspucken, im Schlagen war es Heinz ein Trost, daß er manchmal stärker, manchmal schwächer, aber stets das Ziehen von Tinettens Hand in seinem Rücken spürte. Zurücksehen konnte er nicht, etwas sagen auch nicht. Einmal schrie er auf, ein Weib hatte nach ihm gestochen, mit einer Stricknadel wahrscheinlich, an dem deckenden Arm vorbei. Einen Augenblick fühlte er in der Backe einen brennenden Schmerz, dann kam lindernd das Rieseln von Blut ...

Nahm das nie ein Ende? Es war doch nur ein ganz kleiner Platz, ein Dreiecksplatz; sonst überquerte man ihn in zwei Minuten! Jetzt war es ihm, als sei er schon Stunden unterwegs! Immer weiter, immer tiefer hinein – und die Schläge, die Beschimpfungen verloren nichts an Kraft ... Irgend jemand stellte ihm ein Bein, fast wäre er hingeschlagen. Diesmal rettete ihn die haltende Hand im Rücken.

Und plötzlich war es vorbei – noch ein schwacher, zögernder Schlag ... Er sah, wie der große Herr vor ihm kehrt machte, auf den bleichgesichtigen Bengel zu, der eben geschlagen hatte ...

Hier standen nur noch Zuschauer, die der Spektakel angelockt hatte. Der Platz lag hinter ihnen, sie waren in einer Straße ...

«Du schlägst mich, du Lauselümmel?!» schrie der Herr, rasend durch die erlittene Demütigung. «Komm, jetzt schlage ich!»

Er drang auf den zurückweichenden Bengel ein, die Leute murrten ...

«Los, los!» drängte Tinette. «Nur fort von hier! Ich habe genug!»

Sie eilten nebeneinander, mitten auf der Fahrbahn, weiter. Noch sahen Gesichter auf sie, neugierige, schadenfrohe, erschrockene. Dann bogen sie um eine Ecke. Heinz nahm Tinettens Arm. «Wollen wir nicht gleich ein Auto nehmen?» keuchte er atemlos. «Hast du viel abbekommen, Tinette?»

Sie stieß seinen Arm zurück.

«Faß mich nicht an!» schrie sie fast. «Du bist auch einer von diesen – Deutschen!»

«Aber, Tinette! Es sind Arme, Halbverhungerte – sie wissen nicht, was sie tun! Und vielleicht war es wirklich nicht ganz richtig von uns, jetzt in solch ein Lokal zu gehen. Du verstehst doch, die Leute haben

Schreckliches auszuhalten. Sie müssen ja neidisch sein . . .»

Er sprach abgerissen, aufgeregt. Trotzdem sie ihn geschlagen und beschimpft hatten, fühlte er sich zu Recht geschlagen und beschimpft. Er stand auf ihrer Seite, weil er sie verstand – noch in ihren Verwirrungen war er ihr Bruder. Noch in seiner Verirrung – denn auch ich bin verirrt, fühlte er. Vielleicht schlimmer als die . . .

«Was sagst du, Tinette . . .?»

«So seid ihr!» rief sie erbittert. «Weil ihr selbst grau seid und trübsinnig und dumpf – darum haßt ihr alles Licht, allen Frohsinn, alles Lachen. Ihr möchtet die ganze Welt so trübe und grau machen, wie ihr seid! Ihr erschlagt alles Fröhliche . . .»

Auch wir waren einmal fröhlich; es stimmt nicht, was sie sagt, denkt er. Es ist alles nur verlorengegangen in diesen schrecklichen Jahren. Oder waren wir nie wirklich fröhlich . . .?

Sie sagt fieberhaft: «Ihr Deutsche – ihr liebt nur eins: den Tod. Immerzu redet ihr vom Tod, vom Sterben; man muß sterben können, sagt ihr. Ihr Dummköpfe, sterben kann jeder! Leben muß man können, das Leben muß man verstehen – ach, das schöne, fröhliche Leben bei uns daheim! Ich habe noch nicht einmal richtig lachen können, seit ich hier bin!»

«Das ist nicht wahr!» rief er. «Tinette, Tinette – wie oft hast du uns fröhlich gemacht mit deinem Lachen!»

Sie hörte nicht auf ihn. «Darum habt ihr diesen Krieg mit uns angefangen, weil ihr das Lachen haßt, weil ihr das Leben haßt. Ihr möchtet, daß die ganze Welt langweilig und ernsthaft ist wie ihr . . . Aber ihr habt den Krieg verloren!»

Sie sah ihn funkelnd an. Sie standen im Licht eines Lokals – sie sah ihn an, als sei er der Feind, er der Ernsthafte, der Trübe, der Traurige, der den Tod liebt und das Leben haßt . . . Sie sah die Schmarre auf seiner Backe . . .

«Ach, hast du was abgekriegt?! Siehst du, da hast du deinen Denkzettel von einer deiner Schwestern! Und du sagst: Sie wissen nicht, was sie tun! Ich würde ihnen beibringen, was ich von ihrem Tun denke!»

«Komm doch weiter, Tinette», bat er. «Das kann dir nicht gut sein . . . Komm nach Haus . . . Erich wird unruhig werden . . .»

«Nach Haus?!» fragte sie. «Du denkst, ich gebe nach?! Nie!» Sie sah um sich, sie sah das Schild des Lokals. «Bar Napoli» las sie. «Da gehen wir rein!» befahl sie. «Nun grade! Jeden Abend werde ich jetzt in Bars gehen – nun grade!»

«Komm doch nach Haus!» bat er. «Was sollen wir da? Es ist doch bloß langweilig. Die Stimmung ist weg. Nicht, daß ich Angst hätte . . .»

«Kommst du mit, oder kommst du nicht mit? Ich gehe auch allein ...»

«Bitte, Tinette ...»

«Ob du mitkommst?»

«Sei doch vernünftig, Tinette, es hat keinen Sinn ...»

«Also gehe ich allein. Aber wenn du mich heute abend im Stich läßt, Henri, brauchst du nie wieder zu kommen, verstehst du?»

«Nein! Nein! Nein! Ich tue es nicht ...»

«Gut! Bleibe bei deinen Grauen, werde auch grau! Werde wieder schmutzig und ungepflegt – dann gehörst du zu ihnen!»

«Tinette!»

Sie war schon durch die Tür. Fort. Gegangen.

Er starrte ihr nach. Dann nahm er mechanisch sein Taschentuch, fing an, sich das Blut von der Backe zu reiben. Er sah zögernd auf das Lokal. Plötzlich merkte er, daß er ohne Mantel und Hut hier stand; es war kalt, Januarfrost, er mußte seinen Mantel holen ...

Langsam machte er kehrt, er ging den Weg zurück zu der anderen Bar.

Sie waren kaum eine Viertelstunde fort, aber der kleine, trübe Dreiecksplatz vor der Bar ist schon leer. Dunkel liegt das Lokal. Vor der zerbrochenen Eingangstür steht ein Polizist im Gespräch mit einem Zivilisten ...

«Ihre Sachen?» fragte der Polizist. «So, waren Sie auch in dem Lokal? Bißchen jung noch für so was, wie?»

Der Zivilist und der Polizist sahen beide Heinz an, prüfend und mißbilligend.

«Ich will nur meine Sachen», sagte er hartnäckig. «Wenn es sich machen läßt ...»

«Im Lokal ist keiner mehr», sagte der Polizist. «Die sind alle schon nach Haus. Haben Sie denn viel Dresche abgekriegt?»

«Es läßt sich tragen.»

«Wenn Sie mir'n Taler geben», schlug der Zivilist vor, «gehe ich mit Ihnen rein, und Sie holen sich Ihre Sachen. Ich bin nämlich Kellner. Haben Sie die Garderobenmarke?»

«Habe ich», sagte Heinz und ging hinter dem Mann her.

«Da ist noch ein Damenhut auf der Nummer», sagte der Kellner. «Das ist wohl eine Verwechslung.»

«Nee, stimmt schon», meinte Heinz und gab dem Manne Geld. Er hatte vorhin nur Tinettens Mantel vom Haken genommen. «Machen Sie sich keine Gedanken, ich bringe der Dame ihren Hut. Das stimmt schon ...»

«Wo ist sie denn?» fragte der Kellner argwöhnisch.

«Wo soll sie sein? In 'ner Bar!»

«In 'ner Bar? Schon wieder in 'ner Bar?!» Der Barkellner war entrüstet. «Na, wißt ihr, was zu toll ist, ist zu toll. Da kann man sich nicht wundern, wenn die Leute wütend werden . . .»

Heinz war es egal, was der Mann sagte. Es war ihm auch egal, daß ihn der Schutzmann noch einmal von hinten anrief. Das Hütlein der Mademoiselle Sowieso vorsichtig auf den Fingerspitzen balancierend, ging er über den Platz, zurück zur Napoli-Bar. Er ging durch die Bartür, legte ab an der Garderobe, gab auch den Hut ab, trat ins Lokal. Auf einem Barschemel hockte Tinette, er setzte sich neben sie.

«Ich habe eben noch deinen Hut geholt, Tinette», sagte er.

Sie drehte sich nach ihm um. Ihr Mund lächelte, aber ihre Augen waren ernst. Nein, sie waren nicht ernst, sie waren böse, als sie sagte: «Also bist du doch wiedergekommen! Ich wußte es doch, Henri. Man soll den Kampf nicht aufgeben, bis eine Partei völlig besiegt ist, nicht wahr? Komm, stoß an, Besiegter, auf deine völlige Niederlage!»

Er stieß an mit ihr, ohne ein Wort – aber er stieß an.

10

Mit sehenden Augen ging er seinem Untergang entgegen, mit einer blödsinnigen Verbissenheit schritt er von Niederlage zu Niederlage. Taub für alle Warnungen, die von außen und die von innen, schamlos, ohne auf ihre Beschimpfungen, auf das immer spöttischere Lächeln des Bruders zu achten, klammerte er sich stets fester an Tinette . . .

Eines Abends kam der Bruder ungewohnt zeitig heim. Er brachte ein Mädchen mit, irgendein Wesen in schwarzem, hochgeschlossenem Kleid, mit bleichem, wie gedunsenem Gesicht und einem glatten dunklen Madonnenscheitel . . .

Zu vieren aßen sie zu Abend, es wurde wenig geredet, aber viel getrunken. Irgend etwas lag in der Luft, es wurde etwas vorbereitet, von dem Heinz nichts wußte. Die anderen drei aber schienen im Einverständnis . . .

Immer wieder stand Erich auf, gab den Leuten auf der Diele Anweisungen, von denen er halblaut berichtete . . .

«Nein, gar kein Oberlicht . . . Am besten lassen wir nur das Kaminfeuer brennen . . .»

Oder: «Der Geiger ist eben gekommen, er wird oben auf der Galerie sitzen. – Nein, er braucht kein Licht, er ist ja blind . . .»

Oder: «Noch etwas von dem Roastbeef, gnädiges Fräulein?»

«Nein, danke. – Ich nehme *vorher* kaum etwas . . .»

«Natürlich, ich hatte nicht daran gedacht . . .»

Heinz hörte dies alles, überlegte flüchtig und dachte schon nicht mehr daran. Er war in einer schlimmen Verfassung. Den ganzen Nachmittag hatte Tinette nichts von ihm wissen wollen . . . Stundenlang hatte er in der Bibliothek gesessen, hatte ein Buch in die Hände genommen, hineingestarrt und schon wieder hingelegt . . . Dann war er auf die Diele hinausgetreten und hatte in das Haus gelauscht. Ein-, zwei-, dreimal hatte er an ihre Türe geklopft, wurde aber fortgewiesen . . .

Was er noch nie getan hatte: Er war an Erichs Likörschrank gegangen und hatte sich rasch hintereinander ein paar Schnäpse eingeschenkt, irgendwelche. Es kam ihm nicht auf den Geschmack, es kam ihm auf die Betäubung an. In diesen langen grauen, immer graueren Nachmittagsstunden war ihm sein ewiger Zustand zwischen Verlangen und Erfüllung ganz unerträglich erschienen.

Es geht nicht mehr so weiter, hatte er immer wieder gedacht. Lieber ein Ende mit Schrecken, als ein Schrecken ohne Ende . . . Schließlich war er an das Telefon gegangen und hatte sich eine Autotaxe vor das Haus bestellt. Als er zu ihr hinaus wollte, war ihm Tinette in den Weg getreten.

«Du kannst jetzt nicht fort, Henri. Ich brauche dich.»

«Das sah den ganzen Nachmittag nicht so aus!»

«Du hast getrunken! Pfui! Minna, geben Sie dem Chauffeur ein Trinkgeld, Herr Henri fährt nicht . . .»

«Ich fahre doch – bleiben Sie hier!»

«Du fährst nicht – schicken Sie die Taxe sofort weg.»

«Ich gehe also. – Adieu, Tinette!»

Plötzlich lachte sie hell auf. «Auf Wiedersehen, du alter, böser Junge! – Komm heute abend wieder. Nicht wahr? Ich habe doch eine Überraschung für dich!»

Sie war hinter ihm hergelaufen, sie hatte ihre weißen Arme um seinen Hals gelegt. Was sie noch nie getan hatte, sie hatte ihn auf den Mund geküßt. «Lauf, lauf doch, du Böser! Nicht wahr, du kommst wieder? Henri . . .»

Fast wäre er geblieben; hätte sie es verlangt, er wäre geblieben. Aber sie hatte sich schon wieder umgedreht, ihr Kimono wehte, so eilig lief sie zurück in ihr Zimmer.

So war er gegangen. Er stieg in die Taxe. Das beseligende Gefühl ihres Armes, der ihn hatte zurückhalten wollen, war noch bei ihm, er fühlte noch den Geschmack ihres Kusses auf den Lippen. Es war, als hätte sie die Kette klirren lassen, da der Sklave fliehen wollte, diese Kette, die seine Füße zu nahe beieinander hielt, als daß er je aus ihrer Nähe hätte kommen können . . .

Es war eine Schmach, so von ihr geküßt zu werden, sie rief ja seine Sinne auf gegen seinen Kopf – und doch . . .

Der Wagen hielt. Langsam stieg Heinz aus. Trotzdem es schon dämmerte, brannte in dem kleinen Laden noch kein Licht. Mühsam unterschied er im Schaufenster die verstaubten Papierfähnchen, Fähnchen von Siegen, die schon längst vergessen waren. Der Stapel mit den Feldpostkartons lag noch immer umgestürzt. Wie immer bimmelte die blecherne Ladenklingel endlos, und wie immer kam trotzdem niemand, ehe er nicht ein paarmal kräftig «Hallo» gerufen hatte. Es war dann Frau Quaas, die kam, kaum unterschied er im Dunkel des Ladens ihre bekümmerte Gestalt.

Es war so seltsam, hier wieder zu stehen, auf der Stätte der Jugendfreundin, nach allem, was geschehen war, was er erlebt hatte, woher er jetzt kam ... Nun brannten in der Dahlemer Villa schon viele Lampen, alles war strahlend hell, er aber stand hier im Dunkeln – warum war er hierhergefahren? Was erwartete er von der Kleinen, die nichts verstand? Hilfe ...? Er wußte doch, daß Hilfe nur von innen, nie von außen kommen konnte ...

Dann faßte ihn die Erinnerung an jenen Kuß im Torweg an ... Wie aus weiten Fernen kam es daher, eine Erinnerung an Reinheit, an Jugend, ihr feuchter Mund ... Noch waren nicht alle Feuer verbrannt, noch trugen die Bäume ihre Blätter – stand er darum hier?

«Ich möchte, Frau Quaas», sagte er unsicher ins Dunkle hinein, «zwei Schreibfedern. Bremer Börse. E. F. Sehr spitz. – Ich heiße Heinz Hackendahl.»

Die Frau im Dunkeln war ganz still, sie rührte sich nicht, sie machte keinen Versuch, ihm zu antworten oder ihm das Verlangte zu geben.

«Nun, Frau Quaas», fing Heinz wieder an, und er sagte es fast befangen. «Wollen Sie mir meine Federn nicht geben?»

Keine Antwort.

«Ich möchte gerne Irma sprechen», sagte Heinz. «Sie haben doch verstanden, Frau Quaas. Ich bin Heinz Hackendahl. Sie kennen mich doch.»

Plötzlich, hier im Dunkeln, schien es ihm ganz ungewiß, ob sie auch nur das verstanden hatte.

«Gehen Sie aus meinem Laden», sagte Frau Quaas plötzlich. Sie sagte es mit ihrer alten, weinerlichen Stimme, und doch war etwas Festes in dieser Stimme. «Bitte gehen Sie sofort aus meinem Laden.»

Er war verblüfft. «Aber, Frau Quaas! Bitte, rufen Sie Irma, das muß ein Irrtum sein ... Ich möchte nur ein paar Worte mit Irma reden ...»

«Sie sollen aus meinem Laden gehen», beharrte sie. «Ich habe das Recht, die Polizei zu rufen, wenn Sie mich weiter belästigen, ich weiß das. Ich will Sie nicht in meinem Laden haben, Sie sind ein schlechter Mensch!»

Heinz tastete nach einem Stuhl. Er wußte, hier mußte ein Stuhl stehen. Er stand immer hier; Frau Quaas brauchte ihn, um vom obersten Regal den Karton mit Glanzpapier für die Kinder herunterzuholen. Heinz fand den Stuhl, er stand an der gewohnten Stelle, aber sonst war alles hier ungewöhnlich, verändert . . .

«Ich habe mich gesetzt, Frau Quaas», sagte er. «Ich gehe nicht eher, als bis ich mit Irma gesprochen habe!»

«Dann sitzen Sie nur!» rief sie höhnisch – für eine so ängstliche Frau war sie wirklich ungewöhnlich mutig. Nun fiel die Tür zu, und er saß allein im Laden.

Er hätte jetzt gehen können. Er konnte doch nichts ausrichten – und was wollte er hier überhaupt ausrichten? Ein paar Worte mit Irma wechseln, die Freundin der Kindertage sehen und wiederum feststellen, daß sie ihn nicht halten konnte, daß er doch wieder zu der anderen, der Schönen, der Bösen zurückkehren würde? Versunkene Gärten der Kindheit – unwiederbringlich versunken –, du hast noch das Rauschen ihrer Bäume im Ohr, auf der Wange fühlst du noch die Wärme ihrer Sonne, die dir doch nie wieder so rein und warm aufgehen wird.

Nein, es hatte keinen Zweck, hier noch zu warten. Irma war bestimmt nicht in der Wohnung, er fühlte es. Und doch blieb Heinz sitzen, die Villa in Dahlem mochte noch so strahlend erhellt sein, die schöne Frau mochte noch so sehr locken – er blieb.

Er saß in dem kalten, dunklen, staubigen Laden; eine Hand schlug langsam blätternd die Seiten seiner Jugend um, einer armen Jugend ohne Ideale, voller Hunger nach allem, was Leib und Seele nähren konnte . . . Und doch sprach er zu jeder Seite: Verweile doch, du bist so schön!

Nichts verweilt. Draußen tutete ungeduldig der Chauffeur des Autos. Wir sind nicht auf dieser Welt, zurückzuschauen, wir haben unsere Straße weiterzugehen, eben dahin, oder aufwärts, oder den Berg hinab. Nur verweilen dürfen wir nicht. Heinz stand auf, er sprach ein paar Worte mit dem ungeduldigen Fahrer, gab ihm Geld, dann ging er in den Laden zurück.

Jetzt war Frau Quaas wieder im Laden, sie stand auf dem Stuhl, sie hielt ein brennendes Streichholz in der Hand, mit dem sie das Gaslicht anzünden wollte. Bei seinem Eintritt ließ sie das Streichholz fallen, es glimmte einen Augenblick auf der Erde und erlosch.

Frau Quaas, auf dem Stuhle stehend, rief kläglich: «Oh, bitte, bitte, gehen Sie! Sie quälen mich so . . . Bitte, gehen Sie . . .»

«Ich quäle Sie . . .» sagte er unentschlossen. Dann rasch: «Wo ist Irma? Ich will nur ein paar Worte mit ihr reden . . .»

«Irma ist nicht hier, Irma ist bei Verwandten . . . Es ist wahr,

Heinz, bestimmt!»

«Sagen Sie mir bitte, wo Irma ist, Frau Quaas. Ich muß Irma sprechen . . .»

«Sie können nicht mit Irma sprechen . . . Irma ist auf dem Lande, bei Hamburg . . . Nein, ich gebe Ihnen die Adresse nicht. Sie haben sie schon einmal beinahe getötet . . .»

«Beinahe getötet . . .», wiederholte er zweifelnd und horchte dem Klang der Worte nach, die ihm sinnlos erschienen.

Er stand unten, Frau Quaas noch immer oben auf ihrem Stuhl, beide im fast völlig Dunkeln. Von Zeit zu Zeit brannte Frau Quaas ganz mechanisch ein Streichholz an, vergaß es und ließ es fallen, ehe sie das Gas angezündet hatte.

«Höhnen Sie noch!» rief sie jetzt, empört über seine zweifelnde Frage. «Sie müssen doch wissen, daß mein Mädel Sie geliebt hat. Sie haben sich doch geküßt! Fast gestorben ist sie, als Sie all die Tage und Wochen nicht kamen . . .»

«Frau Quaas . . .» bat er.

Sie hörte ihn nicht. «Und die Nacht damals», rief sie, «als es anfing, als sie um vier nach Haus kam, den ganzen weiten Weg von Dahlem her war sie in der Kälte zu Fuß gelaufen, und sie liegt endlich im Bett und zittert und klappert mit den Zähnen . . . Und ich denke noch, sie hat sich bloß erkältet, und mache ihr eine Steinkruke heiß . . . Aber sie sagt: ‹Das ist es nicht, Mutter, er liebt jetzt eine andere. Mit mir ist es aus . . .›»

Jetzt weinte die alte Frau oben auf ihrem Stuhle heftiger.

«Es tut mir sehr leid», sagte Bubi leise. «Ich habe nicht gewußt, Frau Quaas, daß es der Irma so ernst war . . .»

Ihr Weinen brach sofort ab.

«Nein, das haben Sie natürlich nicht gewußt, Herr Hackendahl!» rief sie. «Aber haben Sie überhaupt einmal darüber nachgedacht?! Sie haben Irma geküßt, sie hat es mir selber erzählt, aber dann ist eine andere gekommen, und Sie haben Irma sofort vergessen. Ob es ihr ernst war? Das ist Ihnen ja ganz gleich! Sie interessiert nur, was Ihnen ernst ist . . . Ich sage es ja, Sie sind ein böser Mensch . . .»

«Guten Abend, Frau Quaas», sagte Heinz Hackendahl. «Wenn Sie der Irma schreiben, sagen Sie ihr, es täte mir sehr leid . . .»

Einen Augenblick stand er zögernd an der Tür, die Klinke schon in der Hand. Dann sagte er es doch noch: «Ich bin nämlich kein schlechter Mensch, Frau Quaas», sagte er. «Ich bin nur ein schwacher Mensch. – Vorläufig noch . . .»

Ehe sie noch etwas hätte antworten können, war er gegangen.

11

Und nun saß er eben doch wieder im Speisezimmer der Villa und aß Roastbeef mit jungen Gemüsen. Das bleiche Fräulein aber mit dem dunklen Madonnenscheitel aß kein Roastbeef, weil es das «vorher» nie tat, mochte dies nun bedeuten, was es wollte.

Ungewohnt schweigsam saßen sie bei Tisch, kaum ein Wort wurde gesprochen. Manchmal klirrte sachte ein Löffel gegen das Porzellan, und der Ton verklang in einem völligen Stillschweigen.

Wie Verschwörer, dachte er. Aber auf was verschwören wir uns?

Er sah zu Tinette hinüber. Sie hielt ihr Weinglas in der Hand, ließ den Wein im Glase kreisen und sah diesem Spiel zu, mit sanftem, rätselhaftem Lächeln. Dann sah er das fremde Fräulein an, plötzlich entdeckte er, daß ihr Gesicht dick mit weißem Puder bestreut war. Die rotgemalten Lippen leuchteten aus der Weiße wie blutig – ihm war es, als säße er einer Gestorbenen gegenüber, die geheimnisvoll wieder dem Grabe entstiegen war.

«Ich war heute nachmittag bei Irma, Tinette», sagte er laut, um den Bann zu brechen.

«Gewiß, Henri», antwortete Tinette gedankenlos. «Es ist schon recht.»

Dann schwiegen sie wieder alle.

Durch die Tür kam, von einem seiner geheimnisvollen Gänge, die brüderliche Liebe, Erich. Seltsame Töne klangen von der Diele her, jetzt schrill, nun sanft und voll . . . Heinz wäre fast aufgesprungen von seinem Stuhl. Dann fiel ihm ein, daß dies der Geiger war, der draußen sein Instrument stimmte . . .

Der Bruder berichtete halblaut, daß die Dienstboten schon das Haus verlassen hätten . . . «Sie haben alle Urlaub bis morgen früh . . . Minna deckt nur noch schnell ab, wenn wir fertig sind, und geht dann auch . . .»

«Gut, mein Freund», sagte Tinette. «Wir sind fertig. Wenn du noch etwas möchtest . . .?»

Erich sah prüfend die Gerichte auf dem Tisch an, als überlege er, was er noch essen möchte. Aber plötzlich machte er eine rasche Bewegung. «Nein, danke», sagte er. «Ich esse nichts mehr . . . Wenn ich Ihnen Ihr Zimmer zeigen darf, gnädiges Fräulein . . .»

Das fremde Mädchen ging dem Bruder nach durch die Tür. Plötzlich sah Heinz: Das Mädchen ging wie eine Königin. Nein, wie wir manchmal im Traum zu gehen meinen, wenn der Leib schwerelos geworden ist, und man meint fliegen zu können. So ging dieses Mädchen.

Tinette und Heinz waren allein . . .

«Was soll das eigentlich heute alles bedeuten?» fragte Heinz fast kriegerisch. Aber es war nur ein Versuch, und ein vergeblicher, die Verzauberung, die auch ihn gefangenhielt, zu lösen.

«Nicht wahr? Wir müssen dir sehr geheimnisvoll vorkommen . . .?» fragte Tinette. Und lachte auf. Dann stand sie auf und ging ihm voran auf die Diele.

Im Kamin brannte ein großes, lohendes, sehr helles Feuer . . . Drei Sessel standen weit von ihm entfernt, der Tisch vor dem Kamin fehlte, der große Perser mit seinen sanften, leuchtenden, seidigen Farben lag da wie eine Wiese.

«Setze dich, Henri!» sagte Tinette und deutete auf den seitlich stehenden Sessel.

Er setzte sich.

Sie stand neben ihm, sah auf ihn herunter; er sah ihr rätselhaftes Lächeln, das nur im Ausdruck der Augen zu liegen schien . . . Ihre Finger tasteten um sein Handgelenk, fühlten nach seinem Puls . . .

«Klopft dein Herz auch so, Henri?» flüsterte sie. «Fühl doch, wie meines klopft!»

Sie führte seine Hand an ihre Brust. Es war warm und süß, ferne und dunkel klopfte das fremde Herz . . . Heinz schloß die Augen. Da war das Summen wieder, das Summen des eigenen Blutes, und die ganze Welt schien mitzusummen . . .

«Ich gehe jetzt, gnädige Frau . . .» sagte Minna von der Tür her.

Heinz öffnete die Augen. Er sah das Mädchen in der Tür stehen; mit seinem ausdruckslosen, hölzernen Gesicht sah es zu den beiden hin.

«Es ist gut, Minna», sagte Tinette. Sie hielt weiter Heinzens Hand auf ihrer Brust, immer das gleiche rätselhafte Lächeln in ihren Augen. «Vergessen Sie nicht, die Haustür abzuschließen. Gute Nacht, Minna.»

«Gute Nacht, gnädige Frau.»

Minna war gegangen. Tinette legte sachte seine Hand auf die Seitenlehne des Sessels zurück.

«Wo nur Erich bleibt . . .?» flüsterte sie.

Sie ging zu dem mittleren Sessel, setzte sich. Sie saß, leicht vornübergebeugt, das Auge auf die Flammen gerichtet. Manchmal fiel mit einem dumpfen Laut ein Scheit von der Höhe des Haufens auf den Rost – dann leuchteten die Flammen heller. Sie warfen ihren Schein auf ihr Gesicht, das von innen zu leuchten schien – es war das schönste Gesicht der Welt.

Nie wieder werde ich eine Frau so lieben, fühlte Heinz. Und in dieser Stunde liebe ich sie am stärksten . . .

Erich kam. Er sah auf Bruder und Freundin, die weit voneinander in ihren Sesseln auf das Feuer starrten – und lächelte. «Sie kommt gleich», sagte er dann.

«Es ist gut, mein Freund», antwortete Tinette, ohne den Kopf zu bewegen.

Aber Heinz wandte sich gereizt an Erich. «Willst du mir nicht endlich erklären», sagte er böse, «was all dies Theater soll?! Wer kommt gleich? Warum sind alle Dienstboten fortgeschickt? Was soll diese Geheimnistuerei?»

«Wieso? Hat dir denn Tinette nicht Bescheid gesagt?» Erich tat sehr überrascht. Aber ein so guter Lügner er auch war, manchmal log er doch ungeschickt.

Heinz merkte es sofort. «Stell dich noch an!» sagte er ungnädig.

«Ich finde es ganz reizend von Tinette», sagte Erich unverändert liebenswürdig, «daß sie dich hat überraschen wollen. Aber etwas Geheimnisvolles ist nicht dabei, Bubi. Ich kann es dir ruhig verraten. Mein lieber Junge», er beugte sich nun doch flüsternd ganz nahe zu Heinz, als dürfe nicht einmal Tinette hören, was er dem Bruder sagte. «Mein lieber Junge, du wirst ein ganz großes Erlebnis haben. Die junge Dame, die du eben gesehen hast, ist die schönste, die begabteste, die gefeiertste Tänzerin von Berlin. Ich habe sie gewonnen für uns, sie wird ganz allein für uns drei tanzen . . . sie tanzt Chopin, Bubi!»

Heinz war völlig verblüfft. Das war alles? Darum diese Geheimnistuerei?! Was bedeutete Tanzen für ihn? Das bißchen Geschiebe in den Bars, das er in den letzten Wochen kennengelernt, dann noch ein sehr kriegsmäßiges Lämmerhüpfen auf der Penne . . .

«Nun schön, Erich», sagte er. «Also Tanz. Wirklich reizend von dir. Jetzt verstehe ich auch, warum sie vorher kein Roastbeef mochte.»

Erich machte eine wütende Bewegung.

Heinz rückte in seinem Sessel zurück und sah seinen Bruder herausfordernd-überlegen an, den Bruder, der jetzt nicht mehr freundlich, sondern sehr geärgert aussah.

«Du verstehst noch nicht», sagte Erich. «Sie tanzt nicht nur so . . . Sondern . . .» Er brach ab, sah Heinz wieder geheimnisvoll an.

«Sondern?» fragte der spöttisch und fühlte doch, der Bruder hatte ihm noch nicht alles erzählt, bewahrte wirklich noch ein Geheimnis.

«Sondern sie tanzt . . .» fing Erich zögernd an.

«Es wird Zeit!» klang es plötzlich von Tinettens Sessel herüber. «Es wird Zeit . . .!»

Tinette saß ganz zurückgelehnt in die weite, weiche Höhlung des Sessels, der Mund war halb geöffnet, die Augen fest geschlossen. Es sah aus, als schliefe sie, spräche aus dem Schlafe . . .

«Es wird Zeit!» rief sie ein drittes Mal, fast singend, aber für was es Zeit wurde, das sagte sie nicht.

«Ja, es wird wirklich Zeit», sagte plötzlich auch Erich. «Entschuldige, Bubi, du wirst ja sehen. Vielleicht wird auch Tinette . . .»

Aber er sprach nicht weiter, er ging zu dem dritten Sessel, drüben, jenseits Tinettens; er entschwand dem Blick von Heinz. Dann wurde es ganz still auf der weiten Diele. Nur ab und zu knisterte ein Scheit im Kamin, und Funken stoben, sehr rot . . .

Heinz saß wütend in seinem Sessel, wütend, und doch fühlte er, daß er selbst nicht mehr ganz frei war von der Erwartung der beiden anderen. Tanzen – nun schön, aber wegen ein bißchen Tanzen würden weder Erich noch Tinette so geheimnisvolle Vorbereitungen treffen! Die Dienstboten aus dem Haus – und vielleicht würde auch Tinette . . . hatte Erich gesagt . . .

Hört mal, will er gerade sagen, da merkt er, daß der Geiger (der blinde Geiger!) oben zu spielen angefangen hat, und sagt nichts . . . Sondern horcht . . .

Klare, silberne Klänge – und plötzlich wendet Heinz, als sei er angerufen worden, den Kopf, und da sieht er sie die Treppe hinabkommen, sie, die Fremde – mit dem königlichen Gang, sie, bei der zum ersten Male gesehen, daß der aufrechte Gang des Menschen etwas Göttliches ist, das ihn von allen anderen Wesen unterscheidet . . .

Mit diesen göttlich bewegten Gliedern steigt sie die Treppe hinab – und sie ist völlig nackt. Er schließt die Augen – ist es denn ein Traum, der ihn narrt? Aber nein, natürlich ist sie nackt, sie muß nackt sein, wer so geht, so die Glieder rührt, für den sind alle Kleider nur ein Hemmnis!

Sie steigt die Treppe hinunter, ganz dicht geht sie an Heinz vorüber, wie eine weiße Flamme, etwas Schönes, Schweigendes, Stilles – und stille steht sie vor dem Feuer im Kamin. Die Geige oben fängt an, sie zu rufen, zu locken . . . Sie aber steht still da, den Kopf gesenkt, als höre sie in sich, als höre sie, wie Heinz, die Töne der Geige nicht von oben kommen, sondern in sich . . .

Was ist geschehen? Wann fing sie an sich zu regen? Sie biegt sich, ihre Hände bewegen sich, ihre Arme gleiten – und es ist doch schon wieder vorbei . . . Die weiße Flamme springt, sie biegt sich. Ein Windstoß scheint sie fortzuwehen, auszulöschen. Aber schon ist sie wieder da, weißer und königlicher als je. Und nun, o Wunder! scheint sie sich, mit geschlossenen Füßen, ohne Bewegung, von der Erde zu lösen, emporzusteigen, schwerelos . . .

Was ist das? Warum ist sie stehengeblieben? Steht nur und lauscht, während die Geige dort oben immer weitersingt? Sie tanzt nicht mehr, stille steht sie und lauscht. Sie wartet. Immer neu tanzt der Lichtschein über ihren Leib, gleitet über die Hüften, hebt die Spitze der Brust aus dem Dunkel und eilt weiter, ihren Arm zu erhellen, den sie jetzt hebt, winkend, lockend ...

Langsam bewegt Heinz Hackendahl den Kopf nach der Seite. Wem winkt sie denn? Wen lockt sie denn?

Er sieht Tinette – sie ist aufgestanden aus ihrem Sessel, sie steht da. Langsam, wie im Schlaf, streift sie die Kleider von sich, eines um das andere, sie läßt sie hinabgleiten zur Erde, eines um das andere. Sie steigt aus dem Rock, der an ihr hinuntergleitet und nun um sie liegt wie eine dunkle Schale, die abfiel. Abfiel von einer silbernen Frucht. Denn da steht sie, immer schlanker, immer silberner ...

Ich muß die Augen schließen, denkt er. Ich ertrage es nicht ... Ich will sie nie so sehen, ich könnte es nie vergessen ...

Er aber starrt immer weiter, sieht sie dastehen, silbern, geträumtes Bild, aus den Wolken wahrhaftig herausgetreten, die ängstlich behütete Venus seiner Schülerträume.

Wie ruft und lockt jetzt die Geige! Die Welt grüßt sie, das Leben ruft sie. Was wir geträumt hatten, es wurde Wahrheit, über all unsere Träume hinaus ...

Die beiden Frauen gleiten aufeinander zu, sie strecken einander die Hände entgegen – aber was tritt dazwischen? Eine ist entglitten, eine faßt nach der anderen, Locken und Suchen, Fliehen und auch Verlokken. – Sie nähern einander wieder ... Leise klingt die Geige, leise knistert das Feuer ... Eine im Arm der anderen ...

Aneinandergelehnt scheinen sie sich in die Gesichter zu schauen, in den Augen zu suchen – nach was?! Beide lächeln jenes rätselhafte Lächeln, das Tinette schon den ganzen Abend gelächelt ... Ein Lächeln aus Urzeiten her, jenes wissende, traurige Lächeln über das Verwehen alles Irdischen, die Schalheit aller Lust ...

Wissen sie denn gar nicht, daß sie so lächeln? Sie stehen viel zu nahe, ein Körper drängt an den anderen, Brust drückt sich gegen Brust. Sie halten sich nicht mehr in den Armen, sie pressen sich aneinander ... Nein, ich will das nicht sehen! Wir haben alle unsere Kindheitsparadiese gehabt, wir haben aus ihnen hinausgemußt, denn der Mensch lebt nicht im Paradies, er will es gar nicht, der Mensch will beim Menschen arbeiten!

Aber wenn wir die Paradiese nicht mehr haben, müssen wir darum so tief hinunter? Ich will das nicht – geh weg, du! Ich habe dich nicht gemocht, von Anfang an, obwohl du einen glatten, dunklen Madonnenscheitel trugst – ich wußte, du warst schlecht! Du sollst sie nicht so umfassen, du sollst sie nicht so mit deinem Mund bedrängen. – Erich, es ist deine Geliebte, sage ihr, sie soll es nicht. Sage du es ihr, ich kann es nicht, ich bin wie gelähmt!

In diesem Augenblick wirft Erich, als sei er angerufen worden durch den Bruder, den Kopf herum, er ruft: «Nun, Bubi, wie gefällt dir das? Ist das schön ...?! Haben wir dir zuviel versprochen, wie?!»

Und er sieht triumphierend, höhnisch auf den Bruder.

Heinz steht auf, er will dem Bruder antworten, nein, er will fort – und kann doch nicht das Auge von ihr wenden, die langsam, o so langsam auf ihn zukommt ...

Nein, ich will doch fort ... Ich muß weg ... Ich ...

«Bubi», sagt sie leise, und leise legt sie die Hand auf seine Schulter.

Und unter ihrer leichten Hand bricht er zusammen, als habe ihn eine Faust niedergeschlagen, die Faust seines Schicksals. Er liegt vor ihr auf den Knien, ihre Hand spielt in seinem Haar, ihr Leib ist vor ihm. Er preßt sein Gesicht gegen ihn, er stöhnt auf vor Wollust und Verzweiflung, er riecht den Ruch von Leben und Vergänglichkeit ...

Und hört ein Lachen ...

Lacht denn so die Geige? Kann eine Geige einen Menschen so verlachen?

Es ist ja hell geworden – alle Lichter brennen auf der Diele –, und da kniet er, Heinz Hackendahl, siebzehnjährig, vor einer französischen Hure und küßt ihren nackten Leib, als sei er ein heiliges Tabernakel! Und in der Tür stehen Bruder und das verdammte Tanzweib und lachen über ihn, lachen ihn aus, lachen seine Qual aus, seine Unschuld aus, sein ganzes Leben aus ...

«Köstlich, Tinette», schreit Erich. «Hast du ihn kirre?! Laß dir die Füße küssen – ach, ich möchte noch sehen, wie er dir die Füße ableckt ...»

Tinette stößt nur einen kleinen Schrei aus, als sie zurückgestoßen wird und fällt. Heinz ist schon weiter, er ist bei dem Bruder, taumelt über ihn, sie stürzen beide. Aber er hält ihn, Schlag für Schlag führt er in das verliederte, hübsche, schamlos freche Gesicht ...

Und fühlt, während er ihn schlägt, daß man so nur den Bruder schlagen kann, hassen kann, und er schlägt ihn um dessentwillen, was er auch in sich selbst haßt: um seiner eigenen Weichheit willen, um seiner eigenen Genußsucht willen, um seiner eigenen Feigheit willen ...

Es ist ein Taumel, mit seinen Schlägen möchte er die ganze Vergangenheit erschlagen, er möchte sich wieder sauber schlagen, wie Silber durch Schlagen gereinigt wird ... Kaum fühlt er, daß die Weiber an ihm zerren und reißen ... Erst als der Taumel vorüber ist, steht er auf ... geht, ohne auf etwas zu achten, ohne zurückzuschauen, aus der Diele ...

Langsam zieht er im Vorraum den Mantel an, den schönen, vom Gelde des Bruders gekauften Schneidermantel. Er bindet den Schlips besser, setzt den Hut auf ... Aus dem Spiegel sieht ihn sein bleiches

Gesicht an, mit starren Augen . . . Er versucht ein Lächeln, aber es gelingt nicht . . .

Seine Hand tastet zum Schalter, das Licht erlischt und mit ihm das bleiche Gesicht im Spiegel. Dann nimmt er die Sicherheitskette ab, schließt die Tür auf und tritt hinaus in die frostkalte, froststarre Januarnacht.

Er macht ein paar Schritte, aber als er auf der Straße ist, bleibt er noch einmal stehen. Noch einmal sieht er zurück auf das Haus. Da liegt es, hier und dort erhellt, ein stattlicher Bau von schönen Linien, einem gewissen schlichten Reichtum . . .

Dort ist er zu Gast gewesen, viele Wochen lang, Wochen der Qual. Zu Gast . . .? Ein Gefangener ist er dort gewesen! Und er weiß mit völliger Sicherheit, daß er dorthin nicht wieder zurückkehren wird. Wohin ihn sein Lebensweg auch führen mag, kaum wird er wieder in die Villen der Reichen gehen, zum satten, geilen Genießen . . . Der Ausbruch war gekommen, von innen her, der Gefangene hatte sich selbst befreit. Der Sklave hatte aus den Gelüsten der Herren das Werkzeug gemacht, das seine Kette zerbrach . . .

Er sah noch einmal nach der Villa und ging. Ging befreit.

12

Mit dem Waffensammeln war es vorbei – diese Aufgabe konnte Professor Degener dem wieder Heimgekehrten nicht übertragen.

«Nein, damit ist es vorbei, Hackendahl», sagte er dünn lächelnd. «Sie werden es übersehen haben, Sie waren ziemlich weit verreist, nicht wahr? Alle Waffen sind abzuliefern – unbefugter Waffenbesitz wird mit Gefängnis bis zu fünf Jahren oder mit Geldstrafe bis zu hunderttausend Mark bestraft. – Ich habe natürlich keine hunderttausend Mark.»

«Sie haben die Waffen der Regierung abgeliefert . . .?»

Der Professor lächelte wieder. Er betrachtete seine feinfingerigen, weißen Hände mit dem Geflecht bläulicher Adern. «Es gibt keine Waffen mehr, Hackendahl», sagte er sanft. «Ich höre von Ihren Kameraden, daß es in ganz Berlin keine Waffen mehr gibt – alle zweifellos abgeliefert, wie das Gesetz es befahl. – Nein, ich würde es auch für richtig halten, daß Sie sich nun, heimgekehrt von der weiten Reise, ein wenig mit Ihrem Abitur beschäftigen, Hackendahl. In vierzehn Tagen beginnen die schriftlichen Arbeiten . . .»

Heinz machte eine ärgerliche Gebärde. «Ich möchte eine richtige Arbeit haben, Herr Professor. Irgend etwas, das mich ganz ausfüllt. Ich fühle mich so leer . . .»

«Nun, nun! Das ist wohl immer so, wenn man verreist war ... Die Arbeit schmeckt noch nicht, sagt man dazu. Immerhin wäre schlichte, solide Arbeit des Schweißes eines – Hackendahl wert. Ich höre nicht gerade Günstiges murmeln in gewissen Räumen über einen gewissen Schüler.»

«Verstehen Sie doch, Herr Professor», bat Heinz dringender. «Ich möchte eine richtige Aufgabe haben, etwas, für das ich mich ganz einsetzen kann ...»

Professor Degener nickte langsam. «Jawohl! Schön, schön! Freilich!» sagte er. «Aber die Sache ist die, daß ich keine Aufgabe für Sie sehe. Ihre Kameraden haben mich das gleiche gefragt, als es mit den Waffen zu Ende war. Ich habe ihnen auch nur sagen können: Wartet ab, habt Geduld!»

«Aber ...» fing Heinz Hackendahl an.

«Sehr richtig!» unterbrach ihn der Lehrer. «Aber die Jugend hat keine Geduld zu warten. Sie möchte ernten, ehe sie noch gesät hat. Nun gut, Ihre erste Aufgabe, Primaner Hackendahl, ist es, ein erstklassiges Abitur zu bauen!»

«Ich kann doch mit dem Abitur nichts anfangen!» rief Heinz verzweifelt. «Mein Vater hat kein Geld mehr, mich studieren zu lassen ...»

«Trottel!» sprach der Professor liebevoll. «Sie sollen ein erstklassiges Abitur um Ihrer selbst willen bauen. Nicht um studieren zu können. Studieren dürfen Sie auch mit einem sehr mäßigen Abitur. Um Ihrer selbst willen, um sich selbst zu beweisen, daß Sie etwas fertigbringen im Leben. Sagen Sie mal, mein Schüler – was haben Sie denn schon fertiggebracht in Ihrem Leben?»

«Nichts!» sprach Heinz kummervoll.

«Wiederum Trottel!» höhnte der Professor. «Fünf Plätze runter, der Schüler Hackendahl! Bei Ihrer Ausbildung konnten Sie nämlich noch gar nichts fertigbringen im Leben! Aber das Abitur, das haben Sie jetzt fertigzubringen, das ist Ihre erste Aufgabe im Leben, Schüler Hackendahl; und die werden Sie mir erstklassig erledigen! – Ich ...»

«Ich ...», unterbrach Heinz.

«Ruhe!» donnerte der Lehrer. «Welcher von den Erinnyen gehetzte Pennäler wagt es, den Redefluß seines Lehrers zu unterbrechen?! Ich schwöre Ihnen», fuhr er in eben diesem Redefluß fort, «daß ich, all Ihrer Leistungen in den toten Sprachen ungeachtet, daß ich selbst Ihnen ein Ungenügend in Latein und Griechisch aufdonnern werde, sollten Sie in den anderen Fächern nicht völlig beschlagen sein!» Er lächelte hohnvoll. «Mit Pauken und Trompeten werden Sie durchrasseln, Hackendahl!»

Soviel Entschlossenheit gegenüber wurde es Heinz wirklich

schwül. Er war sich im Moment einiger Schwächen sehr lebhaft bewußt, Schwächen, die auch seinen Lehrern nicht ganz unbekannt geblieben waren.

«Wenn ich im Abitur durchrassele», sagte er mit einem gewissen eigensinnigen Trotz, «kann ich es nie machen. Mein Vater hat kein Geld, mich noch ein Jahr auf die Schule zu schicken!»

«Um so notwendiger, ungewöhnliche Anstrengungen zu machen», meinte der Professor trocken. «Sie haben doch nicht den Wunsch, schon bei dieser ersten Lebensklippe zu scheitern – falls dies überhaupt der erste Schiffbruch ist . . .»

Professor Degener schwieg. Er war immer ein Mann gewesen, der gerne das Kind beim rechten Namen genannt hatte, und er hätte es für unrühmlich erachtet, aus Zimperlichkeit eine Wunde des wirklich reichlich verliederten Schülers Hackendahl zu schonen. Eine Wunde aus einem keinesfalls sehr edlen Kampfe – man mußte nur das käsige Gesicht und das scheue Auge des Bengels betrachten. Professor Degener brachte alles Verständnis für Jugendtorheiten auf, aber er war ohne eine Spur von Sentimentalität.

Doch übertrieb er es auch wieder nicht, weidete sich nicht an der Verlegenheit des Durchschauten, sondern fuhr nach einer kurzen Pause aufmunternd fort: «Also Aufgabe eins: das Abitur. – Schon scheint mir nach Ihren Worten auch Aufgabe zwei zu winken, nämlich etwas für Ihre Eltern zu tun. Sie sind gesund, kräftig, haben eine hübsche Ausbildung – mein Lieber, Sie werden ganz einfach und phrasenlos erst einmal arbeiten und dabei lernen, wie schwer das Geld verdient wird, das Ihr Vater siebzehn Jahre lang alle Tage für Sie bereit hatte . . .»

Heinz Hackendahl schwieg. Irgendwie hatte er von Opfern geträumt, etwas Großem, etwas Heldischem . . . Und nun wurde ihm ganz einfach gesagt: Mach dein Examen und verdiene Geld! – Es war schrecklich ernüchternd und enttäuschend . . .

«Meine Aufgaben gefallen Ihnen nicht?» fragte der Professor. «Mein lieber Hackendahl, ich sehe schlimme Zeiten voraus, noch schlimmere Zeiten, als wir überstanden haben. Ein jeder wird Not haben, in seinem eigenen kleinen Bezirk auf Ordnung und Sauberkeit zu sehen. Ich fürchte, es wird keinem an Aufgaben fehlen, wohl aber an Kraft für seine Aufgaben. – Ich habe wenig Ahnung von Ihren persönlichen Umständen, Hackendahl. Aber sollte nicht auch bei Ihnen, gewissermaßen schon im engeren Familienkreise, sich eine ganze Reihe von Aufgaben für einen jungen, tatenlustigen Menschen finden . . .?»

Der Lehrer schwieg abwartend. Aber Heinz wollte nicht, er hatte doch an etwas Großes gedacht . . .

«Hackendahl!» rief der Professor. «Seien Sie doch ehrlich! Ich lese es ja von Ihrem Gesicht ab, Sie wissen Aufgaben genug. Aber sie sind Ihnen zu klein. Sie meinen Deutschland – aber sollten Sie nicht für eine solche Aufgabe doch ein wenig klein geraten sein?! Wie? Grade jetzt?! Und dann, mein Lieber, bedenken Sie doch, wie kann der Leib gesund sein, wenn die Zelle krank ist? – Machen Sie erst einmal Ihre Zelle gesund, und dann wollen wir weitersehen ...» Er reichte ihm über den Tisch fort die Hand.

«Ich erwarte, daß ich Sie jetzt täglich im Gymnasium sehe. Mit aktiver Beteiligung am Unterricht. Dann – nach abgelegter Reifeprüfung – sprechen wir uns wieder, Hackendahl. Nach abgelegter Reifeprüfung, verstanden?!»

13

So ging der Schüler Heinz Hackendahl wieder zur Schule. Eine Zeitlang war er weit verreist gewesen, er hatte in einer ungesunden Fieberluft gelebt. Aber am Ende hatte er doch die Kraft gefunden, den Sümpfen zu entfliehen – nun ging er wieder mit anderen Schülern zur Schule ...

Im Anfang kam es ihn hart an, wie ihn nach dem üppigen Dahlemer Essen die knappe Kost der Wexstraße hart ankam. Aber wie sein Körper sich in wenigen Tagen umstellte, gewöhnte sein Geist sich schnell, an gegebenen Aufgaben zu arbeiten, statt die Wünsche einer quälerischen Frau zu erraten. Manchmal, in der Pause etwa, wenn er mit den anderen auf den Bänken saß, und sie klapperten mit den Pultdeckeln, redeten ihr geliebtes, hochtrabendes, albernes Schülerdeutsch und benahmen sich überhaupt mit Sprache und Schlägen auf den Bizeps recht robust – manchmal überkam ihn plötzlich die Erinnerung, und ihm fiel ein, wie er als mondäner junger Herr bei französischen Modistinnen gesessen, auf dem Barschemel gehockt und einer schönen Frau bei der Toilette zugeschaut ...

Dann sah er plötzlich mit anderen Augen in die unfertigen, blassen, schlecht rasierten, pickligen Gesichter, hörte mit Widerwillen ihre groben Scherze, roch voll Ekel diese Luft aus Hunger und Ungewaschenheit – er dachte: Lohnt sich das denn? Man kann ja so viel leichter leben ...

Aber dann kam vielleicht gerade Professor Degener in das Klassenzimmer, und der Satz fiel ihm ein, daß man wohl in den Schmutz fallen kann, aber nicht liegenzubleiben braucht ... Oder aber es überlief ihn schon bei dem Gedanken an das «Leichterleben» ein Schauder. Dann warf er mit ingrimmiger Lust seinem Feinde Porzig vor, daß er ihn wieder einmal bei den Geschichtszahlen habe steckenlassen, statt ihm vorzusagen. «Und wenn du alter Schweinehund dies so weitertreibst, wirst du noch erleben, daß ich dir und der ganzen Prima zur Schande im Abitur durchrassele. Dann bleibt dir nur die allgemeine Verachtung, der aus öffentlichen Mitteln gespendete Strick und der blaue Blick zum Mauerhaken!»

«Sei er noch so dick, einmal reißt der Strick!» flüsterte Porzig mit seinem scheelen Schurkenblick die Anfangszeilen eines Wedekindschen Stammbuchverses.

«Freilich soll das noch nicht heißen, daß gleich alle Stricke reißen!» sangen ein paar geheimnisvolle Nornen.

Und alle zusammen im Chor, mit den Füßen scharrend, mit den Pultdeckeln klappernd: «Ganz im Gegenteil – mancher Strick bleibt heil!»

«Seid ihr des Teufels, Primaner??!» schrie Professor Degener gewaltig, in das Zimmer fahrend wie ein flammender Feuerwisch. «Die ganze Prima wird heute mittag zur Andacht hinter der Sexta antreten – denn ihr seid kindlicher als diese milchfrischen Buben! – Hackendahl, was grinsen Sie? Ein Idiot grinst, ein Mensch lacht! Alles setzen! Häberlein, versuchen Sie, uns zu erklären, warum Platon . . .»

Ja, Heinz Hackendahl war heimgekehrt. Wieder trug er den alten Schüleranzug, den blank geriebenen, vielfach geflickten, den viel zu kurzen. Wieder trug er die häßliche, graue Kriegsunterwäsche statt schön geschneiderter Oberhemden. Er vergaß völlig die Benutzung des Manikürkastens, wenn er vielleicht auch seine Fingernägel etwas häufiger schnitt, sauberer bürstete als «vor der Zeit».

Er hatte gefürchtet, daß seine Klassenkameraden einige satirische Anmerkungen über die Rückverwandlung des schimmernden Schmetterlings in eine graue Puppe machen würden. Aber mit dem ungeheuren Feingefühl, das die taktloseste Gesellschaft von der Welt, Bengels in den Flegeljahren, nun einmal hat, sagte keiner ein Wort darüber. Er gehörte wieder ganz zu ihnen. Er war einer der Ihren. Sie schienen völlig vergessen zu haben, daß er bei einer ihnen immerhin sehr wichtigen Tätigkeit, beim Waffensammeln, nicht mitgemacht hatte. Als sei er nie fort gewesen, nahm er an ihren hitzigen Debatten teil, wurde angehört, ausgelacht, beschimpft, ganz wie alle anderen.

Sie hatten sehr viele Debatten, täglich, fast in jeder Pause – und sehr hitzige. In Weimar war nun die Nationalversammlung zusammengetreten, sie hatten Fritz Ebert zum Reichspräsidenten gemacht und Schwarzrotgold zu den Farben der neuen deutschen Republik. Aber das waren vergleichsweise Belanglosigkeiten, so heftig man darüber streiten konnte.

Für sie war die Hauptfrage: Wie wird der Krieg zu Ende gehen?

Wie wird der Friede aussehen? Das war die Frage, die sie bewegte. Es wurde so vielerlei in der Nationalversammlung geredet, aber über den Frieden wurde recht wenig gesprochen. Gewiß, sie sagten, einen Gewaltfrieden werde das deutsche Volk nie annehmen; es gab auch einen Abgeordneten, der sagte, die Hand solle verdorren, die einen Sklavenfrieden unterschreibe ...

Aber auch die seltenen starken Töne aus Weimar wurden von den Jungen mit Mißtrauen aufgenommen. Sie hatten den lateinischen Satz gelernt: Principiis obsta, was zu deutsch heißt: Schon im Anfang widersteh!

Und sie fanden, daß schon im Anfang kein Widerstand geleistet wurde. Sie fanden, daß die Regierung ständig protestierte, aber ihren eigenen Protesten zum Trotz stets tat, was sie eben noch für unmöglich erklärt hatte. Die Jungen hörten wohl das Nein, aber sie waren ungläubig, wie das ganze Volk ungläubig geworden war. – «Denen trauen wir noch lange nicht», sagten sie. «Wir sind in den letzten vier Jahren viel zu oft von denen oben belogen.»

Über all diese Dinge redeten die Bengels, in den Schulpausen, auf den Wegen von und zur Penne. Sie redeten in ihrer Schülersprache davon, ihre Sätze waren mit Latinismen gespickt und auch im Gebrauch von Ausdrücken wie «kolossal» oder «fein mit Ei» waren sie nicht schüchtern. Sie hatten rauhe Stimmen, am Kinn hingen ihnen oft fliegende Haare – wäre der Krieg weitergegangen, so hätten sie jetzt schon im Felde gestanden. Nun waren sie bloß Jungen, Schüler, aber ihre Anteilnahme war darum nicht geringer.

Zehn Jahre früher, die Generation hatte sich an Hofmannsthals Versen gelabt, sie hatte die Rosenlieder Eulenburgs verspottet und sich allenfalls ein ganz klein wenig über die Frage: Luftschiff oder Flugzeug erhitzt. Aber sehr mit Maßen. Aber recht moderiert. Ein fett gefüttertes, ästhetisierendes Geschlecht mit einer koketten Neigung für Selbstmord und Schönheit. (Schon das Wort Selbstmord war ihnen zu kräftig gewesen, sie hatten dafür «Freitod» gesagt.)

Dieses neue, in Notjahren aufgewachsene Hungergeschlecht war etwas kräftiger geraten. Es erwies sich die Wahrheit des Satzes, daß Früchte von armen Böden gesünder sind als von fetten. Diese neue Jugend, die den Krieg nur im Binnenlande erlebt hatte, fühlte sich stets um irgend etwas in ihrem Leben betrogen. Sie war nicht gesonnen, sich weiterhin betrügen zu lassen. Mit wachen Sinnen, mit einem nie einschlafenden Mißtrauen verfolgte sie alle Ereignisse ...

Heinz Hackendahl reihte sich ein. Er war zu seinen Kameraden, in seine Generation zurückgekehrt. (Erich, obwohl bloß vier Jahre älter, war entschieden Vorkriegsgeneration.) Schon nach ganz kurzer Zeit fand er es direkt sagenhaft, daß er alle Tage eine ganze Stunde der

Pflege seiner Fingernägel gewidmet hatte. Es dauerte nicht lange, so fühlte er wieder die alte kräftige Abneigung der Jugend gegen die bemalten Frauensleute der Tauentzienstraße. Sein Herz stockte kaum noch eine Sekunde, wenn er an Tinette dachte. Dafür dachte er manchmal und sehr lange an Irma.

14

Professor Degener hatte auch darin einigen Scharfblick bewiesen, als er Heinz Hackendahl nur um Geduld gebeten hatte, in Kürze werde er kaum um Aufgaben verlegen sein. Es stimmte – an Aufgaben war in dieser Zeit kein Mangel.

Heinz Hackendahl übernahm die seine.

An einem Morgen Ausgang Februar wachte er von einem hartnäkkigen Geklingel auf. Aus irgendeinem Grunde war schulfrei – wahrscheinlich, weil wieder gestreikt wurde. Oder protestiert. Jedenfalls lag er noch im Bett, der Vater war auf Fuhre fort, und die Mutter verschlimmerte gerade wieder ihre geschwollenen Beine vor irgendeinem Lebensmittelladen.

Heinz fuhr in die Hosen, zog seinen Mantel über das Nachthemd und schlurfte auf Pantoffeln durch die grabeskalte Wohnung zur Tür. Vor der Tür stand ein Frauenzimmer, unzweifelhaft ein Frauenzimmer – er mußte erst genauer hinsehen, ehe er erkannte, daß dies seine Schwester Eva war, die früher so hübsche, frische, ein wenig streitsüchtige Eva. Es dauerte eine ganze Weile, bis er erkennend: «Du, Eva? Komm rein!» sagte.

Auch sie hatte ihn nicht gleich erkannt. Aber das lag nicht so sehr daran, daß er sich verändert hatte, als daß sie sehr aufgeregt war und dazu noch ziemlich betrunken. Sie lehnte am Türpfosten, ihr blasses, fett gewordenes Gesicht zitterte, auch ihre schweren, bläulichgrauen Augenlider zitterten.

«Wo ist Mutter?» fragte sie. «Ich muß gleich Mutter sprechen!»

«Mutter ist einholen. Komm doch rein, Eva!»

Er führte sie am Arm in das Schlafzimmer der Eltern, den einzigen Raum, der eine Spur von Wärme hatte. Sie setzte sich auf das Bett, sah um sich . . .

«Wo ist Mutter?» fragte sie wieder angstvoll. «Ich muß Mutter gleich sprechen . . .»

«Mutter ist einholen gegangen», erklärte er wieder und beobachtete sie aufmerksam. «Kann ich dir was helfen, Eva?»

Sie schien kaum auf das zu achten, was er sagte; es drang nicht in sie. Sicher war sie betrunken, aber noch stärker war sie erregt; die

Trunkenheit ging unter in dieser Erregung, vermischte sich mit ihr . . .

Leise sagte sie vor sich hin: «Was soll ich nur tun? Was soll ich tun?»

Einen Augenblick legte sie den Kopf auf das Kissen im Bett, schloß die Augen, als wollte sie in äußerster Erschöpfung sofort einschlafen . . .

Aber gleich fuhr sie wieder hoch. Sie stand auf vom Bett, ohne Bubi zu beachten, ging durchs Zimmer, blieb vor dem Vertiko stehen, als sei sie ganz allein, und zog die obere Schublade auf. Sie nahm etwas von den Papieren, die dort lagen, heraus, hielt sie in der Hand, starrte auf sie, als suche sie zu erraten, was sie wohl bedeuteten . . .

«Eva!» rief Heinz vom Ofen her. «Eva!»

Sie fuhr herum. Die Papiere in der Hand starrte sie ihn an. «Du, Bubi??» fragte sie. «Was ist denn? Ich wollte doch Mutter sprechen . . .»

«Mutter ist einholen, Eva», sagte er zum dritten Male. Er ging zu ihr, nahm ihr sanft die Papiere aus der Hand, legte sie zurück und sagte: «Erzähl mir doch, was du von Mutter willst. Vielleicht kann ich dir auch helfen?»

«Was soll ich nur tun?» fragte sie wieder verzweifelt. Sie starrte ihn an, aber ihr Gesicht veränderte sich dabei nicht; trotzdem sie traurig sein mußte, trat in ihr trockenes, brennendes Auge keine Träne. Schließlich: «Ich muß fort . . .»

«Wohin denn, Eva?»

«Weg von Berlin!»

«Warum mußt du weg von Berlin?»

Sie starrte ihn an. Jetzt trat in ihr Auge etwas wie Entsetzen . . .

«Warum?» flüsterte sie. Und schwieg.

«Komm, Eva», sagte er sanft, nahm ihre Hand und führte sie zum Bett zurück. «Komm, leg dich. Warte, ich ziehe dir die Schuhe aus. Du bist ja eiskalt. So – und nun die Decke – ist es so gut?»

Sie ließ alles ruhig mit sich geschehen, aber sie gab kein Zeichen, ob es gut sei.

Wieder nahm er ihre Hand. «Und nun sage mir, warum du von Berlin fort mußt.»

Sie antwortete nicht. Aber ein anderer Ausdruck trat in ihre Augen, sie sah sich um wie ein Kind, das in einer fremden Umgebung erwacht und sich neugierig alles anschaut.

«Was ist das?» fragte sie. «Liege ich in Mutters Bett?»

Er schüttelte den Kopf.

«Ist das Vaters Bett?»

Er nickte.

Sie lachte. Plötzlich lachte sie, sie lachte krampfhaft. Es war nicht anders, als schüttele ein Schluchzen sie.

«Da!» sagte sie und zeigte mit dem Finger. «Da drin bin ich geboren! Vor dreiundzwanzig Jahren! Und jetzt liege ich in Vaters Bett.» Es schüttelte sie wieder. «Vater wird sich freuen, daß 'ne Hure in seinem Bett liegt . . .»

Ebenso plötzlich, wie das Lachen begonnen hatte, brach es wieder ab. Sie machte ihre Handtasche auf, suchte darin. Hausschlüssel, Puderdose, Kleingeld fielen über die Bettkante – sie achtete nicht darauf. Sie reichte ihm einen Zettel. «Da lies mal . . .», sagte sie.

Es war eine aus einem Schulheft gefetzte Seite. Er las, in ungelenker steiler Kinderschrift: «Der Tannenbaum. Der Tannenbaum wächst im Walde. Er ist unser deutscher Christbaum. Kein Volk feiert das Weihnachtsfest so schön wie das deutsche. Der Tannenbaum . . .»

«Verstehst du das?» flüsterte sie und wandte den Blick nicht von seinem Gesicht. Dann ungeduldig: «Die andere Seite doch!»

Er drehte das Blatt um. Auf der anderen Seite stand grob, quer über die Zeilen geschmiert: «Nutte! Du hast mich totgeschossen, aber ich kriege dich doch!»

Sonst nichts.

Er sah zu ihr.

«Verstehst du das?» flüsterte sie wieder, und ihre Lippen zitterten.

«Nein», sagte er. «Wer hat das geschrieben?»

Sie sah ihn an. Schließlich, nach sehr langer Zeit, sagte sie ganz leise: «Er.»

Es war, als habe sie Angst, schon dieses Wort «Er» zu flüstern.

«Ist das der, von dem ich bei Tutti gehört habe?»

Sie nickte.

«Und? Was soll der Quatsch bedeuten? Eva, du wirst dich doch nicht von einem solchen Unsinn ängstigen lassen?!»

«Es ist kein Unsinn!»

«Natürlich ist es Unsinn! Es . . .» Er unterbrach sich. Er sah, daß sie mit einem Entschluß kämpfte.

Schließlich sagte sie leise: «Aber ich habe ihn totgeschossen! Grade ins Gesicht hinein habe ich ihn geschossen. Ich stand direkt vor ihm . . .»

«Aber Eva! Wenn du ihn totgeschossen hast, kann er dir nicht schreiben. Und hast du ihn nicht totgeschossen, ist es Unsinn von ihm, dich mit seinem Tod zu ängstigen. – Wenn du überhaupt geschossen hast, hast du vorbeigeschossen.»

«Ich habe ihn totgeschossen! Ich habe das Feuer direkt in seinem Gesicht gesehen.»

«Es ist unmöglich, Eva . . .»

«Bei ihm ist nichts unmöglich!»

Wieder dachte er nach. Dann setzte er sich zu ihr aufs Bett, nahm ihre kalten Hände zwischen die seinen und sagte sanft überredend: «Willst du mir nicht alles erzählen, Eva? Vielleicht kann ich dir helfen – ich weiß es nicht . . .»

«Mir kann keiner helfen.»

«Doch. Vielleicht doch.»

«Ja – wenn du den Mut hättest, mich totzuschlagen. Ach, Bubi, ich habe oft gedacht, wenn doch einer den Mut hätte, mich totzuschlagen! Mich selbst umzubringen, bin ich zu feige. Aber dazu wäre ich nicht zu feige! Ich schwöre dir, ich würde nicht weglaufen, nicht einmal schreien würde ich . . .»

«Bitte, Eva, erzähl mir doch, wie alles gekommen ist. Du hast auf ihn geschossen, sagst du. Warum hast du denn auf ihn geschossen? Man schießt doch nicht gleich auf einen Menschen, auch wenn er schlecht ist! Du bist doch meine Schwester, ich kenne dich doch, so etwas muß dir doch sehr schwer geworden sein . . .?»

Sie nickte, aber sie hatte kaum zugehört, sie war bei ihren früheren Gedanken.

«Nein», sagte sie. «Ich soll nicht sterben. Ich soll nur durch ihn sterben – wenn er mich genug gequält hat. Weißt du, Bubi», sagte sie fieberhaft, und er nickte ihr ermunternd zu, drückte ermunternd ihre Hände. «Weißt du, das ist schon eine Weile her, daß ich auf ihn geschossen habe. Und es hat mich so gequält, und ich habe nicht gewußt, was ich anfangen soll. Immerzu habe ich getrunken. Ich bin auch jetzt betrunken. Aber wenn ich noch so betrunken war, daß ich kein Glied mehr rühren konnte – *das* hat nicht in mir geschwiegen. Das war immer da – und es hat mich so gequält, noch schlimmer, als er mich gequält hat . . .»

Sie schwieg einen Augenblick. Tief in Gedanken, weit in eigenen Erinnerungen verloren, streichelte Heinz ganz gedankenlos Evas Hände.

«Und ich habe gedacht, ich muß endlich Ruhe haben», fuhr sie wieder fort. «Und weil ich im Leben doch nie Ruhe kriege, so muß ich sterben. Da habe ich gehört, daß sie was vorhaben gegen die Matrosen, und ich habe mich hingeschlichen am Abend in den Marstall. Und kaum bin ich dringewesen, da haben die Noskes angefangen mit Schießen. Mit Kanonen haben sie auf den Marstall geschossen, und der hat lichterloh zu brennen angefangen. Aber wie ich das gehört habe, das Schießen, und wie die Sterbenden schrien, und wie die Flammen prasselten – da bin ich halb toll geworden vor Freude, weil ich gedacht habe, nun werde ich auch sterben. Und ich habe getanzt vor denen und gesungen und habe ihnen geholfen bei ihren Gewehren, und die haben gesagt: ‹Die Kleine ist richtig.› Denn die anderen Weiber haben gemacht, daß sie in den Keller getürmt sind. – Aber die haben nicht gewußt, warum ich so bin . . .»

Sie schwieg. Dann sagte sie: «Und es hat mir doch nichts geholfen, es ist wieder nichts geworden mit dem Sterben. Als es wirklich soweit war, und es brannte schon überall, und nun sollte es losgehen damit – da haben sie sich einfach ergeben! Und mich haben sie mit rausgeschleppt, ich habe bitten können, soviel ich wollte. – Nein», sagte Eva Hackendahl und sah den Bruder fast kindlich grübelnd an, «es soll eben so sein: Entweder stirbt er durch mich oder ich durch ihn. Und da wird er es wohl sein, der es schafft . . .»

«Was schafft? Du sagst doch, du hast ihn erschossen.»

«Das habe ich auch, direkt ins Gesicht hinein. Und er fiel auch gleich so schwer um, als wäre er ganz von Blei . . .»

Wieder dachte sie nach. Dann sagte sie hartnäckig: «Glaubst du, Bubi, daß Mutter mir Geld gibt, daß ich fortreisen kann . . .?»

Heinz betrachtete nachdenklich die Schwester. Manchmal wollte es ihm scheinen, als sei sie verwirrter, als es auch ein betrunkener Mensch sein kann, als habe sie schon die Grenze zwischen Sinn und Wahn überschritten. Aber er wußte es nicht, er wußte auch niemanden, den er hätte fragen können darum. Er konnte nur sie fragen . . .

Das tat er denn auch. Er fing an, sie vorsichtig auszufragen, und langsam erfuhr er Wort um Wort ihre Geschichte, von jenem Diebstahl im Warenhaus an bis zum Schluß in der Plättstube einer Dahlemer Villa – kaum fünf Minuten ab von jenem anderen Haus, in dem er selbst um jene Zeit in schwere innere Bedrängnis geraten war.

Ja, da konnte er wohl aufmerksam sitzen und zuhören, wie seine Schwester Eva immer fester in die Hörigkeit eines schlechten Menschen geraten war, und oft schien es ihm, als werde ihm sein eigener Leidensweg erzählt, und wenn Eva leidenschaftlich rief: «Was sollte ich denn gegen ihn tun, Bubi . . .?! Ich konnte doch gar nichts – und oft war es grade, als ob das Schlimmste, was er mir tat, mich irgendwo drinnen am meisten freute! Aber das kannst du nicht verstehen!»

Dann nickte er und sagte: «Doch, doch, Eva, das verstehe ich schon. Dann freut es einen, wenn wieder etwas drinnen kaputtgeht, und man denkt: grade recht! Soll nur alles entzweigehen – um so besser!»

«Ja, so ist es!» rief sie dann und erzählte eifriger weiter.

Als Eva aber zu Ende war mit ihrem Bericht und nun anfing, sich anzuklagen und Eugen anzuklagen und die Welt und den Vater und Gott – da überlegte er, was denn nun zu tun sei bei der Sache, und was er selbst dabei tun könne, und wieweit sie ihm dabei helfen könne, und wieweit überhaupt noch Verlaß auf sie war . . .

Mit dem Wegreisen, dem Ausreißen war es ja nichts. Dafür fehlte alles Geld bei ihr und bei ihm und bei den Eltern auch – das war das erste, was er ihr sagen mußte. Und mit dem Ausreißen war es überhaupt nichts; als sie geglaubt hatte, er sei tot, war sie ja auch nicht ruhig geworden, sondern hatte sterben wollen, und hatte getrunken, bloß um zu vergessen. Nein, zuerst mußte man erfahren, was es mit jenem Schuß in der Kellerstube eigentlich auf sich hatte . . .

«Denn wenn du ihn wirklich erschossen hättest, Eva, dann hätte dich doch längst die Polizei geholt, daran mußt du doch denken!»

Das aber hätte Heinz lieber nicht sagen sollen, denn nun kam bei Eva zu der Angst vor Eugen noch die Angst vor der Polizei, vor Gerichten und Gefängnis – und auf der Stelle wollte sie fort! Wenn sie nicht aus Berlin fort konnte, wollte sie wenigstens in Berlin umziehen. Sie wußte zehn Gelegenheiten, wo sie unangemeldet wohnen konnte!

Heinz sah mit tiefem Verwundern, daß Eva solche Angst vor Polizei und Gerichten hatte, als sei sie noch die brave Bürgerstochter von ehemals. Und er hatte sie doch dazu bringen wollen, sich der Polizei zu stellen, damit sie endlich ihre verschleppte Rechnung glattmachen und ohne Angst vor den Drohungen eines Bast leben könne . . .

Aber an ein solches Geständnis war im Augenblick gar nicht zu denken. Eva fuhr aus dem Bett und in ihre Schuhe: Auf der Stelle mußte sie umziehen! Vielleicht wurde sie schon von der Polizei gesucht!

So war das erste, was Heinz für seine Schwester tun mußte, etwas, das ganz gegen seinen Kopf war: ein Umzug in einer Taxe, ein Umzug mit hastigem Packen, faustdicken Andeutungen bei den anderen Mädchen, mit kleinen Schnäpsen dazwischen, mit tuschelnden Erkundigungen bei der Wirtin nach anderen Wirtinnen – ein Umzug, der selbst für den dümmsten Polizisten ohne weiteres zu ermitteln war.

Er stand dabei und versuchte, wenigstens beim Packen zu helfen. Die Mädchen sahen ihn frech an oder neugierig. Sie unterhielten sich mit der Schwester in seiner Gegenwart recht ungeniert über ihn und fanden, daß er noch sehr jung sei. Er fand das selbst und lief zur Wäscherin und erreichte mit großem Energieaufwand, daß ihm die Wäsche naß ausgehändigt wurde, wie sie eben gerade war. «Denn meine Schwester muß eilig verreisen . . .»

Die Wäscherin grinste unverhohlen, denn sie wußte gut, was für eine Schwester diese Schwester war und daß die eiligen Reisen solcher Schwestern meistens mit dem grünen Polizeiwagen erfolgten, das wußte sie auch . . .

Schließlich saß er dann neben Eva in der Taxe, ein bißchen verdrossen über all diese Liederlichkeit und Hast, denn er hätte die Sache lieber ein bißchen in Ordnung gebracht, statt sie noch verwirrter zu machen. Eva aber lächelte plötzlich ganz vergnügt (die kleinen Schnäpse hatten ihre Wirkung getan) und erklärte, sie sei froh, daß sie von der «Ollen» weg sei, die ihr viel zuviel für Zimmer und Essen abgenommen habe . . . Und überhaupt sei die Tauentzien schon lange nicht mehr das richtige für sie gewesen, dort machten nur die Jüngsten und Schicksten Geschäfte. Im Norden, in der Tieck- oder Schlegelstraße, sei es viel besser für sie! Ob Heinz nicht sehe, daß sie schon Runzeln bekomme . . .?

Und nun fing sie an, darüber zu weinen, wie schnell sie alt werde, und überhaupt solch ein Mädchen, mit einem Bein immer im Kittchen und mit dem anderen im Krankenhaus, es sei nicht zu ertragen . . . Aber es liege nur am Vater, wenn Vater nicht immer alle angebrüllt hätte, würde sie sich nie mit Eugen eingelassen haben . . .

Heinz hörte sich das trübe an. Er überlegte, ob die Aufgabe, die ihn da aus dem Schlaf geweckt hatte, überhaupt noch eine Aufgabe war, ob der Fall Eva nicht längst und für ewige Zeiten erledigt war.

15

In der nächsten Zeit stellte Heinz sich diese Frage noch öfter, wenn sich trotz seiner Bemühungen alles doch immer mehr zu verwirren, und Eva unter dieser Verwirrung doch kaum zu leiden schien. Sondern Verwirrung, Unordnung schienen recht eigentlich ihr Element . . .

Später aber gab er alles Fragen und Zweifeln auf. Professor Degener hatte einmal gesagt, er müsse versuchen, im eigenen kleinen Kreis Ordnung zu schaffen, die geringe Aufgabe vor der großen zu bewältigen. Das versuchte er. Wenn er ganz niedergeschlagen war, versuchte er sich vorzustellen, wie jetzt in Deutschland Tausende dabei waren, das vom Krieg Zerstörte langsam wieder aufzubauen, Steinchen um Steinchen, ganz im kleinen, eine Geduldsarbeit. Erst muß die Zelle gesund sein, hatte Professor Degener gesagt.

Ich bin ein Aufräumer, dachte er. Und rannte seine vielen fruchtlosen Wege, achtete nicht auf das Schelten der Schwester, ja, dachte manchmal mit lächelnder Überlegenheit: Alles Wehren hilft dir nichts. Ich hole dich auch gegen deinen Willen aus dem Dreck . . .

Das war nicht so leicht. Nach der Schule, zwischen den Arbeiten für das Maturum lief er in der Stadt umher und versuchte herauszubekommen, was es eigentlich für eine Bewandtnis mit dem Schuß auf Eugen Bast hatte.

Er mußte vorsichtig fragen, er durfte nicht zur Polizei gehen – er wußte ja nicht, wie weit Eva außer jenem Warenhausdiebstahl an den Straftaten Eugen Basts beteiligt war; die ganze Wahrheit würde sie nie sagen.

Es hatte ganz interessant geschienen, so als Privatdetektiv aus dem Kriminalroman in Berlin herumzulaufen und einem vielleicht großen Verbrecher nachzuspüren: Erpressung, Plünderung, Raub, leichter Diebstahl, schwerer Diebstahl, Bandendiebstahl, Zuhälterei, vielleicht Mord. Es genügte, es reichte aus – danke schön!

Aber es war gar nicht interessant, immer wieder nachts durch die Straßen zu bummeln, jedes Mädchen anzusprechen und sich von jedem Mädchen ansprechen zu lassen und dann nach einigem Gequatsche die Frage auf einen gewissen Euschehn zu bringen, «den dunklen Euschehn», wie er genannt worden war. Es schien eine ganze Masse dunkler Eugens gleicher Fakultät in Berlin zu geben.

Während er so lebte, immer in der Hetze, immer blasser, immer magerer, ging die Welt weiter. Jetzt begannen sie, die Handelsflotte auszuliefern, große Protestversammlungen gegen den Gewaltfrieden wurden abgehalten. Die Nationalversammlung sprach sich auch gegen einen Gewaltfrieden aus, allerdings gemäßigter. Im Ruhrrevier war Aufruhr, und in Württemberg Generalstreik. Der erste Reichserwerbslosenkongreß trat zu Berlin zusammen, und der erste Reichshaushaltplan wurde vorgelegt, auf vierzehn Milliarden lautend, von denen nur sieben fehlten. In München wurde eine Räterepublik errichtet, in Dresden der Kriegsminister von Kriegsbeschädigten erschossen. Aber der erste Mai wurde Arbeiterfeiertag, gestreng nach dem sozialdemokratischen Parteiprogramm, und die Osterbotschaft wurde verkündet: «Laßt ab von der Selbstzerfleischung! Arbeitet!!»

Darauf kam es in Braunschweig zum Generalstreik, überhaupt wurde überall ein bißchen gestreikt . . .

Während all dieser Ereignisse – es ereignete sich aber in diesen Tagen so viel Schreckliches, daß kein Mensch etwas Schreckliches noch als schrecklich empfand –, während alledem baute er halb im Schlaf an seinem Maturum und bestand es, gerade nur so, keineswegs als erstklassiger Schüler, wie es Professor Degener erwartet hatte. Aber er hatte eine kleine Aussprache mit seinem geliebten Lehrer gehabt, er hatte ihm berichtet. Der Professor hatte mit dem Kopf geschüttelt und hatte gemurmelt: «So etwas hatte ich ja mit Ordnungmachen eigentlich nicht gemeint . . .» Aber er hatte ihn schließlich doch durchrutschen lassen.

«Was fängst du nun an?» hatten die Mitschüler gefragt.

«Was willst du bloß werden?» jammerte die Mutter.

Der Vater fragte nicht mit Worten, aber der Blick auf den Sohn war manchmal recht deutlich.

Doch Heinz Hackendahl hatte gerade jetzt nicht die geringste Zeit, sich mit diesen Fragen zu beschäftigen. Erst mußte Eugen Bast gefunden werden. Dieser Alpdruck, dieses Schreckgespenst, dieser auferstandene Tote mußte gefunden werden.

Und er wurde auch gefunden. Kurz nach dem Abitur bekam Heinz den Eugen Bast von Angesicht zu Angesicht zu sehen, und dieses Auffinden war nicht einmal schwierig gewesen, es waren dafür keinerlei kriminalistische Fähigkeiten benötigt worden. Sondern an einem Tage, als Heinz im Zimmer der Schwester saß, hatte die Wirtin einen Bengel in dies Zimmer gebracht. «Is denn die Eva nich da? Der Bengel sagt, er hat was für sie . . .»

«Eva muß drüben bei der Olga sein. Sie ist eben raus», sagte Heinz und sah den Bengel an, noch ohne jeglichen Verdacht.

Der Knabe, etwa dreizehnjährig, mit scheuem und doch bösem Blick, sah zu Heinz hinüber. Plötzlich fing er an zu grinsen und fragte: «Du bist wohl ihr Neuer?»

«Ja . . .» sagte Heinz. Er streckte die Hand aus und sagte: «Zeig mal, was du hast!»

Der Junge grinste wieder. Er schüttelte den Kopf, fragte aber: «Kostet?»

Es war schlecht um Heinz' Kasse bestellt, auf seinen Irrfahrten durch Berlin, Eugen Bast suchend, hatten sich schon fast alle schönen Anzüge Erichs in Fahr- und Trinkgelder verwandelt. So bot er nur eine Mark.

Kopfschütteln.

«Zwei Mark.»

Nichts.

«Drei.»

«Her den Taler!» sagte der Junge und brachte aus der Hosentasche ein Stück Papier.

Heinz gab das Geld. Er las den Zettel, den der Junge nicht aus der Hand ließ.

«Hundert Eier», stand da, «oder Aschenbecher!»

Sonst nichts.

Er wußte von Eva, was «Aschenbecher» bedeutete, aber es war nicht dieselbe Handschrift wie auf dem ersten Wisch. «Das hat der Eugen aber nicht geschrieben», sagte er. «Da kann jeder kommen!»

«Das habe ich geschrieben!» erklärte der Junge. «Aber Eugen hat mir gesagt, ich soll es aufschreiben!»

«Warum schreibt er's denn nicht selber auf?»

Heinz schien etwas Dummes gefragt zu haben, der Bengel grinste, er kam sich bestimmt sehr schlau vor. «Hundert Eier – und ich verpfeife, warum Eugen das nicht geschrieben hat.»

Heinz sah den Knaben nachdenklich an. Hundert Mark konnten nie in Frage kommen, denn er hatte sie nicht. Aber jedenfalls war eines jetzt sicher: Eugen Bast lebte . . .

«Erzähl ihr nicht, daß du mir das gezeigt hast!» sagte Heinz und nahm rasch Mantel und Hut.

«So doof! Hat sie denn Geld?»

«Mußt du sie selber fragen. Ich türme!»

Und Heinz ging.

Lange hatte er im Eingang eines gegenüberliegenden Hauses zu warten, bis der Bote wieder auf der Straße erschien. Er schoß wie ein Pfeil aus dem Hause, Heinz schoß ihm nach. Hätte der Junge noch an ihn gedacht, wäre ihm nicht zu folgen gewesen. Die Jagd ging dem Oranienburger Tor zu, dann die Friedrichstraße hinunter. Heinz folgte auf der anderen Straßenseite, am Bahnhof Friedrichstraße vorbei, über die Linden fort . . .

Es waren viele Menschen unterwegs, graue, gehetzte Menschen. Noch war die Ware nicht in die Läden zurückgekehrt, noch immer stand Deutschland unter der Blockade seiner Gegner, ja, sie war sogar noch verschärft worden . . .

Aber eines war in überreichem Maße da, das waren die Bettler . . . In diesen Hauptverkehrsstraßen standen sie in Scharen, nebeneinander lehnten sie an den Hauswänden, hockten auf Deckchen am Boden, gingen, obszöne Karten in der Hand, auf und ab . . . Fast alle waren Kriegsverletzte oder behaupteten wenigstens durch die Schilder auf ihrer Brust, es zu sein . . . In vier langen Kriegsjahren war das Volk den Anblick dieser Verstümmelten gewohnt geworden – wer ohne solche Gewöhnung in diese Straße des Grauens geraten wäre, er hätte meinen müssen, er sei in der Hölle . . .

Armlos und beinlos – die Hosen hochgeschoben, um die dicken, blauroten oder blutigen Narbenwülste der Strümpfe zu zeigen, saßen sie da, neben den Gesichtsverletzten mit schrecklichen breiten Feuerbahnen, mit fehlenden Kiefern, mit verbrannten Gesichtern – Schrecknis über Schrecknis. Schüttler schüttelten kläglich klagend Kopf oder Arm – ein Feldgrauer saß da, und taktmäßig schlug sein Hinterkopf jede Sekunde zweimal gegen die Wand, in jeder Minute hundertzwanzigmal: Sein Hinterkopf war eine große Wunde . . .

Die Menschen sahen dem zu, die Polizei sah dem zu, die Regierung sah dem zu.

Obwohl der Dollar bereits auf fünfzehn Mark statt auf vier Mark zwanzig wie vor dem Kriege stand, war das Wort «Inflation» unter den Massen noch unbekannt. Man sprach von einer Teuerung, das

Pfund Brot kostete statt vierzehn Pfennig fünfundzwanzig, das Pfund Butter statt einer Mark vierzig drei Mark. Aber da, von reichen Leuten abgesehen, sich keiner so viel zu essen kaufen konnte, wie er wollte, da alle Lebensbedürfnisse nur auf Karten in sehr kleinen Mengen zu haben waren, war die Teuerung noch nicht sehr fühlbar. Jeder hätte gern mehr Geld ausgegeben, wenn nur mehr Lebensnotwendiges zu kaufen gewesen wäre.

Die Regierung aber hielt an der Fiktion fest, daß eine Mark eine Mark sei. Die Kriegsverletzten bekamen ihre kleinen Pensionen – ja, sie bekamen oft gar nichts, weil erst die Höhe der Erwerbsbeschränkung festzusetzen war. Da aber auch Kriegsverletzte weiterleben wollten und da viele nicht arbeiten konnten, gingen sie auf die Straße. In Trupps zu dreien, fünfen, zehnen klapperten sie die Häuser ab, sangen auf den Höfen, musizierten. Oder sie saßen an den Hauptverkehrsstraßen, boten Schnürsenkel und Streichhölzer an oder bettelten auch nur. Die Regierung, die Polizei mußte dem zusehen, man konnte den Leuten nicht befehlen, still zu verhungern . . .

Es war unfaßbar, daß sie alle wirklich vom Betteln lebten, daß ein verarmtes, verelendetes, mit seinen eigenen Nöten überbeschäftigtes Volk für jeden alle Tage so viel Geld hatte, daß es sich für ihn lohnte, hier zu sitzen. Am besten erging es natürlich noch immer denjenigen, deren Verwundung durch ihre Besonderheit – und sei sie nur besonders häßlich – auf die Vorübereilenden am stärksten wirkte . . .

Bei solch einem besonders schlimm Verletzten war der Junge stehengeblieben. Es schien ein noch junger Mann zu sein, aber so genau war das nicht zu sagen: Das ganze Gesicht des Mannes war eine Narbe mit schrecklichen, grauschwarzen Rändern, die ineinanderliefen wie die farbigen Grenzlinien einer Landkarte . . . Von den Lippen war kaum noch etwas da, die Nase sah schwarz aus, als sei sie verbrannt, aber das Schlimmste waren die Augen mit ihren eingeschrumpften Augäpfeln, die ohne Pupille waren, wie mit einer gelblichen Haut überwachsen . . .

Dieser Bettler lehnte stehend an einer Hauswand, er hielt das Gesicht den Vorübergehenden entgegen, und als sei dieses Gesicht, und als sei das Schild «kriegsblind» noch nicht genug, sprach er in ganz gleichmäßigen, kurzen Zeitabständen monoton, ohne Hebung, ohne Klage ein Wort jedem Vorübergehenden zu, immer wieder, immer wieder: «Blind. – Blind. – Blind. – Blind . . .»

Es war etwas Schreckliches, etwas viel Schrecklicheres als Klage in diesem einen monotonen Wort «Blind», es war wie das seelenlose Ticken einer Uhr, es schien unterzugehen im Straßenlärm – und plötzlich blieben Eilige, sehr Eilige doch stehen und legten Geld in die vor der Brust liegende geöffnete Hand . . .

Nie sagte der Mann ein Wort des Dankes, nie machte er auch nur ein Zeichen, daß er das Geld in der Hand gespürt hatte, ohne Unterbrechung sprach er weiter: «Blind. – Blind. – Blind . . .»

Und auch jetzt, als der Botenjunge neben ihm stand, zu ihm flüsterte, sprach er weiter, als laufe dieses «Blind» in ihm fort, ohne daß er noch wußte, wie man atmet, wie ein Herz schlägt, ohne daß etwas dazu getan wird, immer weiter: «Blind . . .»

Heinz ging quer über die Straße, er stellte sich an die Hauswand neben dies schreckliche Gesicht. Er kümmerte sich nicht um den Jungen, der ihn erschrocken ansah, er sagte halblaut: «Hackendahl . . .»

Das vernarbte Gesicht, so aus der Nähe noch grausiger anzusehen, verzog sich nicht, der Mund, dessen Lippen weggebrannt schienen, sprach weiter: «Blind. – Blind . . .»

Aber das Gesicht des Jungen hatte sich verzerrt, er wollte fortlaufen und konnte doch nicht: Der Fuß des Blinden hatte sich auf den Fuß des Jungen gestellt, schmerzhaft, unentrinnbar . . .

An dieser Art zu reagieren erkannte Heinz Hackendahl, dies war Eugen Bast. Eugen Bast, wie ihn die Schwester geschildert hatte, der Quäler, der als einzige Antwort erst einmal den Jungen abstrafte, ganz gleich, ob der ihn mit oder ohne Willen verraten hatte. Eugen Bast, der Zerstörer Evas, das Opfer Evas – Heinz hatte sie nun vor Augen, die Folgen dieses Schusses.

Etwas wie ein tiefer, urgründiger Haß stieg in ihm auf. So haßt das Leben den Tod, so wehrt sich der Lebende gegen das Sterben . . .

«Nehmen Sie den Fuß da weg!» befahl Heinz, zitternd vor Zorn.

«Blind! – Blind! – Blind!» sagte der Mann, und der Fuß blieb, wo er war.

«Den Fuß weg!» sagte Heinz noch einmal und setzte, als wieder nichts geschah, seinen Fuß auf den Fuß des Bettlers.

«Blind!» sagte der. «Blind! – Blind!»

Geld klapperte in seiner Hand, die Leute sahen nicht auf die Füße, sie sahen nur in dieses schreckliche Gesicht. Schnell fuhr die Hand zum Leeren in die Hosentasche, kehrte vor die Brust zurück, «Blind! Blind!», und der Fuß blieb . . .

Heinz begriff, dieser Mann würde nie nachgeben, lieber würde er sich den Fuß zerquetschen lassen, als ihn von dem des Jungen zu nehmen. Heinz zog seinen Fuß zurück. Der Mann sagte weiter: «Blind!» mit unbewegtem Gesicht, aber ein oder zwei Minuten später gab sein Fuß den des Jungen frei.

Der Junge sah gelb aus, ihm schien vor Schmerz übel geworden zu sein. Aber er gab keinen Laut von sich, er floh auch nicht von der Seite des Mannes – und es schien doch so leicht, einem Blinden zu entfliehen! Was diesen Jungen an der Seite seines Quälers hielt, das mußte Angst sein, eine namenlose, ungestalte Angst, mit Lust gemischt, die gleiche Angst, der Eva unterlegen war . . .

Heinz war jung, unerfahren, er ahnte nicht: Wie kam man an ein solches Tier heran? Er hatte sich diese Verhandlung so einfach gedacht; wenn er nur erst Eugen Bast gefunden hätte, würde er ihm mit Polizei, Gericht, Zuchthaus drohen. Der Mann würde schon einsehen, daß es vorteilhafter für ihn war, Eva in Frieden zu lassen.

Nun war Eugen Bast gefunden, und sofort hatte er Heinz die Lehre gegeben, daß er sich nicht drohen ließ. Er würde immer nur so handeln, wie das Böse in ihm befahl . . . Sogar wenn er sich selbst schadete . . .

«Blind! – Blind!» ging es neben ihm, immer weiter . . .

Was soll ich nur tun?! dachte Heinz Hackendahl verzweifelt. Wenn ich auch den Schutzmann dort hole . . . Jawohl, ich habe gedacht, es würde Eva nichts schaden, wenn sie ein oder zwei Jahre ins Gefängnis kommt . . . Aber sobald sie dies Gesicht in der Verhandlung sieht, ist sie ja sofort wieder unter seinem Einfluß, nimmt sie sofort alles auf sich, um nur ihn reinzuwaschen . . . Eva hat recht, Flucht ist das einzige . . . Aber dann trinkt sie sich tot! Ob Sophie Geld gibt? Bestimmt hatte Sophie Geld!

«Blind! – Blind!» Und die schon wieder gefüllte Hand fährt in die Tasche, kehrt zurück vor die Brust. «Blind! – Blind!»

Ach, einmal hatte sich Heinz Hackendahl das Leben recht einfach gedacht. Aber entweder hatte sich das Leben gegen früher sehr viel schwieriger und gefahrvoller gestaltet, oder er taugte nichts. Mit Erich gescheitert, ein Abitur mit Ach und Krach, und nun schon wieder für Eva nichts ausgerichtet . . .

«Blind . . . Blind . . .»

Er sieht den Mann noch einmal von der Seite an. Er möchte so gerne einfach weglaufen, ausreißen, er hat sich zuviel vorgenommen! Und doch hält ihn etwas. Er kann so nicht gehen. Man verliert alle Selbstachtung, alles Vertrauen in die eigene Kraft, wenn man so fortläuft. Heinz Hackendahl hat das Gefühl, daß er im Leben nie etwas erreichen wird, wenn er jetzt unverrichtetersache fortläuft. Er muß etwas tun . . .

Während er noch grübelt, sich quält, sich anspornt, bricht plötzlich neben ihm das «Blind» ab. Er starrt zur Seite, es ist, als sei plötzlich eine Uhr stehengeblieben, man muß sie aufziehen! Was ist geschehen . . .? Geht Eugen Bast immer fort, vormittags zwischen elf und zwölf, wenn der Hauptverkehr gerade einsetzt? Denn Eugen Bast geht. Er hat seine Hand um den Oberarm des Jungen gelegt, und ohne daß Heinz eine Verständigung zwischen den beiden bemerkt hat, führt der Junge den Blinden fort. Führt ihn die Friedrichstraße hinunter, gegen die Leipziger Straße zu . . . Heinz folgt den beiden. Sie gehen nahe vor ihm, aber sie achten nicht auf ihn, nicht einmal dreht sich der Junge nach ihm um. Und sie sprechen nicht miteinander, auch das beobachtet Heinz, sicher gehen sie um diese Zeit immer fort. Es scheint das Alltägliche zu sein . . .

Plötzlich fällt Heinz ein, daß er Eva Nachricht geben muß und daß er ihr endlich Nachricht geben kann. Er dreht um, er denkt nicht mehr an die beiden. Wenn er Eugen Bast wirklich noch einmal braucht, kann er ihn immer finden, hier an der Straße, als Bettler. Aber er wird ihn nicht mehr brauchen . . .

Denn er kann Eva sagen, daß Eugen Bast kein gespensternder Toter ist, vor dem sie sich fürchten muß, sondern ein Bettler, den sie blindgeschossen hat. Er wird ihr nicht erzählen, wie schrecklich er aussieht, aber er wird ihr begreiflich machen, wie hilflos Bast durch seine Blindheit ist, daß sie ihm leicht ausweichen kann.

Er wird ihr noch einmal helfen, umzuziehen, mit ein wenig größerer Vorsicht. Dann kann sie ruhig vor seinen Drohungen leben; es ist lächerlich, sich von einem Blinden erpressen zu lassen. Aschenbecher – wahrhaftig! Und wäre er mit ihr in demselben Zimmer, kann sie über solche Drohung lachen! Sie muß ja nur aus der Tür gehen – der Blinde kann ihr nicht einmal folgen!

Plötzlich ist Heinz Hackendahl ganz siegesgewiß. Seine Aufgabe scheint gelöst! Er denkt nicht darüber nach, wie bereitwillig er die Spur von Eugen Bast aufgegeben hat! Nachdem ihm wochenlang zu wissen wichtig schien, wo der Mann wohnt. Er ist heraus aus der Atmosphäre dieses Menschen . . . Eben noch, als er neben ihm stand, schien ihm alles hoffnungslos, unlösbar – aber jetzt, ferne von ihm, ist alles in bester Ordnung, die Aufgabe ist gelöst!

Er schlendert die Friedrichstraße wieder hinauf. Aber als er die Linden überqueren will, fällt ihm ein, daß jetzt eine schlechte Stunde ist, zu Eva zu gehen. Um diese Zeit machen sich die spät aufstehenden Mädchen zurecht, sie hocken beieinander in ihren Zimmern – besser, er wartet noch ein bißchen. Dann kann er sie in Ruhe sprechen . . .

Er biegt also in die Linden ein, geht durch das Brandenburger Tor und kommt in den Tiergarten. Es ist April – und so verwüstet der Tiergarten auch aussieht, ein bißchen frisches Grün ist doch da. Aller Rasen ist nicht in den Schlamm getreten; und wenn die Beete auch leer sind, in einem Winkel, halb versteckt unter einem Gebüsch, findet Heinz sogar ein paar Krokusblüten.

Er hockt sich neben sie, er betrachtet sie, einige sind gelb, einige bläulichweiß. Sie sehen genau aus wie vor dem Kriege; es gibt also doch wenigstens etwas, das so ist wie früher . . . diese Krokusblüten!

Die Menschen haben sich verändert, keiner kann mehr so sein wie früher. Aber die Blüten sind sich gleich geblieben. Es liegt etwas Tröstliches in diesem dummen Gedanken – er ist dumm, das weiß Heinz, aber trotzdem tröstlich. So, als werde einem das Unmögliche versprochen, daß auch die Menschen wieder werden könnten wie früher ...

Heinz denkt vor den Krokusblüten flüchtig an Eva, länger an Irma ...

Er versucht, sich zu erinnern, ob Irma je so ein gelbes oder bläulichweißes Kleid besessen hat ... Dann gesteht er sich, daß dies alles Unsinn ist, nicht der geringsten Überlegung wert, daß er nur Zeit vertrödeln, die Unterredung mit Eva hinausschieben möchte ...

Er seufzt und steht auf. Er hätte gern eine Blüte mitgenommen, aber irgendwie gehört sich das nicht. Nicht, daß er den Tiergarten respektiert, der Tiergarten ist für viele längst der Platz geworden, wo man sich mehr oder weniger offen Brennholz besorgt. Nein, aber er möchte nicht gerade jetzt bei Eva mit einer Blüte ankommen, die ihn unbestimmt an Irma denken läßt.

So geht er ohne Blüte.

Und hat recht damit getan, denn als er in ihr Zimmer tritt, sieht er, daß ihm ein anderer zuvorgekommen ist.

Eugen Bast sitzt auf der Chaiselongue, die Hand um den Oberarm seines Führers gelegt, als wäre er jeden Augenblick bereit abzumarschieren. Jedenfalls wirkt er keineswegs so hilflos, wie Heinz sich das ausgedacht hat.

Eva sieht mit weißem Gesicht von dem Koffer hoch, den sie packt, betrachtet den Bruder flüchtig, preßt die Lippen zusammen und macht sich wieder an ihre Arbeit.

Der Blinde hat beim Geräusch der sich öffnenden Tür den Kopf gewandt, er sitzt lauschend da. Wieder scheint er sich mit niemandem zu verständigen und sagt doch: «Nutte, dein Bruder is da!»

«Ja, Eugen», sagt Eva – und aus dem Ton dieser zwei Worte schon errät Heinz, daß er all sein bißchen Einfluß auf die Schwester verloren hat.

«Nutte», sagt Eugen wieder, und mit Erschrecken hört Heinz das halbe, freundliche Flüstern dieser falschen Stimme. «Haste deinem Bruder nischt zu sagen?»

Ein hilfloser Ausdruck tritt in Evas Gesicht, mit ratloser Angst sieht sie in das Gesicht ihres Herrn.

«Eva», sagt Heinz. Er tritt zu ihr, faßt sie unter das Kinn und dreht ihr weißes, ratloses Gesicht so, daß sie ihn ansehen muß. «Eva! Komm mit mir! Tu nicht, was er von dir will. Er will immer nur Schlechtes, er ist böse. Laß ihn, du kannst überall leben. Ich verspreche dir, ich schaffe heute noch irgendwie das Reisegeld nach Leipzig oder nach Köln – wohin du willst. Bedenke doch, er ist blind, er kann dir nicht nach. Du kannst ihm immer ausweichen ...»

Eva steht bewegungslos vor ihm, es ist ihr nicht anzusehen, daß seine Worte irgendeine Wirkung auf sie tun.

Der Blinde auf dem Sofa nickt beifällig. «Köpfchen, dein Bruder», sagt er freundlich. «Köpfchen – hat er nich von dir, Nutte. Der Mann hat recht, ick bin blind – türme!» Er sitzt da, verzerrt den lippenlosen Mund. Das scheint sein Lachen zu sein. Plötzlich schreit er wütend: «Türme doch, Dowe! Ick kann dir nich nach!»

Eva entzieht sich des Bruders Hand. «Du sollst nicht auf Eugen schimpfen, Heinz!» sagt sie leise. «Ich geh doch mit ihm. Ich bleib bei ihm ...»

«So? Bleibste das?» höhnt Eugen Bast. «Bedank dir ooch bei deinem Bruder, Evchen. Der hat uns beede doch wieder zusammenjebracht. Sach danke schön, Nutte!»

«Danke schön, Heinz ...»

«Steh nich rum, Nutte, mach fertig. Jawoll, Schwager, ick wollte ihr eijentlich loofen lassen. Se is mir wirklich zu doof, deine Schwester. Und wo se nun auch mits Schießen anjefangen hat ... Ein bißken hätt ick ihr jemolken, so alle Monat, ein bißken hätt ick ihr jepiesackt, bloß, det se in Bewejung bleibt in ihre Tätigkeit ...»

«Eva!» bittet Heinz. «Komm doch mit mir. Geh mit mir auf die Polizei. Es kann ja gar nicht schlimm werden für dich, Eva. Die Richter sehen doch ein, daß du gar nicht anders konntest, daß er dich gezwungen hat. Ein, zwei Jahre Gefängnis – da wird dich keiner so quälen wie er. Und dann bist du frei, du kannst noch einmal von vorn anfangen ...»

Von der Schwester bekommt er keine Antwort, sie packt weiter, als habe er nichts gesagt. Eugen Bast aber fährt fort: «Wie de aber so neben mir jestanden bist, Schwager, mit deine Quanten uff meine Flosse, da ha'ick mir jedacht: Det wär doch eijentlich janz schön, wenn de jetzt eine hättest, die dir versorcht. Andere Blinde haben 'nen Hund, ick habe ebent det Fräulein Schwester von dem jungen Herrn, der uff deine Flosse turnt. Det muß den jungen Mann doch freun, wenn er sieht, seine Schwester is noch zu wat nutze ...»

«Böse!» rief Heinz Hackendahl. «Hör doch, wie böse er ist! Er wird dich zu Tode quälen, Eva!»

Sie sah ihn an mit einem raschen klaren Blick, einem hellen Strahl durch all den grauen, grausigen Nebel. Wie hatte sie ganz im Anfang einmal zu ihm gesagt: «Entweder stirbt er durch mich oder ich durch ihn» – war das ihre Hoffnung?

«Aber junger Mann, aber», sprach Eugen Bast, «reden Se man hier keenen Stuß! Ick und böse? Ick bin det jutmütigste Aas von der Welt!

Suchen Se sich erst mal eenen, der sich so in de Visage knallen läßt wie ick, Oojenlicht weg – und keen Wort, keen Vorwurf!»

Er strich sich nachdenklich übers Gesicht, tastete mit den Fingern über die schrecklichen Wundränder.

«Die andern sagen mir, ick bin keene Schönheit mehr, früher war ick'n janz ansehnlicher Mann. Nu, det hat se janz jut jemacht, det ick den Verfall von meine Schönheit nich mehr sehen kann, wat, Evchen? Da hast'n Witz jemacht, wat?» Er lachte.

Sie gab einen leisen, gequälten Laut von sich – der Blinde wandte ihr den Kopf zu.

«Komm du mal her», sagte er.

Sie kam zu ihm, sie stand vor ihm, sie sah in das schreckliche Gesicht.

«Sach deinem Bruder: Bin ick schön for dir oder bin ick häßlich?»

«Schön . . .» flüsterte sie.

«Machste mir noch? Liebste mir, sach!»

«Doch!»

«Du sollst es ihm sagen, Nutte!»

«Ich liebe dich noch, Eugen!»

«Zeich et deinem Bruder – küß mir!»

Sie beugte sich über den Blinden – und Heinz Hackendahl sah nicht mehr die beiden . . . Er sah sich selbst vor Tinette, und Tinette war gut anzusehen gewesen, aber wenn nur schön sein konnte, was auch gut war, wie die Griechen sagten, so war sie ebenso häßlich gewesen wie Eugen Bast. Seine eigene Hörigkeit sah er, seine eigene Lust am Schmerz; hier wurde er noch einmal gedemütigt, mußte noch einmal die eigene Schmach fühlen . . .

«Eva . . .!» bat er leise.

Ihre Lippen auf den grauschwarzen Narben, sah sie ihn an. Ein kurzer Blick, fast wie ein Lächeln. Eine dunkle Seele – eine Seele in Qual. Es geht vorüber, schien ihr Lächeln zu sagen. Schmerz geht ebenso vorüber wie Lust. Am Ende, wenn alles vorbei ist, war es gleichgültig, was man erlebt hatte: Lust oder Schmerz . . .

Nein! Nein! schrie es in ihm. Ich will nicht . . .

Eugen Bast schob die Eva fort. «Jenuch Theata», sagte er. «Mach fertig. – Un Sie, junger Mann, Sie können jetzt ruhig von hier direkt uff de Polizei jehn – wir sind noch 'ne Weile hier, die können uns jerne holen. Aber det versprech ick Ihnen, so lange ick rin muß, solange jeht Ihre Schwester ooch rin, dafor wird jesorcht, dafor sorcht se selber. – Un wenn se dann rauskommt, so in Stücker zehn Jahren, denn soll se'n Leben kriejen – da hat se jetzt den reinen Himmel! Det versprech ick Ihnen, junger Mann!»

«Eva!» bat Heinz noch einmal.

Aber Eva schüttelte nur leise den Kopf bei ihrer Packerei.

«Und nun hauen Se ab, junger Mann!» rief Eugen Bast plötzlich mit ganz anderer Stimme. «Sie werden hier nich mehr jebraucht. Jede Minute, die Sie hier noch stehn, kneif ick Ihr Frollein Schwester een bißken fester . . . Eva, stell dir her zu mir . . . Jib deinen Arm her . . . nee, det dicke Fleisch von'm Oberarm . . . So, junger Mann; fühlstet, Eva . . .?»

Heinz stürzte aus dem Zimmer. Er floh, er lief immer schneller durch die Straßen. Er lief von dem schrecklichen Haus in der Tieckstraße fort, von den Bildern in sich fort, von der eigenen Schande, der eigenen Schmach.

Schließlich fand er irgendeine Bank. Da saß er lange, das Gesicht zwischen den Händen, es war noch heller Tag. Er ließ die Tränen zwischen den Fingern hindurchlaufen, Tränen des Schmerzes, des Mitleids – aber vor allem Tränen der Wut über seine eigene Hilflosigkeit, seine verdammte Schwäche . . .

Stark muß ich werden, dachte er. Daß ich ändern kann. Es muß geändert werden. Bloß Mitleid haben, ist nur Schwäche, Feigheit. Ändern muß man die Welt – und dafür muß man stark sein!

So ging es fieberhaft durch seinen Kopf – er hatte Visionen von einer Zukunft, in der er stark sein würde, fähig, einen Eugen Bast auszurotten. Nur langsam beruhigte er sich. Als er aufstand, hatte eine mitleidige Seele auf das Holz der Bank neben ihn einen Groschen gelegt.

Er sah ihn lange an. Es war seltsam: Am gleichen Tage, da er Eugen Bast betteln gesehen hatte, wurde auch er beschenkt.

Er nahm das Geldstück und warf es weit von sich in ein Gebüsch. Nein, keine Geschenke mehr. Aus eigener Kraft! Nur noch aus eigener Kraft!

16

Die Nationalversammlung hatte immer wieder unbeugsam zu einem Gewaltfrieden «nein» gesagt. Es hatte tausend Protestversammlungen im Reich gegeben. Die Redner hatten «nein» gerufen, und die Versammelten hatten ihnen zugestimmt.

Dann wird eine Delegation ernannt, die in Versailles die Friedensbedingungen der Gegner entgegennehmen soll. Aber eine einfache Delegation genügt nicht, die Gegner verlangen Minister, hohe Staatsbeamte; sie werden ernannt, sie treten ihre Reise nach Versailles an.

Das Volk wartet: Vielleicht wird alles gar nicht so schlimm, wie man fürchtete? Vielleicht ist der Feind gnädig?

Achtzig Mitglieder stark, von fünfzehn deutschen Pressevertretern begleitet, trifft die deutsche Delegation in Versailles ein. Sie werden fast wie Gefangene gehalten, niemand darf zu ihnen, nirgend dürfen sie hin – ein streng bewachtes Hotel ist ihre Heimstatt. Acht Tage läßt man sie warten, wie demütige Bittsteller im Vorzimmer des reichen Mannes haben sie zu warten, bis man geruht, ihnen die Bedingungen zu überreichen, durch die Deutschland bekennt, ein schuldiger, überführter Verbrecher zu sein, und verspricht, ewig der Sklave der anderen zu werden . . .

Sie reisen ab mit der Note der Schmach, sie geben sie bekannt. Sie rufen «nein», wieder machen sie Protestversammlungen, sie wechseln Noten – verdorren soll die Hand, die ihre Unterschrift unter diesen Vertrag setzt! Sie rufen den Präsidenten Amerikas, Wilson, an, sie befragen Sachverständige, sie bitten, sie appellieren, sie drohen ein ganz klein wenig. «Unannehmbar» sagen sie und machen Gegenvorschläge. Einstimmig erklärt sich die Sozialdemokratische Partei Deutschlands gegen diesen Gewaltfrieden. Aber nichts ändert sich. Die Noten sind umsonst gewechselt, die Proteste verhallen – von drüben heißt es unerbittlich: «Es gibt keine Verhandlungen!»

Plötzlich sagt die Nationalversammlung ja. Die eben noch nein riefen, sie sagen ja. Wenn die anderen nicht nachgeben, muß man schon selbst nachgeben. Wenn die anderen dabei bleiben, Deutschland ist schuldig, wenn jeder Widerspruch nichts erreicht, nun, so muß man sich schuldig bekennen. Festgeschlossen stimmt die Sozialdemokratie für Ja, festgeschlossen sagt das Zentrum: Annehmen . . .

Sie machen noch einige Vorbehalte, ein paar Ausstellungen . . .

Aber: «Es gibt keine Verhandlungen . . .» klingt es wieder.

Dann, am 23. Juni 1919, erklärt sich die Nationalversammlung mit der bedingungslosen Unterzeichnung des Friedensvertrages einverstanden. Ihre Mitglieder bescheinigen einander feierlich, daß sowohl wer mit Ja, wie wer mit Nein stimmte, nur aus vaterländischen Gründen handelte . . .

In der Spiegelgalerie des Schlosses von Versailles unterzeichnen zwei deutsche Minister den Vertrag. Man hat sie wie Gefangene durch Stacheldrahtverhaue geführt, eine schweigende Menge sah düster auf sie. Bei ihrem Rückweg wurden Verwünschungen laut, Steine wurden geworfen, leere Flaschen . . .

17

Durch die Große Frankfurter Straße geht Heinz Hackendahl, zwei Handköfferchen tragend. Der eine Handkoffer ist leicht, er enthält alles, was Heinz an Kleidung, Wäsche, Schuhwerk besitzt. Der andere

Koffer ist schwerer, wenn auch nicht schwer. In ihm sind Bücher, Hefte, alles, was sich in seiner Schulzeit an geistigen Vorräten angesammelt hat. Es ist der 1. Juli, ein recht heißer Tag. Vorgestern wurde der Friedensvertrag unterzeichnet.

Heinz geht an dem Zaun vorüber, hinter dem einstens der Fuhrhof seines Vaters lag. Als er an das Tor kommt, bleibt er stehen, setzt seine Koffer ab und sieht neugierig hinein. Der Hof scheint schon wieder seinen Besitzer gewechselt zu haben. In den langen Stall, der sonst die Pferde beherbergte, ist jetzt Tür neben Tür gebrochen: Garage liegt dort neben Garage. Autotaxen stehen auf dem Hof, ein Fahrer spritzt seinen staubigen Wagen ab.

Heinz nickt. Er ist nicht betrübt über diese Veränderungen, wenn sie auch zu dem «Vorbei» sagen, was sein Vater war. Heinz weiß, damit neues Leben entsteht, muß altes vergehen. Das ist nichts, worüber man trauern müßte. Im Gegenteil, es liegt ein großer Trost darin, daß alles vergeht – so vergeht auch Schmach. Man kann sich erheben aus dem Dreck, in den man fiel.

Ein einfahrendes Auto hupt wütend – Heinz nimmt seine Koffer auf und geht weiter. Er biegt in eine Nebenstraße, in eine zweite, geht über ein paar Höfe und ersteigt fünf Treppen.

Das Schild «Gertrud Hackendahl – Schneiderin» hängt noch an der Tür. Einen Augenblick zaudert er. Es ist kaum dreiviertel Jahr her, daß er hier zum letztenmal war. Aber es scheint eine endlose Zeit, wenn er überdenkt, was er seit jenem Abend alles erlebte: Erich und die Revolution, Tinette und Irma, Maturum und Eva . . .

Einen Augenblick zaudert er. Dann aber drückt er entschlossen auf den Klingelknopf.

Gertrud Hackendahl öffnet ihm. «Du, Bubi?»

«Ja, ich, Tutti. – Aber ehe ich mit meinen Koffern reinkomme, möchte ich dich fragen, ob du mich auch haben willst? Verstehst du, ich möchte bei dir wohnen. Ich habe eine kleine Stellung bei einer Bank bekommen; vielleicht kann ich dir ein bißchen bei den Jungen helfen . . .?»

Er hat gesagt, was er sich überlegt hat. Aber es scheint ihm jetzt schwach und falsch. So sagt er noch: «Und vielleicht kannst du mir auch ein bißchen helfen, Tutti? Es ist ja nun Friede geworden . . . Vielleicht kannst du mir helfen, du bist, glaube ich, die einzig Starke in unserer Familie . . .»

Sie sieht ihn an. Dann ruft sie, und sie verbirgt nicht ihre Freude: «Komm nur rein, Bubi! – Natürlich kannst du mir viel helfen – bei den Jungen!»

Er tritt ein.

Sechstes Kapitel

Rausch der Armut

1

Der alte Gustav Hackendahl, der Vater – denn es gab ja auch einen jungen Gustav Hackendahl, den ältesten Sohn vom gefallenen Otto; der Alte hatte ihn freilich nie gesehen –, der alte Gustav Hackendahl fand es immer schwieriger, mit einem Pferde zwei Menschen zu ernähren, nämlich sich und seine Frau.

Früher, vor dem Kriege, konnte man mit einer Droschke sogar Kinder großziehen, wenn man sich nur ein bißchen Mühe gab, die richtigen Warteplätze aufsuchte und einen Gaul vor dem Wagen hatte, der den Leuten Vertrauen einflößte.

Aber wer setzte sich heute noch in eine Pferdedroschke? Liebespaare im Sommer und Angesoffene zu allen Jahreszeiten. Dann gab es noch eine gewisse Nachfrage nach Droschken, wenn Wahlen waren; dann fuhr man alte und kranke Leute, die eine vernünftige Abneigung gegen Autos hatten, zum Wahllokal.

Aber all das verschlug nichts, das Geschäft ging nicht mehr – in diesen Zeiten konnte ein Pferd nicht einmal mehr sich selbst ernähren, geschweige denn zwei alte Leute. Gustav Hackendahl gewöhnte es sich an, wenn er von seinen Fuhren durch die Kaiserallee heimwärts zuckelte, bei der Furagehandlung von Niemeyer erst einmal das Tagesfutter für den Rappen einzuhandeln, denn der Rappe ging vor. Als Hackendahl zum erstenmal für den Zentner Hafer, der vor dem Krieg sechs Mark gekostet hatte, sechshundert zahlen mußte, hatte er doch trotz all seiner Eisernheit gemeint, jetzt sei es mit der Welt am Ende. Nun zahlte er längst sechstausend Mark, und die Welt lief weiter nach dem Spruch: «Je öller, je döller!»

Bloß, daß Hackendahl schon längst nicht mehr den Hafer zentnerweise kaufte. «Und die mögen bei Niemeyern noch so sehr anjeben, Mutter, ick hole mir alle Taje meine zwölf Pfund Hafer! Zehn Pfund kriejt der Rappe, und zweie bleiben alle Tage zurück fürn Sonntag. Ick bin vorsichtig geworden!»

Aber alle Vorsicht half nichts. Oft mußte Hackendahl mit abgewendetem Kopf bei Niemeyer vorbeifahren, weil er kein Geld hatte, weil einen ganzen langen Tag kein Mensch eingestiegen war in die Droschke. Da stand denn der eiserne Gustav in der ehemaligen Tischlerwerkstatt bei seinem Gaul, hatte dem ein Futter zurechtgemanscht aus ein bißchen Heu und ein bißchen Streu und dachte an die alten

Zeiten, da der Hafer alle Tage zentnerweise vom Boden geholt worden war, sein eigener Hafen von seinem eigenen Boden, und wie der Futtermeister Rabause (was aus dem wohl geworden war?) mit der vollen Futterschwinge durch den Stall gelaufen war.

«Jute Zeiten, Rappe, fette Zeiten – wie jut und fett, det merken wir alle erst heute. Du ooch, oller Dussel! Ick habe doch nischt – du kannst mir anstoßen mit deine Fresse, es fällt nischt raus!»

Nun gut, auf seine alten Tage lernte es der eiserne Gustav noch, sich in jede Situation zu schicken. Aber es machte keinen Spaß, weil es trotz aller Anstrengungen kein Vorwärts gab, sondern nur ein unaufhaltsames Zurück. Was verschlug es denn, wenn er ein paar Fuhren machte für Niemeyer, ihm Hafer, Heu und Stroh ausfuhr – es verschlug gar nichts! Mutter stand doch mit leeren Händen da.

Es war zum Lachen (da man ja nun einmal nicht weinen wollte), jetzt gab es genug Brot, und Butter dazu. Aber das Vier-Pfund-Brot kostete 20000 Mark, und für das Pfund Butter hatte man 150000 Mark auf den Ladentisch zu legen! So waren die Kerle, die jetzt das Regiment hatten: Erst nichts zu fressen und dann keinen Verdienst, sich was zu kaufen – solche Kerle waren das! Irgendwie machten sie's immer falsch.

Gustav Hackendahl, wenn er da bei seinem Rappen im Stall stand, grübelte hin und her, wie er es anders einrichten, ein bißchen mehr Geld verdienen könnte. Er schob den kalten Zigarrenstummel von einem Mundwinkel in den anderen. Es war wirklich ein Jammer, wie Mutter aussah, die Kleider schlotterten um die Frau, als hätte man sie einer Bohnenstange zum Vögelscheuchen angezogen. Mutter mußte endlich mal wieder ein bißchen Speck auf die Rippen kriegen, es war ein Elend mit diesem Hungern! Im Kriege war gewissermaßen noch eine gewisse Ordnung in der Hungerei gewesen, da hatten alle gehungert (oder es hatte doch wenigstens so ausgesehen), man hatte gesetzlich geregelt auf Karten gehungert. Man hatte sich gewissermaßen mit seinem Hunger einrichten können.

Aber jetzt wurde ganz regellos Kohldampf geschoben. In den Läden gab es Ware genug für den, der sie kaufen konnte. Das Volk aber lief an den glänzenden, an den überfüllten Läden vorbei, es sah lieber gar nicht erst hin, oder es sah auch gerade hin, rein aus Daffke – und dann fragte es sich, was es eigentlich ausgefressen hatte, daß es so hungern mußte. Mehr Sünden als die Fresser hatte es auch nicht auf dem Gewissen.

Aber Fragen half nicht viel, und die Umzugfuhren der kleinen Leute mit einem geliehenen Plattenwagen halfen auch nichts. Man rackerte sich einen halben Tag ab, und wenn es ans Zahlen ging, dann hieß es: «Heute paßt es nu grade nicht so besonders. Aber am Freitag, wenn Maxe mit der Lohntüte kommt . . .»

Ja, Hundedreck! Wenn das Geld wirklich am Freitag fiel, da war es gerade noch ein Paar Schnürsenkel oder eine Schrippe wert! Mutter sagte wohl: «Geh doch mal zu den Kindern, Justav! Die Sophie und der Erich haben bestimmt ihr gutes Auskommen. Sie werden ihre alten Eltern doch nicht verhungern lassen wollen!»

Nein, darin war Gustav eisern, er ging nicht zu seinen Kindern, dann noch lieber auf die Wohlfahrt! Es war jetzt so, daß er richtig grinsen konnte, über sich, die Kinder und über die ganze Welt: Er, der ehemalige Wachtmeister von den Pasewalker Kürassieren, hatte fünf Kinder ohne Hungern großgekriegt. Aber diese Kinder, die alle mehr gelernt hatten als der Vater, kriegten zwei Eltern nicht satt! Darüber grinste er.

«Det is der Lauf der Welt, Mutter», sagte er. «Und daran will ick lieber nischt ändern. Manchmal seh ick ja Erichen mit seim Auto am Zoo vorbeibrausen. Nur, er sieht mir nich. Und is ooch richtig von ihm. Denn wat soll det heeßen – ick hab bloß 'nen ollen vermotteten Kutschermantel, und er hat 'nen schnaften See-aal-pelz oder wie die Dinger heeßen – det jehört nich zusammen, det hat Jott nich jewollt. Nee, Mutter, sei zufrieden, det wir unsere Ruhe haben. Janz verhungert sind wir ja immer noch nich, und so wird et schon weiterjehn. Und Heinz kommt ja noch immer . . .»

Jawohl, Heinz kam immer. Er kam regelmäßig einmal die Woche zum Abendessen, weil da der Vater zu Hause war, und redete mit den Eltern. Meistens von den alten Zeiten. Und er brachte seinen eigenen Anteil am Essen mit, wie es sich in diesen Zeiten bei Besuchen gehörte. Und sein Anteil war stets so bemessen, daß Mutter noch ein ganzes Mittagessen davon machen konnte. Was man ihm um so höher anrechnen mußte, als es ihm bestimmt auch nicht üppig ging. Mutter sah mit Bekümmernis, daß Heinz noch immer denselben Mantel trug, mit dem er vor nun fast vier Jahren von ihnen gegangen war.

Aber wenn sie ihn fragte, lachte er bloß. «Ich komm schon durch, Mutter, hab bloß keine Bange. Wir alten Leute halten es schon aus. Die Hauptsache, daß wir die Jungen großkriegen, Mutter.»

«Daß du dich auch noch mit den Bengels von der Gudde abgibst, Heinz!»

(Für Mutter blieb Ottos Frau immer die Gudde, obwohl sie ihr gewissermaßen doch einmal durch Übersendung von ein paar Bestekken verziehen hatte . . .)

«Das sind großartige Bengels, Mutter, die laß man! Ohne die machte mir das ganze Leben keinen Spaß. So weiß man doch, wofür man schuftet . . .»

«Pst! Der Vater!» mahnte die Mutter.

Aber mit dem Vater war das gar nicht mehr so schlimm. Er konnte schon gut ein Wort vertragen über die Bengel, seine Enkel. Ja, er konnte sogar schon ein Wort über sie reden, wenn es auch kein freundliches war.

«Und wirklich hat keener'n Buckel, Heinz? Du sohlst, ick wette, du sohlst! Und wenn man ooch den Buckel von außen nich sieht, innen steckt er – da freß ick'n Besen druff!»

«Dann freß man, Vater!» lächelte Heinz und erzählte geruhig weiter, die Mutter mochte mit den Augen plinken, soviel sie wollte.

Er war überhaupt sehr ruhig geworden und schwer zu erschüttern, der junge Heinz Hackendahl. Zweiundzwanzig Jahre alt – aber besonnen und gesetzt wie ein Alter.

«Ja, wie es mit dem Gelde wird, Vater, kann ich dir auch nicht sagen. Ich bin ja bloß ein kleiner Schreiber auf der Bank, wenn ich jetzt auch gottlob meine Lehrzeit hinter mir habe. Die Mark wird wohl weiter fallen und der Dollar weiter steigen, besonders jetzt, wo die Franzosen die Ruhr besetzen wollen . . .»

Die Alten schwiegen beklommen. Schließlich fragte Vater Hackendahl: «Und von wat soll ick meinen Rappen füttern?»

Heinz Hackendahl dachte eine Weile nach. Er verstand wohl, daß der Rappe nur für jemand anders genannt wurde, für zwei andere. Dann sagte er: «Ich werde dir das nächste Mal Bescheid sagen, Vater. Vielleicht finde ich was.»

Beim nächsten Male aber traf er seinen Vater nicht an, und das war nicht so schlecht, denn er hatte für den Vater trotz aller Bemühungen nichts gefunden. Dafür hatte aber Vater selber was gefunden. Die Mutter war sehr bekümmert und in Sorge. «Du wirst sehen, Heinz, zum Schlusse kommt es bloß darauf raus, daß Vater wieder ins Saufen gerät, wie damals, als Otto gefallen war.»

Aber Heinz war zuversichtlich. «Das ist ganz recht von Vater, daß er das macht! Du sollst sehen, Mutter, da verdient er was; und er paßt auch dafür! Und mit dem Saufen hab bloß keine Angst – Vater ist viel zu stolz, um je ein Säufer zu werden.»

2

An einem guten Tag unter diesen schlimmen Tagen hatte Vater Hackendahl am Bahnhof Zoo einen langbeinigen Mann mit Pferdezähnen als Fahrgast gefunden, und dieser Mann, der die Füße sofort auf den Vordersitz der Droschke gepackt hatte, während er sich im Hintersitz rekelte, hatte vom eisernen Gustav verlangt, in der Stadt spazierengefahren zu werden. «Uie sagt Sie? Zewei Stunde, und um Zewölf an die Schlesische Bahnhof!»

Eine Märchenfuhre, eine Glückslast – ein wahrer Inflationssegen, ein Engländer, nein, wie sich dann herausstellte, ein Amerikaner, der Berlin auf der Durchreise zu besehen wünschte. Nun, er besah sich unter Hackendahls Führung Berlin gründlich, das heißt, er probierte Berlins Bier, Wein und Schnaps, sehr gründlich. Und wenn er zu Anfang noch amerikanisch wortkarg in die Lokale gestolpert war: «Just a moment, please», so hatte ihn, je mehr sie in das Zentrum vorstießen, je weiter sie nach dem Osten kamen, der Geselligkeitstrieb erfaßt, und Vater Hackendahl mußte ihn auf jeder Expedition begleiten, ging es nun in die «Traube» oder in eine Gerold-Stube.

Ein toller Kerl mit einem schneeweißen Gesicht, das kein Alkohol färben konnte, mit einer Mähne feuerroter Haare darüber. Er hatte wohl drüben, in seinem trockengelegten Heimatlande, eine fast manische Vorliebe für Flaschen bekommen, nicht einmal für die kurzen Weiterfahrten in der Droschke mochte er ohne Flasche sein. Er steckte sie in seine Manteltaschen, er baute sie vor sich auf den Vordersitz, er betrachtete sie mit betrunkenen, aber lächelnden Blicken und schüttelte sie zärtlich. Wenn sie dann gluckerten, lachte er.

Es war eine Glücksfuhre, aber eine schwierige Fuhre – ein Segen, daß wenigstens der Rappe keinen Geschmack für Alkohol hatte (sie versuchten, ihn mit Cognac zu tränken, aber der Rappe verzichtete).

Durch irgendein Wunder schaffte Hackendahl wirklich den Zwölfuhrzug auf dem Schlesischen Bahnhof. Aber der Amerikaner verlangte, daß «my friend Gustav» mit auf den Bahnsteig komme, und so wurden sie denn die Bahnhofstreppe hinaufgetragen, jeder von zwei Gepäckträgern, und sie waren gewaltig heiter und erheiterten noch gewaltiger.

Am Zuge freilich kam der Trennungsschmerz, sie lagen einander in den Armen, unter dem Zug hervor holte ein Gepäckträger den Lackpott Hackendahls. Ein zweiter hielt die Peitsche, die beiden anderen die Abschied nehmenden Freunde. Gustav Hackendahl wurde von Amerika eingeladen, doch ein kleines Stückchen mitzufahren, bis Warschau. Und ohne die Gepäckträger, die immer wieder auf den einsam wartenden Rappen verwiesen, hätte er es vielleicht getan. So bekam er denn zum Abschied eine Flasche Mampes bittere Tropfen geschenkt, aus der Manteltasche, und auch die Gepäckträger bekamen jeder eine Flasche – die sie dann freilich wieder hergeben mußten, weil das Abteil ohne Flaschen gar zu unwohnlich und einsam aussah.

Dafür verteilte Amerika sein ganzes deutsches Papiergeld, und

Gustav bekam sogar einen echt amerikanischen Zehndollarschein. Nachdem der Stationsvorsteher zuerst wegen des Krakeels Krakeel gemacht hatte, war er schließlich so erheitert, daß er zwei Minuten zu spät das Abfahrtsignal gab. Dann fuhr der Zug wirklich los, zwei breitköpfige, braune Schuhe sahen trostlos aus einem Abteilfenster erster Klasse, gingen in die Ausfahrtskurve und entschwanden – der Grenze zu, Warschau zu, Moskau zu, jedenfalls ungezählten Schnäpsen zu.

Die Gepäckträger aber trugen den traurigen eisernen Gustav hinunter in seine Droschke, setzten ihn in die Ecke, deckten ihn warm zu, hingen dem Rappen den Futtersack um und hatten den ganzen Nachmittag ein wachsames Auge auf das Gefährt. Denn der Schlesische Bahnhof war damals eine ausgesprochene Rabengegend, und Raben wittern jeden Leichnam, besonders, wenn er einen echt amerikanischen Zehndollarschein in der Tasche trägt.

So aber erwachte Gustav Hackendahl, nach ungestörtem Schlaf, mit einem ausgeruhten, wenn auch noch ein wenig benommenen Kopf. Ja, es war eine richtige Inflationsfuhre gewesen, dachte er auf der Heimfahrt, eine Fuhre, wie sie sonst nur den dämlichen Autos blühte. Aber sie war nur ein Einzelfall, bestimmt, ein Einzelfall zu bleiben, und zehn Dollar reichten bei drei Fressern keine Ewigkeit. Nein, davon allein konnte Gustav nicht so vergnügt zumute sein, er schob die Zigarre (echt amerikanisch!) von einem Mundwinkel in den anderen und überlegte und grübelte, warum er eigentlich so vergnügt war.

Er erinnerte sich, er hatte eine Idee gehabt, und manchmal blitzte es in seinem Hirn ferne von der Idee – aber weiter kam er nicht. Wenn es blitzte, merkte er, es hing damit zusammen, daß er der eiserne Gustav war. Aber das war eigentlich bloßer Unsinn, denn alles hing damit zusammen, daß er der eiserne Gustav war, ohne ihn hörte alles auf. Soviel ihm bekannt war wenigstens. Wenn ich tot bin, sind alle tot, dachte er behaglich, denn das war ein sehr angenehmes Gefühl.

Der Rappe zuckelte gemächlich weiter. Lange Straße, Warschauer Brücke, über den Alexanderplatz. Durch die Königstraße zum Schloß. Eigentlich hatte der eiserne Gustav über die Linden und durch den Tiergarten heim gewollt, aber schließlich zog er dann doch an der linken Leine und fuhr «unten herum». Er fuhr hin und her, zickzack fuhr er, jetzt um die Ecke, und nun schon wieder um eine Ecke. Und je mehr Ecken der eiserne Gustav umfuhr, um so heller wurde es in seinem Kopf, und als er vor dem Kellerlokal in der Mittelstraße hielt, da wußte er wieder, was für eine blendende Idee er in all seiner Besoffenheit gehabt hatte, und er nickte dem Schild über dem Lokal liebevoll und einverstanden zu.

Auf dem Schilde aber stand zu lesen: «Zum groben Gustav», und mit dem Lokal, in das Hackendahl hinabstieg, hatte es folgende Bewandtnis: Der Berliner, der bekanntlich ein sehr feinfühliges Geschöpf und äußerst leicht beleidigt ist – dieser selbe Berliner ist in einem gewissen Zustand von Angeheitertheit für Grobheiten besonders empfänglich. Er lechzt dann einfach danach, daß auf seiner Empfindlichkeit herumgetrampelt wird.

Nicht nur kleine Leute wie Angestellte und Gewerbetreibende, nein, die Spitzen der Geistigkeit und des Erwerbslebens waren schon vor Gustav Hackendahl die enge, dunkle Treppe in den Keller geturnt, bloß um sich grob kommen zu lassen. Wie so ein Wirklicher Geheimer Oberkammerrat selig aufseufzte, wenn ihm der grobe Gustav in seiner roten Weste mit den Begrüßungsworten entgegentrat: «Na, du oller Dussel, du hast woll heute mal wieder aus Versehen dein Jesicht in die Hosen und deinen Arsch in't Jesichte jesteckt, wat?» – das war gar nicht zu sagen.

Und außer kräftigster Grobheit gab es in diesem Lokal auch noch Holztische, und alles nannte sich du – und die Herrentoilette hieß die Ritterburg, die Damentoilette aber die Tropfsteingrotte, was die Phantasie der Herren anregte und die Damen nicht aus dem Kichern kommen ließ. Und dann gab es alle halben Stunden eine Führung durch die Schreckenskammer, und dort konnte man die Klistierspritze bewundern, mit der Konrad der Hartleibige in der Schlacht am Popocatepetl seine Feinde auseinandergesprengt hatte. Und eine echte Krokodilsträne. Und das Nachtgeschirr der Äbtissin Fringilla. Und den Nürnberger Trichter. Und eine Locke vom Haupte Karls des Kahlen (Pferdehaar). Und das Lämpchen der sieben törichten Jungfrauen (Küchenlampe). Und dem Zuge der Zeit entsprechend, die gerne über die eigenen Niederlagen spottete, die fette, weiße Männerhand, die nicht verdorren wollte . . . Nicht zu reden von den erotischen Scherzen, die den Herren zu den neckischsten Bemerkungen Anlaß gaben. Denn es ist süß, die Maske des Wohlanstandes einmal fallen zu lassen und zu anderer Männer Frauen zu sprechen, als sei es die eigene . . .

Derart also war das Lokal, in das an jenem Glücksnachmittag der eiserne Gustav hinabstolperte. Und wiederum hatte er Glück. Denn er traf den Wirt und Inhaber sogar an, den groben Gustav. Trotzdem das Lokal als ein Platz für angetrunkene Leute eigentlich ein Nachtlokal war.

Die beiden Gustavs, der grobe und der eiserne, setzten sich zusammen an einen Tisch. Der eiserne erzählte von seinem Amerikaner und winkte sachte mit dem Zehndollarschein. Der grobe aber hatte das Nachmittagsweh der Gastwirte, die trübe Stimmung der blauen Stunde gewissermaßen, und kam ins Klagen über die mannigfaltige Schleuderkonkurrenz in Grobheit. Die Inflation legte Grobheitslokale durch die ganze Innenstadt wie ein fleißiges Legehuhn Eier, und jeder mittlere Grobian schien sich berufen zu fühlen, seinen Gästen grob zu kommen.

Das war Wasser auf die Mühle Hackendahls. Aus einem gewöhnlichen Droschkenkutscher verwandelte er sich in den eisernen Gustav (von dem der grobe schon gehört zu haben meinte), und nicht lange, so reichten sich die beiden Gustavs die Hand über den Holztisch und besiegelten mit einem Händedruck ein aussichtsreiches Geschäft.

Das Abkommen der beiden aber war derart, daß der eiserne Gustav von abends bis in die Nacht an dem großen runden Tisch gleich am Eingang sitzen sollte, mit einer Molle und einem Korn, als richtiger Droschkenkutscher, mit Kutschermantel, Lackpott und Peitsche. Die Rolle als verbitterter, aus der Mode gekommener Droschkenkutscher sollte seine Rolle sein; er hatte den Gästen, die mit Autos ankamen, grob zu kommen wegen ihrer Autos, hatte sie zum Trinken zu bringen, sie zu unterhalten – kurz, er hatte ihrem stets etwas lahm geratenen Vergnügungsvermögen mit echt Berliner Humor auf die Beine zu helfen.

Dafür sollte Gustav Hackendahl sein Trinken frei haben (aber in aller Mäßigkeit) und zwei kräftige Mahlzeiten bekommen, eine, wenn er kam, eine, ehe er ging. Und von allem, was die Gäste an seinem großen runden Tisch verzehrten, sollte er zehn Prozent der Zeche bekommen. So besprochen zwischen dem groben und dem eisernen Gustav und durch Handschlag besiegelt.

Vor zehn Jahren noch, vor fünf Jahren noch hätte der eiserne Gustav verächtlich gelacht, hätte ihm einer angeboten, den Hanswurst betrunkener Gäste abzugeben – nun hatte er sich selber angeboten. Hackendahl hatte den Krieg erlebt; das Militär, das sein Stolz gewesen war, war nicht mehr; das Kaisertum, das seinen Halt abgegeben hatte, war kläglich zusammengebrochen; aus allen seinen fünf Kindern war nichts geworden, auf das er besonders stolz sein mußte.

Der eiserne Gustav hätte zusammenbrechen können. Oder noch härter werden. Er hatte etwas anderes getan: Er hatte zu lachen angefangen. Es war eine Zeitkrankheit. Vor dem Kriege hatte man den Menschen eingeredet (und sie hatten es geglaubt), daß der Mensch gut, hilfreich, edel, gläubig, fleißig, pflichttreu sei (und zu sein habe). Jetzt sagten sie: Der Mensch ist schlecht, mörderisch, verlogen, schweinisch, faul, gemein – und sie glaubten es wieder. Sie waren noch stolz darauf. Es machte ihnen Laune – freilich eine

Katzenjammerlaune, ein Grinsen, als hätten sie Essig getrunken, eine Weltuntergangslaune (und der älteren Generation war ja tatsächlich ihre Welt untergegangen).

So sah sich Gustav Hackendahl auch gar nicht als der bezahlte Spaßmacher der anderen, nein, er wollte seinen Spaß an den Gästen haben. Er wollte sie in ihrer Betrunkenheit kitzeln, und wenn dann die Gemeinheit in ihnen hervorkam, dann würde er denken: Ick habe jar nischt Besonderet erlebt. Wie meine Kinder sind se alle. Alle uff dieselbe Brotschaufel abjebacken, alle die eene Seite roh und die andere vabrannt, und alle mit demselben Klitschstreifen mittenmang durch!

So hatte er es sich ausgedacht, als vom Alkohol des irischen Amerikaners seine Phantasie entzündet war. Und wenn er auch das meiste davon später wieder vergessen hatte, als bezahlter Spaßmacher fühlte sich der eiserne Gustav nie. Er grinste über den Spaß, den ihm die anderen machten. Er konnte gut und viel grinsen, denn das Geschäft ging besser als erwartet. Selten war der Tisch des Original-Berliner-Pferdedroschkenkutschers leer – und der eiserne Gustav wurde sogar eine Art Berühmtheit im Berliner Nachtleben, als er erst seinen Rappen dressiert hatte . . .

Es stellte sich nämlich heraus, daß seine angetrunkenen Tischfreunde durchaus von ihm in das nächste Lokal gefahren werden wollten (der «Grobe Gustav» war ein Lauf-, kein Sitzlokal), und wenn er die Rolle des Droschkenkutschers weiterspielen wollte, so mußte er seine Freunde eben fahren. Damit aber war wieder der Wirt nicht einverstanden, denn eine halbe oder gar eine ganze Stunde blieb dann der große runde Tisch ohne seinen Hauptanziehungspunkt, und eine Stunde zählt viel in einem Lokal, das eigentlich nur sechs Stunden lang wirklichen Verkehr hat . . .

Da hatte der eiserne Gustav wiederum eine Idee. Er dressierte den Rappen, und der Rappe ging von Stund an auf den Hüa-Ruf seines Herrn keinen Schritt vorwärts, sondern fing an, in seiner Gabel beängstigend rückwärts zu gehen wie ein Krebs und die Droschke gegen Bordschwelle und Laternenpfähle zu drängeln. Je lauter der Kutscher «Hüa!» rief, je fester er mit der Peitsche knallte, um so ungebärdiger wurde der Rappe, bis er sich schließlich auf den Asphalt legte.

Es half den Gästen alles nichts, sie mußten aussteigen und sehen, auf andere Weise in das nächste Lokal zu kommen, was sie auch stets mit dem größten Vergnügen taten. Ja, meistens wurde der eiserne Gustav für die ihm entgangene Fuhre reichlich entschädigt. So war allen geholfen: dem Wirt, den Gästen, dem Kutscher – und es ist anzunehmen, daß auch der Rappe, der nur noch Blücher hieß, seinen

Spaß an der Sache hatte.

Heinz hatte ganz recht, die Mutter zu trösten: In Trinkergefahr kam der eiserne Gustav trotz seiner nächtlichen stundenlangen Lokalsitzerei nicht. Und das Geschäft brachte wenigstens Geld ins Haus: ganz so schlottrig saßen schon nach kurzer Zeit der Mutter die Kleider nicht mehr auf dem Leib.

Und doch hatte Heinz unrecht: Für den eisernen Gustav war es doch gefährlich. Der Mann war einmal ein Mann gewesen, wohl mit einem engen Gesichtskreis, aber er war ein rechtlicher Mann gewesen, mit einem Ideal, nach dem er gelebt hatte. Vielleicht falsch, aber doch ohne Bruch, einem Ideal, das durch die Begriffe Arbeit, Ehrlichkeit, Pflicht erfüllt wurde.

Nun wurde er alle Tage immer mehr zu einem Spötter, einem Etwas, das nichts mehr zu tun hatte, als zu spotten. Gewiß, so gottverlassen war er nicht, daß er seine Pflichten völlig vernachlässigte. Er sorgte immer für die alte Mutter daheim. Die Stimmung mochte noch so munter sein, er stand alle halben Stunden auf und sah nach, ob der Rappe seine Decke auch noch richtig auf den Nieren liegen hatte, er fütterte und tränkte, wie es sich gehörte . . .

Aber er tat das alles mehr aus Gewohnheit als aus Pflichtgefühl. Er hatte keine einzige Aufgabe in der Welt. Seine Welt war zerschlagen. Stück für Stück, nichts war heil geblieben. Vor zehn Jahren hätte er noch geschaudert vor einem solchen leeren Kneipen- und Spötterleben. Er hätte es gar nicht führen können, er wäre unfähig gewesen, seine Gäste zu unterhalten. Jetzt konnte er es.

Das gerade war es, was er und die anderen an ihm eisern nannten. Seine Beharrlichkeit, daß er zum Beispiel immer noch Pferdedroschke fuhr, trotzdem jeder Mensch einsehen mußte, die Zeit der Pferdedroschken war für ewig vorbei. Aber das hieß nicht eisern, das hieß alt; wenn er jünger gewesen wäre, hätte er längst hinter dem Steuer einer Autotaxe gesessen. Es schien auch eisern zu sein, daß er nie seinen Kindern nachlief, die Enkel nicht sehen wollte . . . Aber auch das war nicht eisern, wiederum war es das Alter. Ein junger Mensch steht nach einem Sturz auf und versucht es von neuem, Gustav Hackendahl aber wollte nie wieder einen Menschen lieben. Eva dahin, Erich dahin . . . Nie wieder!

Nein, das alles konnte man nicht eisern nennen.

Und doch war etwas in ihm, etwas Unverwüstliches, Lebenskraft –: Er zog den Nacken nicht ein, er klagte nie, er fraß die Suppe aus, wie er sie sich eingebrockt hatte, aber auch, wie andere sie ihm eingebrockt hatten. Ganz selbstverständlich. Ohne darüber nachzudenken . . .

Eine große Kraft im Erdulden. Im selbstverständlich Erdulden. Ohne sich überhaupt klar zu sein, daß er litt.

Er wußte nichts davon. Natürlich gab es niemanden, der über ihn nachdachte, und er selbst wäre vor Wut blaurot geworden und hätte gebrüllt, hätte ihm einer erzählt, daß er nur eisern sei im Erdulden . . .

Aber dann kam ein Abend, an dem auch diese letzte Fähigkeit ihn zu verlassen schien, an dem auch Erdulden unmöglich schien, an dem es in ihm ganz leer werden wollte . . .

3

Es war dies auch für das deutsche Volk kein Abend aus dem Dutzend – es war auch für das deutsche Volk ein besonders schlimmer Abend, und es war in den letzten Jahren doch schlimme Tage mit schlimmen Abenden gewohnt worden. Es war der Abend des Tages, an dem der passive Widerstand an der Ruhr beschlossen worden war.

An dem Tag, da die Regierung Cuno diesen Befehl gab, verkündete sie einen Volkstrauertag. Sie rief das deutsche Volk zu einem Opfer auf, sie mahnte es, der Schwelgerei und der Üppigkeit zu entsagen – und weil man dem Erfolg der Mahnung mißtraute, wurde verfügt, daß alle Lokale um zehn Uhr abends zu schließen hätten.

Seit langem war die Innenstadt Berlins nicht so überfüllt gewesen wie an diesem Abend. Es war, als seien die Leute von einem Teufel des Widerspruchs besessen; gerade weil ihnen befohlen worden war, um zehn Uhr nach Haus zu gehen, wollten sie um zehn Uhr ausgehen. Das war eine Folge der Zeit, die hinter ihnen lag: Sie mißtrauten jeder Regierung, sie mißtrauten jeder Anordnung, sie hatten alles Vertrauen überhaupt verloren.

Die Last an diesem schlimmen Abend hatte die Polizei. Sie jagte die Leute aus einem Lokal, und schon standen sie im nächsten. Sie leerte das nächste Lokal, und unterdes hatte sich das erste wieder gefüllt; hinter herabgelassenen Rolljalousien, hinter verschlossenen Türen saßen die Gäste und freuten sich, der Regierung und der Polizei ein Schnippchen geschlagen zu haben.

An der Ruhr aber marschierten unterdes die französischen und belgischen Bataillone. Sie besetzen das Land, sie besetzen die Zechen und Gruben und Fabriken; sie besetzen auch die Banken, deren Gelder sie beschlagnahmen. Sie beschlagnahmen auch – mitten im kältesten Winter – die Kohlenlieferungen in das verhungert frierende Deutschland, und jeden, der ihren Anordnungen nicht gehorcht, setzen sie gefangen. Sie bringen in ein dichtbevölkertes Land äußerste Not und schlimmsten Tod – als der Ruhrkampf abgebrochen wird, hatte er 132 Menschen das Leben und Unzähligen die Freiheit gekostet; 150000

Menschen sind aus ihrer Heimat ausgewiesen, und der Schaden der deutschen Wirtschaft wird auf vier Milliarden Goldmark geschätzt.

Berlin aber feiert – wir trauern, wenn es uns paßt, nicht, wenn es uns befohlen wird. Je schlechter es uns geht, um so mehr feiern wir, denn wenn es uns ganz schlecht geht, können wir nicht mehr feiern, denn dann sind wir tot!

Beim «Groben Gustav» hatten sie zuerst nicht gewußt, was sie tun, ob sie nicht doch lieber schließen sollten. Aber als es auf zehn Uhr ging, war das Lokal gut halbvoll; und so war ein Wirt in diesen Tagen der Geldentwertung nicht gesonnen, daß er Gäste, die durchaus noch trinken wollten, mit Drohungen auf die Straße gejagt hätte.

Also wurden alle Öffnungen lichtdicht verrammelt und ein paar Bengel ausgesandt, sich auf der Straße umzusehen, ob sie nicht auf dem dunklen Hinterweg über Hof und Keller das Lokal noch voll bekämen.

Gustav Hackendahl saß allein an seinem großen Rundtisch, es war noch zu früh für sein Geschäft. Dies war die Zeit der Liebespaare; wenn er durch das Lokal schaute, sah er sie da dünn gesät sitzen, möglichst in den dunklen Ecken, möglichst mit einem Tisch Abstand vom nächsten Paar.

Die erloschene Zigarre im Mundwinkel, führte er schläfrig mit dem Wirt eine kleine Unterhaltung über die Aussichten der Nacht, über das, was einem Wirt und was einem Droschkenkutscher passieren konnte, wenn die Polizei das Lokal aushob, und über die Frage, ob der Marschall Rückwärts, der Rappe Blücher, nicht als Verräter draußen auf der Straße stehe.

Aber allmählich, als es gegen elf Uhr ging, füllte sich das Lokal. Immer wieder öffnete sich die Tür hinten zu den Wirtschaftsräumen, zum Kohlenkeller – die von ihrem dunklen Weg verwirrten Gäste schauten erstaunt in das endlich erreichte Lokal. Dann wurde ihnen auf die Schulter geklopft. «Na, Dickerchen, biste ooch da? Deine Freundin Olga sitzt schon da hinten an de Säule. – Wat, ick soll det nich sagen, det is deine Frau? Na, Mensch, kannste einem nich'n bißchen mit de Oojen zuplieren, denn weeß ick doch jleich Paß Achtung! Na, nu is nischt mehr zu machen. Is ooch janz scheene, so'n kleiner Schwerenöter wie unser Dickerchen. Wat denkste, jnädje Frau, wat der hier manchmal anjibt, wenn er dir erzählt hat, er hat 'ne dringende jeschäftliche Verabredung. Aber dir ha'ick doch ooch schon mal jesehn, kleene Frau?! Haste nich mit dem dicken Kahlkopp dahinten jesessen und ihn immer uff de Jlatze jeküßt? Huch, muß Liebe schön sein!»

Die alten Scherze, das dankbar beifällige Gelächter der Gäste, deren nur noch sachte brennende eheliche Liebe ein wenig geschürt wurde.

Dann das vernehmlich hörbare Schweigen, wenn die Weinkarte vorgelegt wurde . . .

«'n kleiner Rheinwein? Nee, nu hab dir man nich so, heute jibt et hier nur Sekt. Wat denkste denn, Mensch, ick riskiere Lokalverbot un Kittchen, bloß det ick deinen Affen jetzt noch wat zu lutschen jebe! Hab dir bloß nich so, bei deine kleine Freundin haste dir doch ooch nich so . . . Nu mach man, Mensch, der Dollar wartet nich uff dir . . .»

Und plötzlich, ein neuer Schub Gäste war hereingekommen, das Signal für den eisernen Gustav, sich arbeitsfertig zu machen: «Kinder! Kinder! Nehmt de silbernen Messer vom Tisch! Jetzt kommen die ganz feinen Pinkel, wo nur mit's silberne Messer essen, wo man 'ne Bauchoperation zahlen muß, will man wieder an sein ehrliches Hab und Jut . . .»

Gustav Hackendahl rückte sich behaglich zurecht auf seinem Stuhl. Eine Hand um den Stiel des Glases, in der anderen die Peitsche, den Lackpott in die Stirne gerückt und den Kopf tief auf der Brust, saß er da wie ein echter und rechter Droschkenkutscher, der in der Kneipenwärme ein bißchen eingenickt ist . . .

Es war ihm wirklich nach Einnicken, wie durch eine Wand hörte er die Stimmen der neuangekommenen Gäste, der Kellner, des Wirtes . . . Nun rief eine etwas fette Stimme: «Schampus? Natürlich, nur Schampus!» Etwas klatschte auf den Tisch. «Das Geld kann alle werden, das Geld soll alle werden! Wo das Geld herkommt, gibt's noch mehr! Da wird es nie alle, so oft man auch melkt – es leben die Dummen! Schampus!»

Und leiser: «Wirt, Mensch, sehen Sie, daß der olle Droschkenkutscher von unserem Tisch wegkommt! Der Kerl pennt ja – soll er seinen Rausch woanders ausschlafen! Und überhaupt, Droschkenkutscher kann ich nicht riechen, gegen Droschkenkutscher habe ich eine Aversion . . .»

Der alte Hackendahl hatte längst begriffen, was das für eine Stimme war, wenn sie sich auch verändert hatte, wenn sie auch fett geworden war. Einen Augenblick dachte er daran, sich fortzustehlen. Aber feige war der alte Hackendahl nie gewesen, feige war er auch jetzt nicht. Er schob den Hut – Mutters Milchpott – aus der Stirne; quer über den Tisch sah er mit von der plötzlichen Helle blinzelnden Augen in das Gesicht seines Sohnes Erich . . .

Der sah ihn an, starrte ihn an, plötzlich war alle Angetrunkenheit aus ihm gewichen . . . Er starrte den alten Droschkenkutscher im fleckigen blauen Mantel an, mit dem gelbgrau gewordenen Barte, den trüben, geröteten Augen, mit den dick geschwollenen Tränensäcken darunter . . . Starrte den alten Mann an, war blaß geworden, konnte nicht weiterreden, wollte aufstehen vom Tisch und kam doch nicht los von dem Blick des anderen, des Vaters, der ihn nicht frei ließ . . .

Denn der Vater sah ihn an, quer über den Tisch fort, auf den die rotwestigen, hemdsärmeligen Kellner jetzt die Sektflaschen in ihren Kübeln stellten, quer über den Tisch weg starrte er mit großen kugligen Augen den Sohn an . . . Sein Gesicht zuckte nicht, nichts verriet, daß der Vater den Sohn erkannte . . .

Und sah durch das fette, weiße Gesicht mit den hoch gewordenen Schläfen, dem dünn gewordenen Haar, sah den Erich von ehemals, den Liebling, Hoffnung und Stolz, Liebenswürdigkeit und eine so leichte Hand . . . Sah ihn, den frischen, klugen Bengel von ehemals, und er hatte ihn in den Kohlenkeller gesperrt, weil er vier Goldstücke verjubelt hatte bei Weibern . . . Jetzt saß der Sohn vor den Augen des Vaters zwischen zwei Weibern, die eine hatte ihm den weißen Arm um die Schulter gelegt; es waren Lokalmädchen, der Alte sah es, aus irgendeiner Bar mitgeschleppt . . .

Und all das wehte in einem Augenblick vorüber, in einem *Augenblick* – in einem Augenblick wehte bei Vater und Sohn die Vergangenheit vorüber, neun Jahre waren verflossen, seit sie sich zum letzten Male gesehen hatten, und nun sahen sie sich wieder. Es wehte vorbei, das Leben wirbelte, ein Herbstwind riß die letzten bunten Blätter von den Ästen. Es war alles vorbei, alles verwelkt und tot. Ja, es war ein *Augenblick*, in dem beide erkannten, alles war unwiederbringlich vorbei – und die Gäste hatten kaum das Verstummen des flotten Erich Hackendahl gemerkt.

Da knarrte der Alte schon los: «Na wat denn, junger Mann, wat denn? Wat haste denn mit de Droschkenkutscher?! Hast wohl frieher for Mutters Laubenjarten die Pferdeäppel von de Straße sammeln müssen, wat? Und hast davon 'nen Rochus uff de Droschkenkutscher? Na, laß man, Mensch, heute riechste dafür det Benzin von de Autos uff. Et is allens eene Wichse, bloß du merkst et nich!»

Zu antworten brauchte Erich nicht, denn seine Freunde lachten beifällig zu den Sticheleien des alten Kutschers, und die Mädchen aus der «Maxim-Bar», die natürlich schon vom eisernen Gustav gehört hatten, beeilten sich, ihre Herren flüsternd über die wirkliche Stellung dieses Originals zu belehren. Dünn hatte nur der dunkle, bräunliche, sehr fette Herr gelächelt, der einzige aus der Gesellschaft, der noch leidlich nüchtern schien: Der alte Gönner und Freund von Erich wußte wahrscheinlich, daß die Antipathie Erichs gegen Droschkenkutscher nicht bloß eine betrunkene Laune war . . .

Aber auch dem scharfsinnigen Anwalt, dem erfahrenen Reichstagsabgeordneten war das Zusammenschrecken Erichs entgangen.

Auch er ahnte nicht, daß sich hier Vater und Sohn am Tisch gegenübersaßen; unverstanden von allen ging der Kampf zwischen den beiden weiter . . .

Die Sektkelche waren vollgeschenkt, nach der lieben Gewohnheit der Inflationslokale hatten die Kellner zu den am Tisch geleerten Flaschen ein paar bereitgehaltene leere dazugemogelt, um die Schlußrechnung ein wenig zu ihren Gunsten zu erhöhen. In fünfundneunzig von hundert Fällen gelang der Nepp . . .

Die Gläser klangen aneinander, die Mädchen lachten hell auf, während sie schon das Glas zum Munde führten, denn der untersetzte Herr im Smoking mit dem Einglas im Auge und den Schmissen auf dem Bulldoggengesicht hatte mit der Sektflasche gegen den Rand des Kühlers geklopft. Die Blüte des erfolgreichen geschäftlichen Berlin begann die Feier der Ruhrbesetzung, und der Herr im Smoking sprach: «Jenossen! Werte Damen! Hochverehrter Herr Droschkenkutscher! Auf das, was wir sind: nämlich jung!»

Sie tranken.

«Auf das, was wir lieben – nämlich das jute Leben mit allem, was dazujehört!» Und er kniff sein Mädchen in den weißen Nacken, daß es leise aufkreischte.

Sie tranken wiederum.

«Auf das, was wir wünschen – nämlich, daß die verdammte Rechtsregierung Cuno von der Ruhr die Ruhr kriegt und wir wieder drankommen! Und das recht bald!»

Sie tranken lachend, nur der Herr Anwalt lächelte dünn – er liebte so etwas in öffentlichen Lokalen nicht sehr.

«Und nun», der Herr mit dem Monokel setzte sich, «geben Sie mal einen Schwank aus Ihrem Leben zum besten, verehrter Rosselenker. Sie müssen doch schon 'ne Masse erlebt haben!»

«Hab ick», bestätigte Gustav Hackendahl. «Nur weeßte, wenn ick mit so jebildete Jenossen umjehe, mit Monokel, und det Jeld jleich uff den Tisch jeballert wie der junge Mann da, det alle Kellner jleich de Bleistifte spitzen, det se ooch jenuch uffschreiben – ick weeß nich, es friert mir jleich vor lauter Hochachtung die Schnauze in, und ick oller Dussel zerbreche mir bloß immer festeweg meine Birne, wieso ihr Brüder ewig die dicke Marie vadient, und ick habe for Muttern nich det Fett for de Stulle . . .»

«Sauf nich so ville, olles Loch!»

«Wenn ick det so sehe», sprach der alte Hackendahl und wies mit dem Finger auf den jungen Hackendahl, der mit unruhigen Augen mal auf den Vater sah und gleich wieder fortschaute . . . «Det is doch noch'n junger Mensch, ick frage mir, wie macht der det? Natürlich, er is'n jebildeter junger Mann, aber mit de Bildung vadient man heute keen Jeld! Ick frage mir, wie macht so eener det? Ick wär doch längst im Kittchen!»

Erich preßte die Lippen fest aufeinander und versuchte, den Vater drohend anzusehen. Und wich sofort wieder dem Blick des Alten aus . . .

Einige in der Tischrunde protestierten: «Nun halt mal die Luft an, Oller! Wir saufen hier nicht Zuckerwasser, um uns dämlich kommen zu lassen!»

«Der Olle ist bloß neidisch!»

«Nee, ick bin bloß dusselig!» sprach Hackendahl wieder. «Ick vasteh un vasteh det nich. Und ick möchte so jerne wat lernen . . .»

«Das lernen Sie nie!» sprach der Herr mit dem Monokel. «Zu so was muß man geboren sein. Der Herr, von dem Sie sprechen, ist eben dazu geboren . . .»

«Na ja, jeboren bin ick sicher nich dazu, sonst säß ick oller Mann nich als Hanswurst bei euch jungen Affen.» Beifälliges Gelächter. «Aber kapieren möcht ick et doch mal . . .»

«Was wollen Sie denn eigentlich kapieren?»

«Na, wat det eijentlich is, 'ne Schiebung. Ick hör immer Schiebung. Aber ick versteh det nich. Wie macht man denn 'ne Schiebung? Ick zerbrech mir meinen Nischel, ick finde nischt zu schieben! Der junge Herr da, ick frage et mit aller Hochachtung, is det valleicht 'n Schieber?»

Und er wies mit dem Finger auf seinen Sohn Erich.

Jetzt waren alle (bis auf Erich Hackendahl) erheitert, auch die Mädchen grinsten. In Nepplokalen war es ein Ruhmestitel, ein Schieber zu sein. «Geld stinkt nicht», dieser Satz war zur Zeit der erste und höchste Glaubensartikel vieler.

«Und ob der ein Schieber ist! Der ist sogar ein Großschieber!» sprach der Herr mit dem Monokel. «Der verschiebt Sie, und Sie merken das nicht mal!»

«Na also!» sprach Hackendahl. «Na, valleicht, mit de Zeit würde ick et doch erkennen, wenn ick verschoben worden bin. – Junger Mann», nun wandte er sich direkt an den Sohn, «sei'n Se mal'n bißken nett zu'nem alten Mann. Erzählen Se mir mal, wie Se det machen, wie Se den Dowen det Jeld abknöppen . . .»

«Ich . . .», fing Erich trotzig an. Und er griff zu seinem Glas. «Ich finde es langweilig hier. Wollen wir nicht sehen, daß wir irgendwo anders unterkommen?»

«Junger Mann! Jetzt kommen Se doch nich raus, hören Se nich, wie draußen de Polizei trillert? Det wär doch peinlich, wenn Sie auf den Alex müßten. Mir machte det nischt, aber ick bin ooch bloß'n jewöhnlicher Droschkenkutscher . . .»

«Hackendahl!» rief der Herr mit dem Monokel. «Tun wir dem alten Mann doch mal den Gefallen! Zeigen wir ihm mal, wie Geld gemacht wird! Ich habe sowieso was für Sie . . .» Er griff in die Innentasche seines Smokings und brachte ein kleines, für einen so eleganten Herrn recht schmuddeliges Büchlein zum Vorschein. «Wo war es denn?» fragte er blätternd.

«Lassen Sie doch!» bat Erich Hackendahl ärgerlich. «Ich finde das alles so dumm . . .»

«Bitte, bitte, sei doch nett, Süßer! Mach mal 'ne richtige Schiebung . . .»

«Ein klein bißchen mehr Vorsicht vor den Ohren der Welt», warnte leise und freundlich der Anwalt.

«Den Gefallen könnt ihr 'nem ollen Mann doch tun», bat Hackendahl.

Und genauso hartnäckig wie der Alte sagte der Herr im Smoking: «Was ist denn dabei? Heute schieben doch alle! Der Mann auf der Toilette schiebt mit Koks, Mutter verschiebt die Tochter, die Tochter verschiebt im Warenhaus seidene Strümpfe – alle schieben sie! Und ich habe wirklich was für Sie, Hackendahl. Gebe vier Waggon Silesia, sechsunddreißig.»

«Ach, lassen Sie das doch jetzt, Bronte . . .»

«Wat is denn Silesia . . .?»

«Weiß ich nicht. Ich glaube, 'ne Kartoffel – man muß doch nicht wissen, was man verschiebt . . . Also, Hackendahl!»

«Muß man det nich mal wissen? Großartig!» bewunderte der Alte bereitwillig.

«Lassen Sie mich!» rief Erich wütend. «Ich habe jetzt keine Lust!»

«Denn nicht!» sagte Bronte und wollte sein Notizbuch wegstecken. Doch ein kleiner, beweglicher Mann aus der Tischrunde rief: «Halt, Bronte! Bei Ihnen vier Silesia, sechsunddreißig? Bei mir zwei mit dreißig!»

«Bei Ihnen zwei Silesia mit dreißig, bei mir zwei mit sechsunddreißig!»

«Bei Ihnen zwei mit sechsunddreißig, bei mir zwei mit dreißig ein halb!»

«Bei Ihnen zwei mit dreißig ein halb – bei mir zwei mit fünfunddreißig ein halb!»

Über den Tisch fort, über Sektflaschen und Sektkelche weg warfen sie sich ihre mystischen Handelsformen zu. Alle starrten mit offenem Munde. Von den Nebentischen drehten sie sich um, mit lachenden Gesichtern – aber die Gesichter wurden ehrfürchtig ernst. Es war klar, es ging um Geschäft – und Geschäft war ein Gott . . .!

«Ich möchte widerraten», sagte der Anwalt, schwach lächelnd. Und zu Erich: «Sehr richtig von dir, mein Sohn . . .»

«So macht man also Geld?» wunderte sich der alte Hackendahl.

«Bei Ihnen zwei Waggon zweiunddreißig ein viertel», schrie der mit dem Monokel. «Bei mir zwei mit vierunddreißig ein halb . . .»

Die Mädchen glotzten und lachten plötzlich albern auf.

Der alte Hackendahl war der einzige, der bei dieser Jobberei daran dachte, daß es hier nicht um mystisches Gequatsche, Schieben, Geldverdienen ging, sondern auch um Kartoffeln, die letzte Nahrungszuflucht der Armen. Kartoffeln, zu denen man zur Not bloß ein bißchen Salz brauchte, und die doch sättigten. Manchen Tag, ehe er Hausnarr beim groben Gustav wurde, hatte bei ihnen nur eine Schüssel Kartoffeln auf dem Tisch gestanden, und die Kartoffeln waren zu teuer gewesen . . .

Hätte er nicht zufällig hier gesessen, würde Erich statt des kleinen Herrn das Geschäft gemacht haben, Erich, immerhin sein Sohn . . . sein Liebling einmal . . .

Die beiden grölten weiter, mit Spannung verfolgten die anderen den Kampf, bis auf ein halb (der Henker wußte, was für ein halb) hatten die Gegner sich genähert . . .

Der Alte stand auf, er warf dem Sohn einen auffordernden Blick zu und ging langsam voraus zu den Toiletten . . . Da stand er. Es war ein häßlicher, stinkender, verkommener Raum; das einzig Gute war das reine Wasser, das leise gluckernd durch die Becken lief. Aber es wurde auch gleich Jauche und Dreck, alles Saubere wurde in diesem Leben sofort zu Jauche und Dreck.

Er stand da, wartete, dann ging die Tür. Aber es war nicht der Sohn, es war ein anderer Gast.

Nein, Erich hatte sich nicht geändert, sein Haar war dünn, sein Gesicht war fett geworden – aber sonst hatte er sich nicht geändert. Immer hatte er versucht, sich vor dem Vater zu drücken. Schon als Kind, wenn er etwas ausgefressen hatte, war er heimlich ins Bett gegangen, hatte sich schlafend gestellt.

Das Wasser gluckerte und lief, der Vater wartete. Es war gut, daß er wußte, der Sohn konnte nicht fort. Der Ausgang war ihm versperrt, er konnte dem Vater nicht ausweichen . . .

Schließlich ging der alte Hackendahl in das Lokal zurück. Er sah den Rücken des Sohnes, über fünf Tische fort, so hatte der Bengel schon die Schultern eingezogen, wenn er sich vor einer Ohrfeige fürchtete . . .

Hackendahl tippte Erich auf die Schulter, er sagte: «Na, junger Mann, du wolltest mir doch wat erzählen?! Kommste nu oder sollen wir hier . . .?»

Das Differenzgeschäft schien abgeschlossen, alles lachte, schwatzte und trank . . . Keiner achtete auf die beiden. Fast keiner . . .

Erich wandte dem Vater das Gesicht zu, auf zwanzig Zentimeter sahen sich die beiden in die Augen . . .

Dann sagte Erich leise: «Es hat doch keinen Zweck mehr – Vater . . .»

Der Vater sah ohne Blinzeln in das Auge des Sohnes. Er sah es, blau im ganzen mit bräunlichen und grünlichen Flecken, und er sah darüber, auf der Feuchte schwimmend, ein Stück des eigenen, alt gewordenen Gesichtes . . . Das Auge des Sohnes schien so kalt, so leer . . . Es war nichts darin, nicht Trauer, nicht Liebe, kein Bedauern. Gerade jetzt schwamm auf der Oberfläche das Bild des Vaters, aber der Sohn brauchte nur das Auge zu drehen, ein Sektglas anzuschauen, eine Hure – und des Vaters Bild war ausgelöscht, als sei es nie gewesen . . .

Der Vater nahm sachte die Hand von des Sohnes Schulter. Rückwärts, immer den Blick im Auge des Sohnes (als solle sein Bild so lange noch wie möglich haften), ging er zur Tür.

Die Tür fiel zu, aufatmend griff der Sohn zum Glas, plötzlich mußte er lachen . . . Nun war auch das vorbei. Nie mehr würde ihn der Alte belästigen . . .

Erich lachte befreit auf und trank.

4

Der Vater Hackendahl war fortgegangen aus dem Kellerlokal des «Groben Gustav». Er hatte nun schon so einiges erlebt mit seinen Kindern, aber dies noch nicht. Daß ein Sohn seinem Vater ins Gesicht sagte: «Es hat keinen Zweck mehr mit uns beiden!» – das hatte es noch nicht gegeben. Soweit waren sie nun also, sie verkrochen sich nicht nur feig vor dem Vater, was schon schlimm genug war, nein, sie sagten ihm ins Gesicht, daß sie ihn nicht mehr wollten!

Der eiserne Gustav konnte sich gut vorstellen, daß ein reich gewordener Sohn sich seines arm gewordenen Vaters schämte, das war jämmerlich, aber es war eine menschliche Jämmerlichkeit . . . Erich aber hatte sich seines Vaters nicht bloß geschämt, nein, es war etwas viel Schlimmeres gewesen, der Vater ging ihn weniger an als das Frauenzimmer, bei dem er saß, als der Kellner, der ihm die leeren Sektflaschen unter den Tisch mogelte. Mit denen konnte er reden, mit dem Vater hatte er nicht mehr ein Sterbenswörtchen im ganzen Leben zu reden!

Das war unmenschlich! Das war Vatermord! So ein Stück hatten sie eine lange Zeit im Theater gespielt, der Vater erinnerte sich wohl, es an den Säulen gelesen zu haben, wenn er mit seiner Droschke am

Halteplatz hielt. Und zu so einem Stück, zu einem so gemeinen Stück hatten sie die Erde gemacht – man mußte lachen vor lauter Jammer!

Der alte Gustav Hackendahl hat seinem Rappen Blücher die Pferdedecke abgenommen und hat gar nicht gemerkt in seinen Gedanken, daß der Rappe sich sehr erstaunt nach ihm umgesehen hat. Denn das ist der Rappe nicht gewöhnt, daß der Herr um diese Stunde allein auf den Bock steigt – wo bleiben die Gäste, mit denen man Krebs zu gehen hat? Aber der Kutscher steigt allein auf den Bock, er schnalzt mit der Zunge, und der Rappe zieht an ...

Die Straßen sind noch immer voll von Menschen, wenn es sich auch schon ein wenig gelichtet hat. Unermüdlich mahnen die Polizeipatrouillen die Leute weiterzugehen. Aber diese Leute sind eben Berliner, sie bleiben vor dem Schild eines jeden Nachtlokals stehen und starren. Die Schilder sind dunkel, die Nachtlokale sind geschlossen, nicht das geringste gibt es zu starren. Aber die Berliner hoffen und harren, daß irgendwas passiert.

Und nun passiert wirklich etwas. Als Gustav Hackendahl mit seiner Droschke die Friedrichstraße überqueren will und im Gedränge der Bummler eine Lücke sieht, in die er sich gut schieben kann, da sagt er in seinen tiefen Gedanken zum Rappen: «Hüa!»

Und der Rappe Blücher, der seine Lektion gelernt hat und dem seine Lektion Spaß macht, geht vorne ein wenig, aber mit Maßen hoch, um das Gewicht der nachdrückenden Droschke zu halten, und fängt nun an, rückwärts zu drücken, rückwärts zu schieben, Krebs zu gehen ...

Die Näherstehenden schreien auf und flüchten. Die Ferneren lachen und drängen hinzu. Die Autos tuten wütend. Der Kutscher hoch oben schwingt die Peitsche, klatscht mit der Leine auf die Hinterhand seines Gaules und schreit: «Los – los, vorwärts! Wat is dir? Los, sag ick!»

Aber der Rappe denkt nicht an «Los» und «Vorwärts», er will sein Stückchen spielen, und gegen ein widerborstiges, rückwärts gehendes Pferd hat der Kutscher oben auf seiner Droschke einen schweren Stand. Er kann die Bremse anziehen, er kann mit der Peitsche hauen, aber wenn der Gaul rückwärts gehen will, kann er ihn nicht daran hindern.

Nun kommen auch noch die hilfsbereiten Berliner dazu. Sie wollen den Gaul beim Kopfe nehmen, und der Gaul, der dies wohl versteht, steigt vorne hoch, drückt mit aller Gewalt nach hinten – und bums! legt er sich nieder, mitten auf der Kreuzung Friedrichstraße und Leipziger Straße, im tollsten Verkehr, der sich in einer einzigen Minute unlösbar, scheint es, verknäult hat ...

«Du Aas!» spricht Hackendahl zu seinem ruhenden Roß. «Na warte, wenn ick dir erst unter vier Oojen habe!»

Aber dazu kommt es noch nicht. Ein paar zornige Polizisten bahnen sich den Weg durch die Menge, und einer, ein ganz junger, hat schon das dicke Notizbuch aus der Tasche gezogen und schreitet zur Amtshandlung, indem er wütend sagt: «Nun ist es aber zappenduster mit Ihnen! Wir haben schon lange ein Auge auf Sie gehabt, aber bisher haben wir es immer zugedrückt, weil wir gedacht haben, in diesen lausigen Zeiten soll jeder sehen, wie er seine paar Groschen verdient. Wir müssen ja auch nicht alles sehen bei einem alten Mann . . .»

«Du Aas!» sagt der alte Hackendahl und knufft seinem Gaul in die Rippen. Denn der macht trotz Polizei und schaulüsterner Menge noch immer keine Anstalten aufzustehen. «Ick schinde dir die Haut lebendig von de Rippen . . .»

«Aber daß Sie das nun hier im tollsten Verkehr mitten auf der Friedrichstraße anrichten – wer soll denn das wieder auseinanderkriegen?! Los, machen Sie, daß Sie Ihren Schinder wieder auf die Beine stellen – so'n oller Mann, öllster Droschkenkutscher von Berlin, und macht so'n Kokelores!»

Es ist doch was Gutes um ein bißchen Popularität. Der Wachtmeister war blutjung, sicher noch nicht lange im Dienst, recht unbenutzt und recht scharf . . . Als er da herangestürzt war, kochend vor Wut über den Idioten, der ihnen ausgerechnet an diesem Abend solchen Bockmist anrichtete, da war er entschlossen gewesen, den Mann zur Wache zu schleppen, anzuzeigen wegen groben Unfugs, Transportgefährdung, weiß der Henker . . .!

Aber je mehr er auf den alten Mann mit dem gelbgrauen Vollbart im abgeschabten Kutschermantel einschimpfte, der sich ohne allen Widerspruch um seinen Gaul mühte, um so mehr verlor sein Zorn an Hitze, um so klagender wurde seine Stimme . . . Natürlich hatte er von dem alten Mann schon gehört, auf der Revierstube hatte er von ihm gehört und auch noch auf einer anderen Stelle. «Das ist der eiserne Gustav», hatten die älteren Kollegen gezeigt und erzählt, wie der Mann vor dem Kriege über hundert Droschken habe laufen lassen, ein schwerreicher Mann, und wie er jetzt auf seiner letzten Droschke sitze, ein bettelarmer Mann. Etwas fast Ehrwürdiges, eine Reliquie, aus der Zeit vor dem Kriege herübergerettet, etwas zum Nachdenken über den Unbestand menschlicher Dinge . . .

Und das Erbarmen, das sein Sohn nicht für ihn hatte, das hatte der kleine, scharfe Schutzmann, der ein richtiger Berliner aus Pankow war . . . Denn die richtigen Berliner sind nur äußerlich schnoddrig und kaltschnäuzig – innen sind sie ganz anders. Der junge Polizist schimpfte noch immer und steckte dabei doch schon sein Notizbuch in die Tasche und half den Wagen schieben. Und als sie fünf Schritt weit geschoben hatten, da besann sich der auferstandene Blücher und ließ nicht nur schieben, sondern fing an zu ziehen, und die Berliner schrien hurra ...

«Hören Sie mal», sagte der Polizist, als der Wagen in der Seitenstraße ordentlich ausgerichtet an der Bordschwelle hielt. «Hören Sie mal, das machen Sie aber nicht noch mal!»

«Den Zossen muß doch einer reineweg mit der Muffe jebufft haben», sagte Gustav Hackendahl verdrießlich.

«Ach was! Das haben Sie dem Schinder beigebracht, das wissen wir doch alle. Aber nun ist Schluß damit, verstehen Sie? – Sie sind doch der eiserne Gustav?»

«Det bin ick, junger Mann. Aber so eisern is mir heute nacht jrade nich zumute.»

«Na, lassen Se man», meinte der Polizist fast herzlich. «Es hat ja noch einmal gut gegangen. Von Ihnen habe ich schon viel gehört ...»

«Ja, wat de Leute sich so allens zusammenquasseln ...»

«Nicht bloß die Leute, von Ihren Enkeln habe ich das gehört. Ich wohne doch in demselben Haus, nur daß die zweiter Hof sind und ich erster. Ich sehe aber grade von meiner Küche in ihre Schlafstube ...»

«Nee, so wat!» sagte der alte Hackendahl und fing sachte an, sich zu wundern.

«Ja», sagte der junge Schutzmann, «und andere Jungens, die wollen bloß immer Auto und Chauffeur spielen, aber Ihre Enkel – ausgeschlossen! Immer Pferdedroschke, immer Kutscher und Pferd, mal der Große vorne und mal der Kleine hinten ...»

«Es is nich die Möglichkeit!» sprach der alte Hackendahl.

«Na ja. Ich wollte Ihnen das bloß rasch erzählen, weil ich weiß, Sie verkehren mit die Leute nicht, aber es freut Sie vielleicht doch! Wo Ihnen das grade mit dem Zossen passiert ist. – Aber daß mir das nicht wieder vorkommt!»

Die letzten Worte waren wieder ganz dienstlich gesprochen, und nun ging der junge Polizist. Gustav Hackendahl aber zockelte mit dem Blücher sachte heimwärts, und wie sie in eine dunkle Seitenallee des Tiergartens kamen, da stieg er vom Bock, nahm die Zügel fest in die eine und die Peitsche schlagbereit in die andere Hand und rief: «Hüa!»

Und als der Rappe nach gelernter Lektion nun rückwärts gehen wollte, gab er ihm Saures, noch und noch ... Denn das mußte der Rappe nun lernen: Mit dem Rückwärtsgehen war es vorbei, jetzt wurde nur noch vorwärts gegangen. Endlich vorbei war es mit den Juxfuhren, die ja eigentlich auch bloß Nepp gewesen waren; es war aber auch vorbei mit dem großen, runden Holztisch im Keller – es hätte ihn gegraust, wieder als Spaßmacher an dem Tisch zu sitzen, an dem sein Sohn ihn verleugnet hatte.

Der Alte hatte seine Lektion gelernt, und der Rappe lernte auch rasch seine Lektion; man glaubt gar nicht, wie sehr manchmal ein paar Hiebe helfen können . . .

Dann zuckelten die beiden gemeinsam nach Haus. Und wenn der eiserne Gustav nicht so müde und ausgepumpt gewesen wäre, hätte er sich doch ein bißchen gewundert, daß er kaum noch Zorn und Schmerz über den verlorenen Sohn empfand. Sondern nur manchmal ganz behaglich dachte: Spielen Pferdedroschke, i du Donner! Wollen nischt wissen von Autos. – Ob se wohl 'ne Peitsche haben – der Polype hat nischt jesagt von Peitsche . . . Es sollte mir doch wundern!

5

Erich mußte noch viel trinken, ehe er sich wirklich frei fühlte. Der alte, bärtige Mann, der wie aus dem Grabe auferstanden an seinem Tisch gesessen hatte – er war ja immer noch in Erichs Leben gewesen, er wußte erst jetzt, wie sehr. Er hatte ihn nicht besucht, er war ihm aus dem Wege gegangen – aber er war doch dagewesen; in seiner Dahlemer Villa, im Büro der Innenstadt zwischen seinen Angestellten hatte der Erwachsene, der rasche, gewissenlose Geschäftemacher die Hand des alten Droschkenkutschers gefürchtet, wie ein kleines Kind hatte der große Sohn den Vater gefürchtet.

Erich lachte erleichtert auf, wieder trank er.

Sein väterlicher Freund, der Anwalt, fragte über den lärmenden Tisch fort: «Nun, Erich, was ist dir . . .?»

«Nichts!» lachte Erich und trank wieder. «Ich bin nur vergnügt.»

Der Dunkle nickte. «Und was war mit dem Kutscher?»

Erich beugte sich über den Tisch, mit dem Kopf deutete er auf den leer gewordenen Stuhl und flüsterte: «Das war mein Vater . . .»

Der Anwalt zog mit einer Geste höflichen Erstaunens die dunklen, buschigen Augenbrauen hoch. «Interessant», sagte er mit einem dünnen Lächeln. «Und . . .?»

«Habe ihn geschlagen!» stieß Erich hervor. «Sonst werden die Kinder von ihren Eltern geschlagen, diesmal habe ich . . .» Er hielt inne. Er schwächte es ab: «Bildlich natürlich.»

«Ich verstehe», sagte der Freund und nickte langsam. «Ich verstehe dich vollkommen, Erich. Aber dir ist nichts Außergewöhnliches geglückt. Es gibt ein altes Sprichwort, daß die Kinder, solange sie klein sind, auf den Schoß ihrer Mütter treten, groß geworden aber auf ihr Herz . . . Und Väter sind ja etwas Ähnliches wie Mütter, nicht wahr?»

Wieder nickte er. Durch den Nebel von Zigarettenrauch, der draußen vor den Augen war, und durch den Nebel von Alkohol, der drinnen hinter den Augen war, schien das nickende, lächelnde Gesicht des Freundes groß und schrecklich auf Erich zuzukommen ...

Aber dann geschah gar nichts Schreckliches, sondern der Anwalt sagte nur: «Wenn du also wider Erwarten Gewissensbisse haben solltest, Erich, du hast nur getan, was von hundert Kindern hundert tun ... Dein Wohl!»

Er hob grüßend den Sektkelch. Erich grüßte zurück, und beide tranken. Dann schien die Nacht sich aufzulösen in einen Wirbel von Rausch, Mädchen, schallenden Gelächtern ... Noch nie, schien es Erich, war er so glücklich und trunken mitgewirbelt im Taumel aller ...

Sie jubelten, sie lachten, sie kamen in Gang – oh, wie kamen sie in Gang, in dieser Nacht der Ruhrbesetzung! Sie hakten sich ineinander ein, es gab keine Musik in diesem Dreckskeller, aber sie machten sich selber ihre Musik. Schaukelnd, schunkelnd saßen sie um den Tisch, und schallend sangen sie all die schönen, witzigen, frech-freien Lieder ihrer schönen Zeit: «Wir versaufen unser Oma ihr klein Häuschen ...» – «Wer hat denn den Käse zum Bahnhof gerollt ...» – «Wenn du nicht kannst, laß mich mal ...» – «Ausgerechnet Bananen!»

«Was will der dicke Wirt, der Rotwestige, der Grobian, der eiserne Gustav?! Für uns ist keiner eisern, wir zerdrücken euch mit der bloßen Faust! – Wir sollen nicht so laut sein, sonst hört uns noch die Polizei ...? Soll sie uns doch hören, wir sind über aller Polizei, väterlicher und staatlicher, wir sind gewesene, gegenwärtige, zukünftige Reichstagsabgeordnete des deutschen Volkes, einig in seinen Stämmen!»

«Ich soll den Mund halten, Herr Doktor? Natürlich halte ich den Mund! Ich mach Ihnen doch keine Schwierigkeiten. Natürlich sind wir keine Reichstagsabgeordneten! Sehe ich aus wie ein Abgeordneter? Noch habe ich keinen Bauch – oder fast keinen! Ich bin ein Schieber ...»

Und trunken stimmte Erich an: «Ich bin ein Schieber, kennt ihr meine Farben? Die Fahne weht mir schwarzrotgold voran! – Wenn mir die Waren alle auch verdarben – fünfzig Prozent verdien ich immer dran!»

Sie haben ihn heruntergezogen von seinem Stuhl, der Kellner steht mit Mokka da, der Mann mit dem Monokel hält die Hand über Erichs Mund ... «Seien Sie jetzt vernünftig, Hackendahl! Was ist denn bloß los mit Ihnen? So viel haben Sie doch gar nicht getrunken!»

Ja, was war los mit ihm? Es war nicht der Alkoholrausch, es war ein Siegesrausch. Er hatte sich selbst, seinem Vater, aller Welt bewiesen, daß man schlecht sein mußte, um zu siegen. Alles, was sie ihm früher erzählt hatten von Güte und Liebe, war erlogen. Schlecht mußte man sein in dieser Welt – und nur diese Welt gab es! Die Schlechten kamen voran, die Guten gingen zugrunde. Also war das Schlechte das eigentlich Gute, und nur die Bonzen und die dicken Geldsäcke hatten für das dumme Volk den Satz erfunden, daß man gut sein müsse: auf daß es ihnen lange schlecht gehe auf Erden!

Triumphierend sah er den väterlichen Freund an. Er stieß die Hand vom Munde weg und rief: «Schlecht muß man sein – das ist das Geheimnis!»

«Nur schlecht reicht auch nicht», lächelte der andere. «Die Zuchthäuser sind voll von Leuten, die an diesen Satz geglaubt haben. Man muß auch klug sein, Erich!» Ohne sich umzusehen, deutete er mit dem Kopf nach der Hintertür. «Da – die Zauberwirkungen deines wirklich ziemlich geschmacklosen Sanges!»

Langsam drehte Erich den Kopf. Er sah nach der Tür – nach der Tür, durch die der Vater fortgegangen war. Jetzt stand dort Polizei, untertänig verbeugte sich der gar nicht mehr grobe Gustav vor denen.

Was hat die Polizei hier zu tun? fing es langsam in Erich zu denken an. Die Polizei kann mir gar nichts wollen . . . Mir wird die Polizei nie was wollen können, ich bin ihnen zu schlau. Schlecht und schlau, ganz wie er gesagt hat . . .

«Trink mal den Mokka», sagte der Anwalt, und Erich trank ihn. Die anderen Tischgenossen standen abseits. Sie sahen einmal nach der Polizei hin, einmal nach Erich und seinem Freunde . . .

«Mit seinem verdammten Gegröle hat er uns das angerichtet», hörte er Bronte sagen.

«Wenn man es überlegt», meinte ein anderer, «grade als Abgeordneter, am Trauertag . . .»

«Natürlich – wir sind schließlich nur Privatleute . . .»

«Die Freunde in der Not . . .», lächelte der Abgeordnete. «Immerhin wäre es mir wirklich peinlich, diesen uniformierten Herren meinen Ausweis zeigen zu müssen. Trotz all unserer Bemühungen ist die Polizei noch immer von Reaktion durchsetzt . . . Ich könnte mich morgen im ‹Lokal-Anzeiger› wiederfinden . . .»

«Ich könnte mich ohrfeigen!» rief Erich. «Ich bin ja so dämlich gewesen, ich verstehe mich selbst nicht mehr . . .»

Es sind nur drei Mann, überlegte der Abgeordnete und musterte die Lage. Einer hat die Tür zum Ausgang zu bewachen, einer die Toiletten . . . Nur einer sieht die Papiere der Gäste durch und schreibt auf. Es geht langsam, wir kommen zuletzt dran, wir haben Zeit . . .

Erich überlegte, was er alles geredet, er wußte es nicht mehr. Hatte er vor dem ganzen Lokal ein Differenzgeschäft mit Bronte abgeschlossen?

Habe ich . . .? wollte er den Anwalt fragen.

Aber der achtete nicht auf ihn. «Man könnte es versuchen», murmelte er. Dann: «Höre einmal, Erich, mein kluger Sohn. Kannst du dich vielleicht erinnern, ob in deinem Mantel oder Hut irgend etwas ist, Briefe, Schneidermarke, was eindeutig auf dich hinweist?»

«Nein, ich glaube nicht», sagte Erich nachdenklich.

«In diesem Falle könnten wir nämlich versuchen, unter Preisgabe von Mantel und Hut auszureißen, zu türmen, sagt meine Kundschaft.»

«Es ist nichts im Mantel oder Hut, nur die Schneidermarke. Und meinem Schneider kann ich morgen früh einen Wink geben . . .»

«Also gut, versuchen wir es. Beobachte jetzt das Lokal. Sage mir vor allem, was die Polizei tut . . .»

«Bronte redet grade auf den beim Eingang ein, der an der Toilette hält einen Betrunkenen fest . . .»

«Schön – schön», sagte die gleichmütige, freundliche, sanfte Stimme. Leise knackte ein Schlüssel im Schloß. «Unser Tisch steht ja direkt an der Tür zur Straße», erklärte der Anwalt. «Der Wirt hat den Schlüssel um zehn einfach im Schloß umgedreht. Eben habe ich wieder aufgeschlossen. Bitte schildere mir die Lage im Lokal. Unterhalte dich mit mir . . .»

«Es wird eine Rolljalousie vor der Tür sein», meinte Erich. «Das Lokal ist mit sich beschäftigt, sie achten nicht auf uns.»

«Das ist die eine Chance gegen uns», gab der Anwalt zu und arbeitete, scheinbar behaglich auf seinem Holzstuhl sitzend, hinter Erichs Rücken an der Tür. Ein kalter Luftzug strich gegen Erichs Fuß.

«Die zweite Chance gegen uns ist, daß ein Posten vor der Tür steht. Die dritte Chance gegen uns ist, daß wir auf der Straße sofort festgenommen werden, weil wir in der Kälte ohne Mantel und Hut sind. Die vierte Chance gegen uns ist, daß wir fortkommen und Bronte oder ein anderer verrät uns. Aber nein, diese Chance ist klein, sie werden nur eine Geldstrafe bekommen, und mit einem Abgeordneten verdirbt es niemand gern.»

«Die erste Chance», sagte Erich eifrig, «ist weggefallen. Es ist keine Jalousie vor der Tür. Und die zweite ist klein geworden. Ein Posten hätte schon den Lichtschein durch den Türspalt sehen müssen . . .»

«Er kann mit dem Gesicht zur Straße stehen! Nein, jedenfalls versuchen wir unser Glück. Denke daran, es geht eine Kellertreppe hinauf, sechs, sieben Stufen. Und wenn wir getrennt werden sollten, Erich – nimm nicht Rücksicht auf mich und mein faules Fett. Jeder für sich allein und Gott für uns alle!»

Sie saßen still und beobachteten das Lokal, den günstigsten Zeitpunkt abzuwarten. Einmal griff Erich nach dem Sektglas, aber der

Freund legte ruhig die Hand über die seine und sagte: «Jetzt besser nicht.»

Dann, ein wenig später: «Ich glaube, wir gehen jetzt, Erich. Geh du voran.»

Ohne Eile öffnete er die Tür. Erich sprang in das Dunkel, die Kellerstufen hinauf. Die Straße war voller Menschen, einige Gesichter wandten sich ihm zu . . ., aber er sah keine Uniform.

Langsam kam der Anwalt die Treppe hinauf. Er hängte sich bei Erich ein. «Sie können uns nicht sofort nach, ich habe die Tür von außen abgeschlossen. So, und nun wollen wir sehen, daß wir rasch eine Taxe kriegen. Unser sommerliches Kostüm erregt Aufsehen.»

6

Als sie im Auto saßen, brachen beide in ein schallendes Gelächter aus. Beide hatten das Gefühl von Schülern, die ihren Lehrer überaus listig hereingelegt haben.

«Nein, nein!» rief der Abgeordnete schließlich. «Wenn wir erst wieder am Ruder sind, muß ich doch mit dem Genossen Severing ein ernstes Wort über die Maßnahmen seiner Polizei reden. Den Posten auf der Straße zu vergessen! – Jetzt verstehe ich auch, warum unsere feindlichen Brüder, die Kommunisten, immer so auf die Polizei schimpfen!»

Erich lachte aus einem anderen Grunde. «Und zu denken, daß ich nicht einmal den Sekt bezahlt habe! Die haben doch in der Aufregung ganz vergessen zu kassieren! Zwanzig Flaschen Sekt oder dreißig, weiß es der Geier! Und dann der Mokka!»

Er konnte gar nicht zur Ruhe kommen, so sehr freute ihn die ungewollte Zechprellerei . . .

«Bei Mokka fällt mir ein . . .» sagte der Abgeordnete. «Ich denke, wir gehen jetzt zu mir und trinken in aller Gemütlichkeit einen und plaudern. Ich habe sowieso noch etwas mit dir zu besprechen . . .»

«Daraus kann nichts werden, Herr Doktor! Jetzt ist mir weder nach Mokka noch nach Besprechungen zumute! Ich will ausgehen, nun grade! Verbieten lasse ich mir nichts . . .»

«Ich möchte aber wirklich nicht noch einmal . . .» begann der Anwalt.

«Ach, machen Sie doch keine Geschichten, Sie sollen sehen, wie fidel wir noch werden!» unterbrach ihn Erich. Und wieder begann er zu lachen. Nach der glücklich bestandenen doppelten Gefahr erfüllte ihn eine lärmende, rechthaberische Lustigkeit. Es war klar, daß er ein Sohn des Glücks war – in allen Lagen blieb es ihm treu.

Der Anwalt hatte unterdes mit dem Chauffeur beraten und sagte nun: «Wenn du also durchaus willst, Erich . . .»

«Natürlich will ich!» rief Erich. «Heute nacht gehe ich überhaupt nicht schlafen! Nun grade nicht!»

«Also schön!» entschied der Anwalt. «Der Fahrer meint, im alten Westen haben noch eine ganze Menge Lokale auf. Die Wirte stehen sich dort besonders gut mit der Polizei, du verstehst.» Und er machte die Bewegung des Geldzählens. Er seufzte erheitert und resigniert: «Zustände haben wir bei uns, mein Junge, Zustände . . .!»

«Im Grunde», sagte Erich lachend, «gefallen Ihnen diese Zustände nicht schlecht, Herr Doktor! In Wirklichkeit schaudern Sie vor Entbehrungen und finden das Leben so, wie Sie es führen, ganz nett!»

«Es ist etwas Wahres daran», gab der Abgeordnete behaglich seufzend zu. «Nun, gehen wir jetzt rauf zu mir, Erich. Wir wollen sehen, ob wir etwas Passendes für dich finden . . .»

Gemeinsam gingen sie in die Wohnung des Anwalts, und hier wurden unter vielem, eigentlich recht unbegründetem Lachen Mäntel und Hüte für Erich probiert.

Aber es wurden nicht nur Mäntel probiert, sondern auch Schnäpschen. Und diese Schnäpse hatten es wohl gemacht, daß Erich etwas ungewöhnlich gekleidet mit dem Anwalt wieder die Treppe hinunterstieg: Er trug einen zwar kurzen, aber viel zu weiten Sportpelz des Freundes. Dazu einen steifen schwarzen Hut, den er, da auch viel zu weit, tief in den Nacken gesetzt hatte.

Dann fuhren sie durch die nächtlichen Straßen aus der hellen Innenstadt in dunklere Viertel. Es war jetzt schon nach zwölf, die Straßen hatten sich geleert, die Lokale lagen dunkel. Nur manchmal drangen ein paar Töne zu ihnen, die Takte eines Jazz – hinter verschlossenen Läden tanzte und trank Berlin sich dem Abgrund, dem Katzenjammer näher . . .

«Hoffentlich weiß der Chauffeur ein nettes Lokal», sagte Erich halblaut.

«Wenn er nicht weiß, weiß ich . . .» antwortete der Anwalt.

Und wieder schwiegen sie, rauchten und konnten es eigentlich beide kaum erwarten, daß neue Mädchengesichter ihnen entgegensahen, neuer Alkohol für sie in Gläser geschüttet wurde.

Das Auto hielt vor einem Lokal, dessen Wirt sich mit der Polizei sehr gut stehen mußte, denn alle Fenster waren hell erleuchtet. Die Musik klang über die Straße, und die Tür, auf deren Klinke Erich die Hand legte, war nicht verschlossen.

«Hier ist's richtig!» rief Erich erfreut.

Die Melone im Nacken, den Gehpelz weit geöffnet, hielt er seinen Einzug. Sachte, den Kopf etwas in den Schultern (denn wer konnte wissen, wen alles man in solch einem Lokal traf?!), folgte ihm auf leisen Füßen der Abgeordnete.

Das Lokal war ziemlich voll, sehr verraucht und ganz alkoholisiert. Alles war überstreut mit Konfetti, bunte Papierschlangen hingen überall, sie krochen über den Teppich und raschelten leise, wenn der Fuß auf sie trat.

«Nett, was?» fragte Erich, der stehengeblieben war, den Anwalt.

Auf dem schmalen Gang zwischen den Tischen tanzte ein Mädchen. Es war schön frisiert, sehr schön gemalt – und völlig nackt. Sie tanzte zu den Tönen der Geige, die der Primgeiger schmalzig strich, irgendein verlangendes Gebiege und Gewoge, mit fest geschlossenen Augen – und ein hinsterbendes Lächeln lag auf ihrem Gesicht.

«Hübscher Körper, was?» fragte Erich. «Noch blutjung . . .»

Er legte seine Hand auf die Schulter des Anwalts und stützte sich auf ihn, er starrte, wie die anderen starrten. Starrte auf das hundertfach Geschehene, das an jeder Ecke Käufliche, das in Ekel, in Überdruß, in Hoffnungslosigkeit gleichgültig Weggeworfene, und dachte dabei: Herrgott, vor vier Jahren, als ich die kleine Dingsda bei mir in Dahlem nackt tanzen ließ, habe ich noch alle Dienstboten aus dem Hause geschickt, weil ich wunder dachte, was das war! Und heute geschieht es schon in einem öffentlichen Lokal, und es scheint allen ganz selbstverständlich. Wir haben es weit gebracht; aber das ist nicht meine Sache, ich bin kein Abgeordneter . . .

Und er warf einen Blick auf den Anwalt.

Aber der Anwalt achtete jetzt nicht auf ihn. Er verhandelte mit der Blumenfrau, er kaufte ihr für einen unerhörten Betrag den ganzen Korb voller Rivieraveilchen ab und fing an, nach dem nackten tanzenden Mädchen mit den Stäußen zu werfen. Das Mädchen lächelte geschmeichelt und doch ängstlich, denn der Anwalt war kein geschickter Werfer, und der bei einer Mischung von Mädchenhändler und Impresario mühsam eingepaukte Tanz geriet in Verwirrung, wenn sie im Gesicht getroffen wurde . . .

«Lassen Sie mich auch!» sagte Erich und griff in den Korb. «Ich treffe besser!»

«Das sind meine Veilchen!» rief der Anwalt, ungewohnt ärgerlich. «Laß die Pfoten davon!»

Das mit aller Überredung Erichs und einem hohen Geldgeschenk an den Tisch der beiden Herren geholte, so reizvoll jugendliche Mädchen – jetzt im Privatleben in einen Kimono gehüllt, nur im Dienst erlaubte ihr der strenge Wirt Nacktheit –, diese Schöne also erwies sich als ein Reinfall. Zu offen zeigte sie ihr mangelndes Interesse an der Person ihrer beiden Kavaliere, ihre Geldgier.

«Wat bildet ihr Affen euch in, warum ich so nackich vor euch tanze? Euertwegen? Det ick nich lächere! Aber ick habe fünf kleene Jeschwister zu Haus.»

«Und deine Mutter liegt auf dem Krankenbett und dein armer, aber unehrlicher Vater ist auf dem Felde der Ehre gefallen . . .» spottete Erich wütend. «Das kennen wir alles! Kannst du uns nicht mal etwas anderes erzählen, meine Süße . . .?»

«Und is doch wahr! Ihr denkt, det kann nich wahr sind, weil euch die Nutten schon damit anjesohlt haben. Und is doch wahr . . .»

«Und den Leutnant, der dich verführt hat und der dich hat heiraten wollen, der aber zu schnell gefallen ist, den darfst du auch nicht vergessen . . .»

«Laß doch sein, Erich», sagte der Anwalt geärgert. «Sei bloß nicht so streitsüchtig. Du trinkst schon wieder zu hastig.»

Das Mädchen sah mit raschen, bösen Augen vom einen zum anderen.

«Ich lasse mich nicht gerne ansohlen und neppen!» rief Erich. «Und wenn ich bloß so was höre von fünf hungernden Geschwistern . . .»

«Aber es gibt hungernde Kinder», sagte der Anwalt begütigend. «Sogar ziemlich viele. Ich weiß das, ich habe neulich eine Statistik darüber lesen müssen . . .»

«Dickerchen», sagte das Mädchen zum Anwalt und schmiegte sich an ihn. «Sei einmal ehrlich, tanze ich sehr schlecht?»

«Warum willst du das denn wissen?»

«Ich möchte es eben wissen. Die Herren sagen mir alle nich die Wahrheit, weil ich nackich bin. Und der Krukow, das is der, der mir den Tanz gelernt hat . . .»

«Gelehrt, gelehrt, meine Süße!»

«Das sage ich ja – so doof! Der sagt, ick tanze wie'ne besoffene Kuh . . .»

«Na also, Kindchen», entschloß sich der Anwalt. «Wenn du es wirklich wissen willst: Du hast einen hübschen Körper und bist jung und nackt. Wenn du ein Kleid anhättest, würde kein Mann den Kopf nach deiner Tanzerei drehen.»

«Na also!» rief das Mädchen sehr zufrieden. «Det hab ick mir doch immer jedacht! Hier sind welche, die quasseln mir dusslich, ick soll Tänzerin werden, und ick soll mir ausbilden lassen, auf ihre Kosten, als ihre Freundin, versteht sich. Aber ick habe schon immer jedacht: So doof, die wollen dir nur in Detwat ausbilden – und sonst Neese! Nee, denn lieber noch das nackige Gehopse, und sobald det wieder funkt mit anständijem Jeld, rin in irgendeen Jeschäft! Ick bin früher beim Schlachter jewesen, un denn 'nen anständijen Mann jeheiratet, nich immer so'ne Lebejreise wie hier!»

«Verdammt noch mal!» fing Erich an, kam aber gottlob nicht mehr dazu, auseinanderzusetzen, was er über eine solche Gegenleistung für sein gutes Geld dachte.

Denn das Lokal verlangte stürmisch nach seinem nackten Mädchen. Die Herren, die schon müde wurden vom vielen Alkohol, wollten wieder ein bißchen Pfeffer für ihre Stimmung. Und die Damen widersprachen nicht, denn angeregte Herren sind zahlungswilliger als schläfrige. Es ging auch alles ganz schnell. Die Tänzerin hatte keine weiteren Schwierigkeiten mit ihrem Kostüm, der Primgeiger hatte Schmalz genug in seiner Geige und:

«Es ist doch komisch», sagte Erich halb widerwillig. «Ich weiß doch nun, was das für eine langweilige Gans ist . . . Aber sobald sie da im vollen Licht vor aller Augen nackt herumhopst, und alle starren sie so hingerissen an, finde ich sie doch wieder ganz nett . . .»

«Eine alte Sache», meinte der Anwalt gähnend. «Was die anderen hübsch finden, finden wir auch hübsch. Und was die anderen haben wollen, möchten wir durchaus für uns. – Übrigens, Erich, was ich dich schon den ganzen Abend fragen wollte: Ist dir der Name Eugen Bast ein Begriff . . .?»

«Nee, ich glaube nicht», sagte Erich zögernd. «Aber ich habe freilich mit so viel Leuten geschäftlich zu tun . . .» Und mit leiser Besorgnis: «Ist das jemand, der reingerasselt ist, und ich habe mit ihm zu tun?»

«Reingerasselt ist er!» bestätigte der Anwalt. «Und er möchte gerne, daß ich seine Verteidigung übernehme. Und mit dir zu tun hat er auch . . .»

«Na, nun sagen Sie doch schon!» rief Erich gereizt. «Was soll denn diese Geheimnistuerei?! Eugen Bast – keine Ahnung! Oder war das der mit der Seide aus Italien? Nein, der hieß Becker. – Übrigens rechne ich bestimmt darauf, daß Sie meine Verteidigung übernehmen, wenn wirklich mal was nicht klappt.»

«Erich! Erich!» sagte der Anwalt seufzend. «Und du hast mir immer geschworen, alle deine Geschäfte seien in Ordnung. Als ich dich 1914 kennenlernte, habe ich wirklich geglaubt, es würde etwas anderes aus dir werden als ein Schieber!»

«Jawohl!» rief Erich wütend. «Sie haben geglaubt, ich würde Ihrer dusseligen Sozialdemokratie auf den Leim kriechen! So dumm! Sie sind ja selber heute soviel Sozialdemokrat – wie . . . wie . . .»

«Sagen wir wie Wilhelm der Zweite», ergänzte der Anwalt. «Der hatte auch immer eine hoffnungslose und unerwiderte Liebe für die Sozialdemokraten. – Nun, reden wir nicht davon. Wir sind leider beide ein wenig anders geworden, als wir gedacht haben. Solange man in der Opposition ist, scheint alles leicht, aber wenn man erst . . .»

«Ich will endlich wissen, wer Eugen Bast ist!»

«Eugen Bast», sagte der Anwalt bereitwillig, «ist ein drei- oder viermal mit Gefängnis und Zuchthaus vorbestrafter junger Mann, der sich zur Zeit unter der Beschuldigung des Bandendiebstahls, des Einbruchdiebstahls, der Erpressung, der Zuhälterei und einiger Kleinigkeiten mehr im Untersuchungsgefängnis Moabit aufhält.»

«Ausgeschlossen!» sagte Erich erleichtert. «Mit dem Mann habe ich bestimmt nichts zu tun. Auf so dumme Weise verdiene ich mein Geld nicht.»

«Außerdem ist Eugen Bast blind – was mir eigentlich der einzige Milderungsgrund für seine Richter scheint, denn sonst ist er ein völliger Schuft.»

«Blind! Nein, Herr Doktor, wenn der Mann Ihnen was von mir erzählt hat, ich habe ihn bestimmt nie gesehen . . .»

«Er ist blind geschossen worden, Erich, und zwar von deiner Schwester.»

«Eva! Ich habe immer gewußt, die wird uns allen noch Schwierigkeiten machen!»

«Eva, richtig, Eva Hackendahl», sagte der Anwalt. «Sie ist die Freundin dieses Eugen Bast, und sie scheint ihn in einem Anfall von Eifersucht blind geschossen zu haben.»

«Verfluchte Scheiße!» knurrte Erich wütend. «Aber ich lasse mich da nicht reinziehen! Was geht mich Eva an?! Ich habe sie seit Jahren nicht gesehen! Ich verweigere jede Aussage! – Ich muß schon sagen», rief er erbittert, «Sie haben eine feine Kundschaft!»

«Jeder nach seinen Fähigkeiten, mein lieber Erich», lächelte der Anwalt. «Übrigens hattest du mich eben erst um deine Verteidigung gebeten.»

«Tun Sie mir einen Gefallen, Herr Doktor», bat Erich. «Lehnen Sie die Verteidigung von dem Kerl ab!»

Der Anwalt schüttelte den Kopf. «Unklug, Erich. Der Knabe hat Geld, oder seine Freunde haben Geld, was auf dasselbe herauskommt, und so geht er einfach zu einem anderen Anwalt. Besser behalten wir die Sache in der Hand.»

«Ich will damit nichts zu tun haben!»

«Und wirst sicher hineingezogen, wenn ein anderer Anwalt sie in die Finger bekommt. Dieser Knabe Bast hat sich so einiges von deiner Schwester erzählen lassen. Er weiß zum Beispiel, daß du viel Geld verdienst, und er behauptet, du hättest früher geklaut. Verzeih, Erich, bitte, tobe nicht. Ich wiederhole dir nur, was Herr Bast sich ausgedacht hat. – Wenn Klauen nämlich bei euch, wie Bast behauptet, in der Familie liegt, so hat er deine Schwester nicht erst anstiften müssen, du verstehst. Vielleicht hat sie dann sogar ihn verführt . . .»

«Ich werde einfach verreisen», sagte Erich wütend. «Im Ausland kann ich eine Weile auch ganz gut leben. Sie geben mir ab und zu Tips, und ich handle in London die Mark auf Baisse . . . Nein, in Brüssel», rief er erleichtert. «Brüssel kenne ich, Brüssel ist für mich das Richtige. Ich beteilige Sie natürlich . . .»

«Sehr freundlich, Erich. Immerhin muß überlegt werden, wie weit sich ein deutscher Parlamentarier in Baisse-Spekulationen der Mark einlassen kann. – Und vor allem muß dieser Prozeß überlegt werden. Wird er groß aufgezogen, wie es dieser Herr Bast aus einer gewissen Berufseitelkeit haben will, so ist er ein gefundenes Fressen für unsere liebe Presse. Alle Strafgesetzreformer und Menschenfreunde werden Tränen über den armen blinden Mann fließen machen und den Namen Hackendahl diskreditieren.»

«Eva war ein ganz harmloses Mädchen!»

«Nach der Lesart von Herrn Bast ist sie ein Vamp. Sie hat ihn zu all seinen Straftaten angestiftet, ihre schrankenlose Genußgier, ihre Vergnügungssucht . . .»

Der Anwalt sah durch das tobende, randalierende, betrunkene Lokal . . .

«. . . Es gibt noch andere Beispiele von Genußsucht in dieser Familie . . .»

«Lassen Sie doch diese Frotzeleien!» rief Erich wütend.

«Du hast recht, Erich. – Aber entscheidend ist, daß deine Schwester alles zugibt. Sie hat ihn angestiftet. Sie hat Geld von ihm verlangt. Sie hat völlig grundlos auf ihn geschossen . . .»

«Das gibt sie alles zu?» rief Erich verblüfft. «Ja, ist sie denn verrückt? Das kostet doch . . .»

Der Anwalt nickte. «Sechs, acht Jahre Zuchthaus . . .»

«Und sie ist wirklich so?» Erich konnte sich das nicht vorstellen, Eva als abgefeimte Verbrecherin, Eva als Vamp. «Nein, das stimmt nicht», sagte er.

«Es stimmt auch nicht», sagte der Anwalt. «Sie lügt alles. Sie ist seine Hörige – du verstehst.»

«So ist es richtig!» sagte der Lieblingssohn seines Vaters. «Die rechte Tochter des alten Hackendahl! Sie haben den Alten ja heute abend gesehen, jeden freien Willen hat er aus uns herausgebrüllt und -geprügelt – er ist schuld! – Nein, ich will mit der Sache nichts zu tun haben, ich gehe nach Brüssel . . .»

«Ich soll beide verteidigen», erklärte der Anwalt, «den Kerl und deine Schwester. Und er möchte, daß ich die Verteidigung so führe, daß er entlastet, deine Schwester aber belastet wird, er als der Verführte, sie als die Anstifterin erscheint, er wenig, sie hoch bestraft wird.»

«Das liegt doch in Ihrer Hand!» rief Erich ärgerlich. «Wenn Eva ihm hörig ist, kann man sie kaum verantwortlich machen.»

«Eben», sagte der Anwalt lächelnd. «Dann aber wird Herr Eugen Bast auspacken, deine ganze Familie hineinziehen, dich vor allem durch die Verhandlung schleppen, so daß . . .»

«So daß, wenn wir Ruhe haben wollen, Eva hoch bestraft werden muß?»

«Richtig, mein Sohn Erich.»

«Etwas wie eine kleine Erpressung?»

«Du verstehst ausgezeichnet, Erich.»

«Wünscht Herr Bast vielleicht auch die Übernahme Ihres Honorars durch mich?»

«Herrn Bast ist bekannt, daß wir befreundet sind und daß du viel Geld verdienst. Wie gesagt: rundum ein Schuft!»

Der Anwalt sah Erich lächelnd an. Erich schwieg verdrossen, er trieb mit einem Strohhalm die Kohlensäure aus seinem Sekt, brannte sich eine Zigarette an – und schwieg.

«Nun . . .?» fragte der Anwalt schließlich geduldig.

«Ja so!» sagte Erich zusammenfahrend.

Er antwortete aber noch nicht, sondern sah nach dem Mittelgang, wo die kleine Nackte jetzt kindisch mit einem Teddybär dalberte.

«Sie sieht wirklich sehr nett aus», meinte er schließlich mißvergnügt.

«Richtig», sprach der Anwalt. «Der seltene Fall, daß eine Sache einmal nackt netter aussieht als bekleidet. – Und wie denkst du dir die Regelung unserer Sache?»

«Ach, machen Sie das ganz . . . Sie wissen doch schon, Herr Doktor . . .»

«Ich darf also mit einem bekannten Romantitel sagen: ‹Arme kleine Eva›?»

«Jeder ist sich selbst der Nächste.»

«Versteht sich!» stimmte der Anwalt bei.

«Und da sie selbst es so will . . .»

«Richtig, ganz richtig!»

«Sechs Jahre Zuchthaus – vielleicht rufen die doch eine Änderung bei ihr hervor?»

«Unzweifelhaft – zum Schlimmeren!»

«Warum spotten Sie?!» rief Erich wütend. «Sie haben mir den ganzen Abend verdorben! Ich war glänzender Stimmung! Was geht mich meine Schwester mit ihrem Luden an! Ich will vorwärtskommen . . . Ich will nicht, daß man hier in Berlin hinter meinem Rücken zwinkert und flüstert! Ich will nicht durch die Drecksblätter geschleppt werden! Ich bin nicht verantwortlich für meine Schwester!»

«Gewiß!» stimmte der Anwalt höflich zu. «Ich erinnere mich, daß der alte Jehova einmal eine ähnliche Antwort von Kain bekam, als er Abel suchte.»

«Ich habe meine Schwester nicht erschlagen!» rief Erich wütend. «Soll die zehn Jahre ins Zuchthaus kommen! Zwanzig! Das wird ihr nur guttun, und man wird Ruhe vor ihr haben!»

«Schön, schön», sagte der Anwalt. «Ich habe jetzt eine klare Marschorder – und habe dich noch viel besser kennengelernt, lieber Erich! Im übrigen schlage ich vor», sagte er, als Erich schon wieder zornig losbrechen wollte, «daß wir unser Lokal wechseln. Ich weiß hier ganz in der Nähe etwas, wohin ich manchmal studienhalber gehe. – Ober, bitte zahlen!»

7

Es schneite bei schwachem Frost sachte, als die beiden auf die Straße traten.

«Nein, kein Auto», sagte der Anwalt. «Es sind nur ein paar Schritte. Die frische Luft wird uns guttun. Wir haben beide viel zuviel getrunken!»

«Ich kann noch ganz gut gradegehen», sagte Erich trotzig.

Aber der Anwalt antwortete nicht, und so gingen die beiden schweigend nebeneinanderher, jeder mit seinen trüben, vom Alkohol gereizten Wünschen beschäftigt. Über die Eisenbogen der Bülowstraße glitt nur noch selten ein Hochbahnzug, sonst war alles still. Kaum brannte noch in einem Fenster der grauen, toten Häuser Licht . . .

Plötzlich blieb Erich stehen, überraschend faßte er den Anwalt vorn an der Brust und fragte zornig: «Warum reizen Sie mich eigentlich so?! Warum zwingen Sie mich immer wieder, mich vor Ihnen nackt auszuziehen?! Manchmal denke ich, Sie sind nie mein Freund gewesen . . . Sie haben mich auf diesen Weg gebracht, erinnern Sie sich noch an mein Zimmer in Lille . . .? Zu jeder neuen Schamlosigkeit haben Sie mich ermutigt! – Warum? frage ich mich. Warum? Warum haben Sie mich eben so lange gepeinigt, bis ich es Ihnen ins Gesicht gesagt habe, daß ich aus reiner Selbstsucht will, daß meine Schwester möglichst hoch bestraft wird?! Sie hatten es doch schon vorher verstanden! Ist das Freundschaft, oder sind Sie mein Feind . . .?!»

Er hatte immer leiser, doch stets erregter gesprochen und hielt den Anwalt noch immer an der Brust gepackt, als wolle er mit ihm kämpfen. Jetzt löste der die klammernden Hände von sich ab, rückte den Mantel zurecht und sagte friedlich: «Du hast wirklich zu viel getrunken. Gehen wir doch weiter . . .»

Wütend wollte Erich widersprechen und zwang sich, denn der

Anwalt sagte: «Es sind nur noch ein paar Schritte. Es ist wirklich ein ganz nettes Lokal. Ich weiß nicht, Erich, ob du derart Lokale schon kennst. Wie gesagt, ich gehe manchmal dahin, öfter. Ich habe auch meine kleinen Liebhabereien . . .» Er lächelte dünn. «Du hast mich eben an dein Zimmer in Lille erinnert . . . Doch ja, ich weiß noch alles, du warst ein ganz frischgebackener Leutnant und trugst seidene Oberhemden . . . Gott, wie lange das her ist! Ja, es ist ein Homosexuellenlokal, in das wir gehen . . .»

«Ich gehe in kein schwules Lokal!» sagte Erich fast schreiend. «Ich bin nicht homo . . .»

Der Anwalt antwortete erst einmal nicht; er war damit beschäftigt, ein Lied zu summen, das zur Zeit durch ganz Berlin lief: «Wir, Gott sei Dank, sind anders als die anderen». Er summte es recht stolz und triumphierend.

«Was nun dich betrifft, mein lieber Erich», sagte er dann sanft, «so bist du einerseits ein Experiment von mir, andererseits eine Hoffnung. Als Hoffnung – nun, du wirst zugeben, daß ich viele Male väterlich für dich gesorgt habe. Daß du dies angenehme und sorgenlose Leben, das du jetzt führst, in erster Linie meinen Bemühungen verdankst . . .»

Der Anwalt redete ölig und sanft daher. Eine rasende Wut erfüllte Erich, und doch hielt ihn etwas zurück, dieser Wut nachzugeben; er wollte erst hören, ob der Anwalt sich wirklich einbildete, daß er, Erich – nein, unmöglich!

Der Ältere sagte bekümmert: «Du hast mir in deiner augenblicklichen Gereiztheit vorgeworfen, ich hätte dich auf diesen Weg verlockt, woraus zu schließen wäre, daß er dir nicht gefällt. Aber, lieber Erich, ich muß doch sagen, bisher hast du diesen Weg eigentlich immer recht angenehm gefunden. Ja, es ist noch keine halbe Stunde her, daß du mir Vorschläge für eine Markspekulation in Brüssel gemacht hast, die doch sehr danach aussahen, als wünschtest du, weiterzugehen auf diesem verruchten Wege . . .»

Der Anwalt! dachte Erich erbittert. Der verdammte Rechtsverdreher! Aus allem dreht er einen Strick . . .

«Nun», fuhr der Freund immer sanfter und bekümmerter fort, «ich sage ja nicht nein! Man wird darüber sprechen, es wird sich auch ein Weg finden lassen, auf dem ich dich rasch genug in die hiesigen Absichten einweihe. Denn die Mark wird zwar fallen, sehr tief fallen, aber eines Tages wird sie zu fallen aufhören. Dieser Tag könnte ein düsterer Tag für dich werden ohne mich, mein Erich . . .»

Der Anwalt blieb schnaufend stehen. Der Schnee behinderte seinen Gang, seinen Blick. Er nahm die Brille von der Nase, trocknete sie sorgfältig und sagte, langsamer weitergehend: «Aber ein so kluger und so – selbstsüchtiger Mann wie du, Erich, wird nicht daran zweifeln, daß auch andere selbstsüchtig sind. Zum Beispiel ich. Du wirst eine Rechnung begleichen müssen; ich habe recht lange damit gewartet, das wirst du zugeben, und ich zweifle nicht, daß du prompt zahlen wirst . . .»

«Ich habe Ihnen schon gesagt», antwortete Erich Hackendahl mürrisch, «daß ich Sie an dem Markgeschäft beteiligen will. Sonst . . .»

«Du bist ein Affe, Erich!» sagte der Anwalt friedlich. «Ich verdiene auch ohne dich mehr Geld, als den Genossen lieb ist. – Nein, die Rechnung . . . Ich habe dir schon gesagt, wohin wir gehen . . .»

«Ich bin nicht homo . . .» wiederholte Erich hartnäckig.

«Es kommt manchmal vor, habe ich gehört, daß man eine Rechnung nicht grade gerne bezahlt», lächelte der Anwalt. «Trotzdem bezahlt man sie – unlustig. Unlustig.»

Er lächelte wieder und sah Erich durch seine runden Brillengläser aufmerksam an. Dann: «Du bist ein Experiment, ich sagte es schon. Mein Experiment. Als ich dich kennenlernte, du erinnerst dich doch noch, du hattest bei Vater und Schwester eigenmächtige Anleihen gemacht . . .»

«Ich will von diesem Dreck nichts mehr hören!» schrie Erich fast. «Ich habe alles zurückgezahlt!»

«Von meinem Gelde, richtig. Wie ich es sage. Du standest auf der Kippe, aber es schien mir ein Feuer in dir zu brennen – in mir war es damals schon im Erlöschen –, ein Glaube an dich, an die anderen, an das Gute, was weiß ich, und ich liebte dich wegen dieses Feuers . . .»

«Ich sollte der SPD beitreten, was?!» höhnte Erich wütend. «Sie glaubten schon nicht mehr an die Partei, sondern nutzten sie nur aus, aber ich sollte der Dumme sein, wie?»

«Ich gab dir alle Chancen», fuhr der Anwalt unbeirrt fort, «dich, sagen wir, auf die hellere Seite hinüberzuretten. Aber unaufhaltsam drängtest du nach der dunklen.»

«Drängten Sie mich . . .!»

«Doch nicht, Erich. Wer hat sich aus dem Schützengraben gleich in die Etappe verkrochen?»

«Und wer hat mich in Lille dahin gebracht, ein wenig – Miesmacherei zu treiben . . .?!»

«Richtig! Als ich dann sah, daß gar kein Feuer in dir brannte, sondern nur ein Trieb zu Faulheit und fauler Geschäftemacherei und faulem Genuß, da habe ich sehen wollen, wie weit du gehen würdest. Ob wenigstens irgendeine Ecke in dir wäre, die noch etwas taugte, ein Winkel, dir selbst unbekannt . . . Eine kleine Hoffnung . . .»

«Adieu, Herr Doktor!» sagte Erich, aber er ging nicht.

«Ich habe mich hochgekrebst in der Partei», sagte der Anwalt nachdenklich, ohne auf ihn zu achten. «Ich habe noch die schweren Jahre mitgemacht, als es ein Verbrechen war, Sozialdemokrat zu sein. Wir sind ganz hübsch verfolgt worden, damals, aber das hat uns nicht beirrt. Damals habe ich noch an das Gute im Menschen geglaubt, an eine bessere Zukunft, daß es vorwärtsginge, langsam vorwärts mit der menschlichen Gesellschaft . . .»

«Für solch einen Schwärmer sind Sie ganz hübsch fett geworden, Herr Doktor!» schimpfte Erich höhnisch.

«Ach, Erich, was bist du doch für ein Dummkopf! Für einen so schlauen Kerl, wie du bist, bist du wirklich zu dumm. Davon erzähle ich dir ja grade, von meinem Fettwerden, von dem Verlust meiner Illusionen, davon, daß ich heute nur noch glaube: Der Mensch ist schlecht. Du warst mein letzter Versuch, mein letztes Fünkchen Glaube. Aber leider, mein Erich, bist du ein völliger Versager gewesen, von der ersten Stunde an.» Der Anwalt seufzte. «Wenn ein Schuldner», sagte er dann fast geschäftsmäßig, «nicht in bar bezahlen kann, so hält man sich an die, wie wir Juristen sagen, an die Sachwerte . . .» Er schwieg.

Erich sah ihn an, düster schweigend, die Zähne scharf auf die Unterlippe gesetzt. Sie standen vor einem Café, einem dunklen Café; aber es war doch wohl ihr Ziel, der Anwalt ging nicht weiter.

«Du mußt zugeben», begann er wieder, dem Schweigenden sanft zuredend, «daß ich dich sehr lange geschont habe, verschont mit meinen Wünschen. Es gab ja immerhin noch die leise Möglichkeit, daß irgend etwas – Anständiges in dir steckte. Eine sehr entfernte Möglichkeit. Aber seit heute abend . . . Sieh es ein, Erich, was kann es dir schon ausmachen? Du kannst mir auch einmal einen Gefallen tun . . .»

Erich sah gespannt in das Gesicht, das jetzt bittend aussah, bittend und schwammig. Plötzlich sagte er feindlich: «Ihre Backen wackeln ja, Herr Doktor! Sind Sie wirklich so aufgeregt . . .? Glauben Sie wirklich, daß ich das tue . . .?»

Der Anwalt schien nichts gehört zu haben. Er sagte ungerührt: «Ich nehme dir deine Schwester ab und diesen Lumpen Bast. Du wirst deine Ruhe haben, eine sehr lange Zeit. Ich mache dich zu einem reichen Mann, Erich, es ist wirklich nur eine Kleinigkeit, ein Vorurteil . . . Komm, Erich!»

Und er hängte sich bei ihm ein, wollte ihn zum Café ziehen, streichelte fieberhaft seine Hand. «Erich, bitte . . . einmal! Ich habe so lange gewartet . . .»

«Lassen Sie mich los!» schrie Erich und machte sich frei vom Anwalt. «Fassen Sie mich nicht an! Das möchten Sie wohl, mich auch da noch bedrecken!» Er sah ihn voll Haß an. «Ich werde es nie tun, nie!»

Aber für den andern galt das alles nicht. Er sah nur die Beute, die Beute, die sich ihm entziehen wollte, auf die er so lange gewartet. «Erich!» rief er und faßte nach seiner Hand, klammerte sich an sie, hielt sie fest, Erich mochte reißen, so stark er konnte. Und nun bückte er sich, wollte seine Lippen auf diese Hand pressen, Erich fühlte sie schon . . .

Einen Augenblick zögerte er. Dann überwand er die Hemmung und gab dem Anwalt einen starken Schlag auf den gesenkten Kopf. Der wankte, wollte sich halten – aber nun fiel der starke Mann rücklings auf das Pflaster, in den Schnee, mit einem kläglichen Aufstöhnen . . .

Warum gehe ich nicht? dachte Erich und starrte auf den Liegenden. Das hätte ich nicht tun sollen, ich bin betrunken . . . Er kann mir schrecklich schaden . . . Nun ist es zu spät . . . Ich gehe lieber . . .

Und blieb doch stehen, starrte auf den Liegenden.

Der bewegte sich, richtete sich stöhnend halb auf, sah um sich.

«Du, Erich?» fragte er. «Bin ich gefallen . . .? Hilf mir doch!»

Mechanisch reichte ihm Erich die Hand, half ihm hoch.

Der Anwalt stand, wischte an dem Schnee auf seinem Mantel, faßte nach den Augen. «Ich muß meine Brille verloren haben. Willst du einmal nachsehen, Erich? Vielleicht ist sie heil geblieben?»

Sie war heil geblieben, Erich fand sie, gab sie dem Abgeordneten.

«Und wenn du mir nun noch ein Auto holen wolltest, Erich? Gleich hier um die Ecke stehen welche.»

Auch das Auto wurde besorgt. Schwerfällig stieg der Anwalt ein. Er setzte sich zurecht. Zögernd stand Erich in der Tür, sollte er nicht mitfahren . . .? Er wartete. Aber der Anwalt sagte nichts.

«Es tut mir sehr leid, Herr Doktor», fing Erich leise an.

«Gute Nacht», sagte der Anwalt und gähnte. «Man sollte wirklich nicht soviel trinken. Auf der Straße hinzufallen! Gute Nacht, Erich!»

«Gute Nacht, Herr Doktor!»

Und das Auto fuhr an, fort in die Nacht.

8

Ein ununterbrochener Strom von Menschen zog durch das riesige Untersuchungsgefängnis in Berlin-Moabit. Vor zehn Jahren war Gefängnis noch eine Schande gewesen, heute, 1923, sagten die Menschen: «Da kann man nichts machen. Wer Pech hat, fällt aus't Bette . . .»

Im Kriege hatte es damit angefangen. Jeder, fast jeder hatte Butter auf Schleichwegen gekauft, sich Kartoffeln auf Hamsterfahrten besorgt. Viele fanden es nicht schön, aber irgendwie schienen die Gesetze nicht mehr zum täglichen Leben zu passen – sie waren ja auch meist vor dem Krieg gemacht worden. Wenn ein hungriger Arbeitsloser stehlen ging, fanden sie, war das etwas anderes, wie wenn jemand vor dem Krieg stehlen ging. Da hatte es keiner nötig.

Die Ehrlichkeit war dem Menschen auch viel schwerer gemacht, weil er überall die Unehrlichkeit sich breitmachen sah. Der Schieber, im Kriege geboren und im Kriege verachtet und gehaßt, war eine volkstümliche Figur geworden. Der bleiche, fette Mann mit der Aktentasche im großen Auto wurde nicht mehr so verachtet wie beneidet. Das Wort Schiebung wurde modern, und nicht nur das Wort.

«Ja», sagten die Leute, «wir wissen ja gar nicht, ob bloß die Schieber schieben? Das mit der Inflation – da sollen nun die Schieber an der Börse schuld sein. Warum verbietet dann die Regierung nicht einfach die Börse? Alles Schiebung! Die oben stecken hinter der Inflation, die wollen die Kriegsanleihen loswerden – unsere Spargelder wollen sie schlucken, alle Woche betrügen sie uns um unseren Lohn!»

So redeten die Leute, nie fühlten sie sich in dieser Zeit mit ihren Regierungen verbunden. Ob das nun Regierung Scheidemann hieß oder Kabinett Hermann Müller, ob Fehrenbach, Wirth, Bauer oder Cuno – es waren immer die oben, nicht zu ihnen gehörig. «Die wollen bloß ihren Schnitt machen, und uns legen sie rein», so dachten sie, so sprachen sie.

Der Arbeiter, der in der Fabrik schuftete, konnte keine komplizierten Erwägungen über den Vertrag von Versailles, Reparationen, Valuta, Ruhrbesetzung anstellen – aber er konnte gut begreifen, daß sein Wochenlohn, so hoch die Summe auch lauten mochte, nur ein Fünftel oder ein Zehntel seines Friedenslohnes wert war. Ja, da hatten sie gut reden: «Wir haben den Krieg eben verloren und müssen ihn bezahlen.» – Der Arbeiter sagte: «Als wie icke?! Und die Schieber und die Kriegsgewinnler und die fetten Bonzen . . .?!»

Und dann, was hieß das schon, ein bißchen stehlen, betrügen, unterschlagen . . .?! Es gab in dieser Zeit viel grausigere Verbrechen, Verbrechen, über die in den Zeitungen wochenlang geschrieben wurde. Wirkliche Verbrechen, Morde, Massenmorde, Menschen, die Menschen schlachteten, sie zu Wurst verarbeiteten und dann diese Wurst verkauften . . .

Zu Anfang fanden sie es noch grausig, aber sie stumpften ab. Schließlich kamen die ganz Schamlosen und machten einen Schlager selbst hieraus, und bald sangen sie überall, auf den Kontors und auf den Straßen, junge Mädel und Lebegreise auf den Tanzdielen:

«Warte, warte nur ein Weilchen – Bald kommt Haarmann auch zu dir – Mit dem kleinen Hackebeilchen . . .»

Was Wunder, daß die Gefängnisse sich füllten! Diese Maschine arbeitete weiter; stockend, ächzend, krachend mahlte sie Zehntausende von Schicksalen durch, Paragraph Soundsoviel, Strafe Dieunddie – erledigt, weiter! Ob du dich schuldig fühlst, ob ich dich schuldig glaube – der Paragraph ist verletzt, das allein entscheidet!

Untersuchungsgefängnis Moabit! Zellengefängnis Moabit! Hunderte von Zellen, und jede Zelle vierfach, sechsfach belegt! Ein Gewimmel, ein Tohuwabohu von Schicksalen, von Sprachen. Alle Altersklassen, alle Stände, alle Berufe. Abgehetzte Beamte, erliegende Schreiber. Besuchszimmer, die nie still wurden von Geschrei, Weinen, Vorwürfen, Zänkereien . . . Protokollschreiber, Gutachter, Kriminalbeamte, Untersuchungsrichter, Staatsanwaltsgehilfen und Staatsanwälte, Erste Staatsanwälte und Oberstaatsanwälte – weiter, weiter, wir haben für dich nicht viel Zeit, sieben Minuten, ich habe heute noch siebzehn Vernehmungen, zwei Termine. – «Wollen Sie nun gestehen oder nicht? Mir ist es gleich. Dann bleiben Sie eben noch eine Weile hier und überlegen sich die Sache!»

«Zelle 23, Hackendahl, Besuch für Hackendahl! Darf Zelle 23, Hackendahl, Besuch haben?» – «Wer ist es? Der Bruder? Ist es bestimmt auch der Bruder? Es ist eine dicke Sache – hat Zelle 23, Hackendahl, eigentlich schon gestanden? Besteht noch Verdunklungsgefahr? – Fragen Sie beim Untersuchungsrichter an!» – «Der Untersuchungsrichter läßt sagen, er wäre verstorben, er müßte endlich einmal vier Stunden in Ruhe schlafen.» – «Verstehe ich, ich verstehe alles, nur wie wir je hier durchkommen sollen, das verstehe ich nicht. – Also gut, hier ist die Besuchserlaubnis für Zelle 23, Eva Hackendahl, Besuch des Bruders, sagen wir fünf Minuten, zur Sache darf nicht gesprochen werden. Sagen Sie dem Aufsichtsbeamten, daß nicht zur Sache gesprochen wird.»

«Ich mache Sie darauf aufmerksam, daß kein Wort zu der Sache, wegen der Sie sich in Untersuchungshaft befinden, gesagt werden darf. Auch keine Andeutungen. Beim ersten Wort Entzug der Besuchserlaubnis.»

«Ich möchte gar keinen Besuch haben . . . Wer ist denn da?»

«Also los, machen Sie keine Geschichten. Jetzt ist schon Besuchserlaubnis erteilt. Los, los!»

«Wer ist denn da?»

«Ich glaube, Ihr Bruder . . .»

«Eva . . .»

«Heinz, Bubi . . .»

Stille, Schweigen, Ansehen . . .

(Es darf zur Sache nicht gesprochen werden.)

«Wie geht es dir . . .?»

«Danke, jetzt geht es mir besser.»

Der Beamte hebt den Kopf. Soll das eine Anspielung sein?

«Kann ich etwas für dich tun?»

«Nein, danke, ich habe alles.»

«Brauchst du vielleicht Geld, Eva? Ich würde sehen . . . Ich arbeite jetzt auf einer Bank . . .»

«Nein, danke. Ich brauche nichts.»

Stille, Schweigen.

Beide zermartern sich den Kopf, worüber sie sprechen sollen. Zur Sache darf nicht gesprochen werden, und es gibt doch nur die Sache, über die man zu sprechen hat! Wie ist plötzlich das Leben leer geworden! In diesem kahlen, abgetretenen Besuchszimmer, mit einer Holzbarriere in der Mitte und einem Beamten, der gelangweilt nach der Uhr sieht, ob die fünf Minuten noch nicht um sind – hier gibt es plötzlich nur noch die Sache! Alle anderen menschlichen Beziehungen haben sich verflüchtigt – es gibt sie nicht mehr, leer! Es gibt nur noch die Sache, über die nicht gesprochen werden darf . . .

«Ich wohne jetzt schon seit vier Jahren bei Tutti. Ich weiß nicht, ob du das gehört hast.»

«Ja – nein, ich hatte noch nichts davon gehört. Ich bin lange nicht aus dem Haus gekommen, viele Monate nicht . . .»

(Der Beamte hebt den Kopf, sieht scharf nach den beiden hin und klopft mahnend mit dem Bleistift auf das Pult. Er ist nicht einmal ein Pedant, hier ist alles möglich, die Mitteilung der Untersuchungsgefangenen, daß sie viele Monate nicht aus dem Hause gekommen ist, kann ein Wink an den Bruder für ein Alibi sein.)

Wieder friert das Reden ein, sie sehen sich an. Alte, bekannte Gesichter, Geschwistergesichter, so fremd geworden, so fremde, ferne Schicksale. – Was haben wir uns noch zu sagen?

«Tuttis Jungen sind groß geworden, du weißt doch, daß sie zwei Jungen hat? Otto ist jetzt sechs und Gustav elf, es sind famose Jungen. Sie machen uns viel Freude.»

«Das kann ich mir denken.» Und dann, zaghaft: «Woher weißt du . . .?»

Er versteht sofort. «Ich wurde zum Revier bestellt – wegen einer Aussage.»

Der Beamte klopft sehr mahnend.

Doch sie: «Wissen die Eltern . . .?»

«Vorigen Sonnabend wußten sie noch nichts. Soll ich mal zu ihnen gehen?»

«Ja, bitte. – Sage ihnen . . . sage ihnen – nein, sage ihnen nichts.»

Wieder Schweigen – ach, wenn diese endlosen fünf Minuten doch erst vorüber wären! Ich habe ihr ja auch nicht helfen können, als sie draußen war. Was soll ich hier helfen?

«Möchtest du vielleicht, daß ich dir was zu essen besorge? Keks? Obst? Oder willst du ein paar Zigaretten?»

«Nein, danke. Ich brauche nichts.»

Der Beamte steht auf. «Besuchszeit vorbei!»

Ganz schnell: «Auf Wiedersehen, Eva, Kopf hoch!»

«Adieu, Heinz.»

«Ach Gott, Eva – ich Schafskopf, hast du denn einen Verteidiger?»

«Sie müssen jetzt gehen, die Besuchszeit ist vorbei.»

«Ja, ich habe einen. Kümmere dich um nichts! Und komm nie wieder! Besuch mich nie wieder – auch später nicht!»

«Sie sollen jetzt gehen, hören Sie doch!»

Eva, fast schreiend: «Sage den Eltern, daß ich tot bin, längst gestorben – es ist nichts mehr von ihrer Eva da . . .»

«Schluß! – Immer in der letzten Minute kriegt ihr das Quasseln. – Hören Sie mal, wenn Sie noch einmal zu quasseln anfangen, sobald ich gesagt habe ‹Besuch vorbei›, dann melde ich das, und Sie kriegen überhaupt keinen Besuch mehr!»

«Ich wollte ja gar keinen Besuch haben, ich habe es Ihnen doch gleich gesagt!»

«Dann hätten Sie doch den Mund gehalten! Aber zu schreien anfangen, wenn die Zeit vorbei ist, das bringt ihr alle fertig . . . Ach, reden Sie nicht mehr, rein in die Zelle!»

9

Ein Gefängnis ist ein komplizierter Bau, dutzendfach gesichert, mit Schlössern, Mauern, Riegeln und Gittern. Ein komplizierter Apparat ist es, mit Beamten, die die Gefangenen beaufsichtigen, und mit Oberbeamten, die die Beamten beaufsichtigen. Mit Stechuhren und regelmäßigen Kontrollen und überraschenden Kontrollen, mit Briefprüfungsstellen und mit Gefangenen, von denen die anderen Gefangenen bespitzelt werden . . .

Ein Netz, fein ausgesonnen, Masche an Masche geknüpft, nichts kann durchschlüpfen. Auch liegt der Frauenflügel isoliert von dem Männergefängnis – und doch waren keine vierundzwanzig Stunden seit der Verhaftung von Eugen Bast und Eva Hackendahl vergangen, da hatte eine Essen tragende Gefangene der Eva schon einen Zettel in die Hand gedrückt, einen Kassiber, die erste Mahnung des blinden Herrn an seine Sklavin: «Auch im Gefängnis bist du nicht frei . . .»

Sie war diesen ersten Tag auf und ab gegangen in der Zelle, hin und her, von einer Wand zur anderen, von der Tür zum Fenster, um die Mitgefangenen herum, als sehe sie sie nicht ... Sie konnte es tun, sie genoß Achtung, sie war eine Schwere. Immerzu rasselte die Tür: «Hackendahl zur Vernehmung.»

Die anderen konnten drei Tage lauern, kein Untersuchungsrichter fragte nach ihnen. Nach ihr wurde immerzu gefragt.

Eine Sache muß nur *sehr* gut oder *sehr* böse sein: schon imponiert sie den Dummen! Eva imponierte ihnen. «Was mag sie bloß ausgefressen haben?» berieten sie. «Sie sieht gar nicht so aus.»

«Doofkopp! Grade die nich so aussehen, das sind die Schlimmsten! Ick hab mal 'ne Jiftmörderin jesehen, die sah aus wie meine Jroßmutter ...»

«Kein Wunder, wenn deine Großmutter dir ähnlich ist ...!»

Eva ging auf und ab, sie nahm die Achtung der anderen hin, wie sie das Gefängnis hinnahm: Es war draußen, ferne, belanglos. Drinnen lebte sie immer noch die Jahre in der Stube bei Eugen Bast, da es nichts für sie gab als nur den Blinden. Sie hatte Heinz die Wahrheit gesagt: Sie war in den letzten Jahren kaum auf die Straße gekommen. Er hatte sie wie eine Gefangene gehalten. Er war ein richtiger Erwerbsblinder geworden, er bettelte, aber er nahm auch Stühle zum Flechten an. Diese Stühle flocht freilich nicht er, die hatte sie zu flechten. Aber sie waren ein guter Vorwand, in fremde Wohnungen zu kommen, Diebesgelegenheiten für seine Freunde zu erspähen. Der blinde arme Mann, von einem kleinen Jungen geführt, kam nie in Verdacht, er war so schlau, der Eugen Bast!

Es waren unendlich lange, eintönige Jahre gewesen, ein Tag wie der andere. Es waren freilich nicht so schlimme Jahre gewesen wie die ersten, als sie sich erst an seine Herrschaft hatte gewöhnen müssen, als sie noch an Freiheit und Flucht dachte.

Für so etwas hatte sie längst die Kraft nicht mehr. Sie war stumpf geworden, sie nahm alles hin. Wenn er sie schlug, nun, so weinte sie eben; solange er sie an den Haaren riß (was ihr besonders schmerzhaft war, viel schmerzhafter als Schläge), schrie sie – aber schließlich hörte er mit dem Schlagen und Reißen auch wieder auf.

Gerade diese Stumpfheit aber war es, die den Eugen Bast immer von neuem gegen sie aufbrachte. Er war doch erfinderisch. Keiner konnte ihm ein gewisses Genie im Erfinden von Quälereien absprechen, aber bei ihr verfing nichts mehr. Längst hätte er diese langweilige Zicke fortgejagt, aber sie war ja so nützlich! So jung, wie er gewesen, war ja auch Eugen Bast nicht mehr. Seit er blind geworden war, nicht mehr in der Welt herumstreifen konnte – seitdem war er bequemer geworden, dicker. Er liebte Ordnung, Sauberkeit, gutes

Essen. Dafür sorgte sie, und sie kostete ihn nicht mehr als das bißchen Essen. Dazu war sie zuverlässig und verschwiegen, sie schnatterte nicht; wortlos, protestlos, blinder als der Blinde, machte sie alles mit.

Eugen Bast konnte nicht mehr selbst auf Einbrüche ausgehen, Mädchen auf der Straße laufen lassen. Zuerst hatte er darüber gewütet, aber bald hatte er begriffen, daß der verborgene Hintermann sehr viel besser fährt als der, der die Kastanien aus dem Feuer holt. Der Blinde baldowerte die Gelegenheiten aus und beanspruchte dafür ein groß Teil der Beute. Er wurde erst ein Hehler, dann ein Finanzmann der Diebe, die nie Geld hatten. Eugen Bast hatte welches, er hatte ein Bankkonto, er hatte auch einen Safe mit höchst wertbeständigen Edelvaluten . . .

Er wurde ein großer Mann, der Eugen Bast, er wurde ein noch viel größerer Mann! Als die «Jungens» ihm einmal statt der erwarteten Wertpapiere einen Packen Briefe gebracht hatten, tobte er freilich über solch unentschuldbares Versehen und kürzte ihren Anteil strafweise recht beträchtlich. Später ließ er sich dann von Eva die Briefe vorlesen, zum Zeitvertreib. Er lag auf dem Bett und verdaute, und sie kniete neben dem Bett auf einer Bürste und las vor. So hatte er alle Genüsse, die er sich wünschte . . .

Unter Briefen hatte sich Eugen Bast bis dahin wenig vorstellen können – was Menschen sich auf vier, acht Briefseiten zu schreiben hatten, ging über sein Verständnis. Aber man wird alt wie 'ne Kuh und lernt immer noch zu. Eugen Bast erfuhr, daß höchst erbaulich war anzuhören, was da eine Sie einem Er auf vier Briefseiten schrieb.

Regelmäßig fing die Sie schwärmerisch und blöd mit Liebe und Sehnsucht an. Aber kaum war man auf der zweiten Seite, kamen schon kleine neckische Erinnerungen, süße Unanständigkeiten – von dieser Sie konnte ein Er schon in Gang gebracht werden! Eugen Bast, der die Sie doch nie gesehen hatte, kam über ihren erotischen Späßen selber ins Feuer!

Die Eva ließ er freilich vorlesen, bis sie von ihrer Bürste kippte. Dann lag er lange still in der Nacht, rauchte Zigaretten und dachte angestrengt nach. Es war eine erbauliche Lektüre, kein Zweifel, aber Eugen Bast kam mit seinem anschlägigen Köpfchen bald darauf, daß aus den Briefen viel mehr herauszuholen war . . .

Es waren sehr kostbare englische Stühle gewesen, die Eugen Bast in jenem Hause zu flechten bekommen hatte, mit einem besonderen bräunlichen Rohr, das Eugen für diesen Auftrag extra hatte besorgen müssen. Und es war ein sehr leichtsinniger Hausherr gewesen, der gedacht hatte, blinde Leute sind blind, und der darum ganz unbesorgt aus seinem von der Tapete verdeckten Safe einen Geldschein genommen hatte, eben als Anzahlung auf den Rohrkauf. Aber wenn Blinde nicht sehen können, so ist ihr Gehör um so besser, und der Herr wäre sehr überrascht gewesen, wenn ihm Eugen Bast die Lage seines kleinen Geheimfaches auf zehn Zentimeter genau beschrieben hätte.

Der Mann schien, nach Stühlen und Safe zu urteilen, wohlhabend, übrigens ein verheirateter Mann, ein Mann mit Kindern, und aus den Briefen ließ sich ohne weiteres schließen, daß die Schreiberin auch eine wohlhabende verheiratete Frau war ...

Es war ein glänzendes Geschäft für einen blinden Mann, eine Sache, die von selber lief: Die Jungen schafften die Briefe heran, ohne ihren Wert zu ahnen (es war komisch, aber beinahe in jedem dritten Geldschrank steckten solche Briefe), Eva schrieb die ersten zarten Andeutungen, und der arme blinde Bettler machte bloß den Boten, den unwissenden Boten («Ich soll hier ein Päckchen abholen für Herrn – Lehmann, Sie wissen schon!»).

Ach, wie der Eugen Bast aufging. Übrigens hieß er natürlich schon längst nicht mehr Eugen Bast, sondern Walter Schmidt oder Hermann Schulze, mit ausgezeichneten Papieren, Kriegsblinder und Rentenempfänger, alles in bester Ordnung, bitte schön, Herr Oberwachtmeister! Ja, er ging auf, er mästete sich an seiner eigenen Bosheit; lange, lange konnte er in der Finsternis, in der er tagaus, nachtein lebte, über die Briefe nachdenken, seine Erpressungsbriefe, und wie er die quälen wollte und konnte, die Frauen und die Männer, wie er ihnen keine Ruhe ließ, Geld herausholte aus dieser ehebrecherischen Korrespondenz, viel Geld, mit Drohungen, Bitten, Lügen ... aus dem Dunkel her ...

Er würde nie wieder einen Menschen bekommen wie Eva. Ohne Frage, ohne Klage, ohne Auflehnung tat sie, was er befahl. Sie würde ihn nie verraten – sie war so sehr sein, daß sie jeden Befehl auf der Stelle, ohne Wimperzucken befolgte. Sie war in diesen Jahren nie eine Minute aus seinem Bann gekommen, sie hatte sich bei keinem anderen Menschen je aussprechen können (er schloß die Wohnung sorgfältig ab, wenn er ging), sie hatte nichts mehr im Kopf als ihn! Das saß ihr im Kopf, ob nah, ob fern, wie es in ihr saß, was er ihr drei Jahre lang Tag für Tag in allen Variationen, mit Vorwürfen, Klagen, Spott, Drohungen wiederholt hatte, daß sie es war, die ihn blind und häßlich geschossen hatte! Daß sie es wieder gutzumachen hatte, daß sie es nie wieder gutmachen könnte ...

Auch der schlaueste Ganove kann jeden Tag hereinfallen! Und wenn der Ganove noch so klug rechnet, alles bedenkt, wenn er ganz unverdächtig ist – das Leben rechnet anders, es kommt immer aus einer anderen Ecke. Natürlich fiel auch Eugen Bast herein, er fiel herein, als er nicht im geringsten im Verdacht war, er fiel herein, ohne daß die Polizei eine Ahnung hatte, wer er war, er fiel herein, ohne daß irgendeine seiner recht zahlreichen Straftaten den Grund dazu abgab – er fiel unberechenbar herein, um tausend Ecken! Das Leben selbst legte ihn herein – mit einem Wohnungswechsel!

Und nicht etwa, daß Basts die Wohnung gewechselt hätten, sondern der Hauswirt Mazeike gewann endlich den Prozeß beim Mieteinigungsamt gegen den böswillig nicht zahlenden Mieter Dörnbrack. Das Wohlfahrtsamt wies der Familie Dörnbrack irgendeine Barackenwohnung zu, die ehemals Dörnbracksche Wohnung wurde frei.

Eugen Bast merkte von alldem nichts. Er kannte den Hauswirt nicht, er kannte Dörnbracks nicht, er lernte auch den neuen Mieter nicht kennen, einen gewissen Querkuleit. Und doch war es Querkuleit, der ihn hereinlegte . . .

Bast wohnte in einem der Riesenmietshäuser des Ostens, in denen Tausende von Wohnungen zu sein scheinen. In solch einer überfüllten Menschenwabe ließ sich für Eugen Bast hausen. Er ging unter, verschwand, er war ohne Interesse. Er war der blinde Bettler – manche aus dem Haus hatten ihn in der Friedrichstraße stehen sehen, ein Junge holte und brachte ihn. Er sollte mit einem Frauenzimmer wohnen, aber das bekam man nie zu Gesicht, wahrscheinlich sah es noch schlimmer aus als er!

Fertig, untergegangen, eingereiht – es gab so viele Tragödien in diesem Hause, Kinder wurden geboren, geprügelt, Frauen hatten ihre Kräche, heute war der besoffen, morgen dieser krank. Es war kein angenehmes Haus (außer für Eugen Bast). Es war ein Haus aus dem armen Dutzend – in einer Elendszeit. Die jungverheirateten Querkuleits hätten sicher ein angenehmeres vorgezogen, aber es waren die Zeiten, da leere Wohnungen nicht existent waren. Querkuleit, ein junger Beamter vom Wohnungsamt, hatte zugeschnappt, vollkommen in Ordnung, einwandfrei, er stand auf der Liste, ein bißchen Fürsprache – jedenfalls hatte er keine Wahl gehabt.

Da saßen die beiden jungen Leute nun in diesem überfüllten Haus, sie hatten sich wirklich gerne (auch so etwas gab es in diesem seltsamen, alpdruckartigen Jahre 1923) und versuchten, ihr Leben für sich zu leben. Es schien schwer, denn das Haus griff in ihr Leben ein; wo Eugen Bast wortlos, blind vorüberging, da sagte Frau Querkuleit: «Na, Kleiner, was brüllst du, wer hat denn dir auf den Schlips getreten?»

Und der junge Querkuleit war nach einem Vierteljahr in mindestens sechs Hausfehden verwickelt, wegen des Aborts, wegen des Mülls, wegen der Waschküche, weil Frau Schmidt zu Frau Schulze gesagt hatte: «Olle Sau», weil er zu Frau Dobrin gesagt hatte, aus Müllers Wohnung käme immer solcher Mief . . .

Kurz, Querkuleits waren ahnungslose junge Leute, sie meinten, die

Menschen sollten einander das Leben nicht durchaus noch schwerer machen, als es schon war. Worauf sofort das ganze Haus es darauf anlegte, Querkuleits das Leben so schwer wie möglich zu machen.

Aber sie waren jung. Es mußte schon hart kommen, ehe sie nachgaben. Mit Erbitterung fochten sie für Gerechtigkeit und Anstand in einer Welt, in der Ungerechtigkeit und Betrug Trumpf waren. Sie hatten keinesfalls genug an ihren sechs Hausfehden. Frau Querkuleit, die ja eigentlich als Frau die Lebensklügere von beiden hätte sein müssen, sagte immer wieder: «Hör mal, jetzt weint sie.» oder: «Hörst du, jetzt schlägt er sie.» – «Du, wach auf, eben ist sie hingefallen! Jetzt schreit sie!»

Querkuleit war abends todmüde, er schlief sofort fest ein. Aber Frau Querkuleit hatte einen etwas dünnen Schlaf; wenn sie auf ein Geräusch einen Tick hatte, wachte sie davon auf. Und auf diese Geräusche aus der Unterwohnung hatte sie bald einen Tick. Sie gingen ihr wider das Gefühl. Sie wachte auf, Nacht für Nacht, und hörte eine Frau weinen, wimmern, auch einmal schreien. Sie meinte, das Geräusch von Schlägen zu hören. Aber nie hörte sie die Stimme des Mannes, die doch zu all diesen Geräuschen gehören mußte – das war besonders unheimlich.

Sie weckte ihren Querkuleit, er mußte es auch hören. Sie war glücklich, aber es war ein Stachel in ihrem Glück, daß eine andere so unglücklich war. Querkuleit war zuerst dagegen, aus dem tiefsten Nachtschlaf geweckt zu werden wegen des Weinens einer Frau. Auch ein für Gerechtigkeit entflammter Mensch liebt seinen Schlaf. Aber mit der Zeit erwachte der Kampfgeist in ihm.

Es war seine Frau, die ihn darauf aufmerksam machte, daß man nie ein Geräusch von dem Mann hörte, nie ein Wort. Kein Schelten, kein Ruf drang zu ihnen – immer nur die Frau. Das war seltsam. Es war nicht schwer herauszubekommen, wer in der Wohnung unter ihnen wohnte, ein blinder, entstellter Mann, der betteln ging und Rohrstühle flocht. Vielleicht ein bedauernswerter Mann. Stumm? Nein, stumm war er nicht. Querkuleit hatte ihn einmal ein paar Worte zu dem führenden Jungen sagen hören. Stummheit erklärte nicht, daß man nie einen Laut von dem Mann hörte.

Und es war wiederum seltsam: In der Nacht hörte man nur die Frau, am Tage sah man nur den Mann. Querkuleits paßten auf, sie befragten die Nachbarn – nein, die Frau war nicht sichtbar. Keiner konnte sagen, wie sie aussah.

«Es ist rätselhaft!» sagte Frau Querkuleit.

«Da muß ich hinterkommen!» sagte Querkuleit.

Oh, was man für Träume spinnen kann in solch einem Haus der tausend Schicksale, wenn man noch jung und das Leben neu ist!

Wenn man daran glaubt, daß man einen Platz auszufüllen hat in der Welt. Wenn man sich noch nicht eingewöhnt hat auf diesem Erdball aus Widersprüchen, wenn noch ein Glanz in einem lebt vom unbekannten Dunkel, aus dem man kommt! Querkuleits sahen viele Tage in das vernarbte, ledrige, maskenhafte Gesicht des Blinden, sie horchten viele Nächte auf das Weinen und Schreien.

Sie waren kleine Leute, sie wußten, daß oft Frauen von ihren Männern geschlagen werden. Sie fanden es gemein, aber es hatte doch irgendwie etwas Menschliches. Was um den Blinden witterte, war unmenschlich. Und was unmenschlich war, mußte geändert werden . . .

Schließlich ging Querkuleit auf die Polizeiwache und sprach von seinen Bedenken.

Aber der Reviervorsteher schüttelte den Kopf. «Sehen Sie mal, junger Mann, wir Polizei blamieren uns nicht gern. Eine Frau, die allnächtlich mißhandelt wird und die doch nie den Versuch macht, sich mit der Außenwelt in Verbindung zu setzen – nein!»

«Aber sie kann doch», begann Querkuleit und wurde rot.

«Nun, was denn?» fragte der Reviervorsteher ganz freundlich. «Wahrscheinlich fesselt er sie den ganzen Tag, wie? Daß sie nicht einmal gegen die Wand klopfen kann? Nein, nein. Sie haben zuviel Phantasie.» Er sah den Kartothekzettel an. «Und übrigens sind die schon über drei Jahre dort gemeldet – wilde Ehe zweifelsohne, aber dagegen schreiten wir schon lange nicht mehr ein.»

«Aber man kann doch nicht . . .!» rief Querkuleit verzweifelt.

«Natürlich kann man. Sie werden's auch noch lernen, junger Mann. Es ist ein ganz guter Spruch: ‹Was dich nicht brennt, das blase nicht!›»

«Das ist ein ganz feiger Spruch!» rief Querkuleit empört. «Wenn man nur da blasen sollte, wo man sich selber verbrannt hat – die Welt käme weit!»

«Ist ziemlich weit gekommen in letzter Zeit, was?» Der Reviervorsteher betrachtete den jungen Eiferer mit wohlwollendem Lächeln. Dann wurde er dienstlich. «Wir bedauern, auf Ihre Anzeige nicht einschreiten zu können.» Er sah den Jüngling an. «Natürlich, wenn Sie melden könnten, die Frau hat um Hilfe gebeten . . .»

Sehr nachdenklich ging Querkuleit nach Haus. Er berichtete seiner Frau. Er nahm den Reviervorsteher in Schutz, aber sie schalt auf ihn: «Am liebsten hätte die Polizei immer erst etwas Totes liegen, ehe sie sich rührte!» Die machten es sich bequem!

«Also, jetzt weckst du mich nicht mehr!» sagte er energisch. «Es ist ganz zwecklos, und ich brauche meinen Schlaf auch. Die Streitereien auf dem Wohnungsamt sind bald nicht mehr zu ertragen . . .»

Aber wahrscheinlich heißt man nicht ohne Grund Querkuleit. Es ließ ihm keine Ruhe. Nun wachte er von selbst auf in der Nacht, lag still, daß seine Frau nichts merkte, fühlte, daß sie auch wach war, und lauschte. Beide lauschten auf das Weinen in der Nacht. Es war sehr schwer, wieder in Schlaf zu kommen, es war sehr schwer, sich damit abzufinden, daß die Welt so ungeordnet weitergehen sollte . . . Wenn man jung ist, läßt man nicht gerne ungelöste Aufgaben hinter sich . . .

Nein, er versuchte nicht, sich mit der Frau in Verbindung zu setzen. Er hatte eine Ahnung, das herrliche Ahnungsvermögen der Jugend, ein heller Leitstern, man muß nur an ihn glauben. Er hatte die Ahnung, er müsse in dieser Sache durchaus unter eigener Verantwortung handeln . . .

Schließlich, als es ihn zu sehr quälte, ging er, ohne seiner Frau etwas zu sagen, auf die Wache und gab an, seit vier oder fünf Tagen klopfe es alle Tage gegen die und die Tür, es werde um Hilfe gebeten . . .

Er hatte eine Zeit abgepaßt, da der Reviervorsteher nicht da war. Aber obwohl er keinem argwöhnischen Beamten gegenüberstand, log er sich fast fest. Warum die Frau nicht auch andere Nachbarn gerufen habe? Woher sie ihn kenne? Was sie als Grund der Mißhandlung angegeben habe? Ob sie wegen Freiheitsberaubung geklagt habe? Warum sie denn nicht aus dem Fenster rufe? Es gehe doch fast alle Tage einer von der Polizei über den Hof!

Es ist den Idealisten nicht leicht gemacht, auf dieser Erde ihrem Ideal gemäß zu leben. Aus dem Lügengewirr, in dem Querkuleit zu versinken drohte, rettete er sich in eine trotzige Haltung. «Soundso, ich bin eben um Hilfe gebeten worden. Ich melde das, tun Sie, was Sie wollen!»

Der Beamte entschloß sich. Er hatte den jungen Mann noch einmal darauf aufmerksam gemacht, welch unangenehme Folgen eine falsche Anzeige für ihn haben könnte, aber als Querkuleit fest blieb, beorderte er einen Polizisten, zu der Wohnung mitzugehen und nachzusehen.

Dann standen Querkuleit und der Polizist vor der Tür. Sie hatten geklingelt, und sie klingelten wieder, aber nichts rührte sich. Querkuleit schlug vor, einen Schlosser zu holen.

Der Polizist schüttelte den Kopf. «Darf ich nicht!»

«Aber die Frau ist bestimmt in der Wohnung!»

«Warum meldet sie sich dann nicht?»

«Grade, daß sie sich nicht meldet, ist doch ein Zeichen . . .»

«Jedenfalls haben wir kein Recht, die Tür aufzubrechen.»

Es war ein älterer Beamter, ein Mann mit einem eisgrauen

Schnauzbart, ein Mann ohne jeden Eifer, ein abgestumpfter Mann, fand Querkuleit. Der Mann drückte noch einmal auf den Klingelknopf, und als wieder nichts erfolgte, sagte er den Spruch, den alle sagen, die es bequem haben wollen: «Da kann man nichts machen!»

Und er schickte sich an, die Treppe hinunterzusteigen.

In diesem Augenblick kam Eugen Bast die Treppe herauf. Der Blinde tastete sich, die Hand auf dem Geländer, die Stufen aufwärts. Wie schon oft, hatte er den Jungen am Eingang der Treppe fortgeschickt, er kannte ja jede Stufe, und er zog sich nicht gerne Spione in die Wohnung . . .

Die beiden hörten ihn kommen, hörten das sachte, vorsichtige Trapp-trapp auf der Treppe. Fast deutlicher noch hörten sie das trokkene Schlürfen der Hand auf dem Geländer. Sie sahen ihn an, aber er sah sie nicht, er hörte sie auch nicht . . .

Denn als er da heraufkam, mit dem schrecklichen, narbigen Gesicht, einem fahl gewordenen, feldgrauen Mantel, blind, finster, da hatte Querkuleit unwillkürlich zum Schweigen mahnend seine Hand auf den Arm des Polizisten gelegt, und der hatte ihn sofort verstanden . . .

Der Blinde sah sie nicht, er hörte sie nicht, aber er ahnte sie. Er hob den Kopf, es war, als wittere er, als wolle er sie riechen, er fragte: «Wer is'n da?»

Wieder die Hand auf dem Arm des Polizisten. Regungslose Stille.

«Da is doch eener!»

Nichts.

Diese falsche, flehende Stimme! «Ick bin 'n armer, blinder Bettler! Macht doch keenen Quatsch mit 'nem blinden Mann! Ihr!»

Nichts.

Der Mann stand jetzt oben auf dem Treppenabsatz, im vollen Licht des Fensters.

Er hatte sein abstoßendes Gesicht gegen sie erhoben, er stand kaum einen Meter von ihnen entfernt. Das Gesicht mit geöffnetem Munde war ihnen ganz nahe; es war unfaßbar, daß er sie nicht sah . . . Man mußte wissen, daß er nicht sehen *konnte,* aber auch dann blieb es eigentlich unfaßbar . . .

Der Polizist sah den Mann an. Nein, er kannte ihn nicht. Aber es war vielleicht etwas im Klang der Stimme: Wer viel mit Lügnern zu tun hat, spürt, wer ein Lügner ist. Es war aber vielleicht auch etwas in der ganzen Haltung des Mannes, etwas Unwägbares, dem Polizisten kaum Bewußtes: Ein blinder Bettler wäre nur hilflos und ängstlich gewesen, aber in diesem war etwas Angespanntes, argwöhnisch Wachsames . . .

(Querkuleit aber hatte jetzt vor dem nahen, schrecklichen Gesicht einfach Angst . . .)

Bettelnd: «Sagt doch, Jungens, wer is'n da? Ick merk doch, da sind welche . . . Wat wollt ihr denn?»

Und nun bewies der Polizist, daß er nicht alt und abgestumpft war, nein, er hatte eine Eingebung. Er griff in die tiefe Tasche seines Mantels. Mit fest geschlossener Hand, daß es nicht zu früh klapperte, holte er etwas vor . . . So leise er es getan hatte, der Blinde hatte das Streifen der Haut am Stoff gehört. Er faßte den Stock . . . Mit einer überraschend scharfen, bösen Stimme sagte er: «Wenn de jetzt nich sagst, wat de willst, hau ick!»

(Querkuleit verstand, warum er nie in der Nacht die Stimme dieses Mannes gehört hatte: Selbst jetzt, im höchsten Zorn, flüsterte sie nur.)

Der Wachtmeister öffnete die Hand und ließ die Handschellen klingeln . . .

«Polypen!» schrie Eugen Bast. «Mir vahaften!»

Und sein Stock traf den Polizisten so zielsicher, mit der Spitze in den Bauch, daß der Mann aufschreiend niederstürzte. Schon aber glitt Eugen Bast die Treppe hinunter, traumhaft sicher, mit einer Schnelligkeit . . . Querkuleit, der doch sehen konnte, vermochte ihm nicht zu folgen.

Der Polizist oben, der vor Schmerzen nicht hoch konnte, tat eines: Er trillerte mit der Pfeife . . .

(Jetzt durfte er es: Denn wer so auf das Klingeln von Handschellen reagiert, ist kein unbestrafter Kriegsverletzter, sondern – nun, das würde man alles noch feststellen.)

Das Trillern der Polizeipfeife brachte das Haus in Aufruhr. «Haltet ihn!» schrie Querkuleit.

Überall stieß der blinde Mann plötzlich auf Hindernisse. Er versuchte auszuweichen, sich durchzudrängen, verwirrte sich, verlor die Richtung, stolperte, fiel – und da war auch Querkuleit schon da.

Der Blinde lag, er machte keine Anstalten mehr zu fliehen.

«Wat wollt ihr denn?» sagte er klagend. «'n armer, blinder Bettler! Ick hab nischt ausjefressen! Ihr habt mir man bloß so 'nen Schrecken injejagt!»

Aber jetzt wieder den Harmlosen zu spielen, dafür war es zu spät. Der Polizist hatte seinen Stoß weg, und der war für einen harmlosen Bettler ein wenig zu zielsicher und bösartig gewesen. Er hatte die Reaktion des Mannes gesehen, als die Handschellen klingelten, der Polizist wußte, was er wußte, und alles andere war nur eine Sache geduldiger, sorgsamer Ermittlungen . . . Denn auch die besten falschen Papiere sind nur so lange gut, als ihr Inhaber nicht in Verdacht ist . . .

Das sah der kluge Eugen Bast auch bald ein . . . Zugegeben, was unbedingt zugegeben werden muß, was sie dir dreifach bewiesen haben, alles andere aber leugnen. Und sich entlasten – aber die Kuh, die Eva belasten, sie nicht einen Augenblick aus der Zange lassen . . .

So war der Kassiber gekommen, ein seltsamer Kassiber, keine Weisungen für die Aussage. Sondern ein Kassiber mit den schlichten Worten: «Ick pfeife, und du kniest . . .»

Sie geht auf und ab in der Zelle. Sie ist so lange abwesend gewesen, Vernehmung und Besuch des Bruders . . . Sie denkt weder an die Vernehmung noch an den Bruder, noch an ihr künftiges Schicksal; unruhig denkt sie: Hat er gepfiffen, während ich nicht in der Zelle war?

Sie ist so tief in der Hörigkeit, daß ihr gar nicht einfällt, wie gleichgültig es ist, ob er gepfiffen hat: Er kann die Wirkung seines Pfiffes ja nicht beobachten! Daß sie wirklich frei von ihm ist. Nein, so etwas kann ihr nicht mehr einfallen, Freiheit kann ihr nicht mehr einfallen, sie wartet. Sie quält sich.

Sie sitzt gerade beim Essen, als er über die Höhe hin durch das Fenster zu ihr kommt: der scharfe Ludenpfiff!

Sie legt den Löffel in die Schüssel, sie geht in die Ecke, und sie kniet nieder. Sie achtet gar nicht auf die anderen; was die denken oder sagen können, berührt sie nicht mehr. Sie kniet nieder, erlöst, fast glücklich: Sie ist wieder in der Hand des Herrn und Meisters, sein Geschöpf. Nur *sein.*

Sie kniet.

10

Leicht war Heinz der Weg zum Vater nicht geworden. Er fand, es war allgemach genug, was ihm aufgeladen war, daß er nun auch das von der Schwester erzählen mußte – nein, es war nicht leicht . . .

Der Vater saß am Tisch, er schnitzelte an einem Stock und hörte wortlos die Klagen der Mutter an, daß es mit der Nachtarbeit vorbei war . . . Sie barmte, wie schönes Geld das eingebracht hätte, wie sie endlich wieder einmal sorglos hätten leben können, und nun – einfach vorbei! «Aber Vater erzählt mir ja nie, warum er etwas tut!»

Der Vater sagte nur: «Narrenspossen!»

Die Mutter bezog es auf sich und klagte weinerlich weiter. Heinz aber verstand, daß der Vater seine Tätigkeit im groben Keller damit meinte. Er war unruhig, er wäre gerne zu Worte gekommen. Nicht zum ersten Male fand er, die Mutter jammre zuviel, und der Vater sei eigentlich geduldiger, als man denke. Die Mutter hatte natürlich vergessen, wie sehr sie zu Anfang geklagt hatte, der Vater werde sich das Saufen angewöhnen. Der Vater hatte es bestimmt nicht vergessen, aber mit keinem Wort erinnerte er Mutter daran. Vernünftig war das von Vater, und geduldig.

Endlich machte die Mutter eine Pause, und der Sohn konnte von Eva berichten.

«Das habe ich längst erwartet!» klagte die Mutter. Der Vater sah den Sohn mit seinen großen Augen an, nickte, sagte aber weiter nichts. Nach einer Weile stand er auf, ging im Zimmer hin und her und befahl schließlich der Mutter: «Geh und koch uns einen Kaffee.»

Die Mutter ging langsam und weinend, sie weinte so leicht und mühelos, man sah es nicht gerne. Genauso weinte sie über jedes kleine Mißgeschick, einen angebrannten Milchreis etwa.

Der Vater blieb vor Heinz stehen. «Wie sieht sie aus?» fragte er.

«Sie hat sich sehr verändert. Sie sieht alt aus und ohne Leben.»

«Ist das noch immer derselbe Kerl wie früher? – Bast, so hieß er wohl. Eugen Bast?»

«Ja.»

«Dann kann man nichts tun. Ich habe ihn einmal gesehen.»

«Ich habe ihn auch einmal gesehen», sagte Heinz. Er schloß die Augen, und der blinde Mann, der sich seine grausigen Narben küssen ließ, stand wieder vor ihm. Schrecklich! «Hast du ihn gesehen, als er schon blind war . . .?»

«Blind? Ist er jetzt blind . . .? Das ist eine Strafe Gottes!»

«Eva hat ihn blind geschossen.»

«Eva? Dann kann man ihr vielleicht doch noch helfen?»

«Nein – seitdem gar nicht mehr. Sie hat keine Kraft, ihm zu widerstehen.»

«Ja», sagte der Alte. «Nein – haste recht. – Wirste manchmal nach ihr sehen?»

«Ja.»

«Gut. – Und ich werde auch vernommen?»

«Sicher.»

«Was soll ich denen denn sagen . . .?»

«Alles, wie es ist!»

«Wie es ist!» Der eiserne Gustav lachte. «Det wird schwer sind, Bubi. – Denn det weiß ick nich, wie et is. Wieso det allens is, mit meine Kinder. Wieso is det eigentlich so, Bubi? Is dir nich manchmal bange, du wirst ooch so?»

«Nein, Vater, mir ist nicht mehr bange. Gar nicht. Ich hatte mal Angst . . .»

«Siehste!»

«Ich denke manchmal, mit den Geschwistern ist es bloß so geworden, weil sie soviel älter sind als ich. Sie haben alles zu fühlen gekriegt, nicht nur wie ich bloß die Inflation. Vom Kriege weiß ich doch eigentlich wenig und vom Frieden kaum etwas ... Die Friedenszeit vor dem Kriege, die war ganz besonders schlimm, Vater!»

«Ach, redt nich! Die Friedenszeit war janz jut, 'ne joldene Zeit war det!»

«Aber es stimmte alles nicht, Vater! Es sah nach Gold aus, aber es war bloß Vergoldung. Es war nicht echt, es ging gleich ab, als es gebraucht wurde.»

«Bei mir is nischt abjejangen.»

Heinz hätte widersprechen können. Er dachte an den Wohlstand des Vaters, der «abgegangen» war. Er dachte an die Kindesliebe, die man nicht befehlen kann, die auch abgegangen war. Er dachte an das Eiserne im Vater, das immer weicher wurde, das immer weniger da war, je häufiger er sich darauf berief ... Aber es hatte keinen Zweck ...

«Also ich seh denn mal nach Eva», sagte er.

Der Vater war noch in Gedanken. Er sagte: «Früher war es leichter fürn ollen Mann, sich zurechtzufinden – aber jetzt ... nischt nich!»

Er sah die Schnitzerei auf dem Tisch an. Sein Blick wurde lebendiger. «Jedenfalls, ick tu nur noch, wat mir paßt. Ick richte mir nach jar nischt mehr, nich nach Jesetzen, nich nach meinen Kindern, nich nach, wat der Paster predigt – ich richte mir nur noch nach mir ... Heinz, wat wird det?»

Und er hielt den Stock hoch.

«Ich weiß nicht, Vater. Soll's 'ne Peitsche werden? Aber dafür ist es zu kurz ...»

«Jetzt wartest du noch fünf Minuten», sagte der Vater herrisch, ganz wie er früher gesprochen hatte. «Ick mach noch 'ne Zwinge dran und eenen Riemen ... Is et wahr, det se am liebsten Pferdedroschke spielen?»

«Doch!» sagte Heinz, der verstand. «Möchtest du den Jungen die Peitsche nicht selber bringen, Vater? Es sind wirklich nette Jungen!»

«Du genierst dir woll, mit 'ner Kinderpeitsche uff de Straße zu jehn?! – Ick mach zwei Knoten rin – det Knallen wirste wohl noch können?»

«Ich glaube, du zeigst ihnen das besser, Vater ...»

«Quatsch! Eenmal is jenug! Eenmal rinjefallen is jenug! Un ick bin jleich viermal rinjefallen! Du bist janz brauchbar, Heinz, dir rechne ick nich ...»

«Es sind wirklich nette Jungens, Vater, ich würde sie mir doch einmal ansehen!»

«Wo ick dir doch sage, von wejen rinjefallen! Nee, is nich!»

«Es wäre wirklich richtiger, wenn du sie brächtest. Es würde dir Spaß machen.»

«Ick hab nischt zu tun mit die Kinder von der Gudde!»

«Aber sie heißt schon lange wie du und ich, Vater! Sie heißt Hackendahl.»

«Wie se de Kinder jekriegt hat, is se 'ne Gudde jewesen.»

«Ich versteh nicht, Vater, daß du plötzlich so fein bist. Bei uns ist es doch nicht wie bei Pasters.»

«Otto war 'n Schlappjeh, und sie is 'n Buckel! Nee, ick will die Kinder nich sehn. Wenn ick mein Herz an wat hängen will, denn jeh ick zu meim Rappen!»

«Otto war nur bei dir schlapp . . .»

«Da soll ick woll dran schuld sind?!»

«Im Felde, draußen, ist er nie schlapp gewesen, und daß du jemandem vorwirfst, daß er keinen graden Rücken hat, so bist du doch sonst nicht, Vater!»

«Buckel sind alle falsch!» sagte der Alte hartnäckig.

«Unsinn, Vater! Ebensogut kannst du sagen, alle Rothaarigen taugen nichts.»

«Tun se ooch nich! Judas hatte ooch rote Haare! Vielleicht hat er ooch 'n Buckel jehabt, und man weiß et bloß nich mehr . . .»

«Wer in so schweren Zeiten seine Jungens allein hoch bringt!»

«Ick versteh immer alleine! Wat machst du denn da?»

Heinz wurde brennend rot. Daß er rot wurde, machte ihn nur noch wütender. Übrigens war der Vater jetzt auch in Fahrt.

«Nich, det ick meene, du kramst mit der Gudde . . .»

«Ach, halt den Mund, Vater! Du willst einfach nicht!»

«Zu deinem Vater sagste: Halt den Mund?!»

«Wenn du nicht willst, brauchst du den Jungen auch keine Peitsche zu machen!»

«Nimmste nu die Peitsche oder nimmste se nich?»

Er hielt ihm die Peitsche hin.

Heinz nahm sie nicht. «Bring du sie man selber hin. Sieh dir die Jungen selber an. Schlappjeh und Judas – so redest du also von deinen Kindern!»

«Die Gudde is nich mein Kind!»

«'n Abend, Vater.»

«'n Abend, Bubi! – Mit mir mußte nich wütend tun, ick bin 'n oller Mann, und ick war immer eisern. Wat ick nich will, da sabbelt mich keener rum!»

«'n Abend, Vater.»

«'n Abend, Heinz! – Heinz! Heinz: Ick stell de Peitsche hier in de Ecke bei'n Ofen – wenn de dich ausgetückscht hast, kannste se ja denn mal mitnehmen.»

«Ick rühr die Peitsche nie an.»

«Dickkopp! Man soll nie nie sagen!»

«Wer hier wohl der Dickkopp ist?!»

«Na, du doch!»

«Nein, du, Vater!»

«Wer nimmt denn die Peitsche nich, icke oder du?»

«Wer will sie denn nicht hintragen? Du oder ich?»

Sie standen sich halb hitzig, halb spöttisch gegenüber. Sie waren beide in Zorn, aber sie waren nicht ganz in Zorn. Sie mochten einander zu gern, um richtig wütend aufeinander zu werden.

Die Mutter kam herein mit dem Kaffee. «Was streitet ihr denn schon wieder?» rief sie kläglich. «Ich hab so'nen schönen Kaffee gekocht – und ihr streitet!»

«Wir streiten gar nicht! Aber ich muß jetzt fort. Tjüs, Mutter!»

«Ach Gott, und der schöne Kaffee . . .»

«Trink ihn doch mit Vater! Ich muß fort . . .»

«Weeßte denn, ob ick jetzt Kaffee trinken will?! Jrade will ick nich! Ick jeh in'n Stall bei'n Rappen. Der verbietet mir wenigstens nich das Maul!»

«Ach Gott doch, Bubi! Wie kannst du das auch tun, Vatern den Mund verbieten!»

Aber Frau Hackendahl war schon allein. Die beiden Verstrittenen trampelten miteinander die Treppe hinunter. Auf dem Hof blieben sie stehen und sahen einander an. Heinz fing an zu grinsen, und der Vater fing an zu feixen.

«Na, haste dir det nu überlecht mit de Peitsche? Hol se man noch runter!»

Heinz lachte. «Das möchtest du, Vater! Immer deinen Dickkopp durchsetzen!»

«Na, und du?»

«Ich will dir was sagen: Wenn du mir die Peitsche runterholst, will ich sie den Jungen von ihrem Großvater schenken!»

Der Alte schluckte, als hätte er etwas zu Scharfes in die Kehle bekommen. «Du wirst doch 'n ollen Mann nich die Treppen loofen lassen? Denn komm lieber mit ruff und trink Mutters Kaffee! Freut sich die Frau!»

«Du holst mir die Peitsche runter, oder sie bleibt hier!»

«Bleibt se ebent hier!»

«Na, denn 'n Abend, Vater!»

«'n Abend, Heinz.»

Heinz war schon unter dem Torweg, da rief der Alte: «Bubi!»

«Was denn noch?»

«Warte! Ick schmeiße se dir runter, aus'm Fenster! Biste nu zufrieden?»

Heinz überlegte, ob er nun zufrieden sein konnte. «Meinethalben», sagte er dann. Aber als der Vater im Treppeneingang verschwand, mußte er ihm doch noch einmal nachrufen: «Oller Dickkopp!»

Diesmal antwortete der Vater erst, als er aus dem Fenster sah. «Da haste se, Dickkopp!» rief er. «Paß uff, det se nich in'n Dreck fällt, jetzt is se noch schön weiß.»

Der Sohn fing sie. «Na, denn, Vater!»

«Na, denn, Bubi! – Und en Dickkopp bin ich übrigens jar nich, aber eisern, det bin ick!»

«Das bildest du dir nur ein, Vater, daß du eisern bist – du bist ein ganz gewöhnlicher Dickkopp!»

«So wie du? Nee, ich bin eisern!»

Und damit warf der Alte die Fenster zu, daß sie klirrten, um doch wenigstens das letzte Wort zu haben.

11

Wie immer, wenn er bei den Eltern gewesen war, ging Heinz nicht den direkten Weg zur Bahn, sondern er machte den Umweg an dem kleinen Papierwarengeschäft von Frau Quaas vorbei. Da stand er immer eine Weile und verfolgte die Entwicklung der Zeit im Schaufenster; augenblicklich waren Schlagerpostkarten, teils süßlich, teils unanständig, die große Mode. In den Laden selbst aber ging er nicht mehr, die Witwe Quaas belästigte er nie wieder, seit er einen Brief bekommen hatte: «Ich will Dich nie mehr sehen. Aber daß Du Mutter auch quälst, finde ich einfach gemein von Dir. Deine Irma.»

Seit diesem Brief also stand er nur vor dem Laden, sah sich das Schaufenster an und wartete etwa fünf Minuten. Nie länger, dann war es genug, dann ging er.

Manchmal dachte er wohl: Es ist ja blöd, daß ich hier immer noch hergehe! Ich würde Irma gar nicht wiedererkennen! Damals war sie doch bloß ein Hering.

Aber trotz dieser Überlegung ging er immer wieder zu dem Laden. Er versuchte sich sogar vorzustellen, wie Irma jetzt aussehen würde – das war keine unangenehme Beschäftigung, man konnte gut fünf Minuten damit zubringen!

Heute warf Heinz Hackendahl nur einen flüchtigen Blick in das

Schaufenster. Seit seinem letzten Besuch gab es nur eine neue Ansichtspostkartenserie, diesmal Süßlichkeit und Gemeinheit gemischt. Die Bilder süß, der Text – zeitgemäß:

»Ich hab das Fräulein Len baden sehn,
Das war schön!
Da kann man Waden sehn, rund und schön
Im Wasser stehn!
Und wenn ungeschickt sie sich bückt . . .»

Den letzten Reim, die sechste Karte, hatte die Witwe Quaas nicht ins Fenster gehängt – es war ihr wohl zu hart geworden!

Heinz drehte sich um, sieht die leere Straße auf und ab und fängt an, mit seinem Peitschchen zu spielen. Es ist ein feines Peitschchen, was der Vater da zurechtgemacht hat – schwipp, mit einer richtigen Peitschenschmitze und einem Neusilbergriff, bei dem das Messing schon etwas durchschimmert.

Heinz hat lange keine Peitsche mehr in der Hand gehabt, und dies Ding soll er in einer Stunde seinen Neffen vorführen – er ist wirklich neugierig, ob er noch knallen kann? Also versucht er es, die Straße ist leer, und außerdem ist ihm egal, was die Leute denken! Vielleicht ist es ihm aber doch nicht ganz egal, denn sein erster Versuch fällt etwas matt aus: Das Peitschchen gab nur einen schwachen, hinsterbenden Laut von sich . . .

Stirnrunzelnd schaut er sich nach dem Ladenfenster mit dem badenden Fräulein Len um. Aber er ist völlig unbeobachtet – seine Niederlage hat keine Zeugen gehabt. So hebt er noch einmal die Peitsche und schwippt richtig los, das gibt einen Knall wie einen Pistolenschuß!

Und als habe er nur darauf gelauert, fährt ein Mädchenkopf aus der Ladentür und schreit zornig: «Du bist wohl ganz verrückt geworden?!! Willst du gleich machen, daß du hier wegkommst?!! Du bildest dir wohl ein . . .»

«Irma!» sagt Heinz ganz verblüfft. «Hör doch mal, Irma . . .»

«Ach was! Mit uns ist es aus, du dämlicher Bengel! Ich habe es dir ja geschrieben!»

Damit fällt die Ladentür krachend zu. Heinz hört die jämmerliche Klingel aufgeregt losbimmeln. Und nun hört er auch den Schlüssel im Schloß . . .

Mit einem Satz ist er an der Tür, aber wenn man den Schlüssel schon hat schließen hören, ist es natürlich zu spät, auf die Klinke zu drücken.

«Irma!» ruft Heinz flehentlich das mit Ansichtspostkarten vollgehängte Türglas an. «Irma! Mach doch auf! Ich will dir ja bloß erklären . . .» Kaum hat er nach fünf Jahren Irma zum ersten Male wiedergesehen, hat es schon ein neues Mißverständnis gegeben!

«Irma!» fleht er noch einmal und starrt wütend die Kitschpostkarten an.

Eine weiße Hand schiebt die Karten auseinander, sie hängt ein Schild zwischen sie. Es ist ein gedrucktes Schild, wie es der Laden für die Bedürfnisse seiner Kundschaft vorrätig hält. Die Hand hängt das Schild hin, rückt es zurecht, verschwindet. Heinz liest das Schild:

«Heute
wegen einer Familienfeier geschlossen»

Er starrt blöde. Dann überkommt ihn das Lächerliche der Situation. Er hier draußen, sie drinnen im Laden, wahrscheinlich durch irgendeine Lücke nach ihm spähend und sich köstlich über sein dämliches Gesicht amüsierend.

Er dreht sich um, faßt die Peitsche, knallt herausfordernd dreimal hintereinander und geht schnell, ohne sich umzusehen, zur Bahn.

Gottlob, denkt er, daß Vater mir die Peitsche gegeben hat. Wenn ich die Peitsche nicht gehabt hätte! Na, warte nur . . .!

12

Eine tiefe, eine unnatürliche, eine fast beängstigende Stille herrscht in der Küche bei Gertrud Hackendahl, geborener Gudde. Fast ohne sich zu bewegen, saß der elfjährige Gustav unter der Lampe und las in seinem Schullesebuch. Ab und an warf er einen raschen Blick zur Mutter, die nähend ihm gegenüber am Tisch saß. Und sofort kehrte sein Blick in das Buch zurück. Er las weiter, nur bemüht, nicht die Aufmerksamkeit der Mutter auf sich zu ziehen . . .

Und nicht anders tat es der sechsjährige Otto. Wie oft, wenn er seine bunten Bauklötzer auf der Diele vor dem Herd neu geordnet hatte, war er im Begriff zu rufen: «Mutter! Kiek, die schöne Puffbahn!» Oder: «Mutter, hat 'ne Zicke auch 'nen Schwanz?» – Aber selbst er, der noch so leicht vergaß, verschluckte das Wort schon im Entstehen, sah zur Mutter hin und schwieg.

An anderen Tagen hätte Gertrud Hackendahl solch ängstliches Schweigen nie geduldet. Bestimmt war sie für Parieren – wer in solcher Mißgestalt unter Kindern lebt, muß von Anfang an darauf sehen, daß Unordnung nicht einreißt, sonst ist es mit seiner Autorität für immer vorbei. Aber es ist ein großer Unterschied zwischen Gehorchen und Kriechen. An anderen Tagen hätte Gertrud dieses vorsichtige Schielen, diese unnatürliche Geräuschlosigkeit der Kinder sofort gemerkt, und sie hätte ihr nicht gefallen. Heute aber . . .

Heute aber dachte sie überhaupt nicht an die Kinder. Sie saß da und nähte, eine tiefe Falte zwischen den Augenbrauen, die dünnen Lippen fest aufeinandergepreßt. Sie war ganz allein mit sich, so einsam hatte sie sich nie wieder gefühlt, seit die Nachricht von Ottos Tode sie erreicht hatte. Nein, heute tat es vielleicht noch weher, weil sie so häßlich getäuscht worden war! Otto hatte sie nie getäuscht. Otto war immer offen und ehrlich gewesen, niemals hinterlistig!

Sie nähte los auf den Stoff, als nähe sie mit glühender Nadel. Sie versucht, sich wieder die Freude zurückzurufen, die sie empfand, als der Postbote ihr heute morgen den Einschreibebrief brachte, den Brief mit der Kunde, daß sie geerbt hatte, daß sie Hausbesitzerin geworden war auf der Heimatinsel Hiddensee, Haus und Boot und Land und Stall daheim, am Meere, wo die Luft nie stille steht wie hier in der Öde der Häuserwirrnis, wo sie bei jedem Atemzug kräftig nach salziger Weite schmeckt.

Ein Traum über Erwarten in Erfüllung gegangen, eine Zufallserbschaft, von irgendeinem alten Onkel, den sie kaum je gesehen. «Mangels letztwilliger Verfügung des Erblassers als nächste bekannte Anerbin . . .»

Traum Wahrheit geworden – und eine Fülle von Gesichten, von neuen Träumen auf sie einstürmend: wann sie fahren wird, erst einmal, um sich alles anzusehen. Wie sie es einrichten wird mit dem Boot, mit dem Netzanteil. Wem sie das Land verpachten wird – natürlich nur bis Gustav groß genug ist, alles selbst in die Hand zu nehmen! Wie sie mit den Leuten schnacken wird – ach, wie hat sie sich seit Jahren danach gesehnt, das heimatliche Platt zu sprechen! Sie hat nie das Berlinische gemocht – noch im Munde des Mannes, noch in der eigenen Kinder Mund ist es eine fremde Sprache für sie geblieben. Otto wird schnell umlernen – Gustav werden sie erst tüchtig in der Schule verspotten, diese Inselkinder sind ein rauhes Geschlecht!

Tausend Gedanken und Überlegungen – wie es im Haus aussehen wird? Sie ist sicher in dem Haus gewesen, aber sie kann sich nicht daran erinnern. Sie versucht es, einen Augenblick hat sie das dunkle Dämmern einer mit Backstein ausgelegten Diele vor sich, der weiße Sand, mit dem sie bestreut ist, knirscht unter ihren Füßen, der große gemauerte Herd mit dem offenen Schornstein darüber, durch den man am hellen Mittag die Sterne am Himmel sehen konnte, ein nie völlig aufgeklärtes Wunder der Kinderzeit – aber es ist ja ihr Elternhaus, an das sie denkt! Dort tickt im dunklen Gehäuse die Wanduhr, auf deren Zifferblatt Blumen gemalt sind – aber nicht ihr Elternhaus hat sie geerbt.

Sie sieht auf die Küchenuhr, ein häßliches Ding mit einem Zifferblatt aus Steingut. Plötzlich hält sie es nicht mehr aus: Heinz muß sofort von dieser Erbschaft erfahren, er muß davon noch vor den Kindern wissen.

Sie nimmt ihren Mantel, verschließt die Wohnung, gibt den Schlüssel bei der Nachbarin für die Kinder ab und macht sich auf den Weg. Es ist ein sehr weiter Weg für eine so schwächliche Frau, wie sie ist, es ist auch ein schwieriger Weg. Die Steinplatten sind glatt vom Schnee, und mit der Streupflicht nehmen es die Hauswirte nicht so genau, viel wichtigere Pflichten werden in diesen Tagen vernachlässigt. – «Na, denn Hals- und Beinbruch!» sagt der Berliner lachend, wenn sich wieder jemand auf das Pflaster setzt . . .

Sie darf das Fallen nicht riskieren, sie ist überzeugt, bei ihr würde es wirklich mindestens ein Beinbruch. Sie geht ängstlich und vorsichtig. Einmal schaut sie sehnsüchtig nach der elektrischen Bahn, aber eine noch gar nicht sichere Erbschaft darf nicht leichtsinnig machen, Hin- und Rückfahrt kosten einen halben Tagelohn – nein, unmöglich.

Sie geht mit gerunzelter Stirn ihren Weg, sehr mit ihm beschäftigt, aber auch sehr mit ihrem Besuch auf der Bank beschäftigt. Sie läßt Heinz ungern herausbitten, sie weiß, daß wird nicht gerne gesehen. Aber heute muß einmal eine Ausnahme gemacht werden, sie muß ihn sprechen!

Endlich ist sie in der Eingangshalle des Bankgebäudes und trägt dem Herrn Portier ihre Bitte vor, Herrn Hackendahl für einen Augenblick herunterzurufen, Herrn Heinz Hackendahl von der statistischen Abteilung.

Der Portier ist sehr beschäftigt damit, Bleistifthäkchen hinter einer Reihe von Namen zu machen. Aber endlich entschließt er sich, sieht sie an und fragt: «Wer sind Se denn?»

«Ich bin seine Schwägerin», erklärt Gertrud Hackendahl. «Herr Hackendahl wohnt bei uns.»

Der Portier tut noch immer weiter nichts, als Häkchen hinter Namen zu setzen. Als er die Seite erledigt hat, setzt er noch ein Häkchen hinter das Häkchen.

Nachdem wieder genug Zeit vergangen ist, der Bittstellerin begreiflich zu machen, eine wie wichtige Person der Portier im Direktionsgebäude einer Bank ist und eine wie unwichtige Person die Bittstellerin, fragt der Portier: «Was soll er denn?»

Gertrud ist sich vollkommen klar darüber, daß der Portier sie ein bißchen auf eigene Rechnung schikaniert. Vielleicht hat er auch einen Privathaß auf Heinz, oder vielleicht mag er Buckel nicht leiden.

Jedenfalls will sie Heinz sprechen, und so sagt sie: «Eine eilige Familiensache.»

Der Portier knifft die Liste sorgfältig zusammen, legt sie in ein Fach, nimmt dann den Klemmer von der Nase, putzt ihn, setzt ihn wieder auf, sieht Gertrud durchbohrend an und sagt: «Herr Hackendahl ist nicht im Hause.»

Und nimmt die eben fortgelegte Liste wiederum aus dem Fach.

Einen Augenblick ist Gertrud vollkommen verwirrt. Sie hat es nie anders gewußt, als daß Heinz seine ganze Arbeitszeit in diesem Hause in einem bestimmten Zimmer absitzt, mit etwas beschäftigt, was sich Statistik nennt – und nun ist er nicht im Haus!

«Ach bitte . . .!» sagt sie zu dem Portier.

Der wendet den Blick von der Liste und sieht sie durch den Klemmer an.

«Darf ich hier wohl warten?»

«Von mir aus!» sagt der Portier und sieht zu, wie sie sich in einen Sessel der Halle setzt, den Blick auf die Eingangstür gerichtet, um Heinz gleich anzusprechen, wenn er zurückkommt. Der Portier hat erst drei oder vier andere Besucher abzufertigen, bei einigen ist er sehr höflich, während er zu einem kleinen, verfroren aussehenden Boten noch unhöflicher als zu ihr ist . . .

Dann hat er wieder Zeit, er sieht zu ihr hinüber und ruft: «Sie da!»

Sie schreckt zusammen, springt auf und geht zu ihm: «Bitte schön?»

«Haben Sie denn auch Zeit zu warten?» fragt er.

«Wird es sehr lange dauern?» fragt sie.

Er scheint scharf nachzudenken. Dann sagt er: «Bis übermorgen früh!» Und ehe sie noch etwas antworten kann: «Herr Hackendahl hat sich nämlich drei Tage Urlaub genommen.» Schließlich, um sie ganz zu zerschmettern: «Das müßten Sie doch eigentlich wissen, wenn er bei Ihnen wohnt, was?»

Sie ist fest davon überzeugt, daß sie schikaniert wird, er will bloß die Verwandte in Familiensachen abwimmeln, die der Bank gehörige Arbeitszeit unversehrt erhalten. Oder es liegt ein Irrtum vor . . .

Aber der Portier, der ihr ja nun seine Macht und Herrlichkeit genugsam bewiesen hat, wird plötzlich menschlich, als er ihre Aufregung sieht. Er holt die Urlaubsliste hervor, und da sieht sie denn, daß Heinz Hackendahl tatsächlich bereits gestern in Urlaub war, heute in Urlaub ist, morgen in Urlaub sein wird – und er hat ihr nichts davon gesagt!

Sie hat sich von dem plötzlich sehr interessierten Portier losgemacht und ist nach Haus gefahren. Sie hat es so eilig, sie ist überzeugt, die Aufklärung sitzt zu Haus! Aber zu Hause ist nichts . . .!

Später sind dann die Kinder gekommen, sie haben gegessen und haben ihre Erlebnisse erzählt, und trotzdem sie immer nur mit Ja und Nein und So geantwortet hat, haben sie erst gar nicht gemerkt, daß die Mutter heute nicht da war für sie. Bis sie schließlich gereizt rief: «Seid doch endlich still und laßt mich zufrieden! Tut was!»

Nun saß sie ungestört und konnte wieder grübeln. Die große Freude vom Morgen war fort. Schon als sie zu Heinz ging, war sie nicht mehr heil und ganz, diese Freude; sie hatte daran gedacht, daß sie sich von dem Schwager, dem einzigen Freunde, würde trennen müssen.

Aber sie war ja schon getrennt gewesen von ihm, er war nicht mehr ihr Freund gewesen, sie hat es bloß nicht gewußt! Sie hatte geglaubt, sie hätten alles gemeinsam, sie wenigstens hatte ihm nichts verborgen. Aber bei ihm war es eben doch anders gewesen, er hatte sie hintergangen. Wenn sie nicht zufällig zur Bank gekommen wäre – vielleicht war so etwas schon öfter geschehen, und sie hatte es bloß nicht gemerkt!

Der Gedanke an die Erbschaft kehrt zurück – und plötzlich begrüßt sie ihn als Erlösung. Jawohl, das heißt Trennung von Heinz, aber es ist gut, daß es auf so selbstverständlichem Wege zur Trennung kommt! Sie könnte jetzt nie wieder mit ihm zusammen leben – wenn das Mißtrauen erst einmal aufgeweckt ist, schläft es nie wieder ein!

Nein, damit ist es vorbei . . .

Sie versucht, sich das Leben vorzustellen auf dem Inselhof, das Leben mit Kindern, Tieren, Wind, Wasser . . . Aber es ist so leer . . . Sie ist so gewöhnt an ihn, etwas Helles, Verläßliches . . . das er erst bei ihr geworden war. Damals, im Sommer 19, als er zu ihr zog, war er noch gehetzt gewesen, unruhig, ohne Ziel . . .

Dann war er fester geworden, er hatte eine Aufgabe gefunden: gemeinsam mit ihr die Kinder satt zu bekommen, mit dem dürftigsten, oft wertlos gewordenen Einkommen. Geduldige Arbeit, Tag für Tag, Arbeit ohne Ruhm und Dank, um der Arbeit willen allein, vielleicht um der Zukunft willen, die nicht er, die nicht sie, die keiner kannte . . .

Sie erinnerte sich nicht, daß er je mutlos geworden wäre, je nachgelassen hätte, an kein Mißlingen erinnerte sie sich . . .

Ach, Heinz! dachte sie . . .

Und plötzlich überkam sie wie ein dichter, alles einhüllender Nebel die Trauer, jene Trauer, die jeder Mensch immer von neuem erfährt, die Trauer, daß ein Mensch sich von uns löst. Unwiederbringlich rinnt das Leben durch unsere Hände, was wir eben noch hielten, schon ist es vorüber. Unwiederbringlich!

«Mutter weint», flüstern die Kinder, und der kleine Otto ist diesmal der Mutigere und ist eher bei ihr. Sie hält die Kinder und drückt sie an sich. Das Leben fließt, verrinnt. Auch ihr werdet euch einmal von mir trennen und fort sein – unwiederbringlich!

13

Sie sieht nicht hoch, als er hereinkommt. Er pfeift vergnügt vor sich hin, schon draußen auf dem Flur. Die Kinder stürzen zu ihm; sie ist froh, daß sie mit seinem Essen zu tun hat, daß sie nichts mit ihm reden muß . . . Genau die Zeit, zu der er sonst von der Bank kam, abgepaßt auf fünf Minuten genau; wie quälend dieses Leben manchmal ist, man verliert allen Mut, sich aufzulehnen, erträgt auch das Widrige, einfach aus Überdruß!

«Mutti hat geweint, Heinz!» Und: «Er hat uns 'ne Peitsche mitgebracht, Mutti!»

Kindertrauer und Kinderfreude durcheinander, aber die Trauer ist schon fast vergessen, die Peitsche ist da, nun wird Mutti sich doch auch freuen? Der Ältere, Gustav, wirft einen Blick auf die Mutter . . .

«Mutti hat geweint, Heinz», sagt er noch einmal, mit Nachdruck. Und nun, da er seine Pflicht getan, die Tränen der Großen dem Trost der Großen überlassen hat, widmet er sich mit dem Bruder ganz der Untersuchung der Peitsche . . .

«Nanu?» fragt Heinz. «Du hast geweint? Was war denn, Tutti?»

«Nichts. Wirklich nichts. Geht auf den Vorplatz, Gustav, Ottchen, hier könnt ihr nicht mit der Peitsche hauen. – Nein, bleibt doch hier . . .!» Ihr ist eingefallen, daß es besser ist, die Kinder hier zu haben. Aber schon findet sie es feige, sich hinter den Kindern zu verstecken, und sie sagt gereizt: «Also geht schon raus! Ihr schlagt mir hier was kaputt! Und daß ihr mir nicht knallt!»

«Halt!» sagt Heinz zu den Kindern, die abziehen wollen. «Von wem kommt die Peitsche?»

«Das kann man nicht raten», erklärt Otto.

«Laß die Kinder schon gehen, dein Essen wird kalt.»

«Einen Augenblick, Tutti. Du wirst dich auch freuen. Also von wem? Versucht mal.»

«Wenn du von der Bank kommst . . .»

«Ja, wenn!»

«Kommste denn nicht von der Bank, Heinz?»

«Wenn ich dir das sage, ist's zu leicht.»

«Heinz, dein Essen wird kalt . . .»

«Was ist denn das für 'ne Peitsche? Sieh sie dir doch mal an, Gustav!»

«Ja, Heinz . . .»
«Aus einem Laden!»
«Eben nicht, Otto. Sieh sie an, Gustav!»
«Ich weiß! Ich weiß!»
«Ick weeß ooch . . .»
«Auch, nicht ooch, Ottchen. Die Suppe . . .»
«Was weißt du also . . .?»
«Vom Großvater!»
«Jawohl, die hat der älteste Droschkenkutscher von Berlin für euch gemacht, extra für euch! Der eiserne Gustav . . .»
«Kommt er bald mal? Ich will Droschke fahren!»
«Immer gleich noch was! Raus! Freut euch über die Peitsche. Nachher nimmst du Putzzeug, Gustav, und putzt den Griff ein bißchen. Großvater hatte keine Zeit mehr dazu. Also los, raus!»
«Gibst du uns nachher einen Lappen zum Putzen, Mutti?»
«Gibt sie! Raus! – Was ist, Tutti?»
«Nichts. Bestimmt nichts. – Bitte, iß jetzt.»
«Aber ich sehe doch, du hast was! Bist du böse auf mich?»
«Du sollst jetzt nur essen!»
«Also bist du böse auf mich. Warum?»
«Bitte, iß, Heinz!»
«Nicht, ehe du gesagt hast . . .»
«Nichts, nichts sage ich! Du sollst essen! Hörst du nicht?!»
«Aber was in aller Welt ist denn los, Tutti?» fragt er ganz verblüfft. Er hat schon Frauenlauen kennengelernt, bei den Kolleginnen auf der Bank, bei Irma – am meisten bei Tinette. Und er müßte eigentlich aus der Erfahrung wissen, daß eine Frau in diesem Nichts-Sage-Zustand störrischer als ein Maulesel ist, daß alles Fragen und Drängen sie nur widerspenstiger macht. Aber nein, er erklärt mit Entschiedenheit: «Ich esse nicht eher einen Bissen, bis du mir gesagt hast, was los ist, Tutti.»
Und sie ganz flammend: «Ißt du jetzt, oder soll ich wegräumen?»
Bittend: «Tutti, sag doch, was los ist!»
«Also jetzt räume ich ab!»
Fast hilfeflehend sieht sie ihn an. Hierzu hat es nie kommen sollen. Sie fühlt: Sie macht es ganz falsch. Wenn er doch wenigstens essen würde! Er muß doch sein Essen haben! Das Abräumen könnte er ihr doch ersparen!
Aber nein, er erspart ihr nichts. Gar nichts. «Bitte! Räume ab, ich habe keine Lust mehr zu essen.»
Und sie räumt ab, den Tod im Herzen. Von der Arbeit heimgekommen, nein, eben nicht von der Arbeit heimgekommen, aber ohne Essen – und nicht essen, es ist zum Verzweifeln! Und dabei ist noch

kein Wort von dem gesprochen, was sie ihm wirklich vorzuwerfen hat; tatsächlich sind sie über «nichts» in Streit geraten; wie soll das erst werden, wenn sie von seinen Lügen redet . . .?!

Immerhin stellt sie das Essen nicht ganz fort, sie stellt es so, daß sie es sofort griffbereit hat. Sie hofft, daß er doch noch essen wird . . . Ordnung ist, daß man nicht ungegessen ins Bett geht, es sind noch vier Stunden bis zur Schlafenszeit, er *muß* in dieser Zeit noch essen! Wie einem ungezogenen Kinde möchte sie ihm das Essen einlöffeln . . .!

Das ungezogene Kind wuselt in der Küche herum, faßt dies und jenes an und stellt es gleich wieder fort. Sieht auf dem Schuhschränkchen nach Briefen – es sind aber keine da, denn den einen Brief hat sie von ihrem Weg zur Bank noch immer im Täschchen. Sichtlich ist Heinz auch unentschlossen, was tun. Sie fühlt, er würde beim ersten guten Wort einlenken. Aber sie ist ebenso unfähig wie er, dieses erste gute Wort zu sagen.

Schließlich entschwindet er in die Stube, wo er mit den Jungen schläft (sie schläft in der Küche), und sie hört ihn dort mit Wasser plätschern. Sie setzt sich mit ihrer Näharbeit an den Tisch, unglaublich unglücklich, eigentlich noch viel unglücklicher als am Vormittag, da sie seinen Betrug erfuhr . . . Denn jetzt, wo sie ihn wiedergesehen hat, ist sie fast schon davon überzeugt, daß alles anders zusammenhängt. Er hat ja gesagt, die Peitsche ist vom Großvater. Also kommt er vom Großvater. Also hätte sie ihn nur zu fragen brauchen, wieso um diese Zeit vom Großvater und nicht von der Bank – aber sie hat eben nicht gefragt! Und nun ist alles verfahren!

Er hätte mir vorher Bescheid sagen müssen, beharrt es verbissen in ihr. Ich mag auch nicht immer alles aus ihm herausfragen! Wobei sie wenigstens noch so gesund im Geiste ist, immer und alles und auch das Herausfragen als leichte Übertreibungen zu empfinden.

In den nächsten zehn Minuten passiert Heinz mehrfach, eilig wie die Feuerwehr, die Küche. Er zirkuliert zwischen Stube und Flur – draußen auf dem Flur ist seine Stimme von einer betonten Unbekümmertheit, er bringt das Putzen in Gang, drinnen in Stube und Küche ist er stimmlos. Einmal wäre sie beinahe losgebrochen, als er ihren Flickkorb nach einem Putzlappen durchwühlt und natürlich nach Männerart das einzige nicht entbehrliche Stück nimmt: einen Flicken für Gustavs Hose.

Aber sie bezähmt sich. Wenn er nicht ißt, soll er auch ruhig Gustavs Hosenflicken verderben! Sie kann ja dann zusehen, woher sie einen neuen kriegt! Recht so – nur immer weiter so!

Sie ist jetzt einfach eine ganz unerhörte Dulderin, und ihr Schweigen wird so deutlich, daß es fast hörbar ist . . .

Vielleicht empfindet das auch Heinz. Denn er gibt seine brandeiligen Gänge auf, eine Weile hört sie ihn noch mit den Kindern flüstern, so aufdringlich flüstern, betonte Sanftheit, «stört die Mutti nicht, der Armen geht's nicht gut» – und dann flüstern nur die Kinder.

Sie traut dem Frieden nicht recht. Aber als sie, nach einer weiteren Viertelstunde, sich nach ihm umsieht, muß sie feststellen, daß der junge Heinz gegangen ist, nicht etwa bloß zu dem auf halber Treppe gelegenen Klo, sondern völlig gegangen, mit Mantel und Hut.

Die Kinder spielen mit der Peitsche. Sie hat sich in eine Droschke verwandelt, der eine faßt das Stielende, der andere die Schnur an, mühelos werden sie auf Anruf Pferd und Kutscher. Genauso mühelos, wie sich Mutti und Heinz aus besten Freunden in grimmige Feinde verwandelt haben!

Denn das sind sie nun – Gertrud weiß es nicht anders. Daß er sie nicht nur mit seinem Urlaub betrogen hat, daß er nicht nur sein Essen verweigert, nein, daß er jetzt auch noch ohne Abschiedsgruß aus dem Hause gelaufen ist – zu einer Zeit, wo er nie fortgeht, das setzt seinem Verhalten die Krone auf! Sie wird nie wieder ein Wort mit ihm reden – und wenn er sie anspricht, dann wird sie ihm Bescheid geben, sie wird ihm sagen, was sie von ihm denkt!

In den nächsten drei Viertelstunden näht sie alles, was sie von ihm denkt, in das Kleid von Elfriede Fischer hinein – diese Nähte halten, aber jeder Stich müßte eigentlich später Fräulein Elfriede Fischer wie mit tausend Nadeln stechen!

Dann muß sie den Kindern ihr Abendessen geben, was gegen alle Gewohnheit fast wortlos geschieht, und nun bringt der Große den Kleinen ins Bett. Sie hört die Kinder in der Stube schnattern, der Großvater ist ihr interessantes Gesprächsthema. Der Großvater, der eine Peitsche geschickt hat und sich einbildet, damit ist alles in Ordnung . . . Der Großvater, dessen Dickschädel Heinz geerbt hat. O Gott, sie wird bei den Kindern noch viel mehr aufpassen, daß sie nicht so dickschädelig werden. Trotzerei ist ein Fluch! Rechthaberei auch! Wie er immer wieder rechthaberisch gesagt hat: «Ich esse meine Suppe nicht!» – genau wie der Suppenkaspar, nicht auszuhalten! Unerträglich!

Jetzt kommt der Große zurück in die Küche, um wie allabendlich vor seinem Schlafengehen noch eine Stunde zu lesen. Gerade meint Tutti, den Heinz auf der Treppe zu hören, und sie hätte ihn gerne bei seiner Rückkunft allein gehabt. Also wird Gustav zurückgeschickt, er hat natürlich vergessen, dem Kleinen die Nägel zu schneiden.

Gustav versichert hartnäckig, daß heute nicht der wöchentliche Nägelschneidetag sei, sondern erst morgen. Aber solche Rechthaberei und Dickköpfigkeit macht sie ganz zornig: «Auf der Stelle gehst du und schneidest ihm die Nägel! Du hast zu tun, was ich dir sage, Rechthaberei ist sehr häßlich!»

Es war aber gar nicht Heinz auf der Treppe gewesen, und so hatte Gustav umsonst den Schauer aus der mütterlichen Gewitterwolke ertragen müssen. Erst hätte sie sich ohrfeigen mögen, dann aber tröstete sie sich: Es ist ihm nur gut, wenn er gehorchen lernt, auch dann, wenn er den Sinn des Befehls nicht versteht!

Aber die Ohrfeigenstimmung überwog. Sie kam Heinz insofern zugute, als sie ihm einen kleinen Schritt entgegen tat. Sie nahm aus dem Handtäschchen den Erbschaftsbrief und legte ihn sichtbar auf das Schuhschränkchen. Das gab einen Anknüpfungspunkt. Und wenn er aus bloßem Trotz nicht darauf einging, dann gab sie ihn verloren – für immer und ewig!

Kurz vor sieben kam Heinz, die Backen frisch gerötet von der Kälte, völlig harmlos tuend. Eifrig unterhielt er sich mit dem Neffen erst über die Peitsche, dann über die Ruhrbesetzung, die auch die englische Kronjuristen jetzt für ungesetzlich erklärt hatten. Die Mark war daraufhin etwas kräftiger gekommen . . .

Und, über den Tisch weg: «Ich habe noch schnell eingekauft, was zu kriegen war. Wir auf der Bank denken nämlich, die Franzosen geben doch nicht nach. Da wird die Mark wieder fallen. Zwei Zentner Briketts sind auch im Keller.»

«Danke», sagte sie. «Die Briketts hätten schon noch gereicht . . .»

Und sie hätte sich wiederum ohrfeigen mögen, denn erstens stimmte ihre Behauptung nicht, und zweitens konnte sie den Kriegszustand nur verschlimmern. Bei dieser Glätte zwei Zentner Briketts aus der Kohlenhandlung in den Keller zu schleppen, war allerhand Leistung!

Heinz reagierte bloß mit einem erstaunten Achselzucken auf diesen Dank, holte sich ein Buch aus der Stube (wobei er ganz unnötig lange mit Ottchen flüsterte, der doch schon längst schlafen sollte), setzte sich an den Tisch und fing an zu lesen.

Stille herrschte – durch nichts unterbrochen, bis es halb acht wurde. Um halb acht klappte Gustav sein Buch zu, sagte gute Nacht und verschwand. Zwei Minuten später stand Gertrud auf, ging an das Schuhschränkchen, im Angesicht des allerdings lesenden Heinz, knitterte, da er nicht hochsehen wollte, herausfordernd mit dem Schreiben des Amtsgerichts in Bergen und verschwand dann, unter Zurücklassung des Briefes, um sich nebenan davon zu überzeugen, daß der Bengel sich auch ordentlich wusch.

Ihr erster Blick, als sie zehn Minuten später in die Küche zurückkam, galt dem Schwager, der zweite dem Brief. Der Schwager las wie vorher, der Brief lag auch wie vorher.

Mit einem Gefühl der Vernichtung setzte sie sich an ihre Näherei. Bis zum Schlafengehen lagen noch zwei Stunden vor ihnen, aber sie war fest überzeugt, nach so viel Entgegenkommen war sie jetzt nicht mehr fähig, auch nur ein Wort über die Lippen zu bringen. Verstritten sollten sie schlafen gehen! Und warum verstritten? Wegen nichts! (Sie war jetzt völlig davon überzeugt, daß alles «nichts» gewesen war.) Und er hatte zwei Zentner Briketts in den Keller geschleppt! Und an Kokosfett hatte er auch gedacht! Es war ein Jammer!

Viertelstunde um Viertelstunde verstrich in völligem Schweigen. Sie hatte das Gesicht des Lesenden nahe vor sich, ab und zu knisterte die Buchseite. Er tat nicht etwa nur so, als ob er las, er las wirklich! Etwa alle halbe Stunden stand er auf und ging hinaus auf den Treppenflur. Er tat es auch heute nicht anders, er rauchte nie in der Küche, zum Rauchen ging er ins Treppenhaus, damit sie nicht in der verqualmten Küche schlafen mußte! Das war eigentlich rücksichtsvoll, aber heute war es nicht rücksichtsvoll, sondern bloß Angewohnheit. Sie war – beinahe – fest davon überzeugt, daß er, wäre er nur daraufgekommen, heute gerade ihr zum Ärger in der Küche rauchen würde!

Als es neun vorbei war, wurde ihr immer angstvoller zumute. Nur noch fünfundzwanzig Minuten! Sie war noch nie mit einer solchen Last auf der Seele schlafen gegangen, und sie mußte sich noch mit ihm aussprechen! Aber er war völlig verbockt!

Zehn Minuten vor halb zehn ging Heinz ein letztes Mal auf die Treppe, um wie immer seine Schlußzigarette zu rauchen. In der Zeit, die er draußen war, überwand sie sich, heroisch: Sie gab noch einmal nach! Sie nahm den Brief vom Schuhschränkchen und legte ihn mitten auf den Tisch. Nach weiteren zwei Minuten rückte sie den Brief näher an sein Buch, eine Minute später ganz nahe an sein Buch – und wäre er noch etwas später hereingekommen, hätte sie ihren Opfermut so weit getrieben, ihn auf das Buch zu legen!

Er kam aber schon herein. «Also denn gute Nacht, Tutti», sagte er irgendwohin und nahm sein Buch auf. Er stutzte, als er den Brief sah. (Er stutzte ganz echt, hatte ihn also wirklich noch nicht gesehen! Es war unglaublich!) Er las die Aufschrift, den Absender – sagte noch einmal: «Also denn gute Nacht!» und ging zur Stubentür.

«Heinz!» rief sie wie eine Ertrinkende.

«Was denn . . .?» fragte er ziemlich mürrisch.

«Der Brief!» Sie wies auf ihn.

«Ja? Was ist denn?»

«Lies ihn doch bitte, bitte, Heinz!»

Er sah sie an, und plötzlich, als er sie da so stehen sah, ein Häufchen

Unglück, kummervoll, halb weinend, plötzlich fing er an zu lachen, aus vollem Halse zu lachen . . .

«Tutti! Tutti!» rief er lachend. «Was ist denn heute bloß mit dir los?! Du muckscht mit mir, du tückscht mit mir, du gibst mir auch mein Essen nicht, du sagst kein Sterbenswort zu mir – du bist mich doch nicht krank?!»

Und als sie ihn da so stehen sah, groß und lachend und jung und frisch, da überfiel es sie plötzlich, da begriff sie in einer Sekunde, warum sie sich heute vormittag so sehr über seinen «Betrug» aufgeregt hatte, warum sie mit ihm gestritten und geschmollt hatte – begriff, fühlte, daß sie ihn liebte. Daß der jüngere Mann den älteren überlebt hatte, richtig über-lebt, daß nichts mehr von Otto in ihr geblieben war.

Und im gleichen Augenblick, da sie ihre Liebe erkannte, erkannte sie auch, daß er nie, nie etwas davon merken dürfte. Sie sah sich wie in einem Spiegel, den Kopf, der mit den Jahren immer schärfer, immer vogelhafter geworden war, den Buckel . . . Und sie erinnerte sich, daß er zehn Jahre jünger war als sie . . .

Und da dies alles durch sie ging, eine ungeheure Woge von Glück und Trauer, die alles in ihr überflutete, da war sie doch auch schon wieder die Schwägerin Tutti, die er kannte. Sie preßte noch einmal die Lippen fest aufeinander, und dann sagte sie: «Du hast wahrhaftig recht, mich auszulachen, Heinz. Ich bin heute rein verdreht. Es muß die Aufregung gewesen sein, erst die Aufregung wegen der Erbschaft, und dann die Aufregung, als du nicht auf der Bank warst, sondern in Urlaub. Wieso hast du eigentlich Urlaub genommen?»

Während sie aber noch so sprach, fühlte sie, wie die Woge in ihr sank und sank, es war vorbei damit. Es war ein Augenblick gewesen, noch einmal, ehe ihr Leben hinabstieg, hatte es sie hochgehoben wie auf einen hohen Berg, und sie hatte alle Schätze der Liebe, des Glücks und der Trauer sehen und eine flüchtige Sekunde fühlen können. Da aber war ihre Lebensmitte überschritten, sie sank zurück in das kleinere tägliche Leben aus Pflicht und Verzicht . . . Und es war nicht einmal schwer . . .

Noch lange saßen die beiden und erzählten einander, von Irma und dem viertels bekehrten Großvater, von dem weißen Hause auf der Insel Hiddensee, von der unseligen Eva, der zu helfen sich Heinz hatte beurlauben lassen und die doch keine Hilfe wollte . . . Von seinem so kläglich mißlungenen Versuch, ihr die Aufregungen um Eva zu ersparen. «Denn die Stärkste bist du auch nicht, Tutti, und manchmal kriege ich Angst, wenn ich dich in der Nacht so husten höre.»

«Ich habe schon immer gehustet, Heinz, und bei uns daheim sagt man: ‹Wer lange hustet, lebt lange.›»

«Ja, bei euch daheim», sagte er. «Und wer macht mir hier mein Bett? Ach, Tutti, es wird mir verdammt schwerfallen, wieder in einer möblierten Bude und ohne unsere Jungen.»

«Nun», sagte sie und konnte sogar lächeln, «ich glaube nicht, daß Irma gerne in einem möblierten Zimmer wohnen möchte, und eigene Jungen sind immer noch besser als ‹unsere Jungen› ...»

Da sah sie ihn rot werden, so rot, wie ein junger Mann im Jahre 1923 bei einer solchen Bemerkung eigentlich gar nicht werden durfte, und beinahe freute sie sich schon, als er aufstand und sagte: «Red bloß keinen Quatsch, Tutti! Ausgerechnet Irma! Vergiß nicht: wegen Familientrauer geschlossen!»

«Lügner! Wegen einer Familienfeier!»

«Na, so eine Feier wäre doch wie Trauer ...»

14

In den zwei Wochen, die Erich Hackendahl zum Abbruch seiner Beziehungen in Berlin brauchte, überlegte er immer wieder, ob er den «väterlichen Freund» anrufen solle oder nicht. Je mehr Zeit verging, um so nebuloser und betrunkener erschien jene Nacht der Volkstrauer über den Ruhreinbruch, und betrunkene Sachen darf man nicht wichtig nehmen. Er war betrunken gewesen, der andere war betrunken gewesen, alle waren sie betrunken gewesen, und da unter Trunkenheit bekanntlich das Gedächtnis leidet, brauchte man überhaupt nicht mehr zu wissen, was tatsächlich vorgefallen war. Er jedenfalls hatte nur höchst nebelhafte Vorstellungen von dem Abend.

Oft hatte er den Hörer schon in der Hand und legte ihn still zurück, wenn das Amt sich meldete, oder verlangte eine andere Nummer ... Trotz mangelnder Erinnerung hatte die Väterlichkeit einen Riß bekommen, die Freundschaft war beschädigt ...

Um so eifriger war er damit beschäftigt, all seinen Besitz in Geld zu verwandeln, und zwar in wertbeständiges. Mit der Villa in Zehlendorf hatte er Glück, er verkaufte sie, mit Drum und Dran und Drin, an einen valutastarken Ausländer, der mit einem an der Londoner Börse erworbenen Vermögen halb Berlin aufzukaufen gedachte. Er hatte noch besonderes Glück, denn die beiden Herren waren sich einig, daß Vater Staat oder, exakter gesagt, das Finanzamt möglichst gering an dem Geschäft beteiligt wurde. So machten sie eine kleine Schiebung: Erich wurde Besitzer einer norwegischen Kronen-Forderung an ein Amsterdamer Haus, und der Ausländer zahlte pro forma auf einen weit zurückdatierten Kaufvertrag ein paar Millionen Papiermark.

Ähnlich glückliche Geschäfte gelangen beim Verkauf seiner Firma, bei der Eintreibung seiner Forderungen, beim Abstoßen seines Autos – und am Vorabend seiner Abreise konnte Erich sagen: «Alles, was ich besitze, ist draußen . . .»

Zufrieden ging er in seinem Hotelzimmer auf und ab, freute sich, daß er die Reste seiner lumpigen Papiermark noch in einem Pelz, einer goldenen Uhr und einem Brillantring hatte anlegen können, und überlegte, ob die Herren Zollbeamten ihm mit seiner durchweg nagelneuen Ausstattung Schwierigkeiten machen würden oder nicht.

Wozu aber hat man Beziehungen? Erich griff zum Telefon, nannte die Geheimnummer des Reichstagsabgeordneten, und eine halbe Minute später klang die alte, sanfte, ein wenig spöttische Stimme an sein Ohr . . .

«Tag, Erich. – Ich wollte dich auch schon anrufen. – Ja, natürlich, es war ein bißchen zuviel geworden. – Die Kerls pantschen einem aber auch ein Gesöff zurecht. – Ganz richtig, ich hatte tagelang – wie eine Vergiftung. – Richtig, richtig, ich kann mich kaum noch erinnern . . . Ganz dunkel, wir müssen dann noch weitergegangen sein . . . Mein Arzt meinte, Methylalkohol könnte solch eine Wirkung haben. – Und dabei kostet der Sekt zehn Dollar, toll! – So, wirklich? Nein, das ist ja großartig – wirklich? Und tatsächlich Brüssel? – Wieso eigentlich Brüssel? Liegt dir besonders daran? Nicht besonders, du hast ja keine besonderen Beziehungen? – Nur vom Kriege her, ja, natürlich, verstehe, verstehe . . . Warte mal, Erich, hast du 'ne halbe Stunde Zeit? – Ich hätte dir da eventuell einen Vorschlag zu machen. – Großartig! In deinem Hotel? Gut, ausgezeichnet! Also, ich bin in einer halben Stunde in deiner Hotelbar. – Auf Wiedersehen, alter Junge. War vernünftig von dir, daß du mich noch angerufen hast . . .»

Lächelnd hatte Erich wieder eingehängt . . . Alles in bester Butter, dieser alte Fuchs, mangelndes Erinnerungsvermögen, Sekt mit Methylalkohol – nun gut! Die Hauptsache, er kam! Sie müßten nicht Sie sein, Herr Doktor, wenn Sie nicht auch ganz gern ein paar Pfunde, Dollars, norwegische Kronen verdienten!

Dann also fand die denkwürdige Unterredung in der kleinen gemütlichen Hotelbar statt. Noch nie war der Anwalt so väterlich freundlich gewesen, noch nie Erich so sohnhaft folgsam. Da saßen sie, ein nicht unvermögender, junger, unternehmungslustiger Kaufmann, am Vorabend seiner Abreise, gewillt, sein Glück in der weiten Welt zu suchen, und der erfahrene Reichstagsabgeordnete, väterlich bereit, ein letztes Mal seinem Schützling mit Rat und Tat beizustehen.

Was den Rat anging, so war der Abgeordnete entschieden gegen Brüssel. Brüssel war als Devisenbörse zweitrangig. In der Stadt Amsterdam aber begaben sich große Dinge, dort wurden ungeheure

Schlachten um die Mark geschlagen. «Und die Mark, darin waren wir uns ja einig, wird dein Hauptbetätigungsfeld sein. Was die Mark anlangt, könnte ich dir unter einem ganz einfachen Schlüssel, den wir noch verabreden werden, regelmäßig Weisungen zukommen lassen.»

Der Kellner brachte die bestellten Cobbler. Der Abgeordnete sagte mit leicht erhobener Stimme: «Die Stützung der Mark wird ja deine Aufgabe sein, lieber Erich!»

Beide Herren lächelten fein und rührten gedankenvoll in ihren Gläsern.

«Nein», sagte der Anwalt noch einmal, «du kannst dir natürlich Brüssel ansehen. Aber Amsterdam wird das Richtige für dich sein, schon wegen des noch immer sehr lebhaften Deutschenhasses in Brüssel. Für Amsterdam könnte ich dir auch eine warme Empfehlung an einen Freund, den Bankier Roest, mitgeben ...»

Der Umsatz an Getränken hielt sich diesmal in durchaus mäßigen Grenzen, doch übergab der Abgeordnete seinem jungen Freunde ein Paketchen zur Mitnahme nach Amsterdam, seine Beteiligung am Geschäft. «Für diesen Betrag gehe ich mit dir; du kannst über ihn verfügen, nach meinen Tips ...»

Es war kein kleiner Betrag, aber der Anwalt blieb sanft und bescheiden. «Nimm mich eben mit bei deinen Geschäften, wenn es dir gut scheint ... Nein, schon gut, eine einfache Quittung, ich habe sie bereits vorbereitet ... Als Darlehen, das ist das einfachste ... Was wir wegen Geschäfts- und Gewinnbeteiligung vereinbart haben, bleibt mündlich zwischen uns. Ich verlasse mich eben ganz auf dich ... Wie du damit über die Grenze kommst ...? Warte, warte ...» Er versank in Nachdenken. Dann: «Verschiebe deine Reise noch um einen Tag, ich denke, es wird sich einrichten lassen, daß du als Sonderkurier des Auswärtigen Amtes reist – du verstehst: Diplomatengepäck.»

Wieder lächelten beide.

«Ich möchte diese Quittung aber doch erst absenden, wenn ich mit dem Geld über die Grenze bin», sprach Erich bescheiden, aber fest.

«Wie du willst, lieber Erich, ganz wie du denkst. Du sollst keine Gefahr laufen. Ich verlasse mich ganz auf dich. Schließlich – du wirst meine Informationen über die Mark gebrauchen. Wir sind aufeinander angewiesen, nicht wahr?»

Diesmal sahen sie beide ernst aus, jeder dachte nach, schließlich nickte jeder. Ernst.

Dann verbreitete sich der Abgeordnete über die Aussichten des Ruhrwiderstandes und der Regierung Cuno. Die Regierung Cuno hatte seine Billigung nicht. «Sie wird fallen – was soll heute eine

Eine Droschke . . .

... ist ein bewährtes Mittel, um vorwärts zu kommen, nur kommt man damit nicht ans große Geld, mit dem man noch schneller vorwärtskommen könnte.

Mit dem Schieben von Devisen läßt sich schneller Geld verdienen als mit dem Ziehen einer Kutsche. Aber schwarzes Geld färbt die weiße Weste und die reine Seele. Man sagt es wenigstens.

Regierung gegen die stärkste Partei, die Sozialdemokratie? Sie *muß* fallen!»

«Und der Ruhrwiderstand . . .?»

«Hat man einen Krieg verloren, darf man sich nicht zieren. Die Franzosen haben so viel verlangt, und wir haben ja und amen gesagt, da hätte man auch hierin nachgeben sollen! Auch der Ruhrwiderstand wird fallen!»

Was aber am stärksten fallen werde, das sei die Mark. Wie der Dollar heute stehe? Auf 42000! Nein, er werde noch stehen auf 42 Millionen, auf 42 Milliarden – die Mark werde ins Bodenlose gewirtschaftet werden, mit der Mark sei es vorbei! Es handele sich nur darum zu wissen, wann es mit ihr vorbei sei, wann man «fest» werden könne. «Ich werde dir telegrafieren, Erich! – Du wirst sehen . . .!»

Drei Tage später reiste Erich als diplomatischer Sonderkurier nach Brüssel ab. Es freute ihn ausnehmend, daß das Reich die Kosten dieser seiner Fahrt gegen die Mark bestritt. –

Es war ein trüber, grauer Februartag, als Erich in Amsterdam eintraf. Die Stadt mißfiel ihm, sie schien ihm eng, düster, überfüllt, lärmend. Die Grachten lagen tot, stinkend und neblig da. Auch das Büro des Bankiers Roest mißfiel ihm, drei enge, lichtlose, schmutzige Stuben im dritten Stock eines engen, schmutzigen, lichtlosen Hauses. Drei-, viermal ging er vergeblich, ehe Herr Roest ihn empfing.

Herr Roest war ein langer, bleicher, zappeliger Mann mit einer goldgefaßten Brille. Er bat seinen Besucher nicht, Platz zu nehmen. Er lief auf und ab, wobei er sich immer wieder das Gesicht mit einem großen, bunten Taschentuch abtrocknete . . .

«Wen schickt er mir da?» murmelte er. «Lauter Schnorrers! Ich habe keinen Platz auf meinem Büro! Nur noch Schnorrers gibt's in Deutschland! – Gott, haben Se gehört, der belgische Franken is fest gewesen?! Wie Eisen, Ihnen gesagt! Und ich liege mit einer Million in der Baisse!»

Herr Roest starrte seinen Besucher entgeistert an, aber er sah ihn nicht. Er verbreitete sich noch länger, unter ständigem Abtrocknen des Gesichtes, über die Hinterlist der belgischen Regierung, die ein Fallen des belgischen Franken habe erwarten lassen, ihn aber heimlich stütze!

«Lauter Verbrecher! Die Kränke sollen se kriegen! Und ich liege mit einer Million in der Baisse!»

Schließlich besann sich Herr Roest wieder auf Besucher und Brief. «Was wollen Se?» fragte er argwöhnisch. «Alle wollen se was von mir. Und wer gibt mir?»

Er entschloß sich zum Lesen des Briefes und wurde milder. «So? Auf de Börse wollen Se gehn? In Devisen wollen Se machen? Da sind

Se richtig – ich werd sorgen für Se, als wären Se mein Sohn, wie für mich selbst will ich sorgen! Die Mark, die Mark, was wolln Se mit de Mark? Da verbrennen Se sich die Finger, wer kann wissen, was wird mit de Mark? Der Poincaré – er ruiniert se! Was hat der Mann davon?! Nischt hat er davon! Wenn er noch was davon hätte – aber bloß so! Nee? Mit wieviel wollen Se reinsteigen ins Geschäft?»

Erich Hackendahl murmelte etwas von fünfzigtausend Dollar, er wolle es sich noch überlegen, ein bißchen herumhorchen ... Herr Roest gefiel ihm nicht, mit seinen schmutzigen, abgebissenen Nägeln, seiner Art zu klagen und zu schimpfen, dem seidenen Taschentuch ...

«Gehn Se, junger Mann! Fragen Se! Fragen Se nach Bankier Roest – Se werden hören! Was werden Se hören? Gott, ich liege schief, ich liege schief mit einer Million Brüssel!» Er besann sich, streckte dem Besucher eine schweißige, dürre Hand hin. «Se werden hören, Se werden wiederkommen! Gott, was für ein unerfahrener Nebbich, denkt, er kann behalten das Geld in seiner Hand und machen große Geschäfte. Er wird sehen ...!»

Erich Hackendahl sah, er sah die Stadt im Taumel. Das heißt, er sah gar nicht die Stadt. Er hatte vorgehabt, in das Rijks-Museum zu gehen und sich die Rembrandts anzusehen. Der Binnenländer wollte sich den Hafen anschauen, den Überseeverkehr – er sah nie etwas davon. Er saß herum in den Hallen der Luxushotels, in den Bars der Stadt, in den Cafés, wo die Börsianer saßen. Er kam in die Stuben der Börsenmakler, saß mit anderen Kunden um die Tische und starrte fieberisch gespannt die Glastafeln an, auf denen Zahlen leuchteten, die Notierungen, verloschen, wieder aufleuchteten ...

Wo er ging und stand, hörte er nur noch Worte wie Golddevise, in die Baisse gehen, fixen, Brief und Geld, Arbitrage, Gulden, Franken, Dollar, Pfund – er hörte nichts anderes mehr. Es mochte sein, daß das holländische Volk ein anderes Leben führte. Manchmal, wenn er um vier Uhr morgens aus einer Bar ins Hotel ging, sah er die Fischer auf ihrem Weg zum Hafen, sah ihre braunen, lederartig gegerbten Gesichter mit den merkwürdig hellen Augen. Und flüchtig kam ihm zum Bewußtsein, daß diese Leute zur Arbeit gingen, zu richtiger Handarbeit, daß sie ihr Leben für einen Gulden wagten, während nahebei, hinter den Mauern der Börse, jeden Tag Zehntausende, Hunderttausende, Millionen von Gulden zu gewinnen (und zu verlieren) waren.

Aber das glitt vorüber, es haftete nicht. Es hatte nichts mit ihm zu tun. Er war empört gewesen, daß der Bankier Roest ihn als Schnorrer und Nebbich empfangen hatte, aber er sah bald, daß er in dieser Stadt, die in einem Millionentaumel lebte, wirklich ein Nebbich war. Der Bankier Roest mit seinen drei armseligen, verdreckten Zimmern lag mit fünfzig Millionen Gulden Engagements auf dem Markt.

Andere Leute, neben denen er früher in einem Café nicht hätte sitzen mögen, so ungepflegt sahen sie aus, hatten noch viel größere Geschäfte laufen. Jetzt mochte er neben ihnen sitzen, er drängte sich an sie, er lauschte andächtig ihren Worten, wenn sie, mürrisch in ihrem Kaffee rührend, sagten: «Ich hab'n Gefiehl, ich hab geträumt von eine schwarze Katz mit weiße Fleck. Ich hab'n Gefiehl, der Dollar wird kommen morgen flau . . .»

Dann sah er diese Gestalten in ihre englischen oder italienischen Luxusautos steigen und abbrausen im Hundertkilometertempo nach Scheveningen oder Spaa . . .

Ein brennender Neid erfüllte ihn. In Berlin war er sich mit seinem Vermögen von gut einer halben Million wie ein reicher Mann vorgekommen, hier sah er ein, daß er nichts hatte. Es gab hier Leute, und er sprach mit ihnen, die den zwanzigfachen Betrag seines Vermögens in einer halben Stunde verloren und lachten. «Ich werde nich betteln gehn – wiederholen werd ich mir mein Geld», sagten sie lachend. Und sie holten es sich wirklich wieder.

Erich Hackendahl beneidete sie und verachtete sie. Er beneidete sie um ihre Nase für den Markt, ihre Nerven, den tollkühnen, bedenkenlosen Mut, mit dem sie fast stündlich ihre ganze Existenz, all ihr Hab und Gut wagten, er beneidete sie noch um ihre flauen Gefühle . . . Und er verachtete sie tief für ihre Unfähigkeit, mit dem gewonnenen Gelde etwas anzufangen, rechtzeitig, wenn sie «wirklich reich» waren, auszusteigen, den Aufregungen der Börse zu entfliehen und ein Leben zu führen, wie er es sich schön dachte.

Dunkel dämmerte es ihm wohl, daß diese Leute ganz anders waren wie er, daß sie nicht einmal Geschäfte machten, um reich zu werden, sondern um Geschäfte zu machen. Im Grunde waren sie Spieler – und wie alle Spieler waren sie ohne Hemmungen, ohne Bedenken, nur weiterspielen wollten sie. Er aber wollte reich werden, um reich zu leben. Er wollte sich schöne Dinge kaufen können, mit schönen Frauen leben, schöne Reisen machen. Seine ganze Jugend hindurch hatte er die Luft über einem Stall gerochen, er schauderte, wenn er daran dachte. Nie wieder arm sein, dachte er, sich nie wieder um Geld sorgen müssen!

Vorsichtig fing er an, mit seinem Geld zu operieren. Er hinterlegte bei zwei, drei Maklern Beträge als Sicherheit und fing an, Kauf- und Verkaufsaufträge zu geben. Er war sehr ängstlich, er verlor nie das Gefühl, daß der Boden unsicher war, auf den er trat. Bankier Roest (den er übrigens auch mit seiner Kundschaft beehrte) hatte ihn in den ersten fünf Minuten richtig beurteilt: Am liebsten hätte er sein Geld fest in der Hand behalten, er wollte ohne Einsatz spielen!

«Er wird erleben, der Nebbich!» lächelte Herr Roest bei sich und beriet den Kunden vorsichtig und behutsam. Er wußte, man muß die Vögel erst füttern, ehe man das Netz über ihnen zusammenziehen kann.

Das ganze Frühjahr hindurch lag die Mark bedauerlich fest, ja, sie erholte sich sogar um fünfzig Prozent. Erich, der allein in der Markspekulation mehr zu wissen glaubte als die anderen, kam zu keinen Umsätzen. Unablässig, den ganzen März und April hindurch, lauteten die Telegramme aus Berlin: «Doras Befinden unverändert, Vater.» Unablässig blieb diese Cuno-Regierung dabei, die Mark zu stützen; die Baissiers erlitten kläglich Schiffbruch oder lagen schief.

Ein paarmal wagte sich der ungeduldig werdende Erich an Franken-Spekulationen. Aber der Franken war unberechenbar. Erich gewann ein paar tausend Franken, blieb im Geschäft und verlor fünfzehntausend . . . Mitte Mai war er seinem Ziele ferner als Anfang Februar. Im ganzen gesehen hatte er Geld verloren, dazu war das Leben in Amsterdam sündenteuer.

Um diese Zeit hatte Erich bereits die Gewohnheiten der Börsianer angenommen. Das Zimmer seines Hotels sah ihn nur ein paar Morgen- und Vormittagsstunden. Die ganze übrige Tageszeit trieb er sich bei den Banken und Maklern herum, lauschte auf ihr Jargongeschwätz, fieberte den gekabelten Anfangskursen New Yorks entgegen (auch wenn er nicht beteiligt war) und versaß die Nächte in Cafés und Bars. Gegen seinen ursprünglichen Vorsatz hatte er sich keine feste Freundin genommen. Er begnügte sich mit den gelegentlich in einer Bar gefundenen Genüssen. Er war jetzt sechsundzwanzig Jahre alt und merkte schon, daß die Frauen an Reiz für ihn verloren – sie waren ihm nicht mehr wichtig. Viel wichtiger war ihm sehr gutes Essen, gute Weine (aber nicht im Übermaß). Er wurde rasch dick und noch rascher körperlich faul.

Aber innerlich war er unruhiger als je, nur ein Gedanke hielt ihn besessen: Geld! Er wollte sein Geld wiederhaben, und er wollte den zwanzigfachen Betrag dazuverdienen. Daran dachte er unaufhörlich, darüber grübelte er die vielen Stunden nach, die er vor einem Kaffee saß, die erloschene Zigarre im Mund, warm von der Verdauungswärme.

Er machte tausend Pläne – aber wenn ihm einer ganz sicher schien, schauderte er im letzten Augenblick vor dem Risiko zurück. Er schauderte vor der Armut zurück, er hatte einmal das geschmeckt, was er für Armut hielt, bei seinen Eltern, nie wieder! Er mußte sein Geld festhalten. Sein letzter Ausweg blieb immer der Freund in Berlin – wobei er nie ganz vergaß, daß dieser Freund vielleicht gar kein Freund mehr war, obwohl er ihm eine recht erhebliche Summe Geldes anvertraut hatte. Aber das konnte Falle gewesen sein.

Im ersten Drittel Mai wurde ihm, als er gegen fünf Uhr morgens in seinem Hotel anlangte, gesagt, ein Herr warte bereits seit dem Abend auf ihn. Aus der Miene des Nachtportiers sah er, daß der Herr nichts Besonderes sein könne. Der Besucher, den er dann aus tiefem Schlaf in einem Sessel wachrütteln mußte, sah denn auch nicht nach viel aus: ein junger Bursche, mäßig gekleidet und schlecht genährt, wie all diese Kerle, die jetzt aus Deutschland kamen und Amsterdam überschwemmten.

Der Bengel behauptete, vom Freund des Herrn aus Berlin zu kommen und seine Botschaft nur unter vier Augen überbringen zu können. Erich Hackendahl nahm den Mann mit auf sein Zimmer. Dort entledigte sich der Bursche ohne ein weiteres Wort seiner Jacke und holte aus deren Futter einen vielfach zusammengefalteten Zettel, den er Erich hinhielt . . .

Erich nahm den Zettel zögernd, faltete ihn auseinander und las in Maschinenschrift die Botschaft, daß die Reichsbank in drei oder vier Tagen die Stützungsaktion der Mark aufgeben würde und daß Erich mit allem, was er habe, in die Baisse gehen solle. «Jetzt kommt es, wie ich gesagt habe.»

Erich gab dem Burschen einen Zehnguldenschein und versprach ihm noch weitere hundert, wenn der Zettel ihm Glück bringen würde. Er solle in einer Woche wieder nachfragen . . .

In dieser Nacht schlief Erich nicht. Immer wieder überlegte er, was er tun sollte. Konnte dies nicht der Augenblick sein, in dem der Freund sich rächen wollte? Nichts auf der Börse hatte bisher auf einen Marksturz schließen lassen. Die Mark war in den letzten vier Wochen langsam gefallen, aber sie stand immer noch höher, als sie Ende Januar gestanden hatte. Wenn er, wie die Weisung lautete, mit allem, was er hatte, in die Baisse ging, und die Mark blieb fest, der Freund hatte ihn hereingelegt – er schauderte.

Der Ausweg, auf den er schließlich kam, war recht bezeichnend für Erich. Er selbst wartete erst einmal ab, legte aber das ihm vom Freunde anvertraute Geld in einem Baisse-Engagement der Mark an. Roest riet dringend ab: «Die Deutschen halten durch an der Ruhr! Die Mark is wie Eisen!» rief der Bankier. Aber Erich war auch wie Eisen – und wagte das Geld des Freundes.

Zwei Wochen später verfluchte er sich. Die Stützungsaktion war aufgegeben, die Mark war gefallen. Er hatte mit dem Gelde des Freundes fünfzigtausend verdient, aber er hätte eine halbe Million verdienen können! Der Freund war wirklich Freund gewesen – und er Esel hatte ihm mißtraut! Wenig Trost war ihm die beflissene Achtung, die ihm Herr Roest zollte. «Hat er mehr gewußt, der junge Goi, als die ganze Börse in Amsterdam! Hätt er mir gegeben einen Wink, ich hätte ihn mitgenommen – wir stünden da – so!!!»

Und Herr Roest trocknete sein schweißtriefendes Gesicht mit einem seidenen Taschentuch.

Aber von diesem Tage an kam doch Leben in Erichs Geschäfte. Die Telegramme aus Berlin meldeten eine ständige Verschlechterung von Doras Befinden. Und Erich mißtraute ihnen nicht mehr, mißtraute nicht weiter dem Freunde, dagegen mißtraute er kräftig der eigenen Zaghaftigkeit. Es kam nur noch darauf an, abzuschätzen, wie rasch die Mark fiel – und auch darüber gab es Botschaften aus Berlin, meistens durch Telegramme, oft durch Boten . . .

Ende Juli war Erich Millionär – aber das war nichts, eine Million, Roest lag jetzt mit fünfzehn auf der Börse! Im August, als die Regierung Cuno gestürzt und durch das Kabinett Dr. Stresemann ersetzt wurde, als wieder freundliche Töne gegenüber Frankreich laut wurden und der Dollar von einer auf zehn Millionen Mark stieg – hatte Erich fünf Millionen Goldmark voll!

Aber es hatte Nerven gekostet! Er schlief nur noch mit Schlafmitteln, mochte überhaupt nicht mehr zu Fuß gehen, ungern sprechen. Er saß zwei Stunden beim Essen und sprach den Börsenjargon vollendet. Die Makler begegneten ihm achtungsvoll, die Bankiers fragten ihn kameradschaftlich nach seiner Ansicht über Devise Oslo . . . Sein Kopfhaar wurde sehr dünn . . .

Aber all dies war nur ein Anfang – der Taumel begann erst. Im September wurde der passive Widerstand an der Ruhr abgebrochen, in drei Wochen stieg der Dollar von 20 auf 160 Millionen Mark! Erich wußte nicht mehr, wieviel er besaß, der Hauptteil seines Vermögens steckte in Engagements, ständig änderten sich die Kurse. Manchmal raffte er sich auf und rechnete, aber er verwirrte sich, die endlosen Zahlenkolonnen ermüdeten ihn, er gab es auf . . .

«Nun mache ich aber Schluß . . .» schwor er sich. «Nur noch . . .»

Erich Hackendahl war immer ein Bassier gewesen; er hatte sein Vermögen dadurch verdient, daß er an den Fall der Mark glaubte, an den Untergang der deutschen Währung, Deutschlands. «Nie wieder nach Deutschland», sagte er oft. Und alle gaben ihm recht.

Aber er wußte, einmal mußte die Mark fest werden, irgendwie würde sie stabilisiert werden. Es wurde schon viel von einer Goldwährung, ja von einer Roggenwährung gemunkelt. Während die Mark den ganzen Oktober durch weiter fiel, in die Milliarden hinein, machte sich schon Unsicherheit bemerkbar. «Wann wird se stille stehn? Wird man rechtzeitig aussteigen?»

Erich dachte hundertmal daran. Er hatte das Aufgeben der Stützungsaktion vorher gewußt und hatte keinen Mut gehabt. Jetzt war die Partei des Freundes wieder an der Regierung beteiligt, er würde seinen Tip bekommen – und dieses Mal wollte er alles wagen! Wagen? Es war kein Wagnis. Der Freund war ein Freund, jeder Tip von ihm war goldrichtig gewesen. Ein einziges Mal wollte Erich mit der Mark in die Hausse gehen – dann wollte er sich zurückziehen! Er hatte sogar vor, mit dem Freunde anständig abzurechnen, er sollte zufrieden sein.

Im letzten Drittel Oktober wurden die Gerüchte, die Unsicherheit um die Mark immer größer. In Berlin war eine Rentenbank gegründet, wie würde man die Mark stabilisieren? Erich entschloß sich, einen Boten an den Freund zu senden. Er fand einen deutschen Kellner, der wegen Heimwehs nach Deutschland zurückkehren wollte (eine tolle Idee!), bezahlte ihm das Reisegeld und sandte ihn mit einem Zettel nach Berlin.

Am 1. November bekam er durch Boten den Bescheid, daß die Mark bei einem Dollarstand von 420 Milliarden stabilisiert werden würde. Der Dollar stand auf 130 Milliarden. Einen Tag, noch einen zweiten zögerte Erich ... Dann, als am dritten der Dollar mit 420 Milliarden notiert wurde, entschloß er sich, unter Verfluchung seiner eigenen Feigheit, und legte sich mit allem, was er hatte, auf 420 Milliarden fest. Ging, Bassier, der er war, zum ersten Male in die Hausse.

«Gott soll Sie bewahren!» rief Roest. «Wie Sie rangehen! Ihr Geschrei werde ich hören, morgen!»

Herr Roest irrte sich, der 4. November kam und ging, und die Mark blieb fest. Erich triumphierte und zitterte doch noch. Am 5. wurde Herr Roest zweifelhaft. «Soll er recht gehabt haben, der junge Goi?! Er is mir empfohlen worden von Berlin! Soll man noch einsteigen? Noch is Zeit ... Nei, nei, nei, ich steig nich ein, ich glaub nich an de Daitschen ...»

Und er trocknete sich verzweifelt das Gesicht.

Auch am 6. November war die Mark aus Eisen, 420 Milliarden, darauf hielt sie sich. Erich berechnete seinen Gewinn, sein Vermögen. Wenn er eine halbe Million Goldmark für den Berliner Berater abzweigte, blieben ihm immer noch 23 Millionen Mark.

«Ich hab's geschafft!» sagte Erich und schlief erleichtert ein.

Aber schon nach wenigen Stunden weckte ihn das Klingeln des Telefons. «Wo sind Se? Was schlafen Se?!» rief Herr Roest am Apparat. «Die Mark hat eröffnet schwach, der Dollar kommt mit 510, und der Mensch schlaft! Kaputt sind Se!»

Ganz leise legte Erich den Hörer auf den Apparat zurück. Er stand nicht auf, er blieb liegen in seinem Bett, ein Gefühl der Schwäche saß ihm in seinem Leib. Ich bin geschlagen, sagte er sich. Er hat mich reingelegt ...

Und doch konnte er es noch nicht glauben. Alle diese Monate in einer gnadenlosen Hölle gelebt. Und wofür? Um alles zu verlieren! Es war unmöglich! Er rief einen Makler an, der Dollar kam schon mit 590...!

«Kommen Se, sehen Se – die Mark wird hingemacht. Das ist eine Devise, die Mark – man kann sich erkränken!»

Aber er kam nicht, er rettete nicht. Er lag im Bett, sein weißes Fett zitterte, er hatte Angst... Er hatte genauso Angst wie damals im Schützengraben... Einmal dachte er: Wär ich damals mit ihm ins Café gegangen – wie stünde ich jetzt da!

Doch das verging wieder, andere Gedanken kamen, er erinnerte sich, daß er gestern noch, vor zwölf Stunden noch, geglaubt hatte, er hätte es geschafft – dreiundzwanzig Millionen! Ihm fiel ein, was er hatte kriechen, gaunern und sich selbst verleugnen müssen, ehe er die ersten zwanzigtausend zusammengebracht hatte. Das werde ich nicht noch einmal fertigbringen, dachte er verzweifelt. Aber was dann...?

Für einen Mann wie ihn, für einen Mann, der gewesen war, was er gewesen war, war es unmöglich, in das Nichts zurückzukehren, in die Armut, in ein Angestellten-Dasein etwa. Was nun...?

Zweimal meldete er ein Telefongespräch nach Berlin an und zog es wieder zurück.

Der Bankier Roest beschwor ihn zu kommen, zu retten, was noch zu retten war. Es wäre tatsächlich noch etwas zu retten gewesen, der Dollar war mit 630 Milliarden notiert, einen Teil seines Geldes hätte er sich wiederholen können.

Er zog sich an und ging aus. Nein, diesmal fuhr er nicht, er ging zu Fuß, und er ging zu einem kleinen Makler oder Bankier, er ging zu Fuß hinaus zum Rijks-Museum. Er wollte sich wenigstens noch die Rembrandts ansehen. Aber dieser 7. November, fast auf den Tag genau der Fünfjahrestag des Waffenstillstandes, war kein Glückstag für ihn: Das Museum war schon geschlossen. Ich werde morgen wiederkommen, dachte er. Die Rembrandts wenigstens will ich gesehen haben...

Auf dem Rückwege zu seinem Hotel kam ihm eine Erleuchtung. Er schlug sich mit der flachen Hand vor den Kopf. Es war doch klar, hinter dieser ganzen Baisse steckte die deutsche Regierung! Sie wollte ihre Mark billig zurückkaufen, dann würde sie doch mit 420 stabilisieren! Und hatte ein Milliardengeschäft auf dem Rücken der Weltbörsen gemacht!

Wie sein Vater sagte er: «Ich bleibe eisern! Ich liege schief, bis die Mark auf 420 geht! Eisern!»

Sechs Tage lang, vom 7. bis zum 12. November, harrte er aus, der Dollar blieb in diesen Tagen unverrückt auf 630 Milliarden! Er erhoffte immer weiter eine Stabilisierung auf 420, der Freund hatte es ihm geschrieben. Da seine Hinterlegungen seine Verluste deckten, ließen ihn die Makler in Ruhe. Nur Bankier Roest sagte: «Se sollen so eisern sein, wie die Mark eisern ist! Ein verlorener Mensch sind Se!»

Am 13. November wurde der Dollar mit 840 Milliarden notiert, genau mit dem Doppelten des Kurses, auf den Hackendahl gerechnet hatte. An diesem Tage wurde die Rechnung Erich Hackendahl von den Maklern glattgestellt, seine Hinterlegungen wurden zur Deckung seiner Verluste von ihnen eingezogen. Er lief von einem zum anderen, er bat sie, nur noch einen einzigen Tag zu warten, er schwöre es, die Mark werde mit 420 stabilisiert.

Sie zuckten die Achseln, lachten ... Roest sagte: «Gewinnen möchten se alle, diese kleinen Nebbichs, aber verlieren ... Herr Hackendahl, seien Se 'n Mann, Se haben noch ä schönes Auto, ä Brillantring, keine Familie – ich hab schon schlimmer dagestanden als Sie!»

Immer wieder meldete Erich ein Telefongespräch nach Berlin an – erst gegen Abend bekam er den Freund am Apparat zu fassen. Aber schon am Klang der Stimme erriet er, daß nichts mehr zu hoffen blieb.

Schön, daß Erich einmal anrufe ... Wie es ihm gehe? Warum er so lange nichts habe von sich hören lassen? Was er denn in Amsterdam mache? – Ah! Die Geschäfte gingen schlecht? Soso, die Geschäfte gingen schlecht! Betrüblich – für Erich! Was das solle? Geschrieben? Telegrafiert? Aber was das denn für Scherze seien? Erich werde doch nicht auf irgendeinen Spaßvogel hereingefallen sein? Dafür sei er bestimmt viel zu klug! – Nein, bitte nicht diese Töne, aller Freundschaft ungeachtet! Briefe? Telegramme? – «Einen Augenblick, bitte, Erich ...»

«Hier spricht der Bürovorsteher. Jawohl. Herr Justizrat hat mich eben beauftragt, einer eventuell in Frage kommenden Zeugenschaft wegen, Ihre Beschwerde entgegenzunehmen. Sie wollen Briefe und Telegramme von Herrn Justizrat erhalten haben? – Herr Justizrat bittet mich, Ihnen mitzuteilen, daß er Ihnen niemals ein Wort geschrieben oder telegrafiert hat. Sein Name ist also mißbraucht worden – ach, die Briefe waren ungezeichnet? Aber was bringt Sie zu der Annahme ...?»

Aussichtslos. Erich hing ab.

Eine ganze Nacht lang beschäftigte ihn der Gedanke an Selbstmord. Aber keine Methode schien ihm sicher genug und schmerzlos genug. Sicherheit und Schmerzlosigkeit mußten vereint sein. Und etwas den Wünschen Erichs Entsprechendes gab es da nicht.

Die Auflösung seines Amsterdamer Hausstandes ging wesentlich schneller als die des Berliners. Er hatte nur sein Auto zu verkaufen.

Soviel Geld er in Amsterdam auch zeitweilig besessen hatte, außer dem Auto hatte er nichts angeschafft. Diesmal brauchte er sich nicht vor dem Zoll zu fürchten: Wenn er auch noch recht gut ausgestattet war, neu wirkten seine Sachen nicht mehr.

Mit drei Koffern, einem Herrenpelz, einem Brillantring und einer goldenen Uhr fuhr Erich Hackendahl wieder ab von Amsterdam – und mit einem glühenden Haß gegen den ehemaligen Freund im Herzen.

Es war der 16. November 1923, der Dollar notierte auf 2520000000000 Mark. Die Frage, auf welchem Kurs die Mark stabilisiert werden würde, war immer noch unbeantwortet.

Das Wetter war grau, neblig, feuchtkalt, genau wie am Tage seiner Ankunft.

Erst als Erich Hackendahl im D-Zug nach Köln saß, fiel ihm ein, daß er nun doch nicht dazu gekommen war, die Rembrandts anzusehen. Er hatte das Gefühl, daß er das nie würde nachholen können.

15

Um dieselbe Zeit etwa, da Erich Hackendahl in seine Heimatstadt Berlin zurückkehrte, traf auch Heinz Hackendahl, von einer kürzeren Reise kommend, wieder in Berlin ein. Er hatte seine Schwägerin Gertrud mit den beiden Jungen nach der Insel Hiddensee gebracht.

Während Erich Schlachten um Millionen geschlagen hatte, um Goldmillionen, und besiegt worden war, hatte Heinz mit Papiermillionen gekämpft; es wurde, trotz Tuttis unermüdlicher Hilfe, immer unmöglicher, das Brot für vier Münder heranzuschaffen – dieses Brot, das, anders als im Kriege, jetzt in allen Bäckerläden bereitlag, man mußte nur Geld haben, es zu kaufen.

Als schließlich eine Besichtigungsreise nach Hiddensee nicht ungünstig verlaufen war, als mit Kartoffeln in der Miete, einer Kuh im Stall, drei Schweinen im Koben die Ernährung der ewig hungrigen Jungen sichergestellt schien, war die Übersiedlung erfolgt.

Am Abend vor seiner Abreise hatten Tutti und er noch am Strande auf einem Fischerboot gesessen: Die Jungen, müde vom Tollen in der ungewohnten Meeresluft, schliefen längst.

«Ach, das tut gut», sagte Tutti, zusammenschauernd im Wind.

«Ein bißchen kühl, was?» fragte Heinz.

«Aber es ist sauberer Wind, und es ist saubere Kühle!» rief Tutti, glücklich, wieder daheim zu sein.

«Das sicher! Du wirst aber mächtig auf Gustav aufpassen müssen, der bekommt zu leicht was im Hals!»

«Ach, hier wird man doch nicht richtig krank. Auf dieser Insel ist noch nie ein Doktor reich geworden.»

«Du mußt aufpassen, sage ich dir, Tutti», rief Heinz energischer.

«Selbstverständlich», antwortete sie. «Ich denke doch nie an etwas anderes als an die Kinder, Heinz.»

Sie hatte natürlich recht, es war Unsinn, sie zu erinnern. Sie hatte nie an etwas anderes gedacht als an die Kinder. Er sagte: «Wenn ihr nur noch ein halbes Jahr in Berlin geblieben wäret, Tutti, hätte ich erreicht, daß Vater sich die Kinder angesehen hätte.»

«Es ist nicht so wichtig, Heinz.»

«Nicht für dich und nicht für die Kinder», gab er zu. «Aber für Vater wäre es vielleicht wichtig gewesen. Vater hat überhaupt keine Freude mehr.»

Eine Weile schwiegen beide. Es war nun fast ganz dunkel geworden, nur über dem rauschenden Wasser lag es wie eine neblige Helle, und dann kam in sehr kurzen Zeitabständen der blendendweiße Lichtblitz des Leuchtturms auf Arkona und der mehr rötliche, ruhige Schein des Turmes Bahöft.

Beide dachten an den alten Mann, der sich an einem schlimmen Tage tapfer gehalten hatte, sehr tapfer . . .

«Wirst du manchmal nach Eva sehen?» fragte Gertrud Hackendahl.

«Selbstverständlich. Sooft es geht.»

«Ich werde ihr schreiben von hier. Auch ein Paket schicken, wenn wir geschlachtet haben.»

«Ich werde nachfragen, ob das sein darf. Die haben da Bestimmungen . . .»

«Wir werden kurz vor Weihnachten schlachten; zu Weihnachten darf es bestimmt sein!»

«Das ist nicht sicher. Du mußt immer denken: Zuchthaus! Zuchthaus ist das Strengste, was es gibt!»

Wieder schwiegen sie.

Schließlich sagte Gertrud gedankenvoll: «Zwei Jahre – wenn man hier draußen ist, kommt es einem nicht so viel vor. Aber drinnen muß es einem wie eine Ewigkeit sein.»

«Ohne Vater wären es fünf oder sechs geworden.»

«Du weißt ja, Heinz, ich mag Vater nicht, schon wegen Otto. Ich kann nie vergessen, wie er zu Otto war . . . Aber wie er dastand vor Gericht, und die anderen haben immer alle Schuld auf Eva geschoben, und sie hat zu allem bloß ja gesagt – wie Vater da aufgestanden ist: ‹Das Mädel war gut, bloß schwach, der Kerl aber ist nur schlecht . . .› Und wie der Anwalt gegen ihn anging, da war er richtig eisern, Heinz!»

«Das war er. Und wie er zu dem Anwalt gesagt hat: ‹Wenn das

Mädel wirklich so schlecht wäre, würde sie nicht zu allem ja sagen, was Sie von ihr wollen. Sie nimmt den schlechten Kerl in Schutz, der aber will sie nur in den Dreck reißen . . .»»

«Von da an haben sie sich in acht genommen.»

«Vater hat's geschafft, daß sie den Bast am höchsten verdonnert haben, nicht die Eva . . .»

«Ja», sagte Tutti. «Der hat nun seine acht Jahre weg . . . Ob sie dann wirklich frei ist von ihm, wenn er rauskommt?»

«O Gott!» rief Heinz. «Acht Jahre! Wer kann so weit voraus denken! In acht Jahren haben wir 1931, was wird da sein?!»

«Hoffentlich wird's da ein bißchen besser sein.»

«Ja. Wenn wenigstens das Geld in Ordnung käme. Du weißt gar nicht, wie verrückt schon alle bei uns auf der Bank sind. An den Schaltern sind sie verrückt, bei den Effekten sind sie verrückt, bei den Devisen sind sie am verrücktesten – aber noch verrückter sind sie im Direktorium!»

«Es muß ja nun bald Ordnung kommen», meinte Tutti tröstend. «So geht es nicht mehr weiter.»

«Ja, und was dann? Dann hat kein Mensch Geld mehr! Die meisten haben doch alles verloren!»

«Du meinst wegen der Banken?»

«Auch!»

«Ach, die Banken werden doch immer zu tun haben, Heinz. Und du wirst immer Arbeit haben – so tüchtig wie du bist, Heinz!»

Er lächelte schwach im Dunkeln.

«Du hast es jetzt doch auch leichter, Heinz! Wo du uns los bist!»

«Natürlich. Nur, du weißt ja . . .»

«Die Wohnung behältst du unter allen Umständen, Heinz!» sagte sie eifrig. «Gib bloß die Wohnung nicht auf! Du hast es nötig, in ein möbliertes Zimmer zu ziehen . . .!»

«Nein, nein», sagte er. «Die behalte ich schon wegen deiner Möbel . . .»

«Quatsch, das sind jetzt deine Möbel, Heinz. Und die Möbel sind auch egal. Die Hauptsache ist, ihr habt eine Wohnung . . .»

«Aber sie will doch nicht, Tutti! Sie will partout nicht.»

«Sie wird schon nachgeben.»

«Nein, nein. Sie hat Angst. Sie hat richtige Angst, ich laufe ihr wieder weg . . .»

«So ein Unsinn! Du läufst keinem Menschen weg! Mir bist du auch nicht weggelaufen . . .»

«Ihr bin ich aber doch mal weggelaufen . . .»

«Ach was! Damals warst du noch ein Junge . . .»

«Für sie nicht. Für Irma nicht.»

Wieder schwiegen sie.

Dann sagte Tutti, plötzlich aufstehend: «Es ist wirklich kalt. Komm, Heinz, laufen wir noch ein Stück am Strand. Und das sage ich dir: daß du mir die Wohnung nicht aufgibst! Wenn du die Wohnung hast, bist du eine richtige Partie, und das wird sie auch einsehen!»

16

Und nun war er wieder daheim in seiner Wohnung. Er ging hin und her, heizte, öffnete das Fenster, ließ ein bißchen von der trüben, feuchten Luft herein, legte die Betten aus, überlegte, wie er die Möbel stellen sollte; die Kinderbetten konnten auf den Boden . . .

Die Sachen der Kinder hingen nicht mehr an der Wand, die Schränke und Fächer waren meist leer. Darum hallte es so, wenn er hin und her ging. Es hallte leer wider, alles war leer geworden, nicht nur die Fächer, nicht nur die Wohnung, sein Leben war leer geworden . . .

Die Jungen würden sich schon eingewöhnen auf der Insel, und für Tutti war es wirklich Heimkommen gewesen. Aber er würde sich nie eingewöhnen in der leeren Wohnung. Er dachte daran, wie es sein würde von jetzt an, wenn er nach Haus kam von der Bank: Niemand erwartete ihn in der Wohnung. Er würde heizen müssen, aufräumen, kochen – und alles bloß für sich allein!

Er dachte daran, wie ihm das geholfen hatte in all den schrecklichen Jahren, die hinter ihm lagen, daß er für jemanden zu sorgen gehabt hatte, gleich für drei! Das hatte ihm über Tinette fortgeholfen, das hatte es ihm aber auch leichter gemacht, unversehrt durch die Schreckensjahre der Inflation zu kommen. Er hatte immer von einen Tag auf den nächsten sorgen müssen, kleine Ziele hatte es gegeben: ein neuer Anzug für Gustav, die Bestrahlungen für Otto, der Zahnarzt für Tutti . . . Das waren seine Extratouren gewesen, neben den täglichen Pflichttouren: Miete, Brot, Gasmann . . . Anfang der Zwanzig hatte er schon Familienvater sein müssen: Oft war das schwer gewesen. Er hatte nicht wie andere in Cafés gehen können, auf Tanzdielen tanzen, in Kinos sitzen. Schwer war es oft gewesen, aber immer gut!

Wie oft hatten seine Kollegen über ihn gelacht. «Du bist ja doof auf beiden Backen, Hackendahl! Sich mit zwei Gören zu behängen – wozu ist denn die Wohlfahrt da?!»

Ja, sicher war er doof, der ganze Heinz Hackendahl war doof – für diese Menschen. Aber er überdauerte sie in all seiner sturen Doofheit, überdauerte sie mit ihren kleinen schalen Genüssen. Er hatte etwas in sich und um sich, eine Aufgabe . . .

«Wenn wir man durchkommen», sagten sie, «wie wir durchkommen, ist ja egal.» Aber es war keineswegs egal, das Wie, bei Tanzmädchen und Kokain kam man eben nicht durch, bei zwei Gören kam man durch, Professor Degener, ein weithin unbekannter Mann, hatte richtig geraten, als er geraten hatte: «Die kleine Aufgabe, Hackendahl. Die Zelle in Ordnung bringen; ohne die gesunde Zelle kann der ganze Körper nicht in Ordnung sein!»

Richtig der Mann! Bravo der Mann! Man mußte wieder einmal nach ihm sehen. Vielleicht wußte er noch so ein Wahrsprüchlein für jemanden, der in seiner leeren, kalten Wohnung steht, wieder einmal ohne Aufgabe ... Heinz Hackendahl weiß mehr von sich, als er mit siebzehn Jahren gewußt hat: Er weiß, daß er kein großes Licht ist. Er ist ein Handwerker, aber das traut er sich immer noch zu, daß er seinen Platz ordentlich ausfüllen kann. Nur, er möchte gerne wissen, wo denn der ist, der Platz?! Die Aufgabe?! Man will doch nicht bloß mit Ach und Weh über diese Erde gekrochen und satt geworden sein; über den Himmel und Gott mag man denken, wie man will, aber etwas mehr als eine Milbe glaubt man doch zu sein. Oder wie ...?!

Heinz Hackendahl klopft wütend los auf sein Bett. Er hat sich in Brand gedacht, es ist völlig ausgeschlossen, daß sein Lebenszweck der ist, auf die Bank zu gehen und eine erstklassige Statistik über die Entwicklung der Ausfuhr in der Elektroindustrie (unter besonderer Berücksichtigung der im Ausland von deutschen Kräften montierten Anlagen) zu machen und dann abends nach Haus zu schleichen und seine Bude in Ordnung zu bringen. Weit entfernt hiervon!

Heinz Hackendahl hat es plötzlich eilig, weder schließt er die Ofentür noch das Fenster, auch die Betten werden nicht gemacht. Dafür setzt er den Hut auf, zieht den Mantel an und stürmt los, stürmt durch die Stadt, denkt nicht daran zu fahren. Ungeduld kann man sich nicht abfahren, Ungeduld muß man sich aus dem Leibe laufen ... Das Ergebnis ist, daß er noch ungeduldiger in den Laden der Witwe Quaas stürmt. «Quaasin, machen Sie keine Wippchen! Ich muß die Irma auf der Stelle sprechen!»

Und schon, ehe die noch viel jämmerlicher gewordene Quaas auch nur einen Wehlaut hat von sich geben können, ist er über den Ladentisch fort und in der Stube.

«Irma, entschuldige, ich habe es wahnsinnig eilig ... Wann wollen wir heiraten?»

«Du bist wohl ganz verrückt geworden, Heinz! Dich heirate ich bestimmt nie!»

«Ich sage dir doch, ich habe es eilig ...! Warte mal, die Ringe muß ich hier in der Tasche haben – warte doch ...! Auf dem Standesamt war ich auch schon, deine Mutter hat mir die Papiere gegeben, würde dir Mittwoch passen ...?»

«Ich habe nie . . .!» klagt Frau Quaas los, aber ihr Stimmchen verhallt unbeachtet.

«Blödsinnig!» sagt Irma. «Völlig blödsinnig geworden! Wie alt sind Sie, Jüngling?»

«Bitte, Irma, also nu los! Laß doch diese alberne Ziererei!»

«Das verbitte ich mir! Ich ziere mich gar nicht . . .»

«Natürlich zierst du dich!»

«Nein!»

«Doch!»

«Nein!»

«Und wer hat damals mit der Küsserei angefangen?»

«Eine Ohrfeige hab ich dir damals runtergehauen, und ich möchte gleich wieder . . .»

«Bitte!»

«Wie . . .?»

«Bitte! Du wolltest mir doch eine kleben? Los! Aber dann komm mit!»

«Wohin soll ich denn mitkommen?»

«Aber das sage ich dir doch schon zum zehntenmal: unsere Wohnung ansehen!»

«Nun hat er auch schon 'ne Wohnung!»

«Wenn du mich heiraten willst, muß ich doch 'ne Wohnung haben. Das ist bloß logisch!»

«Ich will dich doch gar nicht heiraten!»

«Natürlich willst du! Nu fang doch nicht noch mal mit dem Quatsch an!»

«Ich will nicht!»

«Aber du kannst doch nicht mehr zurück. Wir hängen doch schon auf dem Standesamt!»

«Das ist deine Sache, wie du das rückgängig machst!»

«Ich will es ja gar nicht rückgängig machen!»

«Aber ich!»

«Na, siehst du!»

«Was sehe ich . . .?»

«Daß wir einig sind!»

«So blöd!»

«Na, natürlich!» sagt er und grinst. «Was denn sonst?»

«Du denkst, du kannst mich reinlegen. Mich nie! Als Jugendfreund, das hab ich dir damals schon gesagt, meinethalben. Aber als Mann – nie!»

«Irma! Irmchen!! Irmgard!!! Ich habe es dir doch selbst angeboten – also bitte!»

«Was denn?»

«Die Ohrfeige! Du willst mir doch 'ne Ohrfeige hauen! Also bitte!»

«Ich denke gar nicht daran!»

«Du leidest an einer versetzten Ohrfeige! Bitte, hau sie mir endlich – für die ganze Vergangenheit! Bitte! Irma!»

«Ich denke nicht daran – und von der Vergangenheit schweig lieber stille!»

«Gerne – wenn du mir die Ohrfeige gibst! Andere geben sich einen Verlobungskuß, wir geben uns eine Verlobungsohrfeige. Den Kuß haben wir schon hinter uns.»

«Die Ohrfeige auch!»

«Gott, bist du ein hartnäckiges Mädchen! Du willst dich also gar nicht überrumpeln lassen?»

«Von dir nie!»

«Auch gut! Dann muß ich dir eben Bedenkzeit lassen!» Er schnüffelte kummervoll, zog sich einen Stuhl an den Tisch und setzte sich neben sie.

«Erlaube mal!» rief sie empört. «Willst du dich etwa hier häuslich niederlassen?»

«Ich dachte so. Bist du dir die Sache überlegt hast!»

«Du bist doch zu ...! Ach was, mach dir nichts draus, Mutter. Tu einfach, als ob er nicht da wäre! Es wird ihm schon zu dumm werden!»

«Ich habe ihm wirklich nicht die Papiere gegeben, Irmchen!» jammerte Frau Quaas los. «Ich habe eben nachgesehen, sie sind alle noch da. Er hat gelogen ...»

«Natürlich hat er gelogen. Reg dich bloß nicht auf, Mutter. Ein ganz gemeiner Lügner ist er!»

Keine Reaktion des Beschimpften.

«Und mit den Ringen, das ist natürlich auch gelogen. Er hat gar keine! Alles gelogen!»

Keine Antwort.

Sehr verächtlich: «Und natürlich hat er auch keine Wohnung – der ist froh, wenn er sein möbliertes Zimmer bezahlen kann!»

«Dies nun doch nicht!» sagte Heinz kühl. «Das mit der Wohnung ist wirklich wahr! – O Gott!» Er sprang entsetzt auf. «Nun habe ich doch wahrhaftig den Gasherd brennen lassen, und der Topf mit Milch steht drauf ...!»

Er lief zur Tür. Sie sahen ihn schreckenvoll an, gedenkend der überkochenden, verbrennenden, stinkenden Milch.

Er kehrte bleich, aber entschlossen um. «Ganz egal», sagte er finster. «Laß sie stinken, laß die Feuerwehr kommen. Ich gehe nicht eher, als bis ich aus diesem Schreckenszustand heraus bin. Ich muß endlich eine definitive Antwort haben!»

Er setzte sich wieder neben sie.

«Ich heirate dich nie!» schrie sie ihm in die Ohren. «Da hast du deine definitive Antwort!»

«Bitte, lieber Heinz, Ihre Milch . . .» Frau Quaas war völlig verzagt.

«Ich sage es ja», sagte er kopfnickend. «Sie ist sich noch nicht klar. Sie muß Bedenkzeit haben . . .»

«Bitte, Heinz, die Milch . . .»

«Gehst du jetzt, Heinz, oder gehst du nicht?!» Jetzt war es bei ihr zu Ende mit der Geduld. Zornflammend stand sie vor ihm.

«Wenn du es dir in Ruhe überlegen wolltest», bat er ängstlich. «Du bist jetzt so erregt, Irma . . .»

«Du sollst machen, daß du zu deiner Milch kommst! Du regst Mutter bloß auf!»

«Es ist nur ein halber Liter», sagte er entschuldigend. «Bis ich hin bin, ist sie längst ausgekocht. Ich warte doch lieber hier.»

«Du sollst unter allen Umständen gehen!»

«Und dann», sagte er reuig, «finde ich Lügen häßlich. Ich habe nämlich gar keine Milch auf dem Gas, Irma! Und das Gas brennt auch nicht, sondern . . .»

Batsch! Da hatte er seine Ohrfeige. Batsch! Batsch! Batsch! Drei mehr, als vereinbart!

«Da! Da! Da! Du elender Lügner, uns so zu quälen! Nichts als quälen kannst du!»

Aber er hielt sie schon im Arm. «Ach, Irma», sagte er, «Gott sei Dank, daß du mich endlich geohrfeigt hast! Das hat dir doch fünf Jahre auf der Seele gebrannt . . .»

«Laß mich los!» sagte sie schwach. «Du sollst mich loslassen! Ich mag dich nicht noch mal schlagen . . .»

«Nein, jetzt möchtest du mich . . .»

Sie machte verzweifelte Anstrengungen, sich zu befreien. Dann rief sie ungeduldig: «Mutter, hörst du denn nicht, daß jemand im Laden ist! Sieh doch im Laden nach!»

Und kaum hatte sich die Tür hinter der verschüchterten alten Frau geschlossen, die überhaupt nicht verstand, was eigentlich los war, die weder ihren Laden noch das Geld, noch ihre Tochter, noch die Sache mit der Milch auf dem Gas, noch die ganze Welt verstand – kaum also waren die beiden allein, da sagte Irma: «Hör zu, Heinz. Einmal habe ich dir – das durchgelassen. Aber nie wieder, verstehst du! Nie wieder! So was von Angst und Not will ich nicht noch einmal erleben! Verstanden!»

«Jawohl!»

«Gut – und so ist es denn für ewig vergeben und vergessen. Jetzt darfst du mir einen Kuß geben, Heinz!»

Siebentes Kapitel

Wer Arbeit kennt und da nicht rennt . . .

1

Sie hatten mit Geldzählmaschinen gearbeitet und mit Geldbündelmaschinen, sie hatten Überstunden im Geldzählen gemacht, und es hatte Virtuosen im Geldzählen gegeben, die sich während des Geldzählens unterhalten konnten: Ihre Finger zählten weiter, im Kopf ging ein Nummernwerk und zählte bis hundert – und dabei sagten sie: «Lausig kalt heute, was? – Na ja, habe die ganze Nacht gebummelt, scharfe Sache! Vielleicht friere ich darum so!» Wobei sie unfehlbar richtig gezählt hatten und ihren Pack Millionen- oder Milliardenscheine bündelten. Keine Kasse, keine Stahlkammer hatte diese Geldmengen mehr fassen können, es war große Nachfrage nach Waschkörben gewesen. Waschkörbe erwiesen sich als höchst geeignet für die Aufbewahrung von Geld, und im allgemeinen waren sie auch völlig sicher.

Und dann war es auf einen Schlag mit alledem vorbei. Die Rentenmark war gekommen, die Flut verrann, und wie es ja meistens nach einer Flut ist: Sie hinterließ Schlamm, Zerstörung. Solange noch die hohen Scheine, die vielen Scheine im Umlauf gewesen waren, war es den Leuten, selbst den armen Leuten nicht so recht zum Bewußtsein gekommen, wie arm sie eigentlich waren. Die hohen Zahlen, die Masse der Scheine, das hatte einen Schleier über alles geworfen, es war unmöglich gewesen, klar zu sehen.

Nun aber fing bei den Banken das große Aufräumen an. Konten wurden nachgesehen, Sparbücher geprüft, Aktien gezählt und verglichen – und dann gingen Briefe an die Kunden heraus. «Sie werden gebeten, Ihr wertes Konto bei uns wegen Geringfügigkeit aufzulösen. Ihre Effekten usw. liegen zur Abholung in den Schalterstunden bereit. Mit vorzüglicher Hochachtung . . .»

Und es begann der Einmarsch der Geprellten, der Schieflieger, der Enteigneten, der sich betrogen Fühlenden; es kamen die alten Leute, die mit den mühsam erworbenen Papieren ihren Lebensabend hatten sichern wollen, es kamen die Rentiers, die kleinen Sparer, mittlere und hohe Beamte. Es zeigte sich, daß dies Volk nicht gerade das gewesen war, was man geschäftstüchtig nennen kann. Sie hatten keine Devisenspekulationen gemacht, keine Schiebungen – sie hatten einfach gewartet und alles verloren.

Tagelang war die Halle der Bank angefüllt mit den Klagen, den

Protesten, dem Weinen, den Verwünschungen der Alten. Die Angestellten redeten gut zu; aber es ist schwer, jemanden, der sich betrogen fühlt, durch Zureden zum stillen Dulden zu bringen. Es ist unmöglich.

«Hören Sie mal», sagte ein alter Herr etwa und schlug erbittert auf seine schön gedruckten und mit schwungvollen Unterschriften versehenen Aktien. «Das sind hier also Aktien. Für zwanzigtausend Mark Aktien. Und die sind nichts mehr wert?»

«Sie müssen den Dollarstand in Betracht ziehen, Herr Rat. Der Dollar stand zuletzt auf 4200 Milliarden Papiermark. Diese Aktien sind auch Papiermark. Es kommt also noch nicht einmal ein Pfennig Wert heraus.»

«Aber als ich der Fabrik mein Geld gab, war es Goldgeld. Die Reichsbank wechselte es mir jeden Tag gegen Gold ein.»

«Ja, damals, das war vor dem Kriege, Herr Rat. Wir haben seitdem einen Krieg verloren!»

«Wir ...? Sie vielleicht – ich nicht! Meine Söhne – aber das gehört nicht hierher. Die Fabrik aber, die damals mein Geld bekommen hat, die ist doch noch da, nicht wahr? Ich habe sie mir neulich einmal angesehen, die Schornsteine rauchten.»

«Ja, gewiß, Herr Rat ...»

«Die Fabrik ist also nicht zu Papier geworden ...»

«Sie müssen verstehen, Herr Rat, die Entwertung der Mark ...»

«O doch, ja, ich verstehe vollkommen. Es ist wie bei meinen Kriegsanleihen. Es ist wie bei: ‹Der Dank des Vaterlandes ist euch gewiß ...›»

«Wir haben den Krieg ...»

«Ausgezeichnet – und lassen die anderen dafür bezahlen! Ich danke! Guten Tag, mich sieht eine Bank nicht wieder!»

Er ging dahin; der unselige Angestellte, dessen zwanzigster empörter Kunde das an diesem Tage war, sah ihm verzweifelt nach ...

Aber schließlich war auch das vorüber. Der Kehraus war vorbei, das große Reinemachen war beendet, nun konnten die neuen Gäste kommen. Nur – sie kamen nicht! Es war alles für sie bereit – man würde ihre Spargelder den Zeiten entsprechend hoch Verzinsen. Die neuen Aktienausgaben der Werke versprachen die schönsten Gewinnaussichten – aber sie kamen nicht. Sie wollten nicht Zinsen, noch Gewinn. Sie hatten kein Vertrauen mehr – sie blieben aus.

Alsobald verbreitete sich die Redensart von der ungeheuerlichen Aufblähung des Apparats. Die Inflation war eine Aufblähung des Geldmarkts gewesen (ein sehr schöner, ja, ein richtiger Vergleich für eine übelriechende Sache), die Banken hatten sich mit aufgebläht – nun wurde abgebaut! (Dieser Vergleich war nicht ganz so gut, Abbauen kannte man früher weniger, dafür sagte man Einreißen. Abbauen aber klang besser. Jede Zeit hat die Redensarten und Fachausdrücke, die sie verdient.) Also auf zum Abbau!

Unvermeidlich kam der Tag, an dem Heinz Hackendahl zum Personalchef gebeten wurde. Das Vorzimmer des Personalchefs war dicht gefüllt, alle drei Minuten ging die Tür zu seinem Büro auf, und die Stimme der Sekretärin flötete: «Der nächste Herr bitte!»

Es wurde gewissermaßen im Akkord abgebaut.

Natürlich wußten die Versammelten, was ihnen bevorstand. Aber in den meisten Fällen nahmen sie es nicht tragisch. Bisher hatte es immer Arbeit gegeben, wirkliche Arbeitslosigkeit kannte fast noch niemand.

«Ich hatte den Laden hier längst über . . .»

«So schnuppe! Ich kann jeden Tag als Auslandskorrespondent . . .»

«Die werden sehen, wie sie ohne mich zurechtkommen!»

«Bitte, der nächste!»

Als Heinz Hackendahl aber eintrat in das Büro des Personalchefs, sah er etwas anderes: einen älteren Angestellten, einen glatzköpfigen Mann, dem der Personalchef ein Glas Wasser einschenkte.

«Beruhigen Sie sich doch, Herr Tümmel! Sie bei Ihren Fähigkeiten, morgen haben Sie wieder eine Stellung . . .»

«Was soll ich tun? Was soll ich nur tun? Keine Bank stellt so alte Leute ein! Die Angestelltenversicherung ist auch entwertet . . .»

«Bitte, bitte, Herr Tümmel, beruhigen Sie sich, bitte, achtzig Herren warten noch draußen! Wenn ich mich bei jedem so lange . . .»

«Fünfunddreißig Jahre habe ich hier gearbeitet, und nun setzen Sie mich auf die Straße!»

«Aber wer redet denn von Straße!? Herr Tümmel – tüchtig wie Sie! Und wir . . .? Das sind doch nicht wir, das sind doch die schlimmen Zeiten, wir haben diese Zeiten doch nicht gemacht . . .»

«Millionen habe ich für die Bank verdient, und jetzt . . . Aber das sind die Kapitalisten . . .»

«Ich bitte, Herr Tümmel, ich bitte doch sehr! Wir wollen nicht von Politik reden, ich habe wirklich keine Zeit mehr. Bitte, Fräulein, bringen Sie Herrn Tümmel auf sein Zimmer. – Also, Herr Hackendahl, Sie wissen ja, um was es sich handelt . . . Gezwungen, einzuschränken . . . Bedauern, wertvolle Dienste . . . bei günstiger Konjunktur eventuell Neueinstellung . . .»

Der Personalchef leierte wie ein Automat. Er leierte an diesem Vormittag schon zum fünfzigsten Male. Nun aber juristisch einwandfrei und exakt: «Kündigung zum ersten Juli. Es wird Ihnen freigestellt, unter sofortiger Erhebung Ihres Gehaltes bis zum dreißigsten Juni schon jetzt Ihren Arbeitsplatz zu verlassen . . .»

«Ich kann also schon morgen fortbleiben!»

«Jawohl, natürlich. Sie sehen, wir sind entgegenkommend. Aber solche Herren, solche alten Angestellten, die wollen das nicht einsehen – er sagt immer: fünfunddreißig Jahre Dienst. Aber er hat doch auch fünfunddreißig Jahre sein Gutes von der Bank gehabt. Daran denkt der Mann gar nicht. – Bitte, unterschreiben Sie, daß Sie Ihre Kündigung erhalten haben!»

«Kriegt der Mann denn noch 'ne Stellung?»

«I wo! So ein alter Krauter! Der kann sich doch gar nicht mehr umgewöhnen! Ich habe ihn vor zwei Jahren mal in ein anderes Zimmer setzen wollen, verstehen Sie, nur drei Zimmer weiter, genau dasselbe Zimmer, die gleiche Größe, die gleiche Einrichtung – Gott, hat der Mann einen Spektakel gemacht! Er sagt, er hat Heimweh! Gibt's denn so was: Heimweh nach einem Bürozimmer?! Nee, mit dem Tümmel ist es aus. – Ja, Fräulein Schneider, haben Sie'n expediert? – Also, bitte, der nächste! Auf Wiedersehen, Verzeihung, guten Tag, Herr Hackendahl!»

Heinz ging zu seinem Büro. Er hatte ein volles Vierteljahr Ferien vor sich. Das hatte es noch nie gegeben in seinem Leben! Würde Irma sich freuen! Man konnte verreisen, man hatte ja Geld! Nach Hiddensee? Zu Tutti? Es war herrlich! Was diese Rentenmark doch alles Gutes brachte!

Im Vorübergehen sah er eine offene Bürotür. Da saß, umringt von teilnehmenden Kollegen, Herr Tümmel. Er hatte den Kopf in die Hände gestützt und rief schluchzend immer von neuem: «Nie kriege ich wieder 'ne Stelle! Nie!»

Der arme Kerl, er würde wirklich keine Stellung mehr bekommen. Wie schlimm war es, alt geworden zu sein! Heimweh nach einem Büro! Wie gut war es, noch jung zu sein! Er würde immer Arbeit haben, manchmal mehr, als ihm lieb war!

Er packt auf seinem Büro die Sachen zusammen. Er verabschiedet sich von den Kollegen. Dann geht er zur Kasse und bekommt anstandslos sein Gehalt für drei Monate ausgezahlt. Fünfhundertvierzig Goldmark. Er hat noch nie so viel selbstverdientes Geld bei sich getragen. Das macht ihn unternehmungslustig. Auf dem Heimweg steht er lange vor einer Elektrohandlung, sieht ins Schaufenster, murmelt mit sich, rechnet . . .

Schließlich betritt er den Laden. Er verhandelt lange mit dem Verkäufer, seltsame Worte werden laut, die er bisher nur las. Dann erhandelt er grüne Drähte und braune Schnüre, ein Brettchen, auf dem sonderbare Dinge montiert sind, lauter scheußlich teures Zeug . . .

Sein Gewissen ist nicht rein, als er den Laden verläßt. Jetzt, da der

Kauf geschehen ist, kommen ihm Bedenken: Was wird Irma sagen? Schließlich sind sie nicht so gestellt, daß sie über fünfzig Mark für eine Spielerei ausgeben können . . . Es ist keine Spielerei! sagt er in Gedanken bereits vorwurfsvoll zu Irma. Es ist eine ganz große Sache . . .

Dann kommt er zu Haus an. Er ist sehr gespannt, was Irma sagen wird, genauer: ein wenig ängstlich. Denn das stürmische Wetter, das ihren Eheantritt begleitete, ist ihnen treu geblieben: Sie streiten viel, freilich ohne Bosheit.

Aber Irma sagt nichts, als er kommt, denn Irma ist nicht da. Wahrscheinlich bei ihrer Mutter . . . Er ist ja ein paar Stunden früher als sonst nach Haus gekommen, es ist alles in bester Ordnung, trotzdem es natürlich schöner wäre, wenn er Irma sofort alles hätte erzählen können. Sie brauchte auch nicht ewig bei ihrer Mutter zu sitzen . . .

Als sie dann aber ankommt, hat er es gar nicht eilig, mit ihr zu sprechen. Im Gegenteil, er ruft unwillig, als sie die Tür ein wenig laut zumacht: «Leise doch, Irma! Bitte – ich glaube, ich hatte eben was! O Gott, die Uhr tickt viel zu laut – bitte, Irma, steck doch mal den Wecker unters Kissen!»

«Nanu», sagt sie verblüfft und starrt ihren Gatten an, der da an einem komischen Apparat sitzt, Kopfhörer über den Ohren, und zwei grüne Drahtkreise leise gegeneinander bewegt. «Was ist denn nun kaputt?! Wieso bist du denn schon nach Hause? Es ist doch noch nicht vier . . .»

«Radio!» antwortet er geheimnisvoll. «Ich hatte eben schon was . . . Ich glaube, es muß Nauen gewesen sein . . . oder Paris . . . O Gott, Irma, bitte, setz dich hin, lauf nicht so rum, ich höre ja nichts . . .!»

Sie starrt ihn an, Zweifel, Besorgnis bewegen sie. «Bist du krank geworden, Heinz?» ruft sie ängstlich. «Bist du darum nicht auf der Bank?»

«Gekündigt!» murmelt er. «Das heißt, erst einmal drei Monate Urlaub. – Ach, Irma, bitte, wenn du dich einen Augenblick ganz ruhig hinsetzen wolltest – ich erzähle dir gleich alles . . .»

«Gekündigt . . .» sagt sie und setzt sich wirklich. Starrt ihn an. «Und du . . .»

Sie ist ganz hilflos.

«Nicht schlimm!» murmelt er. «O Gott, müssen die grade jetzt ihre verdammte Wasserleitung nebenan laufen lassen! Und ich hatte . . . Irma . . . da!»

Sein Gesicht strahlt. Vorsichtig löst er die eine Muschel aus dem Kopfhörer. «Bitte, Irma, komm mal! Auf den Zehenspitzen! Halte das ans Ohr, ja? Hörst du es? – Hörst du es . . .?! Das ist Musik, merkst du, ich glaube, sie spielen Wagner, es wird aus Nauen kommen, oder vielleicht auch aus England, ich weiß das noch nicht, ich kriege das noch besser raus! – Du hörst es doch auch, nicht? Bitte, Irma, kuck mich nicht so blöd an, Radio, du weißt doch, du hast doch auch davon gelesen, Musik aus dem Äther, sie senden es in Nauen und Paris und London, überall, Radio . . .» Er buchstabiert es leise, während er immer weiter horcht, sein Gesicht strahlt . . .

«Na natürlich!» sagt sie, viel zu laut. «Ist doch klar, Mensch! Radium – womit sie einen bestrahlen . . . Aber sag mir um Gottes willen, Heinz, wieso machst du jetzt hier Radium . . .»

«Radio! Radio ist ganz was anderes als Radium!»

«Wieso machst du hier Radio, wo du auf der Bank sein mußt?! Wieso bist du gekündigt? Wieso hast du Urlaub?»

«Da! Nun ist es wieder weg! Kannst du nicht ein bißchen aufpassen? Na, ich kriege es schon wieder . . . Also hör zu, Irma. Gekündigt bin ich wirklich, aber erst zum Juli. Und bis dahin brauche ich nicht mehr hinzukommen. Ich habe Urlaub, denke doch, Irma, ein Vierteljahr Urlaub! Und mit vollem Gehalt!» Strahlend schlägt er auf seine Tasche. «Denke doch, Irma, fünfhundertvierzig Eier . . . Das heißt», unterbrach er sich, «ich habe mir den Radioapparat davon gekauft, dreiundfünfzig Mark, eine großartige Sache . . .»

«Was?!» sagt sie empört. «Über fünfzig Mark für das Zeug?»

«Du mußt bedenken, es ist Radio! Musik einfach durch Luft und Wände!»

«Quatsch! Hättest du lieber ein anständiges Grammophon gekauft und ein paar Platten. Das Ding knackt ja ewig in den Ohren! – Wagner sagst du? Dabei war es der Walzertraum von Strauß! Oder ist der von Lehár?»

«Es war die ‹Tannhäuser›-Ouvertüre!»

«Ich hab's deutlich gehört! Sie singt: ‹Und ich habe sie ja nur auf die Schulter geküßt . . .›»

«Das ist ja überhaupt aus der ‹Fledermaus› . . .»

«Na ja, ich sage doch immerzu Strauß. Kein Gedanke an Wagner! Und warum bist du gekündigt?»

«Arbeitsmangel! – Über hundert Mann haben sie heute gekündigt! Abbau nennen sie das, auch eine neue Erfindung! Und ich sage dir, Irma, da war ein Mann, von der Effektenabteilung, schon älter, der hat so geweint . . .! Der denkt, er kriegt nie wieder 'ne Stellung. Na ja, bei dem ist es ja wirklich schwierig, der ist schon alt . . .»

«Und du . . .?»

«Ich? Ich krieg doch immer 'ne Stellung! Ich bin doch jung. Ich kann doch arbeiten! Wer richtig arbeiten kann, wird immer verlangt!

Ach, Irma, mach bloß kein Gesicht! Jetzt fahren wir erst mal zu Tutti . . . Und dann . . .»

«Und dann?»

«Wird sich alles finden! Irma, mach Essen, aber leise, ich will sehen, daß ich das Dings hier weiter befummle. Das ist was Herrliches – Musik aus der Luft. Marconi, weißt du . . . Ach, Mensch, Irma, im Grunde bin ich schrecklich glücklich – Radio und Urlaub!»

«Und keine Stellung!»

«Kriege ich immer!»

«Das stimmt, fleißig bist du. Und auf Hiddensee freue ich mich auch schrecklich! Es wird schon alles werden!»

2

Die Zeit der valutenstarken Ausländer war vorüber, es gab für Vater Hackendahl keine trinkfröhlichen Amerikaner mehr; seit die Mark fest und das Leben nicht billiger in Deutschland war als in anderen Ländern, seit man nicht mehr Häuserblocks für ein Monatseinkommen und Pelze für ein Trinkgeld kaufen konnte – seitdem verödete Berlin. Das Ausland überließ Deutschland sich selbst. Mochten sie glücklich werden mit ihren ewigen Streitereien zwischen Reich und Ländern, Bayern und Preußen, Reichswehr und Reichswehr. Mochten sie sich weiter zanken über Fürstenabfindung und Flaggenfrage – wenn sie nur zahlten! Dies war – neben der restlosen Entwaffnung – die einzige Frage, die das Ausland noch interessierte.

Wenn aber der eiserne Gustav am frühen Morgen die trübe Kaiserallee hinunterzockelte zum Bahnhof Zoo, so war die einzige Frage, die ihn interessierte, ob es heute eine Fuhre geben würde oder nicht. Es gab Tage, an denen es überhaupt keine Fuhre gab, düstere Tage, schwarze Tage. Wo er den ganzen Tag hinten an der Ankunftseite des Bahnhofs hielt, die Autotaxen kommen und abfahren sah, und kein Gepäckträger rief: «Eine Taxe erster Jüte mit Hufeisen! – Na, Justav, wie is et? Trauste deinem Rappen noch 'ne Landpartie bis zum Knie zu?»

Die Wahrheit zu sagen, auch die Autotaxen hatten flaue Zeiten. Hackendahl sah das ein. Er hatte sich auch darin geändert: Er verachtete Chauffeure nicht mehr, er redete mit ihnen, er gab zu, daß sie ähnliche Menschen waren wie er, mit ähnlichen Sorgen.

«Ihr habt et jut», sagte er wohl. «Euer Zosse frißt nich, wenn er nich arbeitet!»

«Aber die Steuern, Justav!» seufzten sie. «Bedenke die Steuern! Autosteuer, Gewerbesteuer – ob wir fahren oder nicht . . .»

«Jewerbe zahl ick ooch», sagte Hackendahl.

«Wat denn? Wat denn, Mann?! Deine fünf Piepen! Aber wir . . .!»

Nein, es war kein Grund, neidisch zu sein. Wenn man nur selbst eine Fuhre kriegte, die sich lohnte! Aber damit sah es immer fauler aus! Eine Weile ging es noch mit Paketfahren, ja, die Hackendahlsche Droschke erster Klasse war eine Zeitlang eine Konkurrenz der Berliner Paketfahrt. So gegen Abend, kurz ehe sie bei der Post zumachten, ehe die D-Züge nach dem Westen fuhren, kamen die Büroboten.

«Na, Justav, wie is et? Und du faßt doch ooch een bißken an? Für 'ne Molle und 'nen Korn?»

«Mach ick. Tu ick allens! Wenn ihr Brüder bloß nich immer im letzten Momang kommen wolltet! Nu muß allens in einem Karacho jehn!»

«Na, Justav, nu schimpf man nich. Dein Vorwärts schafft es schon, der hat den jewissen Zislaweng! Ab dafür!»

Dann luden sie in irgendeinem Geschäft Pakete auf, die ganze Droschke randvoll, daß der Kontorjüngling nachher neben Gustav auf dem Bock thronen mußte. Paketmassen, die in den letzten zehn Minuten auf der Post angeschleppt wurden, zur Wut der Postbeamten, oder Expreßsendungen. «Wir müssen den D-Zug nach Köln noch schaffen, Justav, oder der Chef setzt mir raus. Jib dem Blücher Saures!»

Das waren noch immer die besten Fuhren für Hackendahl. Diese Kontorburschen waren keine schlechten Fuhrherren, immer vorneweg mit dem Maulwerk, immer, trotz aller eigenen Miseren, bereit, einen Witz zu machen und über einen Witz zu lachen, und gar nicht geizig, was die Fahrgelder anging . . .

Es war natürlich unfaßbar lange her, daß Gustav Hackendahl in erstklassiger Aufmachung Geheime Sanitätsräte und Professoren in die Charité gefahren hatte – wenn man heute an so etwas dachte, mußte man einfach lachen. Daß man es einmal so gehabt hatte und sich dabei noch Sorgen gemacht hatte, das war einfach lachhaft!

Und es kamen die Zeiten, da dachte man wieder an diese Paketfuhren zurück als an recht angenehme Zeiten. Der Geier mochte es holen, aber auch mit den Paketfuhren hörte es langsam auf. Manchmal, wenn Gustav Hackendahl jetzt die Straßen entlangfuhr, Fische angeln, wie er das nannte, sah er noch einen seiner alten Bekannten, einen Boten . . . Er schob eine Zweiradkarre mit ein paar Paketchen darauf, oder er trug auch seine Last ganz bequem unter dem Arm.

«Na, Erwin, wie klappt der Laden? Dir sieht man ja jar nich mehr! Ihr habt wohl nischt mehr zu fahren?»

«Fahren? Hau bloß ab, Justav. Ick versteh immer fahren! Jawoll, fahren – Schlitten fahren se mit uns! ‹Betrieb vakleinern, Unkosten varringern, abbauen›, krächzt der Chef. Mir hat er doch zum Ersten jekündicht . . .»

Schlechte Nachrichten, traurige Nachrichten – schließlich gar keine Nachrichten mehr! Schließlich traf er sie nicht mehr, der eiserne Gustav, seine Freunde, die Kontorboten, mit ihren messerscharf gebügelten, unglaublich hellen und unglaublich weiten Shimmyhosen, sie waren verschwunden, verweht – als hätte es sie nie gegeben.

Dem alten Gustav war es nun oft, als sei er wirklich uralt, als komme er mit seiner Droschke und seinem Zossen aus Urzeiten her, habe alles erlebt und überdauert alles. Jetzt war es schon manchmal so, daß die Gepäckträger ihm Fremde zuschickten, und er erzählen mußte, wie es vor zwanzig, dreißig Jahren hier ausgesehen hatte und dort, wie sie die Kaiser-Wilhelm-Kirche gebaut hatten, wie der Kurfürstendamm WW genannt wurde, was aber Wilder Westen bedeutete, wie sie noch mit Kremsern eine Tageslandpartie nach Hundekehle machten, wie sein Schimmel mit einem Auto um die Wette lief . . .

«Ja», sagte er dann. «Det war allens anders, allens hat sich vaändert. Bloß ick nich – ick bin nämlich eisern! Darum nennen se mir alle den eisernen Justav!»

Aber er hatte sich eben doch verändert. Er war nicht stehengeblieben, das gab es nicht. Er schwamm auch im Strome seiner Zeit, er war ein Teilchen seines Volkes. Er konnte sich dem nicht entziehen, was sein Volk erlebte, er mußte weiterleben. Immer mit dem Gedanken an Muttern zu Haus, Muttern, die auf ihn wartete, so angstvoll, leider so sehr angstvoll. Wenn er da auf seinem Bock wartend saß, oder eigentlich nicht wartend, mehr vor sich hin dösend, so dachte er oft an Mutter, die auf ihn wartete. Wenn es spät wurde mit ihm, legte sie sich wohl ins Bett, aber sie schlief nie ein, ehe er kam.

Dann hob sie den Kopf vom Kissen und fragte angstvoll, ach, so sehr angstvoll: «Na, Vater?»

«'n Abend, Mutter. Jut zuweje?»

«Ist was, Vater?»

«Nee, heute nich, Mutter. Na laß man, morjen jeht's um so besser!»

«Ach, Vater . . .»

Es war so schwer, ihr zu sagen, daß er gar nichts nach Haus brachte. Ohne Mutter, dachte er, hätte es ihm nicht so viel ausgemacht. Er wäre schon mit Brot und Speck und einem Topf Kaffee zufrieden gewesen, wenn nur der Gaul sein Futter hatte . . . Aber Mutter war wie ein Kind, sie glaubte, sie müsse gleich verhungern, wenn es nicht einmal am Tage warm zu essen gab.

So hielt er einen Teil seines Geldes zurück, wenn er einmal einen guten Tag gehabt hatte, um ihr am nächsten auch noch etwas geben zu können. So gab er sich Mühe, grübelte über neue Fuhrgelegenheiten nach, wurde nicht bequem, ließ sich nicht gehen. Vielleicht war es sogar sehr gut, daß Mutter mit ihrer ewigen Angst und Stöhnerei da war – es gab so viele Menschen, die jetzt einfach versackten, es lohnte sich für sie nicht mehr. Bloß keine Anstrengung, es half doch alles nichts . . .

Der alte Hackendahl aber strengte sich an, er grübelte. Wenn es mit den Reisenden nicht mehr ging, wenn es mit den Paketfuhren nichts mehr war, so mußte es eben mit den Nachtfuhren etwas werden! Irgendwie mußte es werden, irgendwie mußte er für Muttern das Geld heranschaffen!

Nun wurde wieder einmal der Tag mit der Nacht vertauscht. Am späten Abend erst spannte Gustav an, Nacht war es, wenn er in den Westen fuhr. Aber er fuhr nicht mehr zum Zoo, er fuhr die stillen, halbdunklen Straßen des alten Westens ab. Leer hallte der Hufschlag des Pferdes von den grauen, kaum beleuchteten Häusern wider. Es war so still, trostlos still . . . Immer im Schritt durch diese Straßen, so langsam, wie der Gaul nur gehen wollte . . . Und dabei Ausschau halten . . .

Wie die Zeiten sich geändert haben, wie wir uns geändert haben mit den Zeiten! Eisern? Ach was, eisern, ja, im Ertragen, eisern im Durchhalten, eisern im Lebenswillen! Eisern in der Entschlossenheit, Muttern das Geld nach Haus zu bringen, das tägliche, jämmerliche Geld, fünf Mark, wenn es ein guter Tag war, aber auch mit Zwei fuffzig läßt es sich auskommen . . .!

Da gehen die Mädchen, sie stehen an den Ecken, vereinzelt, manchmal auch zwei, drei. Es sind nicht die großen Nutten, die auf der Tauentzien und dem Kurfürstendamm herumlaufen, die würden sich auch schönstens für eine Pferdedroschke bedanken . . .! Es sind die kleinen Mädchen, auf der Jagd nach Angetrunkenen, nach den sehr Betrunkenen, die die Luft gerade wieder so weit ernüchtert hat, daß sie verstehen, was so ein Mädchen von ihnen will, oder nach den ein bißchen Betrunkenen, die von der frischen Luft benommen sind – ja, nach denen wird hier gejagt . . .

Und wenn sie dann zur Strecke gebracht sind, dann ist es gut, wenn solch ein Wagen zur Hand ist. Es ist lustig, mal wieder in einer Pferdedroschke zu fahren, gerade in seiner jetzigen Stimmung gefällt es dem Kavalier! Und es ist gut für die Mädchen, wenn der Herr rasch ans Ziel kommt. Betrunkene überlegen sich alles sehr plötzlich, gleich fällt ihnen wieder etwas anderes ein!

Aber der alte Mann auf dem Bock sorgt dafür, daß es schnell geht. Und er kennt alle Absteigequartiere, alle hochherrschaftlichen Pensionen mit Nachtglocken, alle Stundenhotels der Gegend. Er ist auch nicht so wie ein Chauffeur, der immer Angst hat, sein Wagen wird ihm geklaut. Er hilft den Mädchen, klingelt für sie, stützt den Herrn die Treppen hinauf – oh, der alte Droschenkutscher ist in Ordnung, er kennt Berlin bei Tag und Nacht, wie es weint und wie es lacht; er zuckt nicht, er ist eisern ...

«Laß man, Justav!» sagen die Mädchen zu ihm, wenn der Kavalier durchaus die Droschke nicht bezahlen will. Wieso denn?! Er habe keine bestellt, und überhaupt, was er hier eigentlich solle ...? – «Laß man, Justav, ick bring det morjen mit dir in Ordnung ...»

Ja, das sind seine Nachtfuhren, derart ist das Geld, das er Muttern nach Haus bringt! Aber davon sagt er ihr nichts.

Hat er etwa geglaubt, dies bliebe ihm erspart ...? Ihm blieb nichts erspart ... Es gefiel ihm vielleicht nicht, es gefiel ihm ganz bestimmt nicht, betrunkene Kavaliere ins Bett zu schaffen, und in solch ein Bett! Aber wenn er leben wollte, wenn er Mutter Geld bringen wollte, so hatte er keine Wahl. Er hatte nur die Wahl zwischen Leben und Sterben. Das Sterben stand ihm völlig frei, zur Zeit herrschte eine gewisse Sterbefreudigkeit in Berlin, über die es auch eine Statistik gab. Selbstmordstatistik – hauptsächlich waren die ganz jungen und die ganz alten Leute von dieser Neigung erfaßt ...

Aber sterben wollte der eiserne Gustav nun einmal nicht, er wollte vor allem nicht, daß Mutter starb. So mußte er sein Brot nehmen, wo er es fand. Es war kein gutes Brot, es war auch kein sauberes Brot – aber es war Brot.

Nein, er dachte nicht daran, sich zu beklagen, er klagte überhaupt nicht. Er war jetzt Mitte der Sechzig, aber ganz alt war er noch nicht. Wie fast alle Menschen dieser Zeit hatte er eine vage Hoffnung, sie zu überstehen: Einmal mußte ja doch etwas anderes kommen, etwas Besseres. Es war unmöglich, daß es immer nur bergab ging.

Nein, wenn ihn da auf seinen nächtlichen Fahrten durch die grauen Straßen ein Gedanke plagte, so war es der an Eva ... Eva hätte er nicht gerne hier wiedergesehen, so wiedergesehen, er auf dem Bock, sie mit einem Mann im Wagen ... Eva in solch ein Absteigehotel zu fahren, das wäre wirklich für ihn ein Zusammenbruch gewesen, die Tochter und der Vater ... Solange er nur allein um die Art dieser Fuhren wußte, ertrug er es. Er hatte es allein mit sich auszumachen, was er sich zumuten durfte. Aber ein anderer, und gar einer aus der Familie, und nun sogar ausgerechnet sie, die er wegen solcher Dinge aus dem Hause gejagt hatte – unmöglich! Der Gedanke an Eva, der war es, der ihn immer plagte. Wegen Eva hätte er diese Fuhren gern aufgegeben ... Aber da war nun wieder Mutter ...

Er hatte Eva zum letzten Male auf der Anklagebank gesehen. Sie hatte nicht einmal zu ihrem Vater hinübergeschaut. Nur diesen Kerl, schräg vor ihr, hatte sie immerzu angesehen. Ihre Zeit mußte jetzt ungefähr herum sein, aber nein, er wollte sie nicht wiedersehen! Nie!

Und dann kam eine Herbstnacht, eine Oktobernacht. Ein wütender, stoßweiser Ost, wie er selten in Berlin weht, jagte den Regen in schweren, klatschenden Schlägen durch die verödeten Straßen. Hakkendahl hatte dem Rappen die Wachstuchdecke übergelegt. Aber es half nichts, der Wind schlug sie immer wieder klatschend gegen die Flanken des Gauls. Alles triefte. Es blieb nichts, als nach Haus zu fahren. Wenn auch ohne Geld. Es kam doch niemand.

Er war schon auf der Heimfahrt, als er von der Tür eines Cafés angerufen wurde: «Heh, Kutscher!»

Der Herr im Gummimantel kam zu ihm gelaufen, froh, endlich eine Fahrgelegenheit gefunden zu haben. «Kutscher, fahren Sie mich . . . Das heißt, ich habe da noch 'ne Dame, hat ein bißchen viel geladen, na, wir schaffen das schon . . . Wo fahren wir hin? Nicht zu teuer, wissen Sie!»

«In Ordnung. Sechs Eier die Nacht für Sie und die Dame, und Sie brauchen morjens auch nicht gleich raus. Aber machen Se'n bißken schnell, mein Zosse is keen Freischwimmer, der ersauft mir noch!»

Der Herr brachte das Mädchen aus dem Café, setzte es in die Droschke.

«Los! Ab dafür!»

Der Vater fuhr die Tochter, die ihn nicht erkannte, die er nicht erkannte, in das Absteigehotel.

Manches erspart das Leben seinen Menschen eben doch.

3

Schon drei Tage voraus hatte den alten Hackendahl eines jener Dienstmädchen bestellt, die es eigentlich gar nicht mehr gab, eine Alte mit weißer, gestärkter Latzschürze und Häubchen, mit zwei langen, weißen Bändern bis ins Kreuz: Am Donnerstag, pünktlich um zehn Uhr vormittags, solle er vor dem Hause Neue Ansbacher 17 halten und ihre Herrin, die alte gnädige Frau, in eine Klinik fahren.

«Jeht in Ordnung, Frollein!»

«Aber nicht vergessen! Zehn Uhr!»

«In Ordnung!»

Am nächsten Tage faßte sie ihn schon wieder ab – ob er auch daran denke?

«Der Laden klappt, Frollein. Übermorgen. Zehn Uhr vormittags. Neue Ansbacher 17.»

Mit seinem Gedächtnis war sie zufrieden, aber ob er wirklich vorsichtig fahre? Ob er sich vor den Autos in acht nehme? Die alte Gnädige hasse die Automobile. Sie habe noch nie in einem Automobil gesessen. Seit einundzwanzig Jahren sei sie nicht mehr aus der Wohnung gekommen. Sie sei doch schon dreiundneunzig!

«Ick paß schon uff, Frollein. Ick bin ooch bald siebzig.»

«Und ich bin dreiundsechzig.»

Sie lächelten sich an, sie waren beide sehr stolz, wie weit sie es gebracht hatten.

«Aber mit dreiundneunzig – da sollte se doch nich mehr uff de Straße . . . Wo se's doch jar nich mehr jewöhnt is. Det muß ihr doch wirre machen . . .»

«Aber sie muß doch in die Klinik zur Operation! Der Herr Geheimrat verlangt es, sie soll sonst nicht wieder gesund werden!»

«Icke, wenn ick so alt wäre, ick ließe nich mehr an mir rumschnippeln, Frollein. Ick ließe allens, wie es is.»

«Aber sie will! Sie will durchaus! Sie will hundertelf Jahre werden – sie sagt, das ist so 'ne schöne Zahl, die hat sie sich schon als junges Mädchen vorgenommen . . .»

«Na ja», meinte Gustav. «Wir Ollen, wir sind noch'n anderet Kaliber als det junge Jemüse heutzutage. Wat wir ausjehalten haben, det halten die im Leben nich aus! Wir sind eisern!»

Und damit fuhr er weiter.

«Aber sie will nicht! Der Herr Geheimrat hat ihr einen Krankenwagen bestellt, zu elf, aber so ist sie, sie fährt heimlich 'ne Stunde früher mit 'ner Droschke . . . Sie lacht schon jetzt, wenn sie daran denkt, wie sie den Herrn Geheimrat an der Nase herumführt . . .»

«Det muß ja die richtije Nummer sein, Ihre Jnädije . . .»

«Und ob! Was sie will, das will sie, und was sie nicht will, das tut sie nicht. Krankenwagen ist Auto, und Auto will sie nicht. ‹Auto is Benzin›, sagt sie, ‹und Benzin, wenn man's ansteckt, geht in die Luft. Alle Autos gehn noch mal in die Luft›, sagt sie . . .»

«Na, na», sagte Hackendahl und wiegte den Kopf, «mir sollte es recht sind, aber ick jloobe nich mehr daran . . .»

Und am nächsten Tag fand sie dann wirklich statt, die Fuhre der Dreiundneunzigjährigen, die erste Ausfahrt nach einundzwanzig Jahren . . .

Aus dem Portal des Hauses Neue Ansbacher 17 kam ein ungeheurer Lehnstuhl, ein Polsterwerk aus Wölbungen und Buckeln und mit Stützen für die Arme und mit Stützen für den Kopf, bespannt mit einem völlig verschossenen Samt, auf dem Vögel waren: Kolibris und ein großer gelbblauer Ara.

Zwei richtige Ziehleute mit blauen Blusen trugen den Sessel in einem Gurt, und ein dritter Ziehmann ging hinterher und hielt die

Lehne . . . Und hinter dem dritten Ziehmann ging der Portier und trug Decken und Kissen, und hinter dem Portier ging das alte Dienstmädchen und hatte ein Köfferchen in der Hand – und all diese Leute hatten halb feierliche, halb vergnügte Gesichter . . .

In dem Sessel aber saß ein Frauchen, so ein ganz kleines Frauchen, nur noch eine Handvoll Mensch, mit Kinderhändchen und schneeweißen dünnen Haaren. Auf den Haaren lag ein glatt anliegendes Häubchen aus schwarzen Schmelzperlen. Das Gesicht des Frauchens war ganz klein, mit tausend Falten und Fältchen gingen die Lippen in den Mund hinein, aber die Augen sahen noch recht frisch in die Welt.

Jetzt sahen sie Gustav Hackendahl an, diese Augen, und eine ganz helle, hohe Stimme sagte zufrieden: «Ja, das ist noch ein richtiger Berliner Droschkenkutscher. Das hast du gut gemacht, Malvine. – Wie heißen Sie denn, lieber Mann?»

«Gustav Hackendahl», sagte der alte Hackendahl und grinste über sein ganzes Gesicht. Er kam sich endlich wieder einmal wie ein ganz junger Mensch vor. «Aber die Leute sagen uff mir bloß eiserner Justav.»

«Eiserner Gustav! Hast du das gehört, Malvine? Ja, das ist noch das gute alte Berlin. – Aber füttern Sie Ihr Pferd denn auch gut, lieber Mann? Es sieht so mager aus.»

Dieser Greisin wollte der eiserne Gustav doch lieber nichts von seinen Nahrungssorgen erzählen, sondern er versicherte, der Rappe bekomme alle Tage seine zwölf Pfund Hafer, bloß, er verdaue so schlecht, weil er so schlecht kaue: Er habe nämlich stumpfe Zähne . . .

«Ja, die Zähne! Die Zähne! Und die Verdauung – wenn man alt wird. Früher! Ja früher!» Aber die alte Dame besann sich gleich wieder. «Also denn, Malvine, denn gib dem Pferd seinen Zukker . . .»

Und siehe, es war alles vorbedacht, Malvine hatte Zucker in der Schürzentasche. «Drei Stück für jetzt, und noch mal drei, wenn du Pferd uns brav gezogen hast.»

Und nun wurde die alte Dame in die Droschke geladen, mit Kissen und Decken fest verankert, und dann stieg Malvine dazu . . .

«Los, Kutscher. Aber langsam, denn ich will auch was sehen, und ich kann die alte Raserei überhaupt nicht leiden . . .»

Los ging der Rappe, Schritt vor Schritt, und immer wenn ein Auto vorüberglitt, rief die alte Dame: «O pfui!» Und bei jedem Laden sah sie heraus und kramte in ihrer Erinnerung und rief: «Hier hat doch früher ein Zuckerbäcker gewohnt, Sie müssen's doch noch wissen, Kutscher! Dietrich, richtig, Dietrich hieß er.»

Aber sie fuhr mit einem Schrei zurück, denn ein großer, zweistökkiger Autobus donnerte vorüber – und sie fragte erst nach einer Weile ängstlich, ob es denn nicht mehr die netten Pferdeomnibusse gebe? «Gar keine mehr? Nicht einen einzigen mehr?»

Bald verwirrte sie sich, und sie wußte nicht mehr, durch welche Straßen sie fuhren, und sie fragte, ob er denn nicht falsch fahre, hier seien doch früher Anlagen gewesen und Wasser. «Das Wasser kann doch nicht auch weg sein! Ich sehe doch noch die Kinder, wie sie darin plantschten!»

Ach, die Kinder, die die alte Dame plantschend vor Augen hatte, waren wohl schon längst tot, und auch deren Kinder waren wiederum große Menschen geworden und platschten nicht mehr, sondern hatten Sorgen und ließen sich auch schon in Krankenhäuser fahren. Die schöne Fahrt in der alten Droschke, auf die sich die Greisin so gefreut hatte, war ihr schon nach zehn Minuten zuviel. In ihren Zimmern hatte sie glauben können, das alte Berlin lebe noch. Nun war alles anders geworden, anders die Straßen, die Häuser, die Läden. Andere Menschen liefen herum, ganz andere – und plötzlich kam ihr wohl zum Bewußtsein, wie alt sie war, wie uralt. Daß ihre ganze Welt gestorben und längst vergangen war und daß sie, sie allein noch lebte – schlimm allein.

Da schloß sie die Augen und bat, daß er rascher führe, bat nur um ein Bett ... schnell um ein Bett ... Denn ein Bett wird nicht anders, wie eine Stadt anders wird, es ist überall und zu allen Zeiten dasselbe. So verlangte die Greisin jetzt ihr Bett, und als sie vor der Klinik hielten, konnten ihr die Träger nicht schnell genug mit der Bahre kommen, und der Kutscher und das Pferd und der Zucker waren völlig vergessen. Sie verschwand in der Tür, das leise weinende Mädchen Malvine hinter sich, und lange mußte Gustav Hackendahl warten, bis eine Schwester kam, die Decken und Kissen und Sachen zu holen.

«Wegen des Fahrgeldes sollen Sie auf das Büro zu der Frau Oberin kommen, Kutscher», sagte die Schwester.

Brummend stieg der alte Hackendahl vom Bock, strängte den Rappen ab und hing ihm den Futtersack vor. Dann ging er auf das Büro, und als sich dort die Frau Oberin von ihrem Ausguck am Fenster umdrehte, da war dieses große, stattliche, sehr energisch aussehende Frauenzimmer seine Tochter Sophie.

«Na, Sophie ...» sagte er. «Det is ja komisch ... Muß ick 'ne halb tote Frau fahren, um dir mal wieder zu sehen. Wie sich det so jibt zwischen Eltern und Kindern ...»

«Ich habe dich draußen halten gesehen, Vater ...» sagte sie kühl. «Darum habe ich dich reinrufen lassen. Ich hätte dir das Geld auch rausschicken können. – Was macht Mutter?»

«Ja, so biste, Sophie. So biste immer jewesen. Kühl bis ans Herz hinan ...»

«Ich hab mich nicht gemacht, Vater . . .»
«Soll det uff mir jehn?»
«Wir wollen nicht streiten, Vater. Was macht Mutter?»
«Was soll se machen? In diese Zeiten! Die Hauptsache, det wir satt zu essen haben . . .»
«Es geht nicht gut? Nein, ich sehe es an der Droschke und an deinem Pferd. Und an dir sehe ich es auch, Vater . . .»
«Det brauchste mir nich zu sagen, ick tu, wat ick kann. Jib mir mein Fahrgeld, vier Mark fuffzig macht et. Et kann mir ja schlecht jehn, darum ha'ick nich nötig, mir von meine eijene Tochter dumm kommen zu lassen. Ick brauche dir nich, aber du hast mir mal jebraucht . . .»
Sie sah ihn nachdenklich mit ihren kühlen Augen an.
«Ich habe dich gebraucht, Vater, wie jedes Kind seinen Vater braucht, nicht mehr. – Aber davon wollen wir nicht reden, vergangen ist vergangen . . .»
«Det sagst du! Ick seh euch Kinder immer noch, wie ihr klein wart. Aber det wollt ihr nich mehr wissen, ihr wollt immer bloß jroß jewesen sind.»
«Ich weiß noch sehr gut, wie ich klein war, manchmal träume ich davon. Keine guten Träume. Erst seit ich auf eigenen Füßen stehe, bin ich zufriedener geworden. Ganz zufrieden werde ich nie – es ist, als fehlte mir was, Vater.»
«Ick bin nich schlecht zu dir jewesen, Sophie. Ick bin jewesen, wie ick konnte.»
«Ja, und ich, wie ich konnte. Also, Vater», sagte sie, «ich habe mich jetzt durchgefressen. Ich bin Oberin hier in dieser Klinik und habe einen Anteil daran und verdiene nicht schlecht, und wenn du willst, kann ich etwas tun für euch, für Mutter . . .»
«Ick will keen Jeld von dir.»
«Ich würde dir auch keins geben, mit Geld hilft man keinem Menschen. Aber was meinst du, wenn du mit Mutter hierherziehen würdest? Unten ist eine ganz nette kleine Wohnung, und du könntest die Zentralheizung besorgen und den Warmwasserkessel . . .»
«Nee, Sophie, ick bin Droschkenkutscher und ick bleibe Droschkenkutscher. Portier werd ick nich uff meine ollen Tage . . .»
«Denk doch auch an Mutter . . .»
«Wenn ick zufrieden bin, is et Mutter recht. Det bißken Happenpappen hab ick noch immer jeschafft.»
Sie war nicht die Spur gekränkt, sie sah ihn nur nachdenklich an. Er, der Vater, war vielleicht trotzig und verlegen, aber sie, die Tochter, war ganz kühl, kalt . . .
Und doch war sie vielleicht nicht völlig kalt. Etwas plagte sie. Es

war nicht Liebe, nein, bei weitem nicht, es war etwas wie Pflicht oder Ehre, was sie plagte, wenn sie da den alten Mann vor sich sah, in seinem abgeschabten, fleckigen, vielfach geflickten Kutschermantel, dem bärtigen Gesicht, das wie gegerbt aussah . . .

Wenn sie ihn nicht vor Augen hatte, wenn sie nichts von ihm wußte, so mußte es sie nicht kümmern . . . Sie konnte sich eine Privatklinik aufbauen, auf der Höhe der Zeit, eine angenehme Arbeitsstätte, ein sicheres Auskommen und vor allem ein Geltungsbereich, eine Welt, in der sie zu befehlen hatte: Pflegern, Schwestern und Kranken, sie, der so lange immer nur befohlen worden war . . .

Da stand er nun vor ihr, er, der ihr am meisten, am härtesten, am folgeschwersten befohlen hatte – nein, es war vielleicht doch nicht nur Schuld- und Pflichtgefühl!

Sondern es war in ihr, sie erkannte es, der Wunsch, dem zu befehlen, der ihr befohlen hatte, den von sich abhängig zu wissen, von dem sie abhängig gewesen war. O nein, sie hatte nicht die Absicht, mit ihm herumzukommandieren, ihn die Macht der Tochter spüren zu lassen. So stark war ihre Rachsucht nicht, so kleinlich war sie auch nicht. Sondern es genügte ihr schon das Wissen: Er ist abhängig von mir, er arbeitet für mich – das hätte ihr schon genügt. Nur, er wollte nicht!

Sie hat ihn immer weiter angesehen, während ihr dies halb klar durch den Kopf geht, und dabei hat sie rasch einen anderen Plan gemacht.

Der Vater aber ist unter ihrem Blick ärgerlich geworden, so mag er sich nicht gerne ansehen lassen, zu allerletzt von der eigenen Tochter. «Nu mach man», sagt er, «und jib mir mein Jeld! Vier fuffzig, ha'ick jesagt . . .»

«Natürlich, entschuldige . . . ich überlegte nur . . .» Sie nimmt aus dem Schreibtisch Geld, gibt es ihm. «Bitte unterschreib die Quittung, ich muß das haben für die Patientin . . .»

«Was hat se denn?» fragt der Vater. «'ne uralte Frau. Wird se wieder?»

«Wer? Ach, die du gebracht hast! Ja, ich weiß nicht, ich glaube, es ist Krebs – nein, sie wird nicht wieder. Kaum. Sie hat auch lange genug gelebt, nicht wahr?»

«Hoffentlich sagste das nich ooch mal uff mir, Sophie! Ick bin ooch bald siebzig.»

«Auf dich? Wieso? Ach nein, Vater, du wirst noch lange mitmachen, ich glaube, du wirst uralt. Das eine muß man dir nachsagen, du hast uns eine eiserne Gesundheit mitgegeben. Kerngesund!»

Ein ganz schwaches, ein klägliches Glücksgefühl durchrieselte den alten Mann: die erste kleine Anerkennung, die er von dieser Tochter hört . . .

«Nun hör aber mal zu, Vater. Ich habe mir noch was überlegt . . .»

Er macht eine abwehrende Bewegung, er will nichts von ihr, aber dann hört er doch zu. Sie setzt ihm auseinander, daß diese Klinik mit ihren achtzig Betten viele kleine Fuhren braucht: Gepäck von Kranken muß geholt und weggeschafft werden, Lebensmittel, Kohlen, Holz sind zu fahren – ständig gibt es etwas zu fahren.

«Rollkutscher wer ick nich!» sagt er hartnäckig. «Ick bleibe Droschkenkutscher. Denn hätt ick lieber Auto fahren jelernt.»

Aber sie gibt nicht nach. Sie wird mit ihren Ärzten reden – «mit meinen Ärzten», sagt sie –, die Kranken sollen oft an die frische Luft, mit dem Auto ist das nichts Rechtes, entweder Zug oder eingeschlossene Luft. «Man müßte einen kleinen offenen Wagen anschaffen, es lohnte sich schon. Wir kämen auf unsere Kosten. Wir nehmen hier nur gutzahlende Patienten auf. Wir würden ihnen die einzelne Fahrt berechnen – und dir würden wir monatlich eine Pauschale geben. Es wäre wirklich kein Geschenk, Vater.»

«Ick fahr Taxe», sagt er hartnäckig. «Ick bin nie Lohnkutscher gewesen!»

«Doch, Vater», sagt sie rasch. «Ich weiß noch, vor dem Kriege hast du auch regelmäßig Kundschaft für einen Monatssatz gefahren.»

«Det war mit der Taxe. Ick hab nie'n Lohnwagen jefahren. Höchstens zu Pfingsten mal 'n Kremser.»

Sie ist klug genug, ihn nicht zu drängen. «Nun, du kannst es dir ja überlegen. Es muß ja nicht heute sein. Ich will auch erst mit meinen Ärzten sprechen. Übrigens könntest du nebenbei weiter Droschke fahren – soviel wird es hier auch nicht.»

Er geht, er verspricht, es sich zu überlegen, aber natürlich ist keine Überlegung nötig. Er will keine Geschäfte mit der Tochter haben. Sein Gefühl sagt ihm, daß das nicht gut gehen kann, wenn die Eltern von der Tochter abhängen, wenn die Tochter dem Vater Weisungen zu geben hat.

(Er hat die richtige Witterung: Gerade, was sie lockt, stößt ihn zurück.)

Und dann: Er will überhaupt nicht. Kranke in den Straßen spazierenfahren – ausgeschlossen! Er ist ein Droschkenkutscher, er ist das regelmäßige Klappklapp der Taxuhr gewöhnt, das Ziel, das er zu erreichen hat, das Warten an den Halteplätzen und den langsamen Schwatz mit anderen Kutschern und Chauffeuren . . . Er ist der eiserne Gustav – womöglich möchte die ihn noch in eine Livree stecken, imstande ist sie dazu!

Er spricht gar nicht erst mit Mutter von der Sache, aber das hilft ihm nichts. Er hätte es wissen müssen, wenn Sophie etwas will, sitzt sie dahinter. Und gerade dadurch, daß er Mutter die Sache verschwiegen hat, ist sie schon dafür gewonnen.

«Daß du mich nun nicht mal mehr fragst bei so was, Vater!» klagt sie. «Das hätte ich nicht von dir gedacht! Aber natürlich, so'n Mann zerbricht sich nie den Kopf, was die Frau für ihn kochen und wie sie hinkommen soll mit dem Geld! Manchmal gibst du mir drei Tage nichts – und dann hätten wir doch unser Festes!»

Er antwortete nicht, aber Mutter redete weiter, klagte weiter. Wenn sie ihn sah, wenn er nur zwei Mark ablieferte statt fünf, wenn er seine Ruhe haben wollte, immerzu ging das: «Da könnte man nun sein Festes haben, aber er will nicht! Er wird immer dickköpfiger, je älter er wird. Er tut's einfach nicht. Auf mich hat er nie gehört, am liebsten hätte er mir gar nichts von der Sache gesagt ...»

So ging es unaufhörlich, ob sie nun aßen, ob er schlafen wollte ... Er konnte noch zornig werden, o ja, das ging noch, überkochen, losbullern konnte er noch ... Aber was half das? Man kann mit bald siebzig nicht jede Stunde lostoben, nicht einmal jeden Tag. Und Mutter war zäh, sie konnte immerzu klagen; noch wenn sie schlief, ging ihr Atem wie ein anklagendes Ächzen ... Was Festes, was Festes, was Festes ..., schien sie zu schnarchen.

Immerhin dauerte es fast vier Wochen, bis der eiserne Gustav nachgab und zu der Oberin Sophie ging.

«Mutter will ja partuh! Det hättste nich machen solln und zu Muttern jehn, det war 'ne Sache zwischen uns.»

Aber die Oberin war an diesem Morgen sehr beschäftigt. Außerdem war alles schon vorbereitet. Es ärgerte ihn sehr, wie sicher Sophie mit seiner Zusage gerechnet hatte. Er bekam einen Zettel. Da und da einen Halb-Landauer ansehen, dort einen Plattenwagen ... Einen neuen blauen Mantel anmessen lassen. Schuhe ... Es war alles bedacht und so bedacht, daß er keinen Widerspruch erheben konnte ... Sogar der Schneider schien Bescheid zu wissen. «Versteht sich, Herr Hackendahl, etwa wie Ihr alter Mantel – natürlich. Frau Oberin hat mir schon Weisungen gegeben.»

Und dann ging es los mit den Fuhren. Es war ja noch Winter, er konnte nicht einmal revoltieren, daß er keine Patienten zu fahren bekam. Es waren nur Gepäckfuhren, Lebensmittel, gegen Abend fuhr er Abfälle, Asche ...

Als sie ihn das erste Mal am frühen Morgen dreißig gefüllte Uringläser zu einem Laboratorium fahren ließ, verlangte er die Frau Oberin zu sprechen. Aber natürlich war Frau Oberin im Operationssaal – unabkömmlich! Er solle nur schnell machen mit seinen Gläsern (Amseln sagten sie dafür), die Untersuchung sei eilig ...

Also fuhr er. Da er der alte Hackendahl war, tröstete er sich mit dem Gedanken, daß es schließlich schnuppe sei, ob er den Urin seiner Gäste in Glasflaschen oder natürlich aufbewahrt spazierenfahre . . .

Es ist ja allens janz menschlich, Justav, tröstete er sich.

4

Manchmal, in den schönen Tagen auf der Insel Hiddensee, wollte den Heinz Hackendahl doch eine Unruhe überkommen, daß er hier in den Tag hinein lebte und fest darauf vertraute: Ich werde schon eine Stellung bekommen. Laßt mich nur erst wieder in Berlin sein!

Etwas wie Angst beschleicht ihn. Er läuft hier herum. Wenn sie zum 1. Juli nach Berlin heimkehren, haben Irma und er noch etwa anderthalb Monate zu leben. Und was dann? Es ist doch was unterwegs! Wird er eine Stellung bekommen? Ich gehe nie stempeln! Wir fressen uns immer durch! Und das Kind . . .?

Verdammt noch mal! Es ist doch eine komische Sache! Wenn er die Arbeitslosen, die es jetzt sogar hier auf der Insel gibt, herumstehen sieht, bekommt er doch wahrhaftig Angst, daß er keine Angst hat! Keine Lebensangst. «Bin ich leichtsinnig», fragt er Tutti und Irma, «daß ich mir gar keine Gedanken wegen einer neuen Stellung mache? Was sollen wir tun, wenn ich keine neue Stellung bekomme?»

«Ach, das gibt es ja nicht!» ruft Tutti, die ihr ganzes Leben gearbeitet hat. «Wer arbeiten will, findet auch Arbeit! Die nichts finden, die wollen bloß nicht.»

Eigentlich denkt Heinz Hackendahl ähnlich, aber er sagt: «Es gibt jetzt zwei Millionen Arbeitslose, die können nicht alle faul sein.»

«Warum denn nicht?» widerspricht Tutti. «Die sind im Krieg und in der Inflation verbummelt! Kuck dir doch die jungen Bengels an, mit der Schiebermütze auf einem Ohr und mit der Zigarette im Maul – die wollen ja gar nicht arbeiten!»

«Also ihr meint nicht, daß ich mir Gedanken machen muß?» fragt er noch einmal. «Es ist nicht leichtsinnig von mir, daß ich hier sitze und nichts für eine neue Stelle tue?»

«I wo!» sagt Tutti wieder. «Verdirb dir bloß die schönen Urlaubstage hier nicht. Du wirst schon eine Stellung kriegen.»

Irma sagt gar nichts, Irma ist jetzt oft still. «Das kommt von meinem Zustand», hat sie ihm erklärt.

Als sie aber am Abend noch gegen das kleine Blinkfeuer auf der Düne zu gehen, drückt sie plötzlich seinen Arm fest an sich und sagt: «Heinz, bitte nicht erst Ende Juni fahren!»

«Nein?» fragt er. «Hast du schon ein bißchen Angst wegen 'ner Stellung?»

«Quatsch!» sagt sie. «Ich habe seinetwegen Angst. Nein, keine Angst. Aber es soll doch alles vorbereitet sein, wenn es kommt.»

«Logisch», sagt er. «Fahren wir also Mitte Juni.»

Und schweigend gehen sie weiter.

Logisch, hat er gesagt, aber das war bloß eine Redensart. Er findet es komisch, wie das bei Frauen ist: So recht kann er nie verstehen, worüber Irma nachdenkt, wie sie zu ihren Ergebnissen kommt. Sie ist überzeugt, daß er eine Stellung bekommt, das fühlt er. Sie hat keine Angst wegen des Geldes, nicht im Traum denkt sie an Stempeln! Sie kennt überhaupt keine Lebensangst. Aber früher müssen sie doch fahren, damit das Kleine es ordentlich vorfindet. Das Kleine, das nichts von Ordnung weiß . . .

Eine komische Sache. Wenn es so anfängt, ist leicht auszurechnen, daß es so weitergeht: Was für die Eltern ordentlich genug ist, reicht noch lange nicht für das Kleine.

«Vor allem muß ich sehen», erklärt Irma, «daß ich seine Babyausstattung fertigmache. Es wäre ganz schön, wenn du in deiner neuen Stellung ein bißchen mehr verdientest. Fünfzig Mark brauche ich bestimmt für die Ausstattung – ob du soviel für dein Radio kriegst?»

Sieh da, sieh da: Stempeln und Lebensangst, Rentenpsychose und Babyausstattung, höheres Gehalt und ohne weiteres verkauftes Radio – es kommt von allen Seiten! Und er hat Angst, daß er keine Angst hat . . .?! Er hat ja schon Angst, natürlich hat er Angst – was da alles kommen soll! Und zwischen sich und dem dunklen Schicksal nichts, eigentlich gar nichts – als den Glauben an sich, so ein Selbstvertrauen, auf berlinisch würde er zu sich sprechen: Die Sache wird schon schiefgehen, Heinz!

5

Und dann ging alles wundervoll glatt! Schon in Stralsund hatte sich Heinz Berliner Zeitungen gekauft, und während der Zug sie der verelendeten, hungernden Stadt immer näher brachte, studierte er Inserate.

«Das ist was für mich, Irma!» rief er und zeigte auf ein Inserat, durch das vom Bankhaus Hoppe & Cie. jüngere Buchhalter, energisch, gut aussehend, gesucht wurden. Vorzustellen nachmittags von drei bis fünf.

«Was du dir einbildest!» sagte sie natürlich. «Gut aussehend, energisch?!»

«Hoppe & Cie., nie gehört», überlegte er nachdenklich. «Na, man wird ja sehen ... Allen Dreck nehme ich auch nicht.»

Er war von einer wundervollen Ahnungslosigkeit. Und im Zaubermantel dieser Ahnungslosigkeit betrat er das Banklokal der Firma Hoppe & Cie. in der Krausenstraße. Wenn man einen Bankpalast gewöhnt war, hatte man vielleicht recht, die Nase über dieses verräucherte, schmutzige Lokal zu rümpfen. Wenn man freilich in diesen Tagen arbeitslos war, eine Stellung suchte ...

«Stellung?» fragte der junge Mann hinter der Rampe. «Stellung? Längst alles besetzt. Sie sind wohl von gestern?»

«Ich komme von auswärts!» sagte Heinz, entschlossen, sich nicht imponieren zu lassen. «In den Seebädern haben wir die Berliner Zeitungen einen Tag später.»

«Ach, Sie haben in der See gebadet?» grinste der andere. «Und ick dachte, Sie hätten zu heiß gebadet, weil Sie so angeben.»

Beide lächelten sich vergnügt an.

«Na, was Angabe betrifft, sind Sie auch ganz tüchtig!»

«Muß man, Mensch, muß man! Hier in diesem Laden besonders! Sagen Sie mal, Sie kommen mir so bekannt vor! Sind Sie auch von ...?»

«Natürlich. Versteht sich, Ausfuhrstatistik!»

«Gestatten, Menz! Erich Menz! Effekten!»

«Heinz Hackendahl ...»

«Auch abgebaut so hoch von droben? Ja, hier ist alles besetzt. Schade, ich hätte gerne was für einen alten Kollegen getan.»

«Was macht ihr denn hier?» Heinz sah die fünf Männerchen im Schalterraum an, die ziemlich gelangweilt herumsaßen.

«Machen? Wir tun gar nichts ...»

«Und da stellt ihr noch ein?»

«Nächsten Ersten soll es richtig losgehen. Da ziehen wir um, Friedrichstraße, piekfein! Schade, daß alles besetzt ist. Wir haben schon vorgestern Stücker hundert weggeschickt!» Plötzlich kam Leben in ihn. «Das ist der Olle, der da aus der Tür kommt. Quassel ihn einfach an, vielleicht klappt der Laden ...»

Der Olle, der höchstens dreißig sein konnte, war ein sehr elegant gekleideter, ziemlich verlebt aussehender, semmelblonder, dünner Mann mit Monokel ...

«Herr Doktor», sprach ihn sein Angestellter Menz an. «Entschuldigen Sie, das ist ein Kollege von mir, Herr Dahlhacke, auch von der Bank. Er ist grade frei geworden, mächtig tüchtig, glänzende Zeugnisse ... Wenn es sich noch machen ließe, Herr Doktor?»

«Was denn machen? Immer soll ich machen. Und ihr macht gar nichts, für mein gutes Geld! Was können Sie denn machen, Herr Dahlhacke?»

Heinz verzichtete erst einmal auf einen Protest gegen seinen neuen Namen. «Ich habe alle bankmäßigen Arbeiten gelernt. Meine Zeugnisse . . .»

Er griff in seinen Busen . . .

Herr Hoppe winkte ab. «Gebe gar nichts auf Zeugnisse – zeugen können se alle . . . Haha!» Er lachte Hackendahl explosiv ins verdutzte Gesicht. «Geistesgegenwart haben Sie nicht viel, Herr Dahlhacke», sagte er unzufrieden. «Bei mir muß ein junger Mann energisch sein. Er muß auch mal einen Kunden abwimmeln können! Raussetzen muß er ihn können!»

«Das haben wir in den letzten Monaten reichlich bei unserer Bank tun müssen, Herr Doktor.»

«Na also!» sagte Herr Hoppe. «Sind Sie verheiratet? Schön. Ich mag das gerne, wenn meine Leute verheiratet sind. Ich selbst bin Junggeselle. Kinder . . .? Sie erwarten? Großartig, habe noch nie'n jungen Mann gehabt, der erwartet! Hahaha!» Wieder ins Gesicht geprustet. «Also denn zum Ersten! Herr Tietz, Herr Dahlhacke ist engagiert zum Ersten, zweihundert Eier Anfang, alle halbe Jahre um fünfzig steigend, bis zum Höchstsatz von zweihundert. Hahaha!»

Plötzlich mürrisch, starrte Herr Hoppe seinen neuen Angestellten an. «Aber'n anderen Schlips binden Sie gefälligst bei mir um, Dahlhacke. Mit so viel Rot, das geht hier nicht. Wir sind hier neutral . . .»

Er verschwand durch die Tür in sein Allerheiligstes.

«Der is wohl ein bißchen . . .?» fragte Hackendahl voll Mitleid.

«I wo! Der Junge gibt nur an! Das ist ein ganz schlauer Hund!»

«Aber der ist doch nicht aus dem Bankfach?!»

«Ihre Sorge! Wenn der man blecht! Seien Sie froh – zweihundert Piepen! Und er zahlt netto – keine Abzüge!»

«Na also!» sagte Heinz Hackendahl gedankenvoll.

6

Es war wirklich ein seltsamer Laden, in den Heinz Hackendahl da geraten war, und blieb es auch, nachdem die Firma ihren Umzug in die höchst vornehmen Räume an der Friedrichstraße gehalten hatte. Die Frage freilich, ob der Inhaber der Firma, Herr Hoppe (& Cie. trat nicht in Erscheinung) verrückt war, entschied Heinz schon nach wenigen Tagen ganz im Sinne des Kollegen Menz: Herr Hoppe dachte nicht daran, verrückt zu sein, Herr Hoppe war ein schlauer Hund, ein helles Aas!

Damit war er freilich der Lösung der Frage, was Herr Hoppe wirklich war, nicht näher gekommen. Noch einmal konnte er negativ antworten: Herr Hoppe war keinesfalls ein Bankfachmann. Um dies zu entdecken, brauchte man aber keinen Scharfsinn. Herr Hoppe machte nicht den geringsten Hehl daraus, daß er keine Ahnung vom Bankwesen hatte.

«Ihr Bankhengste», pflegte er zu sagen, wenn ihn ein Angestellter wegen einer Buchung bedrängte, «ihr Zahlenwallache! Von meinswejen verbucht das Debet per Saldo ins Kredit, die Hauptsache, der Laden funkt! Hahaha!»

Abschließendes Prusten in irgendein Gesicht.

Wie es schien, hatte Herr Doktor Hoppe (völlig ungewiß, ob er je einen Doktor gemacht hatte, aber auf den Doktortitel legte er Wert!) eine in der Inflation verkrachte kleine Bankfirma erworben und rüstete sich nun, da die Großbanken sorgenvoll nach Kunden ausschauten, für sein Liliputbänkchen seinerseits Kunden zu fischen. Heinz Hakkendahl erfuhr, daß kurz vor der Übersiedlung in die Friedrichstraße einige tausend sehr persönlich gehaltene Schreiben versandt worden waren, die den Adressaten dringend rieten, ihre Gelder bei Hoppe & Cie. anzulegen ...

Die weiter laufende Versendung dieser Werbebriefe, das Bestimmen der Empfänger schien eine der wichtigsten Aufgaben des Herrn Hoppe zu sein. Umringt von Dutzenden deutscher Adreßbücher saß er in seinem Allerbeiligsten, fern war ihm die Neigung, Scherze zu machen oder Haha zu prusten. Weise Worte sprach er zu seinen Angestellten, während sie die Adreßbücher absuchten:

«Denken Sie immer daran, meine Herren, wir wollen eine jungfräuliche Kundschaft interessieren. Herrschaften, die bisher noch nicht mit Banken zu tun gehabt haben. Leute, die das Vertrauen zu ihren Sparkassen verloren haben, Männer, für die Aktien, Kuxe, Obligationen unbekannte Dinge sind – kurz, den kleinen Mann. Der kleine Mann spart bereits wieder, eben hat er erst was auf den Deckel gekriegt – und schon spart er wieder! Aber wie? In einem Spartopf, in einem Strumpf. Totes Kapital, von Dieben bedroht – wir wollen es dem Kapitalmarkt zuführen, denn auch der kleine Mann verdient gerne Geld! Wie ...?»

Sie fanden, daß Herr «Doktor» Hoppe eine ziemlich komische Kruke sei. Aber jedenfalls achtete er darauf, daß seine Anregungen auch befolgt wurden ...

«Wer hat hier ein Schreiben an Herrn Regierungsrat von Müller gerichtet? Sie, Dahlhacke?» (Auch nach erfolgter Aufklärung war der Chef bei dieser Namensform geblieben.) «Ich muß Sie doch dringendst ersuchen, meine Wünsche zu beachten. Reden Sie nicht! Ein Regierungsrat, und noch dazu von Müller, der ist im Leben kein kleiner Mann, der Mann kann Aktien haben, er kann sogar in einem

Aufsichtsrat sitzen! Besser achtgeben! Ja, wenn es ein Pastor wäre, Pastoren sind immer gut. Gärtnereibesitzer sind auch nicht schlecht», er wurde sinnender, «Oberlehrer gehen vorzüglich, Hebammen, richtig, Menz, Sie wollten einen Witz machen, aber Hebammen sind einmal sparsam, das kommt durch ihren Beruf, zum andern . . . Ob es einen Reichshebammenbund gibt? Mir ist so . . . Man müßte sehen, daß man seine Mitgliederliste erwischt. Ich habe schon daran gedacht, einmal alle Hebammen schlagartig zu bearbeiten . . . Nein, sehr richtig, Krambach, keine Landwirte, Landwirte sind rausgeworfenes Geld . . .»

So ging es zu, wenn diese Werbebriefe versandt wurden. Es war klar, daß Herr Hoppe nur die Kundschaft der kleinen, unerfahrenen Leute wünschte. Das mußte nichts Schlimmes bedeuten. Er legte eben auf den Fang der kleinen Fische Wert, die von den Großbanken verschmäht wurden. Kleinvieh bringt auch Mist . . .

Was nun die Werbeschriften selbst anging, so wünschte Herr Hoppe keinerlei interessierte Beschäftigung seiner Angestellten mit ihnen. Diese Schreiben mit ihren schöngedruckten Anlagen kamen fertig aus einer Druckerei, der Werbebrief selbst war mit einer Type täuschend ähnlich einer Schreibmaschinenschrift gedruckt. Daß seine Angestellten diesen Brief, in dessen Kopf sie Adresse und Anrede einzusetzen hatten, lasen, konnte Herr Hoppe nicht hindern, aber sonst . . .

«Herr Menz! Herr Menz!»

«Bitte sehr, Herr Doktor?»

«Darf ich Sie ebenso höflich wie dringend darauf aufmerksam machen, daß Sie sich hier befinden, um Briefe postfertig zu machen, nicht zur Lektüre. Ich bezahle keine abendlichen Überstunden mit fünfzig Prozent Aufschlag, um Leseabende zu veranstalten! Bitte, meine Herren, dies Tausend muß heute nacht noch zur Post!»

Trotz dieser Überwachung sickerte natürlich einiges durch. Herr Doktor Hoppe konnte die Augen nicht überall haben, in einem unbewachten Augenblick klauten seine jungen Leute einfach einen Brief und lasen ihn zu Hause. Das mochte Herr Hoppe auch eingesehen haben, er mochte auch überlegt haben, daß seine Angestellten im Schalterraum der Kundschaft Rede und Antwort stehen mußten, er wurde allmählich gesprächiger.

«Ich hab's euch Jungen ja gleich angesehen», sagte er überlegen, «ihr seid auf den Rücken gefallen, daß ich der Kundschaft drei Prozent Zinsen im Monat verspreche, ja, unter Umständen sogar vier und fünf Prozent! Da habt ihr gleich gedacht, da muß was faul sein! Habe ich recht, Dahlhacke?»

Heinz Hackendahl wurde verlegen, weil Hoppe gerade ihn herausgegriffen hatte . . . Dann sagte er ziemlich ärgerlich: «Wirklich, Herr Doktor, ich verstehe nicht . . .»

«Natürlich verstehen Sie nicht, deswegen rede ich doch mit Ihnen, weil Sie nicht verstehen. Aber eigentlich müßten Sie's verstehen. Sie sind doch von einer Großbank, Sie müßten doch wissen, daß da manchmal, und gar nicht selten, ein Geschäft mit unterläuft, das fünfzig, das hundert, das sogar zweihundert Prozent abwirft . . .»

«Selten – fast nie!» sagte Heinz Hackendahl.

«Aber es kommt vor. Sehen Sie! Was, es kommt vor, Krambach? Sagen Sie!»

«Doch ja, natürlich, bei den Tausenden von Geschäften . . .»

«Es ist aber kein Reingewinn, man muß die vielen Geschäfte dagegen rechnen, die nichts abwerfen oder Verlust bringen», wandte Heinz Hackendahl ein.

«Natürlich, bei den Großbanken!» sagte Herr Doktor Hoppe verächtlich. «Die machen zehn gute und zehntausend mäßige Geschäfte im Jahr. Darum können sie natürlich auch nur ein oder anderthalb Prozent Zinsen geben! Aber wenn da ein Mann kommt, ein einfacher Doktor Hoppe, und macht nur ein Geschäft, aber ein sehr, sehr gutes – was kann denn der für Zinsen zahlen, he?»

Sie sahen ihn stumm, abwartend, zögernd, mißtrauisch an.

«Die Lüneburger Heide!» sprach wieder Herr Doktor Hoppe. «Wir sind fündig an sieben Stellen der Lüneburger Heide!» Er holte tief Atem, dann sagte er schlicht: «Ich lasse nach Erdöl bohren, in der Lüneburger Heide, wir finden es. Aber wir brauchen Kapital: Konzessionen, Bohrtürme, Leitungen, Raffinerien, Straßen, Bahnen . . . Ich bitte den kleinen Sparer um das Kapital, ich beteilige ihn großzügig, wie keine Bank. Ich kann das, denn ich spare den enormen Benzinzoll . . .»

«Und sonst macht unsere Bank nichts?» fragte Krambach.

«Nichts!» sagte Herr Hoppe entschlossen. «*Ein* erstklassiges Geschäft – sonst nichts!»

«Wissen Sie», sagte später, als sie gemeinsam nach Haus gingen, Menz zu Hackendahl, «das kann natürlich sein, wie der Olle sagt, möglich ist es. Aber es kann auch nicht sein. Möglich ist das auch. Aber mir ist aufgefallen: Der Mann redet nie, wie ihm die Schnauze gewachsen ist, und am doofsten hat er geredet, wie er das vom Petroleum gesagt hat . . .»

«Ja», meinte Heinz, «wenn das nun wirklich so ein gutes Geschäft ist mit dem Petroleum, und das kann ja sein, ich habe auch schon was gelesen von Bohrungen in der Lüneburger Heide – dann kann er natürlich überall Geld kriegen, und nicht zu sechsunddreißig bis fünfzig Prozent, wie er jetzt verspricht, sondern zu zehn bis zwanzig Prozent. – Ich weiß nicht, der Doktor Hoppe sieht mir eigentlich nicht aus, als wenn er bloß aus Liebe zum kleinen Mann zwanzig oder dreißig Prozent Zinsen verschenkt ...»

«Richtig, Kollege! Wenn er nur die kleinen Leute bearbeitet und durchaus keinen dabei haben will, der was von Bankgeschäften versteht ...?»

«Dicke Luft, Kollege ...!»

Eine Weile gingen sie schweigend nebeneinander.

«Zweihundert Eier sind kein Katzendreck», sagte Menz dann gedankenvoll. «Und Stempeln soll verdammt weh tun ...»

Er schwieg. Auch Heinz Hackendahl schwieg.

«Und das ist doch alles noch gar nichts», fuhr Menz fort. «Mit so was kann man nicht zu Polizei und Staatsanwaltschaft laufen ...»

«Im Gegenteil», sagte Heinz Hackendahl, «damit kann man sogar eklig reinrasseln: Verleumdung, Geschäftsschädigung ...»

«Eben, Kollege, wir wissen nichts ...»

«Aber wir passen auf!»

«Und wenn ...!»

«Denn!»

«Is jemacht!»

«Trotz zweihundert Eiern!»

«Und stempeln!»

«Versteht sich!»

«Is ja bloß logisch, Mensch!»

«Na denn!»

«Also denn! Bis morjen!»

«Jute Nacht!»

7

Sie waren jung, beide, Hackendahl wie Menz, wie alle anderen Angestellten von Hoppe & Cie. Vielleicht hatte Herr Doktor Hoppe nicht ohne tieferen Grund nur junge Angestellte engagiert. Sie waren jung, und wie junge Leute hatten sie Freude an einer Arbeit, die gut lief; sie glaubten so gern, wo andere glaubten. Sie erlagen dem Erfolg, dem Glauben, der Suggestion der anderen. Solange alles noch in Vorbereitung gewesen war, solange noch Werbungen verschickt wurden, solange das Geld nur zögernd in die Kasse tropfte, so lange waren sie kritisch, zweifelten, hatten flaue Gefühle ...

Aber es kam die Zeit, da die Leute sich an der Kasse drängten, da keine Werbeschreiben mehr ausgesandt wurden, und der Strom schwoll doch nicht ab. Es kam die Zeit, da Herr Doktor Hoppe nicht mehr für jeden Kunden zu sprechen war, wo die jungen Leute selbst die Kundschaft abzufertigen, aufzuklären hatten, wo sie Zweifel beschwichtigten, rosige Zukunftsaussichten malen mußten . . .

Und es ist unvermeidlich, daß etwas hängenbleibt in einem von dem, was man hundertmal wiederholt, was man mit Eifer, mit Überredung vertreten hat. Heinz Hackendahl hatte nun so oft schon die Frage des Benzinzolls erklärt, er hatte so viele Male berichtet, daß man in der Lüneburger Heide an sieben, an zehn, an fünfzehn Stellen fündig geworden sei, er hatte Fotos von den Bohrtürmen gezeigt und technische Erläuterungen gegeben – er hatte so lange anderen Leuten ihre Zweifel ausgeredet und sie zum Glauben an Herrn Hoppe bekehrt, bis er sich selbst seine Zweifel ausgeredet, bis er selbst gläubig geworden war . . .

Welche Sicherheit wurde aber auch jedem Geldgeber geboten! Jeden Tag konnte jedermann ohne jede Kündigung sein Geld wiederholen – und bekam noch drei Prozent Monatszinsen. Ließ er sein Geld aber über einen Monat stehen, so bekam er vier Prozent, über ein halbes Jahr fünf Prozent! «Bitte schön, hier Ihr Geld, Ihre Zinsen – wenn Sie einmal wieder wollen, beehren Sie bitte uns!»

«Nie beleidigt sein, meine Herren!» bat Herr Doktor Hoppe. «Kein Mißtrauen krummnehmen. Die Leute vertrauen uns ihre sauren Spargroschen an – sie haben ein Recht auf Mißtrauen. Immer freundlich und entgegenkommend, und in Zweifelsfällen lieber gegen die Bank als gegen den kleinen Mann!»

Es war wirklich erstaunlich, wie sie kamen, wie sie vertrauten, wie sie Geld brachten! Ja, sie vertrauten weder der Regierung noch bedeutenden Wirtschaftsführern, sie mißtrauten den Banken und Sparkassen – aber hier vertrauten sie! Sie standen erst zögernd in der Halle, sie sahen sich die Menschen an, die vor den Schaltern standen und hinter den Schaltern saßen. Sie betrachteten die Stöße Papiergeld, die der Kassierer neben sich aufgebaut hatte. Sie waren gereizt, ärgerlich, mißtrauisch, wenn sie um Auskünfte baten. Aber plötzlich sagten sie: «Na schön, dann werde ich mal hundert Mark einzahlen . . .»

Sie kamen mit den kleinsten Beträgen, sie kamen mit Zehnmarkscheinen, mit Fünfmarkstücken, mit Rentengroschen. Nicht die kleinste Einlage durfte zurückgewiesen werden. Darauf hielt Herr Hoppe. Und der kleinste Kunde mußte genauso höflich behandelt werden wie der allergrößte! Es war nicht etwa so, daß Doktor Hoppe sein Allerheiligstes nur für die fetten Kunden verließ. Nein, gerade zu den Arbeitern, die zehn Mark von ihrem Wochenverdienst ablieferten, stellte er sich, redete mit ihnen, prustete ihnen sein Haha ins Gesicht.

Natürlich waren all diese Leute darum so mißtrauisch, weil sie ein schlechtes Gewissen hatten. Es waren die Zeiten, da Banken und Sparkassen ihren Einlegern zehn und auch zwölf Prozent Verzinsung boten – hier aber sollten sie sechsunddreißig, ja, bis zu sechzig Prozent Zinsen im Jahr bekommen! Es konnte nicht mit rechten Dingen zugehen, es konnte nicht stimmen!

Die Gier schlug eine Schlacht in ihnen mit dem Mißtrauen, endlich siegte die Gier, und sie brachten ihr Geld. Aber schon auf dem Heimwege fing das Mißtrauen an, wieder in ihnen zu nagen. Dann saßen sie wohl wach im Bett und grübelten und bedachten, daß sie schon einmal um all ihre Ersparnisse gebracht waren und daß sie sich geschworen hatten, keinem Menschen mehr zu trauen. Und am nächsten Morgen waren sie mit dem frühesten wieder da, sie murmelten Entschuldigungen, sie hätten es sich anders überlegt, oder sie logen, die Frau sei plötzlich krank geworden, und sie brauchten das Geld für eine Operation ...

Und dann bekamen sie ihr Geld zurück, anstandslos, mit den Zinsen für einen Tag, oft nur Pfennigen. Und sie, die ein schlechtes Gewissen hatten, wurden frisch und frei angelächelt. «Aber bitte sehr! Es ist ja Ihr Geld, nicht wahr? Wenn Sie wieder einmal etwas anlegen möchten, bitte sehr!»

Es gab einen Mann in einem grünen Ledermantel mit strubbligem Haar, der kam jeden zweiten Tag. Sein Kontoführer tobte. Tausend Mark einzahlen – abheben (mit Zinsberechnung). Einzahlen, abheben (mit Zinsenberechnung).

«Nun, nun», sagte Herr Doktor Hoppe beruhigend. «Er wird sich schon geben, Krambach. Und er macht Ihnen das Zinsenrechnen bei der runden Summe eigentlich doch verdammt einfach, haha!»

«Aber er ist heute das elftemal dagewesen», klagte Krambach. «Ich kann ihn schon nicht mehr sehen! Und vor allem nicht riechen – der Mann muß hauptsächlich von Knoblauch leben, Herr Doktor!»

«Knoblauch soll sehr gesund sein», meinte Herr Doktor Hoppe. «Fragen Sie ihn doch mal, wogegen er ihn nimmt! So eine Frage macht die Leute gleich zutraulicher.»

Aber der Lodenmantel wurde nicht zutraulicher, im Gegenteil, er wurde noch mißtrauischer. Es kam der Tag, da er am Morgen um neun Uhr seine tausend Mark einzahlte, sie aber am Abend schon wieder abholte – und einen Tag Zinsen beanspruchte.

«Tut uns leid, Herr Lemke», sagte Krambach bedauernd. «Aber Zinsen dieses Mal, nein! Wir bedauern unendlich!»

«Ich habe einen Zinsanspruch!» rief Herr Lemke erregt und roch noch stärker nach Knoblauch. «Ich habe Ihnen mein Geld anvertraut ...»

«Über Nacht müssen Sie es uns schon lassen, Herr Lemke. Vierundzwanzig Stunden muß es schon hierbleiben. Sehen Sie mal, Ihr Geld hat noch nicht bei uns gearbeitet . . .»

«Gearbeitet!» Herr Lemke erfüllte die Schalterhalle mit seinem Geschrei, was die Angestellten unbedingt zu vermeiden hatten. «Mein Geld! Für Sie gearbeitet! Ihr sollt für mich arbeiten . . .! Ihr habt mir Zinsen versprochen . . .! Ich habe euch mein Geld anvertraut!»

«Sind Sie unzufrieden?» fragte Doktor Hoppe sanft den Schäumenden. «Was gibt es, Krambach?»

Krambach setzte erregt den Fall auseinander, erregter schrie Herr Lemke dazwischen.

«Geben Sie dem Herrn die Zinsen», entschied Herr Hoppe.

«Aber der Einzahlungstag ist der Auszahlungstag!» protestierte Krambach. «Wie soll ich das verbuchen?!»

Herr Doktor Hoppe sah ernst auf Krambachs Brust. Er sah so ernst auf diese Brust, daß Krambach intensiv überlegte, ob er vielleicht einen Schlips mit dem verbotenen Rot trug.

«Wir wollen unsere Kundschaft zufriedenstellen, Herr Krambach», sprach Herr Hoppe und faßte ordnend an den eigenen Schlips, während Krambach den seinen zurechtrückte. «Belasten Sie die Zinsen von Herrn Lemke meinem Privatkonto. Vertrauen ist ein zartes Pflänzchen . . .»

Eine Woche lang erschien Herr Lemke und brachte seine tausend Mark, abends holte er sie wieder, zuzüglich Zinsen. «Das läßt kein anständiger Laden sich gefallen», sagte Heinz Hackendahl zu Erich Menz. «Das ist Nepp!»

Dann, an einem Morgen, kam Herr Lemke, bleicher und verstrubbelter denn je. Er zahlte mit zitternder, aber entschlossener Hand zehntausend Mark ein. Und hob sie nicht wieder ab. Sondern brachte, als er das nächste Mal erschien, eine dicke, rotbackige Frau mit, die dreitausend Mark einzahlte . . .

Aus einem Saulus war ein Paulus geworden. Herr Lemke ein Werber für das Bankgeschäft Hoppe & Cie. Manchmal noch stand er bei seinem Kontoführer, ein schmutziges Zettelchen in der Hand, und ließ sich vorrechnen, wie hoch sein Zinsgewinn schon war, und kontrollierte die Zahl an seinem eigenen Rechenergebnis.

«Wollen Sie Ihr Geld nicht wieder mal abheben?» spottete dann wohl sein alter Feind Krambach. «Bloß daß Sie sehen, es ist noch da.»

Aber Herr Lemke schüttelte den Kopf. «Ihr seid schon in Ordnung», sagte er fast widerwillig. «Und euer Chef, das ist ein ganz schlaues Aas . . .»

Manchmal sprach Heinz mit Irma über seine Bedenken, oft sprach er mit ihr davon.

«Der Laden kann nicht sauber sein, Irma!» klagte er. «Wer so den Kunden nachläuft, bloß um ihre Einlagen zu kriegen, der ist nicht in Ordnung!»

«Deine Sache, Mensch!» rief Irma. «Sei froh, daß du 'ne Stelle hast!»

Denn jetzt hatten auch die jungen Hackendahls ein wenig von ihrem Optimismus verloren. Die Arbeitslosigkeit breitete sich aus wie eine schleichende Pest. Sie raffte ganze Berufsklassen dahin. Irma war nicht mehr so sicher, daß Heinz unter allen Umständen eine Stellung bekommen würde. Und dann – es waren nur noch ein paar Wochen bis zur Geburt. Und Irma war dafür, daß das Baby seine Ordnung hatte . . .

«Aber der Laden kann plötzlich auffliegen, Irma! Und ich sitze mit drin. Wegen Beihilfe oder so.»

«Mach dich bloß nicht lächerlich, Mensch. Vierzehn Angestellte seid ihr. Und ausgerechnet du . . .!»

«Alle . . . Es ist nicht in Ordnung, Irma! Die Einzahlungen, die sehen wir, aber was mit dem eingezahlten Geld wird, davon hat kein Mensch eine Ahnung. Das erledigt Herr Hoppe allein. Ich habe rumgehorcht bei den Kollegen . . .»

«Sei so gut!» rief sie erbost. «Du willst dich wohl mit Gewalt um die Stellung bringen. Denk lieber daran, daß du Vater wirst, Mensch!»

«Ach, Irmchen! Schimpf doch nicht gleich wieder. Das willst du doch auch nicht, daß wir vom Kleine-Leute-Betrug leben.»

«Nun mach aber bitte einen Punkt!» rief sie. «Du betrügst keinen. Du kriegst deine zweihundert Eier und dafür arbeitest du . . .»

«Aber . . .»

Er hatte viele Abers, auch gegen das Bloß-an-sich-selbst-Denken. Er fand, es war nicht richtig. Wenn jeder bloß an sich dachte, mußte es schiefgehen, schien ihm.

Aber Heinz Hackendahl gab zu, daß Irma jetzt von dem erwarteten Kinde zu sehr beansprucht war, um ein richtiges Urteil zu haben. Heinz Hackendahl wurde demnächst Vater, aber noch war er allein. Allein beobachtete er die Vorgänge im Bankhause Hoppe & Cie., sehr ängstlich, denn im Grunde seines Herzens wäre es ihm gar nicht angenehm gewesen, wenn er einen klaren Beweis für die «Faulheit» des Hoppeschen Geschäftes bekommen hätte.

Er belauerte Herrn Hoppe, er hatte ein Auge auf ihn, als sei er der Detektiv und Herr Hoppe der zu überführende Verbrecher. Erleichtert stellte er fest, daß Herr Hoppe nichts an seinen Lebensgewohnheiten änderte. Er trug dieselben Anzüge wie bisher und rauchte die gleiche Zigarre. Er roch nicht nach Alkohol, er verschwand nicht in der Mittagsstunde zu einem solennen Börsenfrühstück. Pünktlich alle Morgen um neun Uhr, ein lästiges Muster für alle unpünktlichen Angestellten, erschien Doktor Hoppe auf seiner Bank. Keine verführerische Frauenstimme verlangte ihn je privat am Apparat.

Nein, Heinz Hackendahl fand nichts Auffälliges, nichts Verschwenderisches, gar nichts Verruchtes an diesem semmelblonden Herrn Doktor Hoppe. Und auch Erich Menz, mit dem er sich manchmal flüsternd über seine Zweifel unterhielt, hatte nichts gefunden. Erich Menz neigte jetzt dazu, die Dinge laufen zu lassen, wie sie liefen. «Froh, daß du so 'nen Druckposten hast! Stempeln – ei wei!»

Aber da war eine Stimme in ihm, die ließ Heinz keine Ruhe. Es war eine höchst lästige Stimme, es wäre ihm viel lieber gewesen, sie hätte geschwiegen. Es wäre bequemer gewesen. Es war dieselbe Stimme, die ihn nicht Tinettens Verführung hatte nachgeben lassen, die ihn gezwungen hatte, doch wieder zu dem Papiergeschäft der Witwe Quaas zu gehen, bis er seinen Frieden mit Irma gemacht hatte. In einer Zeit der Selbstsucht, der Entgötterung, der Gewissenlosigkeit war es die Stimme des Gewissens, etwas Gebieterisches in einem einzelnen jungen Mann, das ihm befahl, nicht ruhig zu sein, sich nicht satt machen zu lassen, ohne zu fragen, woher das Essen kam.

Dann kam ein Nachmittag, an dem Herr Doktor Hoppe ganz verändert schien. Ruhelos geisterte er durch seine Bank, hörte nicht, was man ihn fragte, verschwand eiligst in seinem Allerheiligsten, um sofort wieder ohne sichtbaren Anlaß eiligst aufzutauchen. Und war aufgeräumt, lärmend, faßte jeden an der Rockklappe, prustete jedem sein Haha ins Gesicht. Und war schon wieder finster, wortkarg, fast böse. Man hätte denken können, der Chef hätte einen gehoben, aber nein, das war es nicht.

«Ich nehme heute keine Zahlungen an!» schrie er plötzlich. «Meine Herren, weisen Sie die Kundschaft zurück! Ich will kein Geld.»

Die Angestellten starrten sich verblüfft an.

«Aber, was sollen wir den Kunden sagen?» flüsterte einer.

«Ganz egal, was Sie ihnen sagen!» schrie Doktor Hoppe. «Ich habe es satt! Ich will kein Geld mehr! Sagen Sie ihnen», sagte er plötzlich ruhiger, «daß wir im Augenblick keine gewinnbringende Anlage hätten. Vielleicht morgen . . .»

Und Herr Doktor Hoppe verschwand in seinem Allerheiligsten.

«Verrückt geworden . . .» flüsterte Erich Menz.

Zweifelnd schüttelte Heinz Hackendahl den Kopf. Und noch, als er ihn schüttelte, sah er einen Mann durch die Drehtüre hereinkommen, einen Herrn. Heinz Hackendahl duckte den Kopf, verschwand fast ganz hinter seinem Pult ...

Der Herr sprach leise mit einem Kollegen an der Schranke, der sah zweifelnd nach der Tür des Chefbüros. Der Herr flüsterte etwas Beruhigendes, der Kollege ließ den Herrn durch in das Allerheiligste ...

Heinz Hackendahl, wie gesagt, hatte sich versteckt. Es wäre ihm nicht angenehm gewesen, wenn sein Bruder Erich ihn gesehen hätte, Erich, bleich, aufgeschwemmt, fett geworden, mit dünnem Haar, aber sehr elegant, fast übertrieben elegant, mit einem Zylinderhut ...

Nach einer Viertelstunde geleitete Herr Doktor Hoppe seinen Besucher persönlich heraus; Erich trug jetzt eine der Hoppeschen Aktentaschen.

Von der Tür zurückkommend, sprach Herr Hoppe heiter: «Ich habe eben die besten Nachrichten bekommen! Drei neue Bohrungen sind fündig geworden. Meine Herren, wir nehmen wieder Einlagen an!»

9

Von dem Augenblick an, da Heinz Hackendahl seinen Bruder Erich in der Schalterhalle der Bank gesehen hatte, da er ihn mit einer Aktentasche des Chefs hatte davongehen sehen, war aus seinem Verdacht fast eine Gewißheit geworden: Die Geschäfte des Bankhauses Hoppe & Cie. waren schlecht! Erich beteiligte sich an ihnen, und bisher hatte er Erich nur an üblen Unternehmungen beteiligt gesehen! Die Geschäfte mußten schlecht sein, denn sein Bruder machte mit ...

Mit Erich Menz konnte er hierüber nicht sprechen, Erich Menz brauchte nicht zu wissen, daß er solch einen Bruder hatte. Und mit Irma, die von Erich bestimmt nicht besser dachte als er, mochte er nicht darüber reden: Es waren kaum noch zwei Wochen bis zur Geburt.

Er stand allein, hatte allein zu entscheiden, allein die Verantwortung zu tragen. Was soll ich tun?! dachte er. Wenn ich von mir aus die Stellung aufgebe, habe ich nicht einmal Anspruch auf Stempelgeld! – Und zur Polizei laufen? Ich habe nicht einen Beweis!

Sie hatten fast keine Reserve, kaum hundert Mark. Was soll ich nur tun?! dachte er wieder. Ich *muß* die Stellung aufgeben! Ich mache nichts Dreckiges mit. Aber Irma, Irma wird mir Vorwürfe machen! Und dann stehen wir ohne alles da – und das Kind!

Das ging durch ihn, aber es haftete nicht. Zukunftssorgen, jawohl – aber drängender waren die Gegenwartssorgen. Mit finsterem Gesicht saß er jetzt an seinem Pult, es war natürlich ein Wahnsinn, sechsunddreißig Prozent Zinsen zu zahlen. Es mußte Betrug sein! Er war ja verblendet gewesen, daß er das nicht vom ersten Augenblick an durchschaut hatte!

Alle waren sie verblendet. Sie waren mißtrauisch und gierig – und ihre Geldgier, die Sucht, wenigstens auf eigene Rechnung noch den verlorenen Krieg zu gewinnen, das eigene Schäflein zu scheren, die anderen mochten hundertfach verrecken, war himmelschreiend! Dieser Lemke war ein wahres Muster! Als der Chef ihm Geld schenkte, ihm Zinsen auszahlen ließ, die ihm nicht zukamen, das Unsolideste tat, was ein Kaufmann tun konnte – da gewann er Vertrauen. Als er richtig betrogen wurde, da glaubte er!

Nur raus aus dieser Bruchbude! Ich bin ja blöd gewesen! Ich habe geschworen, ich will nie wieder was mit Erich zu tun haben! Und er fing an, heimlich in den Zeitungen nach Stellenangeboten zu suchen. Ach, sie waren so dünn gesät, erst jetzt fiel ihm auf, wie dünn sie gesät waren! Und er kam immer zu spät. «Danke, längst besetzt! Müssen Sie ein bißchen früher aufstehen, junger Mann!»

Es war eine verdammte Stimmung, die man von solcher «Bewerbung» mitbrachte. Aber es half alles nichts, ob verdammt oder nicht, ob Stellung oder keine – Dreck blieb Dreck, und mit Dreck gab er sich nicht ab!

Jeden Morgen, wenn er von der nun schon so schwer beweglichen Irma Abschied nahm, um ins Geschäft zu traben, verfluchte er sich wegen seiner Feigheit: Ich dürfte gar nicht gehen! Ich bin feige! Lebensangst, jetzt habe ich sie auch . . .

Es war wie damals bei Erich und Tinette. Nein, Erich ließ sich nicht vergessen, alles erinnerte an Erich. Auch damals hatte er sich hundertmal geschworen, nicht wieder in die glänzende Villa zu gehen – und war doch gegangen, wie er jetzt jeden Morgen ging! Er war damals so lange feige gewesen, bis es ganz schlimm gekommen war: Demütigung, schmachvolle Niederlage . . . Es durfte nicht wieder ganz schlimm kommen! Er mußte die Stellung aufgeben . . .

Ja, wenn nicht Irma und das Kind wären, für mich allein hätte ich schon den Mut!

Aber das war bloß eine feige Ausrede, sich vorzumachen, was man alles tun würde, wenn und wenn nicht. Wenn ihm Doktor Hoppe wenigstens gekündigt hätte, daß er einen Anspruch auf Stempelgeld bekam! (Wieder so ein «Wenn»!) Er wurde brummig und wortkarg, er gab unklare Auskünfte, kaute herausfordernd auf dem Federhalter, wenn viel zu tun war, sagte «Herr Hoppe» statt «Herr Doktor Hoppe», und band sich einen Schlips mit viel Rot um.

Er fand sich kindisch, er fand sich entsetzlich feige, daß er so dem anderen die Entscheidung über das eigene Schicksal zuschob, und tat's doch, tat's wieder – verkroch sich ... Man muß doch praktisch sein, tröstete er sich. Lebensklug. Man soll das schmutzige Wasser nicht wegschütten, ehe man sauberes hat, so heißt es doch sogar im Sprichwort.

Und dann kam alles viel schneller, als er für möglich gehalten hätte. Wirklich nahm ein anderer die Entscheidung über sein Schicksal in die Hände ...

Denn als er eilig mit ein paar Briefen durch die Drehtür zum Postamt rennen wollte, kam von der Straße herein ein anderer, sah durch das Glas ihn hinausgehen ... Beide drehten eifrig die Tür, Heinz drehte den Bruder Erich in die Bank hinein; nicht weniger eifrig drehte der Bruder Erich seinen Bruder Heinz aus der Bank hinaus. Dabei sahen die beiden einander sehr nahe durch das Glas an. Heinz hatte einen wütenden und doch verlegenen Gesichtsausdruck; Erich schien ungerührt die Sachlage zu prüfen, sah die Briefe in des Bruders Hand, sah, daß der Bruder ohne Mantel war ...

Auf der Straße blieb Heinz stehen, er mußte stehenbleiben, er mochte wollen oder nicht. Drüben, in der Halle, sah er den Bruder stehen und auch auf ihn zurückschauen. Bruder Erich gab durch das Türglas kein brüderliches Erkennungszeichen, tat auch nicht die Absicht kund, den Bruder zu sprechen ...

Einen Augenblick starrten die beiden einander an, die feindlichen Brüder ...

Heinz dachte etwas ganz Überflüssiges. Er hat wieder einen Zylinder auf, dachte er. So 'n Affe! Aber er war schon immer ein Affe!

Als hätte er dem Bruder nichts Schlimmeres vorzuwerfen als diese Affigkeit!

Dann schoben sich Menschen dazwischen, jemand ging durch die Drehtür, plötzlich war Erich verschwunden. Sehr langsam und nachdenklich ging Heinz mit seinen Eilbriefen zur Post. Heute mache ich unter allen Umständen hier Schluß! sprach er drohend zu sich. Ich bin ein schlapper Hund! Ich bin feige! Ich kündige, ob Stempelgeld oder keines!

Aber er kündigte doch nicht, weil ihm nämlich gekündigt wurde. Bruder Erich hatte keinerlei Hemmungen, er hatte seinen Bruder nur einmal zu sehen brauchen ...

«Sagen Sie mal», sagte Herr Doktor Hoppe sehr schnarrend, «sagen Sie mal – ich höre, Sie heißen Hackendahl?»

«Jawohl, Herr Hoppe.»

«Wieso nennen Sie sich da Dahlhacke?! Hören Se mal!»

«Habe ich mich nie genannt», sagte Heinz mürrisch. «Sie haben mich so genannt.»

«Sehr komisch! Wieso soll ich Sie denn Dahlhacke nennen, wenn

Sie Hackendahl heißen? Wollen Sie mir das bitte mal erklären?»

«Wahrscheinlich haben Sie meinen Namen falsch verstanden . . .»

«Soso. Und wahrscheinlich haben Sie mich nicht verbessert, weil Sie nicht wünschten, daß ich Erkundigungen nach Ihnen einzog, was?»

«Und die haben Sie jetzt eingezogen – bei Herrn Hackendahl?»

«Wie reden Sie mit mir, junger Mann?! Ich bin Ihr Chef . . . Durch mich leben Sie!»

«Ich dachte immer, durch meinen Vater . . .»

«Junger Mann!»

«Hackendahl . . .»

Doch Herr Doktor Hoppe besann sich plötzlich. «Ich kann Sie nicht mehr brauchen», sagte er mürrisch. «Bei mir ist alle Tage Ultimo. Sie sind heute für heute gekündigt und entlassen. Hier haben Sie Ihr Gehalt für diesen Monat. Tiedtke oder wer Zeit hat, soll Ihre Papiere fertigmachen. Ziehen Sie Leine.»

«Guten Tag, Herr Hoppe», sagte Heinz Hackendahl, unglaublich erleichtert. Es war geschehen, es war überstanden – nun mochte kommen, was wollte . . .

Zu einem war Erich doch gut: Erich war ein ausgezeichnetes Mittel gegen Feigheit.

10

Zwei Tage darauf legte Irma abends ihr halbfertiges Kinderhöschen aus der Hand, stöhnte leise und sprach: «Ich glaube, es ist soweit, Heinz!»

«Dann aber los!» sagte Heinz. «Wirst du denn noch laufen können?»

«Klar, Mensch!» Und sie gingen einträchtig zum Krankenhaus.

«Immer sachte mit der jungen Mutter», sagte Irma. «Erst muß ich wissen, daß es wirklich soweit ist. Dies ist kaum mehr als kräftiges Leibweh.»

Und sie erzählte ihm noch einmal die blamable Geschichte ihrer Freundin, die sich mit schrecklichsten Wehen zum Krankenhaus fahren ließ und Mann, Mutter, Chauffeur in eine wahre Panik jagte, es könne noch im Auto passieren . . . Ins Krankenhaus einzog, eine Nacht wartete, einen Tag, acht Tage, vierzehn Tage, nach Hause ging, weil es noch lange nicht soweit war – und, kaum daheim angelangt, ihre Geburt erledigte . . .

«Ich würde mich zu Tode schämen! Nein, lieber warten wir noch ein halbes Stündchen!»

Sie gingen das halbe Stündchen, das zwei Nachtstunden dauerte, vor dem Krankenhaus auf und ab. Manchmal hielt sich Irma am Gitter fest, manchmal an einem Laternenpfahl, manchmal bloß an ihrem Mann . . .

«Zu dumm, daß man noch keine Erfahrung hat, Heinz!» klagte sie. «Wir hätten gut noch eine Stunde zu Hause bleiben können.»

«Einmal ist das erste Mal», sprach Heinz weise. «Das nächste Mal weißt du schon besser Bescheid!»

«Aber ich hätte das Höschen noch fertig gekriegt!» meinte sie. «Das wäre dann auch noch in Ordnung gewesen!»

Heinz hatte ihr nicht gebeichtet, daß die Hauptsache nicht mehr in Ordnung war: die Stellung. Daß er arbeitslos war. Daß er an den letzten beiden Tagen statt auf der Bank, Besuche in seiner Stempelstelle gemacht hatte. Es war erstaunlich, wie viele Papiere man beibringen mußte, um zu beweisen, daß man arbeitslos war, daß man schuldlos arbeitslos war, daß man gewillt war, jederzeit Arbeit anzunehmen, daß man nicht aus reiner «Rentenpsychose» die knappe Unterstützung dem auskömmlichen Gehalt vorzog.

Es muß eine Hellsichtigkeit bei Ehefrauen geben, in seine Gedanken hinein fragte Irma: «Du, Heinz, das ist doch in Ordnung mit deiner Stellung?»

«Versteht sich!» log er kühn. «Wieso denn nicht in Ordnung?»

Sie sah ihn argwöhnisch an. «Du kommst mir so vergnügt vor die letzten Tage!»

«Na, erlaube mal, denkst du, ich wäre vergnügt, wenn ich keine Stellung mehr hätte?!»

«Heinz, mach keinen Quatsch, wenn ich jetzt drin bin!»

«I wo! Aber ich glaube, wir gehen jetzt besser rein!»

«Noch fünf Minuten! Ich will mich doch nicht blamieren!»

Sie schaffte es dann wirklich, daß sie Hals über Kopf, ohne Formalitäten und Personalien, aus dem Aufnahmezimmer weggeschleppt wurde. Das letzte, was Heinz «vorher» noch von ihr hörte, war: «Siehst du, Heinz, *ich* bin nicht zu früh gekommen!»

«Na, wissen Sie, Jüngling», sagte die Oberschwester in der Aufnahme bärbeißig, «ein bißchen früher ging es wohl nicht? Da hat Sie wohl das Fahrgeld gereut?»

Aber Irmas Methode hatte doch das Gute, daß er keine schlaflose Nacht vor sich hatte. Die Papiere waren noch nicht ausgefüllt, da kam schon eine Schwester: «Alles erledigt, junger Vater! Ich gratuliere auch!»

«Nanu!» sagte er ganz verblüfft. «Ist das aber schnell gegangen! Hätt ich nie gedacht! Was ist es denn?»

«Wird Ihnen die junge Mutter morgen sagen. Jetzt rücken Sie hier lieber . . . Es ist schon nach Mitternacht!»

Aber obwohl es nach Mitternacht war, ging Heinz nicht nach Haus. Er fand das Wetter gerade richtig für einen längeren Spaziergang. Es näherte sich der Frühling, was meist besonders unangenehmes Wetter heißt.

Ein schneidender Wind wehte ihm bald Schnee, bald Regen ins Gesicht, und trotzdem langte ein sehr aufgeräumter Heinz bei dem kleinen Papierladen an und erschreckte die Witwe Quaas tödlich durch Trommeln auf die Fensterscheiben.

Dann, als ihr klargeworden, es war kein Einbrecher, sondern bloß der Schwiegersohn, erschrak sie wieder über die Botschaft, sie sei nun Großmutter. Sie hantierte drinnen mit zitternden Händen an ihrem Schlafrock, er stand draußen. Er sollte hereinkommen, aber er wollte nicht.

«O Gott, o Gott, du bist so komisch, Heinz!» jammerte sie. «Es ist doch nichts mit Irma?! Trink doch wenigstens einen Kaffee! Wann war es denn?»

«Nach zwölf, Quaasin!» sprach Heinz. «Und wir hätten es beinahe auf der Straße abgemacht!»

«Nein, herrje! Komm doch wenigstens rein und trink einen Kaffee! Du holst dir ja den Tod in dem Winde! Ach Gott, nun habe ich dich noch gar nicht gefragt, Junge oder Mädel?»

«Es war noch nicht festgestellt, Schwiegermutter!» rief der Schwiegersohn aus der dunklen, heulenden Nacht. «Sie warteten noch auf den Arzt. Morgen mittag, nein, heute mittag werden sie's raus haben.»

Er entrann ins Dunkel, er meinte, noch lange ihr Jammern zu hören, aber es war wohl nur der Wind, der in Fugen, Ritzen und Schlüssellöchern heulte.

In der Wexstraße brauchte er nicht in die Wohnung hinauf, im Stall brannte schon Licht. Der Vater, der beim Rappen gesessen, wandte langsam nach dem eintretenden Sohn den Kopf und hörte stumm den Bericht.

Auch er fragte: «Ein Junge?», aber ihm wurde gesagt, daß der Sohn es noch nicht wüßte.

«Es is ooch ejal», sagte der Vater. «Dienen müssen se doch nich mehr – es is janz ejal, ob Junge oder Mädchen, es is heute allens eene Wichse! Freuste dir . . .?»

«Natürlich, Vater.»

«Natürlich – komisch, wenn de bedenkst, det ick mir auch mal über euch jefreut habe. Det verstehste heute sicher ooch nich mehr, det man mal so dusslig war.»

«Deswegen freu ich mich heute doch, Vater.»

«Logisch, weil de denkst, du bist ne janz andere Sorte Vater. Na, laß man, ick will dir nich ärjern. Ick will dir wünschen, det dir dein Kind nich mehr antut, als du mir anjetan hast. Denn kannste groß zufrieden sind.»

«Danke schön, Vater. Und nun will ich sachte nach Haus und noch ein paar Stunden schlafen. Ich habe für heute noch viel vor.»

«Wat haste denn vor? Mußte auf deine Stelle oder läßte dir Urlaub jeben?»

«Meine Stelle – na, Vater, dir kann ich's ja sagen, Irma weiß noch von nichts. Meine Stelle habe ich nicht mehr, da haben sie mich vor drei Tagen rausgesetzt.»

«Nee so was!» wunderte sich der Alte. «Det ooch immer allens Unglück zusammenkommt. Da biste wohl in Druck? Willste stempeln jehn?»

«Muß erst mal sehen. Gerne nicht.»

«Soll ick mal bei der Sophie fragen? Die kann vielleicht wat für dich tun. Die is janz jroß mit ihre Klinik. Ick jloobe, die jehört ihr überhaupt.»

«Nee, laß man lieber, Vater. Mit Sophie bin ich nie gut zurechtgekommen.»

«Recht haste: Verwandtschaft alleene is schon schlimm jenug! Und denn noch Verwandtschaft *und* Jeschäft! – Kommste heute noch vorbei und sagst es Muttern? Ick möchte nich jerne, weeßte, ick bringe nich den nötijen freudijen Schwung uff!»

«Ich will mal sehen, Vater. Vielleicht wird's erst morgen was.» Er zögerte, er fragte den Vater nicht gerne, aber dann tat er es doch. «Hast du mal wieder was von Erich gehört, Vater?»

Der Alte wandte ihm den großen Kopf langsam zu. «Von Erichen ...?» fragte er langsam. «Fragste det bloß so oder mit 'ne bestimmte Absicht?»

«Er ist wahrscheinlich der Grund gewesen, daß mir auf der Bank so plötzlich gekündigt ist.»

Und er erzählte dem Vater kurz von dem Wiedersehen mit dem Bruder.

«Det is Erich!» nickte der Alte. «Det hat der befummelt. So is er. Nee, direkt weeß ick nischt von ihm, bloß uff'n Bahnhof Zoo hab ick'n Stücker zweimal jesehn ...»

«Dann weißt du also auch nichts», sagte Heinz ein bißchen enttäuscht.

«Wart doch ab, bis 'n alter Mann ausjeredt hat! Auf'm Zoo – mit 'nem Zylinder und 'nem Fernkieker und 'ne Aktentasche. So um dreie rum. Weeßte nu mehr?»

«Einen Zylinder hat er auch bei uns getragen, und die Aktentasche.»

«Und 'n Fernglas», sagte der Alte hartnäckig und voller Bedeutung.

«Weiß ich nicht.»

«Allzu doof kleedt ooch nich», meinte der Vater mißbilligend. «Wat jehn denn so for Züje um drei'n vom Zoo?»

«Weiß ich wirklich nicht. Da gehen so viel Züge . . .»

«Det sind Züje mit Jepäck, aber nich Züje mit 'nem Fernkieker und Zylinder. Riechste noch immer nischt . . .?»

«Ach, du meinst . . .!» rief der Sohn, und war wirklich bestürzt über das fabelhafte Feuerwerk, das in seinem Kopf losging . . .

«Jawoll!» sagte der Alte mit Nachdruck. «Det meene ick! Ick meene, det man vom Bahnhof Zoo so um dreien rum nach Karlshorst und Hoppegarten und Strausberg fährt. Ick hab früher Rennonkels jenug dahin jefahren. Und Wettonkels ooch . . .»

Dieses Licht, das von den Fahrten seines Bruders auf die Geschäfte des Bankhauses Hoppe & Cie. zurückstrahlte, blendete Heinz zuerst, aber dann schien alles klar . . . Verrückt hatten sie gesagt? Jawohl, soweit ein Besessener verrückt ist! Eiskalt, skrupellos – in Rennwetten machen, da kam es auf zehn oder zwanzig Prozent Zinsen mehr oder weniger wirklich nicht an! Diese Kerle – die Gelder der kleinen Leute . . .

«Es stimmt, Vater, es stimmt!» rief er und ging schon zur Tür. «Ich muß gleich . . .»

«Na, wat mußte jleich? Es is erst fünfe!»

«Aber morgen früh, Vater, heute früh, man muß für die Sparer retten, was zu retten ist. Dieser Hoppe – so'ne Schlauheit, natürlich geht er nie selbst auf die Bahn, damit ihn bloß keiner sieht! So ein Schwein! All die Spargroschen . . .»

«Na», sagte der Alte. «Det sind immerhin Spargroschen von so'nen, die fünfzig Prozent Zinsen haben wollen. Viel Mitleid hätt ick mit die Brüder nich.»

«Aber es ist doch alles Schwindel und Betrug – das mit dem Petroleum in der Lüneburger Heide!»

«Setz dir hin, Heinz! Wat regste dir uff? Dir haben se doch rausjesetzt, wat jeht dir der janze Zinnober noch an?!»

«Aber, Vater! Es muß doch . . .»

«Na wat denn? Wat denn?! Recht und Jesetz, und ausjerechnet von uns aus . . .?! Laß die man ihren Kram alleene befummeln, wozu haben se denn Polizei und Richter und Staatsanwalt, können die doch uffpassen! Wat jeht dir det an?»

«Nein, Vater», sagte Heinz. «Das stimmt nicht. Früher hast du auch anders gedacht.»

Der Alte schwieg eine Weile. Dann fragte er: «Du hast woll 'nen jewaltijen Zorn uff Erich?! Wejen dem bißken Kündijung biste doch nich so wütend?»

«Ich bin gar nicht ...» fing Heinz an. Wütend auf Erich – wollte er sagen. Aber er sagte es nicht. Denn es war nicht wahr. Denn er war wütend auf Erich. Denn er haßte Erich. Nicht nur wegen der Ereignisse damals. Sondern weil er fühlte, daß Erich das Böse war. Er wußte, Erich liebte das Böse, er tat Böses, nur um Böses zu tun, es gab nie ein Vorwärtskommen, wenn solche Leute wie Erich am Werk blieben ... Aber ...

«Aber, Vater, ich will das nicht anzeigen, um ihm eins auszuwischen. Bestimmt nicht. Ich will mich nicht rächen. Ich will nur nicht, daß dieser Betrug weitergeht.»

«Na ja», sagte der alte Hackendahl. «Denn zeig an – aber jib dem Erich vorher 'n Wink. An Eva is et eigentlich jenug.»

«Ich kann doch nicht, Vater! Wenn ich Erich warne, warnt er den anderen. Dann gehen die Einlagen ganz verloren ...»

«Du kannst es im letzten Augenblick machen. Denn hat er keene Zeit mehr ...»

«Vater, ich kann es nicht. Ich darf es nicht.»

«Tu's man, Heinz. Es is ja ejal. Wat früher war, det Anständije, det is ja doch kaputt! Laß se alle man toben, denk ick oft. Det wird doch nischt wieder mit uns, Heinz. Laß'n loofen, den Erich.»

«Es wird noch wieder anders ...!»

«Wie denn? Ick weeß nich, wie. Es jeht immer mehr in'n Dreck. Und, Bubi, ick hab'n Schlund voll. Wie se da jestanden hat, uff de Armesünderbank, die Eva, meen ick, und sieht mir nich an, immer bloß den jemeenen Kerl, und ick muß dem Richter sagen, wie mein Kind jewesen is, und er fragt mir vor alle Leute, ob se schon früher jeklaut hat und wann se anjefangen hat mit de Männer, und ob se ville jelogen hat, und ich denk immer, det is meene Tochter, aber se kiekt mir nich an ... Det is nu mein Beitrag zu's deutsche Volk ... Nee, Heinz, noch mal detselbe, un nu mit Erichen ... ick nich un Muttern ooch nich ...»

«Na also tjüs, Vater», sagte Heinz nach einer Weile. «Ich will tun, was du gesagt hast. Wenn es auch bestimmt nicht richtig ist ...»

«Jott, Heinz, wenn de mir det mal erzählen wolltest, wat richtig is im Leben ...»

Nein, es war nicht richtig, Heinz war fest davon überzeugt. Er saß den Vormittag über auf der Polizei und auf dem Präsidium Alexanderplatz und sah die mißmutigen Gesichter der Beamten und ihre Unentschlossenheit. Er las ihnen den Verdacht von den Mienen: Rache eines entlassenen Angestellten ...

Berlin war ein Chaos, es geschahen so viel offenkundige Verbrechen, zum Himmel schreiend; die Beamten waren übermüdet, überanstrengt, und sie waren auch gereizt, weil ihnen so oft der Zugriff bei einem offenkundigen Verbrechen behindert worden war ... aus politischen Gründen, aus freundschaftlichen Gründen, wegen Beziehungen.

Es gab ganz andere Bankhäuser als das kleine Winkellokal Hoppe & Cie. – es gab große Herren, die Barmat hießen, die Kutisker hießen ... Herren, derentwegen schon mancher Beamte gezwungen worden war, aus dem Dienst zu gehen ...

Nein, sie waren nicht sehr willig, wegen des bloßen Geredes eines entlassenen Angestellten einzuschreiten. Nun ja, sie würden zusehen, beobachten, Ermittlungen anstellen ... Seine Adresse hätten sie ja ...

«Dann ist es zu spät», sagte der junge Mann. «Wo kann ich hier noch hingehen?»

«Sie machen ja mächtig viel Dampf dahinter!» lachten sie. «Na, kommen Sie einmal mit!»

Sie setzten ihn in das Vorzimmer eines höheren Tiers, eines gefürchteten Bullenbeißers. Sie gaben dem anmeldenden Beamten das Protokoll, und dann verließen sie ihn ... «Es wird ihm schon langweilig werden», sagten sie.

Da saß nun Heinz Hackendahl und wartete, aber langweilig wurde es ihm nicht.

Sondern er dachte an den Bruder. Erich, das machte ihn so hartnäkkig. Und plötzlich wußte er, daß er wirklich keinen Menschen auf dieser Welt so haßte wie den Bruder.

Vor den Bruder aber hatte sich der Vater gestellt, ein alter Mann, der nicht viel Freude mit seinen Kindern erlebt hatte. Man konnte es schon verstehen, daß er sich schützend vor den Sohn stellte. Nicht aber konnte man den Sohn verstehen, nein, er verstand sich selber nicht. Hier saß er, er saß um des Bruders willen hier, wenn er aber erreicht haben würde, daß sie gegen ihn vorgingen, dann wollte er an das Telefon laufen und den Bruder warnen ... (Er hatte ja schon die Telefonnummer auf einem Zettel in der Tasche!) Er wollte ihn nicht warnen, weil er etwa glaubte, der Bruder werde nach solcher Warnung anders werden, sondern bloß so ... aus einem schwächlichen Mitleid, innerlich fest davon überzeugt, Erich werde weiter Böses tun ...

Ja, hier ging es um eine Entscheidung, es kam darauf an, ob man den Mut hatte, sich selber weh zu tun, nur nach dem eigenen Herzen zu handeln ... Niemand rief einen, niemand half einem auch ... Nur auf sich selbst war er gestellt ... Ach, wenn es doch nur ein gleichgültiger Mensch, irgendein Hoppe gewesen wäre, daß es gerade der Bruder sein mußte! Und er erinnerte sich Erichs, wie rasch und hell er gewesen war – o doch, jawohl, einmal hatte er ihn sehr bewundert und geliebt!

Vielleicht, dachte er, kann man so sehr nur hassen, was man einmal sehr geliebt hat.

Und dann hätte er sich doch wieder gerne um die Entscheidung gedrückt. Entschuldigungen genug, um zu gehen – was würde Irma schon warten!

Aber nun ist es soweit, daß er hinein darf zum Kriminalrat, und die eine Möglichkeit gibt es nicht mehr, daß er ausreißen kann. Aber es gibt noch die andere Möglichkeit, daß er schonend schweigt (und telefoniert).

«So», sagte der dicke Herr mit dem roten Gesicht, nachdem er das kurze Protokoll gelesen hatte. «Und nun erzählen Sie mir die Sache noch mal, mit Ihren eigenen Worten . . .»

Und das tut dann Heinz, erzählt, was da protokolliert ist, aber nicht mehr.

«Ist das alles, was Sie wissen?» fragt der Kriminalrat.

Und Heinz nickt hastig.

«Da fehlt was», sagt der Dicke. «Und das wissen Sie auch ganz gut, daß da was fehlt.»

Heinz tut, als verstünde er nicht.

«Sie decken jemand», sagt der Bullenbeißer ganz freundlich. «Sie wollen jemand schützen.» Er lächelt. «Sehen Sie», sagt er, «wenn man hier lange genug sitzt, dann bekommt man einen Riecher dafür, das ist kein Kunststück. Und bei Ihnen fehlt überhaupt das Bindeglied, wieso Sie auf Rennwetten geraten haben . . .»

«Das habe ich mir so überlegt», sagt Heinz verlegen.

«Na, natürlich haben Sie sich das so überlegt!» sagt der dicke Herr und steht auf. «Guten Morgen, mein lieber junger Herr, und kommen Sie besser nicht wieder. Eier essen und die Eierschalen nicht zerschlagen, das haben wir nicht gelernt, und Sie werden's auch nicht lernen. Die Welt stinkt wie ein großer Misthaufen, aber wenn sich jeder sein eigenes Häufchen Gestank apart beiseite tragen will, dann kriegt man den Gestank nicht weg . . . Diesen Hoppe werden wir uns schon langen, ich weiß sogar schon, wer das ist, nämlich ein mit einer Ladenkasse weggelaufener Kontorist. Aber grade Ihr Privathäufchen Gestank hätte mich interessiert . . . Doch wie gesagt, wir haben auch ohne Sieg genug zu tun, und wenn Sie kein Mann sein wollen, sondern sich als Waschlappen wohl fühlen, na, denn prost die Mahlzeit! Es ist ja schließlich Ihre Sache!»

Jedes dieser grob herausgepolterten Worte traf Heinz wie einen Stich ins Herz. Und nun saß der Rotgesichtige schon wieder, las in

Akten und schien der Ansicht, sein angebellter Besucher sei längst gegangen.

«Herr Kriminalrat!» sagte Heinz leise.

Der blätterte und las und hörte nicht.

«Herr Kriminalrat!» sagte Heinz lauter.

«Was denn? Sind Sie noch nicht raus? Sie werden sich einen Plattfuß erstehen, Jüngling!»

«Herr Kriminalrat!»

«Na also, dann schießen Sie los! Aber klare Fahrt – sonst lohnt es das Zuhören gar nicht!»

Und nun fuhr Heinz klare Fahrt . . .

«Das ist auch wieder gar nichts!» sagte der Kriminalrat am Schluß unzufrieden. «Ein Zylinderhut und eine Aktentasche und ein Prismenglas sind noch keine hinreichenden Indizien. Natürlich alle Achtung vor Ihrer Kenntnis der brüderlichen Liebe – aber auch das ist noch kein Beweis!»

Er brummte und murrte unzufrieden vor sich hin. Dann fragte er: «Anrufen wollten Sie ihn, was? Warnen wollten Sie ihn? Zeigen Sie mir mal die Telefonnummer!»

Heinz tat es.

«Na schön!» sagte der Kriminalrat. «Nun sollen Sie mal sehen, was für reizende Menschen wir hier auf dem Alex sind. Jetzt werden Sie hier von meinem Apparat Ihren Herrn Bruder anklingeln, und Sie können ihm sagen, daß, na, sagen wir in einer halben Stunde bei seinem Freund Hoppe die Kriminalpolizei Einschau hält, und meinethalben können Sie ihn auch wegen der Rennwetten anstoßen – alles genau, als stünden Sie in einer hübschen ruhigen Telefonzelle . . .»

Es ist ein wunderliches Ding um ein Menschenherz. Nun, da es ihm angeboten wurde, nun, da er es mit polizeilicher Erlaubnis tun durfte, wollte Heinz um keinen Preis den Bruder anrufen. Ja, er schauderte direkt vor dem angebotenen Telefon zurück, er fürchtete sich davor, Erichs Stimme am Apparat zu hören . . .

«Na, was denn, junger Mann?» sagte der Kriminalrat. «Jetzt bloß nicht wieder zimperlich! Denken Sie, ich will Sie reinlegen? Will ich gar nicht! Ich will ganz offen mit Ihnen sein und Ihnen erzählen, daß meine Herren jetzt schon bei Hoppe & Cie. sind . . . Und wenn da jetzt so ein kleiner, allerdings leicht verspäteter Warnungsruf Ihres Herrn Bruders einträfe, so hätten wir ein Indiz . . .»

Es war immer wieder dasselbe: Von einer Entscheidung wurde man zur anderen gedrängt, es half kein Zurückweichen. Es war dem Heinz schon viel erschienen, daß er den Bruder preisgegeben hatte, gegen des Vaters Wunsch. Daß er ihn nun aber selbst in die

Falle locken, daß seine Stimme den Köder abgeben sollte – nein, und noch mal nein!

«Es kommt mir so schrecklich schmutzig vor!» sagte er verzweifelt.

«Schmutzig – jawohl», polterte der Bullenbeißer. «Alle Halbheit ist schmutzig, da haben Sie recht. Was schlecht ist, ist schlecht – und mit Halbheit kommt man darüber nicht fort. – Und nun gehen Sie am besten nach Haus und essen was, Sie sehen völlig käsig aus. – Nein, Sie sollen gar nicht telefonieren müssen, glauben Sie, ich brauche Sie für solche Witzchen?! Ich wollte nur mal sehen, was Sie für ein Mensch sind. Na, denn adjüs, es ist noch nicht alle Hoffnung verloren, daß Sie eines Tages ein Mann werden. Adjüs, ich habe zu tun, ich bin kein Erzieher!»

Aber vielleicht war er das doch, diese Bulldogge!

11

Er hatte wirklich viel um die Ohren, der junge Heinz Hackendahl, in diesen Tagen. Aber bei allem, was er tat, hallte ihm die polternde Stimme des rotgesichtigen Dicken nach. Er vergaß sie nicht gleich wieder, sie machte ihn fester.

Es kam sehr schnell die Stunde, da er seiner jungen Frau erzählen mußte, daß es vorbei war mit der schönen Stelle bei Hoppe & Cie. Er mußte es ihr erzählen, denn die dicken Überschriften in den Zeitungen hätten es ihr doch verraten. «Hunderte von Sparern um alles betrogen», hieß es da. «Petroleum und Totalisator» – «Geistliche, die Wucherzinsen nehmen» – «Hoppes Pechsträhne» usw. usw. Erzählen also mußte er es ihr. Aber er hätte ihr nicht von seinem Anteil an diesem Zusammenbruch erzählen müssen, und doch tat er es. Weil ihm immer noch jene Stimme im Ohr gellte.

«Ich habe es eben tun müssen, Irma. Von dem Augenblick an, wo ich Erich sah, mußte ich es tun.»

Und wie es fast immer bei Frauen ist, sie nahm es ganz anders, als er erwartete. «Es wird schon irgendwie gehen», sagte sie. «Bei den anderen geht es ja auch.»

Nein, keine Vorwürfe.

Und auch der Vater nahm es anders, als erwartet. Heinz suchte ihn abends auf, wieder saß der Vater im Stall beim Rappen . . .

«Sophie will mir 'nen andern Zossen koofen, meiner sieht ihr nich schön jenug aus», sagte der Alte. «Aber ick weeß nich, ick bin so an ihn jewöhnt. – Na, dein Laden is nu wirklich jeplatzt, wat?»

Jetzt hätte Heinz sich wiederum drücken können, ohne jene Stimme, denn von einem Erich Hackendahl hatte bisher nichts in den

Zeitungen gestanden. Und wenn er dem Vater doch alles erzählte, so tat er es, weil er die Stimme noch hörte, weil ihm richtig schien, was die von Halbheit gesagt hatte.

«Ja so», sagte der Alte. «Hastes also doch jesagt! Na ja, halb und halb ha'ick mir det schon so jedacht. Du kannst eben ooch nich aus deine Pelle. Ick nich und du ooch nich. Det is, wat einem so schwer injeht, det der andere ooch seine Pelle für sich apart hat. Man denkt immer: Der muß doch in dieselbe Pelle stecken wie du, is doch ooch bloß Menschenpelle. Und dabei is se janz anders.»

Aber als Heinz schon an der Stalltür stand, rief der Alte noch: «Du, Heinz – von Erich weeßte also nischt?»

«Nein, Vater!»

«Na denn hau ab! Aber wenn de wat hörst, sagste es mir jleich. Bloß keene halbe Sachen, det de denkst, du mußt mir schonen von wejen dem, wat ick damals jesagt habe. Halbe Sachen sind Schruz!»

Gedankenvoll ging Heinz und überlegte, wie seltsam das war, daß zwei so verschiedene Menschen wie der Kriminalrat und der alte Droschkenkutscher die gleichen Ansichten über Halbheit hatten . . .

Aber er mußte weiter, er hatte keine Zeit, viel stille zu stehen. Da waren die Besuche bei Irma und dem Kind, das ein Sohn geworden war; einem fernen, halbvergessenen Bruder zum Gedächtnis und einer nahen Schwägerin zur Freude war es Otto genannt worden. Aber diese Krankenbesuche hörten bald auf; nach den offiziellen acht Tagen kehrte Irma wieder zurück in die kleine Wohnung.

Nun wohnten sie da zu dreien und fingen an, sich einzurichten zu dreien und sich einzugewöhnen zu dreien. Das war manchmal nicht so einfach, es war ein ganz anderes Leben, als es zu zweien gewesen war. Aber das lernte sich . . .

Was sich gar nicht lernen ließ, das waren die täglichen Wege zur Stempelstelle. Von dort kam er immer wieder traurig und müde und oft auch böse zurück. Im Grunde war es eine einfache Sache, Millionen hatten es mit ihm alle Tage (und später zweimal wöchentlich) zu erledigen: Man ging auf ein Büro und hielt eine Karte hin. Auf die Karte wurde ein Stempel gedrückt, zum Beweis dessen, daß man sie hingehalten, und dann konnte man wieder gehen . . . Und einmal wöchentlich gab es Geld. Wirklich eine sehr einfache Sache . . .

Aber sie machte traurig, müde, und oft machte sie auch böse . . .

Da war die Stempelstelle selbst. Sie war in einer kleinen ehemaligen Villa untergebracht, sie lag in einer kleinen Villenstraße. Nichts Vornehmes, um Gottes willen, ganz kleine Pensionäre wohnten da, ehemalige Lehrer oder Prokuristen, die vielleicht gerade noch vor der Inflation das Glück gehabt hatten, von ihren lebenslänglichen Ersparnissen sich diese kleinen Maurermeistervillen mit zweihundert Quadratmetern Garten zu kaufen.

Es wohnten also kleine Leute in der Straße, wo die Stempelstelle lag, zu der noch ein bißchen kleinere Leute gingen. Und doch erfuhr Heinz Hackendahl von den anderen Arbeitslosen, daß die Anwohner dieser Straße Eingabe um Eingabe wegen Verlegung der Stempelstelle machten. Nach Ansicht der Anwohner nämlich schändete die Stempelstelle ihre Straße. Sie entwertete die Villen. Der Kaffee schmeckte den Pensionären nicht, wenn sie die Erwerbslosen vorbeilaufen sahen. Sie gönnten die Stempelstelle einer Straße, in der noch kleinere Leute wohnten.

Was die Herren auf der Stempelstelle zu diesen Eingaben sagten, erfuhr man natürlich nicht. Aber dafür war gesorgt, daß sich immer Schutzleute in dieser Straße aufhielten. Die sahen auf ein gesittetes Benehmen der Erwerbslosen, es durfte nicht geschrien und nicht gesungen werden, man hatte ein Auge auf sie . . .

Über solche Dinge wurde natürlich von den Arbeitslosen immer wieder gesprochen. Sie hatten viel Zeit, über so etwas zu sprechen, wenn sie da anstanden und auf ihren Stempel warteten. Sie redeten immer wieder davon, sie sprachen mit Leidenschaft, Haß, Erbitterung darüber. Sie gingen an den dürftigen Vorgärten vorüber – o nein, sie vergriffen sich nicht an ihnen, ihretwegen brauchten keine Schutzleute dazustehen! Aber sie sahen mit einem wahren Haß auf diese Gipszwerge, diese Glaskugeln, diese arme kleine Gärtnerei: Wenn die Pensionäre die Erwerbslosen nicht sehen konnten, so zahlten die ihnen das zehnfach zurück!

Dann waren da die Angestellten auf der Stempelstelle. Es war ganz klar, diese Angestellten in den Stuben und hinter den Schaltern hatten nur darum Arbeit, weil die anderen arbeitslos waren. Sie lebten von der Arbeitslosigkeit. Die Arbeitslosen waren ihre Arbeitgeber. Da hätten doch, meinten die Arbeitslosen, diese Angestellten ein bißchen höflich zu ihnen sein müssen, jawohl, sie hätten ihre Arbeitgeber freundlich und mit Achtung behandeln sollen!

Aber von solcher Achtung und freundlichen Rücksichtnahme war nicht das geringste zu spüren. Im Gegenteil, die taten alles, um ihren Arbeitgebern das Leben zu erschweren! Immer wieder verlangten sie neue Papiere und Nachweise. Sie schnüffelten im Vorleben der Arbeitslosen herum, sie gaben vor, etwas zu ermitteln, was sie das Arbeitsschicksal nannten. Sie rochen hinter jedem Dreck her, und wenn einer mal Krach mit seinem Werkmeister gehabt hatte, so hieß er widerspenstig, und hatte man sich früher mal krank gemeldet, und der Vertrauensarzt von der Kasse hatte einen wieder gesund geschrieben, so hieß man arbeitsscheu . . .

Solche Sachen gaben sie einem zu verstehen, die Herren Angestellten hinter den Schaltern, und dann stießen sie die Glasscheibe zu. Sie ließen die draußen warten und frühstückten, ausgiebig aus Stullenpapier und Thermosflasche, und solche redeten von arbeitsscheu! Sie hatten sich wahrhaftig, als seien die paar Groschen, die sie einem zahlten, ihr eigenes Geld! Das waren die Richtigen, denen mußte man es nur einmal zeigen!

Und so zeigte man es ihnen. Alle Tage gab es Krach, in den Stuben und auf den Gängen. Aber die Brüder waren so gemein, sie ließen den, der ihnen mal richtig die Wahrheit sagte, vom Hausmeister heraussetzen, oder sie ließen gar einen Polizisten von der Straße kommen. Das bedeutete, daß man strafweise zwei Tage oder fünf Tage lang keine Unterstützung bekam, bloß, weil die die Wahrheit nicht hören wollten.

Ja, das war schon eine krank und verzweifelt machende Luft, in der man da stand und auf seinen Stempel wartete, manchmal stundenlang. Da konnte einem schon elend werden, wenn einer auf dem Gang schrie, daß er Schaum vor den Mund bekam: Diese Brüder, diese Blutsauger, ihm sperrten sie das Stempelgeld, und daheim konnte er zusehen, wie Frau und Kinder langsam verreckten . . .

«Ja, du Glotzauge hinter dem Schalter, dich meine ich! Hast du schon deine Kinder abends vor Hunger blarren hören, du Speckjäger, und hast keine Krume Brot mehr und keinen Pfennig, was zu kaufen!»

So schrie der, und es half gar nichts, daß der Nachbar hinter Heinz Hackendahl flüsterte, der Bruder gebe bloß an, die letzte Unterstützung habe er gleich am Zahltag versoffen. Manchmal war es vielleicht wahr, und manchmal war es geschwindelt. Aber es war schlimm, daß die Menschen sich voreinander so nackt und schamlos zeigten . . .

Und dann war auch schlimm, wenn einen der Nachbar darauf aufmerksam machte, daß der Vordermann nicht nur einen Stempel auf seine Karte gedrückt kriegte, sondern gleich den von gestern und vorgestern mit. «Der hinter dem Schalter hat das Parteibuch, und der vor dem Schalter hat auch das Parteibuch, und wenn du noch mal was anderes werden willst, als was du jetzt bist, so besorge dir schnell so ein Büchlein. Du sollst sehen, wie der Laden plötzlich funkt!»

Solches Gerede hatte Heinz ja schon auf seiner Bank gehört. Aber er hatte es nicht beachtet. In der Wartehalle der Stempelstelle hing ein großes Schild: «Politische Gespräche sind streng verboten.» Aber das Schild war wirklich völlig nutzlos, denn alle, die da warteten, redeten von Politik. Wenn sie nicht von ihren eigenen Schicksalen redeten, so sprachen sie von Politik.

O Gott, wie Heinz Hackendahl diese Stempelstelle hassen lernte, mehr konnten auch die gekränkten Anwohner sie nicht hassen! Dieses trostlose Grau, diese Gestalten, die immer grauer zu werden schienen, diese ewig gleichen Gestalten, die Schimpfer und die Verbissenen und die Skatbrüder und die Neidhammel. (Auf was alles man neidisch sein konnte! «Der hat's gut! Der hat bloß ein Bein. Der kriegt noch Rente! So gut möcht ich's auch haben!») Und die Kollegen, die ihre jämmerliche Eleganz aufrechterhielten und alle Tage mit neuen Geschichten kamen, welche schicken Weiber sie in der letzten Nacht ausgeführt hatten ... Und die anderen Kollegen, die sich ganz plötzlich aufgaben, deren Anzüge gewissermaßen von heute auf morgen fleckig aussahen ... Und plötzlich hatten sie statt Schnürsenkel Bindfäden in den Schuhen und Löcher in den Jackenärmeln ...

Das ging aus dem Frühjahr über den Sommer hin, und manchmal war der Himmel strahlend blau, die Sonne schien, in den kleinen Villengärten war jedes Fliederblatt frisch. Sie aber waren alt und grau. Ihr Leben verrann mit Stempeln, für sie gab es keinen Sommer. Für sie gab es nur noch eines: stempeln gehen. Das war wie eine Krankheit, die einen ergriff, die jede Freude tötete, jede Lust lahmlegte, die nach und nach, langsam und allmählich von dem ganzen Menschen Besitz ergriff.

Da konnte man schon trübe, müde, trostlos nach Haus kommen und konnte sogar neidisch auf Irma werden, die in ihrem Haushalt herumwirtschaftete, für die es keine Arbeitslosigkeit gab, nein, die wegen des Kindes Otto sogar mehr als früher zu tun hatte ...

Er setzte sich auf einen Stuhl und sah ihr zu und wußte, daß er heute den ganzen lieben langen Tag keine andere Beschäftigung haben würde, als ihr zuzusehen.

Nach einer Weile sah sie sich zwei- oder dreimal nach ihm um und sagte: «Du machst einen ganz kribblig mit deinem Zusehen, Heinz. Komm, versuch mal, ob du Babys Wäsche waschen kannst ...» Und manchmal stellte er sich dann an das Waschbrett und fing an zu rubbeln. Aber selbst, wenn ihm die Arbeit gelang, konnte sie ihm keine Freude machen, denn um Freude zu machen, muß Arbeit einen Sinn haben. Bloß arbeiten, um zu arbeiten, als Zeitvertreib gewissermaßen, ist blöd.

Darum gab er es auch bald wieder auf, oder sie nahm ihm die Arbeit aus der Hand und sagte: «Laß man, Heinz. Ich wollte dich ja nicht ärgern. Bloß, es kann einen wild machen, wenn man dich was tun sieht. Es sieht immer so aus, als wolltest du einschlafen. Ich weiß, ich weiß schon, und du tust mir auch leid. Aber könntest du nicht etwas anfangen? Du könntest dich doch mal nach deinen alten Freunden umsehen. Oder besuch mal deinen alten Schullehrer. Das war doch schon lange dein Plan!»

«Meinst du?» fragte Heinz. «Ich weiß nicht, es sieht fast aus, als sollte es Regen geben. Aber vielleicht möchte ich doch gehen . . .»

Eine Weile drückte er sich noch unentschlossen in der Wohnung herum. Aber dann, als Irma ihn noch ein bißchen anstieß, ging er doch los.

12

Er hatte nun den Professor Degener eine ganze Reihe von Jahren nicht mehr gesehen – eigentlich mußte er sich schämen, daß er sich so lange nicht um den geliebten Lehrer gekümmert hatte. Damals, als er in die Lehre gekommen war, damals war er noch ein paarmal hingegangen. Aber dann hatte das aufgehört. Es war ganz seltsam gewesen, wie wenig plötzlich zwei Menschen, die sich gerne mochten, miteinander zu reden gehabt hatten. Wie auf einmal merklich geworden war, daß der eine ein Altphilologe und der andere ein Banklehrling war, zwei lächerlich verschiedene Dinge, ohne jedes Verbindungsglied, schien es.

Jetzt aber ging er wieder zu ihm. Es war schön, wieder den alten Weg zu gehen, das alte Namensschild zu sehen, auf den alten Klingelknopf zu drücken. In einer sehr schlimmen Zeit, da er sich keinen Rat gewußt hatte, war er mehrmals hierhergegangen; jetzt war wieder eine schlimme Zeit.

Das alte Mädchen von früher machte ihm auf, sah ihm prüfend ins Gesicht und sagte dann: «Ja, ich weiß, Sie sind vom Jahrgang 19. Jawohl, ich kenn Sie noch wieder, wenn Sie auch lange nicht hier waren.»

«Schlechte Zeiten, Fräulein», sagte Heinz.

«Der Herr Professor hat sich sehr verändert. Er ist nicht mehr im Amt, seit er den Unfall gehabt hat. Aber reden Sie nicht mit ihm davon, es regt ihn bloß auf. Und wenn er Sie nicht erkennt, es freut ihn doch. Nein, gehen Sie ruhig rein, Sie stören ihn nicht.»

Der Professor Degener saß, das Gesicht in die Hand gestützt, am Schreibtisch. Der einstmals flammendrote Haarschopf war nun ganz grau geworden, und als der Professor den Kopf hob und den Besucher anschaute, sah der eine häßliche rote Narbe quer über die einst so schöne, klare Stirn, und auch das eine Auge schien gestört. Das Lid hing tief und bewegungslos über das Auge hinab.

«Ja, Hackendahl, ich weiß wohl», sagte der alte Lehrer. «Doch, ich erinnere mich, da waren zwei Hackendahls, aber Sie sind der andere, jawohl. Der andere . . . Der eine hat mich nie besucht.»

Der alt gewordene Mann lächelte, es war etwas von dem früheren Humor darin, aber so blaß geworden, so blaß!

«Wissen Sie, Hackendahl – setzen Sie sich. Sie müssen mir eine Frage beantworten. Sie sind nun älter geworden, und Sie füllen Ihren Platz im Leben aus. Aus dem Ring an ihrer Hand sehe ich, daß Sie verheiratet sind, vielleicht sind Sie jetzt Vater. Sie nicken, Sie ernähren eine Familie . . .»

«Leider nein, ich bin arbeitslos, Herr Professor.»

Der Professor nickte beistimmend. «Ja, ich habe davon gehört, viele sind jetzt arbeitslos. Es scheint ein neuer Beruf zu sein, und kein leichter, wie?»

«Nein», sagte Heinz Hackendahl.

«Nun, immerhin», sagte der Professor. «Sie füllen Ihren Platz aus. Sie sind etwas. Und nun sagen Sie mir einmal ganz offen, Schüler Hackendahl, hilft Ihnen das, was Sie bei uns gelernt haben, hilft Ihnen das in Ihrem Leben? Gibt es Ihnen noch etwas?»

Er sah mit dem einen blauen Fritzenauge den ehemaligen Schüler an, das Lid über dem anderen zitterte leise. Der Professor wollte noch keine Antwort, er sprach weiter: «Sehen Sie, ich erinnere mich Ihrer recht gut, Sie waren hinreichend aufgeschlossenen Geistes. Sie haben die Salzluft der homerischen Welt geatmet, und auch der Philosoph Platon war Ihnen nicht nur ein Name. Ja, und nun sagen Sie mir einmal, Schüler Hackendahl, ist von dem allen, was Sie bei uns lernten, noch etwas in Ihnen? Hilft es Ihnen? Freut es Sie?»

Heinz Hackendahl hatte nie darüber nachgedacht, das lag alles so weit, so weit zurück. Etwas Fremdes, halb Vergessenes, das erst jetzt bei den Worten des Lehrers langsam wieder lebendig wurde. Aber daß er erst überlegen mußte, das war wohl schon eine Antwort auf des Professors Frage, aber diese Antwort dem alten Mann zu geben, scheute er sich.

«Sehen Sie, Hackendahl», fing Professor Degener wieder an. «Ich sitze hier viel und denke nach. Nein, ich bin nicht mehr im Amte, seit . . . seit einiger Zeit nicht. Ich bin auch arbeitslos, aber freilich, ich bin ein alter Mann, ich habe mein Tagewerk hinter mir. Und nun muß ich mich immer fragen: Habe ich mein Tagewerk auch wirklich getan? Ich habe es mir ausgerechnet: Ich habe weit über tausend junge Menschen in die Welt der Griechen eingeführt, aber habe ich sie auch wirklich eingeführt? Daß ihnen etwas davon verblieb?»

Er hatte das Kinn in die Hand gestützt, und sein blaues Auge sah Heinz Hackendahl so klar und aufmerksam wie nur je an.

«Keiner hätte es schöner tun können als Sie, Herr Professor!» rief Heinz Hackendahl aus.

«Sie sollen Ihrem Lehrer keine Zensuren ausstellen, Schüler Hakkendahl», lächelte der alte Mann. «Sie sollen mir antworten, was Sie sich mitgenommen haben aus diesen Stunden. Denken Sie noch manchmal an Ihren Homer . . .?»

«Ich lebe in einer so anderen Welt . . .»

«Also auch nicht», sagte der Lehrer betrübt. «Auch er nicht. So viele ich frage. Sehen Sie, Hackendahl, wenn man alt geworden ist, dann fängt man an, sich zu fragen: Warum hast du eigentlich gelebt? Was hast du geleistet? Da draußen ist so viel eingestürzt von dem, was uns älteren Menschen lieb und wert war, und alle Tage stürzt noch mehr ein . . . Aber ich habe mich dann trösten wollen, ich habe mir gesagt: Du hast über tausend junge Menschen belehrt, du hast sie eingeführt in eine Welt der Schönheit, des Männermuts, von Liebe und Kampf . . . Aber es ist nichts damit, euch allen bedeutet diese Welt gar nichts, es ist ein falscher Trost . . .»

Der Professor sah den alten Schüler nicht mehr an, er sah nieder auf den Schreibtisch, auf das verbrauchte, grüne Tuch, auf dem die Arbeiten von tausend jungen Menschen gelegen hatten. Er hatte sie gelesen, zensiert, hatte verbessert, gemahnt, angefeuert, gelobt und getadelt. Aber es war nichts davon geblieben. Es war genauso, wie wenn ein Kind Striche in den Sand zieht; der Tau macht sie undeutlich, der Wind trägt den Sand fort, der Regen löscht die Striche aus: Es bleibt nichts. Reine Spielerei!

Der Schüler Hackendahl sah auf den alten Lehrer, er sagte: «Herr Professor, wir, die wir jetzt arbeitslos sind, wir denken auch oft wie Sie: Wozu leben wir eigentlich? Wir dürfen gar nichts leisten. Wenn ich da auf der Stempelstelle stehe – das ist ein Ort, Herr Professor, wo wir alle Tage hin müssen, um zu beweisen, daß wir auch wirklich nichts arbeiten, denn das ist heute unsere einzige Pflicht, nichts zu tun –, wenn ich da also auf dieser Stempelstelle zwischen den anderen bin, dann ist mir so, als würde ich unfaßbar schnell immer älter. Es ist so schwer zu erklären: als sei ich eben noch jung gewesen, und als würde ich nun unendlich schnell alt. Dazwischen aber liege gar nichts: keine Leistung, keine Freude, nur ein unfaßbar schnelles Altern . . .»

«Wie bei mir», murmelte Professor Degener. «Ich wollte auch noch nicht alt werden, und plötzlich war ich es und merkte, ich hatte noch nichts getan . . .»

«Da ist einem die Schulzeit», sagte wieder Heinz Hackendahl, «unendlich weit ab, als sei sie nie richtig gewesen. Aber», sagte er und legte sachte seine Hand über die dünne, weiße, blauädrige Gelehrtenhand, «aber wenn man auch nicht an die ‹Ilias› denkt und nicht mehr an die ‹Antigone› – ich habe immer an etwas gedacht, was Sie mir einmal gesagt haben. Sie haben mir einmal gesagt, als es mir ganz schlecht ging: Man kann in den Dreck fallen, aber man muß nicht darin liegenbleiben. Und ein andermal, als ich große Pläne hatte, haben Sie gesagt: Zuerst die Zelle gesund, sonst kann der Körper nicht gesund werden . . .»

Der Professor schüttelte unzufrieden den Kopf. «Das sind so Sprüche, Hackendahl. Die kann Ihnen jeder sagen, das ist nichts. Das hat nichts mit Griechentum und meiner Lebensarbeit zu tun.»

«Gewiß, solche Sprüche kann man vielleicht überall hören, Herr Professor. Aber überall haften sie nicht. Nicht, wenn sie irgendeiner sagt, helfen sie. Weil *Sie* mir das gesagt haben, deshalb hat es geholfen.»

Wieder war der Professor nicht zufrieden. «Ach, Hackendahl, weil es Ihnen grade schlecht ging, weil Ihr Herz aufgeschlossen war grade damals, deswegen hat es gewirkt. Das hat gar nichts mit mir zu tun. Hundertmal können Sie sagen: ‹Ehrlich währt am längsten›, und keiner hört hin. Aber wenn Sie es grade einem sagen, der etwas Unehrliches tun will, dann haftet es. Nein, das hat alles nichts mit mir zu tun.»

Und er stützte wieder den Kopf in die Hand.

«Sie wollen mir durchaus nicht geholfen haben, Herr Professor. Aber darum haben Sie es doch getan. Wenn es so wäre, daß es ganz egal ist, wer unser Lehrer gewesen ist, wenn statt Ihrer auch ruhig ein anderer den zweiten Aorist mit uns hätte pauken können, nun, warum kommen wir dann immer noch zu Ihnen, besinnen uns immer wieder auf Sie? Den Homer habe ich vielleicht für eine Weile vergessen, aber den Professor Degener habe ich nicht vergessen. Und so geht es doch vielen.»

«Es kommt kaum einer mehr», sagte der Professor. «Es geht fast nie mehr die Klingel.»

Aber gerade, als er das sagte, ging draußen die Klingel, und herein trat ein alter Klassenkamerad von Heinz Hackendahl, der Hoffmann; größer geworden, massiger geworden, mit einigen Schmissen im Gesicht, aber trotzdem noch wohl zu erkennen . . .

Sie begrüßten einander, und Heinz Hackendahl rief: «Höre einmal, Hoffmann. Herr Professor will durchaus ein Lehrer wie alle gewesen sein, am Ende behauptet er noch, es machte keinen Unterschied, ob der Kandidat – wie hieß er doch? Lieblich, Liebreich, Liebling? – uns unterrichtet hätte oder er?»

«Hoho!» lachte Hoffmann in gewaltigem Baß. «Das wollen wir doch lieber nicht sagen. Weißt du noch, Hackendahl, wie wir ihn geärgert hatten, und wir mußten in sein Klassenzimmer zur Abbitte? Das verlangten Sie, Herr Professor!»

«Ihr werdet euch schlimm genug benommen haben!»

«Er war eine Wanze, eine völlig verächtliche Wanze!» sprach Hoffmann und geriet ohne alle Schwierigkeiten in den alten Schülerton. Und überhaupt reisten die beiden sehr rasch in die alten Schülertage zurück, und nach einer Weile reiste ihnen auch der Professor nach, fort aus den heutigen Zeiten . . .

Das alte Mädchen mußte Tee und Kuchen bringen. Ein wenig besorgt suchte der Lehrer nach einer Zigarre, die leicht genug war, der Jugend nicht zu schaden, und er verblüffte den Schüler Hoffmann höchlichst dadurch, daß er ihm heute, nach Jahren und Jahren, verriet, daß der Lehrer sehr wohl gemerkt hatte, der Abiturient Hoffmann hatte seine Examensarbeit abgeschrieben. «Aber ich wollte Sie nicht reinlegen, Hoffmann. Es war das letzte Notabitur mit sehr geringen Anforderungen, einer normalen Prüfung wären Sie nie gewachsen gewesen. Sie waren immer ein fauler Mensch, Hoffmann!»

Sie wurden noch ganz vergnügt, alle drei, auch der alte Lehrer. Er zerbrach sich nicht mehr den Kopf darüber, was er denn eigentlich im Leben vollbracht hatte – schon im allgemeinen ist das eine recht heikle Frage, und zur Zeit war sie noch heikler . . .

Später gingen Hoffmann und Hackendahl gemeinsam nach Haus. «Warte, ich bringe dich», sagte Hoffmann. «Wo wohnst du eigentlich, Hackendahl?»

«Nein, ich bringe dich», sagte Hackendahl. «Ich habe Zeit . . .»

«Was die betrifft, ich auch massenhaft!» sprach Hoffmann. «Ich habe zwar vor netto zweieinhalb Jahren meinen Referendar gemacht, aber auf Beschäftigung darf ich wohl noch einmal zweieinhalb Jahre warten. Oder auch fünf.»

«Also auch arbeitslos?»

«Natürlich, was denn sonst? Was ich von unserem Jahrgang noch sehe, das ist alles arbeitslos. Bitter, mein Sohn Hackendahl, drei, vier Jahre studiert und dann nichts mehr.»

«Ich habe auch vier Jahre gelernt.»

«Aber dann hast du doch etwas arbeiten können! Wir haben uns immer feste auf das Leben und seine Arbeit vorbereitet, und wie wir dann soweit waren für die Arbeit, da war die Arbeit weg. – Und was machst du? Schon verheiratet und Vater? Das hast du doch geschafft! Ich freilich hinwiederum . . .»

«Das kannst du alle Tage schaffen.»

«Rede nicht leichtfertig. Wieso denn? Dieses, mein Sohn Hackendahl», sprach Hoffmann und bewegte seine gewaltigen Glieder vorsichtig im Tuchgehäuse, «dieses ist der einzige mir noch verbliebene anständige Anzug. Nur für feierliche Gelegenheiten wie einen Besuch bei Professor Degener oder eine völlig erfolglose Bewerbung wird er noch getragen. Meine anderen Hosen – nun schön, meine alte Dame erklärt, sie seien nicht mehr zu flicken!»

«Alles wie bei uns!» rief Heinz Hackendahl. Und es ist nicht zu leugnen, er war fast erfreut darüber, daß es dem «Akademiker» nicht anders erging.

«Nur daß ihr stempeln gehen könnt», sprach Hoffmann. «Unser Hosenhintern hat zwar wie der eure Löcher, aber dafür haben wir Vorurteile . . . Stempeln gilt bei uns nicht für fein.»

«Ein paar Akademiker stempeln auch bei uns», meinte Hackendahl.

«Na ja», sagte Hoffmann. «Das sind so Bahnbrecher. Bald wird kommen der Tag, da der Vater, der Edle, spricht: Ich bleche nicht fürder . . .»

«Ein bißchen anders hattest du es dir gedacht, was?»

«Was gedacht . . .?»

«Na, den ganzen Klimbim, das Leben.»

«Freilich, freilich . . . Es ist schon eine Scheiße.»

«Jawohl, Scheiße!»

«Freilich, Scheiße!»

Und einige Minuten vergnügten sie sich damit, einander das Wort «Scheiße» ins Gesicht zu sagen. Es war nicht bloß ein Wort für sie, es war wirklich – Scheiße.

Später sprachen sie von ihrem alten Lehrer, von Professor Degener . . .

«Was ist denn das für ein Unfall gewesen?» fragte Heinz Hackendahl. «Weißt du was davon, Hoffmann?»

«Versteht sich. Hast du nicht gehört . . .? Eine bildschöne Sache – paßt gut in die allgemeine Scheiße.»

Und Hoffmann berichtete, daß Herr Professor Degener, ein Mann schließlich, der allen demonstrativen Bekundungen seiner Gefühle abhold war, immerhin bei gebotenem Anlaß auf dem Balkon seiner Wohnung eine schwarzweißrote Fahne angebracht hatte. Dieser Balkon nun grenzte, wie das in der Großstadt einmal ist, an einen anderen Balkon, dessen Besitzer nicht für Schwarzweißrot war, sondern die rote Fahne vorzog . . .

Da sich der Reichstag ebenfalls über die Frage nach der Farbe des deutschen Flaggentuches veruneinigte, eine Regierung darüber gestürzt wurde und der alte Herr von Hindenburg persönlich eingriff, aber erfolglos, denn die Gemüter waren bereits zu sehr erbittert – da also das ganze deutsche Volk seinen Flaggenstreit hatte, sah der Balkonnachbar nicht ein, warum er nicht auch den seinen haben sollte: Er nahm die schwarzweißrote Fahne des Professors durch Übergriff auf den fremden Balkon an sich und zerknickte sie.

Der Professor, mehr ein stiller Gelehrter, doch nicht ohne Feuergeist, hatte Flaggen bis dato nicht für wichtig erachtet, aber Flaggenschändung erachtete er für überaus wichtig. So ersetzte er die zerbrochene Fahne durch eine neue und legte sich auf die Lauer ...

Aber ein alter Lehrer hat darin nichts vor seinem jüngsten Schüler voraus: Er muß so pünktlich in der Schule sein wie er. Als der Professor am Mittag aus der Schule kam, mußte er feststellen, daß diesmal nicht nur seine schwarzweißrote Fahne verschwunden, sondern daß statt ihrer auf seinem Balkon eine rote erschienen war.

Professor Degener war ein humanistisch gebildeter Mann und daher der Meinung, auch im schlechtesten Menschen stecke etwas Gutes, das man mit Milde hervorlocken müsse.

Sanft rollte der Lehrer die fremde Fahne zusammen, erlaubte sich einen Übergriff durch Zurückstellen der Fahne auf den Nachbarbalkon und machte sich persönlich auf den Weg, ein ihm gemäßes Flaggentuch zu kaufen. So weit war er inzwischen aber doch warm geworden, daß er eine größere und stabilere Fahne als bisher kaufte. Diese neue war nicht so ohne weiteres zu zerknicken.

Als er zurückkam, wehte wiederum die rote Fahne von seiner Zinne, diesmal aber stand auch der Nachbar auf seinem Balkon und sah aus finsterem Auge auf den Gelehrten. Der hatte sich bisher wenig Gedanken über den Täter gemacht; nun sah er ihn, recht groß, recht massig, mit dunklen Augen ...

«Entschuldigen», sprach der Professor sanft und fing an, die Bindfäden, die die Fahne am Balkongitter hielten, zu lösen.

«Die Fahne bleibt!» sprach der Nachbar drohend.

«Keineswegs!» antwortete der Professor und knotete weiter. «Ihre Gesinnung ist nicht meine Gesinnung, daher wäre es eine Lüge ...»

«Die Pfoten weg!» befahl der andere. «Ich lasse mir mit Ihrem Lappen nicht die Fassade schänden!»

«Sie werden zugeben müssen», sprach der Professor direkter, «daß eine aufgezwungene Gesinnung nur eine Sklavengesinnung sein kann. Grade wenn Ihnen Ihre Fahne lieb ist ...»

«Ihr Lappen kotzt mich an», sprach der Dicke. «Willem sein Lappen!» Und heiser fing er an zu singen: «O Tannenbaum, o Tannenbaum, der Kaiser hat in'n Sack gehaun!»

Der Professor hatte die Fahne gelöst, er hielt sie in der Hand, er sprach erregter: «Es ist unwürdig, eines Mannes zu spotten, der wohl schwach, nie aber schlecht war. Ich bitte Sie ...»

«Laß deinen Lappen beiseite, Männeken!» sprach der Dicke drohend. «Ick werde dir zeigen, wer schwach ist ...»

Der Professor entfaltete unbeirrt die eigene Fahne. Der Dicke langte von Zeit zu Zeit über die Trennwand und vereitelte durch kleine Stöße das Anbinden. Professor Degener ging zwei Schritt weiter und knotete außer Reichweite. Der Feind nahm die zusammengerollte eigene Fahne und stieß mit ihr nach dem anderen ...

«Lassen Sie das ...» sprach der Professor und ging bis an das Ende seines Balkons ...

«Die Fahne bleibt weg!» brüllte der Dicke drohend, aber es war nur leere Drohung: Der Feind war außer Reichweite.

Professor Degener, der (irrtümlich) glaubte, der Flaggenkonflikt sei durch Ausweichen gelöst, knotete still weiter. (Einem ähnlichen Irrtum waren die Herren im Reichstag verfallen, als sie die schwarzweißrote Gösch erfunden hatten.)

«Du nimmst den Rotzlappen weg!» brüllte der Dicke, aber stumm knotete der Professor.

Jetzt war der Feind in Siedehitze. Zuerst machte er Anstalten, von einem Balkon zum anderen zu klettern, aber ein Blick in die Tiefe erhielt ihn dem Leben. Er nahm einen Blumentopf und warf ...

«Lassen Sie diese Ungehörigkeiten!» sprach der Professor, sich umdrehend. Ihm war noch nicht klargeworden, daß ein Blumentopf etwas anderes ist als ein Schneeball, daß ein frecher Schüler ungefährlicher ist als ein erhitzter Parteimann.

Der zweite Blumentopf fuhr in das sich umwendende Gesicht und zerbrach. Der Professor stieß einen O-Laut aus, nicht so sehr aus körperlichem Schmerz, als aus Trauer über seine Menschen. Dann fiel er rücklings ...

Der Gegner starrte finster auf den gefallenen Mann, murrte: «Das wird ihn lehren, seinen Drecklappen woandershin zu hängen!» und verschwand ...

«Ist er denn wenigstens eingelocht?» fragte Heinz erbittert.

«I wo, der Professor stellt doch keinen Strafantrag. Nein, er hatte alles dicke, er wollte nicht mehr, hat sich auch gleich pensionieren lassen. Man kann es schon verstehen, wenn einer die Lust verliert ...»

«Ja, er ist alt. Er hat was gehabt im Leben – aber wir ...?»

«Ja, wir ... haben auch die Lust verloren, was? Aber schon vorher!»

«Schon vorher, jawohl!»

«Denke dir das bloß mal aus, Hackendahl, ich bin jetzt siebenundzwanzig, kriege schon Bauch und Glatze – und habe noch keinen Pfennig Geld verdient. Doch halt, daß ich nicht lüge: mit siebzehn und achtzehn fünf Mark die Woche für Nachhilfestunden. Aber so gut ist es mir seitdem nicht wieder gegangen.»

«Es mag ja noch mal anders kommen, Hoffmann.»

«Da lauer man drauf! Wenn wir's nicht anders kommen machen, Hackendahl!»

«Aber wie?»

«Ja, mein Sohn, das ist die Frage, wie?»

13

Bei Heinz Hackendahl wechselten Zeiten tiefster Niedergeschlagenheit mit Perioden stärkster Anspannung.

War er niedergeschlagen, so wurde ihm sogar der Weg zur Stempelstelle zu einer fast unmöglichen Aufgabe. Auf diesem Wege begegnete er den Glücklichen, die zur Arbeit gingen, die Aktentasche mit dem Frühstück unter dem Arm. Sie sahen ihn gedankenlos an, oder sie fanden vielleicht seinen Mantel reichlich schäbig.

Dann starrte er verbissen, sie waren so viel jünger als er, Jahr für Jahr kam eine neue Generation in die Arbeit – und eine tiefe, peinigende Angst überfiel ihn, daß er alt wurde, immer älter, bis er zu jeder Arbeit untauglich sein würde, ehe er noch recht gearbeitet hatte! Verbraucht, von Arbeitslosigkeit verbraucht!

Dann kam er wieder auf die Stempelstelle, reihte sich ein in die Schlange der anderen, einer von vielen, einer von immer mehr Arbeitslosen.

Nun kannte er schon bestimmte Gestalten, fürchtete die Nachbarschaft mancher, andere suchte er. Einer war da, sicher ein ganz dummer Kerl, der immer strahlend sagte: «Na, Kolleje, ooch wieder mal hier? Na, laß man, die längste Zeit ham wir hier nu jestanden!»

Das sagte er, Woche für Woche, Monat für Monat, immer mit demselben freundlichen, ein wenig dämlichen Gesicht, nicht zu erschüttern in seiner Hoffnung.

Dann gab es einen anderen, Marwede hieß er, neben dem mochte Heinz nicht stehen . . .

«Tag, Kollege! – Der Kleine, weißt du, der Pries, der immer hierherkam, war früher bei der BEWAG – du kennst ihn doch . . .? Der ist nun auch hops. Lysol getrunken. Haben ihn ins Krankenhaus gebracht, war aber schon alles verbrannt . . . Jawoll, Kollege, der hat es ausgestanden, wir haben es noch vor uns . . .»

Marwede sah Heinz Hackendahl an. «Peinlich zu hören, was? Aber is doch so! Selbstmord oder Verbrechen – das sind unsere Auswege. Sonst nichts!»

«Die Wirtschaft kann auch wieder in Gang kommen», meinte Heinz.

«Aber wieso denn? Von was denn? Sag mir das mal! Und selbst wenn – uns brauchen sie dann nicht mehr! Dann gibt's so viel Jüngere! Wir können ja gar nicht mehr arbeiten – ich hab's neulich versucht. Geht nicht, nach zwei Stunden wurde mir übel.»

«Du bist eben unterernährt.»

«Und du denkst, das ist bei uns wie bei einem Dampfkessel, eine Schippe Kohlen mehr, eine Fettstulle mehr, dann funkt das Köpfchen wieder? Aber nee, das Köpfchen will nicht mehr, das ist eingeschlafen, das geht uns nicht wieder auf den Leim. Das will seine Ruhe haben. Selbstmord oder Verbrechen, Kollege, sonst nichts!»

«Vorläufig kannst du noch stempeln», sagte Heinz unnötig wütend.

«Ja, vorläufig. Du weißt nicht, Kollege, wie mir manchmal morgens ist. Da lieg ich denn auf der Falle, ausgezogen habe ich mich abends sicherheitshalber erst gar nicht, weil man doch nie weiß, ob man morgens Lust hat, sich wieder anzuziehen. Da liege ich denn und zähle mir an den Knöppen ab, Selbstmord, Verbrechen, Stempeln . . .?»

«Du mußt komische Knöppe haben, daß die immer fürs Stempeln sind . . .»

»Nee, weil ich feige bin, Mensch, man muß sich doch nich 'ne Soße um alles rum machen! Feige ist der Mensch vor allem, feige – du, ich; alle sind sie feige.»

«Dann quassel hier auch nicht von Selbstmord und Verbrechen!»

«Sag lieber nichts! Plötzlich ist so'n Ding passiert! Weißt du, ich habe alle Abende so'ne Bar an der Tauentzien auf dem Kieker. Da kommt immer so ein Dicker, der hat eine ganz geschwollene Brieftasche . . . Und so gegen eins geht er im Halbdustern schräg über'n Wittenbergplatz . . .»

«Halt deinen Sabbel!» schrie Hackendahl wütend. «Alles Angabe von dir!»

«Reg dich bloß nicht so künstlich auf! Du hast wohl auch schon an so was gedacht, daß du dich so künstlich aufregst? Aber du bist natürlich genauso feige wie ich.»

«Wenn du jetzt nicht die Fresse hältst, Marwede!» Und Heinz Hackendahl zeigte ihm drohend die Faust.

Aber nach so etwas kam er völlig erledigt nach Haus. Da sah er dann seinen Sohn, dieses Kind Otto, das so merkwürdig wenig weinte. Es hatte im Bettchen gelegen, da ging sein Vater stempeln. Als es seine ersten Laufversuche machte, ging sein Vater stempeln. Otto lernte sprechen, und sein Vater ging derweile stempeln. Und sah sich immer weiter stempeln gehen, vielleicht konnte ihm sein Sohn, noch etwas später, ein bißchen Gesellschaft leisten auf dem Wege zur Stempelstelle. Und noch später, dann stempelten sie vielleicht gemeinsam, Vater und Sohn.

So konnte man manchmal denken, und dann klangen einem die Worte Selbstmord oder Verbrechen so unheilvoll im Ohr . . .

«Du, Irma», sagte er dann. «Ist dir das immer noch nicht über, mit einem Arbeitslosen zum Mann?»

«Schlechte Stimmung?» fragte sie. «Laß man, es wird schon wieder. Ganz plötzlich, paß auf, wenn du ganz verzweifelt bist . . .»

«Dann müßte es allerdings wirklich plötzlich kommen, so etwa in den nächsten drei Minuten . . . Nein, ob du es noch nicht über hast, frage ich?»

«I wo! Ein richtiger Berliner verliert den Mut noch lange nicht. Geh jetzt mal los zu Mutter. Die wollte sehen, ob sie Heringe für uns kriegt. Beeil dich aber ein bißchen!»

«Heringsbändiger!» sagte er, ging aber doch.

Und dann kam wieder ein Tag, und alles war anders. Der Himmel brauchte gar nicht etwa blau zu sein, es konnte ruhig regnen, aber das Herz schlug anders, es schlug kraftvoll, hoffnungsvoll. Das wäre doch gelacht, dachte er, wenn ich mich unterkriegen ließe! Ich habe so ein Gefühl . . . Er fuhr mit beiden Beinen aus dem Bett.

«Ich habe so ein Gefühl, Irma», sagte er, «heute passiert was. Natürlich was Angenehmes. Und mit dem Essen warte nicht auf mich, ich will heute mal zur Sophie . . .»

«Gut», sagte sie. «Hals- und Beinbruch!»

An solchen optimistischen Tagen war das Stehen an der Stempelstelle nur dann unangenehm, wenn es lange dauerte. Über Marwede konnte man bloß lachen. «Na, immer noch kein Mord? Kein Selbstmord? Kollege, du wirst hier sicher noch dein goldenes Jubiläum feiern! Du wirst Ehren-Arbeitsloser, mit der Stempelkarte am Band!»

Worüber dann Marwede wieder in Wut geriet!

Aber das war einem egal. Kaum war die Stempelei vorüber, raste man los. Man hatte einen Elan, man hatte einen Schwung im Leibe. In den Zeitungshäusern kriegte man immer gleich die Zeitungen, die man brauchte, sah sofort die Inserate, die etwas versprachen. Und lief wieder los.

Und der Schwung, der Glaube, die Hoffnungsfreudigkeit trugen einen in die fremden Büros, man überrannte mit lächelnder Miene seine Mitbewerber, man bezauberte die Personalchefs, entlockte den griesgrämigsten Arbeitgebern ein Lächeln. Dann konnte man einfach alles: nicht nur doppelte Buchführung, italienische wie amerikanische, selbstverständlich bilanzsicher, sondern auch Schreibmaschine, Stenographie, englische und französische Korrespondenz, Schaufenster dekorieren? Selbstverständlich, können wir auch . . .

An solchen Tagen war es einem fast egal, wenn sie schließlich doch nur sagten: «Sie bekommen Bescheid von uns.» (Der Bescheid kam nie.) Oder: «Alles besetzt! Leider – grade so was wie Sie hätten wir gebraucht. – Na, wir merken Sie vor.»

Und man zuckte kaum, wenn es hieß: «Was, *das* Inserat? Das haben wir doch schon vor sechs Wochen aufgegeben! Die Brüder drucken's einfach noch mal, damit sie überhaupt ein Stellenangebot in ihrem Blättchen haben. – Tut uns sehr leid, aber – vielleicht schlagen Sie mal auf der Zeitung Krach?»

Nein, man rannte weiter, wenn es hier nicht war, so war es dort. Irgendwo mußte es sein, heute, man hatte schon am Morgen solch Gefühl gehabt . . .

Und wenn dann doch alle Wege umsonst gelaufen waren, so bewies das noch gar nichts, dann ging man einfach zu Sophie . . .

«Na, wieder mal auf der Jagd?» fragte Sophie kühl. «Schön, daß du den Mut nicht verlierst. Natürlich kannst du den Abziehapparat benutzen. Sieh aber, daß du ihn zum Schluß gut rein machst, das letztemal waren die Walzen ganz verschmutzt!»

Auch das kümmerte einen nicht, trotzdem man den Apparat tadellos gesäubert hinterlassen hatte. Aber wer weiß, wer alles sonst noch sich Zeugnisse abzog, die Nachfrage nach solchen Apparaten war ungeheuer . . .

«Hast du schon Mittag gegessen?» fragte die Oberin Sophie. «So, so. Ich glaube es dir zwar nicht, aber zwingen will ich dich nicht. Na, denn man los! Du weißt ja mit allem Bescheid. Und bitte, was ich noch sagen wollte, wenn du durchaus rauchen mußt, ich stelle dir Zigaretten hin – nimm die, bitte. Deine riechen so entsetzlich. Das Büro ist hinterher völlig unbenutzbar.»

Damit ging sie. Vielleicht war sie wirklich so, vielleicht hatte sie sich diesen Ton nur angewöhnt. Wer ein großes Haus mit vielen weiblichen Wesen darin in Ordnung zu halten hat, darf nicht sanft und lieblich sein. Also, sanft und lieblich war sie nicht. Nie gewesen.

Doch ein wenig verärgert, brachte Heinz seinen Abziehapparat in Gang. Allmählich aber trug ihn sein Schwung über den kleinen Ärger fort. Er mußte gut aufpassen, er wollte nur erstklassige Abzüge versenden – der erste Eindruck, das Äußere einer solchen Bewerbung war so enorm wichtig. Es waren ja eigentlich nur sehr wenig Zeugnisse: das Lehrzeugnis von der Bank und das Abgangszeugnis von der Bank. Für jemanden Mitte der Zwanzig verdammt wenig. Es sah aus, als habe der Kerl nie gearbeitet.

Aber Heinz Hackendahl hatte sich geholfen: Zuerst hatte er sein Abiturientenzeugnis hinzugefügt. Und später, weil es doch auch recht gut war, sein Einjährig-Freiwilligen-Zeugnis.

Von dem Lebenslauf wurden der Sicherheit wegen auch Abzüge gemacht, obwohl manche ihn nur handgeschrieben haben wollten. Andere freilich haßten wieder das von der Hand Geschriebene; sie sahen handschriftliche Bewerbungen überhaupt nicht an.

Er versucht, sich die Stellung auszudenken, die er auf Grund seiner Bewerbungen bekommen wird – nein, beileibe nichts Großes, er verlangt nicht viel: normales Gehalt, der Chef oder Abteilungsvorsteher braucht nicht besonders liebenswürdig zu sein, die Kollegen, nun, Kollegen hin, Kollegen her – es wird sich schon mit ihnen leben lassen! Nichts Himmelstürmendes, nur eine nette Arbeit, eine Sache mit Schwung: Hackendahl, bitte erledigen Sie mir das noch schnell. Bleiben Sie heute eine Stunde länger. Sonst schaffen wir die Arbeit nicht.

Oh, daß es einmal Zeiten gegeben hatte, in denen einem angst war, die Arbeit nicht zu schaffen, da es zuviel Arbeit gab! Heute streckte man die Arbeit, damit sie für recht viele reichte, man erfand den Kurzarbeiter. (Im Kriege hatte man den Schwerarbeiter erfunden, der zerstörende Krieg war ein besserer Arbeitgeber gewesen als der aufbauende, sie nannten es Frieden . . .)

Manchmal knurrte der Magen, dann dachte man an die Schwester, an die Oberin Sophie. Sie hatte sich nach dem Mittagessen erkundigt, und er hatte abgelehnt. Eine andere hätte vielleicht doch Mittagessen gebracht oder wenigstens einen Teller mit irgend etwas. Schließlich war man hier in einer Klinik, einem Haus, in dessen Küche es immer was zu essen gab ! . .

Aber so war Sophie nicht. Bitte schön, wer dankt, hat schon, ich will niemandem etwas aufdrängen.

Manchmal sieht sie zu ihm herein, aber nicht des Essens wegen, sondern wahrscheinlich mehr als Aufsicht für den Abziehapparat. Und natürlich auch, daß er keine seiner stinkenden Zigaretten raucht.

Aber davon spricht sie nicht, das ist erledigt. Sie hat ihre Wünsche geäußert, und das muß genügen. Sondern sie sagt etwa: «Hast du abends noch Zeit, Bubi? Schön! Ich habe da eine kleine Differenz mit dem Finanzamt, wegen der Umsatzsteuer. – Du könntest mir das mal aus den Büchern ausziehen.»

Sie nickt und geht wieder.

Wäre Heinz nicht so guter Laune, würde er sich über Sophie ärgern. Dies ist wiederum sie: Sie stellt dem Bruder kostenlos einen Abziehapparat zur Verfügung, ein kompliziertes Ding mit Walzen und Rädern, das natürlich nur eine bestimmte Lebensdauer hat und durch jede Benutzung seinem Ende näher gebracht wird – also, wie gesagt, kostenlos, trotz Farbverbrauchs und Abnutzung. Aber dafür kann der Bruder am Abend ein bißchen in die Geschäftsbücher sehen, drei oder vier Stunden.

Ist sie geizig? Vielleicht ist sie nur genau. Sie will nichts verschenken. Ihr ist im Leben auch nichts geschenkt worden, nein, sie ist gegen die Schenkerei.

Im Anfang, beim ersten Male, hat Heinz noch gedacht, sie würde ihm am Schluß solcher Steuerberatung geschwisterlich ein Fünfmarkstück in die Hand drücken. (Und er war entschlossen gewesen, dies Fünfmarkstück zurückzuweisen.) Aber sie hatte gesagt: «Danke schön, Heinz. Du weißt, ich darf dir kein Geld geben. Da du Erwerbslosenunterstützung erhältst, wäre das verbotene Schwarzarbeit.»

Komisch, komisch! Früher war sie spitz, sauer und flachbrüstig gewesen. Rund und fett war sie aus dem Feld gekommen, aber innerlich war sie genauso spitz und sauer geblieben, wie sie von Jugend an gewesen . . .

Später kommt sie noch einmal herein. Diesmal läßt sie sich Zeit, sie bleibt nicht nur zwischen Tür und Angel. Sie setzt sich in den Schreibtischstuhl, nimmt eine von den dort hingestellten Zigaretten (ohne natürlich eine Bemerkung darüber zu machen, daß er keine genommen hat) und raucht ihm was vor . . .

Sie sieht ihm zu, schließlich fängt sie zu sprechen an, sie klagt über Vater. Sie hat so viel für Vater getan, hat ihn neu eingekleidet, einen Plattenwagen gekauft, auch einen Halb-Landauer, sie ist sogar bereit, ein neues Pferd zu kaufen. «Aber Vater ist so widerborstig! Du sollst ja Einfluß auf ihn haben, wie mir Mutter erzählt hat. Sprich du doch mal mit ihm, Heinz . . .»

«Wieso ist er widerborstig?»

«Einmal behandelt er mir die Patienten nicht nett genug . . . Gott, es sind eben Patienten, kranke Leute, und nebenbei fast immer sehr wohlhabende Leute . . . Da muß man sich eben auf ihre Wünsche einstellen, auch wenn sie ein bißchen quengelig sind. Neulich hat er doch wahrhaftig Herrn Fabrikbesitzer Otto, du weißt doch, von den großen Akkumulatorenwerken, mitten auf der Straße angeschnauzt, er solle machen, daß er aus seinem Wagen komme!»

«Vater ist eben alt!»

«Er sagt doch immer, daß er eisern ist. Soll er es mal zeigen! Natürlich ist Herr Otto quengelig, aber ich komme immer mit ihm zurecht. Und dann das mit dem Geld. Vater findet stets, ich zahle ihm nicht genug. Er sagt, mit seiner Droschke verdient er mehr. Aber er muß doch bedenken, daß ich alles angeschafft habe, Wagen und Kleidung, er ist doch gewissermaßen nur Lohnkutscher. Ich habe mich bei Mutter erkundigt, was sie in der Woche brauchen, das bekommt er. Er soll ja schließlich nicht reich werden mit dieser Fahrerei.»

Sie betrachtet sinnend den Bruder. Dann steht sie auf, die Zigarette ist aufgeraucht.

«Also schön, du redest mal mit Vater darüber. Er muß einsehen, daß ich zu einem kleinen, festen Wochenlohn Dutzende, Hunderte bekommen kann. Und daß es für mich nicht übermäßig angenehm ist, wenn er allen Patienten erzählt, er ist der älteste Droschkenkutscher von Berlin, der eiserne Gustav, und die Oberin ist seine Tochter.»

Heinz dreht eifrig die Kurbel seiner Maschine und gibt der Schwester keine Antwort. Sie scheint auch keine zu erwarten. Sie hat ihm gesagt, was sie sagen wollte, und nun geht sie . . .

Heinz wird mit Vater natürlich nicht hierüber sprechen. Wenn Sophie Streit mit Vater anfangen will, so ist er dazu nicht nötig. Das Leben ist auch ohnedies kompliziert genug.

Als Heinz genug Abzüge fertig hat, setzt er sich an den Schreibtisch und fängt mit den Bewerbungen an. Eigentlich hat er das zu Haus tun wollen, aber da er am Abend noch die Bücher für Sophie durchsehen soll, lohnt es den Heimweg nicht. Hoffentlich macht sich Irma keine Gedanken über sein Ausbleiben.

Er fängt mit seiner unpersönlichen, schwungvollen Buchhalterschrift an: «Sehr geehrte Firma!» Er hat sich fünf oder sechs Inserate notiert, die den Vermerk tragen: «Nur schriftliche Bewerbungen» . . . Wenn er sich daranhält, und Sophie nicht zu oft stört, muß das bis zum Abend zu schaffen sein. Dann wird er die Briefe auf dem Heimweg in den Nachtbriefkasten stecken. Vielleicht hat er dann schon übermorgen die Aufforderung, sich persönlich vorzustellen . . .

Als er daran denkt, bekommt seine Hand mehr Schwung, fließender preist er seine Vorzüge – immer eine etwas schwierige Sache. Man kann da leicht zuviel tun, Bescheidenheit ist aber auch dumm. Dann klingt so ein Bewerbungsbrief gleich nach gar nichts . . . Etwas von dem Morgenschwung ist in ihn zurückgekehrt, die Hoffnung regt sich wieder, beim Aufstehen hat er gedacht: Heute wird es klappen! Jetzt denkt er: Übermorgen klappt es – vielleicht!

Es ist ein bißchen weniger geworden seit dem Morgen, aber es ist doch Hoffnung, und mit auch nur ein wenig Hoffnung ist das Leben hundertmal leichter. Dies bißchen macht einen gewaltigen Unterschied aus, ohne dies bißchen ist alles pure Verzweiflung, aber mit ihm ist das Leben recht erträglich.

Da sitzt er und schreibt. Für jeden Bewerbungsbrief nimmt er eine frische Feder. Er pustet über das Papier, ein Stäubchen kann die Gleichmäßigkeit der Schrift stören. Er benutzt ein Linienblatt. Ehe er zu schreiben beginnt, gruppiert er den Stoff im Kopf nach Absätzen, überlegt, wie diese Absätze auf der Briefseite zu verteilen sind: Ein Bewerbungsschreiben darf nicht zu voll aussehen, es darf aber auch nicht an Schwindsucht leiden. Was er noch an Schaffensfreude besitzt, steckt er in diese Bewerbungsbriefe.

Er hat einen Kopf mit Verstand und Gedächtnis. Sein Verstand müßte ihm sagen, daß diese Bewerbungen zwecklos sind. Bei zwei Millionen Arbeitslosen sind die Chancen gegen ihn ungeheuer. Auf der Stempelstelle erzählen sie, daß auf ein einziges Inserat oft zwei-, dreitausend Angebote eingehen. Angebote darunter, die für ein halbes, für ein viertel Tarifgehalt zu arbeiten versprechen, für ein Trinkgeld! Die Aussichten sind gleich Null, die Aussichten lohnen nicht das Porto, seine Arbeitsaussichten lohnen weder Schwung noch neue Feder, noch Papier. Wenn er schriebe: Liebe Firma, ich bin der Mai und mache alles neu! – sein Brief hätte erheblich höhere Aussicht auf Beachtung.

Seine Erinnerung aber müßte ihm sagen, daß er schon Dutzende, schon Hunderte solcher Bewerbungsschreiben losgelassen hat. Was ist ihr Erfolg gewesen? Seine Erinnerung sagt untrüglich: Auf Hunderte von Briefen hat er nie eine Antwort bekommen. Auf zehn Briefe etwa kam der Bescheid, seine Bewerbung werde in Erwägung gezogen, er werde später Näheres hören. (Er hörte nie später Näheres.) Etwa fünfmal wurde er zur Vorstellung gebeten. (Leider inzwischen besetzt.)

Aber er schreibt weiter und hofft. Früher hat man auf den Stempelstellen viel von dem Recht auf Arbeit gefaselt, das jeder Geborene hat. Aber davon wird schon lange nicht mehr gesprochen.

Jetzt besitzt er nur noch die Hoffnung auf Arbeit. Anfallweise. Dann läuft er und schreibt und bewirbt sich.

Und langsam geht die Hoffnung wieder aus ihm, und die endlose, schwere Verzweiflung beginnt neu, in der es ihm fast unmöglich wird, auch nur auf die Stempelstelle zu gehen . . .

14

Während dieser langen Arbeitslosigkeit lächelte Heinz Hackendahl zweimal das Glück: Zweimal fand er Arbeit. Das eine Mal wurde er aushilfsweise auf einer Bank beim Jahresabschluß beschäftigt. Das war herrlich, wieder auf einem ordentlichen Büro zu sitzen und die vertrauten Arbeiten zu tun!

Freilich waren sie nicht mehr ganz vertraut. Viel Neues war dazugekommen. Die in Leinen gebundenen Geschäftsbücher, auf deren erster Seite verschnörkelt von alters her die Worte «Mit Gott» gestanden hatten, waren nun abgeschafft. Auf einzelnen Karten wurde Buch geführt, die Buchführungsmaschine hatte ihren Einzug gehalten, es gab keine Gelegenheit mehr, auch nur in Druckschrift Gottes Erwähnung zu tun . . .

Das war neu für Heinz Hackendahl, neu war auch für ihn, daß er Jüngere um Rat und Auskunft fragen mußte. Als er noch in Stellung gewesen war, hatte er zu den Jüngsten gehört. Aber am erstaunlichsten war doch die Entdeckung, daß er nicht mehr stetig hintereinander arbeiten konnte. Es wurde ihm schwer, acht Stunden auf einem Stuhl zu sitzen, mit einer Arbeit vor sich, und mit nichts als dieser Arbeit vor sich. Aus den erwerbslosen Tagen steckte eine peinigende Ruhelosigkeit in ihm. Immerzu hatte er das Bedürfnis, aufzuspringen, herumzulaufen. Daß man acht Stunden lang das gleiche tun sollte, war so schwer zu lernen.

Es war in den langen letzten Monaten immer so gewesen, daß er jeden Augenblick etwas anderes hatte tun können. Er hatte Irma bei einer Arbeit geholfen, und plötzlich hatte er gesagt: «Einen Augenblick, ich hol bloß ein paar Zigaretten!» und war fortgelaufen auf die Straße.

Wenn er dann zurückgekommen war, hatte Irma seine Arbeit meistens schon erledigt, und er hatte ein bißchen mit dem Kleinen gespielt. Dann war ihm auch das über geworden, und wieder war er auf die Straße gegangen, um die ausgehängten Zeitungen zu studieren. Dann war er wieder in die Wohnung zurückgekehrt . . .

Damals war ihm nicht recht zu Bewußtsein gekommen, wie ruhelos seine Beschäftigungslosigkeit ihn umtrieb. Aber jetzt, als er wieder vor einer Arbeit saß, fühlte er sie. Sie steckte in ihm, ewig wollte er aufspringen und loslaufen. Nicht an einen bestimmten Ort, zu einem bestimmten Tun – nein, einfach loslaufen . . .

Er gab auf sich acht, er hütete sich, diesem Drang nachzugeben. Aber ein paarmal mußte er doch einen Tadel einstecken, daß er zu oft auf die Toilette gehe, man finde ihn nie an seinem Platz. Ihm war klar, daß er auf dieser Bank keine dauernde Arbeit bekommen würde, trotz aller Mühe, die er sich gegeben.

Die zweite Aushilfsbeschäftigung, die er fand, war bei einem großen Textil-Versandhaus. Dort wurden Wochen hintereinander Hunderttausende von Drucksachen versandt, eine riesige Werbung, nach amerikanischen Methoden, um Schwung in den stets zögernder werdenden Absatz zu bringen. Das war die richtige Beschäftigung für Erwerbslose, zu einem Dutzend saßen sie zusammen, Männlein und Weiblein. Drucksachen wurden gefalzt, Anschreiben beigelegt, eine Bestellkarte dazugetan. Es wurden Adressen geschrieben, Briefe kuvertiert – und dann wurde alles in vielen Waschkörben zur Post geschleppt.

Dabei wurde hin und her gelaufen, ständig konnte man seine Beschäftigung wechseln. Jetzt falzte man, jetzt packte man Drucksachen aus. Nun tippte man Adressen, und dann ging es los mit den Waschkörben, drei Straßen weit, zum nächsten Postamt. Und bei alledem wurde gelacht und geschwatzt, das Gefühl, Arbeit zu haben, ein paar Mark zu verdienen, machte auch den Mürrischsten vergnügt.

Es gab kleine Eifersüchteleien, ein bißchen Zank, Diskussionen um ein verschwundenes Bindfadenknäuel. Fräulein Pendel und Herr Lorenz wurden überrascht, wie sie sich hinter der Tür küßten . . . «Hallo, hallo, ihr seid die Richtigen! Das nennt ihr wohl auch Drucksachen!»

Nicht enden wollendes Gelächter . . .

Hier erwarb sich Heinz Hackendahl die volle Anerkennung seiner Chefs. Er übernahm eine Art Kommando über die undisziplinierte Horde der Erwerbslosen. Es lag ihm, zu vermitteln, Gegensätze auszugleichen, anzutreiben, ein Arbeitspensum rauszuholen . . .

«Bis Sonnabend noch die ganze Nordmark, einschließlich Hamburg? Jawohl, das wird sich machen lassen, das werden wir schon schaffen! Sorgen Sie nur dafür, daß wir rechtzeitig Adreßbücher bekommen, die Hauptarbeit macht immer das Adressenschreiben . . .»

Eine Zeitlang durfte sich Heinz Hackendahl sogar der Erwartung hingeben, endgültig angestellt zu werden. Man machte ihm Hoffnungen, er war fleißig, voller Verantwortungsgefühl. Dann wurde doch nichts daraus. «Es tut uns leid, Herr Hackendahl, Sie wissen, wie gern wir Sie dauernd beschäftigt hätten. Aber der Erfolg der Werbung ist doch nicht so, wie wir erwarteten. – Nein, machen Sie kein Gesicht, sobald wir jemanden einstellen, denken wir an Sie. Wir schreiben Ihnen dann bestimmt.» (Sie schrieben nie.)

Das waren zwei Lichtblicke, aber von zwei Lichtblicken kommt keine Helligkeit. Das Geld ging drauf für das Allernotwendigste, für Miete und Essen . . . Nie auch nur die geringste Anschaffung. – Und es mußte angeschafft werden, die Wäsche verbrauchte sich, die Kleidung verbrauchte sich. Die Schuhe mußten besohlt werden, und bald waren die Schuhe so, daß der Schuster sagte: «Ja, junge Frau, was soll ich mit den Schuhen machen? Die Sohlen sind hin, und das Oberleder ist kaputt – die Schnürsenkel sind noch ganz gut, jawohl, zu den Senkeln würde ich mir an Ihrer Stelle ein Paar neue Schuhe kaufen!»

Die Eheleute rechneten hin und her, aber es ist eine alte Erfahrung, daß nach noch so langem Rechnen zehn Mark zehn Mark geblieben sind, das Rechnen hat sie nicht vermehrt. Die Unterstützungssätze für die Erwerbslosen wurden zwar erhöht, das ließ sich nicht leugnen, aber auch dann reichten sie nicht. Und aus der Erwerbslosenhilfe wurde die Arbeitslosenversicherung, aus der Stempelstelle ein Arbeitsamt. «Davon werden wir auch nicht satt», murrten die ewig Unzufriedenen.

Nein, es wollte nicht reichen, man mochte rechnen, soviel man wollte. Langsam erst, dann immer schneller ging der Haushalt zurück. Die Hemden wurden morsch und die Mäntel dünn. Zerbrochenes Geschirr wurde nicht mehr ersetzt. Der Gasmann war eine Angst, und der Mann, der den elektrischen Zähler ablas, ein Schrecken. Langsam, langsam kamen sie mit der Miete in Rückstand. Erst blieb ein kleiner Rest, der beim nächsten Zahltag ausgeglichen wurde. Dann wurde der Rest nicht mehr ausgeglichen, und bald war man einen ganzen Monat im Rückstand.

Der Hausverwalter grüßte kaum noch, später kamen Briefe von der Hausverwaltung. Zuerst einfache, höfliche, dann eingeschriebene, strenge, unhöfliche, grobe . . .

«Es hilft eben nichts: Wir wohnen zu teuer», sagte Irma immer wieder, probeweise. «Es ist die Miete, die uns so reinreißt!»

«Warte nur», sagte er. «Wir wollen nicht vorschnell sein. Vielleicht finde ich in allernächster Zeit was.»

Dann, vier Wochen später, wiederholte Irma ihren Spruch von der zu teuren Miete.

«Laß die Hausverwaltung doch schreiben!» sagte Heinz ärgerlich. «Die können uns den Buckel runterrutschen. Was die mir schreiben, ist mir so egal!»

Aber es war ihm gar nicht egal. Er litt darunter, daß er seine Verpflichtungen nicht erfüllen konnte, wie man so schön sagt. Es war ihm kein Trost, daß man ihm gegenüber die Verpflichtung nicht erfüllte, ihm nämlich nie eine Chance auf Arbeit gab.

Er gab sich einen letzten Stoß und nahm eine Stadtvertretung. Wie Hunderte seiner Leidensgenossen lief er mit einem Köfferchen herum. In dem Köfferchen waren eine Luftpumpe und eine Dose flüssiges Bohnerwachs sowie ein paar Bürsten. Und nun spritzte er jeder Hausfrau, die sich das gefallen ließ, Wachs auf die Dielen und glättete es schönstens . . .

Ach, es waren nur wenige, die sich das gefallen ließen! Und von den wenigen bekamen noch weniger Lust, sich seinen Apparat zu kaufen. Und von den wenigen, die Lust bekamen, hatten nur ganz wenige Geld, das Zeugs zu bezahlen – nein, sie lohnte sich nicht, diese Lauferei!

«Laß es doch!» sagte Irma. «Du läufst dir mehr von den Schuhsohlen ab, als der Kram je einbringen kann!»

Und er ließ es. Er ließ es gerne. Er eignete sich nicht zum Verkäufer. Es widerstrebte ihm, einer Frau eine Sache aufzureden, die sie nicht brauchte, einer Frau, die mit Geld bestimmt ebenso knapp war wie Irma. Oft bekam er wegen eines verkauften Apparates Gewissensbisse.

«Was meinst du, wollen wir nicht doch die Wohnung aufgeben . . .?»

«Meinetwegen – wenn du meinst.»

«Du weißt doch, die Miete . . .»

«Ja doch! Ich sage doch ja!»

«Es hilft ja nichts, Heinz. Und für Mutter ist es auch ein Opfer.»

Natürlich, auch für Frau Quaas war es ein Opfer. Klein, kümmerlich und sorgenvoll nahm sie die Familie bei sich auf. Die Möbel der jungen Hackendahls verstopften ihre nicht große Stube, das meiste kam aber auf den Boden . . .

«Jetzt werden wir reichen. Wir sparen nicht nur die Miete – auch mit dem Essen ist es viel einfacher, wo ich für Mutter mit koche. Sie zahlt uns doch einen Zuschuß. Jetzt können wir endlich ein bißchen anschaffen.»

«Zuerst wird die rückständige Miete bezahlt. Ich will keine Schulden haben – grade bei solchen nicht, die so tun, als wäre man ein Lump, bloß weil man keine Arbeit kriegt.»

Ja, nun wurde es ein bißchen leichter für Hackendahls. Irma half im Geschäft, die Mutter half im Hause, es ging wechselseitig hin und her. Man saß ein wenig eng aufeinander, Mutter und Tochter schliefen mit dem Jungen in der einen Stube, er war in die Küche verbannt . . .

Es war natürlich eine verkehrte Welt: eine Ehe ohne Ehe, der einfachste Kuß geniert durch die Mutter. Die Frauen arbeitend, der Mann zur Untätigkeit verdammt . . . Völlig verkehrte Welt, aber kaum verkehrter als die Welt draußen, die große Welt, die politische Welt, in der sie gerade mit Geschrei (und viel Streit) den Dawesplan starteten, eine Einrichtung, durch die dem Schuldner vom Gläubiger Geld geliehen wurde, damit der mittellose Schuldner nun besser seine Schulden zahlen könne . . .

Es gab natürlich manche Erleichterung, manchen Lichtblick: Der Vater, der alte Hackendahl, hielt mit seinem Wagen vor dem Laden, der Junge Otto wurde hineingesetzt, der Vater Heinz setzte sich dazu.

Nun trabte Blücher los, der eiserne Gustav knallte mit der Peitsche, nicht weil dies nötig war, sondern weil es den Jungen freute, und sie fuhren drei, vier Straßenecken weit, begleiteten den Großvater auf einer Fahrt in die Klinik.

Dann stiegen Vater und Sohn aus, sie gingen langsam zurück, sie blieben vor den Läden stehen, sie hatten Zeit. Kindliches Geschwätz, die kleine Hand vertrauensvoll in der großen – eine gute Sache, eine fromme Täuschung –: Das Kind weiß ja noch nicht, daß der Vater nicht gleich hinter dem lieben Gott kommt, daß er bloß ein Erwerbsloser ist, ein Ausgestoßener, ein Paria. Wie sehr Paria, das sollte er noch erfahren, auch das sollte ihm nicht erspart bleiben. Als er seine Karte zum Stempeln hingibt, sieht der Mann auf einen Zettel, dann in Hackendahls Gesicht.

«Herr Hackendahl? Sie möchten doch mal auf Zimmer 357 kommen.»

Also geht Heinz Hackendahl auf Zimmer 357. Wenn ihm hier so etwas gesagt wird, so tut er es. Er ist nur einer von Tausenden, kein Menschenschicksal, kein Einzelmensch mehr. Er hat sich längst abgewöhnt, hier auf irgend etwas persönlich zu reagieren. Aber diesmal ist er doch persönlich gemeint.

Am Schreibtisch sitzt ein dürrer, gelblicher Mann. Der hat ja einen komischen Kopf, denkt Heinz. Das ist mal richtig, was man eine Birne nennt . . .

«Sie heißen Heinz Hackendahl, das und das, erwerbslos seit dem und dem, wohnen dort und dort, stimmt alles?»

Jawohl, alles stimmt – nur, daß ihm kein Stuhl angeboten wird, obwohl einer dasteht, das stimmt nicht. Aber es lohnt nicht, sich wegen so etwas aufzuregen. Hier muß man sich über nichts aufregen.

«Was ist denn das für 'ne Wohnung, die Sie haben?» fragt Birnenkopf. (Natürlich bekommt man eine Abneigung gegen solchen Kopf, wenn man so dämlich gefragt wird. Sonst fände man den Kopf bloß spaßig . . .)

Heinz Hackendahl denkt, daß er nach seiner alten Wohnung gefragt wird, daß die Verwaltung sich wegen des Mietrückstandes beschwert hat. Aber der ist jetzt bezahlt, und das setzt er auch auseinander.

«So», sagt Birnenkopf. «Mietschulden haben Sie also auch, und nun können Sie die bezahlen. Von was haben Sie die denn bezahlt?»

Natürlich wird einem bei solcher Fragerei langsam warm; Heinz Hackendahl sagt, daß er leider kein anderes Einkommen hat als seine Erwerbslosenunterstützung, und von der habe er eben den Mietrückstand bezahlt.

«Schön», sagt Birnenkopf. «Früher reichte also die Unterstützung nicht zur Miete, und jetzt reicht sie. Wie kommt das?»

«Weil wir jetzt keine Miete bezahlen, weil wir bei der Schwiegermutter wohnen», erklärt Heinz.

«Na ja, schön. Sie wohnen bei der Schwiegermutter. Für umsonst. Und was machen Sie da?»

«Nichts.» (Das ist es ja leider gerade, daß er da nichts macht.)

«So – gar nichts?»

«Nein, was soll ich denn da sonst machen?»

«Und plötzlich haben Sie so viel Geld, daß Sie Ihre Mietrückstände bezahlen? Hat Ihnen Ihre Schwiegermutter vielleicht das Geld gegeben?»

«Nein, die kommt grade mit Ach und Krach durch, mit ihrem kleinen Papiergeschäft.»

«So, sie hat ein Papiergeschäft? Da helfen Sie ihr wohl manchmal?»
«Nein.»
«Überlegen Sie sich Ihre Antwort lieber. Arbeiten Sie in dem Papiergeschäft mit?»
«Nein.»
«Und bekommen Entgelt dafür?»
«Nein.»
«Das Entgelt braucht ja nicht bar gegeben zu werden, es kann auch in freier Wohnung und Essen bestehen, nicht wahr?»
«Nein. Ich gebe meinen Anteil zu allem.»
«Und können trotzdem Mietrückstände bezahlen.»
«Ja. Weil nämlich ein gemeinsamer Haushalt billiger kommt als zwei getrennte.»
«Und Sie wissen bestimmt, daß Sie nicht im Laden arbeiten?»
«Ja, das weiß ich.»
«So. Das Verbot der Schwarzarbeit ist Ihnen natürlich bekannt?»
«Jawohl.»
«Sie wissen, daß Sie keinerlei Nebenarbeit gegen Entgelt verrichten dürfen?»
«Das weiß ich. Ich habe auch nie ...»
«Und daß das Entgelt natürlich auch in Sachleistungen bestehen kann, wie zum Beispiel einer Wohnung?»
«Ich habe nie ...
«Sie haben laut hier vorliegender Anzeige am 5. dieses Monats, nachmittags gegen 6 Uhr, dem Anzeigenden drei polizeiliche Meldescheine für zehn Pfennig verkauft. Sie waren allein im Laden. Der Anzeigende ist bereit, seine Angaben zu beeiden. – Nun?»
«Das ist ja lächerlich ... So was ist ja hundsgemein! Und auf solche Denunziation geben Sie was? Da bestellen Sie mich feierlich her ...!»
«Wenn Sie sich ausgeschimpft haben, antworten Sie vielleicht präzis. Geben Sie zu, daß die Angaben des Anzeigers stimmen?»
«Sagen Sie mir doch mal, was das für ein Schweinehund ist!»
«So, Sie erinnern sich also nicht einmal? Sie bedienen oft im Laden?»
«Ich bediene überhaupt nicht im Laden! Zwei Frauen sitzen in der Wohnung, und am Tage kommen vielleicht zwanzig Kunden – das schaffen die Frauen allein!»
«Sie leugnen also, Schwarzarbeit geleistet zu haben – gegen diese eidesstattliche Versicherung?»
«Ich habe keine Schwarzarbeit getan! Das ist keine Schwarzarbeit, wenn ich mal in den Laden gehe! Ich nehme dadurch keinem Menschen Arbeit weg. Meine Frau hat vielleicht grade am Gaskocher

gestanden und den Topf umgerührt, vielleicht hat sie gesagt: ‹Geh du doch mal!› Wie kann das denn Schwarzarbeit sein?!»

«Die Auslegung, was Schwarzarbeit ist, überlassen Sie lieber dem Richter! Wenn das so war, wie Sie es schildern: Warum rühren Sie dann nicht den Topf und überlassen das Bedienen im Laden Ihrer Frau?»

«Weil Kochen Frauenarbeit ist und . . .» Er bricht ab.

Aber der andere fährt fort: «. . . und Kunden bedienen Männerarbeit. Sehen Sie, genau unsere Auffassung! Sie haben den Frauen also das Kochen überlassen und haben die Männerarbeit getan, nämlich das Kundenbedienen. Das haben Sie also hiermit zugegeben.»

«Ich habe gar nichts zugegeben! Ich habe gesagt, daß ich vielleicht einmal für meine Frau eingesprungen bin!»

«Immerhin sind die Einzelfälle so häufig vorgekommen, daß Sie sich an den einzelnen gar nicht mehr erinnern können!»

«Ist das hier ein Strafverfahren gegen mich?» schrie er wütend. «Das ist ja lächerlich! Glauben Sie wirklich, ich will den Unterstützungsanspruch verlieren und Gefängnis riskieren, um für zehn Pfennig Ware zu verkaufen?!»

«Zuerst einmal mäßigen Sie sich!» sprach der Birnenkopf mißbilligend. «Sie schreien mich ja an – das ist unstatthaft. Setzen Sie sich erst einmal und beruhigen Sie sich . . .»

«Jawohl, jetzt bieten Sie mir einen Stuhl an, wo ich zu aufgeregt bin, mich hinzusetzen!»

«Aber warum sind Sie denn aufgeregt? Wenn Sie ein gutes Gewissen haben, brauchen Sie sich doch nicht aufzuregen. – Also, wie ist die Sache?»

«Das habe ich Ihnen schon gesagt!»

«Sie haben bestritten, schwarzgearbeitet zu haben, und zugegeben, im Laden bedient zu haben. Das ist ein Widerspruch.»

«Das ist kein Widerspruch. Mein Bedienen war keine Arbeit.»

«Das ist Ihre Auffassung.»

«Jawohl, das ist meine Auffassung!»

«Na schön, dann können Sie also vorläufig gehen.»

«Wirklich? Kann ich das? Sie wollen mich nicht sofort verhaften?!»

«Sie können gehen.»

«Na schön.»

Bereits, als er ging, war seine Wut fast verraucht. Er verstand sich selbst nicht mehr. Das waren ja bloß Federfuchser, irgendein gemeiner Hund schickte eine Anzeige, und sie reagierten sofort darauf. Sie tüfelten sich Fragen aus, sie waren genau, aber lebensfremd. Er hatte von diesen Dingen schon gehört. Jemand hatte seiner Schwester beim

Umzug geholfen: Schwarzarbeit. Jemand hatte seiner Mutter ein Stück Land umgegraben: Schwarzarbeit. Jede menschliche Hilfsbereitschaft wurde verdächtigt. Es war unnütz, sich darüber aufzuregen, sie konnten ihm nichts wollen – aber es war doch unangenehm.

Es wurde noch unangenehmer.

Es wäre schon schlimm genug gewesen, daß er nun immer in der Stube oder Küche sitzen mußte, daß er überhaupt nicht mehr in den Laden zu gehen wagte, aus Furcht, in neuen Verdacht zu geraten. Daß er sich stets wie ein Gefangener vorkam, den ein unsichtbares Auge belauert.

Aber sie zwickten ihn weiter. Sie reichten ihn von Beamten zu Beamten. Es erwies sich, daß seine erste Vernehmung einen ungünstigen Eindruck erzeugt hatte. Der Birnenkopf hatte ihn als «renitent» bezeichnet, eine unerwünschte Eigenschaft. Er hatte fügsam zu sein, nicht renitent. Er hatte seine Schuldlosigkeit gehorsamst zu beweisen, denn den Beweis seiner Schuld hielten sie ja mit der Anzeige in Händen.

«Ja, mein Herr», sagte ein sanfter, älterer Beamter. «Selbst wenn alles so gewesen sein sollte, wie Sie es darstellen, es hätte doch nicht sein dürfen. Als Unterstützter hätten Sie auch den Schein vermeiden müssen. Und den Anschein einer Schwarzarbeit haben Sie nicht vermieden.»

«Ich bin nie auf den Gedanken gekommen, daß es nach Schwarzarbeit aussieht, wenn ich meiner Frau mal helfe. Es gibt Tausende von Erwerbslosen, die kochen und machen die Stuben rein, während ihre Frauen ein paar Groschen verdienen.»

«Sie haben in einem Laden gestanden – als Verkäufer. Das ist etwas anderes. Takt, Herr Hackendahl, an Takt haben Sie es jedenfalls fehlen lassen. Wenn man aus öffentlichen Mitteln unterstützt wird, muß man immer daran denken, das öffentliche Ansehen zu wahren.»

Diese lächerlichen drei grünen Meldezettel zu einem Groschen – sie hingen Heinz Hackendahl allmählich zum Halse heraus. Wenn er wieder auf so ein Büro bestellt wurde, sah er seinen Akt da liegen, er schwoll allmählich an, er wanderte zwischen den Abteilungen hin und her. Vielleicht hatte er auch schon die Polizei und Staatsanwaltschaft besucht und war nur noch nicht dick genug zur Eröffnung eines Verfahrens wegen Betrug.

Schließlich kam es Heinz Hackendahl vor, als finge die Sache auch die Beamten zu langweilen an. Als befaßten sie sich nur mit ihr, weil der Akt eben da war, weil noch keiner den Mut gehabt hatte, «Verfahren eingestellt» darauf zu schreiben.

Nein, wirklich, das hatte Heinz Hackendahl gelernt, daß er gar nichts war. Er war ein Körnchen unter Millionen. Es war ganz zufällig, wie ihn die Räder faßten. Ganz heil blieb keiner, der zwischen diesen Rädern war. Manche wurden nur wenig beschädigt, manche aber wurden völlig zermahlen, sie fielen als Staub, als Asche aus der Maschine. Es gab sie nicht mehr.

Manchmal, wenn er über seine drei grünen Meldezettel nachdachte, fürchtete er, daß es mit ihm noch einmal so weit kommen, daß auch er eines Tages ganz zerrieben werden könnte. Aus der Zettelgeschichte war schließlich nichts geworden, sie schien eingeschlafen. Aber wenn er sich wirklich etwas hätte zuschulden kommen lassen, wenn er von der Schwester Sophie für seine Bücherdurchsicht ein Fünfmarkstück genommen hätte – zerrieben, Staub und Asche, vorbei!

Lange litt er unter dem Druck. Es war eine sehr schwere Depression. Er wollte nichts mehr tun, kein Stück mochte er in die Hand nehmen, keinen Schuh mehr putzen, dem Jungen nicht den Mantel anziehen, er wollte nichts mehr. Er war verurteilt, es war ein viel härterer Urteilsspruch über ihn verhängt als über jeden Verbrecher. Der Verbrecher durfte, ja, er mußte in seiner Zelle arbeiten. Etwas entstand unter seinen Händen, und wenn es bloß eine Kokosmatte war oder ein Einholnetz.

Er aber ging umher in der Welt, und alles war ihm verboten. Er durfte nichts tun. Er hatte Kräfte, einen Verstand, aber es war ihm verboten, seine Kräfte zu erproben, etwas zu vollbringen. Er durfte mit seinem Verstand nur grübeln, nichts weiter. Ausgeschlossen vom Leben, warte, bis du stirbst, wir geben dir gerade so viel, daß du noch länger warten kannst, noch ziemlich lange – auf dein Sterben. Dieses Warten, das ist deine Beschäftigung!

Die Schwiegermutter, Irma, die weinerliche Mutter, auch der Vater versuchten, ihn aufzuheitern, ihn in Bewegung zu setzen.

«Mach doch los, Heinz, sei nicht doof. Am Sonntag fahr ick dir und deine Familie een bißken ins Jrüne. Der Blücher freut sich ooch, wenn er mal wieder wat richtjet Jrünet zu sehen kriejt, nich bloß die jrünen Bänke uff'n Kaiserplatz!»

«Ja, die Bänke – hast du gelesen, Vater, die sollen jetzt auch für Arbeitslose verboten werden. Es ist eine Eingabe gemacht, wir lümmeln uns da bloß rum und nehmen anderen den Platz weg!»

Nichts zu machen – fast ein Tick schon, eine fixe Idee . . .

Achtes Kapitel

Die Fahrt nach Paris

1

Zuerst war es weiter nichts, als daß der alte Hackendahl am Bahnhof Wannsee Neugierige in schwarzen Massen sich drängen sah. Fahnen wehten, die neue deutsche und die französische Flagge, Militär war da, Musik spielte, und nun stieg auch noch ein Redner auf das Pult und redete . . .

Gustav Hackendahl konnte das alles von seiner Droschke ausgezeichnet sehen. Er sah auch das Frauenzimmer im schwarzen Reitdreß, das auf einem Braunen saß. Das Frauenzimmer schien, wenigstens so aus der Ferne, nichts Besonderes, aber der Braune sah gut aus.

Een hübschet Pferdchen, dachte Gustav. Ville zu schade für so ein Frauenzimmer. Det wär wat vor meene Droschke.

Bei einem Taxichauffeur holte er Nachrichten ein. «Wat is denn los?» fragte er.

«Na, Justav», sagte der Chauffeur, der ihn natürlich, wie alle Berliner Chauffeure, kannte. «Du kommst wohl immer mehr vom Monde! Das ist doch die, die von Paris rüberjeritten is, uns zu besuchen. Ja, det hat se gemacht, immer auf dem Zossen. Der Zosse hätte ich nicht sein mögen, und der ihr Hinterster hätte ich ooch nich sein mögen. Aber nu haben sie's glücklich alle beede ausjestanden, und nu werden se jefeiert . . .»

«Jefeiert . . .? For wat denn?»

«Na, Justav, deine Leitung müßt 'nen Elektriker haben! Der könnt die janze Stadt Balin damit versorjen! Det sie von Paris rüberjeritten is! Darum wird se jefeiert! Den janzen Wech, und immer bloß uff dem Zossen!»

«Un det is allens? Dafor son Trara?! Na, Mensch, det mach ick und mein Blücher noch alle Tage! Und ick bin fast siebzig! Wenn's weiter nischt is, von Berlin nach Paris – det können wir ooch, wat, Blücher?»

«Denn mach man, Mensch!» lachte der Chauffeur, und zu den anderen Fahrern, die horchend dazugekommen waren: «Hört euch das bloß an! Justav will mit seine Droschke nach Paris fahren, vabrüdern . . .»

«Ja, Mensch, Justav, det mach!»

«Da wird dein Blücher aber heiße Füße kriejen, Justav!»

«Mit 'ner Droschke, det is noch besser als Reiten!»

«Ick hör immer Paris. Du meinst doch det Paris, det jleich beim Spandauer Krug liecht, wat, Justav?»

«Immer eisern, Justav! Dir broochen se in Paris jar nich erst aus Eisen zu jießen, dir stellen se jleich so uff'n Sockel, Justav, du hältst!»

«Ick weeß nich», sagte Gustav Hackendahl erstaunt, «wat ihr euch uffpustet?! Findt ihr wat dabei? Wenn ick det will, denn mach ick det. Und ick jloobe, ick will ...»

Nachdenklich ging er wieder zu seiner Droschke und kletterte auf den Bock. Aus der Ferne sah er, wie der Empfang weiterging. Es kam noch ein ganzer Schwarm von Reitern, begrüßte die Pariser Reiterin, hüllte sie ein, wie die Sonne von Wolken eingehüllt wird – und der Zug setzte sich in Bewegung, in die Stadt hinein, die Musik voran. Die Leute schrien hurra ...

Ick weeß nich, dachte Gustav, ob die in Paris ooch Droschken haben. Aber wenn, det müßte jroßartig sind, so fuffzig Droschken uff eenen Hümpel. Det wär doch noch mal wat anderes als immer die Autos – vorne wie wegjehackt sehn se ja doch aus, de Leute möjen saren, wat se wollen ...

Dann bekam er Fahrgäste, drei Fahrgäste, und hatte im Trabe dem Reiterzug nachzufahren. Und hörte sie hinter sich reden: «Allerhand Hochachtung vor dem Frauenzimmer! – Is ja doch 'ne Leistung! – Ja, die Franzosen – haste jesehn, quittengelb ins Jesichte, aber helle wie Jraf Koks!»

Und dachte so sachte, seinen Rappen in Trab haltend: So könnten se nu von dir reden, Justav! Janz wie damals mit dem Fuhrhof wär et ja nich, een bißken Varrücktheit is schon dabei. Aber et wär doch mal wat anderet als det ewije Droschkenfahren – nu mach ick det balde vierzig Jahre! Det wär doch eene Abwechslung – un wenn ick denn nach Frankreich komme, könnte ick jleich Otton mal besuchen ... Ick weeß nich, manchmal denk ick jetzt doch, er war ja nich so dußlig, und von Pferden hat er ooch wat vastanden ...

So gingen seine Gedanken, immer mit dem Zug mit. Und wenn er hörte, wie die Leute hurra schrien, und wenn er sah, wie das Gewühl der Begrüßenden gegen das Brandenburger Tor zu immer dicker wurde, so dachte er: Justav, sei helle, kiek dir det an! Valleicht wird det wat ...

2

Der eiserne Gustav hätte die Pariser Reiterin wohl nie gesehen ohne seine Tochter Sophie. Die hatte es dahin gebracht, daß er wieder alle Tage Droschke fuhr. Als Droschkenkutscher sah er den Besuch aus Paris und machte sich Gedanken.

Sophie hätte ja nicht die kühle, berechnende, liebeleere Sophie sein müssen, um es nicht, je länger je mehr, als Last zu empfinden, daß sie, die Herrin der ständig sich vergrößernden Privatklinik, bloß einen Droschkenkutscher zum Vater hatte. Und daß dies alle Patienten erfuhren, nicht einmal durch die Schwestern, das hätte sie bald durch ein Machtwort verhindert, sondern durch den Vater selbst. Der konnte es nicht schnell genug allen Menschen erzählen, daß er der älteste Droschkenkutscher Berlins und der eiserne Gustav sei und daß die Oberin seine Tochter wäre . . .

«Bloß früher war se man een Plättbrett, so'n richtiger Miesling – die hat sich erst im Kriege so rausjemacht. Wie die Leute saren: Dem einen sein Tod is dem andern sein Brot. Na ja, det sollte ick ja woll nich saren. Sie sind ja hier ooch Patient, und die Sophie lebt von Ihre Krankheit . . .»

Sophie war nicht einmal ganz sicher, daß dies bloß Altersgeschwätz vom Vater war. Oft schien es ihr, als sei es reine Bosheit von ihm, als wolle ihr der Vater eins versetzen oder sie ducken. Wenn ihr solch Geschwätz mal wieder zu Ohren gekommen war und sie ihn zur Rede stellte, sagte er ganz gemütlich: «Aber wat denn, Mächen, wat denn? Ick bin'n Droschkenkutscher, un du hast dir mächtig rausjemacht, det is die reine Wahrheit! Oder genierst de dir, det de bloß de Tochter von'n Droschkenkutscher bist? Ick kann ja saren, det ick noch'n Fuhrhof mit Stücker dreißig Droschken jehabt habe, damals, wie de jeborn bist. Nee, richtig, wie de jeboren bist, waren's noch nicht so ville. Aber ick kann Muttern fragen, det ick denn ooch jenau die richtige Zahl sare . . .»

«Du sollst überhaupt nicht mit den Patienten reden! Du sollst sie bloß spazierenfahren.»

«Na aber nu! Die sprechen mir doch an! Ick tu, wat de willst, Sophie – also sag, ick soll das Maul halten, wenn die mich anquasseln!»

«Du weißt gut, was ich meine. Meinetwegen sag ihnen, daß du der eiserne Gustav bist, obwohl ich das nicht sehr geschmackvoll finde, aber daß du grade jedem erzählst, die Frau Oberin ist deine Tochter . . .»

«Ick sage immer: Frollein Oberin – oder haste 'n Mann jehabt, Sophie?»

So gingen die Streitereien. Sophie wurde immer weißer vor Wut, aber der alte Mann blieb ganz gemütlich. Altersgeschwätzig, Wichtigtuerei, Bosheit . . . Oh, wie gerne wäre sie ihn wieder los gewesen!

Wenn ich ihn doch erst wieder los wäre! dachte sie oft; doch kam sofort als zweiter Gedanke: Aber es muß von ihm ausgehen!

So versuchte sie, ihn auf Umwegen vom Hals zu kriegen. Die Patientenfuhren wurden seltener, aber die Fuhren von Kohle und

Asche und Uringläsern, die Vater nicht mochte, wurden häufiger.

Aber war sie listig, war er schlau. Manchmal hatte sie das Gefühl, er durchschaute sie völlig, als sei sie für ihn aus Glas, und dies war kein angenehmes Gefühl. Zudem jammerte es sie in ihrer Genauigkeit, daß Fuhrwerk und Pferd, für ihr Geld, nicht ausgenützt wurden. Sie gewöhnte sich daran, selbst in der Droschke zu fahren, trotzdem sie zehnmal lieber zu Fuß gegangen wäre. Aber sie glich den Leuten, die sich im Restaurant ein Essen bestellt haben, das ihnen nicht schmekken will: Sie essen es doch, weil sie es bezahlen müssen.

Genauso fuhr sie Droschke, von einem Laden zum anderen, und vergnügliche Fahrten waren das weder für Kutscher noch für Gekutschte, denn nie ging es ihr schnell genug, und das Umwenden war so umständlich, und die Leute guckten und sagten: «Kiek mal, wahrhaftig noch 'ne Kutsche! Die fahren se ins Märkische Museum!» So saß sie oft kochend vor Zorn in dem Halb-Landauer, und immer gereizt, und es fehlte nur wenig, daß es bei diesen Ausfahrten einmal zur Explosion kam.

Die kam, als sie sich eines Vormittags zur Bahn fahren ließ. Vater war auf neun bestellt, und Vater war auch pünktlich gewesen. Wie das aber geht in einem großen Betrieb, dessen Leiterin fort will, und sei es auch nur für ein paar Stunden: Im letzten Augenblick kam alles mögliche dazwischen, und so war es schon neun Uhr zwölf, als sie in den Wagen stieg.

«Los, Vater!»

«Neun Uhr zwölf, Sophie», sagte der Vater. «Ick jloobe, wir schaffen es nich. Fahr man lieber Unterjrund.»

«Natürlich schaffen wir es. Nimm den Rappen nur ordentlich ran. Du mußt es einfach schaffen! Los!»

«Ick jloobe nich.»

«Also bitte los, Vater!»

«Meinethalben, Sophie, aber schimpf nich uff mir, wenn wir's nich schaffen!»

«Wenn wir es nicht schaffen, tust du es mir zum Tort!»

«Red doch bloß nich so wat, Sophie! Du bist jetzt uffjerecht! Warum soll ick dir denn so wat zum Torte tun, so bin ick ja jar nich!»

Und Vater fuhr los. Er fuhr wirklich wie Blücher, er hielt das Pferd in einem schlanken Trabe. Er kam gut bei den Übergängen zurecht, er wählte die stilleren Nebenstraßen; sie mußte zugeben, er tat alles, damit sie noch zurechtkam.

Schließlich drehte er sich um und sagte ganz vergnügt: «Ick jloobe wirklich, wir schaffen's. Ja, dir zu fahren, det macht dem Blücher andere Laune als so'ne Fuhre Asche!»

«Fahr bloß zu!» rief sie gereizt.

«Is ja noch rot, die Ampel», sagte er ungerührt, aber fuhr sofort an, sobald gelb kam.

Sie saß hinten im Wagen, gereizt, weil sie das Geld für die Untergrundbahn gereut hatte, gereizt, weil der Vater recht gehabt hatte, daß es eigentlich zu spät gewesen war, gereizt, daß er ganz ungekränkt alles tat, um sie doch noch zur Zeit auf den Bahnhof zu bringen, gereizt über sich, ihn, den Wagen, sein Rattern, über die ganze Welt – gereizt, daß sie ihn immer noch nicht los war!

So kamen sie bis an den Potsdamer Platz. Sie hatten nur noch ein paar Schritte zu fahren, sie kamen bestimmt zur rechten Zeit.

«Ja, icke und der Blücher!» sagte der Vater strahlend und drehte sich nach ihr um.

Wider Willen nickte sie ihm zu.

An dem Verkehrstürmchen mitten auf dem Platz leuchtete das Licht gelb auf.

«Jüah, Blücher!» mahnte der Vater.

Der Rappe fing an zu traben, bog aus der Mündung der Potsdamer Straße auf den Platz ein, trabte munter im Gewühl der Autos und Autobusse, zwischen Fahrrädern und Lastwagen.

In einer Minute würden sie in die schmale Straße am Bahnhof einbiegen.

Und der Rappe ging langsamer, wollte stehenbleiben . . .

«Jüah, Blücher, jüah!» rief der alte Hackendahl. «Mach doch los, Mensch!» Und über die Schulter besorgt zur Tochter: «Er wird doch nicht . . .»

«Was wird er nicht?» rief sie zornig.

Doch schon war der Rappe stehengeblieben, ein Auto wäre fast auf die Droschke aufgefahren. Der Chauffeur fing an zu schimpfen, ein Verkehrsschutzmann lief herbei, ein Knäuel bildete sich – aber unentwegt stand der Rappe in all diesem Trubel, stand und ließ sein Wasser laufen . . .

Der Vater schimpfte, die Chauffeure schimpften, der Schupo schimpfte. Jemand faßte in die Zügel des Rappen und wollte ihn wenigstens an den Rand der Fahrbahn führen. Doch eisern stand der Blücher und pißte . . .

Für die Oberin Sophie Hackendahl, ein unverehelichtes älteres Mädchen, war es wie einer jener schrecklichen Nacktträume, da man allein, wenig oder gar nicht bekleidet, unter Dutzenden korrekt angezogener Menschen steht . . .

Sie hielt im Verkehrsgewühl des Potsdamer Platzes, ohnehin sichtbar genug als einziges Pferdefuhrwerk unter so viel Autos, hielt, alle fuhren eiligst, und dieser elende Gaul ließ sein Wasser laufen! Ihr schien, als höre sie es schon minutenlang pladdern, wenn sie seitlich schaute, sah sie es fließen, strömen . . . Und wenn sie um sich blickte, sah sie lachende, spöttische, wütende Gesichter – und ausgerechnet sie in ihrer Oberinnentracht als Zielscheibe aller Blicke! Aber sie war nicht wie im Traum an einer Stelle festgenagelt, nein, das war sie nicht!

«Herr Wachtmeister!» rief sie den Schupo an. «Bitte, bringen Sie mich auf den Bürgersteig.»

«Jewiß doch, Schwester!» sagte der Schupo. «Kommen Se man! Ick versteh, so wat muß Ihnen ja peinlich sind!»

«Wohin willste denn, Sophie?» rief der Vater vom Bock. «Er is ja jleich fertig. Dafor kann er doch nischt. Wer muß, der muß . . .»

Sie sah die Leute lachen.

An diesem Abend löste *sie* die Beziehungen zum Vater. Es tue ihr leid, aber ein so unzeitgemäßes Gefährt, eine so peinliche Lage – nein, das könne sie ihren Patienten nicht zumuten.

«Und dir selbst nich. Und deiner Kasse ooch nich», sprach der Vater. «Na laß man, Sophieken. Du wolltest mir ja schon lange los sind, denkste, det ha'ick nich jemerkt? Es is jut zu wissen, ob de Fische pissen. Na, laß man, ha'ick euch jroß jekricht ohne Hilfe, wer ick ooch Muttern durchfüttern ohne Hilfe. Nur denk nich, mir kannste wat vormachen. Und wenn de so jroß wirst mit deine Klinik wie de janze Charité – vor mir bleibste doch immer 'n kleenet, mieset Aas. – 'n Abend, Sophie.»

Von da an fuhr Hackendahl wieder Droschke. Bestimmt nicht gerne, aber bei ihm war es wie beim Blücher: Wer muß, der muß! Und dann bekam er auf diese Weise Gelegenheit, die Reiterin am Wannsee-Bahnhof zu sehen.

3

Mit dem Droschkefahren ging es ein wenig besser als in den letzten Jahren. Plötzlich war wieder Geld unter den Leuten, sie verdienten, die Arbeitslosigkeit ging zurück. Es war der Regen der fremden Anleihen, der die Saat begoß nach langer Dürre. Sie schoß auf, wuchs gewaltig. Es fragte sich nur, wie lange die Feuchtigkeit vorhalten würde. So recht traute keiner diesem plötzlichen Wachstum. Es war wie Treibhaus, es mußte bloß ein kalter Wind kommen.

Aber gerade, daß die Leute ihrem eigenen Glück nicht trauten, kam der Droschkenfahrerei zugute. Sie hatten es eilig, ihr Geld wieder loszuwerden. Es brannte in ihren Taschen, sie gaben es gerne wieder fort. Sie hatten Geld für einen Jux übrig. Der eiserne Gustav und sein Blücher hatten wieder zu tun, nicht übermäßig, aber es reichte.

Und es war gut, daß die Fahrerei ohne allzuviel Mühe ging. Hakkendahl hatte nach seinen Klinikfuhren nicht mehr den alten Trieb, unter allen Umständen Geld heranzuschaffen. Vielleicht war es das Alter, er saß jetzt oft dösend auf dem Bock und dachte: Wenn's nischt wird mit 'ner Fuhre heute, muß't ooch jehn. Es is ja so lange jejangen, warum soll et nich länger jehn? Und überhaupt, wenn ick bloß will . . .

Damit verloren sich seine Gedanken nach Paris zu . . . Es war immer noch nichts Festes, noch keine Absicht, nicht einmal ein Plan – es war Spielerei des Hirns, etwas für müßige Stunden, wie man sich irgend etwas ausmalt, sich sagt: Das könntest du tun, das wäre mal nett. Und es dann doch nie tut . . .

Muttern hatte er einmal von der Frau, die nach Berlin geritten war, erzählt und gemeint: «Det möcht ick ooch mal machen!»

«Du bist ja verrückt!» hatte Mutter nur gesagt.

«Nanu, wieso denn varrückt?! Meinste, wat so'ne Franzö'sche kann, det kann ick nich ooch?»

«Vater, in deinen Jahren! Ich glaube wirklich, bei dir piept's!»

Er sah wohl, Mutter dachte nicht im Traum daran, daß es ihm Ernst sein könnte. Und da war es wieder ihr völliger Unglaube, der ihn stachelte.

Alle denken se, ick bin varrückt. Det möcht ick denen mal zeigen, wie varrückt ick bin!

Aber von solchen Gedanken bis zur Tat war es weit. Darüber war er sich bald klar, daß er sich nicht einfach auf den Bock seiner Droschke setzen und losfahren konnte. Irgendwie mußte die Sache vorbereitet werden, es mußte Geld für ihn und Blücher dasein, auch für Muttern zum Leben, wenn sie allein zurückblieb.

Einmal sah er in einer Nebenstraße einen großen Handwagen stehen, auf dem Erwerbslose das Modell eines Bergwerks aufgebaut hatten. Er stieg ab und sah sich das an. Sah, wie die Lampen leuchteten, die Bähnchen liefen, die Hämmerchen pochten – es war ein sehr hübsches Modell. Der Groschen reute ihn nicht, für den er sich schließlich eine Ansichtspostkarte von dem Bergwerk kaufte.

«Na, wie jeht denn det Jeschäft, junge Leute?» fragte er die Erwerbslosen.

«Nun, so grade, man schlägt sich durch. Ein bißchen mehr als die Unterstützung bringt es doch.»

So wat müßt ick ooch machen, dachte er im Weiterfahren. Ansichtspostkarten verkoofen. Der älteste Droschkenkutscher Berlins fährt von Berlin nach Paris und retour. Det würden die Leute koofen, so wat macht ihnen Laune . . .

So trug er Stein um Stein für einen Entschluß zusammen. Aber das bedeutete immer noch nicht den Entschluß selbst. Ehe sich ein so alter Mann entschloß, mußte es noch anders kommen. Ein Anstoß von außen, irgend etwas, das ihn in Bewegung setzte, etwas besonders Trauriges oder besonders Fröhliches, aber eben etwas Außergewöhnliches ...

Und der Anstoß kam ...

«Mutter!» sagte er. «Ick weeß nich, wat du jetzt immer mit dem Jelde hast! Sonst ham wir doch ooch mit fünf Märkern am Tage dicke jereicht, und nu soll et uff eenmal nich mehr langen?»

«Es ist alles teurer geworden, Vater. Die Butter, das Fleisch ...»

Es ging sehr lange und sehr weinerlich, Hackendahl hörte gar nicht mehr hin. Es war auch nicht so wichtig, was Mutter sagte, Hauptsache, daß sie mit dem Gelde reichte. Aber das schien gar nicht mehr zu klappen ...

«Mutter», sagte er eine Woche später, «war Heinz hier?»

«Nee, Vater, wieso?»

«Ick weeß nich, es riecht so nach Zigaretten in de Wohnung ...»

Mutter besann sich, dann fiel ihr ein, daß der Gasmann geraucht hatte.

«Det soll er man lieber lassen, sag ihm det man, Mutter», meinte Hackendahl. «Nachher sticht er uns noch unsre Klamotten an, un wir sind Neese.»

Aber er vergaß es wieder. Er war ja nur wenig in der Wohnung, eigentlich nur die paar Stunden zum Schlafen. Er war zehn, zwölf Stunden auf dem Bock, ganz wie das Geschäft ging, und vorher und hinterher saß er jedesmal seine anderthalb Stunden beim Rappen, wenn der fraß, putzte ihn, tränkte ihn ...

Oft brachte ihm Mutter abends sein Brot in den Stall. Er saß gerne dort, in der alten Werkstatt von dem Kerl, der sich aufgebaumelt hatte – auf den Namen kam er nicht mehr. Er saß da, der Lärm der Straßen war stiller geworden, wieder war ein Tag vorbei – gut, er konnte schlafen gehen. Und langsam stand er auf, hielt dem Gaul noch einmal den Wassereimer hin und ging nun direkt ins Bett, müde, sehr müde.

Aber solche Müdigkeit hält bei alten Leuten nicht lange vor. Es ist mehr eine Altersmüdigkeit, eine Lebensmüdigkeit als Schlafsucht. Jawohl, er schlief zwei, drei, auch vier Stunden, aber dann war er wieder wach. Er lag stille im Bett, um Mutter nicht zu stören, er lag einfach da, wie er aufgewacht war. Es war lange noch nicht das Schlechteste, so zu liegen ...

Man konnte an vieles denken, nicht an die Fahrt nach Paris, das war mehr eine Sache, am hellen Tage darüber nachzudenken. Jetzt in der Nacht dachte er mehr an Vergangenes, Geglücktes und Mißglücktes, an die Kinder, an Pferde, die er gehabt hatte, an Kutscher, die für ihn gefahren waren, an den alten Rabause. An die Militärzeit, an Unteroffiziere und Rekruten – er kann sich auch noch an viele Dinge in seinem Heimatdorf erinnern, aus dem er nach Pasewalk kam. Das Dorf hätte er gern einmal wiedergesehen; er überlegt, ob es sich nicht so einrichten läßt, daß er durchkommt, wenn er nach Paris fährt. Aber es wird sich kaum so einrichten lassen, denkt er, es liegt zu nördlich . . .

Es ist komisch mit so einer Wohnung, in der man Jahre gelebt hat: Man kennt sie wie einen Anzug, den man lange trug. Steckt nur irgend etwas in einer falschen Tasche, es zwängt und drängt so lange, bis man es richtig gesteckt hat. Der alte Hackendahl liegt in seinem Bett, es ist dasselbe Bett wie sonst, dieselbe Frau hat es ihm gemacht. Er liegt auch sonst um diese Stunde wach, aber es ist irgend etwas, er weiß selber noch nicht, was . . . Die Wohnung zwängt und drängt ihn, sie macht ihn unruhig . . .

Er denkt nun nicht etwa an den Zigarettengeruch neulich oder daran, daß Mutter plötzlich nicht mehr mit dem Gelde auskommt, nein. Er ist ohne Verdacht, aber er ist unruhig – komisch ist das!

Eben hat einer gehustet, nicht eigentlich gehustet, mehr angestoßen, wie man im Schlaf mal anstößt, um die Kehle sauber zu machen. Es klang genau wie hier in der Wohnung, etwa in der Kammer, wo Heinz früher geschlafen hat . . .

Es kann natürlich unmöglich in der eigenen Wohnung gewesen sein, aber ohne weiter zu horchen, ohne zu überlegen, faßt er seine Frau bei der Schulter, schüttelt sie und ruft: «Du, es is wer in der Wohnung!»

Die Frau ächzt, aber dann sagt sie rasch: «Was du dir einbildest, Vater! Du hast geträumt! Wer soll denn Fremdes in der Wohnung sein?»

«Es ist wer in der Wohnung!» wiederholt er hartnäckig. «Ick spür det doch! Wer is in der Wohnung?»

«Aber, Vater, du träumst ja! Hier ist keiner! Wer soll denn hier sein? Bei uns ist doch nichts zu holen!»

«In Heinzens Schlafkammer», sagt er hartnäckig. «Ick weeß det, als ob ick es sehe. In Heinzens Schlafkammer is eener!»

Und er tastet nach den Streichhölzern, um die Kerze anzubrennen.

«Vater, Vater, mach uns doch nicht unglücklich! Ja, es pennt einer bei uns. Ich hab's ihm erlaubt, laß ihn pennen, ich schick ihn morgen weg. Oder ich geh gleich, laß *mich* gehen, ich schick ihn gleich weg, Vater . . .»

Sie weint, sie weint . . . hält ihn fest . . .

Aber Hackendahl hat es jetzt nicht mehr eilig aus dem Bett. «Wen haste denn da in Heinzens Schlafkammer, Mutter, von dem ick nischt wissen soll, den ick nich sehn soll? Wer is denn det wohl, Mutter?»

«Das is'n Schlafbursche, Vater, ich weiß nicht mehr, was er macht. Es is ja bloß, daß ich'n paar Groschen in die Hand kriege, weil das Geld nicht mehr reicht. Darum habe ich das gemacht, Vater!»

«Du sohlst ja, Mutter! Det hör ick doch! Denkste, det höre ick nich, wenn du sohlst? Det ha'ick schon jehört, wie de von Jasmann und Zijarette jeredet hast, det war ooch jesohlt – bloß ick habe nich dran jedacht.»

«Es ist wahr, Vater, es ist bloß ein Schlafbursche . . .»

«Wejen Schlafbursche würdste mir nich ansohlen, Mutter, wejen Jeld alleene haste mir noch nie belogen. Immer bloß wejen deine Kinder, mit deine Kinder haste immer Durchstechereien hinter meinem Rücken jemacht. Ick weeß jut, wer da pennt . . .»

«Vater, geh nicht hin. Tu mir die eine Liebe, geh nicht hin. Laß ihn schlafen, er braucht Schlaf, er ist ganz hin . . .»

«Wovon is er denn janz hin? Wat hat der feine Knochen denn, det er bei Muttern in so'ne Kabache unterkriecht, wo er sonst nur in de feinsten Hotels pennt . . .?»

«Nichts, Vater! Laß ihn schlafen. Ich sehe, daß er schnell wegkommt. Nächste Nacht haut er ab, ich versprech dir das, Vater!»

«Zu wat denn in de Nacht? Wat hat er denn nu wieder ausjefressen?»

«Ich weiß es doch nicht, Vater. Ich frag ihn nicht. Er ist mein Kind, ich stoß ihn nicht zurück, wenn er kommt! Soll er sich hier ausruhen! Ich will nicht wissen, was er anderen getan hat. Was er mir getan hat, das habe ich lange vergessen.»

«Ick habe keene Bleibe für jetürmte Verbrecher. Er is immer ein Bescheißer jewesen, er wird dir ooch bescheißen, Mutter!»

«Und wenn auch! Soll er doch, Vater, das macht mir nichts. Ich habe keine Rechnung mit ihm, ich schreib nicht an, Vater . . .»

«Raus muß er!» sagt der Alte, steht auf und faßt den Leuchter. «Ick schimpf dir nich, Mutter. Ick schimpf ooch ihn nich, hab bloß keene Angst. Det war eenmal, det ick über so wat jeschimpft habe. Damals ha'ick noch jedacht, een schlechter Vogel, der sein eigenes Nest vollmacht. Jetzt weeß ick's anders. Se haben mir det Nest so volljemacht, dieses, und det andere mit's Militär, worauf ich stolz jewesen bin – ick lach bloß noch über solche Kackerei, da kiek ich überhaupt nich mehr hin, nach so was . . .»

Aber er sah nicht nach Lachen aus, der Alte, wie er da stand vor dem Bett seiner Frau, den Leuchter in der Hand, sein dickes Gesicht zitterte, sein Bart zitterte . . .

«Laß ihn schlafen, Vater», bat sie, «schlag ihn bloß nicht.»

«Sei nicht doof, Mutter! Wat wer ick'n dreißigjährigen Menschen schlagen! Det hilft nu allens nich mehr. – Nee, du bleibst im Bette . . .»

Er geht barfüßig über den kurzen Gang und macht die Kammertür auf. Er hebt den Leuchter, schaut und horcht. Dann geht er näher an das Bett . . .

Da liegt der Sohn, der dem Vaterherzen am nächsten stand und vielleicht doch noch immer steht, liegt auf der Seite und schläft. Mutter hätte ruhig dabei bleiben können, daß es ein fremder Schlafbursche ist – am Aussehen hätte Vater ihn vielleicht nicht erkannt. Ein schwammiges, fahles Gesicht, dicke, bläuliche, körnige Tränensäcke, eine bemüht zusammengefaltete Stirne, lange häßliche Stoppeln – der Mund, halb offen, ist feucht von Speichel: ein fremdes Gesicht!

Der Vater läßt sich nieder, er kauert sich neben den Bettrand und leuchtet das schlafende Gesicht an. Er sucht das Gesicht von ehemals, den Jungen, den er liebte, etwas, das so viel leichter war als er, etwas Bewundertes: leicht und schnell – fröhlich! Aber es ist jetzt nur trübe, dumpfe Erde, die er anleuchtet, etwas Zähes, das dem Tode, der Vergänglichkeit verhaftet ist, der Schläfer schläft, als sei er tot . . . Wahrscheinlich ist alles Leichte, Fröhliche längst in ihm tot . . .

Der Vater richtet sich auf. Er fängt an, die Kleider des Sohnes durchzusehen, Stück für Stück. Nein, dies sind nicht die Kleider von einem, der in ein feines Hotel gehen kann. Wenn er diese Kleider nur noch zwei Monate trägt, so sind sie hinüber . . . Stück für Stück nachgesehen, die Schuhe angesehen, die Verbindung zwischen Oberleder und Sohle geprüft, jede Tasche revidiert – halb mechanisch.

Der Vater seufzt, er nimmt das Licht und geht aus der Kammer. Er geht in die Stube, die Frau sitzt im Bett und starrt ihm angstvoll entgegen . . .

«Mußte keene Angst haben, Mutter», sagt er. «Er pennt noch. Jib mal dein Portemonnaie. Haste sonst noch Jeld . . .?»

Er sieht seine eigenen Taschen nach, er sucht alles Geld in der Wohnung zusammen, auch das bißchen Wechselgeld, das ein Droschkenkutscher eigentlich immer bei sich haben muß. Dann kehrt er in die Kammer zurück.

Der Sohn schläft weiter. Der Vater steckt das Geld in die Tasche des Anzugs. Dann geht er rasch an das Bett, rüttelt die Schulter des Schläfers und sagt barsch, ganz im alten Kommandoton: «Aufstehn, Erich!»

Mit einem Ruck wird der Sohn wach. Man sieht es ordentlich, wie ihm das Kommando in die Glieder fährt; über zehn, fünfzehn Jahre fort hat der Körper dieses Kommando nicht vergessen. Die Augen öffnen sich, blinzeln, und nun, da sie die Gestalt mit dem Lichte sehen, da der Aufwachende begreift, wer da vor ihm steht, kommt ein Ausdruck von Schrecken über dieses Gesicht, von Angst ...

Ja, jetzt sieht der Vater durch das alt gewordene Gesicht wieder das Kind. An seiner Angst erkennt er den Sohn, an der feigen, kriecherischen Angst, der Angst vor Strafe, wenn er etwas ausgefressen hatte und der Vater geriet ihm darüber.

«Anziehen!» befiehlt der Vater.

Er steht dabei. Der Sohn zieht sich an, nicht übermäßig eilig, man sieht schon, die Angst verfliegt: Der Sohn schämt sich nicht mehr vor dem Vater. Er ist schamlos geworden, und wer schamlos ist, wird gerne frech, wenn er sieht, der andere will ihm nichts tun.

So dauert es nicht lange, daß der Sohn das Maul auftut. Was aber sagt er, der Liebling von ehemals? Was sagt er ...?

«Einmal», sagt er, «hast du mich vor lauter Liebe in den Keller gesperrt, was, Vater? Ünd heute setzt du mich vor lauter Liebe auf die Straße, was, kannst mich gar nicht schnell genug loswerden, wie?»

Alles an ihm hat sich vergröbert, Sprache und Ausdruck, Denkart und Ton.

«Ihr seid Väter!» sagt der Sohn verächtlich oder tut wenigstens so. «Ihr habt uns eine feine Suppe eingebrockt! Kindermachen, das habt ihr gekonnt, bloß aus Kindern Kerle machen, das habt ihr nicht gekonnt, weil ihr selber schlapp seid!»

Wort für Wort gelogen, Feigheit und Hinterlist ein jedes Wort. Dem Vater juckt die Faust. Aber er hat der Frau versprochen, ihn nicht zu schlagen. Und reden mag er nicht mit ihm – der verdreht doch jedes Wort im Munde!

Aber der Vater tut etwas anderes, er bläst das Licht aus, und sobald es dunkel ist, wird der Sohn still. Kaum sieht er den Vater nicht mehr, kommt die Angst zurück. Er ist so unsicher, was geschehen kann. Er murmelt einen Fluch, er sagt wütend: «Was soll der Blödsinn?!» Aber er beeilt sich.

Und es ist, als habe der Vater, den er nur wie einen Schatten sieht, im Dunkeln Augen: Kaum hat Erich den Hut auf dem Kopf, so kommt eine Hand aus dem Dunkel, um seinen Nacken, und schiebt den Sohn hinaus auf den Gang. Der ergibt sich, gleich kann er gehen ...

Aber der Vater schiebt ihn an der Flurtür vorüber auf die Schlafstubentür zu. Der Sohn will sich widersetzen, aber das hilft ihm nichts. Die Hand in seinem Nacken ist wie eine Klammer aus zähem Holz, sobald er widerstrebt, drückt sie stärker.

Die Mutter hat das Geräusch gehört. Sie ruft ins Dunkel: «Wer ist denn da?! Vater – Erich – was ist denn?»

Ins Ohr des Sohnes flüstert der Vater: «Du sagst Mutter jetzt adieu! Und dankst ihr, verstanden? Höflich! Anständig!»

Der Sohn will sich wehren, aber die Hand des Alten drückt auf seinen Nacken. Er macht eine wütende Bewegung. Doch drohender sagt die Stimme in seinem Ohr: «Willst du parieren?!»

Dieses alte Befehlswort aus der Kinderzeit tut seine Wirkung. Erich räuspert sich, er ruft: «Ich geh jetzt, Mutter. – Danke – schön! Mutter.»

«Erich!» ruft sie. «Erich, mein Junge! Warum ist denn kein Licht? Komm, gib mir noch einen Kuß! Ach, Erich . . . Vater, bring doch Licht . . .»

Aber Vater bringt kein Licht, ihn deckt das Dunkel. Im deckenden Dunkel schiebt er den Sohn, den hoffnungslos mißratenen, schlechten Sohn, bis an die Bettkante der Mutter. Er flüstert: «Tu, was sie will!» Er fühlt Wehren, wieder flüstert er: «Ich schwör dir, ich hol sonst die Polizei!» Er drückt den Sohn nieder an der Bettkante, und der Sohn gibt der Mutter den Abschiedskuß . . .

«Ach, Erich, mach's gut, ja? Daß sie dich bloß nicht kriegen, paß gut auf, Erich. Adieu, Erich . . .»

Sie weint, wieder weint sie. Und in diesem Weinen wird der Sohn vom Vater aus der Stube gebracht. Durch die Tür, auf die Treppe . . . Dann läßt ihn die Hand frei, und ehe er dem Zurückgehenden noch ein Wort von seinem Haß hat nachrufen können, ist die Tür zugefallen zwischen Sohn und Vater.

4

Am nächsten Abend liest der alte Hackendahl in der Zeitung, daß die Polizei auf der Straße einen Verbrecher, einen Landesverräter erkannt hat. Kein Name ist in dieser Notiz genannt, nichts deutet darauf, daß dieser Mann Erich Hackendahl ist. Aber der Alte hält es zuerst für möglich, später glaubt er fest: Das war Erich!

Er spricht mit niemandem darüber, aber ein paar Tage ist er in Angst, daß die Polizei kommen und nach Erich fragen könnte . . . Doch alles bleibt still. Langsam ebbt es in ihm ab. Wut und Trauer verrinnen. Er ist zu alt, um noch lange zornig zu sein, und schon so alt, daß eine wesenlose Trauer in allem mitspukt, was er denkt, spricht, tut.

Aber in all diesen Tagen, da die Aufregung um sein Kind sich legt, da der graue Alltag weiterläuft, in all diesen Tagen denkt er stärker an die Fahrt nach Paris. So viele Jahre ist er mit seiner Droschke durch Berlin gefahren, und plötzlich ist er dessen so überdrüssig. Immer die kurzen Fahrten, achtzig Pfennig, eins zwanzig; wenn es gut war, ging es für einen Taler bis zum Schlesischen. Und doch alles bloß kleine

Hundefuhren, wie mit einem Kinderwagen geschoben, dachte er plötzlich.

Jetzt möchte er einmal weiter fahren, ins Land hinein. Nicht immer durch Steinstraßen. Er möchte die Felder wiedersehen, auf denen er als Junge gearbeitet hat. Er möchte vom Bock seiner Droschke sehen, wie sie pflügen und eggen, die Saat ausstreuen und zuwalzen. Ach, es ist wie Heimweh, das plötzlich über ihn kommt, Heimweh und Wandertrieb ... Fahren und fahren, immer weiter durch das Land. Alles Land ist Heimat, die Stadt ist dem Landgeborenen wie Heimat geworden ...

Warum muß es denn das eine bestimmte Dorf in der Pasewalker Gegend sein? Jedes Dorf, durch das er fährt, ist irgendwie Heimat. In jedem Dorf ziehen die Leute morgens mit ihren Gespannen aufs Feld, läuten zu Mittag die Glocken, stehen sie in der Abenddämmerung vor den Häusern, schwatzen. Ein Mädchen läuft eilig, mit zwei Eimern klappernd, zum Brunnen. Es muß alles noch sein wie früher, auf dem Lande. Und er möchte es noch einmal sehen!

Nein, die Stadt ist ihm verleidet. Er will fort, fort aus allem Altgewohnten. Ehe der kommt, dem man nicht ausweichen kann, möchte er noch einmal etwas ganz Neues, etwas Niegetanes tun. Er hat so viel an diese Reise nach Paris gedacht, daß sie ihm gar nicht mehr absonderlich vorkommt. Gott, die Leute reisen ja immerzu, sein Lebtag hat er Reisende auf den Bahnhof gefahren – warum soll er nicht auch einmal reisen? Wieso ist das denn verrückt? Das ist etwas ganz Einfaches! Er möchte sich mal zusammenrechnen, wieviel hundertmal er schon nach Paris gefahren ist, wenn er all seine Fahrten in Berlin zusammenzählt! Nichts Besonderes – man muß bloß daraufkommen!

Ick fahr einfach los! denkt er. Da ist doch nischt weiter bei! Wat denn? Laß die doch reden, ick bin verrückt. Je verrückter die mich halten, um so besser! 'ne Ansichtspostkarte von 'nem wirklichen Verrückten kooft jeder!»

So wird aus dem vagen Plan in ihm langsam ein fester Entschluß. Dabei fährt er durch den Winter seine Droschkenfuhren weiter. Aber wenn er in die Nähe einer Kartenhandlung kommt, geht er hin und betrachtet die Landkarten oder einen Erdglobus. Er ist erstaunt, wie nahe die beiden Orte aneinander liegen. Is ja man bloß'n Stücksken, denkt er. Jrade ne jute Daumenbreite. Ick weeß nich, wat die Leute reden, det muß doch in 'ner Woche zu machen sind.

Das Nächste sind die Ansichtspostkarten, da muß er sich auch erkundigen. Also sucht er und findet schließlich eine kleine Druckerei, die ihm aussieht, als ob er da fragen möchte ...

«Ansichtspostkarten? Natürlich, wird gemacht. Das Tausend 35

Mark. Bei Abnahme von mindestens fünftausend Stück 32 Mark. Eine Unterschrift? Machen wir natürlich auch. Wie soll sie heißen? Der eiserne Gustav, ältester Droschkenkutscher von Berlin, fährt mit der Droschke von Berlin nach Paris und zurück. – Bißchen viel Unterschrift, aber machen wir auch für dasselbe Geld. – Sind Sie det selbst, der eiserne Justav?»

«Det bin ick!»

«Na, Männecken, haben Sie sich det auch jut überlecht, in Ihre Jahre?»

«So alt bin ick noch nich, knappermang siebzig. Und wat is denn da weiter bei?»

«Nee, bei is da vielleicht nischt. Bloß – haben Se denn Erlaubnis? Und Paß müssen Se doch ooch haben? So einfach über die Jrenze . . . Ob die überhaupt Pferd und Wagen rüberlassen? Det is doch ooch von wejen dem Zoll, vastehn Se?»

«Meinen Se, det ick Zoll zahlen muß?»

«Und können Se denn franzö'sch? Franzö'sch müssen Se doch ooch können. So mit 'nem Pferd alleene in so'm franzö'schen Dorf . . . Wat frißt er denn? Natürlich Hafer – wissen Se denn, wat Hafer uff franzö'sch heeßt? Nachher bringen Ihnen die für den Jaul saure Jurken. Ooch wat Schönet, wat?»

Der alte Hackendahl ist so nachdenklich über all die neu auftauchenden Probleme geworden, daß er auf die sanfte Anpflaumerei gar nicht achtet. «Na, denn danke ick ooch schön», sagt er und will aus dem Laden.

«Na, wie ist et denn mit de Postkarten?» ruft der Drucker, der zu spät einsieht, daß er sich mit seiner berlinischen Klugschnackerei einen Kunden verscheucht hat.

«Ick werd mir det noch mal beschlafen», sagt Hackendahl und geht. Er klettert auf den Bock und fährt. Er hält an einer Wartestelle und füttert Blücher. Er kriegt sogar Kundschaft und fährt. Kommt schließlich nach Haus und füttert, ißt selbst und kriecht ins Bette – aber er schläft nicht. Die ganze Zeit über denkt er und rechnet:

Vier Monate unterwegs, denkt er. Da muß ich Mutter mindestens zweihundertvierzig Mark dalassen. Na, zweihundert reicht aus. Nein, doch zweihundertvierzig. Und für mich und den Gaul brauch ich mindestens fünfhundert. Nachtquartier und Stall und Essen und Futter. Und dann noch der Zoll. Und ein neues Geschirr müßte Blücher auch haben. Und die Droschke muß zum Schmied und Stellmacher, sonst gibt das Bruch. Macht alles in allem, schlecht gerechnet, tausend Mark. Tausend Mark sind zehntausend Ansichtspostkarten für einen Groschen. Zehntausend Ansichtspostkarten, die kosten wieder, na, sagen wir, dreihundert Mark. Das sind dann tausenddreihundert Mark. Das heißt, ich muß noch dreitausend Ansichtspostkarten mehr kaufen, sind wieder hundert Mark mehr . . .

So geht es in seinem Kopf, tagelang. Er schläft nicht, er ißt nicht.

«Was hast du bloß, Vater?» fragt die Mutter.

«Ach, laß man», sagt er. «Det wird schon det Frühjahr sind. Det bringt meinen Reißmatüchtig in Gang . . .»

Nein, zu Mutter sagt er kein Wort, aber er sieht, daß er die Sache nicht allein bewältigen kann. Tausend Mark, auch nur fünfhundert Mark aufzutreiben, ist unmöglich.

Nu jrade! denkt er. Nu jrade! Det wolln wa doch sehn. Det is allens janz einfach. Man muß sich bloß nich so haben!

Nach langem Überlegen entschließt er sich, auf einem Reisebüro um Rat zu fragen.

5

Wie alles, was mit dieser Pariser Reise zusammenhing, überlegte sich der eiserne Gustav es erst einmal gründlich, auf welches Reisebüro er gehen wollte. Für die Büros auf den Bahnhöfen war er nicht. – Die wollen bloß Fahrkarten vakoofen, dachte er. Und wenn ick denn mit Droschke komme, vaasten se mir bloß.

Mit den Dampferbüros war es auch nichts, mit denen, die so ein nettes Schiffchen im Schaufenster hatten. (So wat müßt ick für meinen Enkel Otto zum Spielen haben . . .) Schließlich wählte Hakkendahl ein Reisebüro, das in einem großen Zeitungshause lag. Er hatte den nicht ganz falschen Eindruck, die müßten auf dem Reisebüro irgendwas mit der Zeitung zu tun haben, und Zeitungsmenschen wußten in der ganzen Welt Bescheid.

So ging denn Gustav Hackendahl irgendeines Tages, plötzlich war es soweit, in dieses lange ausersehene Büro, hing seinen Lackpott an einen Kleiderhaken, stellte die Peitsche daneben, drehte sich um und musterte den Raum und seine Leute. Dann, als er alles geprüft hatte, steuerte er auf einen jungen Mann hinter einem Tisch zu, der ihm ein bißchen alerter aussah als die anderen Kontorschemelreiter. Daß auf dem Schild über dem wohlgesalbten Haupt dieses jungen Mannes «Reiseschecks und Devisen» stand, kümmerte ihn gar nicht.

«Junger Mann», sagte der eiserne Gustav, «ick will Sie nischt abkoofen. Nur um 'ne Auskunft möcht ick jebeten haben. Ick will mit meine Droschke nach Paris zuckeln, nur so aus Laune, vastehn Se, und da hätt ick jerne jewußt, wie lange det dauert und wat ick da for Jeld und Papiere brooche, und ob ick ooch noch Franzö'sch lernen muß . . .»

Hackendahl hatte es fertiggebracht, alle lang gehegten Sorgen und

Fragen in einem einzigen Satz unterzubringen. Er schwieg nun und sah etwas kurzatmig auf den jungen Mann.

Der sah wiederum den alten an, nicht ohne Interesse, aber doch auch nicht frei von der echt berlinischen Besorgnis, zum Narren gehalten zu werden. So griff er erst einmal das letzte heraus und fragte: «Würden Sie denn Französisch lernen, wenn's nötig wäre?»

«Na klar, junger Mann», sagte der eiserne Gustav.

«Wie alt sind Sie denn?»

«Disset Jahr werde ick siebzig. Hat det wat mit meine Reise zu tun?»

«Wenn man älter ist, wird einem das Sprachenlernen saurer», erklärte der junge Mann.

«So is det? Na, Jüngling, beruhigen Sie sich man. Wat de kleenen franzö'schen Steckkissenkinder lernen können, det kann ick ooch noch.»

Der junge Mann vom Reisebüro sah ihn nachdenklich an. «Sie wollen wirklich mit Ihrer Droschke nach Paris fahren?» fragte er noch einmal. «Das ist kein Flachs von Ihnen?»

«Na, hören Se mal!» protestierte der Eiserne. «Wie komm ick denn dazu, Ihnen anzuflachsen?! Sie sind mir ja janz fremd. Ick werd doch keene fremden Leute anflachsen!»

«Soso», sagte der junge Mann nachdenklich. «Sie wollen also wirklich nach Paris fahren?»

«Will ick!» bestätigte noch einmal Gustav Hackendahl und wartete geduldig das Ergebnis dieses Nachdenkens ab.

Wenn er aber meinte, der junge Mann dachte über Gelder und Pässe nach, so irrte er sich. Sondern der Jüngling dachte an einen Vetter, Grundeis mit Namen, der zwei Treppen höher in dem Zeitungshause ein höchst unseliges Leben als Redaktionsvolontär führte. Der Jüngling dachte natürlich nicht einen Augenblick daran, daß die Pariser Fahrt dieses Greises ernstlich in Frage käme. Aber er fand, dieser alte Droschkenkutscher war eine ziemlich komische Kruke. Vielleicht konnte Vetter Grundeis einen Artikel aus ihm machen, altes Berlinertum und echt Berliner Humor – so was lasen die Leute gern ...

«Hören Sie mal!» sagte der Jüngling also nachdenklich.

«Wat denn?» fragte Hackendahl hoffnungsvoll.

«Ich weiß da einen Herrn oben auf der Zeitung, zu dem werde ich Sie mal schicken. Der weiß mit so was besser Bescheid.»

Aber Hackendahl war mißtrauisch. «Ick hab doch nischt mit 'ne Zeitung. Ick will 'ne Reise machen, und Sie sind doch Reisebüro, nich wahr?»

Und der Berliner verstand sofort das Mißtrauen des Berliners.

Beruhigend sagte er: «Wenn der Herr oben nicht Bescheid weiß, können Sie ja immer wieder zu mir kommen. Aber der weiß Bescheid, der ist der richtige Mann für Sie. Ich werd Sie bei ihm telefonisch anmelden, Grundeis heißt er. Dritter Stock, Zimmer 317.»

«Det hab ick immer jedacht, det Jrundeis det Richtige für mich is», sprach der alte Hackendahl, und vielleicht machte es gerade dieser Name, daß er sich trotz seines Mißtrauens abschieben ließ und oben im Wartezimmer der Redaktion ganz geduldig auf den jungen Grundeis wartete.

Was den jungen Grundeis, den brandroten Grundeis, Grundeis, den Fuchs, nun anging, so war er schon manches Jahr Redaktionsvolontär, und wenn er nachdenklich die Hosenhintern seiner Vor-Gesetzten betrachtete, so mußte er sich sagen, daß wenig Aussicht für ihn bestand, in absehbarer Zeit aufzurücken. Die saßen, und wie sehr er auch rannte, wenn er irgendwo anlangte, saßen sie schon da: All sein Rennen trug ihm keinen Sitzplatz ein. Und darauf zu warten, bis so ein alter Sitzer welk und dahingerafft wurde, dafür war Grundeis zu temperamentvoll.

Auch kam er um vor unbefriedigtem Ehrgeiz. Immer, wenn was Wirkliches los war, ließ man ihn zu Haus. Niemand sagte von ihm: «Das ist der, der dasunddas geschrieben hat», sondern sie stellten ihn schamlos vor: «Dies ist unser junger Windhund, läuft wie Nurmi, ein ganz großer Renner! Schreiben? Ja, schreiben tut er auch. Ich muß mal irgendwas von ihm gesehen haben – im Papierkorb.»

Vor Ehrgeiz kam er um, der Grundeis. Manchmal rannte er nachts durch die dunkle Stadt und flehte zum Himmel, daß ihm vor der Nase irgend etwas passierte, es konnte nicht außergewöhnlich und schrecklich genug sein. Aber es geschah nie etwas, nicht die kleinste Sache.

Dann wurde er wieder von schrecklicher Apathie befallen. Und wenn die ganze Welt einfiele, die Stelle, wo er stünde, würde intakt bleiben – davon war er fest überzeugt.

Als sein Vetter ihm per Telefon von dem verrückten alten Droschkenkutscher, der nach Paris fahren wollte, erzählte, hatte er äußerlich ganz ruhig gesagt: «Was so'n oller Mann sich einbildet! Mit 'ner Pferdedroschke, das ist doch gar nichts! Ja, wenn's mit 'nem Kinderroller wäre. – Na, meinethalben, schick ihn mir mal rauf!»

Aber innerlich war ihm plötzlich glühend heiß geworden. Das konnte etwas sein, das konnte etwas ganz Großes sein, die Chance seines Lebens! Ein Artikel über Berliner Humor? Knif, kommt nicht in Frage! Kakfif, kommt auf keinen Fall in Frage! Sondern es kam darauf an, was das für ein Kerl war. Verrückte Einfälle kann jeder haben, es kam auf den Mann, nicht auf den Einfall an. Der Mann mußte an seine Verrücktheit glauben, er mußte sie nicht verrückt finden, und er mußte der Mann sein, sie durchzuführen ...

Grundeis sah sich den Mann an. Er verschleppte den alten Hackendahl in ein einsames Redaktionszimmer, und dort nahm er ihn in die Zange. Er brachte ihn zuerst zum Schwatzen, und als der alte Mann völlig leergelaufen war, als er bereits zum dritten Male sein bißchen Plänemacherei erzählt hatte, brachte Grundeis alle Einwendungen, die ihm nur einfielen, zählte alle Schwierigkeiten auf, zerpflückte erbarmungslos alles, machte alles madig ...

Und beobachtete dabei sein Opfer.

Er sah den alten Mann vom Zeitungsstandpunkt an. Er überlegte sich, wie er sich auf Fotos machen würde, ob er das Zeug zu einer populären Figur hatte, ob er reden konnte, Mutterwitz besaß. Er dachte nach, ob er wohl schon verkalkt wäre, wie er sich in einer schwierigen Situation verhalten würde, bei einer Ansprache, einem Festessen, einem Achsenbruch. Ob er kränklich sei.

Aber vor allem prüfte er ihn darauf, ob er durchhalten würde, ob er leicht klein beigab, ob er mutlos zu machen war, ob er sich von dem beeinflussen ließ, was die anderen sagten, ob er einen festen Kern in sich hatte, und ganz besonders, ob er wirklich besessen war von seiner Idee ...

Und als der alte Hackendahl auf die zehnte Einwendung hin bloß mit unerschütterlicher Sturheit gesagt hatte: «Det denken Se sich man so schwierig, junger Mann. Wenn't erst soweit ist, jeht allens von alleene ...» – da war er überzeugt, den Mann von der nötigen Hartnäckigkeit gefunden zu haben, einen eisernen Mann, eben den eisernen Gustav ...

Er sagte also: «Na schön, ich werde mir mal die Sache ein bißchen überlegen. Denn so einfach ist das doch nicht, Herr Hackendahl. Kommen Sie mal in einer Woche wieder. Und die Hauptsache, vorläufig dichthalten, keinem was erzählen.»

Die beiden sahen sich an, und plötzlich grienten sie, der alte Mann wie der junge.

«Der unten vom Reisebüro hat Ihnen woll jesagt, ick hab 'n Trall?» fragte Hackendahl ganz zufrieden.

«Na ja, so junge Leute, die noch nischt von der Welt gesehen haben wie wir beide!» grinste der junge Grundeis.

Damit trennten sie sich im besten Einvernehmen.

Der alte Hackendahl dachte, die Sache sei nun in Gang, und er wäre seine Sorgen los. Aber für den jungen Grundeis fingen die Sorgen erst an. Denn dies *war* eine Sache, das roch er, und dies konnte eine *große* Sache werden.

Aber so schön das war, eins war schlimm: Grundeis war nur

Redaktionsvolontär, das heißt Windhund, das heißt gar nichts. Ein Garnichts aber kann keine große Sache starten, und wenn er sie hundertmal für seine Sache ansieht. Er brauchte die Zeitung dafür, nicht nur ihr Geld (das war gar nicht so schlimm), sondern ihre Beziehungen, ihren ganzen Apparat, ihre Verbindungen mit der Provinz, ihren Vertreter in Paris . . . eben die ganze Zeitung.

Die aber, die diesen Apparat in Gang setzen konnten, das waren die lieben Kollegen, das heißt die Sitzer, die Vordermänner, die Neidhammel und Bremser jedes fremden Ruhms. Wenn die von der Sache erfuhren, so wurde sie entweder verfahren – aus Mißgunst. Oder sie starteten sie aus eigener Kraft, und dann wurde dem Windhund als Belohnung nur ein magerer Knochen hingeworfen, etwa die Durchfahrt durch Brandenburg. Er aber wollte die fetten Bissen: den Start in Berlin, den Grenzübertritt, den Empfang in Paris und die Rückkehr nach Berlin . . . alles!

Der ahnungslose eiserne Gustav! Wenn er an Grundeis dachte, so meinte er, der werde wohl Mühe haben wegen Paß und Postkarten, wegen Haushaltsgeld für Muttern und wegen Taschengeld für ihn. Aber von dem wirklichen Umfang und von der wirklichen Art der Sorgen des Herrn Grundeis machte sich Vater Hackendahl nicht die geringste Vorstellung.

Wie kriege ich die Sache fest in die Hand? Darüber grübelte Grundeis Tag und Nacht, und wenn ihm Paß oder Geld einfielen, so sagte er wie Vater Hackendahl: «Das wird sich alles schon finden – wenn ich nur erst die Sache fest in der Hand habe!»

In diesem schrecklichen Zwiespalt dachte Grundeis an einen Mann, den sie im Zeitungshaus mit den vielen Zimmern nur «das Legehuhn» nannten, das Huhn, das goldene Eier legt. Dieser hochangesehene (und noch viel höher bezahlte) Mann hatte keine andere Aufgabe, als Einfälle zu haben. Er war der Mann der Ideen – und wenn die Herren Redakteure und Chefredakteure völlig verzweifelt waren, dann liefen sie zu ihm und jammerten: «Es fällt rein gar nichts mehr vor, und niemandem fällt noch was ein. Sag uns bloß um Gottes willen, was machen wir für unsere Osternummer? Was für eine Deckelzeichnung rätst du zum Fasching für unsere beliebte Wochenschrift; durch welchen glänzenden Einfall bremsen wir den Verkaufsrückgang unseres Magazins? Was würde den Leuten wohl so gefallen auf der ersten Seite unserer Zeitung? Hast du nicht wieder was Nettes für die Hausfrauen? Für die kleinen Mädchen? Und die jungen Männer? Durch unseren saudämlichen Roman haben wir die Herren Friseure in ihrer Standesehre beleidigt – wie können wir sie wieder versöhnen? Der Filmstar Eva Lewa ist nun schon von vorn, von hinten, von oben und unten, ausgezogen, angezogen und bekleidet fotografiert – sag uns bloß, wie sollen wir ihn jetzt noch bringen?»

Und auf all diese Fragen legte das Legehuhn Ei um Ei, hatte Einfall und Idee, mal dauerte es eine Weile, mal ging es schneller, aber meistens kam was. Und da die Einfälle gut waren und den Leuten gefielen, so war er ein wirkliches Huhn, das goldene Eier legte, er kostete nicht nur Geld, er brachte auch Geld!

Zu diesem Manne, der ein völlig ehrgeizloses Leben führte, ging der flammendrote Grundeis. Er fand ihn in der Ecke eines Bierstübels, wo der dicke Mann betrübt vor einem Glase Bier saß.

«Setze dich, Windhund!» sprach er. «Und red nicht. Ich glaub, es will mir was einfallen . . .»

Der junge Grundeis setzte sich, bestellte sich flüsternd auch ein Pils und sah achtungsvoll auf den großen Mann, der jedenfalls jetzt nicht nach glücklichem Mann aussah, denn sein Gesicht wurde immer trübseliger. Allmählich fing der Dicke immer mehr zu stöhnen an, er rutschte hin und her auf dem Stuhl, wischte sich die Stirne ab, ächzte, warf was von seiner Zigarrenasche ins Pils, wollte es wieder herausfischen und vergaß es, weil er das Notizbüchel aus der Tasche riß . . .

Groß, ferne und unendlich einsam sah er den jungen Grundeis an, fing an zu kritzeln, hielt inne, sah ihn noch einmal an und steckte das Notizbüchel wieder in die Tasche . . .

«Ich dachte, es wär was», sagte er. «Aber es war nichts. Es fallt mir nichts ein, an einem Donnerstag fallt mir nie was ein, und in diesem Beisel schon gar nicht!» Mißgünstig betrachtete er das Bierstübel. «Warum ich nur immer wieder hierhergehe, wo mir nichts einfallt? Der Mensch ist sich selbst das größeste Rätsel. Hast du die Asche in mein Pils getan, Windhund? Was willst, schieß los!»

Worauf Grundeis vom alten Hackendahl erzählte, seinem Plan und seinen eigenen Sorgen, daß er die Sache auch selbst behielte.

«Die Sach», sprach das Legehuhn, und es klang, als hätte er schon zehn Jahre darüber nachgedacht, «mußt ganz klein beginnen, mit bloß 'ner Notiz. Und fahren laßt deinen Fiaker zum ersten April, oder zum zweiten April, daß du immer sagen kannst, es ist ein Aprilscherz gewesen, wenn's die Leut nicht fressen. Fressen's aber die Leut, kannst größer drangehen, und schmeckt's ihnen noch immer, kannst in Paris groß rangehen, kommst auf die erste Seit, mit Schlagzeile und eigenem Foto . . . Und das ist ja immer euer innigster Herzenswunsch, daß ihr euch selber im Bild seht in eurem eigenen Blattel, wo ihr so viel Bilder von ehrlichen und unehrlichen Leuten reinbringt . . .»

«Sie meinen also, man soll's machen? Es ist was dran?» fragte Grundeis.

«Du Lackl, meinst, ich versäß hier die Zeit mit dir wegen Windeiern?! Komm, zahl die Zeche, das wird dich lehren, mich um Rat fragen! Sieben Pils und vier Zigarren hab ich gehabt. Komm, jetzt gehen wir zum Direktor und lassen uns das Geld bewilligen . . .»

Zu zweien gingen sie weiter, zurück in das Zeitungshaus, zum Direktor Schulze. Das war der Mann, der alle Gelder zu bewilligen hatte, und wie ein böser Höllenhund saß er über seinen Schätzen. Der reizendste Einfall lockte ihm kein Lächeln ab, immer jammerte er: «Aber meine Herren, das ist doch nichts für die Provinz! Wir verlieren den ganzen Absatz in der Provinz. Da steck ich kein Geld rein!»

Schlug man ihm aber was anderes vor, so schrie er: «Det is doch nischt für meine Berlina, da kenn ick doch meine Berlina besser, und Hamburch geht auch nicht mit. Ja, Geld ausgeben ist leicht, und Geld verdienen noch leichter, aber Geld zusammenhalten, das ist die Kunst, meine Herren!»

Zu diesem bitteren Skeptiker gingen also die zwei, das Legehuhn und Grundeis. Grundeis allein wäre ja nie in das Heiligtum von Direktor Schulze gelassen worden, dafür war er viel zuwenig. Aber das Legehuhn genoß hier großes Ansehen, und so schlüpfte Grundeis mit durch.

«Direktorchen», sprach das Legehuhn. «Der rote Windhund hier hat 'ne Idee geschnappt, grade fürs Frühjahr, wenn's warm wird und die Leute die Zeitung abbestellen, und sie wird über den ganzen Sommer reichen . . .»

«Reden Sie nicht», sagte der Direktor. «Ich kenn Sie doch! Sagen Sie, was die Idee kosten soll!»

«Hunderttausend Mark, brutto für netto», sprach das Legehuhn kühl, und Grundeis steckte sich rot an, denn mit mehr als fünftausend hatte er nie gerechnet.

Direktor Schule beobachtete argwöhnisch die Gesichter.

«Hunderttausend Mark», sagt er mißbilligend. «Haben Sie überhaupt schon mal hunderttausend Mark auf einem Tisch gesehen?»

«Nein, aber auf einem Scheck, Direktorchen, wissen Sie nicht mehr, die Filmrechte aus Amerika?»

«Daß Sie immer mit Ihren kleinen Erfolgen protzen müssen! Für achtzigtausend Mark wird's auch zu machen sein.» Wieder sah er die Gesichter an. «Ich bin sogar überzeugt, es geht auch für siebzig.»

«Sagen's fünfundsiebzig, Direktorchen, und ich erzähle Ihnen den Quatsch . . .»

«Ich sage gar nichts. Erst will ich hören, und dann muß ich die Herren Direktoren befragen, und dann den Aufsichtsrat, und dann die Chefredakteure. Und was soll überhaupt der junge Mann dabei?»

«Der ist die andere Bedingung; wenn der die Sache nicht in die Finger kriegt, wird nichts draus.»

«Siebzigtausend Mark und so'n junger Mensch! Haben Sie schon mal siebzigtausend auf einem Tisch gesehen?»

«Doch ja!» sagte Grundeis. «Sogar in der Tasche gehabt – nämlich in der Inflation.»

Ein bleiches, mattes Lächeln erschien auf den Gesichtern der beiden Abgebrühten. Es war, wie wenn die Sonne für einen Augenblick aus einem Schneehimmel schaut. Es war, wie wenn ein Säugling nach endlosem Brüllen endlich an die Brust gelegt wird und in sein Brüllen mischt sich ein erstes fernes Lächeln . . .

«Na, reden kann man ja mal über die Sache», sagte Direktor Schulze. «Setzen Sie sich doch, meine Herren. Zigarre? Na schön! Hoffentlich ist es was mit Liebe – Liebe ist jetzt wieder sehr gefragt.»

6

Aus dem alten wurde ein neues Jahr, der Januar wurde zum Februar, der alte Hackendahl ging umher wie sonst, fuhr Droschke, saß bei seinem Blücher und sah ihm beim Fressen zu, brachte etwas Geld nach Haus, wenig oder gar nichts, ganz wie sonst – und sagte kein Wort.

Jetzt hätte er schon mal den Mund auftun und von seinen großen Plänen und Absichten sprechen können, es war alles bestens geregelt mit den Herren im Zeitungshaus, und er hatte sogar einen Vertrag unterschrieben – aber er sagte nichts. Manchmal saß er Muttern am Tisch mit der Wachstuchdecke gegenüber beim Essen, er kaute und sah sie dabei an mit seinen großen kugeligen Augen, die immer mehr rote Äderchen bekamen, sah sie an, starrte . . .

«Was kuckst du denn so, Vater?» fragte Mutter. «Was hast du denn? Immer kuckst du jetzt so!»

«Ick habe jar nischt, det is et ja jrade!» sagte Vater Hackendahl dann verdrossen. «Ick denk bloß nach.»

«Worüber denkst du denn so nach, Vater? Und grade beim Essen! Beim Essen soll man nur essen, sonst bekommt dir's nicht.»

«Über jar nischt denk ick nach», sagte Hackendahl wieder.

Aber er dachte doch nach. Er dachte immerzu darüber nach, wie er's ihnen beibrächte, Muttern und der ganzen Familie, wie er's ihnen mundgerecht machte, das mit seiner Fahrt nach Paris. Er hatte nicht gerade Angst, daß sie ihn hindern könnten, er hatte sein Lebtag getan, was er wollte. Aber er hatte Angst vor ihrem Geschwätz, vor Mutters Klagen, vor dem ewigen Gedröhne und Gestöhne. Nicht einmal zum Schlafen würde er noch seine Ruhe haben.

Also ließ der Vater es, es würde sich schon alles finden. Wenn es soweit war, würden sie es schon merken. Und eigentlich war es am besten, sie merkten es möglichst spät, dann hatten sie um so weniger Zeit für ihr Gerede!

So ging es wirklich schon auf den März zu, als Irma in einer Zeitung die Notiz fand, daß . . .

Sie las, und sie wunderte sich. Sie lief zu der Mutter, las ihr vor, und nun wunderten sich beide. Vater hatte doch gestern noch mit seiner Droschke vor der Ladentür gehalten und hatte den kleinen Otto ein Stückchen mitgenommen, und Vater hatte kein Wort gesagt!

«Es muß ein Irrtum sein», sagte Irma und starrte noch immer fassungslos die Zeitung an. «Aber hier steht es doch klar und deutlich, und sonst stimmt auch alles!»

«Heinz weiß sicher davon», piepste die Quaasin kläglich. «In so was halten Männer immer zusammen!»

«Heinz? Keine Ahnung hat der, bestimmt nicht!» rief Irma empört.»

Und nun veruneinigten sich die beiden über die Frage, ob ein Mann mehr zu seinem Vater oder zu seiner Frau hielt, und verloren über diesem Streit ein wenig den Anlaß aus dem Auge.

Aber am Abend, als Heinz nach Haus gekommen, ziemlich müde auf seinem Notbett sitzend, an seinen Stiefeln hantierte, fragte ihn Irma doch ziemlich kriegerisch: «Sag mal, liest du eigentlich gar keine Zeitungen?»

«Wieso?» fragte er, erstaunt über ihren Ton.

«Hast du denn das nicht gesehen?» fragte Irma und zeigte mit einem Finger auf eine Notiz.

Es war bloß eine Zehnzeilennotiz, eine richtige Grundeis-Notiz. Sie lautete aber:

ÄLTESTER BERLINER DROSCHKENKUTSCHER
FÄHRT NACH PARIS

Gustav Hackendahl, mit seinen siebzig Jahren der älteste Droschkenkutscher von Berlin, wird Anfang April zu einer Fahrt nach Paris starten. Er will die ganze Fahrt hin und zurück in seiner Pferdedroschke, die die Nummer 7 trägt, zurücklegen. Wie wir aus Paris hören, wird die dortige Droschkenkutscher-Innung dem mutigen Berliner, der mit Recht den Namen «Eiserner Gustav» trägt, einen festlichen Empfang bereiten.

«Nun schlägt es dreizehn», sagte Heinz Hackendahl, starrte auf die Zeitung und traute seinen eigenen Augen nicht. «Das ist doch unmöglich!» murmelte er fassungslos.

Irma beobachtete ihn kritisch, aber kritisch oder nicht, Heinz war bestimmt ganz ahnungslos gewesen, und so hatte sie der Mutter gegenüber recht behalten. «Ich dachte, du müßtest es erfahren, Heinz!» sagte sie vorsichtig.

Plötzlich fuhr der Blitz aus der Wolke. «Du hast es gewußt!» schrie er. «Vater hat mit dir davon gesprochen! Natürlich hast du davon gewußt – hinter meinem Rücken!» Er wurde bitter: «Und so was nennst du Ehe!»

«Erlaube mal!» rief Irma empört. «Keine Ahnung habe ich gehabt. Ich habe gedacht, daß du mit Vater . . . Das heißt, Mutter meinte . . .» Sie verschwieg lieber, was Mutter meinte. «Ich habe schon gedacht», sagte sie, «vielleicht ist es bloß ein Aprilscherz.»

«Aprilscherz!» rief er. «In diesen Zeiten . . . Und im Februar! Was du dir bloß alles einbildest.» Er sah noch einmal in die Zeitung. «Es kann ja sein», sagte er dann ruhiger, «daß Vater so einem Zeitungstiger in die Hände gefallen ist. Aber es klingt ernst, es klingt, als stecke etwas Richtiges dahinter. Was machen wir bloß, Irma?»

«Sprich doch mal mit Vater», schlug sie vor.

«Natürlich», sagte er. «Bloß, wenn Vater sich was in den Kopf gesetzt hat, und die bestärken ihn noch darin! Für die ist es doch bloß Geschäft!» Er seufzte. «Ich gönne ja Vater alles – nur, es sind nicht die Zeiten für so was. Für solche Witze!» Und er sah mißbilligend auf die Zeitung.

Irma schwieg. Sie war nicht der gleichen Ansicht wie ihr Mann, aber als kluges Eheweib schwieg sie dort, wo sie doch nichts ändern konnte.

«Red doch mal mit Vater», sagte sie schließlich noch einmal.

«Ja, das will ich tun», sagte er und stand auf.

Er ging eilig, er fand den Vater im Stall.

Der warf hochsehend einen raschen Blick auf den Sohn, bückte sich dann wieder und fettete dem Rappen sorgfältig die Hufe ein. «Na, Bubi?» sagte er dabei. «Ick seh dir schon an, wat de saren willst. Aber sag besser jar nischt. – Der Blücher soll nu ooch weg. Se saren ja, er hält die Fahrt nach Paris nich aus. Ich krieg 'nen neuen. Es is schade um den Blücher, det war een jutet Pferdchen. Janz wat anderet als der olle Schimmel. – Weeßte noch, der Schimmel, Bubi?»

Heinz schwieg. Also war es richtig, war nicht einmal ein Aprilscherz, der Vater wollte wirklich nach Paris fahren!

Der Vater, mit den Hufen beschäftigt, sah von unten her, von der Seite her, listig auf den unmutigen Sohn.

«Na, sag wat!» meinte er schließlich. «Een oller Mann will ooch mal wieder 'nen Spaß haben – bloß oll sein, det is ooch man triste, Bubi, det kannste mir jlauben!»

«Die Brüder von der Zeitung legen dich rein, Vater», sagte Heinz. «Die machen doch so was nicht um deinetwillen!»

«Nee, nee, Heinz, da beruhige dir man. Ick hab 'nen janz richtijen Vertrag mit denen!»

«Einen Vertrag?! Was denn für einen Vertrag?»

«Och, nischt weiter! Bloß, det ick mir vapflichte, die Fahrt nach Paris und zurück in de Droschke zu machen, detse alle Unkosten tragen und mir 'nen neuet Pferd schenken. Für Muttern kriege ick fünfhundert Mark, und wat ick aus Ansichtspostkarten und sonst mache, jehört mir ooch, bloß, det se alleine über mir drucken dürfen und det se Bilder machen dürfen von mir, det is doch keen schlechter Vertrag nich?»

Heinz Hackendahl sah wohl: Der Vater war aufgeräumt und glücklich über seinen Vertrag. Aber er bat doch: «Vater, mach es bloß nicht! Tritt zurück, sag, du bist krank geworden, du fühlst dich zu schwach . . .»

«Aber warum denn? Haben Mutter und ick mal keene Sorjen! Wat ick for Blüchern krieje, dürfen wa ooch behalten . . .»

«Aber, Vater, du hältst das nicht aus! Denk doch mal, in deinen Jahren, in Wind und Wetter auf dem Bock . . .»

«Nu kiek mal an», grinste der Alte. «Wat ick plötzlich for besorgte Kinder habe! In Wind und Wetter uff'n Bock! Det de mir det nie jesagt hast, wenn ick hier in Berlin uff de Tour jehe.»

Heinz biß sich auf die Lippen. «Laß es sein, Vater», bat er dann wieder. «Du hältst es doch nicht aus, du blamierst dich, die ganze Familie . . .»

Er hielt inne.

Der Alte war so plötzlich mit dem Kopf hochgefahren, daß sogar der Rappe zusammenschreckte.

«Hoho!» beruhigte ihn der Alte. «Laß man, Blücher, vor de Doofheit von de andern mußte nich erschrecken . . .»

Und zum Sohn: «Wat heißt hier blamieren?! Darf ick nich tun, wat ick will? Ha'ick dir jehindert, deine Dummheiten zu machen?! Ick weeß 'ne Zeit, da biste imma in 'ne jewisse Villa jeloofen, janze Nächte biste fort jewesen – ha'ick dir an deine Dummheiten jehindert? Laß du mir meine machen!»

Er funkelte den Sohn zornig an. Er war wieder der alte Hackendahl, der aus der Kaserne, der vom Fuhrhof, weder Zeit noch Alter hatten ihn zu Brei schlagen können.

«Ick blamier die Familje? Ick weeß andere, Jeschwister von dir, die haben de Familje janz anders blamiert, die haben den Namen in 'nen Dreck jezogen. Ick weeß, Bubi, du bist nicht scbuld dran, du bist 'nen anständijer Kerl. Aber hinjeloofen biste ooch nich zu deine Jeschwister und hast se anjeschnauzt: ‹Laßt eure Dummheiten, ihr blamiert mir!› Det machste bloß bei deinem Vater!»

Er sah den Sohn an und schüttelte den Kopf.

«Steh nich so, Bubi! Wat soll denn det?! Laß 'nen ollen Mann doch det Vajnüjen. Wenn de Leute über mir lachen, dir muß et doch nich weh tun.»

Der Sohn sah vor sich hin, halb bezwungen. «Na, Vater», sagte er endlich.

«Siehste, Bubi, ick weeß doch, du bist 'nen vanünftiger Kerl. Und nu tu deinem ollen Vata mal wirklich 'nen Liebesdienst. Jeh ruff zu Muttern und puhl ihr det sachte bei mit meine Reise. Se ahnt wat, aber sie weeß noch nischt Jewisset. Na, mach schon. Uff dir hört se doch am liebsten. Sei mal nett, Bubi, wat?»

7

Und aus dem Februar wurde der März, und näher zog schon der April, und alle hatten Zeit genug, sich an den Gedanken zu gewöhnen, daß der alte Vater noch eine weite Reise tun wollte. Es kam ihnen ganz unwahrscheinlich vor, denn der eiserne Gustav ließ sich nicht das geringste von Reisefieber anmerken. Er kletterte alle Tage wie sonst auf den Bock seiner Droschke und mühte sich, sein tägliches Geld zusammenzufahren.

Nur den neuen Gaul, den er aus unbekannten Gründen «Grasmus» getauft hatte, sah er manchmal bedenklich an. «Ick weeß nich», sagte er dann wohl, «is ja'n janz schönet Pferdchen, ooch willig, aber zweitausend Kilometer – so in eine Tour weg, ick weeß nich . . .»

Und er tastete ihm die Beine ab, immer wieder sorgenvoll das Haupt schüttelnd.

Dann, im März, sah es doch so aus, als sollte aus allem nichts werden. Denn der alte Hackendahl wurde krank, zum erstenmal in seinem Leben wurde er wirklich krank. Er bekam die Grippe. Natürlich hatte er so lange abgestritten, daß ihm auch nur das Geringste sei, bis er einfach nicht mehr konnte. Mit vierzig Grad Fieber lag er im Bett, klapperte mit den Zähnen und stöhnte: «Det mir det passieren muß! Nie krank jewesen und nu jrade jetzt, wo ick de erste Reise in meinem Leben vorhabe! Aber ick jebe nich nach! Ick lasse mir nich rinlejen! Mutta, jib mir noch mal von dem Tee! Wat kann ick noch tun? Ick will allens tun, wat sin muß – bloß, ick muß nach Paris! Det hat doch sonst allens keenen Zweck jehabt, wenn ick nich nach Paris komme!»

In dieser Krankenzeit bekehrte er sie alle. Wenn es ihm noch so jämmerlich ging, er wollte nach Paris . . .

«Heinz, bewegste den Zossen ooch jut? Sag dem Fleischer, er soll'n ruhig mal mit anspannen, wenn er uff'n Schlachthof fährt. Grasmus darf keene steifen Knochen kriejen. Jott, wenn ick nu doch nich nach Paris komme!»

«Du kommst nach Paris, Vater, bestimmt kommst du nach Paris!» sagte sogar die Mutter, die entsetzt gewesen war beim Gedanken an diese Fahrt.

«Na, Rotkopp», grinste der Alte, aus Fieber, Frösteln und Schweiß. «Wat, nu jeht Ihnen der Jewisse mit Jrundeis? Wat?! Na, lassen Se man, in meinem janzen Leben, wenn ick wat jesagt habe, denn ha'ick det jesagt. Darin bin ick immer eisern jewesen. Sie wissen ja, eiserner Justav . . .»

«Wir könnten vielleicht eine kleine Notiz bringen», sagte Grundeis kläglich, «daß Sie krank geworden sind und ein bißchen später fahren, was meinen Sie?»

«Ach wat, später! Für so 'n ollen Mann jibt's kein Später. Wat de tun willst, tue jleich! Ick fahre – uff Tag un Stunde, det sare ick Ihnen!»

«Aber es sind nur noch drei Wochen!» stöhnte der Unselige.

«Drei Wochen – det is et ja jrade! Bin ick in eene Woche krank jeworden, wer ick doch woll in drei Wochen jesund wern! Det wär ja noch schöner! Weene man nich, Mutter! Weene nich, gräm dich nich, in Paris, da siehste mich nich!»

Und der Alte legte sich höchst zufrieden in seine Kissen zurück, lächelte und schlief ein.

«Das wird nie was im Leben!» stöhnte der rote Grundeis.

«Vater muß wieder werden», sagte der von seinem Herzen überwundene Heinz, «den Spaß soll er doch noch haben!»

«Ich hätte Vatern die Fahrt doch so gegönnt!» weinte die Mutter.

«Er kommt bestimmt durch», sprach Irma. «Den bringt nichts um.»

Weene nich, gräm dich nich, in Paris, da siehste mich nich, lächelte der alte Hackendahl im Schlaf.

8

Vor dem Haupteingang des Zeitungshauses hielt die festlich geschmückte Droschke Nummer 7. An ihrer Hinterseite war eine große Tafel befestigt:

GUSTAV HACKENDAHL

der älteste Droschkenkutscher Berlins
fährt in dieser Droschke

BERLIN–PARIS–BERLIN

Eine Kapelle spielte, Neugierige blieben stehen, lasen, lachten, gingen weiter, der Braune Grasmus versuchte teils mit, teils ohne Erfolg, seine Blumenzier aufzufressen, aber vom Droschkenkutscher selbst war nicht das geringste zu sehen.

Der war noch im Zeitungshaus und nahm Abschied.

Herr Direktor Schulze gab ihm die Hand und wünschte Hals- und Beinbruch. «Und denken Sie daran, wieviel wir . . .»

Er hatte sagen wollen: «Wieviel wir in Sie reingesteckt haben . . .»

Aber angesichts des festlichen Kreises bezwang er seinen niederen Geldsinn und sprach: «. . . wieviel wir von Ihrer Gesundheit erwarten!»

«Det is allens wieder im Lote», sprach der eiserne Gustav unerschüttert. «Nehmen Se ooch 'ne Postkarte, Herr Direktor? 'nen Jroschen det Stück.»

Schneeweiß und zitternd überwachte Grundeis seinen Schützling. Wie benahm er sich? Wirkte er? Hätte man den Vollbart nicht doch kürzen müssen? Übertrieb er es nicht mit dem Ansichtskartenverkauf?

Ach dieser Mann, dieser alte Mann – er fuhr in die Welt, und in seine Fahrt waren Glück und Erfolg des jungen Menschen einbeschlossen! Und er ahnte nichts davon! Er dachte nur an sich! Wahrhaftig, nun drehte er Herrn Generaldirektor Klotzsche ein ganzes Dutzend Ansichtskarten an und weigerte sich, das Dutzend billiger zu geben!

Er übertrieb es wahrhaftig! Und wie würde es erst in Paris gehen?! Fremde Sprache, fremde Menschen! Oh, hätte ich mich nie darauf eingelassen!

Aber vielleicht war er gerade gut? Hier lachten alle! Alle sahen den alten Mann in seinem blauen Kutschermantel mit dem weißen Lackzylinder freundlich an. Vielleicht hätte man die Sache doch größer aufziehen sollen? Auf der Straße waren viel zuwenig Neugierige, die meisten hatten es doch wohl für einen Aprilscherz genommen. Aber das goldene Leghuhn war gegen alle Vorschußlorbeeren gewesen . . .!

Grundeis schwitzte, wurde bleich, rot, ach, er hatte viel mehr Angst als der Weltreisende!

Nun wurde dem noch ein Blumenstrauß überreicht. (Wie wird er sich benehmen?) Es ist die Sekretärin vom Herrn Generaldirektor, die es tut, ein hochwichtiges Frauenzimmer! (Man hätte ihn warnen müssen. Ach, dieser ahnungslose Knabe, man kann ihn nicht vor allem warnen, was ihm auf der Fahrt geschehen wird!)

Gustav Hackendahl starrt abwechselnd Strauß und Spenderin an. «Wat soll ick denn damit?» fragt er. «Wat denn? Blumen? Frißt mein Zosse nicht. – Da nehmen Sie'n!»

Und schon hat Grundeis den Strauß.

Gott sei Dank! Ein erster großer Heiterkeitserfolg, alle sind erfreut, die Vorgesetzten lächeln, die Untergebenen lachen. Ausgezeichnet!

Es naht das goldene Leghuhn, fetter und kummervoller als je. Er schüttelt dem eisernen Gustav die Hand, würdevoll, als kondoliere er mit tiefempfundenem Beileid. Was fragt der Hund, der hinterlistige – will er dem alten Mann ein Bein stellen?

«Parlez-vous français?» fragt er.

Und «Yes!» antwortet unerschüttert Gustav Hackendahl.

Brüllendes Gelächter.

Heiterer zieht der Zug von Zimmer zu Zimmer, der Ansichtskartenverkauf geht blendend. Die erste ahnungsvolle Autogrammjägerin naht ...

«Wat denn, Frollein? Wat denn? Meinen Namen soll ick Ihnen uffschreiben? Zu wat denn? Det Sie nachher drüber schreiben, Sie haben mir hundert Piepen jeborgt, wat? Nee, so doof is der eiserne Justav nich! Heh, Sie, Rotkopp, schreiben Sie mal hier Ihren Friedrichwillem hin, Sie passen ooch besser zu 'ne junge Dame!»

Wiederum gut! Nein, er ist wirklich nicht doof, der alte Hackendahl, er findet sich in die Situation. Er ist nicht ängstlich, er weiß, was sie von ihm erwarten. Nur keine Feierlichkeit – ein bißchen Spaß, sie lachen so gerne, sie sind jedem dankbar, der sie zum Lachen bringt. Nun also, werden wir lachen ...

«Warten Sie doch! Drängeln Se nich so, junger Mann!» wird Grundeis angefahren. «Ick komme noch zeitig nach Paris. Mein Sonderzug fährt nich ohne mir. Erst muß ick Jeld wechseln ...»

Er leert seine Taschen aus, der Kassierer muß ihm die Groschen einwechseln.

«Det jeht ja, det Jeschäft! Fast fünfhundert Stück hier im Hause vakooft! Na, ick bin janz zufrieden mit euch junge Leute hier. Wenn ick wieder'n Ufftrag zu vajeben habe, laß ick'n euch zukommen!»

Er kann es nicht lassen, er blüht jetzt auf. Das echte Berliner Mundwerk, nicht in Berlin, sondern in einem Dorf bei Pasewalk geboren, feiert Orgien ...

9

Es ist fast elf Uhr, als der eiserne Gustav wieder auf den Bock seiner Droschke steigt. Grasmus hat indes den Festschmuck völlig verwüstet. Aber es ist keine Zeit, ihn in Ordnung zu bringen, die Musiker schimpfen schon: «Wegen deiner Bummelei stehen wir uns hier Eisbeene, Justav!»

Jetzt triumphieren sie ihm mit Musik voran. Der Braune tänzelt bei dem ungewohnten Lärm. Gustav zieht seinen Zylinder und grüßt zu den vielen Fenstern des Verlagshauses hinauf, die alle mit lachenden Gesichtern besetzt sind.

In der Droschke sitzt ein Ehrengast, nicht einmal die Taxuhr wird für ihn angestellt. Er darf gratis fahren, der Ehrengast – und die Kollegen im Zeitungshaus sehen ihm teils wohlwollend, teils neidisch nach.

Gustav Hackendahl dreht sich um. «Na, wie ha'm wir det jemacht, Herr Jrundeis?»

«Für den Anfang ausgezeichnet! In die erste Beilage kriege ich Sie bestimmt!»

«Sehen Se, wat de Leute kieken – die kieken nich bloß wejen die Musike. Die kieken meinswejen.» Er seufzt, dann sagt er: «Manchmal is det Leben ebent doch janz scheen, Rotkopp!»

«Und ob!» sagt Rotkopf begeistert.

«Eigentlich», meint Hackendahl nachdenklich, «müßt ick alle Ekken runter vom Bock und'n paar Ansichtskarten vakoofen, aber es hält zu sehre uff! – Macht Ihnen det was aus, Herr Jrundeis, wenn Se denen so'n paar Karten aus'm fahrenden Wagen rauslangen?»

«Werden Sie bloß nicht geldgierig, Herr Hackendahl!» sagt Grundeis. «Sie fahren nicht zum Erwerb – Sie fahren doch zum Vergnügen!»

«Na ja, wie Se meenen. – Ick will ja hoffen, et wird'n Vajniejen!»

Und nun sind sie vor dem Berliner Rathaus angelangt, vor dem Roten Haus.

«Na denn!» sagt Hackendahl und klettert vom Bock. «Denn jeben Se mal det Buch her, Herr Jrundeis.» Er nimmt den in Leder gebundenen Band. «Jawoll, denn wird uns anders sind, wenn wir erst wieder hier antreten, und det Buch is voll, wat. Kiekt man orntlich, Jungens! Jawoll, könnt ihr Muttern erzählen, ihr habt den varrückten Droschkenkutscher jesehn, der nach Paris fährt . . . Denn freut sich Muttern, det in Berlin die Varrückten immer noch frei rumloofen dürfen. Na, kommen Se, Jrundeis!»

Aber Grundeis will nicht mit ins Rathaus.

«Sie sind ja angemeldet. Ich habe noch was zu besorgen.»

Hackendahl muß allein gehen. Eine Behörde ist etwas anderes als ein Zeitungshaus, ein Beamter etwas anderes als ein Redakteur. Hier wird von Gustav Hackendahl nicht das geringste Aufheben gemacht.

«Na, geben Sie schon her! Bloß Arbeit hat man mit euern verrückten Ideen. Und nachher hört man nie wieder von euch. Also schön: elf Uhr fünfunddreißig, am 2. April meldet sich der Droschkenkutscher Gustav Hackendahl, durch Reisepaß ausgewiesen, Einspänner-Pferdedroschke Nummer 7, hier auf dem Rathaus der Stadt Berlin und gibt an, nach Paris fahren zu wollen. – In Ordnung, was?»

«Na ja, denn is det woll in Ordnung», seufzt Hackendahl, ein wenig enttäuscht über diesen Empfang. «Aber wenn ick zurückkomme, denn macht ihr mir andere Jesichter, vastanden?»

«Los! Ab! Raus! Wir haben hier keine Zeit für so 'nen Quatsch! Hier wird nämlich richtig gearbeitet, Männecken!»

«Ach nee!» grinst Hackendahl. «Arbeeten tut ihr ooch? Ick dachte immer, ihr schmiert bloß Papier voll!»

Und damit macht er, daß er fortkommt, denn ein gereizter Beamter ist gefährlich. Aber er ist gar nicht einverstanden. So'ne Brüder! schimpft er bei sich. Die wachen ooch nie uff! Na, wartet, wenn ick erst wiederkomme!

Sein Ärger vergeht, als er unten ist. Viele Neugierige stehen jetzt da, Schutzleute müssen ihm die Fahrbahn frei machen ... Nun kommt Grundeis gestürzt, springt in den Wagen ...

«Los!» ruft er. «Aber halten Sie den Gaul fest, jetzt sollen Sie mal was hören!»

Und kaum hat sich die Droschke in Bewegung gesetzt, so beginnt ein ohrenbetäubendes Tuten, Hupen, Heulen um den ganzen Platz herum. Alle Autos hupen, sie scheinen in einem bestimmten Takt zu hupen ...

«Die Berliner Chauffeure bringen Ihnen ein Ständchen!» schreit Grundeis in Hackendahls Ohren. «Hören Sie nicht: ‹Muß i denn, muß i denn zum Städtelein hinaus ...›?»

«Nich de Bohne!» schreit Hackendahl zurück. «Det is doch: ‹Wem Jott will rechte Junst erweisen!› Det is doch jenau zu hören! Mensch, sind Sie aber unmusikalisch!»

Der Lärm wirkt ansteckend. Wie rasend bimmeln die Elektrischen, die Jungen pfeifen auf zwei Fingern, die Menschen schreien sich lachend an, Fetzen des Marsches, den die Kapelle spielt, wirbeln durch den Tonsalat. Mit zornroten Gesichtern rennen die Schupos herum und brüllen die Chauffeure, diese Unruhestifter, an.

Den Zyliner schwenkend, fährt der alte Hackendahl durch den Trubel. Allmählich schwillt der Lärm ab, die Kapelle bläst noch einen

Tusch. Hackendahl tippt den Braunen mit der Peitsche an. Grasmus fängt an zu traben, und sich umdrehend, fragt Hackendahl: «Na, Herr Jrundeis, wie is't? Fahren Se noch mit? Bis jetzt waren Se mein injeladener Jast, aber von nu an heeßt et Taxe . . .»

Und damit drückt er auf den Hebel der Taxuhr, das Frei-Schild verschwindet, und wie eine simple Droschke fahren sie nun durch die Stadt. Tausendmal ist der Alte so gefahren, heute hängt ein bißchen Grün am Wagen, und hinten ist ein Schild, das die Leute nicht sehen oder zu spät sehen . . .

«Bis Potsdam müssen Sie aber heute noch kommen», sagt Grundeis mahnend.

«Potsdorf?! Ick fahr heute bis Brandenburch, Herr Jrundeis», sagt Hackendahl voller Verachtung. «Da würde ick ja schön spät nach Paris kommen, wenn ick heute schon in Potsdorf in de Falle kriechen wollte.»

Der Braune trabt schneller.

«Der denkt, det jeht nach Haus. Det jeht ooch nach Hause, Grasmus, aber denn noch'n Ende weiter. Haste schon mal von Paris jehört, Grasmus? Faule Jejend, die Jäule sollen da nur Mais kriegen, Grasmus!»

«Warum nennen Sie den Gaul eigentlich Grasmus, was heißt denn das?»

«Weeß ick nich. Det steht uff'm Zettel vom Verkäufer!»

«Grasmus?»

«Natürlich, haben Sie wat jejen den Namen? Er macht ebent aus Gras Mus.»

«Halten Sie an, Hackendahl! Mir wird schlecht! Erasmus hat da sicher gestanden.»

«Weeß ick nich. Wat heeßt denn Erasmus?»

«Erasmus war ein frommer Mann.»

«Nee, nee, Rotkopp, da bleib ick lieber bei Grasmus. Fromm und denn nach Paris – det is nich! Aber, Herr Grundeis, die Droschke sieht nach jar nischt aus, die Leute kieken sich überhaupt nich nach um.»

«Na ja, hier sind sie Droschken noch gewöhnt. Seien Sie erst mal draußen . . .»

«Nee. Nee, det muß 'n bißcken nach wat aussehn. Und ick weeß ooch schon, wat ick tue . . .»

So hält er denn vor dem Laden der Witwe Quaas und kauft den gesamten Fahnen- und Fähnchenvorrat auf. «Det haben Sie zu zahlen, Grundeis. Det sind Unkosten, laut Vertrag. Wat, Frau Quaas, wie is't, wollen wir hier noch einen scherbeln, als der Schwiegervater die Schwiegermutter nahm . . .?»

«Herr Hackendahl, Sie sind doch sonst ein ernster Mann . . .»

«Heute nich. Heute jeh ick uff Reisen. Heute fahr ick nach Paris. Is der Heinz da? Natürlich nich! D. u.: dauernd unterwejens. Und grüßen Sie ihn schön, er soll machen, det det anders hier aussieht, bis ick wiederkomme. – Irmchen? Irmchen is plätten? Tüchtige Frau! Können Se ooch von mir grüßen! Nee, warten tu ick nich mehr. Ich habe det eilig nach Paris. Feste anmachen die Fahnen, Rotkopp! Det soll doch 'ne Weile halten. Und in jede Stadt, wo ick komme, koof ich mir 'ne Stadtfahne zu. So wat muß doch'n bißken jefällig aussehen. Da muß man ebent Sinn for haben. Ansichtskarten jefällig? Der varrückte Droschkenkutscher mit de varrückte Idee Berlin–Paris–Berlin, Stück 'n Jroschen. Een janzer Lackpott voll Varrücktheit und was daruntersteckt for 'n Jroschen . . .»

«Der Mann ist ganz durchgedreht», piept die Witwe Quaas.

«Nu man weiter!» mahnt Grundeis. «Sie wollen doch noch bis Potsdam.»

«Bis Brennabor, Rotkopp!» sagt Hackendahl, fährt aber wirklich los. Dann dreht er sich um. «Wissen Se, Herr Jrundeis, wenn det erst überstanden wäre, jetzt mit Muttern! Mutter denkt immer, ick halt es nich durch. Ick komm nich wieder, sagt se. – Jott, da steht se!»

Wirklich, da steht sie, am Rand des Bürgersteigs. Eigentlich steht Mutter nicht, sondern sie sitzt auf einem Sack Hafer, der hier eingeladen werden soll, gewissermaßen als eiserne Ration für Grasmus.

Um Mutter stehen viele Menschen. Und siehe da: fünf, sechs Pferdedroschken halten hier auch. Es ist nicht so überwältigend wie beim Roten Haus – es ist eben Wilmersdorf, es ist Wexstraße. Aber es ist doch ganz schön.

«Mutter, wat machste? Hier, mitten uff de Straße . . . vor alle Leute . . .»

«Was schadet denn das, Vater, wo du uns doch unter die Leute gebracht hast. Da, iß . . . Und der Grasmus muß auch noch fressen. Das lasse ich mir nicht nehmen . . .»

Und Gustav Hackendahl, der eine Person des öffentlichen Lebens geworden ist, setzt sich in eine Ecke der Droschke und ißt noch einmal Eisbein mit Sauerkraut und Erbsenpü. Und Frau Hackendahl sitzt in der anderen Ecke der Droschke und weint und versichert, daß sie ihn nie lebend wiedersehen wird, und bindet ihm Warmhalten auf die Seele und immer gut warm essen und nicht soviel trinken!

«Aber wiedersehen tu ich dich nicht . . .»

Ab und zu unterbricht Gustav sein Essen und verkauft Ansichtskarten. Auf dem Bock aber sitzt der junge Grundeis, hat das Notizbuch auf den Knien und komponiert seinen ersten Riemen. Es ist vielleicht kein dichterischer Gegenstand, schwer nur ließe sich ein

Sonett darüber machen, auch keine Ode, keine Terzinen. Aber es scheint ihm doch was wie Leben, irgend etwas Unverwüstliches, was? Dies alte Ehepaar da hinten in der Droschke, Weinen und Essen, Verzweiflung und über trockene Strümpfe reden . . . (Natürlich werden sie mir die schönsten Sachen wieder rausstreichen!)

Endlich, es ist schon fast drei Uhr geworden, setzt sich die Droschke in Bewegung, aus Berlin heraus, westwärts, nach Paris zu . . .

10

Die Droschke Nummer 7 ist durch Berlin gefahren, und nun ist sie fort.

Viele Menschen haben sie hindurchfahren sehen, sie haben ihr zugelacht und nachgewinkt, und dann haben sie wieder an anderes gedacht. Kaum einer, der an diesem Nachmittag, an diesem Abend noch etwa sagt: «Hast du auch die Droschke gesehen mit dem Kutscher, der nach Paris fahren will? Der olle Mann hat Mut!»

Der alte Mann hat wirklich den Mut. Er ist nun aus Berlin herausgekommen, Grasmus trabt munter, es geht gegen Potsdam zu und dann nach Potsdam hinein. Auf der Polizeiwache, wo er sich die Durchfahrt bescheinigen läßt, lachen sie. «Das wird Ihnen noch über werden! Wo wollen Sie denn hier übernachten?»

«Bei euch? In Potsdorf? Ick übernacht nur in bessere Städte! Ick fahr heut noch bis Brennabor!»

«Dann müssen Sie sich aber ranhalten! Geben Sie Ihrem Braunen Saures!»

«Wird jemacht, Herr Oberwachtmeister, und danke ooch schön. Hier habt ihr 'ne Karte, die könnt ihr bei euch uffbammeln, det ihr ooch saren könnt, der eiserne Justav is bei euch jewesen!

Dann fährt er wieder weiter, die Dämmerung, der Abend, die Nacht bricht herein. Er kommt über die Havel, er kommt nach Werder. Bis hier ist er ein paarmal gefahren. Nicht oft, aber doch ein paarmal in den vielen Jahren, da er Droschke fuhr. Das waren noch die fetten Zeiten, da brachte solche Fuhre zwanzig Mark, und zwanzig Mark waren damals mehr als heute. Auf dem Heimweg waren immer alle von dem Obstwein knille. Man mußte aufpassen, daß man nicht mit knille wurde. Man hatte aufzupassen, daß man seine Fuhre richtig durchsteuerte. Nun, man hatte sie richtig durchgesteuert – bis hierhin!

Wenn er jetzt zurücksieht, erblickt er über Berlin einen großen strahlenden Schein, es ist, als flösse aus den Wolken Licht auf diese Stadt. Dort, wo er fährt, ist alles dunkel, und dort, wohin er fährt, ist auch alles dunkel. Aber er weiß, daß er nicht nur von einem Lichtschein fortfährt, sondern daß es auch einem anderen Lichtschein entgegengeht, einem Schein, der noch größer sein soll als der hinter ihm.

Wenn man so etwas weiß, macht es nichts, daß man gerade im Dunkeln fährt, man muß nur wissen, daß es ins Helle, zum Licht geht. Es gab eine lange Zeit, da fuhr man völlig im Dunkel. Hinter sich Dunkel, vor sich Dunkel, um sich Nacht. Er kann sich noch sehr wohl an seine Nuttenfuhren erinnern. Er hat es durchgesteuert, irgendwie, er weiß eigentlich nicht mehr wie, aber plötzlich war es dann alle. Und nun fährt er der fernen, fernen Helle entgegen.

Wenige denken jetzt noch in Berlin an ihn, kaum ein paar . . .

Da ist die Frau, sie sitzt am Fenster und sieht auf die Straße. Die Gaslaternen brennen, nur noch wenig Menschen sind unterwegs.

Sie ist immer eine weinerliche, mutlose Frau gewesen, aber heute abend ist sie richtig traurig. Sie sitzt in ihrem Stuhl, es wird immer später, sie möchte ins Bett. Aber sie wagt es nicht, sie wird immer trauriger. Eigentlich ist ja nichts gegen sonst verändert: wie oft hat Vater Nachtdroschke gefahren! Es ist nicht das Gefühl, daß nun kein Mann mehr im Hause ist . . .

Sondern es ist etwas Trauriges, etwas Todtrauriges. Wie er zuerst davon geredet hat, dachte sie, er ist verrückt. Und wie Heinz ihr davon erzählt hat, hat sie gehofft, der Junge gibt es nicht zu. Und wie er krank geworden ist, hat sie geglaubt, es wird nichts daraus . . .

Und nun ist doch etwas daraus geworden . . .!

Wieder hat er seinen Willen gekriegt. In ihrer ganzen Ehe weiß sie kein einziges Mal, wo er nicht seinen Willen gekriegt hätte. Immer hat sie nachgeben müssen. Das ist etwas Schreckliches, das ist wirklich etwas Todtrauriges. Sie macht Vatern keine Vorwürfe, Vater ist immer gut zu ihr gewesen. Sie wünscht auch nicht, daß irgendwas mit seiner Fahrt schiefgehen möchte – nein, sie gönnt Vatern alles! Nur, sie hätte gern ein einziges Mal ihren Willen gekriegt im Leben! Sie möchte ein einziges Mal wissen, daß sie recht behalten hat. Sie hat sich mit den Kindern gegen ihn verbündet, sie hat ihm nie geholfen – und doch hat er immer recht behalten. Er hat hundertmal, tausendmal unrecht gehabt mit seiner Starrköpfigkeit, mit seinem Anschnauzen – und immer hat er recht behalten! Sie möchte nur wissen, wie das kommt. Es ist ungerecht verteilt im Leben . . .

Sie seufzt. Todtraurig sitzt sie und starrt auf die immer einsamer werdende Straße. Sie hat kein Licht gemacht, sie sitzt in der dunklen Stube. Jawohl, in einer dunklen Stube saß sie von eh und je, und nie hatte sie Licht gemacht. Das war ihr nicht gegeben.

Dies ist ein Mensch, der an den eisernen Gustav denkt, auf seiner Fahrt nach Paris . . .

Irma und Heinz sitzen am Abendbrottisch, das Kind Otto schläft schon.

«Vater war noch hier mit seiner Droschke», berichtet Irma.

«Was hat er denn gesagt?» fragt Heinz.

«Ich war nicht hier, ich war plätten. Er hat Mutter all ihre Papierfahnen abgekauft und damit seinen Wagen geschmückt.»

«Der Mann war ganz durchgedreht», piepst die Quaasin, die schon im Bette liegt, aus dem dunklen Nebenzimmer. «Mit mir hat er auf der Straße tanzen wollen! So habe ich den Mann noch nie gesehen!»

«Also fidel war er», sagt Heinz nachdenklich. «Es war vielleicht doch gut, daß wir ihm seinen Willen gelassen haben.»

«Natürlich war es gut», bestätigt Irma. «Vater hat endlich mal wieder eine Freude gehabt!»

«Aber wenn er wiederkommt? Was macht er dann? Fährt er dann wieder Droschke, und wo bleibt dann seine Freude?» Er bricht ab, versinkt in Gedanken.

Dies sind zwei andere Menschen, die an den alten Hackendahl denken.

Die Abendzeitungen hatten natürlich eine kurze Notiz über die Droschkenkutscherfahrt Berlin–Paris–Berlin gebracht. So gab es vielleicht doch noch einige Leute mehr, die an den alten Mann dachten.

Etwa ein paar frühere Kutscher von ihm. «Mutter, das ist der olle Hackendahl, eiserner Gustav nannten wir ihn, für den ich kurz vor dem Kriege gefahren bin, du weißt doch noch? Dreißig Droschken hatte der Mann zu fahren, und jetzt macht er so was! Da sieht man, was aus den Leuten wird!»

Oder Rabause, der jetzt die Pferde in einer Brauerei versorgt. Er ist alt geworden, aber er weiß noch genau, wie alles war, in seinem Kopf hat sich nichts verwischt. Sieh da, denkt er. Zu Otto hat er immer gesagt, bloß Arbeit und Pflichterfüllung – und nun macht er so'nen Quatsch! Das sollte Otto bloß wissen!

Oder die Tochter Sophie, die Oberin. Sie streicht das Zeitungsblatt glatt und denkt: Gottlob, daß sie mich hier Frau Oberin nennen, daß keiner von den Patienten den Namen Hackendahl weiß. Es war damals wirklich die höchste Zeit, daß ich ihn heraussetzte! Es ist natürlich eine Alterserscheinung bei ihm, Heinz könnte auch besser auf Vater aufpassen, er gehört in eine Anstalt . . .

Nein, alles in allem: Wenn der alte Mann auf der Chaussee wüßte, wie in der großen Stadt unter dem Lichtschimmer an ihn gedacht wird, viel Ermunterung käme ihm nicht daher. Aber die Dinge, kleine wie große, werden nicht durch den Glauben vollbracht, den die anderen an uns haben, sondern allein durch den Glauben in der eigenen Brust. Glaubt einer nur fest genug an sich selbst, werden die anderen schon kommen – irgendwann sind sie dann alle da (und haben es immer gewußt!).

Eine aber denkt wirklich an den Alten. Sie war einmal sein Liebling, sie war hübsch und sauber, aber das ist sie nun schon lange nicht mehr. Sie sitzt in einer Kneipe am Alexanderplatz, heute ist ihr Arbeiten und Geldverdienen unwichtig. Sie hat die Notiz in der Zeitung gelesen, sie war am Vormittag unter den Neugierigen am Zeitungshaus. Sie hat sich ein paar Postkarten durch einen Jungen kaufen lassen. «Der älteste Droschkenkutscher von Berlin . . . Gustav Hackendahl, genannt der eiserne Gustav . . . Berlin–Paris–Berlin . . .»

Dann ist sie der Droschke bis zum Roten Haus gefolgt, sie hat das Autohupenständchen gehört; sie ist der Droschke weiter nachgegangen bis dort, wo sich die Musikkapelle von ihr trennte. Bis dort, wo sie ihr im Trabe entschwand . . .

Der Vater hat sie nicht gesehen, sie aber hat den Vater gesehen. Es ist etwas in ihr aufgeflammt, etwas wie Begeisterung, wie Stolz und Vertrauen. Etwas wie: Ich bin vor die Hunde gegangen, aber der Alte lebt noch. Der Alte ist unverwüstlich, er reißt uns alle heraus . . .!

Gott, wie er da auf dem Bock saß, mit seinem rotblondgrauen Vollbart, wie er gelacht hat, wie er mit dem jungen Herrn Witze gerissen hat, wie er seine Ansichtskarten verkauft hat, wie er die Zügel in die Hand nahm, und der Braune ging sofort los – nicht umzubringen, unverwüstlich!

Er reißt uns alle heraus . . .

Irgend so was, keine Entschuldigung für sie, kein Freipaß, nichts derart. Mit ihr ist es weit gekommen, tief gekommen, sie ist fast nichts mehr, sie ist verbraucht, alle. Ein paar Monate noch, dann kommt Eugen aus dem Zet, sie sehnt den Tag, vor dem sie zittert, herbei. Sie wird an der Tür stehen, an der Zuchthaustüre zu Brandenburg an der Havel, hoffentlich duldet er sie!

Sie denkt daran, daß er blind ist, und sie denkt daran, wie sie aussieht. Sie hofft nicht, ihn betrügen zu können; trotz seiner Blindheit wird er spüren, daß sie kein Geschäft mehr ist, daß sie zu tun hat, sich allein zu ernähren. Aber sie hofft, er wird sie trotzdem annehmen. Er wird sie schon irgendwie verwerten, ihm wird etwas einfallen, was er sogar noch aus ihr machen kann – bis sie ganz wertlos geworden ist.

Das alles ist nicht so wichtig – so oder so, es dauert nicht mehr lange. Aber sie hat es doch noch erlebt, daß es trotzdem weitergeht mit dem Leben und mit den Hackendahls. Es ist ein tröstliches Gefühl, daß der Stamm noch lebt und grünt, wenn auch der Ast zerbrochen wurde.

Später kommt ein Mann an ihren Tisch, heute ist es ihr nicht recht. Aber sie ist kein freier Mensch. Sie darf wegen des Wirtes den Gast nicht vor den Kopf stoßen, sie hat eine kleine Schuld beim Wirt.

Der Mann gibt einen Likör und ein Bier für sie aus, er gibt noch mal was zu trinken für sie aus. Er möchte sie gerne in Schwung bringen, er selber ist schon mächtig in Schwung. Aber es ist weggeworfenes Geld, mit der ist nichts los. Sie zeigt ihm eine Karte. «Das ist mein Vater!» sagt sie stolz.

«Na, da haste ja Schwein gehabt», sagt er und starrt blöde die Karte an. Er versteht nicht mehr so recht, was das soll, die Ansichtspostkarte und die Nutte . . .

«Fidel wollen wir sein!» schreit er. «Für det Jeld können wir doch ebensojut fidel wie traurig sind. Mensch, Budiker, schmeiß 'nen Jroschen ins Akkordion. Komm, Mächen, wa tanzen . . .»

Und da sie noch immer die blöde Karte anstarrt, reißt er die Karte entzwei. Nun gibt es Geheul und Kratzen und Keilerei und noch mal Geheul und einen Schupo, der beide zur Wache nimmt.

Dies ist wiederum eine, die an den alten Hackendahl auf seiner Fahrt denkt. Aber eine große Hilfe ist sie auch nicht, das kann man nicht sagen. Vielleicht haben ihre Gedanken es gemacht, daß er beim Einfahren in die Stadt zu den hohen, düsteren Wänden emporsieht. Aber an Eugen Bast, diese Art Schwiegersohn, denkt er nicht.

Ein Krankenhaus, überlegt er. Oder ein Kittchen. Det die hier in det Kaff so'n großet Kittchen brauchen. Na, wer weeß . . .! Allet schon dunkel. Ick muß machen, det ick in de Stadt komme, sonst find ick keen Quartier for mir un Jrasmussen. Und es is doch noch vadammt maikühle. De Pfoten sind mir janz steif. Na, in Paris wird et wärmer sind . . .

Er fährt weiter.

Aber noch einer denkt an ihn; und der denkt wirklich mit aller Intensität an den alten Hackendahl, der wünscht ihm nur Gutes!

Der junge Grundeis hätte schon um fünf Uhr nach Haus gehen können, sein Artikel war längst abgesetzt und gematert. Er hatte auch schon den Bürstenabzug gelesen, und natürlich war er genauso verstümmelt, wie man dies von der Ahnungslosigkeit und Mißgunst der lieben vorgesetzten Kollegen erwarten konnte!

Darum hätte er gut nach Haus gehen können.

Aber er konnte eben doch nicht, er war zu ruhelos. Er rannte hin und her in dem riesigen Haus, er verlor sich in dunklen, verlassenen Stuben, und er störte die Nachtredakteure, bis sie mit Tintenlöschern nach ihm warfen. Er stand in der Setzerei herum und hinderte alle und war bei der großen Rotationsmaschine im Wege, die nun schon sauste und klapperte beim Druck der Morgenzeitungen, jener Morgenzeitungen, die seinen ersten großen eigenen Artikel den Berlinern zum Kaffee servieren würden. Den ersten Artikel, der mit seinem Namen gezeichnet war – Grundeis stand darunter.

Fürwahr, es sah trefflich aus: Grundeis stand darunter.

«Haben Sie das gelesen?» fragte er den Meister lässig.

«Stehen Sie hier nicht länger rum, Herr Grundeis!» schrie der Meister. «Lesen – was Sie sonst woll noch alles für Ihren Drecklohn verlangen! Lesen sollen wir den Mist auch noch – es ist doch wahrhaftig genug, daß wir euern bürgerlichen Dreck drucken!»

Denn der Meister gehörte leider einer anderen Partei an und druckte nur mit Gift und Galle das Geschreibsel der Widersacher.

Ruhelos irrte der junge Grundeis weiter, und immer wieder dachte er an den alten Mann auf der Chaussee, der durchaus noch bis Brandenburg hatte fahren wollen, und Potsdam wäre für den ersten Tag doch auch genug gewesen! Und er dachte daran, daß mit dem alten, dem sehr alten Mann all seine Zukunftsaussichten auf Vorwärtskommen und Erfolg über die dunklen Straßen rollten und daß, wenn dem Alten etwas geschah, verschuldet oder unverschuldet, ihm, dem Jungen, in diesem Hause bestimmt nicht wieder eine Chance gegeben würde!

Und er dachte sich aus, daß der Alte krank werden könnte (er war es ja eben erst gewesen), oder daß ein Auto die Droschke anfahren könnte (es kam alle Stunden vor), oder daß der Alte sich betrinken könnte (er hatte so'ne verdächtige Nase), oder daß ein Rad vom Wagen abgehen könnte (die Folgen waren unabsehbar), oder daß er gegen eine Verkehrsbestimmung sich versündigte (und statt nach Paris ins Kittchen kam), oder daß der Gaul Kolik bekommen könnte ...

Je mehr er sich wegen seiner eigenen Torheit verwünschte, seiner Torheit, sich solchen Quatsch auszudenken, statt sich gemütlich zu einem Abendschoppen im Kollegenkreis niederzusetzen; wegen seiner Torheit, nicht einfach denken zu können: Nun, Schicksal, nimm deinen Lauf; wegen seiner Torheit, diesen ausnahmsweise verruchten Beruf gewählt und sich nun auch noch ausgerechnet selbst die Zuchtrute einer Pariser Landpartie aufgebunden zu haben – während alldem wird er immer unruhiger und strubbelköpfiger und verrückter. Und weiß das gut. Und es wird doch noch schlimmer.

Er wühlt in seinen roten Haaren, er klappert mit dem Kleingeld in der Tasche. Wie von Erinnyen gehetzt, jagt er durch die Gänge und Zimmer – und wenn er daran denkt, wieviel Zeit vergehen wird, bis Herr Hackendahl in Paris einzutreffen geruhen, und daß er all diese Tage und Nächte so herumzittern wird, dann wird er erst ganz verrückt!

Ruhig! spricht er zu sich. Nur Ruhe, alter Junge, ein Reporter muß ruhig Blut haben! Ein Zeitungsmann muß sich bei einem Mord kaltblütig Notizen machen können! Du bist viel zu aufgeregt, Grundeis! Du mußt dich abreagieren!

Und er begibt sich in das Zimmer der Lektoren, wühlt (sie werden am nächsten Morgen sehr erfreut sein) in den dort aufgehäuften Romanmanuskripten, nimmt sich eines, liest eine halbe Seite, sagt: «Mist!» Nimmt das nächste, liest zehn Zeilen, sagt: «Bockmist!» Das dritte macht er gar nicht erst auf, er sagt über den Deckel weg, stöhnend aber innig: «Scheiße, oh, so eine verfluchte, verdammte Scheiße! Wer soll denn das aushalten?!» Meint aber diesmal nicht das Manuskript . . .

Das läßt er einfach fallen – es fällt in den Papierkorb, wohin bekanntlich bei gut geordneten Zeitungsredaktionen Manuskripte nie fallen. Der junge Grundeis aber ist aufgesprungen, das Licht hat er natürlich brennen lassen, er ist längst weiter.

Zehn Zimmer weiter sucht er in einem Kursbuch. Der Satz «Wer soll denn das aushalten?!» hat ihn auf den Gedanken gebracht, daß er es gar nicht nötig hat, das auszuhalten. Um diese frühe Nachtstunde muß noch ein Zug nach Brandenburg (Havel) gehen!

Natürlich geht noch einer, und obwohl es gar nicht pressiert, stürzt er wie ein Wilder auf die Straße, wirft sich keuchend in eine Autotaxe und stöhnt: «Potsdamer Bahnhof!»

Der Chauffeur bekommt einen tiefen Eindruck von solcher Eile, er jagt mit dem Wagen in vier Minuten zum Bahnhof, er denkt: Der Junge muß an ein Sterbebett!

Und Grundeis stürzt an den Schalter, rennt mit der Fahrkarte die Treppe hinauf, stürmt den noch leeren Zug, belegt ein Abteil, stürzt wieder hinaus, trinkt was, kauft 'ne Zeitung, hinein, hinaus, kauft Obst, hinein, hinaus, hinein . . .

Endlich fährt der Zug.

Für eine Stunde, für fast fünfviertel Stunden ist er eingesperrt in diesen verdammten Personenzug, der in jedem Kaff hält, der auch in Potsdam hält! Er hat dem Hackendahl gesagt, er soll nur bis Potsdam fahren, aber auf den weisen Rat der Jugend hört das Alter natürlich nie. Der Mann hat sich in den Kopf gesetzt, bis Brandenburg zu fahren – er übertreibt es schon am ersten Tage!

Düster starrt er auf seine Fahrkarte. Auf der Fahrkarte steht zu lesen, daß die Strecke Berlin–Brandenburg zweiundsechzig Kilometer lang ist, und er hat mit diesem alten Steinesel ausgemacht, daß er im Tagesdurchschnitt fünfunddreißig Kilometer fahren soll. Und einem solchen Idioten hat er sein Lebensglück anvertraut!

Eine tiefe Verzweiflung erfaßt ihn: Selbstverständlich wird alles schiefgehen. Alles, was er anfaßt, geht todsicher schief. Der dicke Oberlehrer Blei hat schon auf der Penne zu ihm gesagt: «Grundeis, du brauchst nur mal was zu wissen, dann ist es auch todsicher Quatsch.» Und als die Mutter ihm für das Sommerfest den weißen Anzug mit dem blauen Matrosenkragen anzog und ihn auf den Klavierdrehstuhl stellte, damit er sich bestimmt auch nicht schmutzig machen konnte, bis es losging – wer hat versucht, stehend den Sessel zum Drehen zu bringen, und hat so lange gedreht, bis die Holzspirale zu Ende war, und er mit Sitz, Spirale und weißem Anzug auf die Erde stürzte . . .?!

Er! Immer er! Noch nie ist ihm in seinem Leben etwas gelungen. Seine Devise lautet für ewige Zeiten: Grundeis geht mit Grundeis!

Wehmütig schleicht er durch die dunklen, darum aber nicht weniger holprigen Straßen der Stadt Brandenburg. Wehmütig, zaghaft drückt er die Nachtklingeln der Hotels, wartet geduldig und ergeben, bis ihm verschlafene Wesen ungnädig ihr «Nein, nicht angekommen!» entgegenschleudern, und schleicht sachte weiter, zum nächsten Hotel.

Ach, es ist ja aussichtslos! Wäre eine Bank da, er setzte sich am liebsten auf diese Bank, hätte Mitleid mit sich und wartete geduldig auf das einzige, auf das er feste Aussicht hat: seine Auflösung.

Aber keine Bank ist da. Statt ihrer trifft er eine Art Nachtwächter, und dieser Mann gibt ihm Auskunft, daß der Droschkenkutscher aus Berlin eingetroffen und von ihm ins «Schwarze Roß» gelotst worden ist . . .

«Ganz munterer alter Knabe, bloß 'n bißken verfroren. Hier gleich um die Ecke, Herr. Ich zeig Ihnen den Weg . . .»

Trübselig zottelt Grundeis neben seinem Führer her. Das Ganze ist natürlich ein Mißverständnis, oder die Konkurrenz hat noch einen Droschkenkutscher auf die Tour geschickt. Sein Droschkenkutscher sitzt bestenfalls in Potsdorf, wenn er nicht in einen Chausseegraben gefallen ist . . .

Bloß aus Gefälligkeit, seinen Führer nicht zu enttäuschen, geht er mit dem guten Mann mit. Aber es ist natürlich kein Gedanke daran, daß er das «Schwarze Roß» betritt – auf den Leim kriecht er der Konkurrenz nun doch nicht! Womöglich sitzt der dicke Willy vom Abendblatt drin – nein, unter keinen Umständen!

Schon vom Vorraum des «Schwarzen Rosses» hört er brüllendes Gelächter.

«Die Herren sind heute mächtig aufgedreht», sagt der Oberkellner und lächelt auch recht aufgedreht. «Der Berliner Droschkenkutscher macht ihnen soviel Spaß!»

Kaum läßt sich Grundeis Zeit, seinem Führer ein Trinkgeld in die Hand zu drücken, schon stürmt er in die Gaststube.

Und wie er ihn nun da sitzen sieht, den Ollen mit dem braunen, jetzt vor Wärme und Grog glühenden Gesicht, dem stattlichen Vollbart, im Kreise der Brandenburger Honoratioren, wie er ihn da erzählen hört: «Und ick sare zu dem Zossen, dem Blücher: jüah! – Da fängt det Aas doch an mit Rückwärtsjehen, mit Zoofen, meine Herren . . .»

Wie er ihn da so sieht . . .

Da möchte er sprechen, er, der einzige, der wirklich Anteil an ihm nimmt . . .

Er möchte die Arme breiten und sprechen: Göttlicher Greis! Schiff meiner Sehnsüchte und Hoffnungen – schiffe glückhaft zum Hafen!

Er sagt aber nur: «Na, Hackendahl, doch geschafft? Sie sind doch der eisernste Gustav von ganz Berlin!»

11

Die Droschke mit dem alten Droschkenkutscher fährt durch Deutschland. Und je weiter das Jahr vorrückt, aus dem nassen, kalten, stürmischen April der warme, sonnige, heitere Maimonat wird, je weiter der Wagen sich von Berlin entfernt, die kargeren, ernsteren Gefilde der Mark verläßt, je mehr er über die Provinzen Sachsen und Hannover sich den fröhlichen Rheinlanden nähert – um so stürmischer, um so begeisterter werden die Empfänge.

In Magdeburg noch ist es nur eine Rekordfahrt: Ein Kilometerzähler wird gestiftet und eingebaut in die Droschke, damit die Dauer der Rekordfahrt auch genau zu bemessen sei. Und der Rekordfahrer, der alte Hackendahl, grübelt nur darüber, ob Grasmus die Fahrt auch aushalten wird. Er ist oft schlapp, der Grasmus; die Dorfställe, in denen er die Nächte gemeinsam mit Kühen oder Schweinen zu verbringen hat, gefallen ihm nicht. «Der Zosse muß sich doch wälzen können, meine Herren!» sagt Hackendahl vorwurfsvoll.

In Hannover noch ist es immer nur eine Sorgenfahrt: Sturm und Regen haben den alten Mann durchkältet, durchnäßt. Werde ich es durchhalten? ist jetzt seine heimliche Sorge. Und die neue Stiftung, ein Gummimantel, wird dankbar begrüßt.

Aber aus dem April wird der Mai, Dortmund und Köln nahen, die Menschen werden aufgeschlossener, fröhlicher – und aus der Rekordfahrt, aus der Sorgenfahrt wird ein fröhlicher, lachender, begeisterter Triumphzug!

Nun gehen am Tage vorher schon die Gemeindediener durchs Dorf, sie schwingen ihre Glocke, sie rufen aus:

«Morgen kommt der Berliner Droschkenkutscher auf seiner Fahrt nach Paris durch. Empfangt ihn, begrüßt ihn, ehrt ihn!»

Und sie empfangen ihn, begrüßen ihn, ehren ihn! An diesem Durchfahrtstage zieht kein Bauer mit seinem Gespann zu Felde, die Schule fällt aus, geschlossen stehen die Klassen mit ihren Lehrern am Weg, Fahnen wehen, kleine Mädchen halten Sträuße bereit und wiederholen angstvoll die Verschen, mit denen sie den fremden alten Reisenden begrüßen sollen.

Und dann kommt der alte Mann. Verstaubt, aber mit vielen Fahnen und Blumen geziert, zockelt die Droschke durch das Dorf. Der alte Mann sitzt oben, sie winken ihm zu, sie jubeln ihm zu. Die Verschen werden aufgesagt, es gibt Willkommtrünke, Steigbügeltrünke – und das Dorf fühlt sich hochgeehrt, wo der Alte vom Bock steigt und seine Mahlzeit im Dorfkrug nimmt, während der Braune, vor der Tür an einen Ring gebunden, immer reichlichere Hafermahlzeiten abhält. Sie ersinnen sich besondere Geschenke für den Kutscher, sie können sich nicht genugtun mit Überraschungen für ihn: Hier wird, während er drinnen ißt, draußen sein Wagen von dem würdigsten Bauern des Dorfes durchgeschmiert, dort beschlagen sie ihm vor der Schmiede seinen Grasmus neu!

Und wie die Dörfer, so die Städte! Hackendahls Einzüge in Dortmund, in Köln gleichen den Triumphzügen eines siegreichen Feldherrn. Von heute auf morgen ist aus dem unbekannten Droschkenkutscher eine fast sagenhafte Figur geworden, von der jedes Wort belacht, jedes Geschichtchen weitererzählt wird. In der Stadt Dortmund sind hundertfünfzigtausend Menschen zu seinem Empfange bereit, die ganze Schupo ist auf den Beinen, die Durchfahrt zu regeln, und doch kommt der Verkehr zum Erliegen. Kopf an Kopf stehen die Menschen, den Durchfahrenden zu sehen. Das Fernamt stellt für zwei Minuten den Telefonverkehr ein, damit all seine Damen doch wenigstens aus dem Fenster den alten Mann sehen können. Sämtliche Pferdedroschken der Stadt geben ihm das Ehrengeleit. Die Fuhrherreninnung veranstaltet Ehrentrünke. Vor den Gastwirtschaften stehen die Wirte und halten überschäumende Biergläser für ihn bereit oder Humpen voll Wein. In seine Droschke werden Geschenke gehäuft: Zigarren, Wein, Likör, aber auch Lebensmittel, Räder von Käse, Tönnchen mit Heringen. Die Sträuße füllen den Fond. Ein listiger Ehrgeiziger zieht im letzten Augenblick ein Tau über die Straße, damit der Parisfahrer vor seinem Hause auch bestimmt halten muß!

Der alte Hackendahl zeigt sich all dem gewachsen. Staunend sieht Grundeis auf seine Schöpfung, Grundeis, der Erfolgreiche, der seiner Zeitung nicht genug Artikel über diese Siegesfahrt liefern kann, Grundeis sieht staunend auf einen noch viel Erfolgreicheren. Solche Begeisterung hätte er nie, auch in seinen kühnsten Träumen nicht, erwartet.

Aber auch nicht solche Sicherheit des alten Mannes. Er tut immer, was die Leute von ihm erwarten, oder wenigstens sind die Leute stets von dem begeistert, was er tut.

Wenn er am Kölner Dom vorüberfährt, und sie starren alle auf ihn und erwarten, daß er etwas tut, was er wohl tut – was in aller Welt kann ein alter Droschkenkutscher wohl angesichts von Tausenden tun, wenn er am Kölner Dom vorüberfährt? Er sieht den Dom an, die Gaffer, wieder den Dom, wieder die erwartungsvollen Gaffer . . . Und steht auf und schwenkt den Lackzylinder, Mutters Milchpott, er schreit: «Hoch lebe der Kölner Dom!»

Und alle jubeln, alle sind begeistert.

Wenn aber eine reklametüchtige Eisenfabrik ihm feierlich für seinen Grasmus vier funkelnagelneue Hufeisen überreichen läßt, dann sieht er die Hufeisen an, den Grasmus, den Geschäftsführer im Bratenrock . . . Er schüttelt den Kopf. «Nee, nehmen Se die Dinger man wieder! Die passen Grasmussen nich. Der hat 'ne viel kleinere Schuhnummer!»

Drückt die Eisen dem Geschäftsführer in die Hand und fährt los.

Und wieder jubeln sie, wieder sind sie begeistert.

Was sehen sie in ihm, daß sie so begeistert sind, daß sie in der Stadt wie auf dem Lande zusammenströmen, ihn durchaus sehen wollen, alles herrlich finden, was er tut? In immer tollere Empfänge sich hineinsteigern? Was bringt sie dazu?

Nun gut, er ist ein sehr alter Mann, ein Siebziger, der etwas unternommen hat, was schon für einen Dreißiger, einen Vierziger nicht einfach ist.

Aber das ist es nicht allein.

Und er ist einer der letzten Droschkenkutscher, in ihm fährt noch einmal eine alte, absterbende Zeit durchs Land: Sie jubeln dem zu, was ihre Väter waren.

Nun gut, aber auch das ist es nicht allein.

Und nach einer langen Zeit von ewigem Haß, Zwietracht, Zorn fühlen sie gerade wieder ein freundlicheres Gefühl für den alten «Erbfeind» drüben, jenseits des Rheins. Wie ein Versöhnungsbote fährt er zu den Franzosen, ihrem Boten jubeln sie zu – aber auch das ist es nicht allein.

Sondern es ist dies, daß sie sich selber in ihm grüßen, ihren eigenen

Lebenswillen, ihre eigene unverwüstliche Lebenskraft. Dieser alte Mann, aus der Mitte des vergangenen Jahrhunderts gekommen, hat unendlich viel durchgemacht. Man muß nur in sein Gesicht sehen, dieses faltige Gesicht wie ein scholliger Acker, Jahr um Jahr säte neue Enttäuschung, schlimmere Niederlage, bitteres Entbehren ein.

Aber die Augen sind hell geblieben, der Mund findet immer noch ein Witzwort. Alles, was geschah, hat ihn nicht weich schlagen können, er ist wahrhaft der eiserne Gustav, er hat das Hoffen nicht verlernt. Wenn neunundneunzig Dinge mißlungen sind, kann das hundertste doch gelingen, wir fahren. Wir lachen – wir geben nie die Hoffnung auf. Wir können wohl einmal fallen, aber wir müssen nicht im Dreck liegenbleiben. Wir müssen uns darum nicht aufgeben, wir fahren doch weiter!

Etwas von diesen Gedanken bewegt die Jubelnden, daß sie so sehr jubeln.

Was aber bewegt den alten Mann, der, aus der Stille eines abseitigen, völlig privaten Lebens gekommen, sich plötzlich im Mittelpunkt der Teilnahme eines ganzen Volkes sieht?

Nein, er verliert nicht den Kopf. Weder wird er größenwahnsinnig noch verschüchtert. Dazu ist er zu lebenspraktisch. Er war nie ein Träumer. Er sagt: «Jott, die Leute ...!»

Er versteht sie und ihre Begeisterung nicht; heimlich verfüttert er die Sträuße an Grasmus und seine Stallgefährtinnen, die Kühe; heimlich verhökert er die Geschenke, die Zigarren, die Weine, die Liköre, die Heringe, die Käse an seine Quartiergeber; nie vergißt er den Ansichtskartenverkauf. Es ist ihm zu oft schlecht gegangen, er sieht eine Möglichkeit, eine allerletzte, noch ein bißchen Geld für sich und Muttern zusammenzubringen, und er tut es. Man muß sich nicht genieren, aus einer Sache Geld zu schlagen, die den Leuten Spaß macht – er kommt gar nicht auf den Gedanken, sich zu genieren. (Und das eben gefällt den Leuten wieder.)

Aber er ist nicht so begeistert wie sie. Er trägt ja die Last der Fahrt, und er ist wirklich alt. Je weiter er kommt, um so näher kommt er der Grenze, dem fremden Volk, der fremden Sprache – im geheimen ängstigt er sich. Aber darüber spricht er mit keinem Menschen, auch mit dem brandroten Grundeis nicht.

Je begeisterter sie sind, um so unmöglicher kann er zurück. Er hat schon jetzt Heimweh nach Berlin. Seit seinen frühen Mannesjahren ist er nie mehr aus der Stadt gekommen. Die Berliner, wie sie denken und sprechen, die Straßen und Plätze der Stadt, die Haltestellen der Droschken, die Schupos – das alles ist sein Lebensatem geworden, nahrhaftes Brot, nach dem er jetzt immer Hunger trägt. Als sie einmal ein Schlagerlied von Berlin spielen, von der Straße Unter den Linden, die wieder grün wird, muß er in den Stall laufen, um bei Grasmus die Tränen zu verbergen. Er, der sich nicht erinnern kann, je geweint zu haben!

Aber das alles kommt und geht. Es bleibt nicht. Was bleibt, sind die Jubelnden. Er fährt durch sie, er ist alt, er sieht auf sie herab – von ferne her. Dunkel ist ihm, als bestätigten sie das, was er sein Lebtage gewollt hat. Trotz seines Abstiegs vom Fuhrherrn zum kleinen Kutscher, trotz seiner Mißerfolge mit den Kindern, trotzdem ihm fast alles mißglückt ist im Leben, trotzdem sie jung sind und er alt – trotz alledem jubeln sie ihm zu. Weil er durchgehalten hat, weil er eisern gewesen ist, weil er sich nie aufgegeben hat. Weil er immer geglaubt hat, es hat einen Sinn zu leben, weiterzuleben, auch wenn es einem schlecht geht.

Sie bejahen sein Leben, er das ihre . . .

Sie jubeln – und er fährt weiter.

Und nun nähert er sich der Grenze.

12

Bei Diedenhofen überschreitet er dann die Grenze, verläßt zum ersten Male in seinem Leben deutschen Boden. Und siehe, da ist er noch einmal, der Jüngling aus dem Zeitungshaus, der brandrote Grundeis. «Na, Vater Hackendahl, heut wird's richtig, was? Kann ich melden: Wir überschritten die Grenze?»

«Na wat denn? Natürlich doch! Wat denn sonst?»

«Angst haben Sie nicht? Mich sehen Sie nun vor Paris nicht wieder!»

«Angst? Vor wat soll ick denn Angst haben? Mir beißt keener! Aber det sare ick Ihnen, jetzt koofen Se mir erst uff Jeschäftskosten eenen neuen Striegel und 'ne neue Kartätsche fürs Pferdeputzen!»

«Kommen so lausige Zeiten?»

«I wo! Aber im letzten Kaff, wo Grasmus und icke übernachtet ham, da ham mir doch die Schweine, diese Schweine, glattweg Striegel un Kartätsche uffjefressen. Reine wechjepriemt, es is nich zu sagen! ‹Ihr füttert ja eure Schweine hier ulkig›, hab ick den Leuten jesagt; ‹wenn ihr die mal schlachtet, von der Wurscht braucht ihr mir ooch nischt abjeben›, habe ick jesagt.»

Lachend fährt Hackendahl über die Grenze, dem Häuschen mit den französischen Zollwächtern und Soldaten zu. Von Angst kann keine Rede mehr sein, dem jungen Mann hat er es gesteckt!

«Bonjour!» begrüßt er, lange vorbereitet, die Franzosen.

Sie lachen. «Guten Tack!» rufen sie. «Guten Tack!»

Vom Schlagbaum aus sieht Grundeis zu. Und muß gleich eingreifen, denn schon sind auf beiden Seiten die fremden Sprachkenntnisse erschöpft. Und es ist gar nicht einfach mit dem Zoll. Bürgschaft muß hinterlegt werden, daß Wagen und Pferd spätestens in einem halben Jahr Frankreich wieder verlassen, Verpflichtungen müssen unterschrieben werden. Der eiserne Gustav ruft über den Schlagbaum: «Na, wenn ich vorher sterbe, müssen Se selbst die Droschke zurückfahren, Rotkopp!»

«Tu ich, mach ich. Gerne! Aber Sie sterben doch nie, Hackendahl, unverwüstlich!»

Und er sieht dem alten Mann lange nach, sieht ihm noch nach, als er ihn schon längst nicht mehr sieht. Grundeis ist nicht mehr Redaktionsvolontär, er ist emporgestiegen wie ein strahlender Meteor. Die Fünfzeilennotizen muß nun jemand anders schreiben . . .

Aber dem noch Unerreichten gegenüber hat man stets nur wenig erreicht. Grundeis fleht jetzt, daß der alte Mann Paris erreicht. Die Empfänge in Paris, die Artikel über Paris werden alles bisher Geschriebene übertreffen. Nur noch Paris! Bitte! Bitte! fleht Grundeis in sich das Schicksal an, während er der entschwundenen Droschke nachstarrt.

Und die Droschke fährt und fährt. Es ist nicht so schlimm, wieder einmal hätte man keine Angst haben müssen. Denn die Leute hier sind Lothringer, sie sprechen deutsch, sie können sich mit ihm verständigen. Es sind natürlich nicht die jubelnden Empfänge wie in Deutschland. Es geht alles leise, fast bedrückt zu. Es ist, als lebe hier, zehn Jahre nach Kriegsende, der Krieg noch viel stärker als in Deutschland, das doch das besiegte Land sein soll . . . als lebe er als Druck stärker bei den «Siegern» . . .

Dann sieht Gustav Hackendahl nicht nur in den stilleren Gesichtern der Bewohner, wie sehr der Krieg in diesem Lande noch lebendig ist. Von Conflans-Insray bis Châlons-sur-Marne, viele Tage lang rollt sein Wagen über alte Schlachtfelder, durch zerschossene Dörfer, zwischen stundenweiten Friedhöfen. Er kommt durch Verdun, einmal stand in den Zeitungen der ganzen Welt tagtäglich dieser Name Verdun, in die Herzen aller Daheimgebliebenen war er eingegraben als der Schauplatz unerhörter Anstrengungen und Opfer . . .

Jetzt ist es bloß ein Städtchen mit zwölftausend Einwohnern. Aber um die Lebenden wohnen die Toten, die Gräber von fünfhunderttausend Toten bedrängen die Wohnstätten der zwölftausend Lebenden!

Er fährt hindurch, er fährt hindurch. Viele Tage fährt er hindurch. Er hat gelernt, daß schwarze Kreuze deutsche, weiße Kreuze französische Kriegsgräber bedeuten. Neben den Landstraßen liegen die Friedhöfe; wo er hinsieht, liegen die Gräber, sie steigen über Hügel und

Berge, die Täler sind erfüllt von Kreuzen. Wie viele schwarze Kreuze!

Es ist nicht zu vermeiden, daß er an Otto denkt, der einmal sein Sohn war. Er ist auch hier gefallen, in dieser fremden Erde muß er liegen ... Er versucht sich an den Ortsnamen zu erinnern. Viele Namen weiß er noch, unauslöschlich durch die Heeresberichte eingeprägt: Bapaume, Somme, Lille, Péronne ... Aber den Namen von Ottos Friedhof weiß er nicht mehr, wenn er ihn je gewußt hat ...

Manchmal hält er Grasmus an, er steigt schwerfällig vom Bock, geht über den Graben, auf einen der Friedhöfe, irgendeinen, geht die endlosen Kreuzalleen entlang, bleibt hier stehen oder dort – gleichviel. Er steht dann eine Weile, manchmal kommen Friedhofswärter, Gärtner an ihn heran, suchen zu erfahren, welches Grab er sucht. Er schüttelt den Kopf, es kommt nicht darauf an.

Es ist jedes Grab recht und keines. So nahe stand ihm der Sohn nie, daß es ein bestimmtes Grab hätte sein müssen ... Sie alle, die hier liegen, waren viel jünger als er, als sie sterben mußten, er ist unendlich viel älter als sie. Und jetzt sind sie zeitlos geworden, aber er ist noch immer in der Zeit, er möchte beinahe fragen, warum?

Wenn er da so steht, kommen die Touristen in Scharen an ihm vorüber, von Führern geleitet, alle Sprachen hört er ... Wenn er weiterfährt, wenn die Droschke über die langen, grauen Straßenbänder schaukelt, rasen die großen Aussichtsautobusse an ihm vorüber, vollgestopft mit Engländern, Amerikanern ... Die Führer tuten in ihre Megaphone ... In Trupps und einzeln weht das an ihm vorüber ... Neugierige und Trauernde, Leere und die immer noch ganz von Trauer erfüllt scheinen ... Noch immer wehen Witwenschleier, noch immer knien Mütter an den Gräbern ihrer gefallenen Söhne ...

Er fährt weiter, immer weiter. Er fährt durch die Ruinen, die künstlich als Ruinen erhalten werden, die Schaulustigen sollen auch etwas anderes als Gräber zu sehen bekommen. Auf den Wegweisern steht: «Zu den Schlachtfeldern». Neben den Friedhöfen sind Hotels erstanden, damit die trauernden Lebenden nahe bei ihren Toten wohnen können. Noch immer wird der Boden durchwühlt nach Waffen, nach Granaten, und noch immer werden Tote gefunden, Skelette, die die Friedhöfe weiter vergrößern. An den Wegen sitzen die Andenkenverkäufer, Bleistifte, Vasen, Aschenbecher aus Patronenhülsen und Granaten werden verkauft.

Die Toten halten alle Äcker besetzt. Es wird nicht mehr gepflügt, gesät, geerntet – sondern die Toten ernähren die Lebenden. Eine ganze Provinz lebt von ihnen, lebt vom Krieg, der vorüber ist und der doch nicht vorbei ist.

Hier bereiten die Menschen dem alten Hackendahl keine jubelnden Empfänge. Sie sehen sich kaum nach der Berliner Droschke um. Hier sind sie die seltsamsten Gestalten gewohnt, Besucher aus aller Welt, Neugierige aus Australien, Trauernde aus Asien, dunkle Gestalten aus Afrika.

In den Herbergen muß er Quartier nehmen wie jeder andere Besucher. Schwer ist es oft, Stall und Futter für den Braunen zu finden. Er muß zahlen wie alle . . .

Oft trifft er Deutsche. Sie gehen auf die Friedhöfe, sie nicken ihm zu. Ach ja, sie haben von ihm gelesen. Schön – wie lange ist er schon unterwegs? Sehr gut. Ja, nun müssen sie weiter, sie müssen ihre Toten suchen. Es ist so schwer, hier unter all den Toten einen bestimmten Toten zu finden! Alle Gräber gleichen einander! Hat er hier auch jemanden von seiner Familie? Einen Sohn? Ja, natürlich, jeder hat hier irgendeinen Toten zu liegen, es gibt wohl kaum eine Familie, die verschont ist! Hat er das Grab schon gefunden? Nun, er wird es schon finden, sie geben hier gerne Auskunft . . .

Aber er sucht nicht mehr. Er meint, es kommt nicht so genau darauf an. Alle Gräber gleichen einander, alle Toten gleichen einander. Traurig ist er nur über die unendlich vielen Toten, daß aus soviel Opfer und Mut nichts wurde als Zusammenbruch, Elend, Streit . . .

Langsam fährt er weiter. Noch nie ist er sich so alt und verbraucht vorgekommen wie gerade jetzt, ein Alter, ein noch Lebender zwischen Millionen Jungen, schon Toten.

13

Am 4. Juni, zwei Monate und zwei Tage nach seiner Abfahrt aus Berlin, hält Gustav Hackendahl Einzug in Paris. Er hält wahrhaftig Einzug – Paris empfängt ihn wie einen Fürsten.

Die jubelnden Begrüßungen seiner Fahrt durch Deutschland wiederholen sich, die Pariser können sich nicht genugtun in Ehrungen des alten Mannes. Die Straßen sind übervoll, die Pariser Droschkenkutscher empfangen den Berliner Kollegen, die Pariser Studenten spannen ihm Grasmus aus und ziehen die Droschke im Triumph durch die Stadt. Auf dem Bock thront der alte Hackendahl, im Fond sitzt der junge Grundeis.

Alles ist lachend, beschwingt, übermütig, es ist doch nicht so wie in Deutschland! Hier grüßen sie nicht den alten Mann, der schlimme Zeiten überdauerte, ohne den Mut zu verlieren, hier ist es Sport, hier ist es Verbrüderung: Die Fahrt selbst ist es und das fremde Volk, das man grüßt, ehrt.

Es gibt feierliche und übermütige Diners, der junge Grundeis hat ausgezeichnet vorgesorgt. Empfang beim Botschafter, Empfang bei der englisch-amerikanischen Presse, feierliche Ansprachen, aber auch lachende Mähler mit den Studenten. Die Überreichung des Goldenen Ehren-Hufeisens, an der Kette um den Hals zu tragen. Grasmus darf im Saal stehen und zuschauen, in einer Porzellankrippe wird ihm ein vielgängiges Haferdiner serviert . . .

Hackendahl blüht auf, der Alterstrübsinn verschwindet, sein Ruhm erstrahlt von neuem. Er dichtet den Vers: «Was Lindbergh mit dem Flugzeug hat vollbracht, hat der eiserne Gustav mit der Droschke auch gemacht!»

Aber Grundeis übertrumpft ihn; alle Zeitungen bringen das Bild des jungen Redakteurs. Er sitzt in der Droschke sieben. Darunter steht die Unterschrift: «Wie ich von Berlin nach Paris komme, Kollege? Ich nehme mir einfach 'ne Droschke!»

Gelächter, Jubel und Trubel. Zwei Zentner Sträuße im Hotelzimmer. Geschenke über Geschenke. Andenken für Muttern aus Paris. Regimenter von Champagnerflaschen. Der Siebzigjährige steigt in ein Flugzeug, sieht sich die Welt von oben an. Er macht alles mit, unverwüstlich, lachend . . .

Etwas Besonderes . . .? Etwas ganz Besonderes . . .?!

Bei einem übermütigen Frühstück wird der Gedanke geboren: Wettfahrt zwischen dem ältesten Berliner und dem ältesten Pariser Droschkenkutscher. Die Strecke geht über dreihundert Meter.

Großartig!

Nur großartig? Bedenken kommen. Wer soll gewinnen? Wer darf gewinnen? Die Gefühle sind noch so leicht verletzlich: Darf der Deutsche den Franzosen schlagen, besiegen, hier in der Hauptstadt Frankreichs? Unmöglich! Aber darf der Gast besiegt werden, er, der Siebzigjährige, der tadelfrei eine solche Leistung vollbracht hat? Ebenso unmöglich!

Endlose Beratungen. Verschwörungen – Beschwörungen. Schließlich die Lösung, streng geheim, durch Schwüre besiegelt: Die Gegner werden ehrenwörtlich verpflichtet, gleichzeitig ans Ziel zu kommen . . .

«Sehn Sie's ein, Hackendahl, es geht nicht anders! Blamieren Sie uns nicht! Zügeln Sie Grasmus! Bedenken Sie, unser Botschafter . . . Die französische Nation . . . Es könnte Konflikte geben, die diplomatischen Beziehungen der beiden Länder, offiziell ein wenig gebessert . . . Sie sehen es ein?»

Hackendahl sieht es ein, er gibt sein Ehrenwort.

Der andere gibt auch sein Ehrenwort.

Das Marsfeld ist abgesperrt, zu Tausenden stehen die Neugierigen, von den Blauen in Schranken gehalten, viele Studenten mit ihren Mädchen. Sie jubeln, als die beiden Gegner auffahren, diese Gefährte aus alter Zeit, und ringsum parken die Autos! Sie jubeln den beiden zu; der eine zieht seinen schwarzen Lackhut, der andere den weißen Zylinder. Nebeneinander fahren die beiden Wagen auf, Hackendahl mit Grasmus, der Gegner mit einem knochigen, langbeinigen Schimmel ... Die Wetten für Deutschland stehen günstig ...

Grundeis beschwört noch einmal Hackendahl: «Sie wissen, was Sie versprochen haben!»

«Wenn Se ooch eenmal mit Jrasmussen reden wollten, Herr Jrundeis! Er ist so übermütig! Die jeben ihm zu fressen und zu fressen, und aus'm Stall kommt er nich. Ick kann ihn kaum halten ...»

«Blamieren Sie uns nicht, Hackendahl! Ich beschwöre Sie ...»

«Ick tu, wat ick kann, Herr Jrundeis. Valassen Se sich bloß uff mir ...»

Den Gäulen zwar nicht, aber beiden Fahrern wird ein Glas Champagner gereicht. Sie winken sich zu, von Bock zu Bock geben sie sich noch einmal die Hand. Grasmus beschnuppert neugierig seinen Gegner. Ach nein, nicht so neugierig wie gefräßig. Er will dem Schimmel die Girlande abfressen. Der Schimmel legt die Ohren nach hinten und zeigt drohend seine langen gelben Zähne ...

Brausender Jubel.

Der Startschuß ertönt. «Na, denn man los, Grasmus!» sagt Hackendahl und hält die Zügel stramm, damit der Braune nicht gleich zu sehr losgeht ...

Der andere hat auch, eingedenk seines Ehrenwortes, den Schimmel zurückgehalten. Achtsam das Auge auf den anderen, um ihm nicht voranzukommen, aber auch nicht hintennach zu bleiben, beginnen sie das Rennen – im langsamsten Schritt!

Gelächter, Rufe ... Anfeuerungen ...

Ick trau ihm nich, sagt Hackendahl zu sich, immer das Auge auf den anderen gerichtet. Nachher legt er los, und ick bin zweiter Sieger! Immer langsam voran ...

Der Feind denkt nicht anders, es wird eine Langsamkonkurrenz ...

Rufe ... Geschrei ...

«Nu aber los! Schiebung!»

Grundeis taucht, rot im Gesicht, neben der Droschke auf: «Los, Hackendahl, Sie müssen doch fahren! Fahren, Mensch!!»

«Ick trau mir nich. Wenn Grasmus erst läuft ...»

«Trab, nur Trab, Hackendahl, ich beschwöre Sie ...»

«Da jeht er hin!»

Ein erzürnter Student, von Nationalstolz fiebernd, hat dem Schimmel seine Mütze gegen die Augen geschleudert. Der Schimmel hat einen überraschenden Satz getan und jagt los, in voller Karriere ...

«Schuft!» schreit Hackendahl. «Betrüger!»

Jetzt bekommt Grasmus die Peitsche zu spüren. Aufrecht steht Hackendahl. «So haben wir wiederum nicht gewettet. Besiegen lassen wir Deutsche uns noch lange nicht von euch! Los, Grasmus!»

Schlag auf Schlag, hier wie dort! Vergessen sind alle Ehrenwörter. Die Kutscher treiben, die Menschen treiben. Grundeis schreit: «Los, Hackendahl! Deutschland voran!»

Und sein Kontrahent, der Vertragspartner mit dem Ehrenwort, schreit ihm wütend ins Gesicht: «Vive la France, en avant la France!»

«Deutschland!»

«Frankreich!»

«Los!»

«Schneller doch, Hackendahl, Mensch! Gib ihm!»

Wie die alten Droschken rütteln und schütteln, wie sie wacker dahinbrausen! Die Pferde springen im Geschirr, die Peitschen schwingend, stehen die Kutscher aufrecht, der Braune holt auf, der Schimmel bleibt zurück . . .

«Siehste woll, du wortbrüchijet Aas!» schreit Hackendahl zornig.

Er ist jetzt auf der Höhe des anderen, nahe ist das Ziel . . . Der Schimmel will nicht mehr, der Braune wird es schaffen, Deutschland macht das Rennen . . .!

Und ein Krachen!

Die beiden Kutscher, die nur füreinander Augen hatten, nicht für den Weg, sind mit ihren Wagen zusammengefahren. Rad hängt im Rade, die Kutscher wanken, wollen fallen, einer greift um Halt nach dem anderen . . .

Und so gehen sie durchs Ziel, eng sich umschlungen haltend, gleichzeitig, getreu dem gegebenen Worte!

14

Es ist Herbst geworden, als Gustav Hackendahl sich wieder seiner Heimatstadt nähert. Sein rotgelber Bart wurde grau, der bei der Abfahrt weiße Zylinder ist von Namenszügen und Stempeln völlig bedeckt, schmutzigschwarz ist er.

Kaum wiederzuerkennen ist der ganze Mann, der junge Grundeis geht staunend um ihn herum. «Mensch, Justav, wat haste dir verändert! Ordentlich mager sind Sie geworden!»

«Zweiundzwanzig Pfund ha'ick abjenommen. Mutter wird uff mir schimpfen. Mutter war immer jejen die Fahrt!»

«Aber wieso denn? Am Essen kann's doch nicht gefehlt haben, Hackendahl! Sie sind doch überall wie ein Fürst empfangen!»

«Ach, Essen! Aber die ewigen Leute! Jott, Herr Jrundeis, ick kann

Ihnen jar nich sagen, wie leid mir de Leute sind. Ick kann se jar nich mehr sehen, ick bin schon immer hintenrum jefahren, wo't irjend jing. Immer Jubel und immer eiserner Justav . . . Und wat is schließlich mit einem los? Jar nischt is mit einem los! Bruch is et!»

«Na, erlauben Sie mal, Hackendahl!»

Grundeis wird eifrig, der Berliner Empfang, die Krönung der Fahrt, scheint bedroht. So müde ist der alte Mann, so mißvergnügt, so verbraucht!

Er redet ihm gut zu. Er sei eben reisemüde, das sei ja zu verstehen. Aber er habe doch immerhin etwas geleistet, er solle nur in die Zeitung schauen. Ganz Berlin freue sich auf seinen Empfang.

«Jott, die Balina, die wollen ooch imma wat Neuet sehen. Wenn Se denen 'nen jrün anjestrichenen Affen zeijen, denn loofen die jenauso wie nach mir!»

«Sagen Sie das bloß nicht, Hackendahl! Das wissen Sie ganz gut, was Sie geleistet haben! Und was Schönes haben Sie doch auch in den letzten Monaten vor sich gebracht! Für Ihren Lebensabend müssen Sie sich nicht sorgen!»

«Ach wat, Lebensabend! Ick brooch keenen versorchten Lebensabend! Ick bin froh, wenn ick wieder Droschke fahren kann! Janz richtig – wie früher. Inkognito, verstehn Se! Det Kognito ha'ick über!»

«Hackendahl, Mensch, eiserner Gustav, seien Sie doch noch einmal eisern! Sehen Sie sich in den Zeitungen das Empfangsprogramm an, da werden Sie schon anderer Stimmung werden!»

Hackendahl schießt ihm einen schiefen, bösen Blick zu. «Reden Se bloß nischt von Zeitungen! Mit de Zeitungen bin ick böse! Wat die allens über mir schreiben!»

«Aber wieso denn? Was wird denn Böses von Ihnen geschrieben?»

«Ach, reden wa nich davon! Aba et hat mir mächtig jejiftet.»

«Na, was denn? Nun mal raus damit, Hackendahl.»

«Det ick zu fein für Droschke jeworden bin, det ick im Auto von Paris nach Hause jefahren bin, det haben die jemeinen Hunde von mir jeschrieben», bricht es aus Hackendahl. «Sie nich, Jrundeis, det weeß ick, Sie machen so'nen faulen Zauber nich mit! Aber die andern! Ick will Ihnen saren, wie es jewesen is. Ick habe mir festjesetzt bei einem Schoppen, die Jungens wollten mir durchaus nich weglassen. Und da hat sich een Kolleje erboten, is mit de Droschke vorausjefahren, det ick doch mein Tagespensum mache. Und die ham mir ins Auto nachjefahren – zwei Stunden weit. Un nu soll ick zu fein für Droschke sind! Zwei Stunden ins Auto und über fünf Monate in de Droschke – zu jehässig sind die Leute! Man mag jar nischt mehr tun, es wird doch nischt anerkannt!»

Der junge Grundeis hätte lachen und weinen mögen über den Greis, der nicht nur müde, nein, vor allem in seiner Eitelkeit verletzt ist. Der alte Mann ist wie ein großer Junge, er schmollt . . .

Aber Grundeis darf nicht weinen, auch nicht lachen. Der Empfang, der große, ehrenvolle Empfang, für den ihm die ganze erste Zeitungsseite freigehalten wird, steht auf dem Spiele! In seiner jetzigen Stimmung ist der eiserne Gustav imstande, eisern hintenrum nach Haus zu fahren und die Leute auf sich warten zu lassen.

So redet Grundeis denn mit Menschen- und Engelszungen, er streichelt die wunde Eitelkeit, und schließlich gelingt es ihm, den alten Mann wieder in Gang zu bringen. Nicht die großen Ehren locken ihn, keine Musikkapelle, kein Festessen, kein Ehrentrunk, nicht der Empfang durch den Bürgermeister . . .

Aber daß er zum Schluß der Fahrt dorthin gehen kann, von wo er ausgegangen ist, auf jenes Stadtbüro, dessen Beamter mit lieblosen Reden den ersten Stempel in das Fahrtenbuch gedrückt hatte, das versöhnt ihn, das macht ihm Laune und Appetit: Das ist doch das Allerschönste!

«Mensch, Rotkopp – da ham Se recht! Ick wär ja'n Dussel, wenn ick dem Bruder det schenkte! Will der mir angrobsen, von wejen ville Arbeit und Dummheiten! Dem wer ick det aber zeijen! For wat zahl ick denn meine Steuern?! Der lebt doch von mir, so'n Bruder! Dem will ick det aber zeijen, wie er mir zu behandeln hat! Ick freu mir, Rotkopp, jetzt freu ick mir noch einmal wirklich!»

15

Ja, es wäre doch schade gewesen, wenn Hackendahls trübe Stimmung ihn um seinen Berliner Empfang gebracht hätte. Die Berliner hatten gelesen, wie ihr Landsmann in Dortmund und Köln, in Paris und in Magdeburg empfangen worden war, und da konnten sie sich natürlich nicht lumpen lassen. Wie immer in solchen Fällen übertrieben sie es ein bißchen: dreihunderttausend Menschen, von denen vor einem halben Jahre kaum einer daran gedacht hätte, auch nur eine Mark an eine Fahrt in dieser Pferdedroschke zu wenden, jetzt waren sie auf den Beinen und wendeten einen halben Arbeitstag an den Mann. Die Schupo war vollzählig angetreten für Absperrungen, Verkehrsregelung und Bändigung der Massen – es war wirklich eine schöne Sache! Hinterher hätte es dem eisernen Gustav leid getan, wenn er hintenrum gefahren wäre . . .

Aber er fuhr nicht hintenrum, mittendurch fuhr er. Die Charlottenburger Chaussee war schwarz von Menschen, am Großen Stern standen sie wie die Mauern, und Unter den Linden war eigentlich nur für einen ein Durchkommen, und der hieß Gustav Hackendahl.

Da fährt er dahin, die Linden entlang – alle Menschen jubeln ihm zu. In seinen kühnsten Träumen, als er noch ein wohlbestallter Fuhrherr war, hat er es sich nicht träumen lassen, daß seine Heimatstadt ihm je so zujubeln könnte.

Als er an dem französischen Reisebüro vorbeikommt, hält er an, er winkt durch den Tumult, er steht auf. Die Musik schweigt, er schwenkt seinen Lackpott, er schreit, er brüllt: «Vive la France!»

Und sie brüllen mit: «Vive la France!»

Jawohl, es lebe das Gastland, das den Mitbürger so freundlich aufgenommen hat, aber es lebe vor allem dieser Mitbürger! Er ist ein großartiger alter Bursche, einer der Unseren, einer wie wir: Leben wir mit ihm! Unverwüstlich, großartig, nicht tot zu kriegen – wir Berliner!

Und Gustav Hackendahl fährt weiter, am Schloß vorüber. In der Königstraße wird das Gedränge lebensgefährlich, wäre Grasmus nicht auf Volksgedränge dressiert, es würde schiefgehen. Aber so kommen sie durch, siehe, nun fahren wir vor dem Roten Hause vor.

Im gleichen Augenblick fangen die Hupen aller Chauffeure zu tuten, zu schreien, zu dröhnen an – diesmal hat kein eifriger Grundeis sie bestellen müssen, diesmal schreitet kein empörter Schupo ein. Auf dem Bock stehend singt der eiserne Gustav mit, was die hupen. Diesmal hört er die Melodie ohne weiteres heraus: «Wem Gott will rechte Gunst erweisen», so hupen sie.

Vor dem Rathaus erwarten sie ihn. Es ist ein Bürgermeister der Stadt, der den eisernen Gustav dort begrüßt, der den schlichten Mann des Volkes als Versöhner zweier Völker in einer wohlgesetzten Ansprache feiert und dann dem schlichten Mann den Ehrentrunk der Stadt kredenzt.

Ehrentrünke ist Gustav Hackendahl gewohnt. Er trinkt den Becher leer, aber als sie eine Antwortrede von ihm erwarten, sagt er bloß: «Entschuldigen Sie man bloß einen Momang, meine Herren!» und läuft ins Rathaus.

Er läuft die Gänge entlang, er weiß noch die Zimmernummer. Sein Fahrtenbuch hat er in der Tasche, das wird dem Bruder nicht geschenkt! Warte, mein Junge!

Er stößt die Tür auf, er stürmt ins Büro. «Nanu, wo is'n der, der sonst hier saß?!»

«Wen meinen Se denn? Wen wollen Se denn? Wieso kommen Se denn überhaupt so reingeballert? Ach Jott, Sie sind ja der eiserne Justav! Ich kenn Sie doch aus der Zeitung! Das ist aber eine Ehre, Herr Hackendahl – was können wir hier denn für Sie tun?»

«Ick hätt jerne die Bescheinijung von meine Rückkehr, hier in det Buch. Ja, nu is et voll. Aber ick hätt et jerne, det et derselbe Herr, der damals meine Abfahrt . . . Is der denn nich mehr hier?»

«Obersekretär Brettschneider? Kannten Sie ihn persönlich? Ja, das war ein reizender Herr . . . Leider, Herr Hackendahl, an der Grippe, verstehen Sie, schon im Mai. Kam noch aufs Büro – und sechs Tage drauf, was soll ich Ihnen sagen, weg! Schade, was?»

«Ja, sehr schade!» sagt der alte Hackendahl, und er findet es wirklich sehr schade, daß der Gegner vor ihm ausgerissen ist. Ein bitterer Tropfen im Freudenbecher, das Menschenherz ist seltsam: Ganz Berlin jubelt ihm zu, aber den einen gestorbenen Berliner vermißt er.

Dann geht die Fahrt weiter, das große Zeitungshaus erwartet ihn. Es will doch seinen erfolgreichen Fahrer feiern – und das tut es denn auch. Generaldirektoren und Direktoren, Chefredakteure und gewöhnliche Redakteure (zu denen jetzt auch der brandrote Grundeis zählt) erwarten ihn, begrüßen ihn, feiern ihn . . .

Und dann geht es nach soviel Ehrungen zu einem Festessen, Eisbein, Sauerkraut und Erbsenpü. Sein Leibessen wird dem erfolgreichen Bürger Berlins vorgesetzt, rechts vom eisernen Gustav sitzt ein Filmstern und links sitzt Mutter. Wahrhaftig, sie haben Muttern hierher in das große Zeitungshaus zu einem Festessen verschleppt. Mutter, die doch nie mehr irgendwo hingeht!

Mutter hat ein neues seidenes Kleid an, sie begrüßt ihren Gustav und sagt weinerlich: «Gott sei Dank, daß du wieder da bist, Vater. Die Leute rennen einem ja das Haus nach dir ein. Und alle bringen sie was; die ganze Wohnung liegt voll Papier und Geschenke und Kartons – wo soll ich denn mit dem Zeug alles hin? Und gestern war eine da, die wollte dir einen Piepmatz bringen, weißte, einen echten Harzer Kanarienroller. Aber ich hab sie wieder weggeschickt, wer weiß denn, wie so eine das meint. Ich hab ihr gesagt: ‹Wenn's bei Vater piept, so ist das Familiensache, da brauchen Sie sich nicht einzumengen!› Aber ich glaube nicht, daß es bei dir piept, Vater, bloß so . . . Die Leute sind manchmal so gehässig!»

Aber Mutter ist nicht die einzige, die heute Reden hält, auch Herr Direktor Schulze erhebt sich und hält eine Ansprache, die klingt, als hätte er sie von derselben Firma bezogen wie der Bürgermeister der Stadt Berlin. Und nun erhebt sich der eiserne Gustav – er bringt seinen Trinkspruch aus: «Berlin–Paris–Berlin. Jedacht! Jemacht! Ausjeführt und heute vollbracht!»

Jubel und Beifall.

Weitere Trinksprüche, festliches Hin und Her, Händeschütteln und nicht nur das. Es findet sich auch eine Gelegenheit, dem alten Hackendahl einen Briefumschlag in die Tasche zu stecken. Viel Sorgen braucht er sich um sein Auskommen wirklich nicht mehr zu machen, der alte Mann . . .

Und allmählich wird es Abend, Nacht. Mutter drängt zum Aufbruch. Ihr ist Angst um die Wohnung mit den vielen schönen Sachen darin. Noch gibt es Streit, sie wollen ihn durchaus im Auto nach Haus fahren, jemand wird den Grasmus schon nachbringen.

Aber er will nicht. Mit all der alten eisernen Starrköpfigkeit weigert er sich, im Auto zu fahren. Mutter – schön, die kann vorausfahren, aber er fährt mit der Droschke . . .

«Mutter, hab dir bloß nich so! Bin ick von Paris heil rüberjekommen, wer ick woll noch det Stückchen Weg bis in die Wexstraße schaffen . . .»

Natürlich setzt er seinen Willen durch. Er sieht sie abfahren, dann geht er zur Droschke, zu Grasmus. Ein paar Setzer helfen ihm, die Girlanden, die Fähnchen, die Tafel, die Geschenke abzunehmen und in einem Winkel zu verstauen . . .

«Den Schraps hol ick mir'n andermal. Ick möchte jetzt mal wieder janz inkognito durch Berlin zuckeln. Wie'n richtiger Droschkenkutscher. Ick hab die Leute dicke . . .»

So fährt er denn los. Erst sieht er vorsichtig auf die Menschen: ob sie ihn nicht doch erkennen? Aber es ist Nacht geworden, und die Menschen haben es eilig, sie sehen kaum hin nach der Pferdedroschke, die da langsam die Straße entlangzuckelt.

So recht behaglich sitzt der eiserne Gustav auf seinem Bock. Ist das mal schön, wieder als richtiger Droschkenkutscher durch Berlin zu fahren! Klick-klick macht die Taxuhr, es klingt so heimatlich! Es war ganz gut, daß er das mit Paris gemacht hat, aber am allerschönsten ist es doch, jetzt wieder die Straßen entlangzufahren, die alten, hundertmal befahrenen Straßen . . .

Ein Schupo, der von Berufs wegen bessere Augen haben muß als die gewöhnlichen Einwohner der Stadt, erkennt den Droschkenkutscher, und eingedenk der Ehrungen des Vormittags grüßt er ihn stramm und militärisch.

«Mensch!» ruft Hackendahl. «Von wann biste denn? Det is doch lange vorbei! Willste det etwa nu alle Tage machen, wenn ick uff Fuhre jehe? Die Verzierung stoß dir lieber rechtzeitig ab!»

Und vergnügt fährt er weiter. Wenn die denken, er gibt jetzt das Fahren auf, jetzt, wo er ein bißchen Geld hat, kein Gedanke! Fahren ist das Schönste von der Welt, in Berlin fahren, heißt das, als richtiger Droschkenkutscher, heißt das.

Nun, als er weiterfährt, hat er bloß noch einen Wunsch – und kaum denkt er so recht an ihn, geht er auch schon in Erfüllung.

«Männecken, Kutscher, he! Helfen Se mir doch mal den Korb in de

Droschke! Zum Zoo! Ick wollte ja mit der Elektrischen, aber die Brüder sagen, der Korb is zu jroß. Machen Se's aber nich zu teuer, Kutscher!»

«Nee, nee, det soll Sie kein Rittergut kosten. Na, denn man los, Jrasmus!»

Und glücklich fährt er weiter, dem Zoo zu. Sein Wunsch ist in Erfüllung gegangen. Berlin hat ihm Handgeld gegeben, es wird auch weiter gut gehen.

Manchmal dreht er sich um und schielt nach seinem Fahrgast, ob der gar nicht merkt, mit welch berühmtem Mann er fährt. Aber der Fahrgast, ein kleines, etwas kümmerliches Männchen, viel zu klein und viel zu kümmerlich für den schweren Reisekorb, läßt sich nichts merken. Trübselig starrt er vor sich hin, wahrscheinlich denkt er darüber nach, wie teuer eine Droschke ist, und wie billig die Elektrische gekommen wäre. Na, der wird Augen machen!

Wer aber Augen macht, ist der alte Hackendahl.

Denn als er am Bahnhof Zoo dem Männchen den Korb aus der Droschke heben hilft und dabei stolz-vergnügt fragt: «Na, wissen Se ooch, mit wem Se jefahren sind? Mit dem eisernen Justav sind Sie jefahren, wissen Se, der die berühmte Tour Berlin–Paris–Berlin jemacht hat!»

Da sagt das Männecken: «Reden Se bloß nich, Mann, wat jeht mir det an? Fassen Sie lieber meinen Korb an. Ick muß noch den Zug nach Meseritz kriegen. Paris – wenn ick bloß so wat höre! Bleibe im Lande und nähre dir redlich! Eine Mark zwanzig für so'n Augenblick Fahrt, mit der Elektrischen hätt's keenen Fuffziger jemacht . . .»

Und damit verschwindet der kleine gekränkte Mann, läßt ohne Umstände den berühmten Droschkenkutscher als Wachtposten bei seinem Korbe – und die Leute rennen vorüber, sie stoßen Gustav Hackendahl an, sie haben es eilig, ihre Züge zu bekommen, sie sehen ihn nicht an, sie haben ihn schon wieder fast vergessen: den berühmten eisernen Gustav!

Inhalt

Erstes Kapitel: Die gute schöne Friedenszeit

Zweites Kapitel: Ein Krieg bricht aus

Drittes Kapitel: Die lange schwere Zeit

Viertes Kapitel: Ein Friede bricht aus

Fünftes Kapitel: Welche Hand müßte nicht verdorren . . .?

Sechstes Kapitel: Rausch der Armut

Siebentes Kapitel:
Wer Arbeit kennt und da nicht rennt . . .

Achtes Kapitel: Die Fahrt nach Paris